HEYNE‹

Das Buch

»Instinktiv schlug der Korsar den Pikenschaft mit seinem Rundschild beiseite, sodass die Spitze ihr Ziel verfehlte und stattdessen seinen Kaftan aufriss. Thomas zog die Waffe zurück und vollführte eine Finte, um seinen Gegner auf Abstand zu halten. Aus den Augenwinkeln beobachtete er, wie La Valettes Schwert sich in einer Blutfontäne in einen Schädel bohrte. Plötzlich schrie der Korsar auf und ging zum Angriff über, hieb auf die Pike ein und schlug die Spitze zu Boden. Er stürmte vor und ließ seinen Schild gegen Thomas' Brustpanzer krachen. Thomas ballte die Hand zur Faust und rammte sie seinem Gegner ins Gesicht. Die kleinen Panzerplatten auf seinem Handschuh bohrten sich in das Fleisch des Korsaren, und Thomas spürte, wie dessen Nase mit einem dumpfen Knacken nachgab. Der Korsar stieß einen tierischen Schrei des Schmerzes und der Wut aus, schlug Thomas mit seinem Schild zurück und schwang den Säbel in hohem Bogen auf den Kopf des Ritters zu.«

Das neue große historische Epos von Simon Scarrow ist eines seiner gewaltigsten Romane.

Am Ende des Buches findet sich ein ausführliches Werkverzeichnis von Simon Scarrow.

Der Autor

Simon Scarrow wurde in Nigeria geboren und wuchs in England auf. Nach seinem Studium arbeitete er viele Jahre als Dozent für Geschichte an der Universität von Norfolk, eine Tätigkeit, die er aufgrund des großen Erfolgs seiner Romane nur widerwillig und aus Zeitgründen einstellen musste.

Besuchen Sie Simon Scarrow im Internet unter www.scarrow.de

Simon Scarrow

SCHWERT UND SÄBEL

Roman

Aus dem Englischen
von Kristof Kurz

WILHELM HEYNE VERLAG
MÜNCHEN

Die Originalausgabe SWORD AND SCIMITAR erschien 2012
bei Headline Publishing Group, London

MIX
Papier aus verantwor-
tungsvollen Quellen
FSC® C014496
FSC
www.fsc.org

Verlagsgruppe Random House FSC® N001967
Das für dieses Buch verwendete FSC®-zertifizierte Papier
Salzer Alpin wird produziert von UPM, Schongau
und geliefert von Salzer Papier, St. Pölten, Austria.

Vollständige deutsche Erstausgabe 08/2015
Copyright © 2012 by Simon Scarrow
Copyright © 2015 der deutschsprachigen Ausgabe
by Wilhelm Heyne Verlag, München,
in der Verlagsgruppe Random House GmbH
Redaktion: Werner Bauer
Printed in Germany
Umschlagillustration: Nele Schütz Design, München,
unter Verwendung von Motiven von © Nik Keevil
Satz: Greiner & Reichel, Köln
Druck und Bindung: GGP Media GmbH, Pößneck

ISBN 978-3-453-47127-6

www.heyne.de

Für Tom

Auf das unruhvolle Fieber des Lebens schläft er wohl;
Verräterei hat ihr Ärgstes getan;
nun kann weder Gift noch Stahl,
weder einheimische Bosheit noch auswärtiger Anfall,
nichts kann ihn mehr berühren.

William Shakespeare, MACBETH

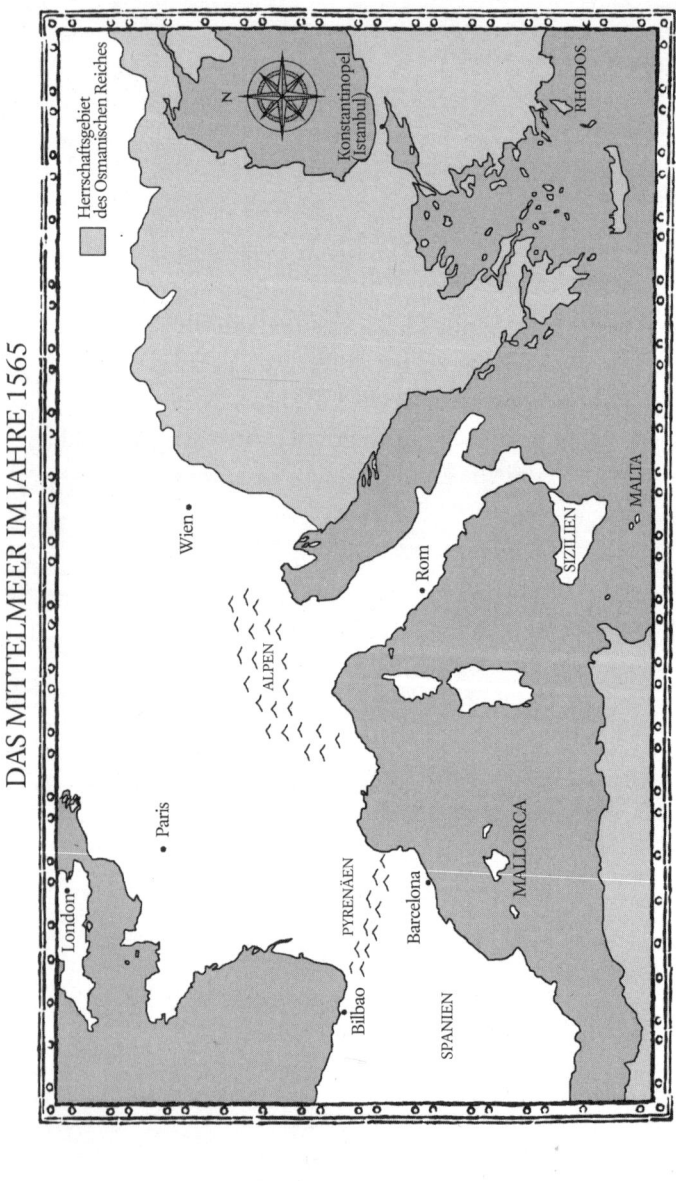

DAS MITTELMEER IM JAHRE 1565

Herrschaftsgebiet
des Osmanischen Reiches

Konstantinopel
(Istanbul)

RHODOS

MALTA

SIZILIEN

Rom

Wien

ALPEN

Paris

London

PYRENÄEN

Barcelona

MALLORCA

Bilbao

SPANIEN

KAPITEL 1

Die Galeere tanzte auf den sanften, pechschwarzen Wellen des nächtlichen Meeres. Die *Flinke Hindin* lag eine halbe Meile von der Küste entfernt hinter den dunklen Felsen der Landzunge vor Anker. Ein junger Ritter stand allein auf dem Vordeck und hielt das in einer bogenförmigen Linie von der Spitze des Fockmastes herunterführende Bugstag fest umklammert. Die Luft war unangenehm feucht, und er hob eine Hand, um sich die Schweißperlen von der Stirn zu wischen. Die Mündungen der beiden langen Bronzekanonen hinter ihm waren zum Schutz gegen Spritzwasser nach oben gerichtet. Inzwischen war er so sehr an das Schwanken der Galeere gewöhnt, dass er sich nicht mehr festhalten musste; dennoch umschloss seine geballte Faust das raue Tau, während er konzentriert auf die dunkle See starrte und angestrengt lauschte. Doch bis auf das rhythmische Klatschen der kleinen Wellen gegen die Schiffshülle war nicht das leiseste Geräusch zu hören. Vor über drei Stunden war der Kapitän mit vier Matrosen in einem kleinen Boot ans Ufer gerudert. Jean Parisot de La Valette hatte Thomas freundschaftlich auf die Schulter geklopft, ihm mit einem matten Glänzen seiner Zähne aufmunternd zugelächelt und dem jungen Ritter für die Dauer seiner Abwesenheit das Kommando über das Schiff übertragen.

»Wie lange werdet Ihr fort sein, Herr?«

»Ein paar Stunden, Thomas. Ich kehre zurück, sobald ich mir gewiss bin, dass sich unsere arglosen Freunde zur Nachtruhe gebettet haben.«

Beide Männer hatten unwillkürlich in Richtung der Bucht auf der anderen Seite der Landzunge geblickt. In etwa drei Meilen Entfernung lag ein türkisches Handelsschiff in Ufernähe vor Anker – genau an der Position, die ihnen der Fischer am Tag zuvor beschrieben hatte. Der Großteil der Besatzung befand sich nun wohl um Lagerfeuer geschart an Land, und nicht mehr als eine Handvoll Männer würden die Galeone bewachen. Die Gewässer vor der afrikanischen Küste wurden zwar von Korsaren heimgesucht, doch die Türken hatten von diesen wilden Piraten nichts zu befürchten. Ein Erlass des in Konstantinopel residierenden Sultans Süleyman hatte den Korsaren jegliche Plünderung verboten. Eine weitaus größere Gefahr drohte den muslimischen Schiffen, die das Weiße Meer – wie die Türken das Mittelmeer nannten – durchkreuzten, vom Orden des Heiligen Johannes, einer kleinen Schar christlicher Ritter, die die Anhänger der Lehren Mohammeds erbittert bekämpften. Sie gehörten zum letzten der großen Militärorden, die bis zu ihrer Vertreibung durch Saladin über das Heilige Land geherrscht hatten. Nun hatte der Orden sich auf die karge Felseninsel Malta zurückgezogen, die ihnen der König von Spanien zum Geschenk gemacht hatte. Von dort aus streiften die Ritter in ihren Galeeren durch das Mittelmeer, um jedes muslimische Schiff, das ihren Weg kreuzte, zu plündern. Und in dieser mondlosen Nacht plante eine der Ordensgaleeren einen Angriff auf das große Handelsschiff, das in drei Meilen Entfernung vor Anker lag.

»Uns erwartet reiche Beute ...«, hatte Thomas gesagt.

»In der Tat. Trotzdem sind wir im Namen des Herrn hier«, ermahnte ihn der Kapitän in strengem Ton. »Alles, was wir erbeuten, wird dem Kampf gegen die Ungläubigen zugutekommen.«

»Ja, Sir. Ich weiß«, antwortete Thomas leise. Es beschämte ihn, dass ihm der ältere Ritter unterstellte, nur am schnöden Mammon interessiert zu sein.

La Valette kicherte. »Seid unbesorgt, Sir Thomas. Inzwischen kenne ich Euch sehr gut. Ihr seid ein ebenso frommer Diener des wahren Glaubens und ein ebenso tapferer Krieger wie ich. Irgendwann werdet Ihr Eure eigene Galeere kommandieren. Doch wenn dieser Tag gekommen sein wird, dürft Ihr nicht vergessen, dass Euer Schiff ein Schwert in der Rechten Gottes ist. Ihm allein gebührt die Beute.«

Thomas nickte. La Valette kehrte ihm daraufhin den Rücken zu und stieg durch die Lücke in der Reling zu den vier Matrosen hinunter, die in dem kleinen Boot neben dem Bug der Galeere auf ihn warteten. Der Kapitän knurrte einen Befehl, woraufhin sich die Männer in die Riemen legten und das Boot landwärts ruderten. Thomas hatte ihm hinterhergestarrt, während es rasch von der Dunkelheit verschluckt wurde.

Jetzt, Stunden später – zu viele Stunden, wie es schien –

war Thomas um seinen Kapitän besorgt. La Valette war schon zu lange weg. Die Dämmerung nahte, und wenn der Kapitän nicht bald zurückkehrte, würden sie den Vorteil eines Nachtangriffs einbüßen. Und was, wenn die Türken La Valette und seine Männer gefangen genommen hatten? Bei dieser schrecklichen Vorstellung ergriff eine tiefe Kälte von Thomas' Herz Besitz. Gefangenen Ordensrittern bereiteten die Türken mit Vorliebe einen ebenso langsamen wie schmerzhaften Tod auf der Folterbank. Dann kam ihm ein weiterer besorgniserregender Gedanke: Wenn sie La Valette verloren hatten, lag die Verantwortung für das Schiff auf seinen Schultern. Und er verspürte die beängstigende Gewissheit, dass er noch nicht bereit dafür war, das Kommando über die Galeere zu übernehmen.

Er bemerkte eine Bewegung hinter sich und sah sich um. Eine hochgewachsene Gestalt erklomm die wenigen Stufen zum engen Vorderdeck. Der barhäuptige Mann trug einen dick wattierten Gambeson unter einem dunklen Wappenrock. Das weiße Kreuz darauf war im Sternenlicht nur undeutlich zu erkennen. Oliver Stokely war ein Jahr älter als Thomas, doch da er dem Orden später beigetreten war, stand er im Rang unter ihm. Trotzdem waren die beiden Freunde geworden.

»Irgendein Zeichen vom Kapitän?«

Angesichts dieser überflüssigen Frage musste Thomas unwillkürlich lächeln. Er war offenbar nicht der Einzige, dem das lange Warten an den Nerven zerrte.

»Noch nicht, Oliver«, sagte er und bemühte sich dabei um einen sorglosen Tonfall.

»Wenn er nicht bald zurückkehrt, müssen wir den Angriff abblasen.«

»Ich bezweifle, dass er sich dazu entschließen wird.«

»Wirklich?« Stokely schniefte. »Ohne das Überraschungsmoment werden wir größere Verluste erleiden, als wir es uns leisten können.«

Ein wahres Wort, dachte Thomas. Der Johanniterorden auf Malta zählte nicht einmal mehr fünfhundert Ritter. Der endlose Krieg gegen die Türken hatte seinen Blutzoll gefordert, und es wurde zunehmend schwieriger, die Reihen wieder aufzufüllen. Durch die strengen Aufnahmebedingungen und die Kriege, die die Königreiche Europas untereinander führten, schrumpfte die Zahl der jungen Adeligen, die sich als Anwärter zur Verfügung stellten, ständig. Früher wäre ein Veteran wie La Valette mit einem Dutzend jüngerer Ritter aufgebrochen, die nichts anderes im Sinn hatten, als sich in der Schlacht zu beweisen. Nun musste er sich mit fünf begnügen, von denen nur Thomas bereits gegen die Türken gekämpft hatte.

Dennoch kannte Thomas seinen Kapitän gut genug, um zu wissen, dass diesen nur eine erdrückende Übermacht vom Kampf abhalten konnte. La Valette brannte vor religiösem Eifer, befeuert noch durch den Drang nach Vergeltung für die Demütigungen, die er vor vielen Jahren als an eine schmale Holzbank geketteter Rudersklave der Türken hatte erdulden müssen. La Valette war einer der Glücklichen gewesen, die diesem Schicksal durch eine Lösegeldzahlung hatten entkommen können. Der Großteil derjenigen, die zum Galeerendienst verdammt waren, starb qualvoll an Erschöpfung, Durst oder den Wunden, die die schweren Eisenfesseln hinter-ließen. Aus diesem Grund, so sinnierte Thomas, würde Valette den Kampf suchen – egal, ob er den Feind über-raschen konnte oder nicht.

»Und wenn ihm etwas zugestoßen ist?« Stokely sah sich verstohlen um. Er wollte vermeiden, von einem der Männer auf dem Hauptdeck belauscht zu werden. »Wer soll dann das Kommando übernehmen?«

Thomas hatte bereits damit gerechnet, dass Stokely früher oder später diesen Anspruch anmelden würde. Er musste ihm zuvorkommen.

»Als sein Stellvertreter werde ich im Fall seines To-des oder seiner Gefangennahme seinen Platz einnehmen. Das weißt du genau.«

»Aber ich bin älter als du«, flüsterte Stokely energisch. »Also sollte ich Kapitän sein. Die Männer würden es ge-wiss vorziehen, von einem Mann mit mehr Erfahrung befehligt zu werden. Das leuchtet dir doch sicher ein, mein Freund?«

Egal, was Stokely denken mochte – Thomas' Vor-gesetzte hatten schon von Anfang an seine kämpferi-schen Fähigkeiten erkannt. Bei seinem ersten Einsatz hatte er einen kleinen Küstenhafen in der Nähe von Al-gier angegriffen, wobei es ihm gelungen war, eine mit Gewürzen beladene Galeone zu kapern. Danach war er La Valette unterstellt worden, dem wagemutigsten und erfolgreichsten Kapitän des Ordens. Dies nun war der dritte Beutezug, den sie gemeinsam gegen die Türken un-ternahmen, und inzwischen hatte er enge Bande mit der Mannschaft und den Soldaten auf La Valettes Galeere geknüpft. Er zweifelte nicht daran, dass die Männer lieber von ihm als von einem Ritter befehligt wurden, der frisch aus der Schreibstube des Quartiermeisters kam und erst seit einem Monat auf der Galeere diente.

»Wie dem auch sei«, antwortete Thomas, um die Gefühle seines Freundes nicht zu verletzen. »Wir müssen uns darüber keine Gedanken machen. Der Kapitän wird zweifellos bald zurück sein.«

»Und wenn nicht?«

»Er wird zurückkommen«, sagte Thomas entschieden. »Und sobald er wieder auf der Galeere ist, müssen wir zum Kampf bereit sein. Gib Befehl, die Ruder mit Tüchern zu dämpfen. Dann sollen die Männer die Waffen anlegen.«

Stokely zögerte einen Augenblick, bevor er nickte und die Stufen zum breiten Hauptdeck hinunterging, die sich etwa fünfzig Schritt über den Mittelteil der Galeere bis zum Heckaufbau hinzog, in dem sich die Quartiere der Ritter und hoheren Offiziere befanden. Über dem Deck hingen die dicken Rahen der beiden Masten und bogen sich leicht unter dem Gewicht der gerefften Segel. Thomas hörte, wie sein Befehl weitergegeben wurde. Mehrere Männer stiegen durch die Luke hinunter, um die Korkknebel und Lederriemen aus einer der Kisten im engen Ruderdeck zu holen. Kurz darauf ertönte das bittere Murren der an die Ruderbänke geketteten Männer. Ein wütendes Knurren des für das Ruderdeck zuständigen Offiziers und das scharfe Knallen gegerbten Leders auf bloßem Fleisch ließen ihre Proteste jedoch bald verstummen.

13

Thomas konnte die Empörung der armen Teufel, die an den langen, gebogenen Riemen der Galeere saßen, gut verstehen. Damit keiner von ihnen eine Warnung schreien konnte, wenn die Galeere sich ihrer Beute näherte, war es sowohl unter christlichen wie auch unter muslimischen Kapitänen Brauch, ihnen Korken in die Münder zu stecken und diese mithilfe von Lederbändern und eisernen Schlössern an ihren Köpfen zu befestigen. Eine äußerst unbequeme Vorrichtung, die den schwer an den Rudern arbeitenden Männern zusätzlich die Luft raubte. Thomas hatte mit eigenen Augen gesehen, wie mehrere Sklaven nach einer Schlacht daran erstickt waren. Nichtsdestoweniger ein notwendiges Übel, dachte er, schließlich befanden sie sich auf einem Kreuzzug gegen die Ungläubigen. Für jeden Mann, der an seinem Knebel erstickte, anstatt den Feind zu warnen, wurden christliche Leben gerettet. Ein weiterer Hinweis darauf, dass sich eine Galeere in der Nähe befand, war der Gestank von Kot und Urin, der von den Ruderbänken aufstieg. Das Schiff wurde erst am Ende einer Kaperfahrt im Trockendock gesäubert; ohne den Wind, der stetig von der Küste her wehte, hätte der üble Geruch den Feind sofort alarmiert.

Über dem Ruderdeck beeilten sich die Soldaten des Ordens – spanische, griechische, portugiesische, venezianische und auch einige französische Söldner – in ihre Waffenröcke zu schlüpfen und die kleinen Metallscheiben anzulegen, die ihre bloßen Gelenke schützen sollten. Diese Ausrüstung war äußerst hinderlich und unter der sengenden Sonne sehr stickig, weshalb der Befehl zum

Bereitmachen üblicherweise erst gegeben wurde, wenn sich die Galeere ihrer Beute näherte. Thomas war die erwartungsvolle Anspannung unter der Besatzung jedoch nicht entgangen. Deshalb hielt er es für besser, wenn die Männer eine Beschäftigung hatten, während sie auf die Rückkehr ihres Kapitäns warteten. Außerdem bot sich ihm so die Gelegenheit, Stokely daran zu erinnern, dass er, Thomas, als Ranghöherer die Befehlsgewalt innehatte.

Thomas spitzte die Ohren, als er ein vorher nicht da gewesenes Plätschern aus Richtung der Landzunge hörte. Sofort verdrängte er alle anderen Gedanken und suchte konzentriert die wogenden schwarzen Schatten der Wellen nach einer Bewegung ab. Dann erkannte er die fast unmerkliche Silhouette eines Bootes, dessen Besatzung sich nach Kräften in die Riemen legte. Erleichterung überkam ihn, als das Boot unter dem leisen Plätschern und Platschen der Ruder immer näher kam.

»Halt«, befahl La Valette mit leiser Stimme. Einen Augenblick später stieß das Boot sanft gegen die Galeere. Ein Seil wurde hinabgeworfen und von einem der Seeleute aufgefangen. La Valette kletterte an Bord, während Thomas das Vorderdeck verließ. Auch die anderen Ritter und Offiziere versammelten sich um ihren Kapitän.

»Herr, ist die Galeone noch an Ort und Stelle?«, fragte Stokely.

»Allerdings. Und die Türken schlafen wie die Steine«, verkündete La Valette. »Sie werden uns keinen Ärger machen.«

Stokely klatschte in die Hände. »Gelobt sei der Herr.«

»In der Tat.« Der Kapitän nickte. »Gott meint es gut mit uns, was auch der Grund für meine Verspätung ist …« La Valette hielt inne, bis er sich sicher war, dass er die Aufmerksamkeit aller Umstehenden hatte. »Diese Galeone wird heute Nacht nicht unser einziges Opfer bleiben. Zwei Korsarengaleeren befinden sich in ihrer Begleitung. Sie ankern gleich daneben. Fette Beute, Herrschaften.«

Diese Nachricht mussten die anderen einen Moment lang schweigend verdauen. Thomas sah sich unter seinen Kameraden um und bemerkte, dass sich einige von ihnen nervöse Blicke zuwarfen. Der Segelmeister räusperte sich ängstlich: »Es steht drei zu eins, Herr.«

»Nein. Zwei zu eins. Die Galeone ist nicht weiter von Bedeutung. Sobald wir die Galeeren bezwungen haben, wird sie uns ohne nennenswerten Widerstand in die Hände fallen.«

»Dennoch wäre ein Angriff unverantwortlich«, protestierte der Segelmeister. »Der Morgen naht bereits. Wir sollten uns zurückziehen.«

»Zurückziehen?«, knurrte La Valette. »Niemals. Jeder Mann, der dem Orden dient, ist so viel wert wie fünf Türken. Außerdem haben wir Gott auf unserer Seite, daher sind es wohl die Türken, die in der Unterzahl sind. Aber wir wollen das Schicksal nicht zu sehr auf die Probe stellen. Wie du ganz richtig bemerkt hast, wird die Dämmerung bald hereinbrechen. Also haben wir keine Zeit zu verlieren. Ist die Galeere gefechtsbereit?«

»Aye, Sir.« Der Segelmeister nickte.

»Die Männer auch?«

»Ja, Sir«, antwortete Thomas. »Ich habe bereits den Befehl gegeben.«

»Gut.« La Valette sah sich unter seinen Offizieren um und hob die Faust. »Dann verrichten wir das Werk des Herrn und die Türken sollen Seinen Zorn zu spüren bekommen!«

Im Osten zeigte sich bereits ein schwacher Silberstreif, als die *Flinke Hindin* die Landzunge umrundete. Dahinter öffnete sich eine drei Meilen breite, halbkreisförmige Bucht. Die Umrisse der Galeone und der beiden Galeeren waren deutlich vor dem bleichen Streifen des Sandstrands sichtbar. Kleine orangefarbene Punkte bezeichneten die Stellen, wo sich die Besatzungen um die glimmende Asche der Lagerfeuer kauerten.

»Wir kommen zu spät«, raunte Stokely, der neben Thomas auf dem Deck stand. »Die Sonne wird aufgehen, bevor wir sie erreichen. Die Türken werden uns mit Sicherheit bemerken.«

»Nein. Wir nähern uns von Westen, daher können wir etwas länger im Schutz der Dunkelheit bleiben.« Thomas hatte bereits erlebt, wie La Valette diese Taktik bei früheren Angriffen erfolgreich angewendet und den Feind damit im letzten Augenblick überrumpelt hatte.

»Aber nur, wenn die Türken mit Blindheit geschlagen sind.«

Thomas schluckte seinen Ärger runter. Dies war Stokelys erste »Karawane«, wie der Orden seine Kaperfahrten bezeichnete. Der junge Ritter musste erst noch lernen, der Erfahrung jener Kapitäne zu vertrauen, die schon seit vielen Jahren Krieg gegen die Türken führten – voraus gesetzt, er überlebte so lange, dachte Thomas. Es gab viele Wege für einen Ritter im Dienste des wahren Glaubens, vor seinen Schöpfer zu treten. Er konnte im Kampf fallen, einer Krankheit erliegen oder ertrinken – der Tod machte keinen Unterschied, ob ein Mann aus den edelsten Familien Europas oder der Gosse stammte. Besonders das Ertrinken stellte eine große Gefahr dar. Die Plattenrüstung, die einen Ritter im Kampf schützte, sowie seine übrige Ausrüstung waren schwer genug, um ihn unbarmherzig auf den Grund sinken zu lassen – sobald er über Bord fiel.

Thomas sah sich auf der Galeere um, musterte die Reihen von Soldaten, von denen mehrere mit Armbrüsten bewaffnet waren. La Valette stand aufrecht und stolz auf dem Achterdeck, neben sich die gedrungene Gestalt des Segelmeisters. Keiner der Männer wagte es, die Stimme über ein Flüstern zu erheben. Bis auf die Wellen, die sich monoton an den Felsen der Landzunge brachen, dem rhythmischen Knarren der Riemen und dem Platschen der eintauchenden Ruderblätter war nichts zu hören. Sobald die Galeere die Landzunge umrundet hatte, lenkte der Steuermann die *Flinke Hindin* in Richtung Küste und parallel zur nächstliegenden Galeere. Da der Kapitän seine Angriffspläne für sich zu behalten pflegte, konnte Thomas nur Vermutungen anstellen. Wahrscheinlich würde La Valette diese Galeere zuerst angreifen. Selbst wenn es der Galeone gelang, den Anker einzuholen und die Bucht zu verlassen, bevor die Galeeren besiegt waren, wäre sie trotzdem leichte Beute für das schnellere Kriegsschiff des Ordens.

Das Licht im Osten wurde stärker, und der Umriss der Landzunge zeichnete sich nun deutlich vor dem Himmel ab. Eine stinkende Schwade aus einer der feindlichen Galeeren wehte über das Deck der *Flinken Hindin* und vermischte sich mit den üblen Gerüchen, die aus dem christlichen Schiff aufstiegen.

Die Galeere hatte sich dem Feind bis auf eine halbe Meile genähert, als der schrille Ton eines Horns über das Wasser hallte. Als er den Alarm hörte, lief es Thomas eiskalt den Rücken hinunter, und er umklammerte seine Pike noch fester. Vom Heck her war deutlich La Valettes Stimme zu hören.

»Rudermeister, Gefechtsgeschwindigkeit! Kanoniere, Geschütze klarmachen!«

Unter Deck wurde mit einem stetigen, hartnäckigen Rhythmus die Trommel geschlagen. Ein sanftes Glimmen leuchtete im Bug auf, als die erste Lunte angezündet wurde. Sie flammte kurz auf, als ein Kanonier darauf blies. Dann setzte auch die Mannschaft des anderen Geschützes ihre Lunte in Brand, und die Kanoniere warteten vor den Zündlöchern ihrer Waffen auf ihren Einsatz.

Thomas' Herz schlug im Takt der sich beschleunigenden Trommel. Mit jedem Ruderschlag schwankte das Deck leicht unter seinen Füßen. Hinter dem Backborddeckbalken sah er winzige Gestalten am Strand, die sich um die glimmenden Lagerfeuer herum aufrappelten. Manche starrten einfach nur die Galeere an, die über die Bucht hinweg auf sie zu glitt. Andere wateten ins Wasser, sprangen hinein und paddelten auf ihre Schiffe zu. Diejenigen, die nicht schwimmen konnten, schoben die

Beiboote in die seichte Brandung und kletterten an Bord. Auf der nächsten Korsarengaleere versammelten sich dunkle Silhouetten an Deck. Viele trugen Turbane, deuteten wild gestikulierend auf die sich nähernde Gefahr oder griffen zu ihren Waffen. Ihre Schreie hallten deutlich über das Wasser herüber.

Auf der christlichen Galeere dagegen war kein Wort zu hören – nur die Trommelschläge, das Rauschen des Wassers an den Schiffswänden und das gedämpfte Stöhnen der Ruderer. Thomas sah sich zum Heck um und konnte im Zwielicht der Morgendämmerung die Miene des Kapitäns nur undeutlich ausmachen. La Valette stand reglos da. Seine Linke ruhte auf dem Schwertknauf, die von einem kurz geschnittenen Bart umrahmten Gesichtszüge wirkten konzentriert und unnachgiebig. Er führte seine Männer stets schweigend in die Schlacht – eine Taktik, die den Feind verunsichern sollte. Erst im letzten Moment stießen sie einen markerschütternden Schrei aus und fielen über ihre Gegner her.

Ein lautes Krachen in unmittelbarer Nähe ließ Thomas zusammenzucken. Holztrümmer splitterten aus der Reling, und eine von der Korsarengaleere aufsteigende Rauchwolke ließ keine Zweifel daran, dass einer der feindlichen Arkebusiere das Feuer auf sie eröffnet hatte. Der Schütze stellte den Kolben seiner langläufigen Waffe auf dem Deck ab und lud eifrig nach. Thomas sah sich zu beiden Seiten um, ob jemand bemerkt hatte, dass er sich erschreckt hatte. Die Männer um ihn herum starrten jedoch unverwandt geradeaus. Stokelys Lippen formten ein geflüstertes Gebet. Sein Blick richtete sich auf Thomas, und sofort schloss er den Mund und wandte sich ab, sobald er bemerkte, dass dieser ihn beobachtete.

Weitere Rauchwolken stiegen auf, und Bleikugeln zischten über ihre Köpfe hinweg. Ein Geschoss schlug in den Bug der Galeere ein. Thomas zwang sich, still stehen zu bleiben, während weitere Arkebusen auf dem gegnerischen Schiff abgefeuert wurden. Feuerzungen schossen aus den Läufen, dann stiegen sich schnell verflüchtigende Rauchwolken auf.

»Armbrustschützen, bereit machen!«, rief La Valette.

Diese altmodischen Waffen besaßen weder die Reichweite noch die Durchschlagskraft der türkischen Arkebusen, wurden jedoch aufgrund ihrer Handlichkeit weiterhin von den Ordenssoldaten verwendet; ein sorgfältig gezielter Schuss konnte schreckliche Verletzungen anrichten. Eine kleine Gruppe von Schützen bezog entlang der Backreling Position. Mithilfe der kleinen Ankerwinde am Kolben der Armbrüste wurden die Sehnen gespannt. Sorgfältig legten die Schützen einen Bolzen auf seinen Platz am oberen Ende der Waffe.

»Feuer nach eigenem Ermessen!«, hallte der Befehl über Deck. Die lauten Schüsse der feindlichen Arkebusen wurden mit dem dumpfen Schnalzen der Armbrustsehnen beantwortet. Die Bolzen jagten in einem flachen Bogen über das Wasser und schlugen zwischen den Männern ein, die sich auf dem Deck des Korsarenschiffs drängten.

Thomas schätzte, dass die beiden Galeeren nur noch hundert Schritte voneinander getrennt waren. Männer mit Turbanen auf den Köpfen standen dicht an dicht an der Reling, brüllten den Christen ihre Schlachtrufe entgegen und hoben ihre Säbel und Piken. Im Ruderdeck darunter wurden die ersten Riemen zu Wasser gelassen, als die Besatzung verzweifelt versuchte, das Schiff in Bewegung zu setzen. Thomas bereitete sich auf das Kanonenfeuer vor, das jeden Augenblick erfolgen musste. Einer der Kanoniere warf einen Blick über die Schulter. »Na los, na los«, knurrte der Mann.

La Valette wartete noch einen Augenblick ab, dann formte er die Hände zu einem Trichter um seinen Mund. »Feuer frei!«, brüllte er.

KAPITEL 2

Sofort hielten die Kanoniere die brennenden Lunten an die Papierzylinder, die aus den Zündlöchern ragten. Das Schießpulver darin flammte mit einem knisternden Zischen auf, dann schoss ein Feuerstrahl mit ohrenbetäubendem Knall aus den Mündungen der Kanonen. Durch den heftigen Rückstoß geriet das Schiff ins Schwanken, und Thomas musste einen Schritt nach vorne machen, um das Gleichgewicht nicht zu verlieren. Jede Kanone war sorgfältig mit einer Mischung aus langen Eisennägeln, Kettengliedern und gegossenen Bleikugeln geladen, die man vor Monaten auf einem gekaperten Schiff erbeutet hatte. Dass der Feind nun seine eigene Munition zu spüren bekam, erfüllte Thomas mit einer grimmigen Befriedigung.

Der tödliche Hagel aus Metallstücken schlug in die Seite des Korsarenschiffs. Holzsplitter flogen in alle Richtungen, und die Seitenreling wurde an zwei Stellen in Stücke gerissen. Die Soldaten dahinter wurden wie Kinderpuppen hinweggefegt und landeten in einem blutigen Haufen auf dem Deck.

»Für Gott und den heiligen Johannes!«, rief La Valette. Seine Männer stimmten aus voller Kehle in den Kriegsschrei ein, wobei sie die Augen vor Aufregung und Kampfeslust weit aufrissen. »Für Gott und den Heiligen

Johannes!«, brüllten sie unablässig, während die Galeere auf die Flanke des feindlichen Schiffes zuglitt.

»Bereit machen!«, befahl La Valette. Seine dröhnende Stimme war über dem Geschrei seiner Männer kaum zu hören. Thomas verstummte, biss die Zähne zusammen und ging in die Hocke. Er umklammerte die Reling fest mit einer Hand und stemmte die Beine auf das Deck. Die anderen Männer um ihn herum – zumindest diejenigen, die wussten, was sie erwartete – folgten seinem Beispiel und warteten auf den Zusammenstoß. Dann schienen die Planken unter seinen Füßen einen Luftsprung zu machen. Der Soldat hinter Thomas prallte gegen seine Schulter und fiel gemeinsam mit seinen Kameraden aufs Deck. Der Vordermast ächzte protestierend, und mit einem lauten Knall riss eines der Bugstage. Gedämpfte Schreie waren unter Deck zu hören, als die verängstigten Ruderer von ihren Bänken geworfen wurden und sich ihre Ketten schmerzhaft in ihr Fleisch schnitten. Der Bug der *Flinken Hindin* war stark genug, um einen Rammangriff zu überstehen. Er bohrte sich mit einem grässlichen Knarren und Splittern in die Korsarengaleere, die sich durch die Wucht des Aufpralls zur Seite neigte. Schreckensschreie ertönten, als die feindlichen Soldaten das schrägliegende Deck hinunterfielen und gegen die Reling prallten; etliche rollten darüber hinweg und landeten im Wasser.

»Bei allen Heiligen!«, murmelte Stokely, als er sich wieder aufrappelte und neben Thomas stellte.

Die *Flinke Hindin* war abrupt zum Stillstand gekommen. Einen Augenblick lang herrschte eine eigentümliche Ruhe, bis die Besatzungen beider Schiffe den Schock der Kollision überwunden hatten. Dann hallte La Valettes Stimme durch die kühle Morgenluft.

»Enterdreggen! Über das Schiff hinweg werfen und festmachen!«

»Na los.« Thomas legte seine Pike auf dem Deck ab und bedeutete Stokely, ihm zu folgen. Eilig lief er zur Reling und packte einen der schweren, an einem Taubündel befestigten Eisenhaken. Er griff das Seil etwas unterhalb des Hakens und schwang diesen mehrmals über dem Kopf, dann ließ er los. Der Haken flog über das feindliche Deck hinweg und verschwand hinter der gegenüberliegenden Bordwand. Sofort packte Thomas das Seil und zog. Während er sich vorbeugte, um das Tau mit einer Klampe zu verknoten, segelten weitere Haken über das feindliche Schiff und bohrten sich in die Planken.

»Zurück!«, befahl La Valette. »Beeilung! Rudermeister, lass die Peitsche knallen!«

Die Ruderer ließen sich wieder auf ihren schmalen Bänken nieder und packten die über die Jahre von vielen Händen glattpolierten Holzstangen. Der Befehl zum ersten Ruderschlag wurde gegeben, noch bevor alle an ihrem Platz waren, sodass die Ruderblätter nicht gleichzeitig ins Wasser tauchten. Sobald Thomas und Oliver ihre Seile befestigt hatten, kehrten sie zu ihrer Position an der Spitze der Bewaffneten auf dem Hauptdeck zurück. Einen Moment lang verharrte die *Flinke Hindin* an Ort und Stelle – nur ihr Bug drückte das feindliche Schiff immer weiter herunter. Dann setzte sie sich mit einem sanften Schlingern in Bewegung. Die an den Enterdreggen befestigten Seile spannten sich über dem gegnerischen Deck. Ein Warnschrei erklang, sobald der Korsarenkapitän die Gefahr erkannte. Seine Männer hieben auf die Taue über ihren Köpfen ein, doch wegen der Schräglage des Decks konnten nur wenige die Seile erreichen.

Es war zu spät: Die *Flinke Hindin* löste sich von dem feindlichen Schiff, wobei sie dessen Decksbalken mit sich zerrte. Die nähergelegene Seite tauchte immer tiefer ins Wasser, dann kenterte die Piratengaleere mit einer fast anmutigen Bewegung. Besatzung und ungesicherte Ladung rutschten über die Planken in die Fluten. Durch die Gitter im Oberdeck erhaschte Thomas einen kurzen Blick auf die panischen Gesichter der Ruderer, die nach wie vor an ihre Bänke gekettet waren. Dann wurden sie vom Meer verschluckt, und die von Seepocken bedeckte Unterseite der Galeere trieb glänzend auf dem unruhigen Wasser der Bucht. Die Enterdreggen wurden losgeschnitten, sodass die Taue in die See klatschten. Um das gekenterte Schiff herum versuchten Dutzende von Männern verzweifelt, sich an der Oberfläche zu halten. Diejenigen, die schwimmen konnten, paddelten in Richtung Strand. Alle anderen hielten sich an jedem Stück Treibgut fest, das sie ergattern konnten, oder klammerten sich an die Schiffshülle.

Thomas wollte in die Jubelschreie, die die Männer auf der christlichen Galeere ausstießen, nicht einstimmen. Dafür hatte ihn der Anblick der Ruderer in jenem Augenblick kurz vor dem Kentern des Schiffes zu sehr entsetzt. Viele diese Männer waren Christen wie er gewesen, Gefangene, die man zum Galeerendienst verdammt hatte und die nun durch die Hand ihrer Glaubensbrüder einen grässlichen Tod gefunden hatten. Thomas stellte sich vor, wie sie im dunklen, kalten Wasser um sich schlugen und an ihre Ketten gefesselt ertranken, und ihm wurde übel.

Eine Hand legte sich auf seine Schulter. Er drehte sich um. Stokely grinste ihn an, bis er die Betroffenheit auf Thomas' Gesicht bemerkte. Dann runzelte er die Stirn.

»Was ist denn, Thomas?«

Thomas wollte etwas erwidern, doch er fand keine Worte, um den Schrecken zu beschreiben, der sein Herz erfasst hatte. Er verscheuchte die Gedanken aus seinem Kopf. »Nichts.«

»Dann freu dich mit uns.« Stokely deutete auf die ausgelassen jubelnden Männer auf Deck.

Thomas warf ihnen einen kurzen Blick zu und wandte seine Aufmerksamkeit dann der anderen, etwa eine Viertelmeile entfernten feindlichen Galeere zu. Die Korsaren hatten ihr Ankertau durchtrennt und das Schiff gewendet, sodass es nun direkt auf die *Flinke Hindin* zusteuerte. Thomas zeigte darauf. »Die werden wir nicht mehr auf dieselbe Art überraschen können.«

Aus den Augenwinkeln bemerkte er eine Bewegung auf der Galeone. Die Besatzung erklomm flink die Takelage und verteilte sich auf die Spieren, um die Segel zu hissen. Schon bald würde sich das Schiff in Bewegung setzen, doch da nur eine leichte Brise wehte, brauchte es großes Glück, um aus der Bucht entkommen, bevor das Duell der Galeeren entschieden war. Um die Galeone konnten sie sich auch später kümmern, befand Thomas und wandte sich wieder den Korsaren zu.

Sobald sich die *Flinke Hindin* von ihrem ersten Opfer gelöst hatte, gab La Valette den Befehl zur Weiterfahrt, und die Ruderer legten sich in die Riemen. Langsam, dann immer schneller glitt das schlanke Schiff durch die Wogen. Ein kurzer Angstschrei ertönte, als einer der Korsaren im Wasser begriff, dass die Galeere direkt auf ihn zukam. Er verstummte abrupt, als ein großes Ruderblatt gegen seinen Schädel krachte, und ging unter.

Auf dem Vordeck beeilten sich die Kanoniere, die Rohre der beiden Geschütze auszuwischen und sie wieder feuerbereit zu machen. Sie rammten einen vernähten Kartuschbeutel mit Schießpulver und einen zweiten, mit den auf geringe Entfernung tödlichen Hagelgeschossen gefüllten Sack in den Lauf. Währenddessen kurbelten die Armbrustschützen zu beiden Seiten des Decks an ihren Winden oder legten den nächsten Bolzen ein. Thomas sah die Turbane der Arkebusiere über dem Bug der feindlichen Galeere hervorspitzen, als diese ihre Waffen bereit machten. Unter ihnen ragten die Rohre zweier Kanonen aus ihren Geschützpforten. Die dunklen Mündungen wirkten wie ein schwarzes Augenpaar, das seine Beute unbarmherzig anstarrte.

»Das wird eine blutige Angelegenheit«, murmelte ein Mann hinter Thomas.

»Aye«, antwortete ein Kamerad. »Möge der Herr uns gnädig sein.«

Stokely drehte sich wütend zu ihnen um. »Ruhe! Der Herr ist auf unserer Seite. Wir kämpfen für die gerechte

Sache. Sollen doch die gottlosen Heiden um Gnade winseln, wir nicht.«

Der zornige Blick des Ritters brachte die Männer zum Schweigen. Stokely kehrte ihnen den Rücken zu, richtete sich zu seiner vollen Größe auf und blickte dem Feind entgegen. Thomas trat zu ihm. »Bis jetzt habe ich noch kein Gebet gehört, das die Kugel eines Feindes oder das Geschoss einer Kanone aufgehalten hätte«, flüsterte er. »Denk dran, wenn sie das Feuer eröffnen.«

»Das ist Blasphemie.«

»Nein, sondern die Lehre aus vielen bitteren Erfahrungen. Spar dir deine Gebete für später auf. Jetzt heißt es töten oder getötet werden.«

Stokely wollte antworten, überlegte es sich aber anders und schloss den Mund. Mit aufeinandergepressten Lippen sah er zur Korsarengaleere hinüber, die über das ruhige Wasser auf sie zukam. Am östlichen Horizont tauchte flammender Sonnenschein hinter der dunklen Masse der Landzunge auf. Kurz darauf fielen die ersten Sonnenstrahlen auf die See, und die Silhouette des Korsarenschiffs war nun deutlich zu erkennen. Thomas und die anderen mussten gegen die Helligkeit die Augen zusammenkneifen. Der Feind war nun so nahe, dass sie seine Schlachtrufe und das Klirren der gegen die Rundschilde geschlagenen Klingen hören konnten. Der Abstand zwischen den beiden Galeeren verringerte sich zusehends, und schon vernahm Thomas die ersten Schüsse, als die Ungeduldigeren unter den feindlichen Arkebusieren das Feuer auf das christliche Schiff eröffneten. Obwohl die Entfernung noch über zweihundert Schritte betrug, wurde einer der Kanoniere in den Kopf getroffen. Sein Schädel zerbarst, und Blut, Hirn und Knochensplitter spritzten auf seine Kameraden.

»Warum lässt La Valette das Feuer nicht erwidern?«, fragte Stokely.

»Der Kapitän weiß schon, was er tut.«

Eine weitere Kugel traf einen Soldaten in den Bauch. Mit einem gellenden Klirren durchschlug sie seine Brustplatte und den gepolsterten Waffenrock darunter. Der Mann ließ seine Pike fallen, brach zusammen und rollte sich stöhnend auf die Seite.

»Unter Deck mit ihm!«, befahl Thomas. Ein anderer Soldat legte seine Waffe ab und zerrte den Verwundeten zur Luke hinter dem Vorderdeck und die Stufen in den kleinen Laderaum hinunter, in dem sich der Proviant und die Wasservorräte befanden. Dort würde der Verletzte liegen bleiben, bis seine Wunde nach dem Kampf versorgt werden konnte. Und wenn die Korsaren den Sieg davontrugen, würde er bei der Plünderung getötet werden oder mit dem Schiff zusammen untergehen.

Als der Soldat wieder auf seinen Posten zurückgekehrt war, hatte sich die Entfernung zwischen den beiden Schiffen halbiert, die Kanonen jedoch waren noch immer nicht abgefeuert. Arkebusenkugeln zischten über ihre Köpfe hinweg oder bohrten sich in die Bordwand der *Flinken Hindin*. Thomas bemerkte, dass ein Kanonier die Lunte an das Zündloch hielt.

»Warte den Befehl ab!«, rief er dem Mann zu.

Der Kanonier drehte sich mit ängstlicher Miene gerade in jenem Moment um, als zwei helle Blitze kurz hintereinander aus dem Bug der feindlichen Galeere schossen. Dann war die Luft um Thomas herum mit lautem Krachen, Klirren und dem gellenden Klang von Metall erfüllt, das auf Metall traf. Mehrere Armbrustschützen und beinahe alle Kanoniere des Backbordgeschützes wurden vom Deck gefegt. Thomas wurde herumgeschleudert, als etwas gegen seine Brustplatte prallte. Er taumelte seitwärts und bemühte sich, das Gleichgewicht nicht zu verlieren. Einen kurzen Augenblick lang herrschte Stille an Deck, dann ertönten die Schreie der Verwundeten. Thomas sah an sich herab. Offenbar war er unversehrt. Als er aufblickte, bemerkte er, dass Stokely sich mit einer Hand die Wange hielt. Blut quoll unter seinem Panzerhandschuh hervor und tropfte auf seine Halsberge.

»Ich bin verwundet …«, sagte er schockiert. »Verwundet.«

Thomas zog Stokelys Hand beiseite. Ein Schrapnell hatte ein Loch in seine Wange gerissen. »Nur eine Fleischwunde«, sagte Thomas. »Du wirst es überleben.«

Er sah sich auf Deck um. Etwa ein Dutzend Männer war verletzt. Der überlebende Kanonier hielt die Lunte an das Zündloch. Ein greller Blitz, eine dicke Rauchwolke und ein erschütternder Knall folgten, der die Planken der Galeere und die Körper der Männer darauf zum Erzittern brachte. Thomas sah die Lunte in der leblosen Hand des toten Kanoniers und rannte auf das Vordeck, um sie aufzuheben. Er kauerte sich neben das Kanonenrohr und wartete ab, bis sich der Rauch so weit verzogen hatte, dass er das Korsarenschiff direkt vor sich erkennen konnte. Er hatte gerade noch Zeit, zurückzuspringen und die glühende Lunte an das Schießpulver zu halten. Mit einem heftigen Rückstoß feuerte die Kanone ihre Hagelladung direkt in die Menge der Feinde ab.

»Steuermann! Hart Backbord!«, ertönte La Valettes Stimme vom Bug her.

Sofort packten die Ruderer ihre Riemen, hoben die Ruderblätter aus dem Wasser und zogen die Holzstangen an Bord, während das Steuer griff und der Bug der herumschwenkenden *Flinken Hindin* an der Korsarengaleere vorbeizog. Einen Augenblick später schrammten die beiden Schiffskörper mit einem langgezogenen Ächzen aneinander. Die langen Holzruder, die nicht rechtzeitig eingeholt worden waren, zerbrachen splitternd.

Noch bevor die *Flinke Hindin* zum Stillstand kam, verließ La Valette das Achterdeck und rannte mit gezogenem Schwert los, um die von Thomas und den anderen Rittern angeführten Bewaffneten zu unterstützen. Der Kapitän vergewisserte sich, dass alle gefechtsbereit waren, dann richtete er seine Klinge über das Schanzkleid hinweg auf den Feind. »Für Gott und den Heiligen Johannes!«

KAPITEL 3

La Valette kletterte auf die Reling und sprang über den schmalen Spalt zwischen den Schiffen hinweg auf das andere Deck hinüber. Die Besatzung hatte bereits mehrere Enterdreggen auf das feindliche Schiff geschleudert und zog die beiden Galeeren immer näher zusammen.

Thomas holte tief Luft, umklammerte seine Pike fest mit einer Hand und wiederholte den Schlachtruf seines Kapitäns: »Für Gott und den Heiligen Johannes!«

Dann sprang er La Valette hinterher.

Der kampferprobte Veteran hatte sich bereits zur Mitte des feindlichen Decks vorgearbeitet. Er holte in weitem Bogen mit der langen Klinge seines Schwerts aus, trieb seine Gegner zurück und schuf so Raum für die nachrückenden Truppen. Mehrere Schüsse ertönten auf beiden Seiten, als die Arkebusiere noch ein letztes Mal feuerten. Dann warfen sie ihre Waffen beiseite, zogen die Säbel und stürzten sich in die Schlacht. Thomas landete auf dem Deck und sah sich schnell nach dem nächsten Feind um: Ein großer Mann mit Turban und kohlschwarzer Haut, dessen Augen über einem dichten Bart funkelten. Er trug einen Säbel in der einen und einen kupfernen Faustschild in der anderen Hand. Während er auf Thomas losging, schwang er seine Klinge, um die Stahlspitze von Thomas' Pike beiseitezuschlagen. Thomas führte die Waffe nach unten und um die Klinge herum, bevor er damit nach der Brust seines Gegners stieß.

Instinktiv schlug der Korsar den Pikenschaft mit seinem Rundschild beiseite, sodass die Spitze ihr Ziel verfehlte und stattdessen seinen Kaftan aufriss. Thomas zog die Waffe zurück und vollführte eine Finte, um seinen Gegner auf Abstand zu halten. Aus den Augenwinkeln beobachtete er, wie La Valettes Schwert sich in einer Blutfontäne in einen Schädel bohrte. Auf der anderen Seite kämpfte Stokely sich an der Spitze eines kleinen Trupps an der Reling entlang vorwärts. Um Thomas und den Korsaren hatten sich die Reihen gelichtet, wie um eine Bühne für ihr Duell zu bereiten.

Plötzlich schrie der Korsar auf und ging zum Angriff über, hieb auf die Pike ein und schlug die Spitze zu Boden. Er stürmte vor und ließ seinen Schild gegen Thomas' Brustpanzer krachen; die Wucht des Aufpralls wurde jedoch von dem wattierten Stoff des Waffenrocks darunter abgemildert. Thomas ballte die Hand zur Faust und rammte sie seinem Gegner ins Gesicht. Die kleinen Panzerplatten auf seinem Handschuh bohrten sich in das Fleisch des Korsaren, und Thomas spürte, wie dessen Nase mit einem dumpfen Knacken nachgab. Der Korsar stieß einen tierischen Schrei des Schmerzes und der Wut aus, schlug Thomas mit seinem Schild zurück und schwang den Säbel in hohem Bogen auf den Kopf des Ritters zu.

Glücklicherweise bemerkte Thomas rechtzeitig den gekrümmten Stahl, der in der aufgehenden Sonne funkelte, und sprang zur Seite. Der Säbel zischte dicht an ihm vorbei und bohrte sich mit einem splitternden Krachen in die Deckplanken. Bevor der Korsar sich wieder aufrichten konnte, stieß Thomas mit aller Kraft zu, traf den Mann direkt in die Schulter und riss ihn von den Beinen, sodass er unsanft auf dem Deck landete. Thomas griff erneut an und trieb seine Pike direkt unter dem Schlüsselbein in die Brust des Korsaren. Die Spitze drang tief durch den weißen Kaftan und das Fleisch darunter und zerschmetterte Knochen. Der Korsar kniff Augen und Mund so fest zusammen, dass sein Gesicht an ein verkohltes Holzscheit erinnerte. Dann sank er auf das Deck zurück, die Hände auf die Wunde gepresst. Blut durchtränkte seine Kleidung.

Thomas stemmte den Stiefel auf die Brust des Korsaren und riss die Pike aus seinem Körper. Dann sah er sich nach dem nächsten Gegner um. La Valette und einige Männer kämpften sich nach achtern vor, wo sich der Korsarenkapitän und seine Offiziere zur Verteidigung bereit machten. Stokely und seine Männer hatten unterdessen das Vordeck erobert und metzelten die Kanoniere nieder. Überall auf dem Schiff herrschte Chaos. Die überlegenen Rüstungen der Ritter und Söldner verliehen ihnen einen entscheidenden Vorteil, gegen den auch der fanatische Glaube des Feindes an die Worte seines Propheten nicht viel ausrichten konnte. Die Säbel glitten von den Panzerplatten ab – allein ein Glückstreffer an einem Gelenk oder ein Hieb ins Gesicht konnte den Christen etwas anhaben. Nur eine Handvoll von Thomas' Kameraden war gefallen, die übrigen machten den Korsaren gnadenlos den Garaus.

Dennoch lieferte ihnen noch so mancher Gegner einen vortrefflichen Kampf. Thomas suchte sich einen hochgewachsenen, schlanken und gut gerüsteten Kämpfer mit einem großen Schild und einem reich verzierten Säbel aus, der offenbar eine zum Lagerraum führende Luke bewachte. Ein Leichnam lag vor ihm: Das weiße Kreuz auf dem roten Wappenrock wies den Gefallenen eindeutig als Ritter des Ordens aus. Der Korsar grinste und hielt seinen Säbel hoch, damit Thomas die blutige Klinge sehen konnte, doch dieser ging nicht auf die Herausforderung ein. Der Korsar hatte relativ helle Haut – wahrscheinlich war er als Kind von der Balkanhalbinsel geraubt und als Muslim aufgezogen worden, ähnlich wie die berüchtigten Janitscharen, die Eliteeinheiten des Sultans. Ein schwarzer Pferdehaarbusch ragte schimmernd von seinem Helm auf, der genau wie die vielen winzigen Panzerplatten auf seinem gepolsterten Wams mit glänzendem schwarzem Lack überzogen war. Die rote Narbe auf seiner Wange ließ darauf schließen, dass er Erfahrung im Kampf hatte – und dass es zumindest einem seiner Kontrahenten gelungen war, ihn zu verletzen, dachte Thomas.

Er richtete die Pikenspitze auf den Korsaren, näherte sich vorsichtig und deutete einen Angriff auf dessen Gesicht an. Sein Gegner blinzelte noch nicht einmal, sondern schüttelte nur spöttisch den Kopf.

»Also gut«, knurrte Thomas mit zusammengebissenen Zähnen. »Wie wäre es hiermit?«

Er warf sein ganzes Gewicht in die Pike und sprang vor. Der Korsar wich geschickt zur Seite aus und zielte mit seinem fein gearbeiteten Säbel auf Thomas' Kopf.

Dieser duckte sich, sodass die scharfe Klinge gegen den gewölbten Stahl seines Helms prallte und ihm einen Augenblick lang die Sinne raubte. Er taumelte zurück und schüttelte den Kopf, wobei er die Pike hin und her schwenkte, um den Korsaren auf Abstand zu halten. Dieser lächelte kurz, dann kniff er die Lippen zusammen und trat vor. Seine Klinge wirbelte fast zu schnell für das menschliche Auge. Ohne den Säbel weiter zu beachten, änderte Thomas abrupt den Griff – nun hielt er die Pike wie einen Kampfstab, an dem er als Junge in England ausgebildet worden war. Wie alle Männer, die die Ausbildung zum Ritter durchlaufen hatten, war Thomas kräftig und gut gebaut. Er setzte zum Angriff an.

Diese ebenso dreiste wie ungeschliffene Taktik überraschte den Korsaren, der es nicht schaffte, dem Pikenschaft rechtzeitig auszuweichen. Thomas krachte in ihn hinein, trieb ihn zurück und brachte ihn dadurch ins Stolpern. Der Korsar prallte so heftig gegen die Reling, dass ihm die Luft aus der Lunge gedrückt wurde. Der Korsar ließ Schwert und Schild fallen, packte den Pikenschaft und stemmte sich dagegen. Thomas drückte mit aller Kraft. Die Muskeln und Sehnen in seinen Armen waren bis zum Äußersten gespannt. Langsam ging der Korsar in die Knie. Als die Pike die Brust des Mannes erreichte, hob Thomas sie an, bis die Holzstange direkt unter dem Kinn gegen die Kehle des Korsaren gepresst wurde. Dieser öffnete den Mund und versuchte verzweifelt seinen Gegner davon abzuhalten, ihn zu erwürgen.

»Verflucht seist du ... Christ«, zischte er auf Französisch mit schwerem Akzent. »Fahr zur ... Hölle!«

Thomas' Gesicht war nur noch wenige Fingerbreit von dem des Korsaren entfernt. Er konnte jede Falte darauf genau erkennen, jeden Schweißtropfen, den der um sein Leben kämpfende Mann vergoss. Er atmete nur noch schwer, dann schlossen sich seine Augen. Seine Kehle gab mit einem leisen Knacken nach. Der Korsar zuckte, riss die Augen wieder auf und sah Thomas entsetzt an. Aus seinem geöffneten Mund drang nur noch ein trockenes Würgen. Thomas spürte, wie seinen Feind die Kraft verließ. Dennoch drückte er weiter gegen die Pike, bis der Korsar auf das Deck fiel, seine Hände sich vom Schaft lösten und er mit leerem Blick in den rosafarbenen Himmel starrte. Die Zungenspitze ragte zwischen seinen Zähnen hervor.

Thomas rollte sich zur Seite und hob die Pike für den nächsten Angreifer, doch wie sich herausstellte, waren um ihn herum nur noch Tote und Verwundete. Der Kampf um die Galeere war so gut wie beendet. Stokely und seine Männer hatten das Vorderdeck gesichert, La Valette und die anderen stürmten das Achterschiff, das von dem Korsarenkapitän und seinen letzten überlebenden Offizieren verteidigt wurde. Wild schlugen sie auf die gepanzerten Männer vor sich ein. Thomas sah, wie La Valette sein Schwert hob und es brutal herabsausen ließ. Der erfahrene Ritter war ein kräftiger, stämmiger Mann, und die Parade des gegnerischen Kapitäns konnte das Schwert nicht von seinem Kurs abbringen. Einen Augenblick später durchschlug der scharfe Stahl den Turban und drang bis zum Kiefer hinunter in den Schädel ein.

Sobald die Korsaren im Heck ihren Kommandanten tödlich verwundet sahen, streckten sie die Waffen und fielen um Gnade flehend auf die Knie. Schwerter und Piken hieben und stachen noch einige Zeit auf die Männer ein, dann war der Kampf vorbei. La Valette befreite seine Klinge, wischte sie am Kaftan des gefallenen Kapitäns ab, steckte das Schwert in die Scheide zurück und betrachtete das Blutbad auf dem Deck der Galeere. Da bemerkte er Thomas.

»Sir Thomas! Hier.«

Thomas eilte zum Heck, wobei er über die vielen Leichen steigen musste, die das blutgetränkte Deck pflasterten. Er blieb am Fuß der kurzen Treppe stehen, die zum Achterschiff führte, und sah zu seinem Kapitän auf. La Valette hatte einen Schlag auf den Kopf abbekommen. In der breiten Krempe seines Morions befand sich eine tiefe Delle. Trotzdem schien er weder verwundet noch benommen. Ruhig musterte er seinen Untergebenen.

»Du übernimmst das Kommando über dieses Schiff.«

»Das Kommando? Ja, Herr.«

»Ich werde mit der *Flinken Hindin* die Galeone verfolgen.« Er machte eine Handbewegung, und Thomas sah sich um. Die Segel des großen Handelsschiffes blähten sich in der sanften Morgenbrise. Bald würde die Galeone die Bucht verlassen haben, und auf dem offenen Meer war sie seetüchtiger als die Galeere. Wenn Seegang und Wind zunahmen, bestand durchaus die Möglichkeit, dass sie ihnen entkam.

»Ich lasse dir Sir Oliver und zwanzig Mann hier«, sagte La Valette. »Befreie alle Christen unter den Ruderern.

Aber sei wachsam – ich will nicht, dass sich auch nur ein einziger Muslim als Rechtgläubiger ausgibt.«

»Ja, Herr.«

»Lass die Gefangenen an die Ruderbänke ketten. Dann wirst du die nötigen Reparaturen durchführen lassen, die Leichen beseitigen und Kurs auf Malta nehmen.«

»Malta?« Thomas runzelte die Stirn. Bis zum Winter war es noch lange hin. Es war zu früh im Jahr, um zum Hauptquartier des Ordens zurückzukehren. Doch Thomas hatte kein Recht, die Entscheidungen seines Kapitäns infrage zu stellen. Er stellte sich aufrecht hin und neigte ergeben den Kopf. »Wie Ihr befehlt, Herr.«

»Ganz genau.« La Valette bedachte ihn mit einem strengen Blick, doch dann lenkte er ein und senkte die Stimme, sodass ihn nur noch der junge Ritter hören konnte. »Thomas, wir haben eine Galeere versenkt und diese hier gekapert. Und ich vertraue darauf, dass wir die Galeone auch noch erwischen. Wir müssen uns auf Malta in Sicherheit bringen und die Vorräte der *Flinken Hindin* auffüllen, bevor wir wieder in See stechen. Heute um die Mittagszeit werden wir drei Schiffe, aber kaum genug Männer haben, um sie alle zu bemannen. Wir dürfen das Risiko eines weiteren Kampfes nicht eingehen, bevor wir unsere Beute nicht nach Malta gebracht haben. Habt Ihr verstanden?«

»Ja, Herr«, antwortete Thomas knapp.

»Wir sind nicht mehr viele. In Europa glaubt man, dass unser Orden die Vorhut der christlichen Mächte gegen die Türken ist. Doch in Wahrheit sind wir die letzte Verteidigungslinie. Das dürft Ihr nie vergessen. Jeder Mann, den wir verlieren, bringt den Feind einen Schritt näher zum Sieg.« Sein Blick schien Thomas durchbohren zu wollen. »Wenn Ihr lange genug lebt, werdet Ihr selbst irgendwann eine Galeere befehligen und für die Leben derjenigen verantwortlich sein, die unter Euch dienen. Nehmt diese Pflicht nicht auf die leichte Schulter.«

Thomas nickte. »Ich verstehe, Sir.«

»Das hoffe ich.« La Valette trat einen Schritt zurück und sah sich unter den Männern auf Deck um. »Hauptmann Mendoza!«, rief er.

Ein korpulenter Soldat kam zu ihm herübergetrottet und salutierte. »Herr?«

»Du bleibst mit deinen Männern an Bord. Sir Thomas hat das Kommando. Alle anderen, sofort zurück auf die *Flinke Hindin*!«

Die Männer folgten ihrem Kapitän über das Deck bis zur Reling, wo der Bug ihres Schiffes durch die Enterdreggen mit der Korsarengaleere verbunden war, und stiegen auf die *Flinke Hindin* hinüber. Sobald der letzte Mann das Korsarenschiff verlassen hatte, gab Thomas den Befehl, die Leinen der Enterdreggen zu lockern, sodass die Eisenspitzen losgemacht und vorsichtig auf das Deck der *Flinken Hindin* zurückgeworfen werden konnten. La Valette gab Befehl, die Ruder zu Wasser zu lassen, sodass die Galeere genug Abstand bekam, um ihren Bug in Richtung der fliehenden Galeone auszurichten. Dann nahm sie mit dem gleichmäßigen Schlag der Ruder die Verfolgung auf. Thomas sah ihr einen Augenblick lang hinterher, dann wandte er sich seinen neuerworbenen Kapitänspflichten zu.

KAPITEL 4

Zunächst musste er sich um die Gefangenen unter Deck kümmern. »Du und zwei weitere Männer kommen mit mir«, befahl er dem Hauptmann. »Die anderen schaffen die Leichen weg. Unsere Gefallenen sollen für ein ordentliches Begräbnis aufgebahrt werden.«

Gemeinsam mit Mendoza ging er zu dem mit einem Gitter versehenen Einstieg zum Hauptladeraum hinüber. Beim Näherkommen hörte Thomas murmelnde Stimmen von unten, dann einen ängstlichen Schrei, der sofort verstummte. Das Gitter war mit einem Bolzen gesichert. Die Korsaren waren äußerst gründlich vorgegangen, dachte Thomas, als er ihn löste – sie hatten die Ruderer nicht nur an ihren Bänken festgekettet, sondern auch unter Deck eingesperrt.

»Hilf mir mit dem Gitter.«

Zusammen gelang es ihnen, das Gitter hochzuheben und neben der Einstiegsluke auf den Boden zu werfen. Thomas spähte hinunter. Ihm schlug ein derart übler Gestank entgegen, wie er ihn noch nie erlebt hatte, und er verzog das Gesicht. Dann bemerkte er Bewegungen. Ketten klapperten an müden Gelenken, ausgezehrte, von langen verfilzten Haarsträhnen und dichten Bärten bedeckte Gesichter wandten sich dem bleichen Lichtschein zu, der durch die Luke fiel. Unter dem Schmutz war die

Farbe ihrer Haut kam zu erkennen. Thomas kletterte die Leiter hinab, die zu dem schmalen Zwischengang zwischen den Bankreihen zu beiden Seiten führte. In der Nähe des Hecks stand eine Gestalt mit einer kurzen Peitsche neben dem Trommler, der noch immer an sein Instrument gekettet war. Thomas und seine Männer mussten den Kopf einziehen, als sie, von funkelnden Augen beobachtet, nach achtern gingen.

»Gelobt sei der Herr …«, krächzte eine Stimme. »Es sind Christen … Christen! Sie werden uns befreien!«

Diese Worte schienen die Ruderer wachzurütteln. Einige streckten ihren Rettern flehentlich die Hände entgegen, andere beugten sich einfach nur über ihr Ruder und schluchzten so heftig, dass ihre Schultern erbebten.

Sobald Thomas näher trat, ließ der Aufseher die Peitsche fallen und rang die Hände. »Bitte, Herr«, jammerte er auf Französisch. »Bitte.«

»Wo ist der Sperrbolzen?«, fragte Thomas.

Der Aufseher deutete mit dem Finger auf einen Eisenring, der gerade außer Reichweite des Trommlers angebracht war. »D-da.«

Thomas schob ihn zur Seite und musste gegen die Übelkeit ankämpfen, die der überwältigende Gestank aus dem Schiffsbauch in ihm hervorrief. Wie konnte man das nur ertragen?, fragte er sich. Der Sperrbolzen befand sich direkt neben dem Ring. Thomas befreite ihn mit seinem Dolch aus seiner Hülle, dann zog er die Kette durch den Ring und legte sie vor die erste Ruderbank. Er blickte den Männern, die darauf saßen, ins Gesicht.

»Wer von euch ist Christ? Ist einer von euch Christ?«

»Ich!« Der erste Mann nickte eifrig. »Ich, Herr. Ich bin aus Toulon.«

»Macht ihn los«, befahl Thomas.

»Und ich!«, sagte der Nachbar des Ruderers.

»Lügner!«, rief der erste Mann. »Du bist Moriske. Die Korsaren haben dich aus Valencia mitgebracht.«

»Hauptmann, befreie den Franzosen. Der andere bleibt in Ketten.«

Der Moriske – der von den Arabern abstammte, die einst Spanien beherrscht hatten – öffnete den Mund, um zu protestieren. Als er Thomas' unerbittliche Miene bemerkte, überlegte er es sich anders und senkte resigniert den Kopf. Thomas sah sich um. Weitere Stimmen erhoben sich und bekannten sich zu ihrem Glauben. Wenn sie alle die Wahrheit sprachen, würde nur noch ein Drittel der Ruderer übrig bleiben. Zu wenig, um sie zurück nach Malta zu bringen. Als die verzweifelten Schreie immer lauter wurden, holte er tief Luft. »RUHE!«, brüllte er.

Die Ruderer, die seit Langem die Peitsche des Aufsehers gewohnt waren, schwiegen gehorsam. Thomas wandte sich seinem Sergeanten zu. »Lass die Christen frei. Aber nur die Christen. Jeder, der sich zum Glauben bekennt und als Lügner entlarvt wird, ist des Todes.«

»Ja, Herr«, erwiderte der Soldat gleichmütig.

»Weitermachen.« Thomas konnte den Gestank dieser armen Teufel und den trostlosen Anblick nicht länger ertragen. »Ich bin oben auf Deck.«

»Was ist mit ihm?« Mendoza sah zu dem Aufseher hinüber, der am Heck stand, zu Boden starrte und demütig

44

sein Schicksal erwartete. Thomas warf ihm einen kurzen Blick zu, dann betrachtete er die Peitsche, die zu seinen Füßen lag.

»Mit ihm? Lass das die Männer entscheiden, die du befreist.«

Thomas drehte sich um und eilte den schmalen Gang zur Leiter zurück. Er musste gegen den Drang ankämpfen, die Beine in die Hand zu nehmen, um so schnell wie möglich diesem Höllenloch zu entfliehen. Auf Deck angekommen, lief er zur windzugewandten Seite hinüber und atmete tief durch, als könne er so jede Schwade der verpesteten Luft aus seinen Lungen vertreiben. Natürlich wusste er, was sich unter Deck einer Galeere abspielte, doch er hatte es bisher nur wenige Male mit eigenen Augen gesehen. Obwohl ihn dieser Anblick angewidert hatte, war er sich stets bewusst gewesen, dass die Männer, die an den Rudern der Ordensgaleeren saßen, Gesetzesbrecher, Piraten und Ungläubige waren. So schlimm die Bedingungen auf einer christlichen Galeere auch sein mochten – sie reichten nicht an das heran, was man diesen Männern hier angetan hatte. Blinde Wut stieg in ihm auf, das unbändige Verlangen, den Islam vom Antlitz der Erde hinwegzufegen.

Lautes Plätschern in der Nähe ließ ihn herumfahren; seine Männer warfen die Toten über Bord. Man hatte den Gefallenen die Waffen und alle Kleidungsstücke abgenommen, für die man auf den Märkten von Malta noch einen anständigen Preis bekommen konnte. Zwei weitere Männer bewachten eine Handvoll verwundeter Gefangener, die zu Füßen des Kreuzmastes saßen. Bei ihrem

Anblick hatte Thomas das Gefühl, sein Herz würde sich in seiner Brust in kalten Stein verwandeln. Er stieß sich von der Reling ab, ging auf sie zu und bedeutete mehreren Soldaten, ihm zu folgen. Als er die Gefangenen erreichte, starrte er sie hasserfüllt an. Es waren über zwanzig Männer, von denen viele noch Rüstungsteile trugen. Leere Schwertscheiden hingen von ihren Gürteln und Bandelieren. Die meisten hatten Verletzungen erlitten, die man in aller Eile mit Kleidungsfetzen verbunden hatte. Doch keiner war so schwer verwundet, dass er sich nicht erholen und seinen Platz auf den Ruderbänken einnehmen konnte.

»Lasst die Offiziere hier. Kettet die übrigen an die Ruder«, befahl er nüchtern. Seine Männer trennten die Gefangenen und trieben den Großteil zur Luke hinüber. Nur noch wenige blieben auf Deck sitzen. Thomas betrachtete sie eine Weile. »Tötet sie«, sagte er schließlich. »Und werft ihre Leichen über Bord.«

Einer der Männer, der die Gefangenen bewacht hatte, warf seinem Kameraden einen Blick zu. Dann räusperte er sich. »Herr? Die Offiziere werden ohne Zweifel ein hohes Lösegeld einbringen.«

Thomas spürte, wie seine Hand zitterte, und umklammerte sie fest mit seiner anderen. »Ich habe dir einen Befehl gegeben. Töte sie! Los!«

Hinter ihm ertönten Schritte. Dann trat Stokely zwischen ihn und die Gefangenen. »Du darfst die Offiziere nicht umbringen. Sie sind Gefangene.«

Thomas schluckte. »Sie sind der Feind«, sagte er bitter. »Türken. Ungläubige.«

»Und doch Gottes Geschöpfe«, antwortete Stokely. »Selbst wenn sie sich noch nicht zum rechten Glauben bekannt haben. Wir haben ihre Kapitulation akzeptiert. Wir dürfen sie nicht abschlachten. Das wäre unehrenhaft und unritterlich.«

»Unritterlich?« Thomas runzelte die Stirn, dann lächelte er. »Ritterlichkeit hat im Krieg gegen die Türken nichts zu suchen. Sie haben den Tod verdient.«

»Du kannst doch nicht …«

Thomas hob eine Hand, um ihn zum Schweigen zu bringen. »Wir verschwenden nur unsere Zeit. Die Galeere soll sofort in See stechen, nachdem wir dieses … Ungeziefer losgeworden sind.«

Er zog das Schwert, und bevor jemand reagieren konnte, hatte er die Klinge durch den nächsten Korsaren getrieben, einen jungen Mann in einem reich verzierten Wams und so jung, dass nur ein Bartflaum seine Wangen bedeckte. Der Korsar keuchte auf und sank dann in sich zusammen. Ein roter Fleck breitete sich schnell auf der weißen Baumwolle seines Wamses aus. Schwach griff er nach dem Loch in seinem Gewand und drückte die Hand auf die Wunde, als könne er so den Blutstrom aufhalten. Thomas baute sich über ihm auf. Seine Mordlust ließ ihn alles andere vergessen, und wieder schlug er zu. Diesmal drang die Klinge tief in den Hals und die Wirbelsäule des Jünglings, sodass sein Kopf beinahe abgetrennt wurde. Thomas sah sich unter seinen Männern um. »Und jetzt befolgt eure Befehle! Tötet sie alle. Du fängst an.« Er deutete auf einen der Männer, die die Gefangenen bewacht hatten. »Na los.«

Der Soldat senkte seine Pike und bohrte sie in die Brust des nächsten Korsaren. Die anderen Gefangenen fingen an zu schreien und auf Französisch und Spanisch sowie in ihrer jeweiligen Muttersprache um Gnade zu flehen. Doch nachdem die ersten beiden Gefangenen getötet waren, nahmen auch die übrigen herumstehenden Soldaten am Gemetzel teil. Thomas trat zurück, während Stokely alles mit vor Ekel und Schrecken verzerrter Miene beobachtete.

»Das ist … falsch.« Er schüttelte den Kopf. »Falsch.«

»Dann solltest du dir vielleicht überlegen, ob du noch länger Mitglied dieses Ordens sein willst.« Thomas zuckte mit den Achseln, als der letzte der Gefangenen sein Leben aushauchte. »Sieh zu, dass die Leichen beseitigt werden.«

Während er zum Bug hinüberging, fühlte Thomas einen Augenblick lang überhaupt nichts. Er hatte eigentlich mit Erleichterung gerechnet, damit, dass sich die Anspannung legte, die sich während der Schlacht und dann auf dem Ruderdeck in ihm aufgebaut hatte. Doch er spürte nichts als eine frostige Taubheit. Das Blut auf dem Deck und den Waffen, die darauf herumlagen, waren nur Details, seine Erinnerungen an die Schlacht flüchtige, von jeglichem Gefühl, von aller Reue befreite Bilder. Doch er vermochte auch keinen Triumph zu verspüren. Er war noch am Leben, und seine Kameraden hatten einen kleinen Sieg davongetragen, nicht mehr als ein Nadelstich für den gewaltigen Leviathan, den das türkische Reich darstellte. Ein Reich, das ständig danach trachtete, dieses Meer und die Länder, die daran grenzten, unter die Herrschaft des Islam zu stellen. Weiteres Blut würde fließen, weitere Männer würden durch das Schwert oder vor Erschöpfung und Hunger an den Rudern der Galeeren sterben, die diese leidgeplagte See durchkreuzten. Frauen und Kinder würden weiterhin als Sklaven oder Huren verkauft oder im muslimischen Glauben erzogen werden, um gegen ihre früheren Familien Krieg zu führen. Und genau so würden die Ritter des Heiligen Johannes und diejenigen, die ihnen in ihrer Sache beistanden, weiter ums Überleben kämpfen. So würde es auf ewig weitergehen, Schwert und Säbel in einem endlosen, blutigen Duell gekreuzt, dessen einzige Früchte nur immer neues Elend für die Menschheit sein würden.

Thomas ging zu der kleinen Luke zum vorderen Laderaum hinüber, neben der er den schwarz gekleideten Mann getötet hatte. Er setzte sich erschöpft, löste seine Armschienen, zog die Handschuhe aus und machte sich am Kinnriemen seines Helms zu schaffen. Nur mit Mühe gelang es ihm, den Helm abzunehmen und neben sich aufs Deck zu legen. Das schweißnasse Haar klebte an seinem Kopf, und die Morgenbrise strich kühl über die entblößte Haut. Er lehnte sich einen Augenblick lang gegen die Reling, bis ein Schatten auf sein Gesicht fiel. Thomas öffnete die Augen und sah Stokely vor sich stehen.

»Ich habe deine Befehle ausgeführt. Die Christen wurden befreit.« Er deutete auf das Heck, wo sich etwa vierzig ausgezehrte, in Lumpen gekleidete Gestalten um mehrere Brotkörbe drängten. Sie packten die Laibe, brachen sie in Stücke und verschlangen sie gierig. Stokely beobachtete sie einen Moment lang. »Trotz ihres Hungers haben sie vorher noch den Aufseher in Stücke gerissen«, sagte er. »*Der* hatte sein Schicksal immerhin verdient.«

»Wenn du meinst.«

Stokely warf einen Blick auf die Luke. »Warst du schon da unten?«

Thomas schüttelte den Kopf.

»Vielleicht ist da noch mehr Proviant, den wir ihnen geben können.«

Thomas wedelte mit der Hand in Richtung der schmalen Luke. »Tu, was du nicht lassen kannst.«

Stokely kletterte die Leiter zu dem kleinen Lagerraum hinunter. Einen Augenblick später hörte ihn Thomas überrascht fluchen.

»Thomas!«, rief er.

»Was ist?«

»Komm runter!«

Auf seinen drängenden Tonfall hin rutschte Thomas zur Luke und ließ sich in den engen Raum darunter fallen. »Was ist denn?«

Er drehte sich um und sah Stokely, der neben einem Lumpenbündel kauerte. Der Laderaum war zu niedrig, um aufrecht darin stehen zu können. Thomas ging zu Stokely hinüber. Das Bündel bewegte sich. In den Lichtstrahlen, die durch ein kleines Gitter in den Raum fielen, erkannte Thomas, dass es sich um eine Frau handelte. Sie war nur von einem dünnen Stoffstreifen bedeckt, und als sie sich ihnen zuwandte, rutschte er herunter und entblößte rote Striemen auf ihren Schultern und ihrem Rücken. Sie hatte langes, dunkles Haar. Eine Hand war an einen Eisenring an der Bordwand gekettet. Sie sah die beiden Männer mit zusammengekniffenen, misstrauischen Augen an. Auf einer ihrer bleichen Wangen zeichnete sich ein Bluterguss ab. Die Frau öffnete die spröden Lippen und befeuchtete sie mit der Zunge. »Wer seid ihr?«, flüsterte sie.

»Christen«, antwortete Sir Oliver. »Wir haben die Galeere gekapert.«

»Christen«, wiederholte sie und musterte sie eingehend.

Eine Weile herrschte Stille, während sich die Frau und die beiden Ritter gegenseitig musterten. Obwohl sie geschlagen und gefesselt in ihrem eigenen Schmutz lag, konnte Thomas ihre Schönheit deutlich erkennen. Sein gerade noch so gefühlloses Herz regte sich. Er rutschte herum, bis er den Eisenring erreichen konnte, und zückte seinen Dolch. Beim Anblick der Klinge zuckte die Frau kurz zusammen. Er deutete mit der Spitze auf den Bolzen, mit dem die Kette am Ring befestigt war. »Ich werde dich befreien.«

Sie nickte. Thomas löste den Bolzen mit der Klingenspitze. Dann sah er sie an.

»Wie heißt du?«

Wieder befeuchtete sie ihre Lippen. »Maria de Venici«, sagte sie heiser.

Thomas nickte und verspürte bei ihrem Anblick einen weiteren Stich im Herzen.

»Maria«, wiederholte er langsam und kostete jede Silbe ihres Namens aus. »Maria.«

KAPITEL 5

Malta, zwei Monate später

Dünne silberne Wolkenfäden umringten den hellen Schein des Sichelmondes über Malta. Ein glitzernder Strahl reflektierten Lichts zog sich über das Wasser des Hafenbeckens bis hin zur dunklen Felsmasse der Sciberras-Halbinsel. Es war windstill und drückend heiß. Thomas hatte keine Augen für seine Umgebung. In einer anderen Nacht wäre er wohl empfänglicher für die Schönheit einer mediterranen Nacht gewesen und hätte innegehalten, um den Moment mit Augen und Ohren zu genießen.

Doch nicht heute.

Sein Herz klopfte vor Ungeduld und Angst. Er stand im Schatten der Mauern des Forts von St. Angelo, dem Hauptquartier des Ordens auf den Felsen der Birgu-Halbinsel. Das Fort bewachte die Zufahrt zum Hafen und ragte über der kleinen Stadt auf, deren rote Ziegeldächer im Mondlicht stumpf und grau wirkten. Ein schmaler Pfad verlief entlang der Mauer und hinunter zu den Anlegeplätzen am Ufer, wo Thomas wartete. Er fuhr nervös zusammen, als die Glocke der Kathedrale eine halbe Stunde nach Mitternacht schlug. Maria hätte schon längst hier sein müssen. Er stieß sich von den Felsen unterhalb der Mauer ab und hielt angestrengt Ausschau, konnte jedoch niemanden auf dem Pfad erkennen. Bei der Vorstellung, dass sie es sich anders überlegt hatte und nicht mehr das Risiko eingehen wollte, ihn allein zu treffen, wurde ihm angst und bange.

Man hatte sie bereits davor gewarnt, ihre Beziehung weiter zu vertiefen. La Valette hatte Thomas während der morgendlichen Kampfübungen für ein Gespräch unter vier Augen zur Seite genommen. Er hatte den jungen Ritter daran erinnert, dass Maria de Venici auf ihren Bruder wartete, der sie von der Insel abholen und dem Orden die Belohnung für ihre Rettung überbringen würde.

Thomas' Lippen verzogen sich zu einem Schmunzeln. Lösegeld wäre wohl der passendere Ausdruck, doch ein so schändliches Wort war in der Korrespondenz zwischen dem Orden und der Familie Venici selbstverständlich nie gefallen.

»Die Zuneigung, die ihr füreinander empfindet, ist nicht unbemerkt geblieben«, sagte La Valette. »Ich muss Euch davor warnen, Thomas. Maria ist bereits einem anderen versprochen. Diese … Freundschaft, die sich zwischen euch entwickelt hat, hat keine Zukunft.«

»Wer hat Euch das erzählt, Sir?«, fragte Thomas.

Unwillkürlich wanderte La Valettes Blick zu den anderen jungen Rittern hinüber, die im Innenhof des Forts St. Angelo an Holzpuppen ihre Angriffe übten. Thomas sah an dem Großmeister vorbei und bemerkte, dass Oliver Stokely sie beobachtete. Als sich ihre Blicke trafen, wandte Stokely sich wieder der groben Holzpuppe zu, deren bemaltes Gesicht mit den schwarzen Augen an einen Türken erinnern sollte.

Aha, dachte Thomas. Und diesen Mann habe ich als meinen Freund betrachtet. Seine Überraschung über Stokelys Verrat hielt sich in Grenzen. In den Wochen nach ihrer Rückkehr war ihre Freundschaft merklich abgekühlt, ganz besonders, als deutlich wurde, dass sich die Frau, die sie befreit hatten, stärker zu Thomas hingezogen fühlte. Natürlich hatte sie sich auch Stokely gegenüber dankbar und freundlich gezeigt, doch erst in Thomas' Gegenwart schien sie richtig aufzublühen. Wenn sie einen Spaziergang durch Birgu oder seine Umgebung machen wollte, dann war es Thomas, den sie sich als Begleitung erbat.

Und in der Landschaft um Birgu war es passiert, wie sich Thomas mit klopfendem Herzen erinnerte. Auf den Höhen von St. Margaret, von dem aus man einen Ausblick auf Birgu und den Hafen hatte, im Schatten eines der wenigen Bäume der Insel, war sie gegen ihn gestolpert. Ihre Stirn hatte seine Wange gestreift, als er ihren Arm ergriff, um sie am Fallen zu hindern. Maria hatte zu ihm aufgesehen, gelächelt, und dann hatten sie sich geküsst. Es war eine reine Instinkthandlung gewesen. Seine eigene Heißblütigkeit hatte Thomas geradezu erschreckt, bis sie eine Hand auf seinen Nacken gelegt, ihn näher zu sich herangezogen und ein weiteres Mal geküsst hatte. In einer verborgenen Ecke einer Steinmauer hatte Thomas seinen Umhang auf dem Boden ausgebreitet, und sie waren den restlichen Nachmittag dort geblieben, bis sie – ängstlich und immer noch erhitzt von ihrer Leidenschaft – nach Birgu zurückkehrt waren. Beide waren sich bewusst, wie gefährlich diese Beziehung war. Und doch konnten und wollten sie die Leidenschaft, die in ihren Adern brodelte, nicht zurückhalten.

Einige Tage darauf hatte La Valette seine Warnung ausgesprochen. In der Zwischenzeit waren Thomas seine täglichen Pflichten wie eine Ewigkeit im Fegefeuer vorgekommen. Sobald er sein Tagwerk erledigt hatte, rannte er zum vereinbarten Treffpunkt, einem kleinen Garten in der Nähe des Stadttors, der den Inselbewohnern einst von einem venezianischen Kaufmann vermacht worden war. Dem Besucher spendete der Garten Schatten und den süßen Duft von Blumen und Gewürzen. Ein fruchtbarerer Boden für das Treffen eines Liebespaars war auf ganz Malta nicht zu finden. Und dort, in einer schattigen Laube, hatten sie sich aufgehalten, als Stokely aufgetaucht war. Breitbeinig hatte er auf dem Weg in der grellen Sonne gestanden und die Liebenden stumm angestarrt, während diese sich verschämt voneinander lösten. Die Narbe auf Stokelys Wange war noch gerötet und straffte die Haut, sodass sich sein Mund ständig zu einem leichten höhnischen Grinsen verzog.

»Oliver.« Maria lächelte. »Du hast uns überrascht.«

»Es sieht ganz danach aus«, sagte er kühl. »Also hier hast du die letzte Zeit gesteckt, Thomas.«

Thomas erhob sich von der Bank, auf der er mit Maria gesessen hatte. »Ich bitte dich, erzähle niemandem davon. Lass es unser Geheimnis bleiben.«

»Diese Bitte kann ich dir nicht erfüllen«, sagte Stokely wütend. »Was du hier tust, ist falsch. Du hast Enthaltsamkeit geschworen, Thomas. Wie jeder andere Ritter auch.«

Thomas schnaubte. »Dieser Schwur ist bedeutungslos und sein Bruch die Regel. Das weißt du genau. Großmeister d'Omedes ist bekannt dafür, in dieser Hinsicht ein Auge zuzudrücken.«

»Schwur ist Schwur. Es ist meine Pflicht, dies zu melden.«

Die beiden starrten sich wütend an. Thomas war überrascht, wie wütend, ja sogar hasserfüllt der Blick seines vermeintlichen Freundes war.

»Du darfst kein Wort hierüber verlieren, Oliver. Wenn schon nicht um unserer Freundschaft willen, dann aus Ritterlichkeit Maria gegenüber.«

»Wage es nicht, mir eine Lektion in Ritterlichkeit zu erteilen!«, zischte Stokely.

Thomas biss die Zähne zusammen und presste die Lippen aufeinander. Seine Hände ballten sich zu Fäusten. Doch bevor die Auseinandersetzung ausarten konnte, spürte er Marias sanfte Berührung auf seinem Arm. Sie trat zwischen die beiden und lächelte Stokely nervös an. »Ich bitte euch. Freunde sollten sich nicht bekämpfen.«

»Ich sehe hier keine Freunde«, entgegnete Stokely mit mühsam unterdrücktem Zorn.

Maria runzelte die Stirn. »Ich betrachte dich als meinen Freund, Oliver, und ich danke dir ebenso wie Thomas von ganzem Herzen, dass du mich vor den Türken gerettet hast.«

»Und so zeigt ein Freund also seine Dankbarkeit?«

»Sei nicht zornig auf mich.« Sie griff nach seiner Hand,

doch Stokely trat einen Schritt zurück. Maria keuchte leise auf. »Oliver ... mit tiefster Aufrichtigkeit kann ich dir versichern, dass du mein Freund bist. Mein lieber Freund.«

»Und weshalb verrätst du so meine Freundschaft auf diese Weise? Ihr beide?«

»Wie habe ich dich denn verraten? Habe ich dich angelogen?«, entgegnete sie.

Als er nicht antwortete, senkte sie betrübt den Kopf. »Ich habe dich für meinen Wohltäter und Freund gehalten, genau wie Thomas. Er mag inzwischen mehr als ein Freund sein, aber das bedeutet nicht, dass du weniger bist. Versteh das doch, mein guter Oliver.«

»Nenn mich nicht so! Nicht, wenn du es nicht wahrhaftig so meinst, wie ich es hören will.«

»Du kannst dir meiner Zuneigung gewiss sein. Bitte missbrauche sie nicht.«

Stokely knurrte etwas Unverständliches. Er warf Thomas noch einen letzten verbitterten Blick zu, machte auf dem Absatz kehrt und marschierte durch den Garten davon. Thomas sah ihm hinterher und seufzte. »Das wird Ärger geben. Denk an meine Worte.«

Maria schüttelte den Kopf. »Oliver ist ein guter Mann und ein guter Freund. Er wird wieder zur Vernunft kommen.«

Thomas dachte einen Augenblick lang nach, dann zuckte er mit den Achseln. »Ich hoffe, du hast recht, Geliebte.«

Sobald er diese Worte ausgesprochen hatte, spürte er, wie sein Herz vor Aufregung hüpfte. Schnell sah er Maria an. Sie lächelte ihm glücklich zu. »Jetzt weiß ich es also …«

»Thomas, habt Ihr mir überhaupt zugehört?«, bellte La Valette.

Thomas überlegte ebenso fieberhaft wie vergebens, was sein Vorgesetzter gerade gesagt hatte. Er öffnete den Mund, war aber zu keiner Antwort fähig. Mit einem ohnmächtigen Aufstöhnen fuhr La Valette sich mit einer Hand durch sein dichtes, dunkles Haar. Dann beugte er sich vor.

»Haltet Euch von dieser Frau fern. Andernfalls werdet Ihr euch beide ins Unglück stürzen. In großes Unglück. Habt Ihr mich verstanden?«

»Ja, Herr.«

»Ich würde Euch jetzt bitten, mir Euer Wort darauf zu geben, doch ich will Euch nicht in eine Situation bringen, in der Ihr um Eurer animalischen Triebe wegen Euer Seelenheil in Gefahr bringt.« Thomas spürte, wie bei dieser Beschreibung seiner Gefühle Wut in ihm aufstieg. »Deshalb befehle ich Euch, Maria de Venici zu meiden, bis ihr Bruder sie von dieser Insel fortbringt«, fuhr La Valette fort. »Verstanden? Lasst Euch nicht in der Nähe des Hauses blicken, in dem sie wohnt.«

»Verstanden.«

»Gut.« Mit einem Lächeln richtete La Valette sich zu seiner vollen Größe auf. »Ich werde sie über unsere Vereinbarung in Kenntnis setzen. Und damit hat sich die Sache.«

Warum ist sie nicht gekommen? Thomas war rasend vor Zorn. Sie hatte seine Nachricht erhalten und geantwortet, dass sie sich trotz La Valettes Warnung mit ihm treffen wollte. Was hatte sie aufgehalten? Hatte sie es sich anders überlegt? O Herr, lass es einen anderen Grund geben, betete Thomas stumm. Dann schämte er sich, weil er göttlichen Beistand für eine derart verwerfliche und ehrenrührige Angelegenheit erbat.

Er beschloss zu bleiben, bis die Glocke zur ersten Morgenstunde schlug. Wenn Maria bis dahin nicht aufgetaucht war, musste er annehmen, dass sie wohl nicht mehr kommen würde und die erste Liebe seines Lebens zum Scheitern verurteilt war.

Die Nacht verstrich. Als der tiefe Klang der Glocke ertönte, seufzte er und ging langsam den Pfad zurück. Da tauchte sie aus der Dunkelheit auf und eilte auf ihn zu. Wortlos fielen sie sich in die Arme und küssten sich, bis seine Ängste und Befürchtungen verschwunden waren.

»Was hat dich aufgehalten?«, fragte Thomas schließlich.

»Es tut mir so leid, mein Liebster. Die Frau des Händlers, der mich bei sich beherbergt, ist eine misstrauische alte Vettel, die mich ständig mit Adleraugen beobachtet.«

»Und das zu Recht.« Thomas kicherte.

Maria gab ihm einen Schubs vor die Brust. »Spotte nicht. Ich musste warten, bis ich keine Geräusche mehr im Haus hörte. Erst dann wagte ich es, mich hinauszuschleichen. Ich bin so schnell gekommen, wie ich konnte. Wir haben nicht viel Zeit. Ich muss in meinen Gemächern sein, bevor die Diener bei Sonnenaufgang aufstehen.«

Sie küsste ihn noch einmal. Thomas bemerkte ihre Anspannung und löste sich von ihr.

»Was ist?«, fragte er.

Sie starrte ihn an. Ihre Haut schimmerte hell im Mondlicht. Er spürte ihr Zittern. »Thomas, was soll nur aus uns werden? Wir haben uns versündigt, anders kann man es nicht nennen. Ich bin einem anderen versprochen, und doch gebe ich mich dir mit Geist und Körper hin. Wo soll das hinführen? Mein Bruder kann jeden Tag hier eintreffen. Und dann werden wir uns nie wiedersehen.«

»Deshalb sollten wir die Zeit, die uns bleibt, so gut wie möglich nutzen.«

»Wir haben sie schon besser genutzt, als es der Anstand gebietet.«

»Ich pfeife auf den Anstand! Wir sollten unserer Natur und unserem Herzen folgen.«

Sie schüttelte den Kopf. »Du Narr«, sagte sie leise.

»Geliebter Narr. Wir sind nur kleine Rädchen in einer gewaltigen Maschine, der Spielball größerer Mächte, die wir nicht beeinflussen können.«

»Können wir doch«, antwortete Thomas ernst. »Wir könnten Malta verlassen. Komm mit mir nach England.«

»Malta verlassen? Wie denn? Glaubst du, dass du so leicht ein Schiff stehlen kannst, wie du mein Herz gestohlen hast?«

»Ich habe es nicht gestohlen, wenn ich mich recht erinnere. Es wurde mir aus freien Stücken gegeben.« Thomas rieb sich übers Kinn und dachte über ihr weiteres Schicksal nach. »Wir könnten uns auf ein Handelsschiff nach Frankreich schleichen und von dort aus weiterreisen.« Er redete, ohne nachzudenken, und selbst ihm kamen seine Worte dumm und hoffnungslos vor. Man würde Maria sofort vermissen, und sobald man entdeckte, dass er ebenfalls verschwunden war, bedurfte es nicht viel Fantasie, um sich die Konsequenzen vorzustellen. Maria befand sich in der Obhut des Ordens, und der Orden würde seine Pflichten niemals vernachlässigen. Man würde jedes Schiff, das die Insel verließ, mit einer schnelleren Galeere verfolgen. Sie würden sie gefangen nehmen und dem Zorn des Großmeisters ausliefern, noch bevor der erste Tag vorüber war. Dies alles war ihm bewusst – und doch flehte ihn sein Herz an, mit Maria die Flucht zu ergreifen.

»Was sollen wir nur tun?«, fragte er zornig. »Ich werde dich nicht aufgeben!«

»Doch«, erklang eine Stimme aus den Schatten. »Und zwar früher, als du denkst.«

Sie drehten sich um. Thomas bemerkte eine Gestalt, die ins fahle Mondlicht trat: ein Mann, dessen Hand auf seinem Schwertknauf ruhte. Hinter ihm erschienen weitere Männer.

»Oliver …«, flüsterte Maria.

Thomas schluckte und versuchte, so ruhig wie möglich zu klingen. »Was machst du denn hier?«, fragte er seinen Freund. Seinen *Freund*?

»Thomas, stell dich nicht dümmer, als du sowieso schon bist«, antwortete Stokely. »Du weißt ganz genau, weshalb ich hier bin.« Er deutete auf die Männer hinter sich. »Verhaftet die beiden. Bringt die Dame zurück in ihre Gemächer.«

Zwei Männer traten näher. Thomas stellte sich vor Maria und hob die Fäuste.

»Thomas, nicht!«, sagte sie flehentlich. »Dafür ist es zu spät. Viel zu spät.«

»Maria hat recht«, sagte Stokely. »Es ist zu spät. Zwischen euch ist es aus. Lass die Männer die Dame zurück in ihr Quartier geleiten …«

Thomas stand still da, als Maria sich an ihm vorbeidrängte, seine Hand nahm und sie noch einmal schnell drückte. Dann wurden sie getrennt. Voller Wut und Verzweiflung sah Thomas den drei Gestalten nach, die den Pfad hinunter nach Birgu schritten. Dann erteilte Stokely einen knappen Befehl, und zwei weitere Männer packten Thomas' Arme und drehten sie ihm auf den Rücken. Stokely trat vor und schüttelte spöttisch den Kopf. »Mein lieber Thomas, was soll nun aus dir werden?«

KAPITEL 6

Je länger Großmeister Jean d'Omedes Stokely zuhörte, umso finsterer wurde seine Miene. Der Großmeister war kurz nach der zweiten Stunde geweckt worden und hatte seinen Diener wütend beschimpft, bis der Grund für die Störung sein schlaftrunkenes Gehirn erreichte. Dann hatte er sich schnell angezogen und Romegas, seinen erfahrensten Galeerenkapitän, sowie Jean de La Valette in die Ratskammer im Herzen des Forts St. Angelo rufen lassen.

Flackernde Kerzen beleuchteten die eilig einberufene Anhörung. Thomas stand zwischen zwei bewaffneten Wachen vor den drei an einem langen Tisch sitzenden Männern. Stokely stand an der Seite und erstattete Bericht. Nachdem er geendet hatte, herrschte angespanntes Schweigen. Schließlich räusperte sich der Großmeister und funkelte Thomas wütend an.

»Ist Euch überhaupt klar, welchen Schaden Ihr dem Orden zugefügt habt? Wenn die Venici erfahren, was hier geschehen ist, werden sie uns das niemals verzeihen. Genauso wenig wie der Herzog von Sardinien, dessen Sohn mit Maria verlobt ist. Unsere Lage ist bereits schwierig genug. Wir dürfen uns keine neuen Feinde machen.«

»Herr, wenn man uns die Erlaubnis entzieht, in den Häfen von Neapel und Sardinien anzulegen, werden wir kaum noch dazu fähig sein, die Korsaren und Türken zu bekämpfen«, knurrte Romegas.

Der Großmeister holte tief Luft. »Was sollen wir tun?«

»Ich glaube, uns bleibt keine andere Wahl, als Sir Thomas zu bestrafen«, antwortete Romegas. »Wir müssen ein Exempel an ihm statuieren, Herr. Nichts weniger werden die Venici von uns erwarten.«

»Wartet.« La Valette drehte sich halb zu den anderen Männern am Tisch um. »Wir dürfen nicht unbedacht handeln. Noch ist es nicht zu spät, um diese Affäre vor den Außenstehenden zu vertuschen.«

»Ich frage mich«, sagte der Großmeister und bedachte Thomas mit einem vernichtenden Blick, »ob es tatsächlich zu spät ist. Sir Thomas, ist die Ehre der Dame noch unbefleckt?«

Thomas errötete, senkte den Blick und starrte trotzig auf den Steinboden vor dem Tisch.

»Ich verstehe«, sagte d'Omedes niedergeschlagen. »Dann bleibt uns nichts anderes übrig, als Romegas' Vorschlag zu befolgen. Die Strafe muss hart sein und umgehend verhängt werden. Alle Welt soll sehen, wie streng der Orden gegen diesen Sünder vorgeht.«

»Er hat einen heiligen Schwur gebrochen«, sagte Romegas, »und die Ehre der wahren Religion besudelt. Die Venici werden seinen Kopf fordern. Ich bezweifle, dass man sie anderweitig wird besänftigen können.«

La Valette lachte höhnisch. »Ihr schlagt doch nicht im Ernst vor, Sir Thomas hinzurichten?«

Romegas nickte. »Doch, genau das schlage ich vor.«

»Weshalb denn? Weil er den Versuchungen des Fleisches nachgegeben hat? Das ist kein Grund, um einen Mann aufzuhängen. Bei Gott, da könnten wir gleich den halben Orden wegen Unzucht mit ihren Mätressen oder den Frauen ihrer Feinde neben ihm aufknüpfen.«

Der Großmeister hob die Hand. »Ich bitte euch, bleibt ruhig. Wir sind nicht zusammengekommen, um über andere Ritter zu richten. Nur über Thomas.«

»Nun, unsere Gelübde sind nur so lange von Wert, wie wir uns alle daran halten, Herr.«

Der Großmeister runzelte wütend die Stirn. »Ihr geht zu weit, La Valette.«

»Nein, Herr, ganz im Gegenteil: Ihr geht zu weit.« La Valette deutete auf Thomas. »Ich kenne diesen Ritter gut. Er hat die letzten zwei Jahre über an meiner Seite gefochten, und ich wüsste kein besseres Beispiel für Mut und Hingabe an den Orden als ihn. Sir Thomas ist einer der vielversprechendsten Ritter seiner Generation. Es wäre töricht, ein solches Talent auszulöschen, wo wir doch jeden Mann dringend brauchen. Bestraft ihn meinetwegen. Lasst ihn öffentlich auspeitschen. Das sollte genügen, um unsere Männer daran zu erinnern, mit Ehre und Ritterlichkeit zu handeln. Mehr ist nicht nötig.«

»O doch«, entgegnete Romegas. »Wenn wir Sir Thomas erlauben, Mitglied des Ordens zu bleiben, würde er uns ständig an unsere Schande und, schlimmer noch, an unsere Schwäche und die Nachgiebigkeit erinnern, mit der wir mangelnde Disziplin und fehlende Moral ahnden. Wir müssen unseren jüngeren Rittern eine Lektion erteilen. Sie dürfen den Ernst und die Heiligkeit der Schwüre nicht vergessen, die die Männer des Ordens miteinander verbinden. Soll Thomas' Tod dafür sorgen, dass diese Bande noch enger geknüpft werden. Herr, ich beschwöre Euch, lasst ihn hinrichten.«

La Valette schüttelte den Kopf. »Wenn Ihr ihn töten lasst, riskiert Ihr damit, dass viele gute junge Männer davor zurückschrecken werden, dem Orden beizutreten. Sir Thomas' einziges Verbrechen besteht in seiner Jugend. Wir alle wissen noch gut, welch unbezähmbaren Triebe und Bedürfnisse wir in seinem Alter hatten. Wenn er für einen einmaligen Fehltritt hingerichtet wird, werden sich andere Männer – Männer, die wir dringend brauchen – uns nicht anschließen wollen. Es gibt noch eine andere Möglichkeit«, fuhr La Valette fort. »Eine, die deutlich beweist, dass wir ein solches Vergehen nicht dulden. Ich schlage vor, Sir Thomas aus dem Orden auszuschließen.«

»Ihn ausschließen?« Der Großmeister runzelte die Stirn. »Was soll das für eine Bestrafung sein?«

»Es gibt nichts Schmachvolleres.« La Valette wandte sich Thomas zu. »Ich bilde mir ein, diesen Mann zu kennen. Er hält seine Mitgliedschaft im Orden für die höchste Ehre, die einem Mann in diesem Leben zuteilwerden kann. Erst der Orden verleiht seiner Existenz Würde und Wert. Wenn er ihm nicht mehr angehört, wird er in Schande leben und jeden Tag die schwere Last dieses Verlustes zu tragen haben. Das wäre die angemessene Bestrafung. Außerdem kann er so sein Talent und sein Leben als Kämpfer für die Christenheit an einem anderen Ort widmen.«

Thomas war La Valette für diesen Einwurf dankbar. Womöglich hatte er ihm damit das Leben gerettet. Trotzdem hatte sein Mentor die Wahrheit gesprochen. Es gab keinen größeren Ehrverlust, als aus dem Orden verstoßen zu werden. Was sollte er dann anfangen? Niemand, der von seinem Schicksal erfuhr, würde ihm auch nur den geringsten Respekt entgegenbringen.

Der Großmeister dachte schweigend über die Zukunft des jungen Ritters nach. Schließlich holte er tief Luft. »Meine Entscheidung ist gefallen. Sir Thomas Barrett wird seinen Rang und alle Privilegien verlieren, die ihm als Ordensmitglied zustehen. Sein Wappen soll aus dem Quartier der englischen Ritter entfernt werden. Er selbst wird diese Insel mit dem nächsten Schiff verlassen. Es ist ihm bei Todesstrafe verboten, hierher zurückzukehren, solange der Orden dies nicht ausdrücklich erlaubt. Er ist ein Verbannter, und verbannt soll er bleiben, bis er den Tod findet oder der amtierende Großmeister diesen Urteilsspruch aus hinreichenden Gründen zurücknimmt.« Er klopfte mit den Fingerknöcheln auf den Tisch. »Führt den Gefangenen ab.«

»Nein!«, rief Thomas. »Lasst mich erst zu Maria.«

»Wie kannst du es wagen?«, knurrte Romegas wütend. »Führt diesen anmaßenden Kerl ab! Sofort.«

Wieder packten die Soldaten Thomas' Arme. Er wehrte sich nach Kräften, als sie ihn zur Tür zerrten. »Lasst mich zu ihr! Nur ein einziges Mal. Ich muss sie sehen. Habt doch Erbarmen!«

»Fort mit ihm!«, rief d'Omedes.

Thomas zappelte, doch die Männer hielten ihn fest gepackt und schleiften ihn zur Tür. »Was wird aus ihr? Was habt Ihr mit Maria vor?«

»Sie kommt ebenfalls an die Reihe«, sagte der Großmeister. »Über sie wird gerichtet werden, und sie wird
gerecht bestraft. Dessen kannst du dir gewiss sein.«

Thomas war, als würde sein Herz zerspringen. Als er
abgeführt wurde, warf er Stokely einen flehenden Blick
zu. »Im Namen unserer früheren Freundschaft, Oliver.
Versprich mir, dass du dich gut um sie kümmerst. Ich
habe deinen Zorn verdient, aber Maria nicht. Sie ist unschuldig. Versprich mir, dass du sie beschützen wirst!«

Stokely stand still und stumm da. Nur ein leichtes Lächeln verriet seine Gefühle, als Thomas aus dem Raum
geführt wurde und sich die Tür hinter ihm schloss.

KAPITEL 7

Der erste Bote erreichte ihn in der Abenddämmerung eines kalten, düsteren Tages. Thomas saß auf einem alten, mit Schnitzereien bedeckten Stuhl in seinem Arbeitszimmer und starrte durch die Bleiglasfenster. Schnee bedeckte den Rasen vor Barrett Hall. Rote und goldene Punkte schimmerten auf den Glasscheiben, Reflektionen des allmählich verlöschenden Kaminfeuers. Thomas starrte in das kühle, blaue und trostlose Licht vor dem Fenster, ohne sich zu bewegen oder sonst ein Lebenszeichen von sich zu geben. Als wäre sein Herz so still und kalt wie die Welt da draußen, eingehüllt von einem Leichentuch, wartend auf die Wärme des lebensspendenden Frühlings. Diese Jahreszeit würde bald zurückkehren, das war so sicher wie der tägliche Aufgang der Sonne. Und doch empfand Thomas bei diesem Gedanken nur wenig Freude. Die Jahre waren verflogen, und er hatte ihr Verstreichen teilnahmslos verfolgt. Sein Geist war vor langer Zeit hart, unbarmherzig und gefühllos wie Stein geworden. Doch auch wenn sein Herz verkümmert war, achtete er immer noch auf sein körperliches Wohlbefinden. Er aß maßvoll und vollführte täglich seine Leibesübungen, egal wie es um das Wetter oder seine Gesundheit stand. Er war ein Gewohnheitsmensch.

Über die vielen Jahre hinweg, seit er aus dem Orden des Heiligen Johannes verstoßen worden war, hatte sich Thomas seine Gesundheit bewahrt und auch sein beträchtliches kämpferisches Talent nicht brachliegen lassen. Lange hatte er als Söldner in den endlosen Kriegen gekämpft, die in Europa tobten. Der Tod – sei es durch Krankheit, Hunger oder den Feind – war sein ständiger Begleiter gewesen und hatte ihn dennoch trotz einiger schwerer Verletzungen verschont. Zudem hatte er seinen Verstand durch regelmäßige Lektüre und Studien wachgehalten und nicht der zügellosen Dekadenz nachgegeben, der die englischen Edelleute in ihren Prachtgärten und Herrenhäusern allmählich zum Opfer zu fallen schienen. Sie nannten sich Lords und Ritter, obwohl nicht einer von zehn seinen gebührenden Platz in der Schlachtordnung hätte einnehmen können.

Selbst mit fünfundvierzig Jahren besaß Thomas noch eine gewisse natürliche Ausstrahlung. Seine Schläfen und sein Bart mochten ergraut, sein wettergegerbtes Gesicht von ersten Falten durchzogen sein: Die meisten Menschen ahnten unwillkürlich, dass mit ihm nicht zu spaßen war. Hin und wieder – früher öfter als heute – hatte er einer höfischen Veranstaltung beigewohnt und die ungewollte Aufmerksamkeit eines betrunkenen Stutzers erregt, dem offenbar ein Gerücht über Sir Thomas zu Ohren gekommen war und der sich daraufhin entschlossen hatte, den schweigsamen Ritter zum Duell zu fordern.

Thomas dagegen war seit Langem Meister darin, sich jene Narren höflich und bescheiden vom Hals zu halten. Eine Demonstration seiner Altersmilde war ihm bei Weitem lieber als eine Auseinandersetzung, die zwangsläufig mit der öffentlichen Demütigung des Jüngeren enden musste. Thomas hatte ja in seiner Jugend selbst den bitteren Geschmack der Erniedrigung gespürt und den Wert der Selbstbeherrschung zu schätzen gelernt. Selbst jetzt noch spürte er die bitteren Folgen dieser Lektion, wenn er allein im Dunkeln saß, das Gesicht in ein grobes Kissen vergrub und so sein Elend vor den anderen verbarg. Er hatte nicht die Absicht, sich neue Feinde unter den verweichlichten englischen Aristokraten zu machen, also ließ er alle Schmähungen über sich ergehen und bemühte sich, sie nicht weiter zu beachten.

Nur einmal war er gezwungen gewesen, einen anderen in Notwehr zu verletzen. Das war vor zehn Jahren bei einer Feierlichkeit für den Oberbürgermeister der Stadt London gewesen. Thomas hatte sich einem jugendlichen Großmaul gegenübergesehen, groß und stämmig und völlig verblendet, was seine kämpferischen Fähigkeiten anbelangte. Doch selbst er hatte Thomas nur zögerlich herausgefordert. Seine jungen Augen waren groß und wachsam gewesen, seine Hand hatte leicht gezittert, als sie vom Knauf seines Rapiers rutschte und den Griff umklammerte. Die Klinge war gerade ein paar Zoll aus der reich verzierten Scheide geglitten, da hatten sich Thomas' Finger schon wie eine eiserne Fessel um das Handgelenk des Jungen geschlossen, und er hatte mit einem sanften, aber warnenden Lächeln den Kopf geschüttelt und seinem Herausforderer den Rücken zugekehrt. Der Narr hatte vor Wut und Empörung aufgeschrien und sein Schwert noch weiter gezogen. Thomas war herumgewirbelt und hatte den Arm des Jungen mit einem schmalen Dolch, den er scheinbar in Windeseile aus dem Nichts hervorgezaubert hatte, an den Oberschenkel geheftet. Der junge Mann war auf dem Boden zusammengesunken. Ruhig hatte Thomas seine Klinge befreit, die Wunde versorgt, sich bei dem Gastgeber entschuldigt und die Feier verlassen.

Diese Erinnerung ließ ihn den Kopf schütteln. Er war noch immer wütend auf sich, weil er den Gesichtsausdruck des Jungen nicht rechtzeitig zu deuten gewusst hatte, um einen derartigen Vorfall zu verhindern. Es klebte bereits genug Blut an seinen Händen, und er wollte das Leid, das er so vielen – Christen wie Heiden – bereits zugefügt hatte, nicht noch vergrößern. Die Erinnerungen daran hatten ihm in den Jahren nach seiner Rückkehr nach England sehr zugesetzt. Inzwischen waren sie verblasst und ihm so vertraut wie die Narben auf seinem Körper.

Thomas zog sich den Mantel enger um die Schultern, erhob sich von seinem Fensterplatz, ging zum Kamin hinüber und legte bedächtig zwei weitere Scheite aufs Feuer. Er beobachtete sie eine Zeit lang mit müßiger Faszination. Rauch stieg aus den Rissen im Holz auf. Funken sprühten, und mit einem lauten Knacken flackerte eine hellgelbe Flamme aus der Glut unter den Scheiten auf. Er kehrte zum Fenster zurück, nahm wieder Platz und blickte in den dunkler werdenden Himmel.

Über dem Knistern des Feuers nahm er laute Stimmen aus der Eingangshalle wahr. Seine Neugier war geweckt. Auf Barrett Hall gab es nur noch eine Handvoll Diener – für mehr hatte er keine Verwendung, schon gar nicht für die Dutzenden, mit denen sich seine Eltern und Brüder in seiner Jugend umgeben hatten, bevor ihn sein Vater vor vielen Jahren in die Obhut des Ordens gegeben hatte. Bald nachdem Thomas England verlassen hatte, waren beide Eltern gestorben. Dies hatte er aus einem knappen Brief seines Bruders Edward erfahren. Eine Krankheit hatte sie im Abstand von wenigen Tagen dahingerafft. Edward selbst war einem Jagdunfall erlegen, und ein Jahr später war Robert auf See der Ruhr zum Opfer gefallen – die einzige Beute, die sein Kaperschiff gemacht hatte, bevor es mehrere Monate später mit nur wenigen ausgezehrten Gestalten an Bord in Dartmouth angelegt hatte. Thomas hatte dies erst bei seiner Rückkehr auf sein Anwesen von der Magd erfahren, die Robert großgezogen hatte. Robert war immer das Nesthäkchen gewesen, blond, gutmütig und im Gegensatz zu dem sauertöpfischen, schweigsamen Thomas von einer wilden Abenteuerlust erfüllt. Thomas hatte ihm seine Beliebtheit nie übel genommen oder geneidet. Er hatte seinen Bruder geliebt.

Nun war nur noch er übrig. Abgesehen von seinem Leibdiener John, der alten Magd Hannah und einem Stallburschen namens Stephen, der sich um die verbliebenen sechs Pferde und die Reitausrüstung kümmerte, lebte er allein. Und Stephen verlor nur selten ein Wort. Er war, wie Hannah sich ausdrückte, mehr Pferd als

Mensch. Sein einziger weiterer Gefolgsmann war der Verwalter seiner Ländereien, der inzwischen in Bishop's Stortford wohnte und sich um die Lehnsleute auf Thomas' Grundbesitz kümmerte, den Pachtzins eintrieb, über das Vermögen seines Herrn Buch führte und ihm zweimal im Jahr Bericht erstattete.

Das Anwesen in Hertfordshire war seit acht Generationen im Besitz der Familie. Thomas war der letzte lebende Nachkomme der Barretts. Er war nicht verheiratet und hatte keine Erben. Bei seinem Tod würde sein Besitz an einen entfernten Cousin übergehen, den Thomas nie kennengelernt hatte und auch nicht kennenlernen wollte.

Hin und wieder hatten Freunde seines Vaters versucht, Thomas unter die Haube zu bekommen. Er hatte alle diesbezüglichen Angebote höflich, aber bestimmt abgelehnt. Viele der Frauen hatten aus gutem Hause gestammt, waren attraktiv und sogar intelligent gewesen. Aber nicht eine hatte Maria auch nur ansatzweise das Wasser reichen können, und alles, was diese Damen bei Thomas weckten, war die Erinnerung an seinen unwiederbringlichen Verlust. Er und Maria waren unter Umständen voneinander getrennt worden, die es höchst unwahrscheinlich machten, dass sie sich durch göttliche Fügung im Jenseits wiedersehen würden. Thomas lebte sein Leben im Zeichen dieses Verlustes. Nach Maria hatte es für ihn nichts gegeben außer quälenden Erinnerungen an ihre Berührung, ihre Gesten, ihr Lächeln, ihr Gesicht und die wenigen Momente, die er in ihren Armen verbracht hatte.

Einen Augenblick lang drohten ihn diese Erinnerungen zu übermannen, und Thomas schüttelte zornig den Kopf, ballte die Fäuste und betrachtete die stille Szenerie jenseits des Fensters, ohne etwas zu sehen. Dann war es vorüber, und er seufzte wie ein Patient, der gerade einen schmerzhaften Eingriff hinter sich hat.

Es klopfte leise an der Tür des Arbeitszimmers. Thomas wandte sich vom Fenster ab.

»Ja?«

Der Riegel wurde zurückgeschoben, und die dunkle Eichentür schwang auf. John betrat den Raum, nickte seinem Herrn zu und deutete in den dunklen Flur.

»Ein Bote, Herr.«

»Ein Bote?« Thomas runzelte die Stirn. »Was für ein Bote?«

»Ein Ausländer, Herr«, sagte John und kniff argwöhnisch die Augen zusammen. »Er hat sich als Philippe de Nanterre vorgestellt.«

Thomas schwieg eine geraume Zeit lang. »Dieser Name ist mir unbekannt. Hat er gesagt, wer ihn geschickt hat oder worum es in seiner Nachricht geht?«

»Er sagte, dass seine Botschaft allein für Eure Ohren bestimmt ist.«

Thomas spürte, wie Furcht in ihm aufstieg. Was wollte ein Franzose hier in England, in seinem Haus, wenn nicht die lange begrabene Vergangenheit aufwecken?

»Wo ist er jetzt?« Thomas hob die Augenbrauen.

»In der Eingangshalle, Herr.« John zuckte mit den Schultern. »Ich hielt es für angemessen, ihn dort warten zu lassen.«

»Führ ihn herein und lass ihn sich am Feuer im Saal wärmen. Gastfreundschaft ist unsere christliche Pflicht, ganz besonders zu dieser Jahreszeit.«

Thomas kam diese Störung ungelegen. In den letzten Jahren hatte er nur wenige Anstandsbesuche empfangen und noch weniger Einladungen zu Maskenbällen oder Banketten erhalten. Ungebetene Gäste waren ihm lästig, und er versuchte üblicherweise, sie so schnell wie möglich loszuwerden. Eine tiefe Müdigkeit steckte in seinen Knochen, und er hatte einen ruhigen Abend am Feuer verbringen wollen. Wenn dieser Philippe de Nanterre ihn als Söldner anheuern wollte, dann würde er ihn leider enttäuschen müssen. Thomas hatte seinen Frieden mit der Welt und mit seinen Feinden gemacht und wollte nichts als seine Ruhe. Er fuhr sich über den sorgsam gestutzten Bart und starrte seinen Diener an.

»Kannst du dir einen Reim darauf machen, was er hier will?«

»Allerdings.« John lächelte. »Er hat einen Brief für Euch, Herr. Ich habe ihn in seiner Satteltasche gesehen, als ich sein Pferd in den Stall führte.«

Auch Thomas musste unwillkürlich lächeln. »Die Tasche stand ganz zufällig offen, nehme ich an?«

»Es ist nicht meine Schuld, dass der Riemen nicht festgezurrt war. Mir ist nur daran gelegen, Euch vorab so viele Einzelheiten wie möglich zukommen zu lassen.«

»Und das hast du gut gemacht. Was war das für ein Brief?«

»Ein gefaltetes und versiegeltes Pergament. Es stand kein Absender darauf.«

»Hast du das Siegel erkannt?«

»Nein, Herr.«

»Beschreib es mir.«

»Ein Kreuz, Herr. Ein Kreuz mit einer Kerbe an jedem Ende.«

Thomas wurde schwindlig. Er schloss die Augen und versuchte, die Flut der Erinnerungen und Bilder zurückzudrängen, die ebenso ungebeten wie ungewollt in ihm aufstiegen. Doch gleichzeitig glomm auch ein Funke der Hoffnung in seiner Brust auf, angefacht von seiner Neugier. Er holte tief Luft, dann öffnete er die Augen wieder und richtete sie auf seinen Diener. »Führ ihn in die Küche und gib ihm zu essen.«

»Herr?« John hob die Augenbrauen. »Er ist ein Fremder. Wir dürfen ihm nicht trauen. An Eurer Stelle würde ich ihn wieder wegschicken.«

»Nur gut, dass du nicht an meiner Stelle bist. Es wird bald dunkel, und die Straße nach Bishop's Stortford ist vereist. Es wäre nicht rechtens, ihn auf diese gefährliche Reise zu schicken. Wenn er es wünscht, kann er hier übernachten. Gib ihm eine Mahlzeit und ein Bett. Und sag ihm, dass ich mich bald zu ihm gesellen werde.«

John grunzte, kannte seinen Herrn aber gut genug, um nicht zu widersprechen.

Thomas lächelte geheimnisvoll. »Er muss einen weiten Weg zurückgelegt haben, nur um mich zu sehen. Da ist unsere Gastfreundschaft noch das Mindeste, was wir für ihn tun können. Und jetzt kümmere dich um ihn.«

John neigte den Kopf, verließ das Arbeitszimmer und schloss die Tür hinter sich. Wenig später hallten seine

Schritte durch den eichenholzvertäfelten Flur. Thomas strich sich gedankenverloren über den Bart. Johns Beschreibung des Siegels kannte er nur zu gut. Es war das Emblem des Malteserordens. Nach so vielen Jahren des Wartens hatte der Orden endlich das Schweigen gebrochen.

Sobald Thomas die Tür öffnete und die Küche betrat, wusste er, dass der eigenbrötlerische Alltag der letzten Jahre beendet war. Der Bote saß mit dem Rücken zum Herdfeuer und war über eine dampfende Schüssel gebeugt. Als der Herr des Hauses eintrat, hob er den Blick, stand dann schnell auf und wischte sich den Mund mit dem Handrücken ab. Er hatte dunkle Haut, auf der sich deutlich eine über die Stirn verlaufende weiße Narbe abzeichnete. Sein Gesicht war wettergegerbt, seine Miene entschlossen, aber höflich. Trotzdem konnte er nach Thomas' Dafürhalten höchstens zwanzig sein. Ein vor der Zeit gealterter Soldat, wie alle Novizen, die die ersten Jahre im Orden überlebten. Der Bote trug noch immer seinen dicken, dunklen Reitmantel. Auf der Schulter befand sich ein mit Schmutz bedecktes weißes Kreuz, dessen sich verbreiternde Arme in jeweils zwei Spitzen endeten – eine für jede Sprache, die im Orden gesprochen wurde.

»Sir Thomas Barrett? Ich habe eine Nachricht des Großmeisters für Euch.« Der Bote sprach ein fehlerfreies Englisch, allerdings mit starkem Akzent. Südfrankreich, vermutete Thomas. Er nickte und bedeutete dem Mann, sich wieder zu setzen.

»Sprechen wir in der Sprache des Ordens, wenn Ihr erlaubt«, sagte Thomas auf Französisch.

»Mit Vergnügen«, antwortete der Mann in derselben Sprache.

Thomas nickte den beiden Dienern zu. »Sie wissen nur wenig von meiner Vergangenheit. Ich konnte vermeiden, dass im Dorf Gerüchte verbreitet werden. Diejenigen, die noch der katholischen Kirche angehören, haben es schon schwer genug.«

»Ich verstehe.«

Thomas wandte sich John zu. »Du darfst dich zurückziehen. Du auch, Hannah.«

Sobald sich die Tür hinter ihnen geschlossen hatte, stellte Thomas sich vor die entgegengesetzte Seite des Tisches und starrte den Boten an. »Nun?«

»Der Großmeister ...«

»Wie lautet sein Name?«, unterbrach ihn Thomas.

»Sein Name?« Der junge Mann schien verblüfft.

»Entschuldigt. Ich bin über den Orden nicht mehr auf dem Laufenden«, erklärte Thomas. »Deshalb weiß ich auch nicht, wer ihm derzeit vorsteht.«

»Oh ...« Der Bote machte keine Anstalten, seine Überraschung zu verbergen. »Ich diene unter Großmeister Jean de La Valette.«

»La Valette.« Thomas nickte. »Ich erinnere mich an ihn. Er muss inzwischen ... sehr alt sein.«

Der Bote starrte stirnrunzelnd zurück. Thomas lächelte. »Nun, seine Beharrlichkeit wird er sicherlich nicht verloren haben. Sagt, führt er noch immer den ersten Gewaltmarsch der Novizen an?«

Der junge Ritter verzog das Gesicht. »O ja. Und noch immer ist er schneller als alle anderen.«

Die beiden lachten, und die Atmosphäre entspannte sich ein wenig. Thomas zog einen Hocker unter dem Tisch hervor und setzte sich. Bei der Erinnerung an den schlanken Veteranen jenseits der Vierzig, der vor einer Gruppe keuchender Jünglinge herstolziert war, die kaum mit ihm hatte Schritt halten können, musste er lächeln. Als Thomas' Blick jedoch wieder auf das Kreuz auf dem Mantel fiel, war das Lächeln wie weggewischt.

»Woher kommt Ihr, Bruder?«

»Meine Familie besitzt ein Anwesen in der Nähe von Nîmes.«

»Dachte ich mir doch, dass ich Euren Akzent erkannt habe, Philippe de Nanterre. Ihr habt also eine Botschaft für mich?«

»Ja, Herr.«

Thomas spürte, wie das Herz in seiner Brust schneller schlug. »Offenbar sind sie zu einem Entschluss gekommen. Ich frage mich, ob ich weiter ein Verstoßener bleibe oder in den Orden zurückkehren darf.«

»Ich verstehe nicht, Herr.«

Thomas starrte ihn an, um herauszufinden, ob der Junge tatsächlich die Frechheit besaß, sich einen Spaß mit ihm zu erlauben. Doch die Verwirrung des Boten schien aufrichtig zu sein. Thomas wedelte mit der Hand. »Egal. Gebt mir die Botschaft.«

»Ja, Herr.« Der junge Mann beugte sich zu einer kleinen Ledertasche auf den Steinfliesen neben seinen Stiefeln hinunter. Er stellte sie auf die vom vielen Gebrauch abgenutzte Tischplatte, hielt aber dann inne und beäugte argwöhnisch den Riemen. Er warf einen Blick zur Tür hinüber, schüttelte den Kopf und öffnete die Tasche, griff hinein und zog ein gefaltetes Pergament mit Wachssiegel hervor, das er Thomas hinhielt. Der nahm es nach kurzem Zögern entgegen, hielt es sich dicht vor die Augen und drehte es, bis das Herdfeuer das Siegel des Ordens und die Worte darunter beleuchtete. *An Sir Thomas Barrett, Ritter des Johanniterordens.* Als er den Satz noch einmal las, schlug ihm das Herz bis zum Hals.

»Wie habt Ihr mich gefunden?«

»Sir Oliver Stokely hat mir den Weg gewiesen, Herr.«

»Sir Oliver muss inzwischen einen hohen Rang bekleiden. Wenn er immer noch derselbe Mann ist, den ich damals kannte.«

Philippe nickte. »Sir Oliver ist Sekretär des Großmeisters«, sagte er gleichmütig.

»Beeindruckend.« Thomas lachte. »Für einen Engländer jedenfalls.«

»Herr?«

»Nicht so wichtig. Esst Euren Haferbrei.« Thomas wandte seine Aufmerksamkeit wieder dem Pergament zu. Er schob einen Finger unter die Kante und brach das Siegel. Dann faltete er das knisternde Pergament auseinander, strich es auf dem Tisch glatt und begann zu lesen.

KAPITEL 8

Schon die ersten Sätze zeigten deutlich, dass Sir Oliver Stokely aus seiner Verachtung und seiner Geringschätzung Thomas gegenüber keinen Hehl machte.

Sir Thomas,
dem Umstand geschuldet, dass wir beide derselben Sprache mächtig sind, schreibe ich dir im Auftrag des Großmeisters Jean Parisot de La Valette folgende Botschaft. Wir beide wissen, dass unter normalen Umständen ein Ausschluss aus dem Orden nicht widerrufen werden kann. Angesichts deines unrühmlichen Verhaltens vor fast zwanzig Jahren kam es mir stets wie die geringste aller Strafen vor, dass du lediglich aus dem Orden verstoßen wurdest. Wie dem auch sei, die gegenwärtige Notlage hat den Großmeister dazu veranlasst, dich aus dem Exil zu holen. Des Weiteren ist dir auf der Grundlage des Schwurs, den du beim Eintritt in den Orden abgelegt hast, befohlen, dich unverzüglich und ohne Umwege nach Malta zu begeben, willst du nicht vor Gott und in den Augen deiner Brüder als schändlicher Feigling gelten.
Ich muss dir wohl kaum mitteilen, wie groß die Schande war, die du über unsere englischen Brüder gebracht hast. Die Gefahr, die dem Orden, ja der gesamten Chris-

tenheit droht, bietet dir die Möglichkeit, deine und die Ehre deiner Landsleute wieder reinzuwaschen. Doch so wie ich dich kenne, hege ich nur geringe Hoffnung, dass du deinem Eid Genüge tun wirst. In jedem Falle wird dein Beitrag zu unserer Verteidigung wohl kaum ins Gewicht fallen. Nichtsdestoweniger hat mir der Großmeister aufgetragen, dich in seinem Namen hierherzubestellen, und ich füge mich seinen Wünschen.

Der Überbringer dieser Nachricht wird dir weitere Kunde über die Lage in Malta geben können. Du kannst ihn nach den Einzelheiten fragen – es wäre unvernünftig, sie schriftlich niederzulegen.

Sir Oliver Stokely,
Justizritter des Malteserordens,
den 6. November anno 1564

Thomas sah zu dem Boten auf. »Der Brief ist vom November. Ihr müsst Euch sehr gesputet haben.«

Philippe zuckte mit den Achseln. »Zeit ist ein Luxus, den sich der Orden nicht leisten kann.«

»So hat es zumindest den Anschein. Seid Ihr mit dem Inhalt dieses Briefes vertraut?«

»Nein, Herr. Wir Boten wurden über die drohende Gefahr in Kenntnis gesetzt. Danach hat man uns die Briefe an unsere Mitbrüder ausgehändigt. Ihr seid der fünfte auf meiner Liste. Nach Euch werde ich noch zwei weitere Brüder aufsuchen, einen in York und einen in Dänemark. So Gott will, bin ich wieder in Malta, bevor der Feind dort eintrifft.«

»Ich verstehe. Wie viele Ritter werden einberufen?«

83

Philippe starrte ihn an, und seine Miene nahm kurz einen verzweifelten Ausdruck an. »Alle.«

Thomas lachte. »Alle? Ich bitte Euch, nehmt mich nicht auf den Arm, Junge.«

»Sir Thomas, wie gesagt, wir haben keine Zeit zu verlieren. Es ist gut möglich, dass die Ungläubigen den Orden in den nächsten sechs Monaten, spätestens in einem Jahr, von Gottes Erde getilgt haben werden.«

Thomas war vertraut mit den wortreichen Übertreibungen, zu denen junge Männer hin und wieder neigen, doch aus Höflichkeit seinem Gast gegenüber behielt er seine Meinung für sich.

»In diesem Brief steht, dass Ihr mir die Einzelheiten erläutern könnt. Also sprecht.«

Philippe schob die Schüssel von sich. »Im letzten Oktober berichteten unsere Spione, dass Sultan Süleyman seine Berater zusammengerufen hat, um die künftige Kriegsstrategie zu besprechen. Obwohl keiner der Spione direkt bei diesem Treffen anwesend war, konnten sie doch die Ankunft einer großen Zahl von Wesiren, Admiralen und Generälen im Palast beobachten. Sie kamen aus allen Ecken und Enden des Osmanischen Reiches, es waren sogar Abgesandte von Dragut und den anderen Korsaren und Barbareskenpiraten darunter. Es bestand kein Zweifel, dass die Türken für das kommende Jahr einen großen Feldzug planen. Später erhielten wir von anderen Spionen Berichte darüber, dass große Waffenlager und gewaltige Vorräte an Schießpulver, Korn und Pökelfleisch angelegt wurden. Die Gießereien des Sultans stellten dutzendweise neue Kanonen her, und die besten Kanoniere und Belagerungsingenieure trafen in Konstantinopel ein. Dann erfuhren wir, dass eine Vielzahl von Schiffen in den Häfen an der ägäischen Küste zusammengezogen wurde und viele Truppen die nahegelegenen Lager erreichten.« Philippe beugte sich über den Tisch. »Kein Zweifel, sie wollen den Orden angreifen. Uns auslöschen.«

Thomas lächelte. »Zugegeben, irgendjemanden scheinen sie angreifen zu wollen. Aber wieso Malta? Wieso jetzt? Süleyman hat anderswo drängendere Probleme. Ich fürchte, unser Großmeister zieht voreilige Schlüsse.«

»Nein.« Phlippe schlug mit der Handfläche auf den Tisch. »Wie könnt Ihr es wagen, sein Wort anzuzweifeln?«

Thomas starrte ihn an. »Vorsicht, mein Freund«, sagte er leise. »In meinem eigenen Haus werdet Ihr nicht in diesem Ton mit mir sprechen.«

Einen Augenblick starrte ihn der Bote dreist und herausfordernd an, bis er Thomas' kalten, rücksichtslosen Blick bemerkte und sich an die wenigen Gerüchte zu erinnern schien, die über den älteren Ritter auf Malta kursierten. Schließlich senkte der den Kopf und starrte auf die Tischplatte.

»Verzeiht, Herr. Es war eine lange Reise, und mein Verstand ist übermüdet. Ich wollte nicht respektlos sein, sondern lediglich die Ehre meines ... unseres Meisters verteidigen.«

Thomas nickte. »Das verstehe ich gut. Es freut mich, dass La Valette noch immer diese leidenschaftliche Hingabe in seinen Männern zu wecken versteht. Aber wieso ist er sich so sicher, dass Süleyman den Orden zum Ziel seines Angriffs erwählt hat? Und wieso gerade jetzt, wo er doch angeblich gegen die Christen auf dem Balkan vorgehen will?« Er runzelte die Stirn. »Was für einen Nutzen hätte ein Angriff auf Malta für ihn?«

»Das liegt auf der Hand, Herr. Seit Beginn seiner Herrschaft vor über vierzig Jahren hat Süleyman Anspruch auf die Titel ›König der Könige‹ und ›Oberster Herrscher von Europa und Asien‹ erhoben. Er hatte schon immer geplant, alle Königreiche der Christenheit unter seine Herrschaft zu bringen und allen seinen Untertanen den Islam aufzuzwingen. Nun wird er allmählich alt und befürchtet, dass er die Erfüllung seines Traums nicht mehr erleben wird.«

Thomas lächelte. »Das sind doch Hirngespinste. Ich war lange genug Soldat, um zu wissen, dass ein solches Vorhaben selbst für den Sultan unmöglich durchzuführen ist.«

»Hirngespinst oder nicht, Herr, so lautet sein Plan. Die Spione des Großmeisters haben ihn aus seinem eigenen Munde gehört. Malta wird den Anfang machen. Unser Ritterorden. Wir waren all die Jahre ein Stachel in seinem Fleische, und jetzt hat er beschlossen, uns zu vernichten.« Der junge Ritter sammelte sich kurz und fuhr dann fort: »Der unmittelbare Grund für den plötzlichen Entschluss des Sultans, Malta zu erobern, ist wohl die Handelskaracke, die wir letzten Sommer geplündert haben. Kommandant Romegas hat das Schiff vor der ägyptischen Küste gekapert. An Bord waren eine Edeldame und der Sandschak von Alexandria. Im Laderaum befand sich ein Vermögen an Seide und Edelmetallen, dessen Wert auf umgerechnet achtzigtausend Dukaten geschätzt wurde …«

Thomas schüttelte verblüfft den Kopf. Wie war es möglich, dass solche Reichtümer selbst im Bauch des größten Schiffs Platz hatten?

Nun lächelte Philippe. »Ja, mir ging es ähnlich, Herr. Man kann sich wohl vorstellen, wie der Sultan auf die Nachricht reagierte. Der Orden stört die Seehandelswege des Sultans schon seit Jahrzehnten. Wir wurden immer mutiger. Und nun ist er fest entschlossen, uns zu zermalmen.«

»Aus Rache?« Thomas hob eine Augenbraue. »Meiner Erinnerung nach ist Süleyman kein Herrscher, der sein Herz die Oberhand über seinen Verstand gewinnen lässt.«

»Tut er auch nicht«, sagte Philippe. »Er will Malta nicht nur aus Vergeltung seinem Imperium einverleiben. Sobald Malta fällt, ist Sizilien an der Reihe. Von Sizilien aus kann er nach Italien übersetzen und Rom erobern – das Zentrum unseres Glaubens. Und selbst dann wird er keine Ruhe geben. Erst wenn er die Alpen überquert und alle Christen bis auf den letzten Mann getötet oder versklavt hat.« Wieder beugte Philippe sich vor und tippte mit dem Finger auf den Tisch. »Glaubt Ihr denn, dass selbst diese ferne Insel hier sicher vor seinem unendlichen Machthunger ist?«

Thomas kicherte. »Wohl gesprochen. Ich kann fast Sir Oliver selbst reden hören.«

Philippe lehnte sich mit einem verschmitzten Lächeln zurück. »Nun, ich habe mein Bestes gegeben. Und Ihr seid wirklich ein so schlauer Fuchs, wie alle behaupten.«

»Alle?«

»Die Brüder, die sich noch an Eure Zeit im Orden erinnern.«

»So viele können es nicht mehr sein«, sinnierte Thomas.

»Nein.«

»Und diejenigen, die sich wirklich an mich erinnern, werden auch nicht vergessen haben, unter welchen Umständen ich den Orden verließ.«

»Wohl wahr, Herr. Doch jetzt müssen wir die Vergangenheit ruhen lassen.«

Thomas hob warnend den Finger. »Offenbar wisst Ihr nicht viel über die Streitigkeiten zwischen den Landsmannschaften des Ordens. Zu meiner Zeit sind wir uns mindestens so oft gegenseitig an die Gurgel gegangen wie den Ungläubigen.«

»Nun, dann werdet Ihr Euch auf Malta gleich wieder heimisch fühlen, Herr.«

»Auf Malta?« Thomas sah abrupt auf. »Nicht so voreilig, guter Freund. Wie kommt Ihr darauf, dass ich wieder in die Dienste derjenigen zurückkehren will, die mich einst ins Exil geschickt haben? Wenn man ehrlich zu Euch war, Philippe, dann hat man Euch auch erzählt, weshalb ich Malta verlassen musste.«

Philippe schüttelte den Kopf. »Ich habe nur gehört, dass Ihr für einen Skandal verantwortlich wart. Mehr wollten sie mir nicht verraten.«

»Dann sind sie so zugeknöpft und selbstgerecht wie früher. Ich bin ihnen nichts schuldig.«

»Ihr habt einen Eid geschworen. Davon kann man nicht entbunden werden, Herr … nur durch den Tod.«

Thomas warf einen Blick in die Schatten in der Küchenecke, dann lächelte er bitter. »Wie es aussieht, könnte der ganze Orden in nächster Zeit von diesem Eid entbunden werden.«

»Wir sind nicht allein, Herr. Der Großmeister hat sich von jedem christlichen Königreich Hilfe erbeten. Wenn diese auch eintrifft, werden wir die Ungläubigen besiegen.«

Das einfältige Gottvertrauen des jungen Mannes erfüllte Thomas mit großer Traurigkeit. Philippe und Hunderte andere würden in den Tod gehen, und dabei würden sie diese hohen Ideale in ihren Herzen hochhalten wie die heiligen Reliquien, für die sie gekämpft hatten und gestorben waren. Thomas hatte gehofft, es nie wieder mit einer derartigen Narretei zu tun zu bekommen. Aus Mitleid mit seinem Gast versuchte er eine Erklärung.

»Sagt mir, Phlippe, habt Ihr auf dem Weg hierher auch nur ein christliches Königreich betreten, das nicht mit einem Nachbarn im Krieg lag? Seid Ihr Euch des schlimmen Schicksals bewusst, das Tausende von Katholiken in diesem Land erdulden müssen? Wir Christen sind zu sehr damit beschäftigt, uns selbst zu vernichten, als dass wir gemeinsam gegen die Ungläubigen kämpfen könnten. Es wird keinen weiteren Kreuzzug mehr geben. Wir haben der wahren Kirche des Herrn den Rücken gekehrt, und Süleyman ist unsere Strafe dafür. Unser Richtspruch.«

Philippe öffnete den Mund, um zu protestieren, doch Thomas brachte ihn mit erhobener Hand zum Schweigen. Einen Augenblick später fuhr er mit müder, leiser Stimme fort. »Kehrt zu Eurem Großmeister zurück und sagt ihm, dass ich kommen werde. Ich werde nicht für diejenigen sterben, die mich in die Verbannung gezwungen haben. Ich werde auch nicht für den Glauben sterben. Ich werde aus ganz persönlichen Gründen zurückkehren.« Er stand auf. »Ich gehe zu Bett. Mein Diener wird Euch ein Nachtquartier weisen. Ich nehme an, dass Ihr mit dem Morgengrauen nach York aufbrechen wollt.«

Philippe nickte. Als Thomas zur Tür ging, räusperte sich der junge Ritter. »Sir Thomas, seid Euch meiner Dankbarkeit gewiss. Und der unserer Brüder auf Malta.«

Thomas blieb in der Tür stehen, drehte sich jedoch nicht um. Stattdessen ließ er die Schultern sinken und seufzte tief. »Dankbarkeit? Hier hält mich nichts, und ich will vor meinem Tod noch einmal Malta sehen. Das ist alles.«

Er verließ den Raum. John erhob sich mühsam von einer Bank im Flur. Thomas deutete im Vorbeigehen auf die Küche. »Kümmere dich um ihn. Ich werde noch schlafen, wenn er morgen aufbricht.«

»Ja, Herr.«

Thomas ging sofort zu Bett. Die Erinnerungen, die der Bote in ihm geweckt hatte, suchten ihn heim. Obwohl ihm Hannah einen Bettwärmer unter die Decke gesteckt hatte, fand er keinen Schlaf. Er konnte die Bilder und Gefühle, die in ihm aufstiegen, nicht aus seinem Kopf verscheuchen. Endlich gab er auf und starrte an die Decke des Schlafgemachs. Der Wind wurde stärker, und ein leises Heulen fuhr durch den Kamin. Er dachte mit gemischten Gefühlen an eine Rückkehr nach Malta. Einst hatte er diese Insel für seine Heimat gehalten. Dort hatte er Maria geliebt. Vielleicht lebte sie durch eine wundersame Fügung des Schicksals immer noch dort und hegte immer noch dieselben Gefühle, wie er sie all die Jahre seit ihrer Trennung für sie empfunden hatte. Dann schalt er sich einen alten Narren, drehte sich auf die Seite und schlief irgendwann ein.

Als er aufwachte, hatte sich der Wind gelegt, und heller Sonnenschein drang durch einen Spalt in den Vorhängen. Das Feuer im Kamin war schon lange ausgegangen, und die Bleiglasfenster waren mit Frost bedeckt. Thomas erhob sich steif und setzte sich einen Augenblick auf die Bettkante, während er sich die Ereignisse des vergangenen Abends noch einmal in Erinnerung rief. Nach wie vor war er von seiner Entscheidung überzeugt. Außerdem war der Bote schon lange fort und würde Thomas' Antwort mit sich nach Malta nehmen. Es war zu spät, um sich anders zu entscheiden. Noch einmal musste er sich auf den Krieg vorbereiten. Entschlossen zog er sich an und ging ins Arbeitszimmer. John würde das Frühstück bringen, sobald er die schweren Stiefelschritte seines Herrn auf der Treppe hörte.

John berichtete ihm, dass der junge Ritter mit der Morgendämmerung aufgebrochen war, ausgerüstet mit einem kleinen Korb voller Pasteten und Käse als Wegzehrung.

Nachdem er seine Hafergrütze gegessen hatte, zog Thomas einen dicken Kapuzenmantel über und machte sich zu Fuß über seine Ländereien zum Bauernhof eines Lehnsmannes auf. In einem Wäldchen mussten ein paar Bäume geschlagen werden, und er hatte dem Bauern und seinen kräftigen Söhnen versprochen, dabei zu helfen. Es war harte Arbeit, die zu erledigen Thomas keineswegs verpflichtet war. Doch er genoss die körperliche Ertüchtigung und die wärmende Zufriedenheit, die sich gegen Mittag beim Anblick des wachsenden Baumstammstapels einstellte. Nachdem er sich von den anderen verabschiedet hatte, ging Thomas auf sein Anwesen zurück und fühlte sich wie gereinigt von den Gedanken, die ihn letzte Nacht wach gehalten hatten. Er beschloss, noch in dieser Woche nach Malta aufzubrechen.

In diesem Moment traf der zweite Bote ein.

Als Thomas sich neben dem Haupteingang den Schnee von den Stiefeln klopfte, kam ein Reiter durch das bogenförmige Tor getrabt. Thomas hatte ihn nicht kommen hören, da der Schnee das Klappern der Hufe dämpfte. Sobald er die Bewegung sah, blickte Thomas auf. Der Reiter riss an den Zügeln und lenkte das Pferd direkt auf ihn zu. Er trug einen blauen Mantel und eine Kniehose, wie sie in London derzeit Mode war. Die Farbe des Mantels ließ darauf schließen, dass er der Diener eines wohlhabenden Hauses war. Als er näher kam, hob er eine behandschuhte Hand und deutete mit dem Finger auf Thomas.

»Du da! Ich muss mit dir sprechen.«

Thomas richtete sich auf und verschränkte die Arme, während das Pferd durch den Schnee trabte und seine Hufe dabei kleine weiße Kristalle aufwirbelten. Er blieb wenige Schritte vor Thomas stehen. Atemwölkchen stiegen von den Pferdenüstern auf.

»Ist das hier Barrett Hall?«

»Ganz recht.«

Der Reiter nickte erleichtert, schwang sich aus dem Sattel und landete elegant mit den Füßen im Schnee, ohne die Zügel loszulassen. Dann lächelte er Thomas zu. »Ich bin im Morgengrauen aus London aufgebrochen und bei Bishops' Stortford auf einen gottverlassenen Pfad abgebogen. Es hat Stunden gebraucht, um diesen Ort zu finden. Kaum einer, den ich getroffen habe, konnte mir sagen, wo er liegt.«

»Wir ziehen es vor, unter uns zu bleiben«, sagte Thomas. »Je weniger Besucher, desto besser.« Obwohl er dies nicht in feindseligem Ton vorbrachte, verhärtete sich die Miene des Reiters bei dieser angedeuteten Beleidigung. Er warf Thomas einen geringschätzigen Blick zu.

»Knecht, ist dein Herr zu sprechen? Wie man hört, hat er diesen Landstrich in den letzten Jahren kaum verlassen.«

»Das ist wahr«, sagte Thomas.

»Ist er nun hier oder nicht?«, fragte der Reiter knapp. »Ich habe keine Zeit für Spielchen. Sobald ich meine Pflicht erfüllt habe, muss ich zurück nach London.«

»Der Herr ist noch nicht im Haus. Was wollt ihr von ihm?«

»Was ich zu sagen habe, ist nur für seine Ohren bestimmt. Nicht für die eines Dieners.«

»Dann sprich.«

Die finstere Miene des Reiters verdüsterte sich noch weiter, dann fiel der Groschen. Sofort änderte er sein Betragen und senkte den Kopf. »Bitte verzeiht, Herr. Das wusste ich nicht.«

»Wieso hast du mich trotzdem als Untergebenen behandelt?«

Der Mann hob den Kopf und deutete auf Thomas. »Herr, Euer Aufzug ist nicht der eines Edelmanns. Ich glaubte …«

»Du glaubst? Du vermutest? Beurteilst du andere immer nach ihrem Aussehen?«

»Herr, ich … ich … ich kann mich nur entschuldigen.«

Thomas starrte den Mann so lange an, bis dieser den Blick senkte. Obwohl er den Irrtum unbeabsichtigt und ohne Böswilligkeit begangen hatte, war Thomas verärgert. Dieser Reiter war typisch für das Benehmen des Königshofs und des niederen Adels in seinem Dunstkreis. Das Auftreten einer Person war alles, was zählte. Der Charakter war zweitrangig, und genau das lief Thomas' Weltbild zuwider. Noch dazu war er missmutig darüber, dass seine Ruhe schon zum zweiten Mal innerhalb eines Tages gestört wurde.

»Also gut, wie lautet deine Botschaft?«

»Eine Einladung, wenn es beliebt, Herr.« Der Reiter sah wieder auf und fuhr in respektvollem Ton fort. »Von meinem Herrn Sir William Cecil. Er bittet Euch, ihn morgen zur sechsten Stunde in seinem Haus in der Drury Lane in London aufzusuchen.«

»Er bittet mich darum? Und wenn ich ablehne?«

Einen Moment lang stand dem Diener der Mund offen, als hätte er nicht richtig gehört – als wäre allein die Vorstellung, eine Forderung seines Herrn abzulehnen, völlig undenkbar. Er schluckte nervös. »Für den Fall einer Ablehnung dieser Aufforderung wurden mir keine Anordnungen erteilt, Herr.«

»Wie schade.« Thomas zuckte mit den Schultern. »Also überbringst du einen Befehl. Und in diesem Fall ist es wohl unabdinglich, dass ich bei deinem Meister erscheine. Nun gut. Sag deinem Meister, dass ich zur verabredeten Zeit an Ort und Stelle sein werde.«

»Ja, Herr.«

Thomas sah ihn einen Augenblick lang an. Der Diener hatte länger als einen halben Tag im Sattel gesessen und würde nicht vor Einbruch der Dunkelheit in die Hauptstadt zurückkehren. Bis dahin wären die Tore geschlossen, und wenn er Pech hatte, musste er die Nacht vor den Mauern Londons verbringen. Es wäre nur höflich gewesen, ihm genau wie dem Franzosen eine Erfrischung anzubieten und ihn vor dem Rückweg etwas ausruhen zu lassen. Doch andererseits war ihm sein anderer Gast nicht so hochmütig gekommen. Aus diesem Grund blieb Thomas ungerührt in der Tür stehen.

»Ich habe deine Botschaft gehört. Du kannst gehen.«

»Ja, Herr.« Der Diener nickte, froh, wieder von dannen ziehen zu können. Er packte den Sattelknopf mit einer Hand und stellte einen Stiefel in den Steigbügel.

Doch seine Glieder waren steif vor Kälte, und er glitt vom Pferd und wieder auf den Boden zurück. Mit einem ärgerlichen Grunzen trat Thomas hinzu, beugte sich vor und half ihm in den Sattel.

»Vielen Dank, Herr.«

Thomas nickte. Der Diener nahm die Zügel, wendete das Pferd, setzte es in Trab und ritt durch den Steinbogen aus dem Innenhof. Das sanfte Klopfen der Hufe wurde schnell leiser. Thomas starrte eine Zeit lang auf das Tor, dann betrat er das Gebäude. »John! John!«, rief er laut. »Verdammt noch mal! Wo steckst du?«

»Komme schon, Herr«, antwortete John aus der Küche. Einen Augenblick später öffnete sich die Tür, und der alte Leibdiener trat heraus. Er wischte sich Krümel vom Kinn.

»Morgen brauche ich meine Satteltaschen, meinen Reitmantel, die Stiefel und das Schwert. Ich werde nach London reiten.«

»Ja, Herr.« John legte den Kopf leicht schräg. »Darf ich fragen, wie lange Ihr fort sein werdet?«

»Weiß nicht.« Thomas lächelte milde. »Offenbar liegt es nicht an mir, den Zeitpunkt meiner Rückkehr zu bestimmen.«

KAPITEL 9

London

E s dämmerte bereits, als Thomas sich der Hauptstadt näherte. Wie ein dunkler Fleck breitete sie sich in einigen Meilen Entfernung über die Landschaft aus. Eis bedeckte die Great North Road, und der unebene Boden zwang Thomas dazu, sein Pferd im Schritt zu führen. Er reihte sich hinter dem Karren eines Wollhändlers in die lange Schlange aus Fuhrwerken, Reitern und zu Fuß Reisenden ein. Sie alle wollten nach London gelangen, bevor die Stadttore geschlossen wurden. Thomas gab sich mit dem Tempo der Schlange zufrieden – im Gegensatz zu mehreren Postreitern, die im Laufe des Tages an ihm vorbeigeprescht waren. Zu beiden Seiten der mit niedergetrampeltem Schnee und aufgewühlter Erde bedeckten Straße lag eine weiße Decke über den Feldern und Wäldchen. Der Himmel war bewölkt, seit Mittag hatte es immer wieder kurze Windstöße gegeben, und bald würde es erneut schneien. Dünne Rauchsäulen stiegen aus den Schornsteinen einsamer Bauernhäuser und der in der Landschaft verstreuten Dörfer. Hin und wieder schimmerte ein rosiger Schein in einem Fenster und erweckte das Verlangen der Reisenden nach der Behaglichkeit eines warmen Ofens.

Obwohl ihm den langen Tag über die Kälte in die Knochen gekrochen war, sodass er sich fest in seinen Mantel gewickelt hatte, war Thomas mit seinen Gedanken ganz woanders. Er widmete seinem Pferd und seiner Umgebung nur die nötigste Aufmerksamkeit, ansonsten überlegte er, welchen Grund Sir William Cecil – der Außenminister der Königin – haben mochte, ihn zu sich zu rufen. Cecil war ein treuer Anhänger Elisabeths in den schwierigen Jahren vor ihrer Thronbesteigung gewesen. Und genau wie die Herrscherin war auch er ein frommer Protestant und dazu eine der treibenden Kräfte, die danach trachteten, den Einfluss der Katholiken in England zu schmälern. Als wichtigster Politiker des Landes besaß er große Macht. Was konnte er von einem unbedeutenden Ritter wollen, der sich seit drei Jahren nicht mehr in London hatte blicken lassen?

Seit seiner Rückkehr von den Schlachtfeldern Europas hatte Thomas sich größtenteils auf seinen Ländereien aufgehalten, den Ackerbau und die Schafzucht verwaltet und sich um das Wohlergehen seiner Lehnsleute gekümmert. Bei seinen wenigen Besuchen in London war er nur selten am königlichen Hof gewesen und hatte – mit einer Ausnahme während der Regierungszeit der katholischen Königin Mary – kein Aufsehen erregt. Und selbst da hatte er nur wenig Blut vergossen und seine Bestrafung, die im Abhacken einer Hand bestanden hätte, nicht durch einen Verweis auf seine Konfession abzumildern versucht. Letzten Endes war ihm ein geringes Bußgeld auferlegt worden, woran Marys Bevorzugung ihrer katholischen Glaubensbrüder wohl nicht ganz unschuldig war.

Thomas bezweifelte, dass dieser lang vergessene Vorfall der Grund war, weshalb man ihn hierherzitiert hatte.

Zudem hatte er weder in der Öffentlichkeit für die Rechte der Katholiken protestiert noch ihre heimlichen Intrigen unterstützt. Dieses Spiel war sehr gefährlich. Sir William Cecil unterhielt zahlreiche Spione, und die Belohnung, die auf die Denunziation der Katholiken stand, war zu verführerisch für diejenigen, die einen alten Groll hegten oder einfach nur habgierig waren. Man hatte mehrere Adelige vorgeblich aus Glaubensgründen enteignet und sogar wegen Verrats hingerichtet. Viele Männer hatten mit der Verfolgung der Katholiken ein Vermögen gemacht – genau wie andere vorher durch König Heinrichs Auflösung der englischen Abteien und Klöster reich geworden waren. Ebenjene Männer standen nun treu an Elisabeths Seite – jedenfalls solange diese dafür sorgte, dass sie ihre neu gewonnenen Reichtümer auch behalten durften.

Auch dass sein bescheidener Besitz die Aufmerksamkeit Cecils oder seiner Gefolgsmänner geweckt hatte, kam Thomas sehr unwahrscheinlich vor. Die einzige Erklärung dafür, dass William Cecil seine Anwesenheit verlangte, war der Besuch des jungen Ordensritters. Thomas lief es kalt den Rücken hinunter. In diesem Fall war die Annahme, dass sein Rückzug in die Provinz ihn vor der Neugier Cecils und seiner Männer bewahrt hätte, reines Wunschdenken gewesen. Offenbar entging ihren scharfen Augen nur wenig, wie Thomas gereizt feststellte, und verfluchte leise die Ritter, die ihn erst ins Exil geschickt und nun, lange nachdem er sich damit abgefunden hatte, seine restliche Lebenszeit in Ruhe und Frieden zu verbringen, widerstrebend zurückgerufen hatten. Ohne Zweifel würden sie ihn erneut verstoßen, wenn die gegenwärtige Gefahr gebannt war und sie auf seine Dienste verzichten konnten.

Der Klang einer entfernten Glocke verkündete die vierte Stunde des Nachmittags und schreckte Thomas aus seinen Gedanken. Er streckte sich im Sattel und ließ das Pferd an den Wegesrand traben, um die Schlange besser beobachten zu können. Der Treck aus Reisenden und Fuhrwerken hatte gerade die Spitze eines kleinen Hügels erreicht, von dem aus man einen Blick auf die unter den dicken Rauchschwaden der Holzfeuer liegende Stadt hatte. Der Schnee auf den Dächern war grau vor Asche. In einer halben Meile Entfernung befand sich der große Markt von Smithfield, wo Fleischhändler aus dem ganzen Land ihr Vieh zum Verkauf und zur Schlachtung feilboten. Neben den Ställen und langen Boxenreihen befand sich eine freie Fläche, wo mehrere dicke, verkohlte Holzpfähle aus dem Boden ragten. Kleine Aschehäufchen waren davor verteilt. Um einen Pfahl herum glomm die Asche noch und schmolz den Schnee, der darauf fiel.

Hier wurden Ketzer bei lebendigem Leib verbrannt. Einmal, vor zehn Jahren, hatte Thomas sich an dieser Stelle in einer großen Menschenmenge befunden, die Zeuge der Hinrichtung von drei protestantischen Priestern wurde. Sie hatten sich gegen Königin Marys Gesetz gestellt und in der Öffentlichkeit gepredigt, obwohl ihnen die Erlaubnis dazu entzogen worden war. Die Königin hatte dem Spektakel mit ihrem kompletten Hofstaat beigewohnt und alles mit affektierter Genugtuung von einem kunstvoll verzierten Polsterstuhl auf einem eigens für diesen Anlass errichteten Podest aus beobachtet. Thomas konnte sich noch gut an die gellenden Schreie der Männer erinnern. Die Priester hatten sich in den Flammen gekrümmt, die rasch von den Reisigbündeln zu ihren Füßen aufgestiegen waren. Wenige Minuten später waren ihre Leiber von einem brausenden rotgelben Feuer umgeben, aber immer noch deutlich zu erkennen gewesen. Schwarze Gestalten, die an ihren Ketten rüttelten und deren Schreie das Knacken des Feuers übertönt hatten. Die Erinnerung war noch so lebhaft, dass er den Blick von den verkohlten Holzpfählen abwandte und mit der Zunge schnalzte, um sein Pferd zum Trab zu bewegen.

Die Stadtmauer lag direkt hinter Smithfield. Das einst mächtige Bollwerk war inzwischen verfallen, Lücken klafften darin, wo ganze Teilbereiche eingestürzt waren. Der Graben vor der Mauer war mit dem Abfall und den Ausscheidungen von Generationen gefüllt. Ein überwältigender Gestank lag in der kalten Luft, als Thomas durch den großen Steinbogen des Newgate-Tors in die Stadt ritt. Sofort schlug ihm von allen Seiten der Lärm der Großstadt entgegen. Die Schreie der Straßenverkäufer, das Plärren der Kinder und die Rufe derjenigen, die sich über den allgemeinen Trubel Gehör verschaffen wollten, gellten in seinen Ohren. Der Geruch von frisch gebackenem Brot, gekochtem und ranzigem Fleisch und die Ausdünstungen der Abwässer stiegen ihm in die Nase. Selbst die Hauptstraßen Londons wurden durch die Gebäude zu beiden Seiten beengt. Jedes Stockwerk ragte weiter als das darunter in die Gassen hinein und tauchten sie in ein trübes Zwielicht, das schwer auf Thomas' Seele lag.

Als sich der Horizont hinter den gezackten Silhouetten der Häuserdächer allmählich verdunkelte und London vollends in den Schatten versank, war er erleichtert, die große Straße zu erreichen, die um Holborn herumführte. Thomas beachtete die fliegenden Händler nicht weiter, die neben seinem Pferd herliefen und ihm Essen oder Taschentücher verkaufen wollten. Seine Satteltaschen dagegen behielt er gut im Auge, damit sich kein Taschendieb im Vorbeigehen daraus bediente. Endlich sah er die Drury Lane vor sich und lenkte sein Pferd auf diese etwas ruhigere Gasse. Die Geschäfte zu beiden Seiten waren gut ausgestattet, und die kunstvoll gemalten Schilder priesen eine Vielzahl erlesener Güter an: feine Stoffe, Wein und Käse, aus Europa importierte Silberware und Glas. Zwischen den Läden befanden sich Wohnhäuser, die immer größer und prachtvoller wurden, je weiter Thomas sich in Richtung Aldwych und der Themse fortbewegte.

Im letzten Licht des Tages hielt Thomas einen Laufburschen an, der ein Paket fest unter dem Arm geklemmt hielt. Er fragte nach Cecils Anwesen und wurde zu einem beeindruckenden Eckhaus geleitet. Die zur Drury Lane zeigende Fassade war mit kunstvollen Holzschnitzereien und geometrischen Ziegelmustern geschmückt. Ein Tor an der Seite führte in einen kleinen Innenhof, in dem sich auch die Ställe befanden. Zwei stämmige Diener hielten es für Thomas auf, bis er abgestiegen war und den Grund seines Besuches genannt hatte. Dann nahm ihm ein Stallbursche die Zügel ab. Thomas wurde durch eine Tür in den hinteren Bereich des Hauses gebracht und einem Hausdiener übergeben, dessen feine Kleidung dasselbe Blau aufwies wie der Mantel des Boten, der Thomas am Vortag aufgesucht hatte. Einmal mehr erklärte Thomas den Grund seiner Anwesenheit und wurde durch den Hauptsaal des Gebäudes und eine Treppe hinaufgeführt. Die im Flur aufgestellten Kerzen konnten die vielen Gemälde, die an den holzverkleideten Wänden hingen, nur schwach beleuchten. Jedes Bild zeigte entweder eine Jagdszene oder ein missmutig dreinblickendes Familienmitglied, nur eines davon ein religiöses Motiv. Dann geleitete man ihn in einen kleinen Warteraum mit Holzbänken, der von einem Feuer erhellt und gewärmt wurde. Ein schlanker junger Mann legte gerade frische Scheite auf die bescheidene Glut. Als Thomas eintrat, wandte er sich um. Die braunen Augen, die ihn durchdringend aus seinem dunklen, fein geschnittenen Gesicht entgegenfunkelten, beunruhigten Thomas leicht.

»Ich werde den Sekretär meines Herrn von Eurer Ankunft unterrichten, Herr«, verkündete der Diener. »Wünscht Ihr eine Erfrischung, während Ihr wartet?«

»Für einen Becher warmen Met wäre ich sehr dankbar.«

»Met?« Der Diener hob kurz die Augenbrauen, offenbar unfähig, Thomas in die wohlgeordnete Hierarchie der Londoner Ständegesellschaft einzuordnen, worauf dieser unwillkürlich schmunzeln musste. Thomas trug ordentliche, aber schmucklose Kleidung, sein Haar war wie sein Bart kurz geschnitten, ohne nach Art der feinen Edelleute frisiert zu sein. Thomas hätte genauso gut als wohlhabender Händler oder kleiner Grundbesitzer durchgehen können, und nur Sir William Cecils Einladung wies darauf hin, dass er von höherem Rang war. Der Diener senkte den Kopf. »Met. Wie Ihr wünscht, Herr.«

Er schloss die Tür hinter sich. Der Mann am Kamin musterte Thomas eingehend, dann nickte er ihm respektvoll zu und kümmerte sich wieder um das Feuer. Als er fertig war, wischte er sich die Hände ab und nahm auf einer Bank neben dem Kamin Platz. Thomas zog Mantel und Handschuhe aus, nahm den Hut ab und legte alles neben sich, bevor er sich gegenüber hinsetzte. Er genoss die Wärme, die allmählich durch seine Kleidung drang und die Kälte aus seinen Knochen vertrieb.

Dann blickte er auf, um den jungen Mann genauer in Augenschein zu nehmen. Zu seiner Überraschung starrte dieser unverhohlen zurück und schien sich dessen auch nicht zu schämen. Im Gegenteil – anstatt den Blick zu senken, studierte er Thomas in einer fast aufdringlichen Weise.

»Kenne ich Euch?«, fragte Thomas.

»Nein.«

»Dann kennt Ihr mich?«

»Ich sehe euch heute zum ersten Mal.« Seine Stimme klang kultiviert, doch Thomas konnte seinen Akzent nicht recht einordnen. Bevor sie die Unterhaltung fortsetzen konnten, öffnete sich die Tür neben dem jungen Mann, und ein gebrechlich wirkender Sekretär in einer blauen Livree betrat den Raum. Er räusperte sich und sah Thomas an.

»Sir Thomas Barrett?«

»Ja.«

»Mein Herr wird Euch jetzt empfangen.«

»Schon? Ich war zur sechsten Stunde mit ihm verabredet.«

»Er erwartet Euch, Sir.«

»Also gut.« Thomas erhob sich von der Bank und warf dem Jüngeren einen letzten Blick zu. Dieser nickte fast unmerklich.

Eine weitere Tür führte in ein kleines Zimmer. Unter dem Fenster zum Innenhof standen ein Schreibtisch und ein Stuhl, eingerahmt von zwei großen Dokumententruhen. Der Sekretär eilte an Thomas vorbei und klopfte an eine Tür am anderen Ende der Schreibstube. Er wartete einen Moment ab, dann griff er nach dem Riegel, öffnete vorsichtig die Tür und trat über die Schwelle.

»Sir Thomas, Herr.«

»Bitte führ ihn herein«, antwortete eine tiefe Stimme.

Der Sekretär bedeutete Thomas, einzutreten. Das Arbeitszimmer des Ministers entsprach der Wichtigkeit dieser Position: Der Raum erstreckte sich über die ganze Breite des Gebäudes vom Innenhof bis zur Drury Lane, die man von mehreren Bleiglasfenstern überblicken konnte. Die Wände waren von gut gefüllten Bücherregalen gesäumt – es waren mehr Bücher, als Thomas in seinem ganzen Leben gesehen hatte. Er schätzte ihre Zahl auf vier- bis fünfhundert. Eine wahrhaft außergewöhnliche Privatbibliothek, wie er mit einem Anflug von

Neid bemerkte. Im Arbeitszimmer des Ministers befanden sich zwei Kamine, um den Raum von beiden Seiten beheizen zu können. Stühle für mindestens dreißig bis vierzig Besucher waren vor den Regalen aufgereiht. Auf dem gewaltigen Schreibtisch zwischen den beiden Kaminen stand ein mit Aktenstapeln gefüllter Holzkasten, daneben lagen ordentlich zwei Tintenfässer und mehrere Schreibfedern. Hinter dem Schreibtisch saß ein großer Mann mit einer Seidenkappe auf dem Kopf. Sein Haar war akkurat geschnitten, und sein Bart formte eine sauber rasierte Spitze über seinem Doppelkinn. Er schien nur wenige Jahre jünger als Thomas. Außer ihm war ein dünner, in eine fast bis zum Boden reichende schwarze Robe gekleideter Mann im Raum. Er stand vor einem Kamin und wärmte sich den Rücken. Die beiden warfen Thomas einen kurzen Blick zu.

»Bitte setzt Euch, Sir Thomas«, sagte der Mann hinter dem Schreibtisch und winkte ihn zu sich. »Dort.« Er zeigte auf mehrere Polsterstühle, die in einem Halbkreis vor seinem Tisch gruppiert waren. »Ihr auch, mein teurer Francis.«

Thomas tat wie geheißen und ließ sich in der Mitte nieder, sodass der andere nicht den wichtigsten Platz einnehmen konnte. Sir William beugte sich vor und starrte Thomas unverwandt an. Er trug eine gutmütige Miene zur Schau und sprach mit freundlicher Stimme. »Ich hoffe, die Reise war nicht allzu beschwerlich?«

»Ganz und gar nicht, Herr. Die Straßen waren sicher und es hat kaum geschneit. Ich bin gut vorangekommen.«

»In der Tat. Ihr wart früher in London, als ich erwartet hätte.«

Thomas lächelte höflich. »Wer einen Termin mit einem Minister der Königin hat, tut gut daran, keine Zeit zu verschwenden. Hier bin ich, Herr. Euch zu Diensten.«

»Allerdings. Hier seid ihr. Ich nehme an, dass Ihr Euch sicherlich schon gefragt habt, weshalb ich Euch hierherbestellt habe.«

»Gewiss.«

»Ich möchte Euch mit einer überaus heiklen Aufgabe betrauen. Obwohl unsere geliebte Königin nun schon seit fünf Jahren regiert, gibt es noch immer viele, die ihr Anrecht auf den Thron anzweifeln. Und das nicht nur, weil sie der protestantischen Konfession angehört. Ihr habt wohl von John Knox gehört?«

»Der Name ist mir vertraut.«

»Und Euch ist zweifellos auch bewusst, wie heftig er sich gegen das Prinzip ausspricht, dass eine Frau überhaupt den Thron besteigen darf. Vielleicht habt ihr einige seiner Pamphlete dazu gelesen.«

»Nur ein Narr würde sich dieser Lektüre schuldig machen, Sir William. Seine Pamphlete sind verboten, und ihr Besitz stellt ein Schwerverbrechen dar, wenn ich mich nicht irre.«

»In der Tat. Seid Ihr trotzdem mit seinen Gedanken vertraut?«

»Ich habe davon gehört«, antwortete Thomas vorsichtig. Ihm war nicht entgangen, dass ihn der Mann neben ihm genau beobachtete. Wahrscheinlich sollte er als Zeuge fungieren. »Obwohl ich mich nicht erinnern kann, von wem.«

»Natürlich nicht.« Sir William lächelte. »Und wahrscheinlich wäre es auch völlig zwecklos, in dieser Sache weiter nachzubohren oder euch gar der Folter zu überantworten, um eurem Gedächtnis in Bezug auf die Namen der betreffenden Personen etwas auf die Sprünge zu helfen.« Er kicherte, als wollte er die Beiläufigkeit dieser Bemerkung betonen, doch Thomas hatte die Drohung sehr gut verstanden. Er war diesem Mann auf Gedeih und Verderb ausgeliefert, egal, wie er über Knox oder die Feinde der Königin denken mochte. Und als Katholik schwebte er gleich doppelt in Gefahr. Ohne eine Miene zu verziehen, erwiderte er Sir Williams Blick. Nach längerem unbehaglichem Schweigen lehnte dieser sich zurück und hob die Hände.

»Ach, bitte verzeiht mir, wo bleiben nur meine Manieren. Die Herren sind sich ja noch gar nicht vorgestellt worden. Sir Thomas, es ist mir ein Vergnügen, Euch mit Sir Francis Walsingham bekannt zu machen, meinem getreuen Partner im Dienste der Königin. Ich vertraue ihm bedingungslos«, betonte Sir William.

Thomas wandte sich ihm zu und nickte. »Walsingham.«

Der andere starrte zurück. »Es ist mir ein Vergnügen, Sir Thomas«, entgegnete er kühl.

»Bitte habt Nachsicht mit Sir Francis«, meinte der Gastgeber lachend. »Er ist kein Freund der katholischen Kirche, was ihn manchmal dazu bringt, die Gebote der Höflichkeit zu vergessen. Aber reden wir nicht länger um den heißen Brei herum. Sir Thomas, ich kann Euch beruhigen: Ich habe Euch nicht wegen Eures Glaubens hierhergebeten. Ich habe eine Aufgabe für Euch, bei der Ihr nicht nur Eurer Königin und Eurem Land dienen, sondern auch beweisen könnt, dass Eure Loyalität über jeden Zweifel erhaben ist.«

»Ich war bereits der Meinung, dass meine Loyalität über jeden Zweifel erhaben ist«, erwiderte Thomas gleichmütig.

»Selbstverständlich. Ihr kennt Euer Herz am besten, und ich hätte nicht nach Euch geschickt, wenn ich Bedenken hätte, was Eure Gesinnung angeht. Das wäre also geklärt. Einverstanden?« Er warf Walsingham einen warnenden Blick zu. Dieser nickte kaum merklich.

»Na also. Was uns zur ersten Frage bringt, die ich Euch stellen muss, Sir Thomas. Wenn ich mich nicht irre, habt Ihr vor zwei Tagen Besuch von einem französischen Ritter erhalten, der zum Souveränen Ritter- und Hospitalorden vom Heiligen Johannes zu Jerusalem gehört.« Er wandte sich Walsingham zu. »Ist das der korrekte Titel?«

»Mehr oder weniger.«

Cecil richtete den Blick auf Thomas, und die gutmütigen Fältchen um seine Augen verschwanden, als sich sein Antlitz in eine eiskalte Maske verwandelte. »Sir Thomas, hättet Ihr wohl die Freundlichkeit, uns darüber aufzuklären, weshalb ein französischer Ritter eines katholischen Militärordens ganz Europa durchquert, nur um Euch zu besuchen?«

KAPITEL 10

Genau wie Thomas vermutet hatte war Philippe de Nanterres Besuch der Grund für diese Anhörung. Zwanzig Jahre lang hatte er alles in seiner Macht Stehende getan, um so wenig Aufmerksamkeit wie möglich zu erregen oder gar den Verdacht auf ihn zu lenken, und nun hatte ein junger Ritter aus Malta alles zunichte gemacht. Dies ließ eher Groll als Angst in ihm aufsteigen, und er begegnete Cecils Blick, ohne mit der Wimper zu zucken.

»Er hat mir einen Brief überbracht.«

»Was für einen Brief?«, warf Walsingham ein. »Wo ist dieser Brief?«

»Zu Hause. In meinem Arbeitszimmer.«

»Und was steht darin?«

»Der Brief war an mich gerichtet, Sir Francis. Ich wüsste nicht, was Euch sein Inhalt angeht.«

»Wirklich nicht?« Nun lächelte Walsingham zum ersten Mal. Als sich die schmalen Lippen teilten, kamen ebenmäßige, aber auch fleckige Zähne zum Vorschein. »Ich frage mich, was Ihr zu verbergen habt.«

»Nichts.«

»Dann raus mit der Sprache.«

Thomas biss die Zähne zusammen, als die Wut in ihm hochkochte. Er starrte Walsingham an – der Mann war ungefähr zehn Jahre jünger als er und in der Blüte seines

Lebens, hatte jedoch bereits zu lange in London gelebt. Seine Blässe verriet einen Mangel an körperlicher Ausdauer und Kraft. Würde es zum Kampf kommen, hätte Thomas ihn wohl in Stücke reißen können. Allein die Vorstellung weckte eine lange unterdrückte Blutrünstigkeit in ihm. Eine gefährliche Blutrünstigkeit, deren Lockruf er keinesfalls erliegen durfte. Er schloss einen Augenblick lang die Augen und holte tief Luft. Eine Auseinandersetzung war sinnlos.

»Der Brief stammt von Sir Oliver Stokely aus Malta«, begann er. »Er hat mich dazu aufgefordert, meinem Schwur Genüge zu tun und dorthin zurückzukehren, um die Insel gegen die Streitmacht zu verteidigen, die der türkische Sultan entsenden will. Das war mehr oder weniger alles.«

»Sir Oliver Stokely«, bemerkte Cecil mit einem feinen Lächeln. »Wie es der Zufall will, ist er ein entfernter Cousin von mir. Als Kinder haben wir oft zusammen gespielt, bis ihn sein Glaube vom rechten Weg abbrachte. Und zwar ein ganz gehöriges Stück, wie seine Anwesenheit auf Malta wohl eindeutig beweist. Aber ich schweife ab. Ich nehme an, dass Euer Gast eine Antwort verlangt hat, bevor er sich wieder auf den Weg machte?«

»So ist es.«

»Und was habt Ihr ihm gesagt?«

»Dass ich der Aufforderung Folge leisten werde.«

Cecil und Walsingham tauschten einen kurzen Blick aus. Thomas glaubte, ihre Enttäuschung zu spüren. Dann wandte Cecil sich wieder Thomas zu.

»Und weshalb?«

»Ich habe einen Eid geschworen, an den ich nach wie vor gebunden bin. Der Großmeister hat mich zu sich beordert. Ich habe keine andere Wahl.«

»Ihr fühlt euch immer noch an einen Eid gebunden, den Ihr vor so vielen Jahren abgelegt habt?«

»Ein Mann ist nur so viel wert wie sein Wort«, entgegnete Thomas. »Doch es ist lange her, dass die Ziele und Vorstellungen des Ordens auch die meinen waren.«

»Also seid ihr dagegen, die Christenheit vor den Türken zu beschützen?«

»Nein. Ich glaube an das Recht auf Selbstverteidigung. Ich habe lange genug gelebt und genug gesehen, um zu wissen, dass nur ein Narr die andere Wange hinhält. Ich wünsche mir Frieden zwischen den Menschen und ihren Religionen. Was hat uns der Krieg mit dem Islam anderes gebracht als Blutvergießen, Kummer und Zerstörung? Wisst Ihr, wie lange der Orden nun schon gegen seinen Feind kämpft? Über fünf Jahrhunderte.« Für einen kurzen Moment lastete der Schrecken einer so langen Zeit des unermüdlichen Hasses und der Gewalt schwer auf Thomas. Generation auf Generation hatte im Blut der Unschuldigen gewatet. Langsam schüttelte er den Kopf. »Mir wäre es lieber, der Krieg wäre vorbei und die Christen und der Sultan würden Frieden schließen.«

»Frieden mit dem Sultan?« Walsingham lachte boshaft. »Hat man so etwas schon gehört?«

Thomas sah ihn an. »Wenn ich noch einmal töten muss, dann nicht im Namen des Glaubens.«

»Und doch hat es euch lange Jahre nicht gestört, als Söldner für Geld zu töten«, entgegnete Walsingham spöttisch. Er wollte noch etwas hinzufügen, doch sein Vorgesetzter brachte ihn mit einer Geste zum Schweigen.

Cecil faltete die Hände und betrachtete Thomas nachdenklich. »Eine wahrhaft bewundernswerte Einstellung, Sir Thomas. In einer besseren Welt würde ich Eure Meinung teilen. Leider ist diese Welt voller Sünder und ihrer Untaten, und wir müssen alles in unserer Macht Stehende tun, um sie aufzuhalten. Und der Sultan ist einer dieser Sünder, denen wir das Handwerk legen wollen. Euer früherer Kamerad Sir Oliver hat die Wahrheit geschrieben: Euer Orden auf Malta ist tatsächlich in Gefahr. Unsere Quellen berichten dasselbe.«

Thomas kniff die Augen zusammen. »Mit Verlaub, Sir William, aber woher wisst Ihr, was mir Sir Oliver geschrieben hat?«

»Ach.« Cecil verzog das Gesicht. »Darauf wollte ich eigentlich erst später zu sprechen kommen.« Er steckte eine Hand in sein Gewand, nahm das Pergament mit dem wohlvertrauten, erbrochenen Siegel heraus und schob es Thomas über den Tisch hinweg zu. Der starrte den Brief fassungslos an.

»Wie ist das möglich?«

»Glaubt Ihr im Ernst, dass wir einem ausländischen Soldaten erlauben, sich frei durch England zu bewegen, ohne ihn beschatten zu lassen?«

»Ihr habt ihn verfolgen lassen?«

»Natürlich.«

Nun dämmerte es Thomas. »Aber dieser Brief befand sich heute Morgen noch in meinem Arbeitszimmer. Ich habe ihn eigenhändig in meinen Schreibtisch gelegt. Da bin ich mir sicher.«

»So war es auch. Einer meiner Agenten traf nach Eurer Abreise bei Eurem Anwesen ein und konnte einen Diener dazu überreden, ihm alles zu erzählen. Er durchsuchte Euer Arbeitszimmer, fand den Brief und brachte ihn unverzüglich hierher. Sir Francis und ich haben ihn bereits zwei Stunden vor Eurer Ankunft gelesen.«

»Hat Euer Mann dabei einem meiner Diener etwas angetan?«, fragte Thomas leise.

»Das musste er nicht.« Cecil grinste. »Eure Diener sind wie Ihr selbst katholisch. Es genügte, sie auf das Schicksal derer hinzuweisen, die man der Ketzerei bezichtigt. Wie Ihr wisst, bedarf es bei der Verurteilung eines Bediensteten nicht derselben Beweislage wie bei einem Mann von Eurem Stand, Sir Thomas.«

»Obwohl sich auch das einrichten lassen dürfte«, fügte Walsingham grimmig hinzu.

»Bitte, Sir Francis. Es gibt keinen Grund, unserem Gast zu drohen.« Cecil richtete das Wort wieder an Thomas. »Hier. Der Brief ist Euer Eigentum. Nehmt ihn. Ich bedaure, dass wir ihn lesen mussten, aber es ist nun mal meine Pflicht, Ihre Majestät vor jeder auch nur denkbaren Gefahr zu beschützen. Das versteht Ihr doch, nicht wahr?«

»Ich verstehe sehr gut«, entgegnete Thomas und nahm den Brief mit spitzen Fingern entgegen, als sei er mit irgendetwas besudelt. »Es gibt keine guten Manieren und kein Recht, das Ihr nicht missachten würdet, um Euch andere Menschen gefügig zu machen.«

Cecil zuckte gleichgültig mit den Achseln. »Ich tue, was nötig ist.«

»War es denn nötig, diesen Brief zu stehlen? Weshalb habt Ihr mich über den Grund des Besuchs dieses Boten befragt, wenn Ihr die Nachricht doch schon gelesen habt?«

»Wir mussten uns vergewissern, dass Ihr ehrlich seid und uns nichts verheimlicht. Diese Prüfung habt Ihr bestanden.«

»Ergebensten Dank«, antwortete Thomas bissig. »Nun ist es wohl an der Zeit, dass Ihr mir diese Aufgabe erläutert, die Ihr vorhin erwähnt habt. Aber eines muss Euch von vornherein klar sein: Ich werde Euch nicht dabei helfen, meinen Glaubensbrüdern hier in England zu schaden.«

»Das würde ich von einem Mann von Eurer Ehrhaftigkeit auch nie verlangen, Sir Thomas. Also gut, kommen wir zum Punkt. Wie Ihr wisst, bereiten die Türken einen Angriff auf eines der Bollwerke der Christenheit im Mittelmeer vor. Wenn sie Malta einnehmen, ist Sizilien ihr nächstes Ziel. Und danach Italien und Rom selbst. Sollte Rom fallen, wird das unserem Glauben den Todesstoß versetzen – egal, ob Protestant oder Katholik. Süleyman hat kein Geheimnis aus seinem Vorhaben gemacht, die gesamte bekannte Welt zu erobern und seinen Untertanen den Islam aufzuzwingen. Der Augenblick für einen Angriff ist günstig. Europa ist durch Kriege und Religionsstreitigkeiten geschwächt. Spanien und Frankreich zerfleischen sich gegenseitig, und die große Flotte, die Venedig gegen die Türken schicken hätte können, wurde ausgemustert, nachdem diese Feiglinge zur Wahrung ihrer Interessen eine Allianz mit Süleyman eingegangen sind. Ihr seht also, dass Eure Ordensbrüder bei ihrem Kampf gegen die Türken nur auf wenig Hilfe von außen hoffen können. Allein Spanien hat seine uneingeschränkte Unterstützung versprochen.« Cecil hielt inne, um seinen nächsten Worten mehr Gewicht zu verleihen. »Wenn Ihr nach Malta zurückkehrt, seid Ihr die Vorhut im Kampf Europas gegen die Ungläubigen. Rettet Malta, und Ihr rettet uns alle.«

Thomas konnte sich ein zynisches Lächeln nicht verkneifen. »Also habt Ihr mich hierherbestellt, um mich für den Kampf gegen den Islam zu rekrutieren.«

»Nicht nur deshalb.« Cecil lehnte sich zurück und machte eine auffordernde Geste in Richtung Walsingham. »Erklärt es ihm, Sir Francis.«

Dieser sammelte sich kurz, bevor er das Wort an Thomas richtete. »Mit Eurem Entschluss, nach Malta zurückzukehren, könnt Ihr England ganz unmittelbar einen großen Dienst erweisen. Gerade eben habt Ihr Euer Missfallen über die Methoden geäußert, denen Sir William und meine Wenigkeit uns bedienen müssen, um in England die Ordnung aufrechtzuerhalten.«

»Ordnung ist ein Begriff dafür«, entgegnete Thomas. »Tyrannei ein anderer.«

»Wie dem auch sei, unsere Handlungen bewahren uns vor dem weitaus größeren Übel eines Bürgerkriegs. Seit König Heinrich den Herrschaftsanspruch der römischen Kirche bestritten hat, ist unser Land in ein katholisches und ein protestantisches Lager gespalten. Dass dies noch nicht zu einem offenen Bürgerkrieg geführt hat, grenzt an ein Wunder. Ich muss Euch wohl kaum an die Gräuel in den Niederlanden und Frankreich erinnern. John Foxe hat ausführlich darüber berichtet.«

»Ihr solltet nicht alles glauben, was in seinem *Buch über die Märtyrer* steht«, sagte Thomas.

»Zugegeben«, räumte Cecil ein. »Trotzdem könnt Ihr nicht bestreiten, dass derlei Schreckenstaten begangen wurden. Schließlich habt Ihr sie gewiss mit eigenen Augen gesehen, als Ihr dort gekämpft habt. Selbst wenn man Foxes Hang zur Dramatik außen vor lässt, so lässt sich doch erahnen, was in England geschehen könnte, wenn der Versuch unternommen wird, die religiösen Differenzen mit Gewalt beizulegen. Ströme von Blut würden durch unsere Straßen fließen. Dies konnte bisher nur verhindert werden, weil die Protestanten geschlossen gegen die katholische Opposition vorgehen. Doch was, wenn sich eine Kluft zwischen der Königin und den englischen Adeligen auftut? Eine solche Spaltung würde die Katholiken stärken, und dann wäre es nur eine Frage der Zeit, bis die beiden Lager aufeinander losgehen.«

»Schon möglich«, gab Thomas zu. »Aber wie könnte es zu einer solchen Spaltung kommen?«

Wieder warf Cecil Walsingham einen kurzen Blick zu. »Im Besitz der Ritter von Malta befindet sich ein Dokument, das dieses Land in Aufruhr versetzen könnte, wenn es an die Öffentlichkeit gelangt. Die Adeligen würden sich gegen die Königin wenden, das gemeine Volk gegen die Adeligen und schließlich gegen sich selbst. Das wollen wir vermeiden.«

»*Könnte*, sagt ihr. Weshalb, frage ich Euch. Es scheint mir kaum glaubhaft, dass ein einfaches Dokument Ursache einer derartigen Tragödie sein könnte. Und was hat dieses Dokument mit mir oder mit dem Orden zu tun?«

»Der Inhalt dieses Dokuments ist nur wenigen Männern bekannt, und so soll es auch bleiben. Allein das Wissen darum ist gefährlich. Vor achtzehn Jahren war es im Besitz eines englischen Ordensritters. Er starb auf Malta, bevor er das Dokument an seinen letztendlichen Bestimmungsort bringen konnte. Soweit uns bekannt ist, befindet es sich immer noch dort. Es ist besser für Euch, wenn Ihr nur wisst, dass dieses Dokument existiert, dass es gefunden und mir überbracht oder andernfalls vernichtet werden muss.«

»Und was sollte mich davon abhalten, es zu lesen, wenn ich es finden sollte?«

»Es ist versiegelt, und wir würden jede Manipulation sofort bemerken. Außerdem ist es nicht Eure Aufgabe, dieses Dokument zu beschaffen. Dafür wird ein anderer zuständig sein. Ihr werdet einen Knappen mit nach Malta nehmen. Dieser Knappe ist einer unserer Agenten. Da er in Eurem Gefolge reist, wird er keinen Verdacht erregen. Seine Aufgabe ist es, das Dokument ausfindig zu machen. Wenn einer von euch beiden die bevorstehende Belagerung übersteht, wird er mit dem Dokument nach England zurückkehren. Für den Fall, dass Malta erobert wird, ist es die Pflicht des letzten Überlebenden, das Dokument zu vernichten, bevor es in die Hände des Feindes gerät. Sir Thomas, ich will Euch nicht verschweigen, dass dies eine sehr gefährliche Unternehmung ist«, schloss

Cecil. »Wir spielen mit hohem Einsatz, und Ihr werdet die Gelegenheit bekommen, Eurem Land und Eurem Glauben zu dienen und viele Leben zu retten. Nun, ich kann mir denken, dass Ihr so einige Fragen habt.«

»In der Tat, Sir William«, antwortete Thomas. »Erstens: Wenn dieses Dokument so wichtig ist, weshalb weiß die Welt nichts davon? Der Orden ist dem König von Spanien unterstellt. Wieso hat Philipp II. es nicht schon längst gegen uns verwendet, wenn es den Interessen Englands so sehr schadet, wie Ihr behauptet?«

»Eine gute Frage.« Cecil nickte. »Wir müssen davon ausgehen, dass das Dokument nicht gegen uns verwendet wurde, weil der Orden nicht weiß, was er da in seinem Besitz hat.«

»Wie ist das möglich?«

»Das Dokument verließ England in der Verantwortung eines englischen Ritters namens Sir Peter de Launcey.«

Thomas runzelte die Stirn. »Ich erinnere mich an ihn. Ein guter Mann.«

»In der Tat. Ein paar Jahre nach Eurer Abreise aus Malta wurde es Sir Peter erlaubt, seinen im Sterben liegenden Vater in England aufzusuchen. Kurz nach seiner Rückkehr nach Malta fiel er von einer Galeere und ertrank. Niemand weiß, dass König Heinrich ihm dieses Dokument anvertraut hatte. Sir Peter sollte es für ihn aufbewahren. Heinrich war zu dieser Zeit schwer krank und wusste nicht, ob er überleben würde. Im Falle einer Genesung hätte Sir Peter das Dokument zu ihm zurückbringen sollen. Wäre er gestorben – und so kam es ja auch –, hätte Sir Peter es nach Rom bringen und dem Papst übergeben sollen. Leider fand Sir Peter auf Malta den Tod, und Heinrich verschied kurz darauf. Nur wenige seiner engsten Vertrauten wussten von dem Dokument und waren erst durch die hochnotpeinliche Befragung willens, darüber Auskunft zu geben.«

»Unter der Folter, wollt Ihr damit sagen.«

»Ja«, gab Cecil unumwunden zu. »Das Dokument muss sich noch auf Malta befinden. An der Stelle, an der Sir Peter es versteckt hat. Ihr müsst es beschaffen. Oder, besser gesagt: unser Agent. Weitere Fragen, Sir Thomas?«

»Ja. Ihr scheint ziemlich zuversichtlich, dass ich diesen Auftrag annehmen werde. Wieso sollte ich ihn nicht ablehnen?«

»Weil Ihr ein Ritter sowohl dieses Königreichs als auch des Johanniterordens seid. Damit sind gewisse Pflichten verbunden. Ihr seid ein Mann von Ehre und Prinzipien. Wenn Ihr etwas dazu beitragen könnt, unser Land vor einer Katastrophe zu bewahren, so werdet Ihr dies ohne zu zögern tun – es sei denn, ich habe Euch völlig falsch eingeschätzt. Zudem seid ihr Katholik und der Willkür einer protestantischen Königin und ihrer Minister unterworfen, von denen ich der wichtigste bin. Ich glaube, ich muss Euch den Ernst Eurer Lage nicht weiter vor Augen führen. Es genügt zu sagen, dass Ihr nach Erledigung des Auftrags unter meinem persönlichen Schutz steht. Darauf habt Ihr mein Wort. Doch wenn Ihr ablehnt …«

Thomas schüttelte den Kopf. »Auf Eure Drohungen kann ich verzichten.«

»Wie Ihr meint. Solange Ihr nur begriffen habt, dass Euch in dieser Angelegenheit keine Wahl bleibt. Vielleicht ist Euch das ein schwacher Trost in den schweren Zeiten, die Euch bevorstehen.«

»Tausend Dank für Eure Sorge um mein Wohlergehen«, sagte Thomas ätzend. »Eine Frage noch: Wer ist dieser Agent, der meinen Knappen darstellen soll? Der Bursche im Warteraum, nehme ich an. Richtig?«

Cecil lächelte. »Dann habt Ihr euch bereits bekanntgemacht. Richard ist einer meiner fähigsten Männer. Was wahrscheinlich daran liegt, dass ich ihn als Waisenkind aufgenommen habe. Er hat seine Eltern nie kennengelernt, weshalb seine ganze Loyalität mir gilt. Er hat großes Talent, und dies stellt die erste echte Prüfung seiner Fähigkeiten dar. Er beherrscht Französisch, Spanisch und Italienisch wie ein Muttersprachler, dazu fließend Maltesisch.«

»Und er ist kein gebürtiger Engländer«, sagte Thomas. »Er hat einen Akzent und einen gewissen südländischen Einschlag.«

»Er ist so englisch wie Ihr oder ich, und ich setze volles Vertrauen in ihn. Das solltet Ihr auch tun, wenn Ihr diese Aufgabe erfüllen wollt.«

»Vertrauen muss verdient werden, Sir William. Man verschenkt es nicht so einfach.«

»Dann lernt Ihr Richard so schnell wie möglich besser kennen. Sir Francis, holt ihn herein.«

Walsinghams Augen blitzten beim Befehlston seines Vorgesetzten wütend, doch er sprang unverzüglich auf und durchquerte den Raum. Thomas sah ihm nach. Seine leichten Schritte und die flüssigen Bewegungen erinnerten ihn an eine Katze – wie passend für einen Mann, der seine Beute ohne Mitleid verfolgte und tötete.

Sobald Walsingham den Raum verlassen hatte, herrschte Stille. Thomas beugte sich zu Cecil vor. »Ich brauche keinen Knappen«, sagte er leise. »Es wäre besser, Ihr würdet diese Angelegenheit mir allein anvertrauen. Ich gebe Euch mein Wort, Euch das Dokument ungelesen zu überreichen. Dann kann Euer Spion hierbleiben und muss sich nicht in Gefahr begeben.«

Cecil schüttelte mit amüsierter Miene den Kopf. »Ein edles Angebot. Ihr mögt vielleicht keinen Knappen benötigen, ich aber sehr wohl einen Vertrauensmann vor Ort. Sir Richard wird Euch begleiten, ob Ihr wollt oder nicht.«

Bevor Thomas antworten konnte, ertönten Schritte hinter ihm. Einen Augenblick später betrat Walsingham in Begleitung des jungen Mannes den Raum. Sie näherten sich dem Schreibtisch, vor dem Walsingham wieder Platz nahm. Cecils Agent stellte sich an die Seite.

»Richard, du hast unseren Gast bereits kennengelernt«, sagte Cecil.

»Wir haben nur wenige Worte gewechselt, Herr.«

»Dann wird es Zeit für eine offizielle Vorstellung. Sir Thomas, das ist Richard Hughes, Euer Knappe.«

Thomas stand auf und ging zu dem jungen Mann hinüber. Er blieb eine Armlänge vor ihm stehen und musterte ihn gründlich. Hughes war groß gewachsen und hatte breite Schultern. Das gut sitzende Wams verfügte weder über einen Rüschenkragen noch über sonstigen unnötigen Zierrat an den Ärmeln. Sein Haar war ordentlich geschnitten. Auf Öl oder Pomade, was inzwischen Brauch unter den Londoner Jünglingen einer bestimmten Gesellschaftsschicht war, hatte er verzichtet, wie Thomas erfreut zur Kenntnis nahm. Er sah ihn direkt an, und sein Blick wurde unbeirrt erwidert. Neben Mut konnte Thomas noch etwas anderes in den Augen seines Gegenübers erkennen – Kälte und womöglich eine gewisse Verbitterung.

»Wie auch immer deine eigentlichen Befehle lauten mögen – du bist zuallererst mein Knappe. Verstanden?«

»Ja, Herr.«

»Wenn ich dir einen Befehl gebe, wirst du ihm ohne Widerworte Folge leisten. Wie man es von einem Knappen erwartet.«

»Ja, Herr. Vorausgesetzt, dass er nicht im Widerspruch zu Sir Williams Anweisungen steht.«

»Deine Anweisungen sind mir unbekannt. Doch wenn wir vor den Ordensrittern glaubhaft wirken wollen, muss es zur zweiten Natur für dich werden, meine Anordnungen zu befolgen. Ich nehme an, dass man dich in den Pflichten eines Knappen unterwiesen hat?«

»Ja, Herr.«

Thomas hob eine Augenbraue. »Ach ja? Und wann genau hat dich Sir William von unserer Mission unterrichtet?«

Der junge Mann sah unsicher über Thomas' Schulter hinweg zu seinem Herrn hinüber. Cecil nickte. »Sag die Wahrheit.«

»Vor zwei Tagen, Herr.«

»Verstehe. Und in dieser Zeit hast du dich zu einem richtigen Knappen ausbilden lassen?«

»Ich wurde genauestens vom Knappen des besten Ritters der Königin instruiert, Herr. Den Rest kann ich auf dem Weg nach Malta lernen. Wenn Ihr die Güte habt, mich anzuweisen.«

Thomas schüttelte den Kopf und wandte sich zu den anderen um. »Dieser Mann ist eine törichte Wahl.«

»Er wird Euch trotzdem begleiten«, sagte Walsingham entschieden. »Ihr werdet ihm beibringen, was er wissen muss. Eure Widerborstigkeit hängt mir langsam zum Hals heraus. Wenn Ihr nicht der Einzige wärt, der diesen Auftrag erfüllen kann, dann würde ich mich sofort für einen anderen entscheiden. Ihr werdet nach Malta reisen, und zwar mit Richard als Eurem Knappen. Keine Widerrede.«

Wut brannte in Thomas' Herz, und einen Augenblick lang war er versucht, Walsingham zu widersprechen und den Auftrag ungeachtet aller Konsequenzen abzulehnen. Die Befriedigung, die er daraus ziehen würde, seinen Worten mit der Klinge Nachdruck zu verleihen, stellte eine fast unwiderstehliche Versuchung dar.

»Er hat unserer Bitte stattgegeben«, sagte Cecil beschwichtigend. »Damit wäre alles gesagt. Ich bitte Euch, wir sind doch alle auf derselben Seite. Hegt keinen Groll aufeinander. Sir Thomas wird noch letzte Vorbereitungen treffen und seine Ländereien in seiner Abwesenheit einem treuen Verwalter übergeben müssen. Diese Mission duldet jedoch keinen Aufschub, also verschwendet nicht zu viel Zeit darauf, alles Nötige für die Reise zu packen.«

»Wie viel Zeit bleibt mir noch?«, fragte Thomas.

»Zwei Tage«, sagte Sir Francis mit leichtem Lächeln. »Im Hafen von Greenwich liegt eine dänische Galeone. Sie wird in zwei Tagen nach Spanien ablegen. Ihr und Richard werdet auf diesem Schiff reisen.«

»Viel Glück«, fügte Cecil etwas sanftmütiger hinzu. »Möge Gott mit Euch sein ...«

KAPITEL 11

Bilbao, Spanien
Neujahrstag, 1565

Ungeduldig beobachtete Thomas, wie sich sein Knappe eine erhitzte Diskussion mit dem Hafenmeister lieferte. Es war viele Jahre her, dass er diese Sprache zum letzten Mal gesprochen hatte, und mehr als ein paar Brocken des Gesprächs konnte er nicht verstehen. Thomas stand im kühlen Nieselregen auf den feuchtglänzenden Steinen des Piers; feine Tropfen bedeckten seinen Mantel. Gegen Mittag waren sie von Bord der dänischen Galeone gegangen und sofort von einer Patrouille angehalten worden. Der spanische Hauptmann hatte sich unwirsch nach dem Grund ihrer Reise erkundigt und sich geweigert, sie weiterziehen zu lassen, bis Thomas eine Durchreisegenehmigung durch Spanien vorlegen konnte. Der Brief von Sir Oliver hatte zu diesem Zweck nicht ausgereicht, und so hatte man den Hafenmeister hinzugezogen.

Thomas, Richard und die Soldaten der Patrouille hatten auf dem windgepeitschten Pier ausharren müssen. Hinter ihnen tanzten die Fischerboote und Frachtschiffe auf den grauen Wellen, die aus der Biskaya in die Bucht rollten. Irgendwann hatte der Hauptmann den Befehl gegeben, dass die Engländer an Ort und Stelle bleiben sollten, bis der Hafenmeister eine Entscheidung getroffen habe, und sich dann in ein nahegelegenes Wirtshaus verzogen. Die Männer hatten sich in ihr Schicksal ergeben. Thomas und sein Knappe hatten sich auf ihr Gepäck gesetzt und in ihre Mäntel gehüllt, während sich die Spanier gegen die Duckdalben gelehnt hatten. Der Regen tropfte unablässig von den Rändern ihrer Morions.

Wie zur Winterszeit üblich, herrschte kaum Betrieb im Hafen. Die Ladung der Galeone, die aus dänischen Glaswaren und Londoner Wolle bestand, wurde eilig gelöscht und in ein Lagerhaus gebracht, damit sich die Besatzung in die relative Bequemlichkeit ihrer Hängematten unter Deck zurückziehen konnte. Auf dem Kai herrschte bis auf das Plätschern des Regens und dem gelegentlichen Heulen des Windes völlige Ruhe. Mehrere Einheimische kamen vorbei und warfen den beiden von den Soldaten bewachten Engländern argwöhnische Blicke zu. Thomas für seinen Teil war froh, wieder festen Boden unter den Füßen zu haben. In den Jahren, in denen er auf den Galeeren des Ordens gedient hatte, war er nur selten im Winter auf See gewesen – und auch dann nicht im zu dieser Jahreszeit stürmischen Atlantik.

Die dänische Galeone hatte die Mündung der Themse verlassen, den Ärmelkanal durchquert und sich dann in der Nähe der französischen Küste gehalten, bis ein heftiger Sturm sie aufs offene Meer getrieben hatte. Fünf Tage lang war die Mannschaft im Kampf gegen die schwere See kaum zur Ruhe gekommen und hatte dabei die Häuptrahe samt Segel verloren. Eiskaltes Meerwasser war über das Deck geschwappt und hatte ihre Kleidung durchnässt, während das Schiff von jeder weiteren Woge erschüttert und mit dem Gang der Wellen auf und nieder getragen wurde. Thomas war noch nie so schlimm seekrank gewesen. Nachdem er und die anderen Passagiere – Richard und drei Priester, die von Amsterdam nach Spanien zurückkehrten – den Inhalt ihres Magens von sich gegeben hatten, waren sie in die kleine Gemeinschaftskajüte zurückgekehrt. Thomas hatte sich mit dem Rücken an ein Krummholz gelehnt, seine Knie umklammert und versucht, sich warmzuhalten. Richard neben ihm war seinem Beispiel mit eingezogenem Kopf gefolgt, während die Priester ihre Rosenkränze umklammerten und beteten, bis ihnen die Stimme versagte. Danach konnten sie nur noch flüsternd den Beistand des Herrn erflehen.

In diesem Moment der Schwäche nahm Thomas sich die Zeit, seinen Reisegefährten über die verschränkten Arme hinweg genauer in Augenschein zu nehmen. Trotz seiner Jugend – er konnte nicht älter als zwanzig sein, schätzte Thomas – war ihm eine erwachsene, distanzierte Gelassenheit zu eigen, und er hatte die Angewohnheit, seine Umgebung und alle, mit denen er Kontakt hatte, aufmerksam zu beobachten. Bis jetzt hatte er nur das Nötigste mit Thomas gesprochen, ohne die Gebote der Höflichkeit zu verletzen. Erst als die Galeone in schweren Seegang geraten war, hatte Thomas einen kurzen Blick hinter die scheinbar undurchdringliche Fassade werfen können. Sie hatten an Deck gestanden, als eine Welle über das Vorschiff gekracht war und den arglosen Richard von den Beinen gerissen hatte. Das Wasser trug ihn mehrere Schritte über das Deck, und er hatte vor Schreck aufgeschrien und Thomas unwillkürlich einen hilfesuchenden Blick zugeworfen. Dieser hatte sich breitbeinig hingestellt, mit einer Hand die Reling gepackt, mit der anderen Richards Hand ergriffen und ihn auf die Füße gezogen. Eine weitere Erschütterung hatte sie gegeneinander geworfen, sodass sie wie sich umarmende Freunde ausgesehen haben mussten. Sofort hatte sich Richard von ihm gelöst und wieder seine übliche Reserviertheit an den Tag gelegt. Mit zusammengekniffenen dunklen Augen hatte er dankbar genickt und war dann in die Kajüte gegangen, um trockene Kleidung anzuziehen. Es war nur ein kurzer Moment gewesen, doch er hatte Thomas viel über Richards Charakter verraten und ihn menschlicher wirken lassen. Bei der Vorstellung, dass sich sein Knappe dafür schämte, hatte er sich ein Lächeln nicht verkneifen können.

Sobald sich der Sturm gelegt hatte, ließ der Kapitän wieder die Küste ansteuern. Sie ließen in La Rochelle Reparaturen ausführen, bevor sie erneut in See stachen. Die Galeone durchquerte die Biskaya und passierte an einem freudlosen Weihnachtstag die Grenze zwischen Frankreich und Spanien. San Sebastian, Thomas' ursprüngliches Ziel, wurde von den Franzosen belagert, sodass der Kapitän trotz der Proteste der Priester, die dort an Land gehen wollten, weiter nach Bilbao fuhr.

Während Thomas grübelnd auf dem Pier saß, kehrte einer der Soldaten endlich mit dem Hafenmeister zurück, der sofort zu einer wütenden Tirade anhob, sobald

Richard ihm den Zweck ihrer Reise zu erklären versuchte. Hinter ihm schlich sich der Hauptmann aus der Schänke und gesellte sich zu seinen Männern, bevor man sein Fehlen bemerkte. Thomas hörte dem Streitgespräch eine Weile zu, dann erhob er sich mühsam. Sein Körper gehorchte ihm nicht mehr so wie früher. Seine Muskeln zitterten vor Kälte und Nässe und fühlten sich wie Blei an, als er zu den beiden zankenden Männern hinüberging.

»Was hat unser Freund hier für ein Problem?«

Richard sah sich um. »Er sagt, dass die spanischen Häfen auf Befehl von König Philipp ausnahmslos für alle Engländer gesperrt sind. Als Vergeltungsmaßnahme für die Katholikenverfolgung der Königin.«

»Wirklich? Dann sag ihm, dass ich Katholik bin.«

Richard übersetzte. Der Hafenmeister antwortete knapp und rümpfte die Nase.

»Trotzdem seid Ihr Engländer, sagt er.«

»Das ist wohl wahr, aber dafür werde ich mich wohl kaum entschuldigen. Im Gegenteil – er soll sich entschuldigen, weil er uns hier aufhält. Sag ihm das.«

Richard zögerte. »Eigentlich sollen wir Spanien durchqueren, ohne Aufsehen zu erregen, Herr.«

»Diskretion ist eine Sache, Demütigung eine andere. Ich bin ein englischer Ritter, unterwegs im Auftrag des Johanniterordens, um die Christenheit gegen die Türken zu verteidigen. Wenn mich dieser Mann aufhalten will, dann hat er sich nicht nur vor seinem König, sondern auch vor Gott zu verantworten.« Er griff in seinen Mantel und zog das Lederröhrchen hervor, in dem er den Brief von Sir Oliver aufbewahrte. Er holte das Pergament heraus und hielt es dem Hafenmeister unter die Nase. »Dies ist das Siegel des Ordens, und dieser Befehl ist mein Ruf zu den Waffen. Sag ihm das.«

Richard nickte und redete auf den spanischen Beamten ein. Sobald dieser das Siegel inspizierte, nahm sein Gesicht einen erschreckten Ausdruck an, und er fing hastig an zu sprechen. Dann verbeugte er sich vor Thomas und drehte sich um, um dem Hauptmann und seiner Patrouille mehrere Befehle zu erteilen, bevor er sich von dannen machte.

Thomas steckte den Brief vorsichtig zurück und verschloss den Behälter. »Und?«

»Er sagt, dass wir willkommen sind, in den Offiziersquartieren des Zollhauses zu nächtigen. Der Hauptmann wird uns dorthin führen. Außerdem wird uns der Hafenmeister eine Reiseberechtigung nach Barcelona ausstellen. Dort wird gerade eine Flotte unter dem Kommando von Don Garcia de Toledo bereitgestellt, um gegen die Türken zu ziehen. Wir werden sogar zwei Pferde bekommen.«

Thomas spitzte anerkennend die Lippen. »Erstaunlich, was eine Heraufbeschwörung des göttlichen Zorns bei einem kleinen Beamten alles zu bewirken vermag.«

Die Mundwinkel des Knappen zuckten leicht. »Ich muss gestehen, dass ich Eure Geschichte ein wenig ausgeschmückt habe.«

»Ach ja?«

»Ich habe behauptet, dass auch der Vizekönig von Katalonien den Brief unterschrieben hätte.«

Nun musste Thomas grinsen. »Nun, dann war es wohl eher die Furcht vor irdischem als vor göttlichem Zorn, die ihn umgestimmt hat.«

Der Hauptmann bedeutete ihnen, ihm zu folgen, und befahl zweien seiner Männer barsch, das Gepäck zu tragen. Endlich verließen sie den regennassen Kai und betraten auf einer schmalen Straße die Stadt.

Das Zollhaus war ein rechteckiges Gebäude mit mehreren Schreibstuben im Erdgeschoss. Dort mussten die Händler ihre Frachtbriefe vorzeigen und den entsprechenden Zoll bezahlen. Da sich nur wenige Schiffe im Winter auf See wagten, hatte der einzige Zollbeamte sein Register bereits geschlossen und säuberte gerade seine Federkiele mit einem alten Lappen, als die beiden Engländer eintraten. Sie wurden nach oben in einen bescheiden eingerichteten Raum mit vier einfachen Betten, ein paar Stühlen und einem kleinen Kamin geführt, neben dem ein mit Holzscheiten und Kienspänen gefüllter Korb stand. Der Beamte brachte ihnen eine Lampe sowie Brot, Käse und einen Krug mit Wein, bevor er ihnen eine gute Nacht wünschte. Sie hörten, wie die Tür unten geschlossen wurde und der Schlüssel im Schloss rasselte.

»So weit, so gut.« Thomas seufzte und sah sich im Zimmer um. »Ich nehme das Bett neben dem Feuer.«

»Wie Ihr meint.«

Thomas war nicht entgangen, dass sein Gefährte die unterwürfige Haltung, zu der ein Knappe seinem Ritter gegenüber verpflichtet war, sofort ablegte, sobald sie unter sich waren.

»Und mach das Feuer an, bevor wir essen. Wir müssen uns aufwärmen und unsere Sachen trocknen.«

Richard sah ihn finster an. Bevor er etwas sagen konnte, hob Thomas warnend den Finger. »Ich weiß, was du gerade denkst.«

»Und zwar?«

»Dass du im Auftrag von Sir Cecil unterwegs bist und keine Lust mehr hast, meinen Knappen zu spielen.«

»Das ist ja auch kein Wunder, schließlich bin ich ein gebildeter Mann. Ich habe in Cambridge studiert, spreche mehrere Sprachen und habe dem Minister wertvolle Dienste geleistet. Die ideale Vorbereitung also, um den Laufburschen für einen Ritter zu spielen, der seine besten Jahre längst hinter sich hat.« Er hielt inne, biss die Zähne zusammen und rang sich dann zu einer Entschuldigung durch. »Bitte verzeiht, ich friere und bin müde. Das war unnötig.«

Thomas lachte und schüttelte erstaunt den Kopf. »Das ist die längste Unterhaltung, die wir seit unserer Abreise geführt haben.«

Richard zuckte mit den Achseln, öffnete die Spange seines Mantels und ließ das durchnässte Kleidungsstück zu Boden fallen.

»Zumindest habe ich ein wenig über dich erfahren«, fuhr Thomas amüsiert fort. »Nicht zuletzt, dass du der Meinung bist, ich hätte meine besten Jahre längst hinter mir.«

»Ich entschuldige mich dafür.«

»Woher denn, du hast ja recht. Ich bin nicht mehr der Krieger, der ich in meiner Jugend war. Aber sei gewiss, als ich so alt war wie du, war ich bei ebenso guter körperlicher Verfassung. In besserer womöglich. Vielleicht sogar jetzt noch, wer weiß?«

Der jüngere Mann hatte das Lederwams abgelegt und schlüpfte aus seinem Wollhemd, bevor er Thomas belustigt anstarrte. »Ihr wollt Eure Kräfte mit mir messen?«

»Glaubst du, ich hätte Angst davor?«

»Nein. Nicht nach dem zu urteilen, was man so über Euch hört, Sir Thomas. Aber es wäre trotzdem unklug.«

Thomas hob eine Augenbraue, schwieg jedoch und entledigte sich ebenfalls seiner durchnässten Kleidung. Schließlich stand er nur in Stiefeln und Hose da. Die knotigen Narbenstränge auf seinem muskulösen Oberkörper zeichneten sich deutlich im fahlen Schein der Lampe ab. Richard starrte ihn neugierig an und wandte sich dann verlegen ab.

»Ich werde Feuer machen«, sagte Thomas. »Da drüben ist noch eine Lampe. Nimm sie und sieh dich nach weiteren Decken um. Heute Nacht zumindest will ich es warm haben, bevor die Reise weitergeht.«

Richard nickte. Mit einem Strohhalm, den er aus einem Riss in einer der Matratzen zog, zündete er die Lampe an und verließ den Raum. Thomas ließ sich neben dem Kamin nieder. Die kühle Luft auf seiner klammen Haut ließ ihn frieren, und er zitterte, während er Kienspäne über einem kleinen Strohhaufen aufschichtete und anzündete. Sie brannten gut, und Thomas beugte sich vor, um sanft auf das Feuer zu pusten. Schon bald leckten die Flammen leise knisternd gegen die Kienspäne. Als Richard zurückkehrte, war der Raum durch den hellen Schein des Feuers erleuchtet. Schatten tanzten auf den verputzten Wänden.

»Hier.« Richard trug mehrere zusammengefaltete Decken vor der Brust und hielt Thomas eine hin. »Die waren in einem Schrank. Dort sind auch noch Kissen, wenn Ihr eines benötigt.«

»Es wird auch ohne gehen.« Thomas nickte ihm dankbar zu, nahm die Decke entgegen, schüttelte sie energisch aus und warf sie sich über die Schultern. Dann legte er einige kleinere Scheite auf das wachsende Feuer.

Richard nahm sich ebenfalls eine Decke und setzte sich auf die Kante des Bettes, das Thomas sich vorbehalten hatte. Er beugte sich näher zum Feuer vor. Nach einer Weile ergriff er das Wort.

»Habt Ihr Euch diese Narben im Dienste des Ordens erworben?«, fragte er.

»Einige davon, ja. Und bei anderen Schlachten.« Thomas lehnte sich zurück und wandte sich dem Jüngeren zu. Er legte den Finger auf seine linke Schulter. »Hier hat mich in Flandern ein Pfeil erwischt. Es war nur eine Fleischwunde, aber ich habe geblutet wie ein Schwein.« Er fuhr mit der Hand zu seiner linken Brust hinunter. »Das war ein tiefer Dolchstoß. Und die Narbe daneben habe ich mir im Hafen von Algier eingehandelt. La Valette wollte nicht, dass wir Rüstungen anlegen, damit wir uns ungehinderter bewegen können. Auf der Galeone, die wir kaperten, gab es ein Scharmützel. Ein Korsar sprang aus den Schatten auf mich los und stach zu. Mit dem zweiten Stoß hätte er mich ins Jenseits geschickt, wenn La Valette nicht dazwischengegangen und ihn getötet hätte.« Thomas starrte ins Feuer und runzelte bei der Erinnerung daran die Stirn. Er tippte gegen seinen linken Ellenbogen. »Die Narbe hier stammt von einer Brandwunde. Wir haben ein Korsarenfort bei Tripolis angegriffen. Der Feind warf mit Brandsätzen nach uns. Einer der Tontöpfe zerplatzte an der Mauer neben der Leiter, die ich gerade hinaufstieg. Das brennende Naphtha darin fraß sich durch das Kettenhemd, den Waffenrock darunter und in mein Fleisch.« Als er an die furchtbaren Schmerzen zurückdachte, die er in der langen Nacht bis zur Eroberung des Forts hatte durchstehen müssen, verzog er das Gesicht.

»Und diese Narbe, die auf Eurer Stirn?«, fragte Richard leise.

»Die?« Thomas hob die Hand und fuhr über die dünne Narbe, die einen Fingerbreit unter dem Haaransatz verlief. Schweigend verfolgte er sie mit dem Finger, während Richard ihn erwartungsvoll anblickte. Der Schein des wärmenden Feuers spiegelte sich in seinen Augen. Thomas räusperte sich. »Da bin ich auf dem Eis ausgerutscht und mit dem Kopf gegen die Tür einer Kaschemme geknallt.«

Richard sperrte den Mund auf, dann lachte er. Thomas fiel ein, und der Raum wurde von herzhaftem Gelächter erfüllt. Sie lachten und lachten, um die Anspannung abzubauen, die seit ihrer ersten Begegnung zwischen den beiden Männern geherrscht hatte. Als sie wieder verstummt waren, besann sich Richard auf seine Aufgaben, zog zwei Stühle ans Feuer und hing seine Kleider zum Trocknen daran auf. Nach kurzem Zögern verfuhr er genauso mit Thomas' Mantel, Wams und Hemd. Thomas hatte unterdessen das kleine Messer gezückt, das er in einer Scheide am Gürtel mit sich führte, schnitt das Brot und den Käse in Scheiben und reichte Richard die Hälfte.

»Vielen Dank.« Der junge Mann stand auf und deutete auf das Bett. »Euer Nachtlager.«

Thomas schüttelte den Kopf. »Nimm du es.« Er klopfte auf die Matratze unter sich. »Das hier tut's auch.«

Richard setzte sich, und sie aßen. Es war das erste Mahl seit Wochen, das nicht nach Salzwasser schmeckte oder ihm durch das Übelkeit erregende Schlingern der auf dunklen Wellen unter einem grauen Himmel dahinschippernden Galeone verleidet wurde. Deshalb schmeckten ihm selbst das einfache Brot und der Käse ausgezeichnet, und als sein Bauch voll und sein Körper aufgewärmt war, fühlte Thomas sich vollauf zufrieden. Zum Teil auch deshalb, weil nun statt jenes frostigen Nebeneinanders zumindest die Aussicht auf Kameradschaft zwischen ihm und Richard bestand. Thomas wollte mehr über Cecils Agenten in Erfahrung bringen. Einerseits, weil er so viel wie möglich über das Dokument und Richards Befehle wissen musste. Andererseits aus simpler Neugier – er wollte den jungen Mann einfach besser kennenlernen. Doch ein allzu forscher Vorstoß hätte wohl nur dazu geführt, dass sich Richard wieder in sich zurückgezogen hätte. Thomas griff nach dem Weinkrug, schenkte ihnen ein und reichte Richard einen Becher. Inzwischen dampfte die Kleidung, und ein leicht modriger Geruch erfüllte den Raum.

»Du bist genau der Richtige für diese Mission«, sagte Thomas. »Wenn du die anderen Sprachen auch so gut sprichst wie Spanisch, wirst du dich als äußerst nützlich erweisen können.«

Richard grinste schief. »Nützlich? Wahrscheinlich sollte ein Mann von meinem Stand das als Kompliment ansehen.«

Thomas war versucht, weiter nachzubohren, doch er hatte den Anflug von Wut und vielleicht auch Beschämung in der Stimme des jungen Mannes bemerkt und beschloss, es fürs Erste darauf beruhen zu lassen.

»Du hast deine Rolle gut gemeistert«, fuhr Thomas fort. »Doch wenn wir die Mitglieder des Ordens auf Malta überzeugen wollen, müssen wir eine so gute Vorstellung abliefern wie die besten Tragöden Londons. Es reicht nicht, dass du dich nur verhältst wie ein Knappe. Du musst auch wie einer denken. Du musst alles, was ich dir auftrage, ohne zu zögern erledigen. Und ohne den Trotz, den du gelegentlich an den Tag legst. Du wirst meine Rüstung, meine Waffen und meine Kleidung sauber halten. Du wirst jedem mit angemessener Höflichkeit begegnen, ganz egal, von welchem Stand er sein mag. Du musst dich stets wie ein Edelmann geben, der hofft, eines Tages zum Ritter geschlagen zu werden. Und zwar nicht zu irgendeinem Ritter, sondern zu einem Ordensritter. Wenn du das schaffst, gibst du einen glaubwürdigen Knappen ab.«

Richards Miene verfinsterte sich. »Dann gebe ich etwas ab, das ich niemals sein werde. Von einem Ritter ganz zu schweigen.«

»Wie das?«

»Der Adelsstand ist das Vorrecht derer von unbefleckter Geburt. Wenn an seinem Namen ein unauslöschlicher Makel haftet, kann sich ein Mann so tapfer schlagen, wie er will.«

»Aber du bist von edler Herkunft«, sagte Thomas. »Das ist nicht zu übersehen. Du bist ganz zweifellos so viel Edelmann wie ich.«

»Bis auf die Tatsache, dass ich im falschen Bett geboren wurde, Sir Thomas. Und diese Tatsache lässt sich niemals ändern. Ich bin ein Bastard und wurde auch als solcher erzogen. Deshalb habe ich mich für dieses Leben entschieden. Wenn Ihr mich jetzt entschuldigt, ich bin müde und möchte für die weitere Reise morgen ausgeschlafen sein.« Er leerte seinen Becher, legte sich aufs Bett und kehrte Thomas und dem Feuer den Rücken zu.

Eine Zeit lang starrte Thomas ihn an und fragte sich, woher er wohl kommen mochte. Wie schwer wog die Bürde eines solchen Stigmas wohl in einer Welt, die so viel Wert auf derlei Dinge legte – trotz der mannigfaltigen Verfehlungen und Schandtaten jener sogenannten Edelleute. Kein Wunder, dass dieser junge Mann so verbittert war. Die Natur hatte ihn mit einem scharfen Verstand, einem kräftigen Körper und einer guten Gesundheit gesegnet. Die Gesellschaft jedoch hatte ihn mit einem Makel verflucht, den er bis an sein Lebensende mit sich herumtragen würde. Für einen Augenblick empfand Thomas Mitleid mit seinem Gefährten, bis er sich ermahnte, dass er Richards Sorgen nicht auch noch durch eine derart unwürdige Empfindung vermehren musste.

Er seufzte leise und schürte nach. Dann wendete er die trocknenden Kleidungsstücke, stellte ihre Stiefel daneben, stieg schließlich in sein eigenes Bett und starrte an die Decke. Mittlerweile fand er nicht mehr so leicht in den Schlaf wie früher, und die Kirchenglocke im Hafen schlug Mitternacht, bevor Thomas die Augen schloss und in den Schlummer sank.

KAPITEL 12

Die Straße durch Nordspanien führte durch die Fels-
landschaften von Navarra und Aragon bis nach Katalonien. Es regnete häufig, und die hohen Gebirgspässe
waren mit Schnee und Eis bedeckt, sodass sie nur langsam vorankamen. Die meisten Nächte verbrachten Thomas und Richard in kleinen Dörfern, wo sie sich auch mit
einer Scheune als Nachtlager zufriedengaben, wenn kein
Zimmer verfügbar war. Zweimal waren sie gezwungen,
im Freien zu nächtigen. Sie hatten die Pferde an Baum-
stümpfe angebunden und sich unter einem Felsvor-
sprung um ein Feuer gekauert. Dann hatten sie abwechselnd geschlafen, da in diesen Gegenden Räuberbanden
arglosen Reisenden auflauerten. Einmal wurden sie einen
halben Tag lang von mehreren Männern auf kleinen, zer-
zausten Ponys verfolgt. Thomas und Richard hatten angehalten, um die Schwerter anzulegen und dafür zu sorgen, dass sie auch deutlich sichtbar waren. Kurz darauf
waren die Männer stehen geblieben und hatten ihnen
hinterhergestarrt, bis sie außer Sichtweite waren.

Die beiden Engländer erregten in jedem Dorf großes
Aufsehen. Der König und die Kirche hatten unablässig
verkündet, dass die von Königin Elisabeth regierte Insel
ein Reich des Bösen und des Lasters sei. Daher begegnete man dem Ritter und seinem Knappen mit Argwohn

und Angst, und obwohl man sie dank der Reiseberechtigung des Hafenmeisters von Bilbao niemals bedrohte oder abwies, wurden sie überall nur frostig und wenig gastfreundlich empfangen.

Die Unterhaltung, die sie an jenem ersten Abend auf spanischem Boden geführt hatten, fand keine Fortsetzung; Richard hüllte sich wieder in abweisendes Schweigen, obwohl er Thomas' Befehle befolgte und sich Mühe gab, die Rolle des Knappen zufriedenstellend auszufüllen. Nachdem er einige Versuche unternommen hatte, das kameradschaftliche Verhältnis wiederherzustellen, gab Thomas auf. Sie ritten schweigend dahin, sprachen nur das Nötigste und aßen abends wortlos vor dem Feuer oder in einer Scheune.

Am fünften Tag des neuen Jahres überschritten sie zur Mittagszeit den letzten Hügelkamm und blickten auf die schmale Ebene, in der sich Barcelona gegen das Mittelmeer drängte. Der Himmel war am Morgen aufgeklart, und nun schien die Sonne vom blauen Himmel. Obwohl es tiefster Winter war, wirkte das Meer hell und einladend. Thomas spürte eine tiefe Sehnsucht nach der Insel im Zentrum des Mittelmeers, jenem Ort, den er einst für seine Heimat gehalten hatte und wo er mit seinen Waffengefährten für Gott gegen jede noch so große Übermacht hatte kämpfen wollen. Sein Leben war ihm damals so einfach und edel erschienen. Bis Maria auf der Bildfläche erschienen war – und die Einsicht, dass nichts Edles daran war, einen niemals endenden Krieg auszufechten, dessen einziger Zweck darin bestand, dem Feind immer neues Leid zuzufügen. Trotz seiner schillernden Pracht war dieses Meer ein Schlachtfeld, so alt wie die Menschheit selbst. Lange vor dem gegenwärtigen Konflikt hatten Römer, Ägypter, Karthager, Griechen und Perser um das Mittelmeer gekämpft. Wie viele Tausende Kriegsschiffe wohl in seinen Tiefen verrotteten? Dieses Meer war erfüllt von den Tränen und dem Blut unzähliger Generationen, wie Thomas mit Schaudern begriff.

Er schnalzte mit der Zunge und gab seinem Pferd die Sporen. »Los. Verlieren wir keine Zeit.«

Richard genoss die Aussicht noch einen Moment länger, dann folgte er Thomas einen Serpentinenpfad den Hügel hinunter. Unter ihnen lag die Stadt Barcelona im Schatten einer mächtigen, gut befestigten Zitadelle. Im Hafen lagen dreißig bis vierzig Galeeren vor Anker, zwei weitere ruhten auf Holzbalken vor der königlichen Schiffswerft, zu der mehrere lange Schuppen mit hohen Dächern am Meeresufer entlang gehörten. Auf dem Paradeplatz vor der Festung exerzierten mehrere Pikenierskompanien unter den wehenden Fahnen ihrer Einheit. Offenbar waren die Vorbereitungen zur Abwehr der Gefahr, die von der anderen Seite des Mittelmeers drohte, in vollem Gang. Aber würde dies ausreichen?, fragte sich Thomas. Aus Erfahrung wusste er, dass die Türken in der Lage waren, gewaltige Heere und Flotten aufzustellen. Die besten Kanoniere und Belagerungsingenieure der Welt befanden sich in ihren Reihen, und die Größe und Durchschlagskraft ihrer Geschütze war unübertroffen.

Als sie sich der Stadtmauer näherten, mündete der Pfad in eine Küstenstraße. Wenig später kamen die beiden Reiter an einer rumpelnden Karrenkolonne vorbei, die Schießpulverfässer und Kanonenkugeln transportierte. Thomas trieb sein Pferd zur Eile an, damit sie das Haupttor der Stadt vor der Kolonne erreichten. Thomas zog seine Reiseberechtigung hervor und reichte sie dem diensthabenden Soldaten. Der Katalane starrte verständnislos auf das Dokument, dann befahl er ihnen mit knappen Worten, zu warten, bis er seinen Vorgesetzten geholt hatte, und verschwand durch einen Bogengang im Wachraum. Thomas saß mit einem müden Grunzen ab. Kurz darauf folgte Richard seinem Beispiel und nahm die Zügel beider Pferde. Ganz wie ein richtiger Knappe, dachte Thomas zufrieden.

Einige Zeit später kehrte der Wachposten mit einem korpulenten Mann zurück, der sich mit einer Hand den Mund abwischte, während er mit der anderen den Passierschein ergriff. Er musterte die Engländer, bevor er Thomas ansprach. Dieser deutete auf seinen Knappen.

»Richard, wärst du so freundlich?«

Thomas versuchte, der Unterhaltung zu folgen, doch das Katalanisch war ihm völlig unverständlich. Er fühlte sich unbehaglich, kam sich sogar verletzlich vor; noch vertraute er dem jungen Mann, den ihm Cecil und Walsingham aufgezwungen hatten, nicht völlig. Richard war mit den Einzelheiten ihrer Mission und der Natur dieses geheimnisvollen Dokuments besser vertraut als er. Thomas fragte sich, wie die Befehle seines Gefährten lauteten, sobald sie das Schriftstück gefunden und in ihren Besitz gebracht hatten; vielleicht gehörte zu Richards Anordnungen ja auch der heimtückische Mord an einem Mann, dessen zugegebenermaßen eingeschränktes Wissen um ihre Mission sich später als Gefahr herausstellen konnte. Thomas würde stets auf der Hut vor solchem Verrat sein müssen, selbst mitten im Kampf gegen die Türken. Bei dieser Vorstellung stieg Wut gegen Richard und seine intriganten Gebieter in London in ihm auf.

Richard unterbrach seine Gedanken. »Herr, ich habe dem Hauptmann den Zweck unserer Reise erläutert. Da wir nach Malta wollen, sollten wir uns am besten in der Zitadelle bei Don Garcia de Toledo melden, sagt er. Dessen Armee wird bald nach Sizilien in See stechen, und wir könnten uns seiner Flotte anschließen.«

»Sizilien?«

»Dort zieht König Philipp seine Truppen gegen die Türken zusammen, und dort werden sich auch italienische Söldner sowie mehrere Galeeren der Familie Doria einfinden. Der Kapitän behauptet, dass es die größte Armee sein wird, die je im Namen Christi gekämpft hat, und Don Garcia sei der beste General Europas. Wir werden die Türken restlos vernichten, sagt er.«

Thomas betrachtete den dicken, an ein bequemes Leben gewohnten katalanischen Beamten. Auf einem entbehrungsreichen Feldzug würde er wohl nicht lange durchhalten. »Sag ihm, ich werde dafür beten, dass er recht hat. Machen wir uns auf zur Zitadelle.«

»Seine Männer werden uns hinführen.« Richard warf dem Spanier einen misstrauischen Blick zu. »Man munkelt, dass der Feind Spione in Barcelona hat. Ich glaube, er traut uns nicht.«

»Spione?« Thomas lachte. »Sehen wir etwa wie Türken aus?«

»Wir sind Engländer, Herr. Offenbar sind hier viele Leute der Meinung, dass die Feinde Spaniens alle unter einer Decke stecken. Das ist nur verständlich. Sie haben den Franzosen nicht vergeben, dass sie sich vor zwanzig Jahren auf die Seite der Türken geschlagen haben.«

Thomas nickte verständnisvoll. Diese Allianz war in den Augen der restlichen Christenheit nicht weniger als ein Teufelspakt gewesen. Gottlob hatte sie nur so lange Bestand gehabt, bis die Franzosen von den Massakern erfahren hatten, die ihre neuen Verbündeten unter den christlichen Bewohnern der italienischen Küste anrichteten. Thomas konnte sich den Schock vorstellen, den die französischen Ritter des Ordens erlitten haben mussten, allen voran La Valette.

»Also gut. Sag dem Hauptmann, dass wir uns für die Eskorte herzlich bedanken.«

Mit zwei Männern vor und zwei hinter sich führten Thomas und sein Knappe ihre Pferde auf einer breiten Straße durch das massive Stadttor. Über den Dächern der dicht gedrängten Wohnhäuser ragten die Türme der Kathedrale von Santa Eulalia auf. Die Regengüsse der letzten Zeit hatten den Schmutz von den Straßen gespült, und es roch weit weniger übel als in London. Es war viele Jahre her, dass Thomas zum letzten Mal in Barcelona gewesen war. Für Richard war es ganz offensichtlich der erste Besuch, so neugierig, wie er seine Umgebung musterte. Aufgrund seines dunklen Teints hätte man ihn für einen Einheimischen halten können, wäre da nicht der fehlende katalanische Akzent gewesen. Cecil und Walsingham hatten ihn sorgfältig ausgewählt, dachte Thomas.

Sobald sie den Platz vor der Kathedrale betraten, widmete Thomas seine Aufmerksamkeit der reich verzierten Fassade. Drei Türme aus festem Mauerwerk ragten in die Höhe. Ganz anders als die Kathedralen in England, dachte er, reckte den Kopf und sah mit zusammengekniffenen Augen zu den Kreuzen auf, die in den azurblauen Himmel ragten. Mehrere Möwen kreisten dunkel vor dem grellen Firmament. Bei diesem Anblick wurde es Thomas leicht ums Herz, doch dann fiel ihm ein, dass auf der anderen Seite dieses Meeres, in der großen Stadt Konstantinopel – die von vielen immer häufiger Istanbul oder bisweilen auch Stambul genannt wurde –, ein Krieger wie er in diesem Augenblick vor einer großen Moschee stehen und zu einem goldenen Halbmond aufblicken mochte. Ein Krieger, dem er schon bald in der Schlacht gegenüberstehen würde. Bei diesem Gedanken lief es ihm kalt den Rücken hinunter. Er hatte keine Angst, nur die düstere Vorahnung, dass der kommende Zusammenstoß der Religionen und Reiche auch sein Schicksal entscheiden würde.

Die kleine Gruppe überquerte den Platz, hatte bald die engen Straßen der Stadt hinter sich gelassen und erklomm den steilen Hügel zur Zitadelle. Eine frische Brise trug den Salzgeschmack des Meeres zu ihnen herüber. Als sie den Eingang der Festung erreichten, mussten sie erneut den Zweck ihrer Reise erklären. Die Eskorte wurde zur Stadtmauer zurückgeschickt, der Ritter und sein Knappe in den äußeren Burghof vorgelassen, wo sie ihre Pferde festbanden und sich dann auf eine Bank setzten.

Sie mussten nicht lange warten. Ein in roten Samt gekleideter Beamter trat aus den Räumen des Gouverneurs und eilte auf sie zu.

»Sir Thomas Barrett? Es ist mir eine Ehre, Herr«, verkündete er in tadellosem Französisch und verbeugte sich tief. Thomas und Richard standen auf und erwiderten den Gruß.

»Darf ich mich vorstellen?« Er schenkte ihnen ein freundliches Lächeln. »Fadrique Garcia de Toledo, Euch und Eurem Knappen stets zu Diensten.«

Der junge Mann war höchstens Anfang zwanzig. Thomas warf Richard einen kurzen Blick zu, dann räusperte er sich. »Seid Ihr der Kommandant der Armee, die König Philipp gegen die Türken schickt?«, fragte er auf Französisch.

»Ich?« Die Augenbrauen des Spaniers hoben sich amüsiert. »Aber nicht doch, Herr. Ihr verwechselt mich mit meinem Vater. Ich habe ihn bereits von Eurer Ankunft unterrichten lassen. Er wird sich freuen, ein weiteres Mitglied des Ordens begrüßen zu dürfen, das dem Ruf zu den Waffen gefolgt ist.«

»Waren denn schon viele von uns hier?«, fragte Thomas.

Fadriques Lächeln erlosch. »Leider weniger, als wir erwartet haben, Herr. Offen gestanden seid Ihr erst der fünfte Ritter auf der Durchreise. Natürlich werden die meisten von anderen Häfen abfahren. Ich bin mir gewiss, dass sich kein Mitglied Eures Ordens den glorreichen Sieg entgehen lassen will, den wir gegen die Türken erringen werden.«

»Hoffen wir, dass Ihr recht behaltet.«

»Zweifellos, Herr. Dies ist die größte Schlacht unserer Zeit. Das entscheidende Kräftemessen zwischen unserer Religion und dem islamischen Irrglauben.«

Thomas spitzte die Lippen, schwieg jedoch.

Der Spanier deutete auf den Eingang. »Wenn Ihr mir folgen wollt? Ich lasse Euch Erfrischungen servieren, solange Ihr auf meinen Vater wartet.«

Thomas lächelte bei der Erinnerung an die exzellenten Manieren der Spanier, mit denen er damals gekämpft hatte, und neigte den Kopf. »Vielen Dank.«

Sie durchquerten eine gefliste Halle, von denen Bogengänge in dunkle Korridore zu beiden Seiten führten. Bis auf eine Handvoll Wachen war niemand zu sehen. Die Schritte der drei Männer hallten von den Wänden wider.

»Es ist sehr ruhig hier«, bemerkte Thomas. »Eigentlich hätte ich den Stab Eures Vaters eifrig bei der Vorbereitung des Feldzugs erwartet.«

»Seid versichert, dass dem auch so ist«, sagte Fadrique fröhlich. »Der Großteil seines Stabes ist unten bei den Werften und überwacht das Beladen der Galeeren. Wir werden in wenigen Tagen nach Sizilien aufbrechen. Sobald wir uns mit unseren Verbündeten zusammengeschlossen haben, werden wir gegen die Türken zu Felde ziehen.«

Sie betraten eine einfache Kammer mit einem langen Tisch in der Mitte. Bequeme Stühle standen an seinen Seiten, zwei prunkvollere an seinen Enden. Fadrique bedeutete ihnen, Platz zu nehmen.

»Bitte setzt Euch. Ich lasse Euch Essen und Wein kommen. Wenn Ihr mich entschuldigt, ich werde mich so lange zu meinem Vater gesellen, bis er bereit ist, Euch zu empfangen.« Er verbeugte sich noch einmal und verließ sie.

Sobald sich die Tür geschlossen hatte, stieß Richard einen tiefen Seufzer aus. »Nur fünf Ritter ... es sollten doch mehr als fünf über Barcelona reisen. Viel mehr.«

»Es ist noch Zeit«, entgegnete Thomas. »Und womöglich hat er recht und sie haben andere Routen genommen.«

Richard starrte ihn an. »Glaubt Ihr das wirklich?«

Thomas zuckte mit den Schultern. »Es kann nicht schaden, auf das Beste zu hoffen und mit dem Schlimmsten zu rechnen.«

»Eine törichte Philosophie.«

Thomas ließ sich nicht entmutigen. »Je größer die Übermacht, desto größer der Ruhm.«

»Ihr Ritter lebt für die Ehre. Das verstehe ich. Doch Eure Heldentaten werden zusammen mit Eurem Namen in den Chroniken erwähnt werden. Für die niederen Stände gilt das nicht. Unsere Helden sind namenlos, und ich habe keine Lust, als ein weiterer dieser Ungenannten zu enden, Sir Thomas.«

Sie wurden von einem Diener unterbrochen, der mit einem Tablett den Raum betrat. Ohne sie anzublicken, durchquerte er das Zimmer und stellte das Tablett auf dem Tisch ab. Dann verbeugte er sich tief und ging ein paar Schritte rückwärts, bevor er sich umdrehte und davoneilte.

»Da«, sagte Richard. »Das ist das Schicksal derjenigen, für die in der Geschichte kein Platz ist.«

Thomas antwortete nicht sofort. Er nahm einen Teller vom Tablett, stellte einen weiteren vor seinen Gefährten und schenkte ihnen Wein ein. Dann wandte er sich Richard zu.

»Ob ein Mann in die Geschichte eingeht oder nicht, liegt nicht in meiner Hand, Richard. Und auch deine Herkunft kann ich nicht ändern. Es bringt also nichts, wenn du mir deine Sorgen auf so grobschlächtige Weise vor Augen führst. Wir müssen unsere Pflicht tun, nur das zählt. Ich muss den Orden verteidigen, den ich mit meinem Leben zu schützen geschworen habe. Du musst für deine Herren in London die Aufgabe erfüllen, welche sie dir auch immer auferlegt haben. Du musst mir helfen, so gut es dir möglich ist. Ich für meinen Teil könnte dich besser unterstützen, wenn ich wüsste, was du auf Malta zu erledigen hast.«

Richard starrte aus dunklen Augen zurück. »Ich kann Euch nicht mehr erzählen, als Ihr bereits wisst.«

»Und was, wenn dir etwas zustößt?«

»In diesem Fall wird Walsingham höchstwahrscheinlich einen weiteren Agenten losschicken, der die Mission zu Ende bringt.«

»Aha. Euer Herr verfügt also über eine ganze Heerschar von Männern, die so viele Sprachen sprechen wie du?«

Richard starrte auf seinen Teller, hob vorsichtig ein Lammkotelett auf, nahm einen kleinen Bissen und kaute.

»Dachte ich's mir doch.« Thomas lächelte. »Mit deinem Tod ist auch deine Mission beendet. Es sei denn, du erzählst mir mehr über dieses Dokument.«

Richard schluckte. »Nein.«

»Warum nicht? Es wäre nur sinnvoll.«

»Ich habe meine Befehle.«

»Verstehe. Aber wenn so viel auf dem Spiel steht, wie Sir William behauptet, ist es doch von höchster Wichtigkeit, dass zumindest einer von uns das Dokument findet und nach England zurückbringt.«

»Vorausgesetzt, dass einer von uns den Angriff auf Malta überlebt«, entgegnete Richard trocken.

Thomas schürzte die Lippen. »Wohl wahr.«

»Bitte verzeiht, Herr, doch meine Befehle sind eindeutig. Ich darf Euch nichts darüber verraten.«

»Warum nicht?«

»Weil Walsingham Euch nicht vertraut.«

»Aha. Und Cecil?«

»Sir William hält in allen Angelegenheiten große Stücke auf Walsinghams Urteil.«

Thomas stützte das Kinn auf die gefalteten Hände und spürte, wie die Wut in ihm aufstieg. Er war in seiner Ehre gekränkt. »Ich vermute, dass sein Argwohn religiöse Gründe hat – schließlich bin ich Katholik. Ist es deshalb so gefährlich, wenn ich vom Inhalt des Dokuments erfahre?«

»Das darf ich nicht sagen«, antwortete Richard und nahm einen weiteren Bissen.

»Darfst du nicht oder willst du nicht?«

»Ich habe Euch schon mehr verraten, als ich sollte. Cecil vertraut Euch, weil Ihr Euch in erster Linie für einen

Engländer und erst in zweiter für einen Katholiken haltet, wenn Euch das beruhigt. Und jetzt kein Wort mehr. Wechselt das Thema, wenn Ihr Euch weiter unterhalten wollt.«

»Also gut. Bist du Protestant wie deine Gebieter oder gehörst du der katholischen Kirche an?«

Richard hörte auf zu kauen und dachte über diese Frage nach. »Das wisst Ihr doch. Glaubt Ihr wirklich, dass Cecil einen Katholiken in seine Dienste nehmen würde? Das steht völlig außer Frage.«

»Und du bist schon immer Protestant?«, bohrte Thomas nach.

»Weshalb interessiert Euch das?«

»Ich will dich einfach besser kennenlernen. Uns steht eine harte Schlacht bevor, da muss ich wissen, wer der Mann ist, der an meiner Seite kämpft.«

»Und was ändert es, wenn Ihr erfahrt, dass ich einst Katholik war?« Richard kicherte. »Fragt lieber, ob ich schon einmal getötet habe.«

»Und, hast du?« Thomas beobachtete ihn genau.

»Nein. Aber ich bin mir sicher, dass ich diese Erfahrung machen werde, bevor ich nach England zurückkehre.«

Bevor Thomas nachhaken konnte, öffnete sich die Tür, und ein stämmiger Mann jenseits der Fünfzig trat ein. Er hatte schütteres graues Haar und einen kurz geschnittenen Bart auf den fülligen Wangen. Seine lebhaften, munteren Augen musterten die Engländer eingehend. Fadrique, der ihm auf dem Fuß folgte, übernahm die Vorstellung.

»Der Admiral seiner höchst katholischen Majestät König Philipp von Spanien und Vizekönig von Sizilien, Seine Exzellenz Don Garcia Alvarez de Toledo.«

Don Garcia kam auf sie zu und blieb auf Armeslänge vor ihnen stehen. Thomas verbeugte sich würdevoll. »Es ist mir eine Ehre, Euch kennenzulernen, Herr. Sir Thomas Barrett und sein Knappe Richard Hughes zu Euren Diensten.«

»Fadrique hat mir erzählt, dass Ihr nach Malta wollt.« Don Garcia sprach mit leiser Stimme und einem leichten Lispeln. »Ihr folgt La Valettes Aufforderung.«

»So ist es.« Thomas nickte.

»Dann seid willkommen, Sir Thomas. Insbesondere angesichts des Rufes, den Ihr euch auf den Schlachtfeldern Europas gemacht habt.« Don Garcia lächelte herzlich.

Thomas war etwas überrascht, dass man selbst in Barcelona von ihm gehört hatte. »Das ist schon viele Jahre her.«

»Im Krieg zählt die Erfahrung alles.«

»Fast alles. Auch die Truppenstärke spielt eine Rolle.«

Don Garcia klopfte auf Thomas' Arm. »Ich hoffe, Ihr hattet eine gute Reise.«

Thomas dachte kurz an die Stürme auf der Seereise nach Spanien. Dann verscheuchte er diese Bilder aus seinen Gedanken und nickte. »Für die Jahreszeit sind wir gut vorangekommen, Herr.«

Don Garcia sah ihn belustigt an. »Der Atlantik kann im Winter sehr unbarmherzig sein. Es war klug von Euch, uns aufzusuchen. Und gut für uns. Bei der Verteidigung Maltas können wir jeden Mann gebrauchen. Aber bitte verzeiht, Ihr müsst müde sein.« Er deutete auf die Stühle. »Bitte setzt Euch wieder. Ich wollte Eure Mahlzeit nicht unterbrechen.«

Sobald die vier Männer Platz genommen hatten, schob Thomas den Teller mit dem unberührten Essen darauf zur Seite und bedeutete Richard, dasselbe zu tun. Es gehörte sich nicht für einen Knappen, vor seinen Herren zu speisen, wenn diese nicht selbst aßen.

»Sir Thomas, bitte vergebt mir, wenn ich auf das übliche Vorgeplänkel verzichte und direkt zur Sache komme. Bald werde ich nach Malta segeln. Was wisst Ihr über die Lage dort?«

»Nur was mir der Ritter berichtet hat, der mir die Botschaft des Ordens nach England brachte, Herr. Er erzählte, dem Großmeister sei von seinen Spionen zugetragen worden, dass der Sultan Malta erobern und den Johanniterorden auslöschen will.«

»So ist es.« Don Garcia nickte. »Er will Malta in seine Hand bringen, um seine Nachschublinien zu schützen. Und genau das müssen wir verhindern. Über seine längerfristige Strategie besteht kein Zweifel. Seit vielen Jahren schon bauen Süleyman und die mit ihm verbündeten Korsaren ihren Einfluss auf das westliche Mittelmeer stetig aus. In jedem Frühjahr beobachten wir den östlichen Horizont und warten auf den Angriff, doch bisher haben sie sich mit kleineren Überfällen an den Küsten von Italien, Frankreich und Spanien begnügt. Sie kapern unsere Schiffe und versklaven die Einwohner kleinerer Küstenstädte und Dörfer. Dagegen können wir nicht viel ausrichten. Bis wir Kunde davon erhalten und eine Flotte losschicken, ist der Feind schon längst über alle Berge. In der Zwischenzeit habe ich alles, was in meiner Macht steht, getan, um unsere Verteidigung vorzubereiten und unsere Galeeren für den unvermeidlichen Angriff zu rüsten. Nun ist dieser Augenblick gekommen. Unser Spion in Konstantinopel hat die Mobilmachung des Feindes mit eigenen Augen beobachtet. Galeeren und Galeonen werden im Goldenen Horn zusammengezogen. Täglich treffen Fuhrwerke mit Schießpulver, Kanonenkugeln, Belagerungsgerät und Verpflegung ein. Vor den Stadtmauern warten Zehntausende Soldaten auf den Befehl zum Einschiffen.« Er lehnte sich zurück und legte die Arme auf die Stuhllehnen. »Die Türken werden angreifen, daran besteht kein Zweifel. Diesen Moment habe ich lange gefürchtet. In diesem Jahr wird sich unser Glaube behaupten oder im Schatten des Halbmonds untergehen.«

»Dann werden wir uns behaupten«, sagte Thomas standhaft. »Und sollte der Orden vernichtet werden, dann wird er als leuchtendes Beispiel dienen, dem die ganze Christenheit begeistert nachfolgen wird.«

»Euer Wort in Gottes Ohr, Sir Thomas. Wenn die Herrscher Europas nicht mit vereinten Kräften gegen diese Bedrohung vorgehen, sind wir verloren, und unsere Untertanen werden unter die Knute einer falschen Religion gezwungen. Da ist es nur ein schwacher Trost, dass niemand, der an diesem Tisch hier sitzt, diesen Tag erleben wird. Ich schwöre, dass ich lieber mit dem Schwert in der Hand und Jesu heiligem Namen auf den blutigen Lippen sterbe, als Süleyman die Füße zu küssen.«

»Das schwören wir alle«, sagte Thomas und bekreuzigte sich.

Nach einer kurzen Pause ergriff Don Garcia erneut das Wort. »Ich habe beschlossen, meine Armee in Sizilien zu versammeln. Seine Majestät hat den anderen Mächten Europas die Nachricht zukommen lassen, dass sie ebenfalls ihre Männer und Schiffe dorthin schicken sollen, wenn sie sich unserer gerechten Sache anschließen wollen. Mit Gottes Hilfe werde ich genug Galeeren zusammenbekommen, um Süleymans Flotte entgegentreten zu können. Außerdem bin ich so in der Lage, nach Süden zu segeln, wenn er Malta zuerst angreift, und nach Norden, wenn er in Italien einfällt.«

»Ein weiser Plan, Herr«, stimmte Thomas zu.

»Weise? Ja.« Don Garcia lächelte. »Doch wenn die Streitkräfte, die uns versprochen wurden, nicht eintreffen, besteht kaum Hoffnung auf einen Sieg.«

Fadrique räusperte sich. »Egal, wie wenige wir auch sein mögen, Gott ist auf unserer Seite. Wir können nicht geschlagen werden. Unser Herr ist allmächtig. Das wird Er niemals zulassen.«

Sein Vater sah ihn nachsichtig an. »Selbstverständlich.« Dann wandte er sich wieder Thomas zu. »Ich werde morgen mit sechs Galeeren nach Sizilien aufbrechen. Wir werden vier Galeonen mit zweitausend Mann Besatzung eskortieren, die dort ein Feldlager aufschlagen sollen. Danach werde ich nach Malta reisen, um mich mit La Valette zu beraten. Es wäre mir eine Ehre, Euch und Eurem Diener einen Platz auf meinem Flaggschiff anzubieten.«

»Das ist sehr großzügig von Euch, Herr.«

»Dann seid morgen bei Dämmerung an Bord. Wir segeln mit dem Sonnenaufgang.« Don Garcia erhob sich, und die anderen taten es ihm gleich. »Wenn Ihr mich entschuldigt, es gibt noch viel zu tun. Fadrique wird euch ein Quartier hier in der Zitadelle zuweisen und dafür sorgen, dass man sich um Eure Pferde kümmert.«

»Es sind nicht meine Pferde. Sie gehören Eurem König und wurden uns vom Hafenmeister in Bilbao zur Verfügung gestellt.«

»Dann werden Sie meiner Armee zugeschlagen. Guten Tag, meine Herren. Bitte beendet Euer Mahl und ruht Euch aus. Komm mit, Fadrique.«

Trotz seiner massigen Gestalt bewegte sich Don Garcia überraschend flink aus dem Raum. Sein Sohn eilte ihm hinterher. Die Tür fiel ins Schloss, und ihre Schritte wurden leiser. Richard zog den Teller wieder zu sich und aß weiter. »Die Situation ist alles andere als ermutigend«, sagte er schließlich.

»So war es in der Geschichte des Ordens schon immer.«

»Wie heroisch«, sagte Richard. »Oder sollte das womöglich der Versuch sein, einer gewissen Lebensmüdigkeit den Anstrich von Ehre zu geben?«

»Hüte deine Zunge. Du weißt nicht, wovon du sprichst. Die Männer des Ordens haben geschworen, allein zur Ehre Gottes zu kämpfen. Selbstmord ist eine Sünde, wie du wohl weißt.« Thomas zügelte seinen Zorn. »Außerdem«, fuhr er in versöhnlichem Ton fort, »ist Gott auf unserer Seite. Genau wie Don Garcias Sohn gesagt hat.«

»Ja, es ist auch an der Zeit, dass er seine Meinung allmählich ändert. Als Süleyman dem Orden Rhodos entrissen hat, war er wohl gerade unabkömmlich. Und wo war er, als der Orden beim Fall von Akkon fast ausgelöscht wurde? Woher nehmt Ihr die Gewissheit, dass er in Malta hinter Euch – hinter uns – stehen wird?«

»Gottvertrauen schadet nicht«, entgegnete Thomas, obwohl er Richards Zweifel insgeheim teilte. Er sah auf und bemerkte, dass ihn der junge Mann aufmerksam anstarrte.

»Nun, wenn es Gottes Wille ist, dass er denjenigen, die an Ihn glauben, so viel Leid aufbürdet, dann muss ich seine Motive infrage stellen.«

»Vorsicht, Richard. Das ist Blasphemie.«

»Nur Philosophie. Ich will damit lediglich sagen, dass beide Parteien in diesem bevorstehenden Krieg im Namen ihres Glaubens kämpfen. Wenn die Türken gewinnen, bedeutet das, dass Gott uns verlassen hat oder dass ihr Glaube der mächtigere ist? Und wenn der Glaube auf beiden Seiten gleich stark ist, dann werden allein die Menschen den Kampf entscheiden.«

Thomas konnte dem nicht widersprechen, doch wenn er schon nicht mehr im Namen Christi töten würde, so wollte er doch alles dafür tun, nicht im Namen Allahs zu sterben. »Wenn die Menschen diesen Kampf entscheiden, dann soll es so sein. Ich bin bereit, meinen Teil dazu beizutragen.« Er stand auf. »Ich will mir etwas die Beine vertreten.«

»Soll ich …«

»Nein. Du bleibst hier. Beende dein Mahl, dann hol

unser Gepäck und ruh dich aus. Ruhe wird bald ein rares Gut werden, nach dem du dich mehr sehnen wirst als nach allem anderen.«

»Bis auf die letzte Ruhe.«

Thomas hielt kurz inne und schüttelte dann den Kopf. »Selbst die wird dir womöglich willkommen sein, bevor das hier vorbei ist.«

KAPITEL 13

Die Flottille hatte den Hafen von Palma auf Mallorca erst vor einem halben Tag verlassen. Thomas und Richard genossen die kühle Morgenbrise, als das erste Segel in Sicht kam. Ein Matrose in dem kleinen Krähennest auf dem Hauptmast legte schützend die Hand über die Augen und deutete mit der anderen auf den nördlichen Horizont, von wo der Wind aus Richtung der französischen Küste blies.

Der Kapitän des Flaggschiffs trat auf das Achterdeck und formte mit den Händen einen Trichter um den Mund. »Was siehst du?«

Eine Weile beobachtete der Matrose den Horizont und versuchte, das andere Schiff so deutlich wie möglich auszumachen. Die Männer standen gespannt auf dem Hauptdeck der Galeere.

»Zwei Lateinersegel, Käpt'n.«

»Dann ist es höchstwahrscheinlich eine Galeere«, sagte Thomas.

»Woher wollt Ihr das wissen?«, fragte Richard, der den Kopf reckte und über den sanften Wellengang hinwegstarrte. »Ich kann überhaupt nichts sehen.«

»Und das wird noch geraume Zeit so bleiben. Der Schiffsrumpf wird frühestens in einer Stunde in Sicht kommen.«

»Wieso das?«

Thomas musste lächeln, als ihm einfiel, dass sein Knappe den größten Teil ihrer ersten Seereise leidend in seiner Kajüte verbracht hatte. »Du bist eine richtige Landratte, was?«

»Allerdings. Und ich habe auch nicht vor, jemals wieder ein Schiff zu besteigen, wenn das hier vorbei ist«, sagte Richard mit dem Brustton der Überzeugung.

»Aber da du ein gelehrter Mann bist, hast du sicherlich schon davon gehört, dass die Welt rund ist.«

Richard warf ihm einen gereizten Blick zu. »Selbstverständlich.«

»Dann kannst du dir wohl auch erklären, warum die Segel eines Schiffes vor seinem Rumpf zu sehen sind. Wegen der Krümmung des Horizonts.«

Richard knirschte mit den Zähnen. »Das ist mir bekannt.«

»Achtung an Deck!«, rief der Ausguck. »Ich sehe weitere Segel. Drei … fünf. Noch mehr. Sehen wie Galeeren aus … ja, ziemlich sicher.«

»Komm mit.« Thomas zog seinen Knappen am Ärmel. Sie stiegen die kleine Treppe hinauf und gesellten sich zu den Offizieren, die sich um Don Garcia versammelt hatten.

Der Kapitän wandte sich von der Reling ab. »Korsaren, Herr«, meldete er seinem Kommandanten.

»Unmöglich«, widersprach Fadrique. »Wenn das Korsaren sind, weshalb nähern sie sich von Norden? Ihre Heimathäfen liegen an der afrikanischen Küste im Süden.«

»Sie segeln vor dem Wind, Herr«, erklärte der Kapitän. Thomas hatte seinerzeit das Spanische einigermaßen gut beherrscht, und bald bereitete es ihm keine Mühe mehr, dem Gespräch ohne Schwierigkeiten zu folgen. »Sie sind uns gegenüber im Vorteil«, fuhr der Kapitän fort. »Wahrscheinlich folgen sie uns schon seit Tagen und haben sich nördlich von uns positioniert, um die Witterung auszunutzen.« Er wandte sich an Don Garcia. »Herr, wie lauten Eure Befehle?«

Der spanische Kommandant warf einen Blick auf die Schiffe seiner Flottille. Die Galeeren bildeten einen lockeren Kreis um die in ihrer Mitte dahintreibenden Galeonen. Die Decks der schwerfälligen Schiffe waren mit Soldaten, Waffen und anderer Ausrüstung vollgepackt – leichte Beute für eine Korsarengaleere, wenn es ihr gelang, die Eskorte auszumanövrieren.

»Wir müssen die Galeonen um jeden Preis beschützen«, verkündete Don Garcia. »Vorausgesetzt, es handelt sich wirklich um feindliche Schiffe. Ich will kein Risiko eingehen. Die Männer sollen sich kampfbereit machen. Das gilt auch für die anderen Galeeren. Kapitän, gebt die entsprechenden Befehle.«

»Aye, Herr.«

Einen Augenblick später schlug der Trommler auf dem Hauptdeck wie wild auf sein Instrument ein. Die Soldaten legten in Windeseile ihre Brustplatten an, setzten ihre Helme auf und machten die Waffen bereit. Matrosen kletterten in die Takelage, verteilten sich in den Spieren und warteten auf den Befehl, die Segel zu reffen. Unter Deck waren das Knallen einer Peitsche und das Knarren von Holz zu hören, als die Ruder aus den Löchern in der Bordwand geschoben wurden. Bei diesen Geräuschen und der hektischen Betriebsamkeit, selbst bei dem Gestank, der aus dem Schiffsbauch aufstieg, schlug Thomas' Herz schneller. Alte Erinnerungen und Empfindungen stiegen in ihm auf, als die Galeere sich kampfbereit machte. Er wandte sich Richard zu.

»Hol meinen Harnisch, den Helm und das Schwert. Und bewaffne dich selbst.«

Richard nickte und eilte in den Laderaum, in dem ihr Gepäck verstaut war.

Ein rotgoldener Wimpel wurde an einem Hisstau über ihren Köpfen hinaufgezogen und mit einem leisen Knattern entrollt. Einen Augenblick später hissten auch die anderen Galeeren ihre Flaggen. Auch sie machten sich zur Schlacht bereit.

»Achtung an Deck.«

Die Offiziere im Achterschiff sahen zum Krähennest auf. Diesmal deutete der Ausguck nach Süden.

»Weitere Segel! Mindestens fünf Galeeren.«

»Und wie viele im Norden?«, brüllte der Kapitän.

Der Ausguck drehte sich um und blickte angestrengt auf das Wasser. »Sechs, Herr!«, rief er. »Ich kann sie jetzt deutlich sehen.«

»Kannst du ihre Flagge erkennen?«

»Noch nicht, Herr.«

»Könnten es unsere Verbündeten sein?«, fragte Fadrique. »Die Genuesen womöglich?«

Sein Vater schüttelte den Kopf. »Nicht so weit westlich. Als Treffpunkt war Sizilien vereinbart. Es ist mit ziemlicher Sicherheit der Feind. Korsaren von den berberischen Küsten.«

»Das glaube ich auch«, sagte Thomas. »Ein klassischer Hinterhalt, Don Garcia. So etwas habe ich schon oft erlebt.«

»Aus der Perspektive des Jägers, nehme ich an.«

»Stimmt. Genau so würde auch eine Galeerengruppe des Ordens vorgehen. Ich vermute, dass der Feind diese Taktik von uns übernommen hat. Die Korsaren und die Männer des Ordens sind sich wohl doch ähnlicher, als man denkt.«

»Nur dass der Orden den Segen der katholischen Kirche genießt.«

»Und die muslimischen Piraten den ihrer Imame, Herr. Am Ende sind wir doch alle heilige Krieger. Oder Piraten.«

Don Garcia runzelte die Stirn. »Das sind beunruhigende Ansichten, die Ihr da äußert, Sir Thomas. Ich wünsche nicht, meine Feinde oder die Feinde des einen wahren Gottes in diesem Licht zu betrachten und ersuche Euch, derlei Bemerkungen in Zukunft zu unterlassen.«

»Wie Ihr wünscht, Don Garcia.«

»Sehr dienlich wäre es dagegen, mehr über diese Taktik zu erfahren. Ihr habt damit Erfahrung. Sagt mir, wie werden sie vorgehen?«

Thomas überlegte einen Augenblick lang. Er stellte sich die Positionen der drei Schiffsgruppen im Geiste vor und schloss auch die Windrichtung in seine Berechnungen ein. »Ihr Ziel sind die Galeonen. Sie sind Eure schwächsten Schiffe, Herr. Die Korsaren werden davon ausgehen, dass sie die wertvollste Ladung an Bord haben – bis sie entdecken, dass sich Soldaten darauf befinden. Dann werden sie entweder Abstand halten und das Deck vor dem Entern mit Kartätschen bestreichen oder versuchen, die Galeonen zu versenken, um so viele Eurer Soldaten wie möglich zu töten. Dafür wird sie der Sultan reich belohnen.«

»Wie sollen wir ihnen entkommen? Ist es zu spät, um zu wenden und nach Palma zurückzukehren?«

»Genau damit rechnen sie. Sie halten bereits jetzt direkt auf uns zu. Wenn Ihr die Flottille wenden lasst, werden sie uns folgen und schnell aufschließen. Sie werden angreifen, lange bevor wir die schützenden Kanonen Palmas erreichen, Herr.«

»Wozu würdet Ihr mir dann raten, Sir Thomas?«

»Die Galeeren müssen so nahe wie möglich bei den Galeonen bleiben. Der Feind darf den Verteidigungsring nicht durchbrechen. Eine Galeere muss die Formation anführen, eine bildet die Nachhut. Die Galeonen müssen paarweise nebeneinander segeln, damit sie sich im Falle eines Enterversuches gegenseitig beistehen können. Die größte Gefahr besteht darin, dass es dem Feind gelingt, diese Schlachtordnung aufzubrechen. Das darf nicht geschehen, Herr. Die Formation muss gehalten werden. Angesichts der Tatsache, dass wir zwei zu eins in der Unterzahl sind, ist das unsere einzige Hoffnung.«

»Also gut.« Don Garcia nickte. »Kapitän, wir müssen an jedem unserer Kriegsschiffe vorbeisegeln, um die Befehle weiterzugeben. Kümmere dich darum.«

»Aye, Herr.« Der Kapitän ging an die Reling, um den Befehl zum Bereitmachen der Ruder zu geben.

Richard kehrte mit Thomas' Waffen und Rüstung aus dem Laderaum zurück. Er legte das Bündel auf Deck und stellte sich hinter Thomas, um ihm beim Anlegen der Brust- und Rückenplatte des Harnisches zu helfen.

Das Flaggschiff zog an jedem der anderen Schiffe vorbei, und der Kapitän rief die Befehle mithilfe einer Art Sprechtrompete hinüber. Als die anderen Galeeren die Segel eingeholt, die Ruder zu Wasser gelassen und einen Schutzgürtel um die Galeonen gebildet hatten, waren die Segel der beiden Korsarengruppen auch von Deck aus erkennbar. Kurze Zeit später räumte der Ausguck jeden Zweifel aus, um wen es sich bei den fremden Schiffen handelte.

»Sie segeln unter grüner Flagge.«

Richard trat zu Thomas. »Grün?«, flüsterte er.

»Die Farbe des Islam.« Thomas inspizierte seinen Knappen, dann rüttelte er an dessen Helm. Richard trug genau wie Thomas einen Burgonet mit hochgeklapptem Visier. »Dein Helm sitzt zu locker. Zieh den Kinnriemen enger.«

»Wenn ich ihn noch enger ziehe, ersticke ich.«

»Und wenn du ihn weiter so locker trägst, wird er beim ersten Hieb verrutschen. Dann kannst du nichts mehr sehen und wirst dem ersten Korsaren zum Opfer fallen, der dich von der falschen Seite aus angreift.«

Richard biss die Zähne zusammen, öffnete den Riemen und stellte ihn ein Loch enger ein.

»Schon besser«, sagte Thomas, packte den Helm und schüttelte ihn prüfend. »Und zieh dir Handschuhe über, wenn du deine Finger behalten willst.«

»Ja, Herr.« Richard senkte den Kopf. »Wie Ihr befehlt.«

Thomas wandte sich wieder dem Feind zu. Die beiden noch etwa eine Meile entfernten Galeerenformationen waren nun deutlich zu erkennen. Die grünen Wimpel flatterten wie Schlangenzungen in der sanften Brise. Immer wieder blitzte poliertes Metall zwischen den weit entfernten Gestalten auf den Korsarenschiffen auf. Zum ersten Mal, seit sie in Sicht gekommen waren, verspürte Thomas Erleichterung: Die feindlichen Schiffe waren kleiner als Don Garcias Galeeren und würden deshalb auch leichtere Geschütze mitführen. Außerdem würden die schmaleren Rümpfe bei einem Zusammenstoß nicht genug Wucht aufbringen, um eine spanische Galeere ernsthaft zu beschädigen. Trotzdem stellten sie aufgrund ihrer überlegenen Geschwindigkeit und Wendigkeit eine erhebliche Bedrohung für die Galeonen dar. Ein Wettstreit zwischen Kraft und Flinkheit, dachte Thomas, und erinnerte sich unwillkürlich an die Bärenkämpfe, die er in London gesehen hatte. Doch obwohl der Bär im Vergleich zu den angreifenden Hunden plump und schwerfällig sein mochte, würde er hier zummindest nicht angekettet sein.

»Es geht los«, verkündete der Kapitän.

Eine Rauchwolke stieg vom Bug der anführenden Korsarengaleere im Süden auf, und einen Augenblick später war der dumpfe Knall eines Kanonenschusses auf dem Achterdeck des Flaggschiffs zu hören. Der Korsar änderte den Kurs und hielt direkt auf die Flottille zu; die anderen Piratenschiffe folgten seinem Beispiel. Als der

Klang des Signalschusses die Galeeren im Norden erreichte, schlugen auch diese einen anderen Kurs ein und näherten sich ebenfalls Don Garcias Schiffen. Der spanische Kommandant beobachtete sie eine Weile, dann wandte er sich mit ängstlicher Miene zu Thomas um. »Was haben sie vor? Was würdet Ihr an ihrer Stelle tun?«

Thomas presste die Lippen aufeinander und starrte dem näherkommenden Feind entgegen. In einer halben Stunde würden sie die spanischen Schiffe erreicht haben, es war also keine Zeit zu verlieren. Obwohl er sich von Don Garcia nur ungern derart bedrängen ließ, tat der Spanier doch gut daran, ihn um Rat zu fragen. Nur wenige Christen im Mittelmeerraum kannten sich mit der gegnerischen Kriegsführung besser aus als die Ordensritter. Schnell überschlug er den eingeschlagenen Kurs der verschiedenen Schiffe, dann räusperte er sich. »Sie werden versuchen, die Formation aufzubrechen, Herr. Wenn sie die Galeeren von ihrer Position fortlocken können, werden sie sie ausmanövrieren und über die Galeonen herfallen. Im Augenblick kann jede unserer Galeeren die Lücke zwischen sich und dem Vordermann mit ihren Bugkanonen abdecken. Die Korsaren können nicht an unseren vorbei, ohne in ihre Reichweite zu gelangen. Ihre Schiffe sind so schmal, dass ein einzelner wohlgezielter Schuss ihre Hülle durchschlagen und sie zum Rückzug zwingen oder gar versenken kann. Der einzige Bereich, der nicht durch unsere Kanonen abgedeckt wird, ist das Heck dieser Galeere. Solange wir die Formation aber aufrechterhalten, werden wir die Galeonen beschützen können.«

Don Garcia dachte über Thomas' Worte nach. »Ich verstehe«, sagte er schließlich. »Vielen Dank. Käpt'n!«

Der Kapitän drehte sich eilfertig zu ihm um. »Herr?«

»Du hast Sir Thomas gehört. Kurs geradeaus und Position beibehalten. Die Kanoniere sollen nach eigenem Ermessen auf alle feindlichen Schiffe feuern, die sich an uns vorbeidrängen wollen.«

»Aye, Herr.«

Don Garcia wandte sich wieder Thomas zu. »Warten wir ab, ob Ihr die Absichten unseres Gegners richtig eingeschätzt habt.«

Die Korsaren näherten sich nach wie vor mit vollen Segeln. Dabei wählten sie ihren Kurs so geschickt, dass sie sich vor die feindlichen Schiffe setzten. Sobald sie etwa eine Viertelmeile Vorsprung hatten, richteten sie sich zur spanischen Flottille aus, holten eilig die Segel ein und ließen die Ruder zu Wasser.

»Jetzt gilt's«, sagte Thomas leise. Richard, der neben ihm stand, warf ihm einen fragenden Blick zu. Thomas deutete mit dem Kinn auf das nächste Korsarenschiff. »Behalte den Bug im Auge.«

Richard sah die dunkle Mündung am Ende der langläufigen Kanone, die aus der kleinen Stückpforte am Bug der Galeere ragte. Die Korsaren nutzten ihren Vorsprung vor dem spanischen Konvoi, um sich den anführenden Schiffen mit dem Bug voraus zu nähern. Ein Flammenstoß schoss aus dem Kanonenrohr, gefolgt von einer aufsteigenden Wolke aus schmutzig grauem Rauch. Thomas sah, wie Holztrümmer in die Luft geschleudert wurden, als die Eisenkugel in das Schanzkleid der anführenden spanischen Galeere schlug. Der Schall des Schusses erreichte das Flaggschiff in dem Augenblick, in dem auch die anderen Korsaren ihre Geschütze abfeuerten. Zwei weitere Kugeln trafen die Galeere. Eine aufspritzende Wasserfontäne zeigte an, dass eine dritte ihr Ziel verfehlt hatte. Dann schlug eine Kartätsche an Bord ein, und mehrere Männer wurden von der Ladung aus Eisennägeln und Kettengliedern wie von einer riesigen Hand vom Vorderdeck gefegt.

»Kurs halten«, flüsterte Thomas, der alles genau beobachtete. »Kurs halten.«

Der Kapitän der anführenden Galeere behielt auch unter feindlichem Feuer seine Richtung so lange bei, bis er außer Schussweite war. Nun gerieten die beiden die Galeonen flankierenden Galeeren ins Visier der Korsaren, die auf kurze Distanz feuerten, wobei sie durch Rudermanöver immer außer Reichweite der spanischen Arkebusiere blieben. Thomas erinnerte sich daran, dass bei seiner letzten Seeschlacht die Arkebusen eine Neuerung dargestellt hatten. Damals hatte er nicht viel von diesen Waffen gehalten – sie waren laut, unhandlich, und das Nachladen dauerte viel länger als bei einer Armbrust. Doch inzwischen gehörten sie zur Standardausrüstung bei Seegefechten.

Obwohl die Korsaren noch über dreihundert Schritt entfernt waren, konnten es die Arkebusiere nur schwer verwinden, beschossen zu werden, ohne das Feuer zu erwidern. Kleine Wasserfontänen spritzten vor den feindlichen Schiffen auf. Mehrere Schüsse trafen ihr Ziel. Eine Gestalt fiel vom Deck einer Korsarengaleere und landete neben dem Bug im Wasser. Dann entfalteten die Korsarenkanonen ihre mörderische Wirkung: Sie spuckten Feuer und Flammen und überzogen die Schanzkleider der spanischen Schiffe mit einem Eisenhagel. Etliche Männer wurden niedergemäht. Die Fetzen zerreißender Segel peitschten wie wütende Schlangen durch die Luft, Holzsplitter fegten über das Deck und richteten weiteren Schaden unter der Besatzung an.

Der Bug der Galeere zu ihrer Rechten richtete sich erst langsam, dann immer schneller auf den Feind aus. Die Ruder auf der Backbordseite hingen untätig im Wasser, während der Vorwärtsschwung das Schiff seinem Feind näherbrachte.

»Diese Narren«, knurrte Thomas und umklammerte fest die hölzerne Reling. »Diese Narren.«

Sobald die beiden Bugkanonen in die richtige Richtung zeigten, feuerte die Galeere auf die Korsaren – ohne abzuwarten, bis das Schiff zur Ruhe gekommen war und die Kanoniere sorgfältig zielen konnten. Trotzdem durchschlug eine der Kugeln die Stückpforte im Bug der feindlichen Galeere und bahnte sich einen Weg durch das Schiff, wobei sie die Ruderer, ihre Bänke und mehrere Riemen zerschmetterte. Ein heftiger Ruck ging durch die Ruderreihe, die aus der Bordwand ragte. Die andere Kanonenkugel fiel ohne Schaden anzurichten vor der Galeere ins Meer.

Dann leitete die spanische Galeere ein Wendemanöver ein. Sofort nahmen die anderen Korsarenschiffe Fahrt auf und brachten sich zu beiden Seiten der Galeere in Position, um die entstandene Lücke in der Kriegsschiffeskorte auszunutzen. Der getroffene Korsar würde manövrierunfähig bleiben, bis man die toten und verletzten Ruderer von ihren Ketten befreit, in die Brigg geworfen und die Überlebenden auf die verbliebenen Riemen aufgeteilt hatte. Während das Schiff auf den Wellen tanzte, wurde es weiter von der spanischen Galeere unter Beschuss genommen. Der Hauptmast stürzte um, und der Bug wurde zu Kleinholz verarbeitet. Nach Thomas' Einschätzung war die Schlacht für dieses Korsarenschiff vorüber, selbst wenn es durch Glück dem Untergang entgehen sollte. Aber das war nur ein schwacher Trost – nun hatten die übrigen fünf Korsarenschiffe freie Bahn und konnten ungehindert über die Galeonen herfallen. Das Knallen von Arkebusen ertönte, als sich die Piraten ein Feuergefecht mit der Galeerenmannschaft lieferten. Dann donnerte eine Kanone auf der Galeere links vor dem Flaggschiff. Die Kugel traf das Heck des nächsten Korsarenschiffes und die dort versammelten Offiziere.

»Herr.« Thomas wandte sich an Don Garcia. »Die Korsaren dürfen die Galeonen nicht erreichen.«

»Das weiß ich selbst, vielen Dank. Wir müssen näher ran.«

Thomas betrachtete die Szenerie vor sich genauer, und ihm fiel auf, dass eine der Korsarengaleeren einen weitaus größeren Wimpel gehisst hatte als die anderen. Er deutete darauf. »Auf diesem Schiff muss sich ihr Anführer befinden. Dort.«

Don Garcia folgte der Richtung seines ausgestreckten Arms.

»Wenn wir dieses Schiff kapern oder versenken könnten, würde das die anderen entmutigen, Herr.«

»Und was ist mit unserer Formation? Wenn wir das Schiff angreifen, können wir die Heckseite unserer Galeonen nicht mehr decken.«

»Dafür ist es bereits zu spät. Die Formation war nur so lange sinnvoll, wie alle Schiffe ihre Position hielten.« Thomas zeigte auf die Galeere, die immer noch auf das manövrierunfähige, mit dem Bug schon halb versunkene Korsarenschiff feuerte. »Jetzt kämpft jedes Schiff für sich allein, Herr.«

KAPITEL 14

K äpt'n!«, rief Don Garcia, während er zu dem Geländer lief, von dem aus er das Hauptdeck überblicken konnte. »Kurs auf den Korsaren mit dem großen Wimpel. Siehst du ihn?«

»Ja, Herr.«

»Die Kanoniere sollen sich bereit machen. Wir müssen ihn so schnell wie möglich gefechtsunfähig schießen.«

Während der Kapitän die Befehle weitergab, beobachtete Thomas den weiteren Verlauf des Kampfes. Fünf Korsarengaleeren waren an der spanischen Eskorte vorbeigeschlüpft und näherten sich den Galeonen, um aus nächster Nähe das Feuer zu eröffnen. Eines der feindlichen Schiffe hatte beigedreht. Auf seinem Achterdeck suchte die Besatzung nach Offizieren, die den Kartätschenbeschuss überlebt hatten. Hinter den Korsaren bemühte sich das anführende spanische Schiff zu wenden, um wieder in den Kampf eingreifen zu können. Die beiden Galeeren, die die südliche Flanke decken sollten, hatten trotz des Beschusses der zweiten Korsarengruppe die Position beibehalten.

»Was hat der Feind jetzt vor?«, fragte Richard.

Thomas nahm sich einen Augenblick Zeit, um die Situation einzuschätzen. »Normalerweise würden sie versuchen, die Takelage und die Segel zu zerstören, um die

Galeonen bewegungsunfähig zu machen, und vor dem Entern die Decks mit Kartätschen beschießen, doch dafür fehlt ihnen die Zeit. Ich glaube, dass sie nur auf die Galeonen feuern, um so viel Schaden unter der Besatzung wie möglich anzurichten, bevor sie zum Rückzug gezwungen werden. Dieses Muster werden sie wiederholen, solange ihre Schiffe nicht zum Nahkampf gezwungen werden.« Zischend sog er Luft durch die Zähne. »Die Soldaten auf den Galeonen werden verheerende Verluste erleiden, wenn wir die Korsaren nicht vertreiben können.«

Der Trommler erhöhte den Takt, und die Galeere wandte sich dem feindlichen Flaggschiff zu, das sich gerade in Feuerposition zur nächsten Galeone brachte. Mit einem Blitz und einer Rauchwolke feuerte es seine Bugkanonen darauf ab. Genau wie Thomas befürchtet hatte, war der Schuss tief gezielt und schlug eine Bresche durch die auf Deck stehenden Soldaten. Kleinere Rauchwolken und Flammenzungen stiegen auf, als die Arkebusiere das Feuer erwiderten. Die anderen Galeeren bezogen querschiffs der Galeone Stellung und feuerten ebenfalls ihre Geschütze ab. Verzweifelt mussten die Offiziere auf dem Flaggschiff mitansehen, wie ein spanischer Soldat nach dem anderen niedergemacht wurde.

»Kann dieser verdammte Seelenverkäufer nicht schneller fahren?«, zischte der frustrierte Richard. »Und wieso gibt keiner den Befehl, die Kanonen abzufeuern? Wir sind doch mittlerweile in Reichweite, oder nicht?«

Sie waren noch etwas mehr als eine Viertelmeile vom feindlichen Flaggschiff entfernt. Die Galeone befand sich direkt dahinter.

»Wir können nicht feuern«, erklärte Thomas. »Damit riskieren wir, unsere eigenen Männer zu treffen.«

Der Kapitän des Flaggschiffes hatte die Gefahr ebenfalls erkannt und schlug einen großen Bogen, damit die Galeone nicht mehr in der Schusslinie lag, wenn das Flaggschiff den Angriffskurs wieder aufnahm. Die anderen spanischen Galeeren auf der nördlichen Flanke wendeten ebenfalls, um den Feind anzugreifen. Die Mannschaft brach in wütendes Gebrüll aus, als sie Zeuge wurde, wie ihre Kameraden auf der Galeone zusammengeschossen wurden. Die Korsaren erkannten die drohende Gefahr und rissen die Ruder herum, um sich der nächsten Galeone zuzuwenden. Ihr bisheriges Opfer blieb mit zertrümmertem Schanzkleid zurück. Dünne Blutrinnsale liefen aus den Speigatten. Die Männer auf dem Heckaufbau der zweiten Galeone starrten die näherkommenden Korsaren aus kreidebleichen Gesichtern an. Thomas konnte sich gut vorstellen, wie ihnen die Angst, dasselbe Schicksal wie ihre Kameraden zu erleiden, in die Eingeweide kroch.

Es war ein ungleiches Wettrennen: Schnell schlossen die schlanken Korsarenschiffe zu den schwerfälligen Galeonen auf. Der Feind verlangsamte die Fahrt, als er in Reichweite der zweiten Galeone war, und schon durchschlugen die ersten Geschosse das Heck, zerschmetterten die bemalten Holzlamellen und rissen klaffende Löcher in die Bordwand.

»Käpt'n, sind wir endlich in Reichweite?«, fragte Don Garcia. Er hatte die Faust so fest um den Schwertknauf geschlossen, dass die Knöchel weiß hervortraten.

Bedächtig schätzte der Kapitän die Entfernung ab. »Gerade so, Herr. Aber ein Glückstreffer wäre möglich.« »Dann gib den Feuerbefehl. Sofort.« Das Deck erbebte, als die erste Kanone aufbrüllte. Kurzzeitig verdeckte eine dicke Rauchwolke das Ziel. Sobald der Wind den Qualm gelichtet hatte, versuchten die Männer an Bord zu erkennen, ob die Kugel getroffen hatte. Das Flaggschiff hob und senkte sich auf den Wellen. Thomas und die anderen sahen einen schäumenden weißen Kreis und sich davon ausbreitende Wellen vor dem Heck des Korsarenanführers.

»Nahe genug.« Don Garcia nickte. »Feuer nach eigenem Ermessen.«

Die zweite Kanone dröhnte los. Eine günstige Windbö wehte den Rauch rasch beiseite, sodass die Männer auf dem Flaggschiff sehen konnten, wie ein Teil des gegnerischen Hecks in einem Splitterregen zerbarst. Die Mannschaft brach in Freudenschreie aus, manche hoben triumphierend die Fäuste.

»Lasst Kartätschen laden«, schlug Thomas vor. »Zielt auf das Ruder. Wenn sie manövrierunfähig sind, können wir unser Schiff längsseits bringen, um sie zu entern und diesen Kampf so schnell wie möglich beenden.«

Don Garcia nickte und gab den Befehl an den Kapitän weiter. Die Kanoniere wischten eilig die Geschützrohre aus und luden nach, während das Flaggschiff immer näher kam. In einer Entfernung von zweihundert Schritten donnerten die Kanonen erneut los. Der erste Schuss wirbelte die See hinter den Riemen auf der Backbordseite auf und riss das Heckruder in Stücke. Einen Augenblick später traf der zweite Schuss sein Ziel. Die Riemen erzitterten, und mehrere der Holzstangen zersplitterten unter der Wucht der abgefeuerten Kettenglieder. Sofort drehte der Korsar nach Backbord. Nun stellte er ein leichtes Ziel für die Kanoniere des spanischen Flaggschiffs dar.

»Zeigt es ihnen!«, quietschte Fadrique mit vor Aufregung hoher Stimme.

Sein Vater warf ihm einen missbilligenden Blick zu, bevor er seine Aufmerksamkeit wieder dem feindlichen Schiff zuwandte. Die Geschütze donnerten nun in einem ständigen Rhythmus. Die Kanoniere luden und feuerten, so schnell sie konnten. Das Flaggschiff raste auf den Korsaren zu, und mit sich verringernder Entfernung traf fast jeder Schuss ins Schwarze, zerschmetterte Ruder, schlug Löcher in das Schanzkleid und riss die Männer dahinter in blutige Fetzen. Trotzdem blitzten die winzigen Mündungsfeuer von Arkebusen auf, und Thomas sah, wie die Brust eines Kanoniers auf dem Flaggschiff regelrecht explodierte, als sich eine Bleikugel in seinen Körper bohrte.

»Komm mit«, befahl er Richard und lief über das Hauptdeck zu den Bewaffneten, die sich zwischen den beiden Masten drängten. Die Soldaten trugen Brustpanzer und Helme, ihre Arme und Hüften wurden von gepolsterten Waffenröcken geschützt. Manche waren mit Schilden und schweren Schwertern ausgerüstet. Eisenbeschlagene Knüppel baumelten von ihren Gürteln. Andere trugen kurze, zweihändig zu führende Piken. Thomas stellte sich vor seinen Knappen, musterte ihn von Kopf bis Fuß, prüfte den Sitz der Riemen und des Helms und nickte dann zufrieden. »Das wird schon.«

Richard nickte einen Tick zu voreilig. Thomas sah die Furcht in seinen Augen. Eine vertraute Furcht – die Angst eines Mannes vor seiner ersten Schlacht. Die Angst davor, verwundet zu werden oder sich nicht tapfer genug zu schlagen. Thomas legte dem jungen Mann eine Hand auf die Schulter und hob die Stimme gerade so über das Arkebusenfeuer und das Schlagen der Trommel unter Deck.

»Bleib in meiner Nähe. Du musst mir den Rücken freihalten. Bist du bereit?«

»Ja … natürlich … warum tun wir das?«

Thomas runzelte die Stirn. »Was meinst du?«

Richard deutete auf die Männer um sie herum. »Kämpfen. Das ist die Aufgabe dieser Soldaten. Wir sind doch nur Passagiere.«

»Ich bin ein Ritter. Es ist meine Pflicht zu kämpfen. Genau wie die des Mannes, der sich mein Knappe nennt.«

»Ja, ja, Ihr habt natürlich recht. Aber sollte unser Platz nicht auf dem Heck sein, um Don Garcia mit unserem Leben zu verteidigen? Dort sollten wir uns dem Feind stellen.«

Thomas bedachte seinen Gefährten weder mit Zorn noch Verachtung über dessen zögerliche Haltung. Er verspürte nur Enttäuschung darüber, dass Richard sich vor dieser Prüfung drücken wollte. Wenn es dem jungen Mann nicht gelang, seine Angst zu besiegen und der Gefahr ins Auge zu sehen, würde er sein Leben lang von Selbstzweifeln geplagt werden. Thomas hatte nicht aus Blutdurst seinen Platz unter den Männern eingenommen, die schon bald das Korsarenschiff entern würden.

Es war – wie er gesagt hatte – seine Pflicht. Darüber hinaus hatten ihn trotz seiner moralischen Bedenken angesichts des endlosen Kampfs der Religionen die Umstände in diesen Krieg getrieben, und nun würde er wohl oder übel kämpfen und töten müssen.

»Don Garcia ist von seinen Offizieren umgeben. Ihm wird nichts geschehen. Unser Platz ist hier, wo wir mit unseren eigenen Händen über den Ausgang der Schlacht entscheiden können. Wir werden an der Seite dieser Männer kämpfen.«

Richard öffnete den Mund, um zu protestieren, doch Thomas fuhr dazwischen, noch bevor er einen Ton herausbrachte. »Kein Wort mehr. Fass dir ein Herz und nimm dein Schwert fest in die Hand.«

Der junge Mann schluckte nervös. »Sollte ich beten?«

»Wenn du willst. Viele Männer beten vor einer Schlacht, aber ich habe noch nie erlebt, dass sie das vor einer Klinge oder einer Kugel beschützt hätte.« Dann lächelte Thomas beruhigend. »Denk nur ans Überleben und tu alles, was du kannst, um dieses Ziel zu erreichen. Das ist das Einzige, worum sich ein Soldat vor der Schlacht kümmern sollte. Bereit?«

Richard holte tief Luft. »Bereit, Sir Thomas.«

Vor ihnen ragten die Masten und dünnen Rahen der Korsarengaleere in den Himmel. Die spanischen Kanoniere feuerten ihre letzten Schüsse auf das feindliche Deck, dann wurde auf dem Flaggschiff der Befehl gegeben, nach Backbord beizudrehen. Die Ruder wurden auf dieser Seite ins Wasser getaucht, während auf der Steuerbordseite nach einem letzten kräftigen Schlag der Befehl gegeben wurde, die Holme einzuholen. Ein dumpfes Grollen ertönte aus dem Bauch des Schiffes, als die langen Holzstangen durch ihre Pforten geschoben und im Inneren der Galeere verstaut wurden. Dann zog das Heck des Korsaren am Flaggschiff vorbei, und kurz darauf lagen die beiden Schiffe Seite an Seite im Wasser. Thomas beobachtete, wie sich die feindlichen Krieger an der Reling drängten und Schlachtrufe und Beleidigungen schrien, während sich der Abstand zwischen den Decks stetig verringerte.

»Enterdreggen werfen!«, brüllte der Kapitän so laut er konnte. Die Matrosen, die mit den an Seilen befestigten Haken bereit standen, ließen die eisernen Spitzen über dem Kopf kreisen, dann schleuderten sie sie über den schmalen Spalt zwischen den Schiffen. Sie verschwanden zwischen der Masse der Krieger auf der anderen Galeere. Sofort packten die Spanier die Seile, stemmten sich mit ihren bloßen Füßen gegen das Deck und zogen die beiden Schiffe noch näher zusammen. Über dem stakkatoartigen Krachen der Arkebusen waren die wilden Schreie der Männer zu hören, die sich bald in die Schlacht werfen würden.

Eine Woge hob Don Garcias Flaggschiff an und ließ es heftig gegen den Korsaren krachen. Die Männer auf beiden Galeeren kämpften darum, das Gleichgewicht nicht zu verlieren. »Seile befestigen!«, befahl der Kapitän.

Die Männer an den Enterdreggen spannten die Seile, schlangen sie um die Belegnägel und vertäuten die beiden Schiffe miteinander. Hinter ihnen warfen die spanischen Soldaten Planken über den schmalen Spalt zwischen den

Galeeren, kletterten auf die Reling und schleuderten den Korsaren trotzige Schlachtrufe entgegen. Thomas drängte sich durch die Reihe der Krieger, packte ein Tau und zog sich auf die breite Reling, die an der Seite der Galeere verlief. Er zückte sein Schwert und sah sich nach Richard um; der war direkt hinter ihm. Zu seiner Rechten stand ein groß gewachsener Hauptmann mit einem kunstvoll verzierten Morion auf dem Kopf. Er richtete das Schwert auf den Feind. »Mir nach, Männer! Tod den Heiden!«

Der Hauptmann sprang über den Spalt. Sein Schwung trug ihn über die Reling und mitten in die Masse der dunkelhäutigen Gesichter und gekrümmten, blitzenden Klingen. Er rappelte sich mit einem wilden Schrei auf und schlug mit seinem Schwert nach jedem, der sich nicht rechtzeitig außer Reichweite brachte. Blut spritzte auf das Deck. Mehrere Soldaten sprangen dem Hauptmann hinterher, während andere über die Enterplanken liefen.

Thomas holte tief Luft und ließ sich nach vorne schnellen. Einen Augenblick lang sah er das Meer zwischen den beiden Galeeren aufblitzen, dann prallte er gegen den ersten Feind, einen dünnen Matrosen in schmutzigem Baumwollkaftan mit einem eng gewickelten Turban auf dem Kopf. Beide Männer fielen auf das Deck. Sofort streckte Thomas den linken Arm aus und stützte sich ab, während er mit den Füßen Halt suchte. Er spürte einen warmen Atemhauch und begriff, dass der Mann, auf dem er gelandet war, immer noch unter ihm lag und ihn wütend anschrie. Thomas rammte dem Korsaren die Parierstange seines Schwertes ins Gesicht, was diesen verstummen ließ. Dann schlug er noch einmal fester zu und spürte, wie Knochen knackend nachgaben. Er ging in die Hocke und schwang die Klinge in einem weiten Bogen vor sich. Ein weiterer Spanier erschien neben ihm, dann stürmten die Korsaren auf sie zu. Sie mussten die Angreifer unter allen Umständen niedermachen, bevor diese auf dem Deck Fuß fassen konnten.

Thomas bemerkte ein Blitzen im Augenwinkel und sah eine Klinge durch die Luft auf seine linke Schulter zuschießen. Der Hieb dröhnte ihm in den Ohren, als der Stahl gegen seinen Schulterschutz prallte. Der dick gepolsterte Waffenrock darunter fing die Wucht des Schlages auf, sodass Thomas die Klinge mit dem Unterarm zur Seite drängen und dann mit seinem eigenen Schwert auf den nackten Arm des Korsaren einhacken konnte. Die sorgfältig geschärfte Stahlklinge durchtrennte Muskeln und Fleisch, und das Schwert des Korsaren fiel klappernd auf Deck. Blut spritzte darauf, als sich der Verletzte mit vor Schmerz zusammengebissenen Zähnen zurückzog. Thomas sah sich schnell nach beiden Seiten um. Der Spanier zu seiner Linken krümmte sich zusammen, als ihm ein großer Maure mit Kettenhemd und Spitzhelm eine Lanze in den Bauch rammte und vor sich herschob, bis der Aufgespießte gegen das Schanzkleid stieß und sich die tödliche Lanzenspitze durch seinen Leib und in die Holzplanken dahinter bohrte.

Während der Maure noch seine Waffe zu befreien versuchte, stieß Thomas ihm die Klinge in die Flanke, konnte das Kettenhemd jedoch nicht durchdringen. Der Mann grunzte und richtete die blutige Lanze auf Thomas. Sobald er den Brustpanzer bemerkte, senkte er die

Waffe und versuchte, Thomas in die Leistengegend zu stechen. Vor zwanzig Jahren wäre Thomas dem Stoß mühelos ausgewichen, doch nun musste er sich zur Seite und gegen den tödlich verwundeten Spanier werfen. Dieser hatte seine Waffen fallen lassen und starrte mit geöffnetem Mund auf den Riss in seinem wattierten Wams und die glänzenden, grauen Eingeweideschlingen, die daraus hervorquollen.

Thomas fand das Gleichgewicht wieder und ging zum Gegenangriff über. Diesmal zielte er auf den Kopf des Mauren. Die Klinge schlug gegen den Wangenschutz des Helms, sodass sich dieser in der Mitte verbog. Der Kiefer des Mauren wurde durch die Wucht des Aufpralls zerschmettert, sodass er Blut und Zähne aus dem offen stehenden Mund spuckte. Thomas befreite seine Klinge, solange der Maure noch benommen war, stieß sie tief in den Hals des Mannes und riss sie wieder heraus, gefolgt von einem grellroten Blutschwall. Dann trat er zurück, ging wieder in die Hocke, hob die triefende Schwertspitze und sah sich um. Die Spanier schwärmten über die Reling und stürzten sich in den Kampf. Ein Poltern zu seiner Linken ließ Thomas herumwirbeln. Er sah Richard vor sich, der mit großen Augen die Hand hob, um sich vor Thomas' Klinge zu schützen.

»Bleib dicht bei mir«, befahl Thomas und arbeitete sich vorsichtig über das Deck vor. Auf beiden Seiten war ein heftiger Nahkampf entbrannt. Die Spanier preschten vor und schlugen wie wild um sich, um Platz für ihre nachfolgenden Kameraden auf dem feindlichen Deck zu schaffen. Am Heck sah Thomas einen vornehm gekleideten Mann in einer geflochtenen grünen Jacke, der eine Schar Bewaffneter vom Achterdeck herunterscheuchte. Dies mussten der feindliche Kommandant und seine Offiziere sein. Wenn es Thomas gelang, ihn niederzustrecken, würde sich die Mannschaft womöglich ergeben. Es bestand sogar die Möglichkeit, dass die Besatzung der anderen Schiffe ohne ihren Anführer der Mut verließ und sie den Angriff abbrachen.

»Dort!« Thomas zeigte auf den Kommandanten und bedeutete Richard, ihm zu folgen. Sie kamen nur wenige Schritte weit, dann versperrten ihnen fünf Korsaren den Weg, die zwar keine Rüstung trugen, aber mit Schilden und schweren Säbeln bewaffnet waren. Sie hatten bis jetzt gezögert, in den Kampf einzugreifen, doch sobald sie die beiden Christen sahen, kehrte ihr Mut zurück, und sie griffen mit wütendem Geschrei an. Thomas parierte den ersten Hieb, dann prallte eine weitere Klinge gegen den verstärkten Helmkamm. Er blinzelte und schlug auf einen Schild ein. Sein Gegner ließ es sinken, und Thomas packte den Rand, riss es ihm aus den Händen und rammte es dem Mann ins Gesicht.

Er nahm eine undeutliche Bewegung zu seiner Linken wahr und hörte Richard einen Fluch ausstoßen, gefolgt vom wütenden Klirren gekreuzter Klingen. Dann sah Thomas sich seinem nächsten Feind gegenüber, der mindestens zehn Jahre älter als er selbst sein musste. Beide Kontrahenten musterten sich einen Moment lang, dann prüfte der Korsar mit einer Finte Thomas' Reaktionsfähigkeit. Dieser fiel nicht darauf herein und blieb ungerührt stehen. Der nächste Angriff war nicht nur vorgetäuscht, und Thomas musste drei Hiebe parieren, bevor er mit einer Riposte reagierte, die der Korsar im letzten Augenblick mit seinem Schild abwehren konnte. Während Thomas ausholte und den Kopf seines Feindes zu treffen versuchte, verfing sich sein Stiefel im Leichnam eines zu Boden gestürzten Soldaten. Er verlor den Halt und fiel unsanft auf Deck, dem über ihm stehenden Korsaren schutzlos ausgeliefert. Thomas rollte sich zur Seite und hob den Arm, um seinen Kopf zu schützen. Der Korsar schwang mit einem triumphierenden, blutdürstigen Lächeln den Säbel und machte sich zum tödlichen Schlag bereit. Plötzlich wirbelte eine Klinge heran, prallte mit einem grellen metallischen Ton gegen den Säbel und vollführte einen schnellen Bogen, auf den ein tiefes Grunzen folgte.

Einen Augenblick lang herrschte völlige Stille. Dann spürte Thomas warme Tropfen auf seinem Gesicht. Er zwinkerte sich das Blut aus den Augen. Eine Hand griff unter seinen Arm und half ihm auf die Beine. Richard sah ihn von oben bis unten an.

»Seid Ihr verletzt, Herr?«

»Nein … ich glaube nicht.« Thomas schüttelte den Kopf. Dann sah er die beiden auf der Seite liegenden Korsaren, tödlich getroffen von einem Herzstoß. Richard hielt ein Rapier in der einen Hand und zog mit der anderen einen breiten Dolch aus der Scheide. Der Mann, mit dem Thomas soeben gefochten hatte, lag auf dem Rücken. Seine Beine zuckten. Er hatte die Hände auf die Kehle gepresst und versuchte, das Blut aufzuhalten, das aus einer klaffenden Wunde unter seinem Kinn spritzte.

Richard trat über ihn hinweg, ging in Angriffsposition und hob die Waffen. Ein stämmiger Afrikaner sprang mit lautem Gebrüll auf ihn zu und ließ seine mit Nägeln beschlagene Keule in diagonaler Richtung herabsausen. Thomas beobachtete, wie sich sein Knappe geschickt darunter hinwegduckte und gleich darauf seinen Dolch in den mächtigen Bizeps des Korsaren bohrte, wieder herausriss und so den Muskel durchtrennte. Obwohl der Afrikaner vor Schmerz heulte, gelang es ihm, die Keule in der Hand zu behalten und ein weiteres Mal auf den Kopf des Knappen zu zielen. Einmal mehr wich Richard mühelos aus, nur um kurz darauf seine eigene Klinge direkt unter dem Brustkorb in den Leib des Korsaren zu stoßen. Der Schwung des Angreifers besorgte den Rest: Das Rapier durchstieß lebenswichtige Organe und Arterien. Richard trat zurück, drehte die Klinge heraus und nahm erneut Kampfstellung ein.

»Lass mich dir danken, Richard«, sagte der schwer atmende Thomas heiser.

»Später«, entgegnete dieser höflich, dann trat er zwischen zwei Rücken an Rücken stehende Korsaren und machte mittels sorgfältig ausgeführter, blitzschneller Hiebe kurzen Prozess mit ihnen. Richard ging ein Stück weiter und blieb dann stehen, damit Thomas aufholen und erneut die Führung übernehmen konnte.

»Und jetzt tu, was ich dir sage und bleib an meiner Seite«, sagte Thomas.

»Wie Ihr wünscht.«

Allmählich gewannen die Spanier die Oberhand. Die Korsaren, die bereits durch den Kartätschenbeschuss schwere Verluste hatten hinnehmen müssen, wurden zu Bug und Heck ihres Schiffes gedrängt. Nur noch eine Handvoll Männer verteidigte das Hauptdeck um die Masten herum. Thomas und Richard waren etwa zehn Schritt vom Korsarenkommandanten und seinen Offizieren entfernt. Diese wurden heftig von den Spaniern bedrängt, die es gar nicht erwarten konnten, den feindlichen Anführer zu töten und seinen Leichnam zu fleddern, obwohl bereits mehrere ihrer Kameraden den juwelenbesetzten Säbeln der Korsaren zum Opfer gefallen waren. In diesem Augenblick wurde Thomas Zeuge, wie ein weiterer Spanier niedergemacht wurde. Die Klinge des Kommandanten spaltete sein Schlüsselbein und bohrte sich tief in seine Brust, sodass sein Schwertarm zur Seite klappte, als der Soldat in die Knie ging. Thomas war nun nahe genug, um die tiefen Falten auf dem Gesicht des feindlichen Kommandanten und die Narbe erkennen zu können, die sich über seine Stirn und die Wange zog. Er hatte ein Auge verloren, doch das andere funkelte genauso hell wie seine Zähne aus dem wettergegerbten, vor Anstrengung verzerrten Antlitz.

»Aus dem Weg!«, rief Thomas den Spaniern zu, die die gegnerischen Offiziere bekämpften. »Aus dem Weg!«

Er schubste einen Soldaten grob zur Seite, drängte sich zwischen zwei weiteren hindurch und stand unmittelbar vor dem Kommandanten. Thomas hob das Schwert. »Haltet ein! Haltet ein!«, brüllte er.

Die Spanier sahen ihn verdutzt an. Dann siegte die Vernunft über ihren Zorn. Sie traten einen Schritt zurück und beobachteten ihre Feinde wachsam.

Thomas hob die linke Hand und richtete den Zeigefinger auf den Korsarenkommandanten. »Ergebt Euch.«

Der Korsar konnte seine Worte leicht erraten, auch wenn er der englischen Sprache nicht mächtig war. Er kräuselte verächtlich die Lippen und spuckte vor Thomas' Füße auf das Deck. Dieser beachtete die Beleidigung nicht weiter. Er nickte seinem Knappen fast unmerklich zu, ohne den Korsaren aus den Augen zu lassen.

»Sag ihm, dass der Kampf vorüber ist. Sein Schiff gehört uns. Wenn er sich jetzt ergibt, werden wir ihn und seine Männer verschonen. Andernfalls droht ihm der sichere Tod.« Thomas senkte die Stimme. »Ich habe schon genug Blut an meinen Händen und will nicht noch mehr vergießen. Sag ihm das.«

Richard gehorchte. Der Korsar schüttelte leise lachend den Kopf, knurrte eine Antwort, hob stolz das Haupt und starrte Thomas mit seinem verbliebenen Auge an.

»Er sagt, er würde lieber tausend Tode sterben, als sich dem Sohn eines räudigen Schakals ausliefern«, übersetzte Richard.

KAPITEL 15

Thomas nahm dies ohne Trauer oder Bedauern zur Kenntnis. In seinem Herzen war nur Platz für Wut über den sinnlosen Tod, zu dem der Korsar seine Untergebenen verdammt hatte. Er spürte, wie der Zorn in seine Sehnen und Muskeln strömte, als er den Griff um sein Schwert verstärkte und mit ernster Miene nickte. »Wenn das sein Wunsch ist, dann soll es so sein.« Er räusperte sich und holte Atem, damit ihn alle hören konnten. »Keine Gnade! Macht diese Hunde nieder!«

Zu beiden Seiten stürmten die Spanier vor und gingen mit Schwertern und Piken auf die Korsaren los. Thomas breitete die Arme aus. »Ihn nicht!«, rief er. »Nicht diesen Mann hier. Der Kommandant gehört mir!«

Die Soldaten zogen sich zurück und bildeten einen Kreis um Thomas und den Korsaren, die sich gegenseitig einzuschätzen versuchten. Dann war der Augenblick des Abwartens vorüber, und Thomas schlug mit aller Kraft zu. Er versuchte sich nicht an einer Finte, sondern wollte den Kampf mit einem Streich beenden. Der Korsar trat geschmeidig einen Schritt zur Seite und parierte den Hieb. Als die Klingen sich kreuzten, spürte Thomas die gewaltige Körperkraft seines Gegners.

Der Korsar verwandelte die erfolgreiche Parade in einen Gegenangriff, indem er die Klinge nach oben und auf Thomas' Gesicht zu schwang. Dieser konnte gerade noch den Schwertarm heben und den Schlag mit der Parierstange abwehren. Funken sprühten. Thomas trat vor, bis er sich in Reichweite der feindlichen Klinge befand, streckte die Linke nach der Kehle des Korsaren aus und umklammerte fest den Seidenschal um seinen Hals. Der Korsar ließ den Säbel fallen und packte Thomas' Hand, um sich aus ihrem Griff zu befreien. Gleichzeitig umklammerte er mit der anderen Hand Thomas' Schwert und stieß es von sich. So standen sie stumm ringend da und starrten sich gegenseitig in die Augen. Süßlicher Schweißgeruch stieg in Thomas' Nase und überdeckte den Gestank des Ruderdecks und den salzigen Meeresduft. Dann spürte er, wie seine linke Hand allmählich zurückgedrängt wurde. Der Korsar war stärker als er. Diese Erkenntnis dauerte nur einen winzigen Moment, und doch rief sie Todesängste in dem Ritter hervor.

»Niemals«, zischte Thomas, senkte den Kopf und ließ ihn vorschnellen. Der gekrümmte Kamm des Morion traf den Korsar an der Stirn und riss ihm einen Hautfetzen vom Schädel. Dieser heulte vor Wut und Schmerz auf und löste seinen Griff lange genug, damit Thomas seine linke Hand befreien, die Finger spreizen und sie seinem Gegenüber mit aller Kraft gegen die Brust schlagen konnte. Der Korsar taumelte zurück. Noch bevor er auf dem Deck aufschlug, hatte sich Thomas' Schwertspitze unterhalb der Brustplatte, die er unter der grünen Jacke trug, in seinen Bauch gebohrt. Thomas trieb die Klinge bis zum Anschlag in seine Eingeweide, und der Korsar stöhnte tief auf, bevor er zurückfiel und den Mund aufriss. Das unversehrte Auge rollte in seiner Höhle und starrte dann in den blauen Himmel.

Thomas befreite sein Schwert und wandte sich Richard zu. »Seine Männer sollen sich ergeben. Sag ihnen, dass ihr Anführer besiegt ist. Na los!«

Richard, die Hände seitlich am Mund, schrie über den Gefechtslärm hinweg. Bei seinen Worten riskierten die in unmittelbarer Nähe kämpfenden Korsaren einen Blick auf ihren Anführer und sahen den Leichnam. Sie lösten sich so gut es ging aus dem Gefecht und stellten sich vor die Treppe, die zum Achterdeck führte. Mehrere Spanier setzten ihnen nach, bis ihnen Thomas Einhalt gebot. Richard rief die Nachricht auch den Kämpfenden im Bug zu. Das Klirren der Waffen verstummte, die beiden Parteien trennten sich und beäugten einander misstrauisch.

»Befiehl den Korsaren, die Waffen fallen zu lassen«, sagte Thomas.

Sobald die Schwerter und Lanzen auf dem Deck lagen, wandte Thomas sich wieder dem feindlichen Kommandanten zu, der sich stöhnend auf dem Deck wälzte und seine Hände auf die Bauchwunde presste. Blut rann zwischen seinen dunklen Fingern hervor.

Jeder spanische Hauptmann befahl seinen Soldaten, die Gefangenen vor dem Fockmast zusammenzutreiben. Die Korsarenoffiziere warfen noch einen letzten Blick auf ihren verwundeten Kommandanten, bevor auch sie grob zum Bug geschubst wurden. Thomas drehte sich zu dem etwas abseits stehenden Richard um. Der junge Mann starrte das Blut auf den Waffen in seinen Händen an. Thomas erkannte das typische Zittern, das jeden befällt, der seine erste Schlacht überlebt. Er steckte das Schwert in die Scheide zurück und legte sanft eine Hand auf die Schulter seines Knappen.

»Du hast hervorragend gekämpft.«

Richard presste die Lippen aufeinander und nickte.

»Meine Hochachtung demjenigen, der dich im Gebrauch von Rapier und Dolch unterwiesen hat«, fuhr Thomas fort. Als keine Reaktion folgte, trat er näher und senkte die Stimme. »Richard, du hast überlebt und deine Angst besiegt. Du hast die Prüfung bestanden. Nun bist du einer von uns. Ein Krieger.«

Richard sah auf. »Ich hatte Angst, Herr. Größere Angst, als ich es mir je hätte vorstellen können.«

»Das verstehe ich.« Thomas lächelte ihn gütig an. »Glaubst du, mir ging es anders? Oder allen anderen, die sich zum Kampf stellten?«

Dann bemerkte Thomas eine kleine Blutpfütze zu Richards Füßen. Ein weiterer Tropfen fiel aus einer dunklen Ärmelfalte seines Schwertarms. »Du bist verwundet.«

Der junge Mann sah verwirrt drein. »Verwundet? Ich … ich erinnere mich nicht.«

»Da.« Thomas deutete auf den blutigen Ärmel. »Dein Arm. Nimm die Waffen weg und lass die Wunde versorgen. Wenn das hier vorbei ist, können wir weiterreden.«

Während sein Knappe seine Waffen mit zitternden Händen wegsteckte, ging Thomas zur Reling hinüber. Die Besatzung der nächsten Korsarengaleere beobachtete ihn neugierig. Offenbar hatten sie noch nicht mitbekommen, welches Ende das Duell der beiden kämpfenden Schiffe genommen hatte. Doch alle Zweifel wurden zerstreut, als ein Spanier das Hisstau löste, an dem der breite grüne Wimpel befestigt war. Einen Augenblick später flatterte der Wimpel auf das Deck und landete als unordentliches Bündel zwischen den Toten und Verletzten. Thomas beobachtete angespannt, wie die anderen Korsarenschiffe ihre Position noch eine Weile hielten. Dann eröffnete eine spanische Galeere das Feuer. Die Kartätsche zerfetzte das Focksegel des nächsten Korsaren und riss das Ende einer Spiere mit sich. Bevor das Eskortschiff ein weiteres Mal feuern konnte, leitete die Galeere ein Wendemanöver in Richtung des offenen Meeres ein. Die Ruder tauchten im Gleichschlag ein und brachten sie aus der Kampfzone. Ein feindliches Schiff nach dem anderen zog sich nach Norden zurück. Ihre Kameraden auf der südlichen Flanke setzten das Gefecht noch eine Weile fort, doch auch sie stellten irgendwann das Feuer ein und brachten sich außer Schussweite der Eskorte.

Beim Klang von Stiefelschritten auf Deck drehte Thomas sich um. Don Garcia und seine Offiziere schritten über eine Enterplanke auf die Korsarengaleere und sprangen von der Reling. Die Erleichterung auf dem Gesicht des spanischen Kommandanten war unverkennbar. Als er den englischen Ritter erblickte, grinste er breit.

»Wir haben sie in die Flucht geschlagen, Sir Thomas! Sie ziehen den Schwanz ein wie geprügelte Hunde, weil wir ihren Kommandanten gefangen genommen haben. Wo ist er?«

»Dort, Herr.« Thomas deutete auf die auf dem Rücken liegende Gestalt. Das weiche Leder seiner Stiefel kratzte über die Deckplanken, während er sich vor Schmerzen wand. Daneben stand Richard, der gerade seinen Waffenrock aufknöpfte und auf die Brustplatte neben sich legte. Der Ärmel seines weißen Hemds war blutgetränkt. Er krempelte ihn vorsichtig hoch, und ein tiefer Schnitt im Unterarm kam darunter zum Vorschein.

Thomas hob den Arm hoch, um die Wunde zu inspizieren. »Ein sauberer Schnitt. Lass ihn nähen und verbinden.«

Richard nickte. Beim Anblick des aufklaffenden Fleisches wurde er leichenblass. Da Thomas befürchtete, sein Knappe könnte in Ohnmacht fallen, führte er ihn vorsichtig zu einer kleinen Truhe, die auf dem Deck stand. »Setz dich. Ich werde mich selbst um die Wunde kümmern.«

Don Garcia und sein Gefolge stiegen über die herumliegenden Leichen und Waffen hinweg und näherten sich dem Heck. Der spanische Kommandant nickte anerkennend.

»Ein Ungeziefer weniger, das mein Volk plagen kann. Gut gemacht, Sir Thomas. Ich habe gesehen, wie Ihr ihn besiegt habt.«

Thomas neigte dankbar den Kopf.

Don Garcias Offiziere packten den Korsaren an den Armen, schleiften ihn zur Treppe vor dem Achterdeck und setzten ihn auf. Das Antlitz des Korsaren verzog sich vor Schmerzen, dann richtete er sein Auge auf den spanischen Edelmann und sprach durch zusammengebissene Zähne in dessen Muttersprache mit ihm. »Es war nur … ein kleiner Sieg für euch, Ungläubiger … ich sterbe. Das Paradies erwartet mich …«

»Du sprichst also meine Sprache.« Don Garcia lächelte. »Ich nehme an, du bist einer der verräterischen Morisken.«

»Ich bin kein Verräter … sondern ein Märtyrer, der in den Himmel aufsteigen wird.«

»Für dich gibt es keinen Himmel. Nur die ewige Verdammnis, wenn du denn überhaupt eine Seele besitzt«, entgegnete Don Garcia kühl. »Das ist alles, was dich und die anderen Jünger deines falschen Propheten erwartet. Gott will es so.«

Die Lippen des Korsaren verzogen sich zu einem Lächeln. »Schon bald … werden wir die Wahrheit erfahren, Christ. Deine Tage sind … gezählt. Nicht mehr lange, und du wirst mein Schicksal teilen … du und deine Männer … eine große Macht erhebt sich. Sie wird … alle Feinde des Sultans … und des wahren Glaubens … vernichten.«

Don Garcia beugte sich vor, packte den Bart des Korsaren und zog ihn zu sich. »Wo wird der Sultan zuerst angreifen? Sprich, du Hund.«

Er ließ den Bart los. Der Kopf des Korsaren fiel auf die Stufen zurück. Er zuckte zusammen, dann lächelte er.

»Malta?«, wollte Don Garcia wissen. »Oder Sizilien? Sprich!«

»Geh zum Teufel.«

»Nein. Du gehst zum Teufel.« Er wandte sich zu seinen Offizieren um. »Kettet seine Beine zusammen.«

Thomas trat zwischen Don Garcia und den sterbenden Korsaren. »Was habt Ihr vor, Herr?«

»Ich beabsichtige, diesem Abschaum eine Lektion zu erteilen, Sir Thomas. Würdet Ihr freundlicherweise beiseitetreten?«

Einer der Offiziere holte eine Fessel aus dem Laderaum, steckte die Stiefel des Korsaren in die Eisenringe und schob den Sperrbolzen durch die Ösen. Dann schlang er die daran befestigte Kette um die Knöchel des Korsaren. Bei dieser groben Behandlung stöhnte der Mann vor Schmerzen auf. Sobald sein Befehl ausgeführt worden war, richtete Don Garcia erneut das Wort an den Korsaren.

»Du bist tödlich verwundet. Ich kann dafür sorgen, dass du ein schnelles Ende findest, wenn du mir sagst, wo der Sultan zuerst angreifen wird. Sonst lasse ich dich ins Meer werfen.«

Thomas schüttelte den Kopf. »Herr, das führt doch zu nichts. Er wird es Euch nicht verraten.«

»Dann wird er allein in den dunklen Tiefen ersaufen.« Don Garcia trat dem Mann nahe der Wunde in die Seite. Dieser schrie vor Pein auf. »Das ist deine letzte Gelegenheit. Rede.«

Einen Augenblick lang kniff der Korsar das Auge zusammen. Schweißperlen standen auf seiner Stirn. Dann war der gröbste Schmerz abgeklungen. Er sah auf, und seine Brust hob und senkte sich, als er Atem holte. Inzwischen klebte Blut auf seinen Lippen, und er sprach mit einem leichten Gurgeln.

»Ihr werdet sterben … ihr alle … auch eure Frauen und Kinder … man wird eure Leichen den Hunden vorwerfen.«

»Genug! Beseitige dieses Ungeziefer!«, befahl Don Garcia barsch einem der Umstehenden.

Fadrique und ein weiterer Offizier beugten sich vor, packten den Korsar unter den Armen und richteten ihn auf. Dann zerrten sie ihn zur Reling. Die spanischen Soldaten traten hinzu, um das Ende des feindlichen Kommandanten nicht zu verpassen. Sie stießen Jubelschreie aus, während die Gefangenen auf dem Vordeck protestierten und jammerten. Andere kreischten vor Entsetzen, fielen auf die Knie und beteten um Erlösung.

Fadrique hatte den Korsaren fest am Arm gepackt und sah sich nach seinem Vater um. Dieser nickte, woraufhin Fadrique seinen Griff löste und den Korsaren mit einem groben Stoß über Bord beförderte. Thomas stand direkt daneben. Eine weiße Wasserfontäne durchbrach die ruhige Oberfläche des Meeres. Dann beobachtete er, wie der Korsar rasch unterging und die zappelnde grün gekleidete Gestalt in der Tiefe verschwand. Sein Kaftan wogte so anmutig in den Wellen wie Schilf in einem Fluss. Noch einmal blitzte es grün auf, dann war nichts mehr zu erkennen außer dem Blau des Meeres.

»Ein Ungläubiger weniger, der uns Scherereien machen kann«, sagte Don Garcia zufrieden und wandte sich dem Kapitän des Flaggschiffs zu. »Schick Männer nach unten. Sie sollen die christlichen Ruderer befreien, an Deck bringen und mit Essen und Wasser versorgen. Die Gefangenen werden ihren Platz einnehmen. Die Verwundeten, die sich wieder erholen werden, sperren wir in den Lagerraum. Die anderen kannst du beseitigen.«

»Ja, Herr.« Der Kapitän nickte.

Don Garcia sah sich auf der Galeere um. »Ein schönes Schiff. Die Marine Seiner Majestät kann es zweifellos gut gebrauchen.«

Als die erste ausgemergelte Gestalt aus dem Ruderdeck geholt und ans Sonnenlicht gebracht wurde, hielt Thomas, der gerade Richards Wunde versorgte, inne. Der Anblick der armen Teufel, die gebückt, schmutzig und von Geschwüren bedeckt dieser Hölle auf Erden entstiegen, weckte schmerzhafte Erinnerungen in ihm.

»Kaum zu glauben, dass diese Kreaturen menschliche Wesen sind«, murmelte Richard. Obwohl auch die Ruderer auf Don Garcias Flaggschiff, die man aus den Verliesen Barcelonas geholt hatte, kaum zu beneiden waren, hatte man sie zumindest den Winter über ausruhen und in einigermaßen sauberen Bedingungen zu Kräften kommen lassen. Die Männer, die nun auf das Deck taumelten, hatten weitaus größere Entbehrungen und Demütigungen erdulden müssen. Man brachte ihnen Brot und Käse, und sie fielen darüber her. Manche der spanischen Soldaten beobachteten sie mitleidig, während andere den Gefangenen die Kleidung vom Leib rissen und den Freigelassenen reichten. Sobald der letzte Christ die Ruderbänke verlassen hatte, wurden die Korsaren nach unten gezwungen und in Ketten gelegt. Nun war es ihr Schicksal, sich auf ihrem eigenen Schiff zu Tode zu schuften.

»Auf diesem Meer kann sich das Blatt schnell wenden«, sagte Thomas. »Daran wirst du dich gewöhnen – vorausgesetzt, du lebst so lange. Und jetzt halt still, das wird wehtun.«

Er nahm Nadel und Faden aus der gut ausgestatteten Medizintruhe, die er in der Kapitänskajüte gefunden hatte. Mit zusammengekniffenen Augen fädelte Thomas den Faden ein und verknotete seine Enden. »Streck den Arm aus und halt ihn ruhig.«

Richard befolgte die Anweisung und warf noch einen letzten Blick auf die gekräuselten Wundränder, bevor er ihn abwandte und auf die nächste Galeone richtete, wo die Besatzung eifrig damit beschäftigt war, die durch eine Kartätsche beschädigten Segel zu flicken. Thomas drückte die Wundränder mit der linken Hand vorsichtig zusammen, stach dann mit der Nadel ins Fleisch und schob sie so weit hinein, dass sie auf der anderen Seite des Schnittes wieder zum Vorschein kam. Er zog den Faden hindurch, bis der Knoten gegen die Haut stieß; dann setzte er zum nächsten Stich an. Richard biss die Zähne zusammen und kämpfte gegen den Schmerz.

»Einen Augenblick lang dachte ich, du würdest mir nicht in den Kampf folgen«, sagte Thomas, um Richard so gut es ging abzulenken. »Kurz vor dem Entern. Hattest du Angst?«

Richard warf ihm einen kurzen Blick zu. »Das wisst Ihr doch.«

»Und dennoch hast du wie ein Löwe gekämpft.«

»Dafür wurde ich ausgebildet.«

»Und das sehr gut. Wer war dein Lehrer?«

»Einer von Walsinghams Männern.«

»Ein Soldat?«

»Das wohl kaum.« Richard lächelte schwach. »Er war der Anführer einer Londoner Verbrecherbande. Er sollte wegen Mordes gehängt werden, doch Walsingham bot ihm eine Begnadigung an, wenn er ihm in Zukunft treu zu Diensten sein würde. Wenn er nicht gerade diejenigen verhörte, die Walsingham des Verrats beschuldigte, bildete er die übrigen Agenten in der Kunst des Fechtens und des Straßenkampfes aus.«

»Ich verstehe. Ritterlichkeit stand wohl nicht auf dem Lehrplan, nehme ich an.«

»Im Gegenteil. Wir haben gelernt, schnell und lautlos zu töten.«

Thomas nickte und konzentrierte sich auf den nächsten Stich. »Aber du hattest vor dem heutigen Tag nie Grund dazu, einen Mann umzubringen, nicht wahr?«

Der junge Mann schwieg und starrte auf das Deck. »Nein«, sagte er schließlich.

»Du darfst das nicht auf die leichte Schulter nehmen, Richard. Die wahre Tragödie besteht darin, dass es dir jetzt, wo du getötet hast, beim nächsten Mal weniger Gewissensbisse bereiten wird. Deine größte Prüfung ist jetzt, den Mann in Erinnerung zu behalten, der du warst, bevor du deine Seele mit dem Blut eines anderen befleckt hast. Je mehr Männer du tötest, umso schwieriger ist es, diese Erinnerung aufrechtzuerhalten.«

»Glaubt Ihr das wirklich?«

»Ich weiß es, weil ich dieses Schicksal selbst ertragen muss«, fügte Thomas leise hinzu.

»Habt Ihr deshalb den Orden verlassen?«

»Das ist allein meine Angelegenheit. Aber zugegeben, es war einer der Gründe, warum ich nicht länger in seinen Diensten bleiben konnte. Das Töten war so alltäglich für uns, dass es jede Bedeutung verlor. Genauso ergeht es dem Feind. Und beide Seiten haben nichts anderes daraus gelernt, als ihren Hass und ihre Rachsucht zu vervollkommnen.«

Der Knappe dachte darüber nach, bis ihn ein weiterer Nadelstich zusammenzucken ließ. »Aber wie kommt es, dass Ihr dann wieder hier seid? Ihr hättet Sir William und Sir Francis zurückweisen können. Sie hätten einen anderen für diese Aufgabe gefunden.«

Thomas sah auf und kicherte. »Ich wurde von meinem Orden zu den Waffen gerufen, und daran bin ich durch Eid gebunden. Und was einen anderen für diese Aufgabe angeht: Es gibt wohl nur wenige, die die Anforderungen deiner Gebieter so gut erfüllen wie ich. Sie haben ein Mitglied des Johanniterordens gesucht, das nicht mit ganzem Herzen an dessen Grundsätze glaubt. Deine Herren sind kluge Männer, junger Richard. Sie haben in mir gelesen wie in einem Buch.« Er verstummte und dachte an den anderen Grund für seine Rückkehr nach Malta: das Verlangen herauszufinden, was aus Maria geworden war. Ob die Spione der Königin auch davon wussten? Er sah Richard an. »Wahrscheinlich sind sie noch listiger, als ich dachte.«

»Herr?«

»Ach, nichts. Noch ein Stich, und es ist ausgestanden.«

Richard biss erneut die Zähne zusammen, als Thomas noch einmal die Haut durchbohrte und die Nadel hindurchzog. Dann schnitt er den Faden sorgfältig mit Richards Dolch ab und knotete ihn auch an diesem Ende zusammen. Schließlich begutachtete er sein Werk, nahm einen Leinenverband aus der Truhe und versorgte damit die Wunde.

»So. In einem Monat ist es verheilt. Vorausgesetzt, du beanspruchst den Arm nicht zu sehr und achtest auf die Nähte.«

Richard besah sich seinen Arm und nahm ihn dann herunter. »Danke, Herr.«

Thomas richtete sich zu voller Größe auf, rieb sich den Nacken und sah sich auf Deck um. Die Leichen waren über Bord geworfen, und man hatte Wasser aufs Deck geschüttet, um das gröbste Blut abzuwaschen. Die zerfetzten Segel waren ersetzt und das Schiff wieder seetauglich. Die anderen Galeeren hatten bereits wieder ihre Formation um die Galeonen eingenommen. Nur eine Rumpfmannschaft befand sich noch auf dem gekaperten Schiff.

Thomas wischte sich die Hände an einem Lappen ab und klopfte Richard auf die Schulter. »Komm, wir müssen auf das Flaggschiff zurück.«

Der Knappe hob Waffenrock und Rüstung auf und starrte Thomas einen Augenblick lang an. »Es scheint, als hätten wir beide unsere Geheimnisse, Herr.«

Richard nickte. »Und womöglich kommen sie auf Malta ans Licht.«

KAPITEL 16

Zehn Tage später – die Soldaten auf den Galeonen waren bereits sicher auf Sizilien angekommen – erreichte Don Garcias kleine Galeerengruppe Malta. Die Sonne, halb verborgen unter einem dünnen Nebelschleier, versank im westlichen Himmel, als die schlanken Kriegsschiffe in den natürlichen Hafen einfuhren, mit dem Malta gesegnet war. Oder verflucht, dachte Thomas. Das ruhige Wasser der Bucht zog sich bis tief in die Insel hinein und wurde von einer Halbinsel durchschnitten, auf der sich eine felsige Hügelkette befand. Im Norden der Halbinsel befand sich der Hafen von Marsamxett, im Süden der Grand Harbour, in dem der Johanniterorden beheimatet war. Ein derart günstiger Hafen sowie die Lage der Insel im Zentrum des Mittelmeers hatte im Laufe der Jahrhunderte die Aufmerksamkeit jeder einzelnen Seemacht erregt – angefangen bei den uralten Imperien wie Rom oder Karthago.

Mehr als zwanzig Jahre waren vergangen, seit Thomas den Grand Harbour zum letzten Mal erblickt hatte. Auf der Halbinsel hatte man ein neues Fort errichtet, das den Eingang zu beiden Häfen bewachte. Das alte Fort, St. Angelo – das Hauptquartier des Ordens – war mit zusätzlichen Verteidigungsanlagen versehen worden. Die rote Flagge mit dem weißen Kreuz flatterte über den höchsten Türmen jedes Bollwerks. Hinter St. Angelo lag das Städtchen Birgu, das inzwischen zu einer stattlichen Größe herangewachsen war, um den Bedürfnissen der Ritter und ihrer Soldaten in ihrem ewigen Kampf gegen die islamischen Horden gerecht zu werden. Als Thomas zu den dicken Kalksteinwänden und gedrungenen Türmen von St. Angelo aufsah, spürte er bei der Erinnerung an seine Jahre an diesem Ort einen leichten Stich im Herzen. Er dachte an die Männer, die er als seine Brüder bezeichnet hatte. Manche waren vor seinen Augen gestorben, und er hatte sie betrauert. Andere – La Valette zum Beispiel – hatten fanatische Hingabe und Frömmigkeit in ihren Untergebenen entfacht.

Und dann war da noch Maria gewesen. Er hatte weiß Gott versucht, nicht an sie zu denken, doch in all den Jahren in England hatte es nicht einen Augenblick gegeben, in dem er sich nicht an diesen Verlust erinnert hätte, an dem ihm die Sehnsucht nach ihr nicht das Herz hatte schwer werden lassen. Er hoffte inständig, dass sie hier war, wenn sie noch lebte. Und obwohl sie keinen Grund gehabt hatte, auf dieser unwirtlichen Insel inmitten eines umkämpften Meeres zu bleiben, gab Thomas die Hoffnung nicht auf. Viele Male hatte er sich ein Wiedersehen vorgestellt – sie nach all der Zeit unverändert, schlank, dunkelhaarig und mit ernster Miene, die ihre Leidenschaft Lügen strafte. Bei solchen Tagträumereien kam er sich immer verwundbar vor – zu groß war die Angst, dass sie ihn zurückweisen würde, so wie man ihn damals gezwungen hatte, sie zu verlassen.

»Eine fantastische Aussicht.«

Thomas wischte die trüben Gedanken beiseite und sah Richard ein Stück neben sich an der Reling stehen und zu den Bollwerken von St. Angelo hinaufblicken. Die Sonne war hinter den Hügeln jenseits des Hafens untergegangen. Auf Thomas wirkten sowohl St. Angelo als auch das Fort an der Hafenmündung geradezu winzig vor der aufziehenden Dunkelheit.

»Fantastisch?« Thomas spitzte die Lippen. »Das sehen unsere türkischen Freunde ohne Zweifel anders, könnte ich mir vorstellen. In der ganzen Christenheit gibt es keine Festung, die den gewaltigen türkischen Kanonen standhalten kann. Wenn diese Wälle fallen, dann wird die Schlacht von der Kampfkraft und der Anzahl der Männer entschieden werden, die sie ausfechten.«

»Über die Kampfkraft besteht kein Zweifel.« Richard lächelte. »Die Ritter des Johanniterordens sind die besten Krieger der Welt.«

»Das mag schon sein, doch dafür ist der Sultan zahlenmäßig im Vorteil«, antwortete Thomas müde. »Sag mir, Richard, was ist wichtiger: Qualität oder Quantität? Das kannst du mir in Anbetracht deiner großen Kampferfahrung doch bestimmt beantworten.«

Eine Bösartigkeit, die Thomas sofort bedauerte. Richard hatte nur eine freundliche Unterhaltung im Sinn gehabt und Thomas durch seine Bemerkung nicht verärgern wollen.

Richard runzelte die Stirn. Seine Lippen bildeten eine dünne Linie, als er weiter St. Angelo betrachtete. Thomas entschied, dass ein Themenwechsel wohl die angemessenste Form einer Entschuldigung war.

»Wie geht es deinem Arm?«

»Die schlimmsten Schmerzen sind vorüber«, entgegnete Richard knapp, ohne den Blick abzuwenden.

»Hast du den Verband jeden Tag gewechselt?«

»Genau wie Ihr es mir aufgetragen habt.«

»Keine Anzeichen einer Entzündung?«

»Nein.«

»Sehr gut.« Thomas nickte.

Es folgte ein langes Schweigen. Keiner von ihnen machte Anstalten, die Reling zu verlassen und so der erste zu sein, der in ihrem unausgesprochenen Konflikt klein beigab. Thomas spürte die Anspannung, den Zorn und sogar den Hass, der in der Brust seines Gefährten brodelte, doch diese Gefühle mit einer offen ausgesprochenen Entschuldigung zu besänftigen kam nicht infrage. Also sagte er nichts und tat so, als wäre er der einzige, der beobachtete, wie sich der Hafen vor Don Garcias Flaggschiff zu beiden Seiten öffnete. Die übrigen Galeeren hatten achtern eine Linie gebildet und glitten durch das stille Wasser des Hafens; ihre Ruder tauchten mit eleganter Symmetrie in die Wellen. Als das Flaggschiff an St. Angelo vorbeizog, ertönte ein Kanonenschuss zum Salut, der kurz darauf von einer Bordkanone der Galeere beantwortet wurde. Das tiefe Grollen hallte von den Kalksteinwänden wider. Eine Schar Möwen erhob sich aufgeschreckt durch den Lärm in die Luft.

Das Flaggschiff umrundete die Landzunge und steuerte die schmale Bucht zwischen Birgu und der zweiten Landzunge namens Senglea an, auf deren höchstem Punkt mehrere Windmühlen standen. Vor ihnen lagen dicht gedrängt Dutzende von Handelsschiffen und Fischerbooten an dem von Lagerhäusern gesäumten Kai vor Anker. Die Wände von St. Angelo setzten sich die Bucht entlang noch hundert Yards weit fort, bis sie einen Kanal erreichten. Diese mühevoll ausgehobene Rinne bildete eine letzte Verteidigungslinie vor dem eigentlichen Fort. Thomas' Blick wurde unwillkürlich von einer großen Galeone angezogen, die vor dem Kanal ankerte. Das Vorderdeck, ihre Seiten und das hohe Poopdeck waren grün bemalt und mit goldfarbenen Blättern verziert. Eine verschleierte Frau in einem schwarzen, von goldenen Sternen und Monden besetzten Gewand bildete die Galionsfigur. Es bestand kein Zweifel daran, woher dieses Schiff stammte. Thomas begriff, dass dies die Galeone war, von der ihm Philippe erzählt hatte, und deren Kaperung den Zorn des Sultans heraufbeschworen hatte.

»Ruder einholen!«, befahl der Kapitän. Die tropfenden Ruderblätter wurden aus dem Wasser gehoben und rumpelnd in den Schiffsbauch gezogen.

»Hart Backbord!«

Das Flaggschiff richtete sich langsam zu dem Pier hin aus, der dem Fort am nächsten lag. Thomas bemerkte, dass eine kleine Gruppe von Männern im Wappenrock des Ordens mit dem charakteristischen Kreuzmotiv darauf auf sie wartete. Ein Diener hielt die Leinen zweier hervorragend abgerichteter Jagdhunde. Ein Stück vor den anderen stand ein großer Mann mit silbernem Haar und Bart, der ein einfaches schwarzes Wams, eine Kniehose und ein Cape trug. Er beobachtete mit ausdrucksloser Miene, wie die Galeere durch den Schwung des letzten Ruderschlags auf den Pier zutrieb.

Thomas' Herz klopfte schneller, und er verspürte eine altvertraute Zuneigung, als er den Mann erkannte – trotz der zwanzig Jahre, in denen die Last der Verantwortung deutliche Spuren auf dem wettergegerbten Gesicht hinterlassen hatte.

»Jean Parisot de La Valette«, flüsterte er.

»Wer? Der alte Mann?« Richard verglich den Aufzug des Mannes mit den weitaus prächtigeren Kleidern der Wartenden hinter ihm. »Ich wäre nie auf die Idee gekommen, dass das der Großmeister des Johanniterordens ist.«

»Kleider machen nicht immer Leute.«

»Genauso wenig wie ein hohes Alter. Ich hoffe, dass er noch bei Verstand ist.«

»Sonst würde ihn der Souveräne Rat des Ordens nicht in Amt und Würden belassen.«

Die Matrosen warfen den Männern am Pier Leinen zu. Die Galeere wurde herangezogen, bis sie sanft gegen die mit geteerten Tauen umwickelten Prellböcke stieß. Ein Teil der Reling wurde zur Seite geklappt und eine Landungsbrücke auf den Kai hinuntergelassen. Don Garcia und sein Gefolge traten vor. Der Spanier sah Thomas in der Nähe stehen und winkte ihn zu sich.

»Es würde mich freuen, wenn Ihr und Euer Knappe mich begleitet.«

Thomas neigte den Kopf. »Wie Ihr wünscht, Herr.«

Vier spanische Soldaten eilten an Land und bildeten ein kurzes Spalier zu beiden Seiten der Brücke. Sobald sie Haltung angenommen hatten, führte Don Garcia sein Gefolge von Bord. Thomas und Richard folgten ihm. Thomas betrachtete die Gesichter der Männer hinter La Valette, erkannte jedoch nur Romegas, der während Thomas' Ordensdienst der erste Galeerenkapitän gewesen war. Auch er war alt geworden, doch seine Abneigung Thomas gegenüber hatte die Jahre gewiss überdauert.

Don Garcia und La Valette verbeugten sich voreinander und begrüßten sich knapp auf Französisch, dann stellten sie sich ihre Untergebenen vor. Als er Thomas nach vorn bat, konnte sich Don Garcia ein Schmunzeln nicht verkneifen.

»Großmeister, ich glaube, Ihr habt von meinem englischen Reisegefährten bereits gehört: Sir Thomas Barrett.«

La Valettes Augen waren noch immer klar und durchdringend, obwohl sie nun tiefer in ihren Höhlen saßen als früher. Er musste sie etwas anstrengen, als Thomas näher kam und hochachtungsvoll den Kopf neigte.

»Thomas ... ich hatte gehofft, dass Ihr dem Aufruf folgen würdet.«

»Ich habe zwanzig Jahre darauf gewartet, Herr.«

Kurzzeitig nahm das Gesicht des Alten einen schmerzerfüllten Ausdruck an. »Ihr versteht hoffentlich, dass ich unter den gegebenen Umständen damals nichts anderes tun konnte. Aber jetzt seid Ihr ja hier, zurück an meiner Seite. Zu einem Zeitpunkt, an dem Eure Fähigkeiten dringender gebraucht werden denn je.«

Der freundliche Ton rührte Thomas tief, und glückliche Erinnerungen an ihre Kameradschaft stiegen in ihm auf. »Ich werde meine Pflicht erfüllen, Herr.«

»Dessen bin ich mir gewiss. Sagt, seid Ihr noch immer ein so gefährlicher und tödlicher Krieger wie damals, als Ihr noch in den Diensten des Ordens standet?«

»Offen gestanden nein, Herr. Aber ich kann das Schwert immer noch besser führen als die meisten Männer.«

»Sehr gut.« La Valette lächelte und deutete auf seine Männer, von denen keiner jünger als Thomas schien. »Wie Ihr seht, haben die meisten von uns den Zenit ihres Lebens bereits überschritten, doch unsere Erfahrung und unsere Weisheit sind unübertroffen. Umso mehr, da Ihr jetzt wieder bei uns seid. Wofür ich unserem Herrn und Gott von Herzen danke.«

»Ich vermute, dass nicht alle Ordensmitglieder so dankbar darüber sind, Herr«, erwiderte Thomas und widerstand der Versuchung, Romegas einen Blick zuzuwerfen.

»Nur wenige, die sich an die damaligen Ereignisse erinnern, sind noch am Leben, Thomas. Und inzwischen haben Sie meinen Befehlen zu gehorchen und mir zu Willen zu sein.« Er verstummte und ergriff sanft Thomas' Hand. Seine Haut war trocken, und die Knochen traten deutlich unter dem welken Fleisch hervor. »Eure Anwesenheit wird nicht infrage gestellt werden. Ich freue mich außerordentlich, Euch zu sehen.« Er blickte über Thomas' Schulter hinweg und betrachtete Richard zum ersten Mal genauer. »Und wer ist Euer junger Gefährte?«

»Mein Knappe, Herr. Richard Hughes.«

»Auch du bist willkommen.«

»Danke, Herr.« Richard neigte den Kopf.

»Sir Thomas, meine Diener werden Euer Gepäck holen. Sobald Ihr etwas gegessen habt, könnt ihr euch in die englische Auberge zurückziehen.« La Valette wandte sich wieder Don Garcia zu, der die kurze Unterhaltung neugierig verfolgt hatte.

»Ich hatte keine Kenntnis, dass mein Passagier eine solche Hochachtung im Orden genießt«, bemerkte der Spanier.

La Valette machte einen Augenblick lang eine unglückliche Miene. »Sir Thomas war einer unserer vielversprechendsten Ritter. Dann musste er leider … abreisen. Er hat sich oft im Kampf bewährt, und ich zweifle nicht daran, dass er uns auch in dieser kommenden Prüfung wertvolle Dienste leisten wird. Doch es dämmert bereits, und wir haben viel zu besprechen. Ich werde Euch und Euren Offizieren eine Mahlzeit in meinem Quartier servieren lassen, Don Garcia. Später werden mehrere hochrangige Offiziere des Ordens hinzukommen. Sie waren gerade nicht in Birgu, als Eure Schiffe gesichtet wurden, doch ich habe nach ihnen schicken lassen. Es gibt so einiges zu bereden.«

»In der Tat.«

La Valette sah zum letzten spanischen Schiff hinüber, das den Kai ansteuerte. »Nur sechs Galeeren? Der Hauptteil Eurer Streitmacht trifft wohl später ein?«

Don Garcia sah sich unter den Einheimischen um, die sich hinter dem Großmeister und seinem Gefolge versammelt hatten. Dann trat er einen Schritt näher.

»Es wäre wohl besser, wenn wir darüber in … vertraulicherem Rahmen sprechen«, sagte er leise. »Nach Euch!«

La Valettes Miene hatte sich verhärtet. Er saß mit Don Garcia am Kopfende eines langen Tisches in der Mitte des großen Bankettsaals von Fort St. Angelo. Alle schwiegen und lauschten gebannt Don Garcia, der die Anweisungen wiedergab, die er von König Philipp erhalten hatte. Die beiden Jagdhunde lagen schlafend vor dem bescheidenen Feuer, das hinter einem Eisenrost an der Wand brannte – ein Luxus auf einer Insel, auf der Holz so knapp war, dass es pfundweise verkauft wurde. Thomas saß ungefähr in der Mitte des Tisches. Er hatte kaum etwas von der ersten vernünftigen Mahlzeit gegessen, die sie seit ihrer Abreise aus Barcelona erhalten hatten – mit Honig glasierte Lammkoteletts und frisch gebackenes Brot. Die Spannung zwischen Don Garcia und La Valette war mit den Händen zu greifen, und die getrübte Stimmung hatte den Essenden den Appetit verdorben. Thomas beneidete seinen jungen Knappen, der am Ende der Tafel mit den anderen niederrangigen Offizieren aus Don Garcias kleinem Trupp essen durfte.

La Valette schob seinen Teller beiseite und rutschte auf seinem Stuhl zurück, sodass er seinem Gast bei der Unterhaltung besser in die Augen sehen konnte.

»Im vergangenen Jahr habe ich Seine Majestät über den Plan des Sultans in Kenntnis gesetzt, seinen Einfluss nach Westen auszudehnen. Ich habe ihn davor gewarnt, dass Malta das erste Ziel der Türken sein würde. Wenn Malta gehalten werden soll, so habe ich zu bedenken gegeben, würde ich fünftausend Männer und dazu Kanonen, Schießpulver und Proviant benötigen. Bisher hat er mir nichts geschickt außer seinen Beteuerungen, mich zu unterstützen.«

»Seine Majestät teilt Eure Besorgnis«, entgegnete Don Garcia ruhig. »Doch Malta ist nur eines der vielen Gebiete, die er zu verteidigen verpflichtet ist. Es ist zwar richtig, dass ihr das wohl offensichtlichste Ziel des Feindes darstellt, doch könnte uns dieser auch mit einem Angriff an einem anderen Ort überraschen – auf Sizilien, der italienischen Küste oder sogar in Spanien selbst.«

»Und zulassen, dass Malta direkt in seinen Versorgungslinien liegt?«, erwiderte La Valette ätzend. »Seine Majestät scheint mir eine Lektion in strategischem Denken zu benötigen.«

»Seine Majestät ist mein König und Herrscher ebenso wie der Eure, Großmeister. Diese Insel wurde Euch im Austausch für Eure Gefolgschaft gegeben. Seine Majestät hat mich zum Kommandanten Seiner Flotte ernannt und alle dazugehörigen Truppen, auch Eure, unter mein Kommando gestellt. Aus diesem Grund würde ich Euch raten, Eure Worte wohl zu erwägen.« Don Garcia erwiderte La Valettes wütenden Blick ungerührt. »Ich für meinen Teil bin an die Weisungen gebunden, die mir König Philipp erteilt hat. Er hat verfügt, dass ich dem Feind nur dann im Kampf gegenübertreten soll, wenn er in der Unterzahl ist. Sei es auf See oder zu Lande.«

»Dann werdet Ihr niemals gegen ihn kämpfen. Die Schiffe und Männer des Sultans werden immer zahlreicher sein als die spanischen.«

Don Garcia zuckte mit den Schultern. »Dagegen kann ich nichts ausrichten. Doch ich werde alles in meiner Macht Stehende tun, um Unterstützung von unseren Verbündeten einzufordern. Unsere Truppen werden sich auf Sizilien versammeln. Dort ist der ideale Ort, um gegen den Feind vorzugehen – egal, wo er zuerst zuschlagen wird. Ich stimme Euch zu, dass der Sultan höchstwahrscheinlich Malta zuerst ins Auge fassen wird, und ich werde mich bemühen, Euch alles Erforderliche zukommen zu lassen, um diesen Angriff abzuwehren, sollte er tatsächlich hier erfolgen. Doch im Augenblick kann ich Euch nur einige Kompanien von spanischen Soldaten und italienischen Söldnern zur Verfügung stellen. Je mehr Truppen ich im Laufe der Zeit versammeln kann, desto mehr Männer werde ich Euch schicken.«

»Bis dahin könnte es zu spät sein.« La Valette holte tief Luft, um sich zu beruhigen, bevor er fortfuhr: »Dieser Orden umfasst lediglich sechshundert Ritter. Fünfhundert sind bereits hier, und ich hoffe, dass die anderen wie Sir Thomas dem Ruf zu den Waffen folgen. Außerdem befinden sich tausend Soldaten auf der Insel, und ich habe Ordensritter nach Italien geschickt, um weitere zu rekrutieren.«

»Nicht zu vergessen die Einheimischen. Die Malteser werden an Eurer Seite kämpfen.«

»Die Malteser …« La Valette machte keinen Hehl aus seiner Verachtung. »Die wenigen Miliztruppen sind kaum zu etwas nütze. Ich möchte wetten, dass sie schreiend davonrennen, sobald der erste Janitschar seine Waffe auf sie richtet.«

»Das bezweifle ich. Zugegeben, sie sind keine Berufssoldaten, doch ein Mann kann wie ein Löwe kämpfen,
wenn er seine Familie und seine Heimat verteidigt. Ihr
müsst sie an der Waffe ausbilden und mit gutem Beispiel
vorangehen. Dann werden sie Euch folgen.«

»Wie dem auch sei: Mehr als dreitausend Mann lassen
sich aus der einheimischen Bevölkerung nicht rekrutieren. Also stehen insgesamt nicht mehr als fünftausend
Mann gegen die Horden, die aus dem Osten über uns herfallen werden. Im letzten Bericht unseres Spions in Konstantinopel ist von einer gewaltigen Flotte die Rede, die
fünfzigtausend Mann sowie genug Waffen und Vorräte
für einen ganzen Feldzug transportieren kann. Gegen eine
solche Übermacht kann niemand bestehen, Don Garcia.«

Thomas beobachtete, wie Don Garcia in der entste-
henden Pause seine Hände faltete und seine Stirn darauf-
legte.

»Es ist schon spät, und wir haben eine beschwerliche
Reise hinter uns«, sagte er. »Lasst uns die Verteidigung
gegen die Türken morgen besprechen. Ich möchte die
Befestigungsanlagen persönlich in Augenschein nehmen, Großmeister. Wenn Ihr so freundlich wärt, sie mir
zu zeigen.«

»Es wäre mir ein Vergnügen«, antwortete La Valette
höflich.

»Dann lasst mich und meine Offiziere noch etwas essen und trinken und uns dann zur Ruhe legen.« Don
Garcia lächelte ebenso höflich zurück.

Die Unterhaltung wurde unterbrochen, als der Diener eine der Haupttüren des Saals öffnete und mehrere

Männer einließ. Thomas sah über die Schulter. Sie trugen einfache Mäntel mit dem Zeichen des Ordens über dem Herzen. Dies mussten die Ritter sein, die La Valette aus den verschiedenen Teilen der Insel hierherbestellt hatte. Viele waren noch jung, wirkten jedoch zäh und kampferprobt. Die anderen waren Veteranen, die von Narben und dem Alter gezeichnet waren. Während sie auf den unbesetzt gebliebenen Stühlen und Bänken Platz nahmen, erregte einer der bejahrteren Ritter Thomas' Aufmerksamkeit. Er war etwa in seinem Alter, groß und kräftig mit dunklem Haar, das sich über der Stirn allmählich lichtete. Im selben Moment erblickte der Neuankömmling Thomas. Er blieb wie angewurzelt stehen, dann näherte er sich vorsichtig.

Thomas stand auf und ging ihm einige Schritte entgegen. Der andere Ritter musterte ihn genau, dann atmete er hörbar durch die Nase ein.

»Sir Thomas. Also hast du die Nachricht erhalten.«

»Wie du siehst. Es ist lange her, Oliver. Sehr lange.«

»Ich hatte gehofft, dass du nicht kommen würdest. Der Orden hat keine Verwendung für dich.«

»Da ist der Großmeister anderer Meinung.«

Sir Oliver Stokely warf einen Blick zum Kopfende der Tafel. »Der Chevalier hat ein kurzes Gedächtnis. Offenbar weiß er nicht mehr, welchen Schaden du uns zugefügt hast.«

Thomas spürte, wie sich die Dornen vergangener Sünden erneut in sein Herz bohrten. »Damals war ich ein anderer. Genau wie du. Ich habe seitdem jeden Tag gelitten und bereut. Kannst du mir nicht vergeben?«

»Niemals.«

Thomas schüttelte traurig den Kopf. »Es tut mir leid, das zu hören.«

»Ach ja? Hast du erwartet, ich würde alles vergessen, nur weil du La Valettes Aufruf gefolgt bist?«

»Oliver, hier geht es um mehr als nur um uns beide. Ich kann die Vergangenheit nicht ungeschehen machen, aber ich verspreche dir, dass ich alles in meiner Macht Stehende tun werde, um die Zukunft unseres Ordens zu sichern.«

Sir Oliver schüttelte den Kopf. »Tu, was du nicht lassen kannst, aber halt dich von mir fern. Sonst kann ich für nichts garantieren.«

Thomas nickte. Eine schwere Ermattung überkam ihn. »Ich wünschte, es wäre anders zwischen uns. Einst warst du mein Freund.«

»Bis ich deine wahre Natur erkannt habe. Ich habe alles gesagt, was ich dir sagen wollte. Wenn du schon einmal hier bist, dann kämpfe für den Orden. Und wenn es vorüber ist, dann verschwinde und kehre nie wieder zurück.«

»Wie du meinst … doch eines möchte ich noch von dir wissen.«

Sir Oliver lächelte schmallippig. »Ich dachte mir, dass du diese Frage stellen würdest.«

»Dann beantworte sie mir.« Thomas zögerte. Er konnte es kaum erwarten, die Wahrheit zu hören, hatte jedoch auch Angst vor der Antwort. »Lebt Maria noch?«

»Sie ist tot.«

»Tot?«

Einen Augenblick lang schien ein Funke der Leidenschaft in Sir Olivers Augen aufzublitzen, bevor sich seine Miene wieder verhärtete. »Ja, Maria ist tot. Seit damals ist sie tot für dich. Gott sei mein Zeuge, Thomas: Wenn du noch einmal in meiner Gegenwart ihren Namen erwähnst, dann werde ich dich mit dem Schwert niederstrecken oder mit bloßen Händen umbringen.«

KAPITEL 17

Nach dem Essen wurden Thomas und Richard von einem Schreibgehilfen des Großmeisters in das Quartier der englischen Ritter geführt. Das Haus hatte einem Weinhändler gehört, bevor der Orden nach Malta gekommen und das Gebäude für seine Zwecke in Beschlag genommen hatte. Der Gehilfe stellte ihr Gepäck ab, klopfte an der Tür und wartete. Kurz darauf hörten sie Schritte, dann öffnete sich die Tür. Thomas betrat den Saal, der ihm einst so vertraut gewesen war, und drehte sich nach dem Diener um – einem gedrungenen Mann in Baumwollhemd, schwarzer Kniehose und Stiefeln. Er hielt einen Kerzenständer aus Messing in die Höhe, sodass sein Gesicht von der schwachen Flamme erleuchtet wurde.

»Was kann ich für Euch tun, Herr?«, fragte er mit brüchiger Stimme.

»Ich bin ein englischer Ritter des Ordens und suche Quartier für mich und meinen Knappen.«

»Ein Engländer?« Der Alte wirkte verblüfft. »Ihr seid der erste englische Ritter seit … fast zehn Jahren. Außer Euch ist nur ein weiterer Ritter anwesend.«

Thomas erkannte den alten Mann an seiner Stimme und lächelte breit. »Bei allen Heiligen! Bist du das, Jenkins?«

»Ja, so heiße ich.« Der Alte kniff die Augen zusammen und beugte sich vor, um seinen Gast genauer in Augenschein zu nehmen. »Woher kennt Ihr meinen Namen, Herr?«

»Kannst du dich nicht mehr an mich erinnern?«

Der alte Mann hob die Kerze noch höher und studierte Thomas' Gesicht. Dann weiteten sich seine Augen vor Erstaunen. »Nein ... das kann doch nicht ... Sir Thomas ... Sir Thomas Barrett! Herr im Himmel, ich ... ich hätte mir nie träumen lassen, Euch wiederzusehen, Herr.«

»Und doch bin ich hier.« Thomas lachte. »Was ist mit den anderen Dienern? Harris? Chapman?«

Das zahnlückige Lächeln auf dem Gesicht des alten Dieners erlosch. »Sie sind tot, Herr. Ich bin der Letzte.«

»Aber du musst doch inzwischen fast siebzig sein.«

»Achtundsechzig im Dezember, Herr.«

»Weshalb bist du nicht im Ruhestand, Jenkins?«

»Wo soll ich denn hin, Herr? Einen anderen Platz gibt es nicht für mich. Nicht, solange auch nur ein englischer Ritter die Auberge bewohnt, dem ich zu Diensten sein kann.«

»Was zum Teufel soll dieser Lärm?«, rief eine Stimme aus den Schatten. »Jenkins, was ist los? Wer sind diese Leute?«

Ein Schatten erschien im Flur, der aus dem Saal führte, und ein kräftig gebauter Mann mit einem Stiernacken – wenn man den Übergang zwischen dem kurzgeschorenen Kopf und den muskulösen Schultern überhaupt als Nacken bezeichnen konnte – trat in den fahlen Schein der Kerze. Er war etwa zehn Jahre jünger als Thomas und bedurfte dringend einer Rasur. Als er sich den Neuankömmlingen mit finsterer Miene näherte, meinte Thomas, einen Hauch sauren Weins in seinem Atem zu riechen.

»Sir Thomas Barrett, ja?«, wiederholte der Mann, nachdem Thomas sich vorgestellt hatte. »Den Namen hab ich schon mal gehört, aber ich weiß nicht mehr, wo. Wie dem auch sei – ich bin Sir Martin Le Grange aus Wickle Bridge bei Hereford. Kennt Ihr diesen Ort?«

»Leider nicht.«

»Wie bedauerlich – für Euch. Nun, fühlt Euch wie zu Hause. Jenkins wird sich um Euch kümmern. Ich wollte gerade zu Bett gehen. Wir reden morgen weiter, ja?« Er nickte und verschwand wieder im Flur.

»Nicht gerade eine herzliche Begrüßung«, murmelte Richard. »Ist er immer so ... gastfreundlich?«

»Nur wenn er dem Wein zugesprochen hat«, bemerkte Jenkins.

Thomas hustete. »Wärst du so freundlich, uns unsere Quartiere zu zeigen?«

»Natürlich, Sir Thomas. Verzeiht. Hier entlang, bitte.«

Jenkins wollte mit einer Hand das Gepäck aufheben, während er in der anderen die Kerze in die Höhe hielt. Thomas nahm sanft den Arm des Dieners und entfernte ihn von den schweren Taschen.

»Das kann Richard tragen. Er ist noch jung und stark.«

»Und müde«, fügte Richard hinzu.

»Außerdem solltest du in deinem Alter Anstrengungen vermeiden, Jenkins.«

Der alte Mann drückte den Rücken durch und hob stolz das Kinn. »Ich bin ein Diener der englischen Auberge, Herr. Das gehört zu meinen Pflichten.«

»Nun, wie willst du deine anderen Pflichten erfüllen, wenn du dich verletzt, indem du eine zu schwere Last trägst?«, fragte Thomas grinsend.

Jenkins öffnete den Mund, überlegte es sich aber anders. Achselzuckend drehte er sich um. »Bitte folgt mir, Sir.«

Thomas ging ihm nach, während Richard leise fluchte, das Gepäck schulterte und ihnen und dem sich entfernenden flackernden Kerzenschein so schnell wie möglich hinterhertrabte. Der Diener führte sie durch den Flur, der zu den Zellen führte, die der Unterbringung der Ritter und Knappen dienten. Bevor Thomas den Saal verließ, sah er zu den Deckenbalken auf, wo kleine hölzerne Schilde angebracht waren – die Wappen aller englischen Ritter, die jemals dem Orden gedient hatten. Dazwischen klafften mehrere Lücken, wo man die Wappen entfernt hatte, weil ihre Träger Schande über den Orden gebracht hatten. Sein Blick huschte zu der Stelle, wo einst das Emblem der Barretts gehangen hatte. Nun war dort nur ein hölzerner Nagel zu erkennen. Thomas wandte sich von Schuld und Scham erfüllt ab.

»Außer dir und Sir Martin wohnt hier niemand mehr?«, fragte Richard.

»Nein, junger Herr. Ein weiterer Ritter hat Anspruch auf ein Quartier in diesem Haus: Sir Oliver Stokely. Doch der besucht die Auberge nur selten. Ich habe ihn seit Monaten nicht gesehen. Er besitzt ein Anwesen am Fuße der Sciberras-Halbinsel, dort hält er sich inzwischen die meiste Zeit über auf. Hier wären wir.« Jenkins blieb vor einer Tür stehen, schob den Riegel zurück und führte sie hinein. »Eure alte Zelle dient inzwischen als Lagerraum, Herr. Ich hoffe, Ihr seid auch hiermit zufrieden.«

Er hob die Kerze hoch. Thomas schätzte die Kammer auf etwa drei mal fünf Meter. Sie war mit Bett, Truhe, einem kleinen Tisch, einem Stuhl und mehreren Kleiderhaken ausgestattet. Die Läden vor dem Fenster hoch an der gegenüberliegenden Wand waren geschlossen.

Thomas nickte. »Natürlich. Richard, bitte stell meine Sachen hier ab.«

Der junge Mann sah sich um. »Und wo soll ich schlafen ... Herr?«

Der Diener kicherte. »Keine Sorge, Ihr musst nicht mit dem Boden vorliebnehmen, junger Herr. Gleich nebenan ist die Knappenzelle. Früher hättet Ihr sie Euch mit drei anderen teilen müssen, aber jetzt habt Ihr sie für Euch allein.«

»Hat Sir Martin denn keinen Knappen?«, fragte Richard.

»Er kann sich keinen leisten. Seine Familie hat ihr Vermögen verloren, als König Heinrich vor vielen Jahren ihre Ländereien beschlagnahmt hat. Deshalb ist Sir Martin dem Orden überhaupt nur beigetreten. Er besteht darauf, sich selbst um seine Waffen und seine Rüstung zu kümmern. Ich koche für ihn, sorge dafür, dass das Feuer brennt. Vielleicht kann jetzt, wo wir wieder einen Knappen im Hause haben, der junge Herr Richard einige dieser Pflichten übernehmen.«

Richard sah Thomas empört an und schüttelte fast unmerklich den Kopf.

»Selbstverständlich«, meinte Thomas grinsend. »Mal sehen, was sich da machen lässt.«

Richard warf ihm einen finsteren Blick zu. »Wenn Ihr mich entschuldigt, Herr? Ich bringe das restliche Gepäck in meine Zelle.«

Thomas nickte.

»Einen Augenblick.« Jenkins ging zu dem Tisch hinüber, wo eine dicke Kerze in einer erstarrten Wachspfütze auf einem kleinen Teller stand. Er zündete den Docht an, der knisternd Funken sprühte und dann mit gleichmäßiger Flamme brannte. »Folgt mir, junger Herr.«

»Bring mir bitte einen Krug warmen Wein, nachdem du meinem Knappen sein Quartier gezeigt hast«, sagte Thomas. »Ich interessiere mich brennend dafür, was in meiner Abwesenheit geschehen ist.«

Jenkins nickte. »Gern, Herr. Das erzähle ich Euch mit Freuden. Auch ich will Neuigkeiten aus England erfahren.«

Der Diener bedeutete dem Knappen, den Raum zu verlassen. Dann folgte er ihm und schloss leise die Tür hinter sich. Tomas sah sich in der Zelle um und erinnerte sich, dass sie einmal Sir Anthony Thorpe gehört hatte, einem griesgrämigen älteren Ritter aus einem abgelegenen Dorf in Norfolk, der darauf bestanden hatte, bei offener Tür zu schlafen. Sein lautes Schnarchen hatte des Nachts durch den Korridor gehallt und seine Kameraden wach gehalten.

Sobald er seinen Mantel abgelegt und ihn auf einen

Haken gehängt hatte, hob Thomas den Teller mit der Kerze auf und ging leise zur Tür hinüber. Er hörte gedämpfte Stimmen aus der nächsten Zelle, wo Jenkins sich um Konversation mit Richard bemühte. Thomas öffnete den Riegel, trat in den Flur und hob die Kerze, um besser sehen zu können. Der Flur führte an weiteren Zellen für die Ritter und ihre Knappen vorbei in die Küche. Ein dünner Lichtstreifen unter der gegenüberliegenden Tür verriet ihm, dass sich dort Sir Martins Quartier befand. Thomas drehte sich um und ging in den Saal zurück.

Trotz aller Vorsicht waren seine Schritte deutlich zu hören, als er sich dem Kamin gegenüber der Eingangstür näherte. Die Geräusche ließen den Saal nur noch leerer und stiller wirken. Der schwache Duft von gebratenem Fleisch hing in der Luft. Ein in England nicht ungewöhnlicher Geruch, doch an diesem Ort weckte er die lebhafte Erinnerung an Thomas' ersten Festtag in der Auberge. Er war mit siebzehn zum Ritter geschlagen worden und ein Jahr später dem Orden beigetreten. Mit stolzgeschwellter Brust hatte er neben dem Feuer bei den anderen englischen Rittern am Tisch gesessen, gegessen und getrunken. Der warme Dunst des Saales war mit lauten Gesprächen und Gelächter erfüllt gewesen. Er konnte sich sogar noch an die Gesichter der anderen erinnern. Sir Harry Beltham, dessen Wangen fast ebenso feuerrot glühten wie sein Haar und der Bart in seinem runden Gesicht. Sein tiefes Lachen war äußerst ansteckend, und sein freundliches Rückenklopfen hatte den jungen Ritter durch den halben Saal geschleudert. Sir Matthew Smollett, ein großer, kräftiger Waliser mit so dunkler Haut, dass gemunkelt wurde, er hätte Maurenblut in den Adern. Für gewöhnlich hatte er dem Treiben schweigend und listig lächelnd zugesehen und nur hin und wieder eine trockene Bemerkung fallen lassen, um seine Kameraden an seinen überlegenen Scharfsinn zu erinnern. Auch an die anderen Ritter dachte Thomas voller Zuneigung zurück. Und dann war da auch noch Sir Oliver Stokely gewesen, den er einst zum Freund gehabt und der bei seinem Abschied sein erbitterter Feind gewesen war. Der frostige Empfang seines ehemaligen Kameraden hatte Thomas tief erschüttert.

Die Erinnerungen verblassten, und bald war er nur noch von der Kälte und den tiefen Schatten umgeben. Thomas versuchte, sich das Bild seiner feiernden Kameraden noch einmal vor Augen zu führen, doch dann kam er sich töricht dabei vor und ließ es bleiben. Schweren Herzens kehrte er in seine Zelle zurück und öffnete seine Tasche, die Kleidungsstücke zum Wechseln sowie einige persönliche Dinge enthielt. Er holte seine Habseligkeiten heraus, darunter das silberne Kruzifix – ein Familienerbstück –, vor dem er einst jeden Morgen und jeden Abend gebetet hatte. Er drehte es gedankenverloren in den Händen, dann stellte er es auf dem kleinen Tisch gegen die Wand. Den Lederbeutel hob er sich bis zum Ende auf. Er löste die Schnur darum und holte vorsichtig das goldene Medaillon heraus. Nach kurzem Zögern öffnete er es und betrachtete die dunkle Haarlocke darin. Er presste die Lippen aufeinander, berührte das Haar sanft mit dem kleinen Finger und strich langsam über die seidige Strähne.

»Maria …«

Es klopfte an der Tür. Thomas klappte das Medaillon zu, steckte es eilig wieder in den Beutel zurück und legte diesen in die Schublade des Tisches.

»Herein.«

Jenkins betrat den Raum mit einem Tablett, auf dem der Kerzenständer, ein kleiner, mit einem Korken verschlossener Krug und zwei Messingbecher standen. Er schob behutsam die Tür zu, bevor er die Zelle durchquerte und das Tablett abstellte. Thomas setzte sich auf das Bett und deutete auf den Stuhl. Jenkins nickte dankbar, nahm seufzend Platz, zog den Korken aus dem Krug und schenkte erst dem Ritter und dann sich selbst ein. Thomas hob lächelnd den Becher.

»Auf alte Kameraden und verstorbene Freunde.«

Der warme Wein schmeckte angenehm und hatte eine wohltuende Wirkung auf Thomas' Magen. Nachdem er getrunken hatte, ließ er den Becher sinken, umfasste ihn mit beiden Händen und betrachtete freundlich den letzten verbliebenen Diener der englischen Auberge. Jenkins leerte seinen Becher und stellte ihn mit einem lauten Knall ab, bevor er sich mit dem knochigen Handrücken den Mund abwischte.

»Ein guter Tropfen.«

»Tropfen?« Thomas hob eine Augenbraue. »Das war mehr als nur ein Tropfen, würde ich sagen.«

Der Diener zuckte mit den Schultern. »Wenn man allein ist, Herr, dann führt der Mangel an guten Gesprächen zwangsläufig dazu, dass man sich die Langeweile mit Wein vertreibt.«

Thomas nickte wissend.

Jenkins beugte sich vor. »Euer Knappe scheint mir etwas unzufrieden, wenn mir die Bemerkung gestattet ist«, sagte er mit leiser Stimme.

»Ach?«

»Ich habe ihm seine Zelle gezeigt und versucht, eine Unterhaltung anzufangen, aber er war nicht zum Plaudern aufgelegt. Außerdem scheint er mir nicht recht bewandert im Umgang mit Eurer Ausrüstung. Das Leder Eurer Stiefel war zu trocken, und ich habe Rost auf Eurer Schwertklinge bemerkt. Früher wäre so etwas nicht vorgekommen. Man hätte ihn für weitaus geringere Vergehen windelweich geprügelt. Er ist kein kleiner Junge mehr, sondern alt genug, um es besser zu wissen.«

»Das mag schon sein, doch er war der Einzige, den ich auftreiben konnte, bevor ich England verließ. Heutzutage sind nicht mehr viele junge Männer bereit, ihre Zukunft in der Heimat aufs Spiel zu setzen, um dem Orden zu dienen.«

»Wirklich?« Jenkins spitzte die Lippen. »Dann muss es schlecht um den wahren Glauben stehen. Nun ja, kein Wunder, wenn eine Ketzerin auf dem Thron sitzt.«

»Ich würde Königin Elisabeth nicht gerade als Ketzerin bezeichnen«, meinte Thomas kichernd. »Besonders nicht in ihrer Gegenwart. Oder in der Gegenwart eines jeden, der diese Bemerkung weitertratschen könnte.«

»Das macht mir keine Angst. Ich werde nicht nach England zurückkehren, sondern hier auf Malta sterben. Deshalb kann ich frei meine Meinung über die protestantische Königin äußern.«

Thomas dachte an Richard nebenan und seine Herren in London. Der junge Mann war zum Töten ausgebildet. Dies war sein erster wichtiger Auftrag. Er würde alles daransetzen, ihn zu erfüllen – und jeden aus dem Weg räumen, der eine Gefahr darstellte, alte Diener eingeschlossen.

Thomas nahm einen weiteren Schluck Wein. »Sie mag ja protestantisch sein«, sagte er bedächtig, »aber sie hat längst nicht so viele religiöse Gegner hinrichten lassen wie Mary vor ihr. Sie bemüht sich, unser Volk zu vereinen. Womöglich zählt sie eines Tages zu unseren großen Herrschern.«

»Pah!« Jenkins schnaubte verächtlich. »Ihr Geist ist vom Hass auf die katholische Kirche vergiftet. Ihre wohlverdiente Strafe werden ewige Höllenqualen sein, wie sie auch alle anderen erwartet, die der Ketzerei anhängen. Ihre Majestät ist nicht minder unser Feind als der Sultan.«

»Obwohl sie christlichen Glaubens ist?«

»Natürlich.« Jenkins nickte entschieden.

Thomas sah den alten Mann traurig an. »Anscheinend haben die Diener des Ordens seit meinem letzten Aufenthalt ihren Glaubenseifer nicht verloren.«

»Der Glaube ist unsere Kraft, Herr. Er ist alles, was den Orden in den Jahrhunderten nach unserer Vertreibung aus dem Heiligen Land zusammengehalten hat. Der Glaube ist jetzt wichtiger denn je.« Jenkins rieb sich müde das Kinn. »In Wahrheit ist der Orden gegenwärtig in einer schlechten Verfassung, um sich gegen die Türken zu verteidigen. Dank der Kriege in Europa haben wir nur wenige junge Männer, um die Lücken in unseren Reihen zu schließen. Kapitän Romegas verfügt über kaum genug Soldaten und Matrosen, um auch nur die Hälfte der Ordensgaleeren zu bemannen. Zu viele der Ritter haben die Blüte ihres Lebens längst überschritten. Nun, ihr Glaube und ihr Mut sind so stark wie eh und je, aber ihre Körper sind hinfällig. Das gilt insbesondere für den Großmeister. Er ist älter als ich, und seine Sehkraft und seine Stärke schwinden dahin. Das hat mir ein Freund erzählt, der ihm in seinen Privatquartieren dient.«

»Das sind nur Gerüchte«, gab Thomas zurück. »Ich habe ihn heute am frühen Abend getroffen, und er schien mir gesund und bei klarem Verstand.«

Jenkins lächelte wehmütig. »Selbstverständlich, Herr. Der Großmeister weiß, dass jeder von ihm erwartet, uns sicher durch die kommenden Gefahren zu führen. Ganz besonders seine Ritter und Soldaten. Aber vor denjenigen, die ihm am nächsten sind, kann er sein fortgeschrittenes Alter nicht verbergen.« Er zuckte mit den Achseln. »Mächtige Männer achten nie darauf, was ihre Diener so alles mitbekommen.«

Thomas wollte sich nicht ausmalen, welcher Schaden der Moral des Ordens und seiner Verbündeten drohte, wenn alle La Valette so zu Gesicht bekämen wie seine Bediensteten. »Es wäre wohl am besten, wenn du diese Gerüchte über den Großmeister in Zukunft für dich behältst.«

»Ja, Herr. Ich sollte meine Zunge im Zaum halten.«

»Unter anderen Umständen wäre mir das völlig egal, Jenkins. Aber wir schweben in großer Gefahr, und La

Valette ist der Fels, auf dem unsere Hoffnungen ruhen. Eine grausame Last, die einem alten Mann aufgebürdet wird, der sein ganzes Leben dem Orden geweiht hat. Unsere schwerste Prüfung steht bevor, und selbst wenn sein Körper hinfällig sein mag, so sind sein Herz, sein Geist und sein Mut so leidenschaftlich wie früher, jedoch gezügelt durch seine große Erfahrung. Wenn uns irgendjemand zum Sieg über die Türken verhelfen kann, dann sicherlich Jean Parisot de La Valette.«

Jenkins starrte ihn einen Augenblick lang an. »Wohl gesprochen, Herr. Aber glaubt Ihr das wirklich? Es wäre besser für den Orden, wenn er einen jüngeren Mann zum Großmeister ernennen und La Valette in den verdienten Ruhestand schicken würde.«

Thomas schüttelte den Kopf. »Er wird einen derart geschichtsträchtigen Moment nicht verpassen wollen. Wenn der Orden triumphiert, wird man seinen Namen niemals vergessen. Und wenn er vernichtet wird, gebührt ihm immerhin die Ehre, bis zum letzten Atemzug für unseren Glauben gekämpft zu haben.«

»Mir persönlich wäre es lieber, er würde diese Ehre auf andere Weise erringen. Ich habe weiß Gott kein Verlangen danach, bei der Einnahme von Birgu durch ein türkisches Schwert zu sterben. Niemand von uns einfachen Leuten.«

»Ich bin mir sicher, dass einige Ritter ganz ähnlich denken. Auch ich würde lieber leben statt niedergemetzelt zu werden. Doch noch bezweifle ich, dass Gott ein derart heldenhaftes, aber sinnloses Ende für mich vorgesehen hat.«

In der darauffolgenden unangenehmen Stille leerte Thomas seinen Becher und griff nach dem Krug. »Aber genug davon. Wenn das unser Schicksal ist, dann sei es so. Erzähl mir mehr darüber, was seit meiner Abreise geschehen ist.«

Jenkins' Miene verhärtete sich. Er senkte den Blick, als könne er dem Ritter nicht in die Augen sehen. »Wollt Ihr das wirklich wissen, Herr?«, fragte er schließlich mit leiser, gepresster Stimme. »Ich hatte schon befürchtet, dass Ihr mir diese Frage stellen würdet.«

»Ich möchte erfahren, was vorgefallen ist.«

»Dann fragt ihr am besten Sir Oliver, Herr. Er kann Euch mehr erzählen als ich.«

»Ich bin Sir Oliver bereits begegnet«, entgegnete Thomas kühl. »Er will nicht mit mir sprechen. Deshalb wende ich mich an dich, Jenkins. Ich habe viele Fragen, und ich will Antworten.«

»Herr, bitte bedrängt mich nicht. Mein Herz freut sich, Euch wiederzusehen. Ich habe immer hohe Stücke auf Euch gehalten, bis … Ihr gehen musstet. Ich flehe Euch an, reißt die alten Wunden nicht auf. Was geschehen ist, ist geschehen und kann nicht mehr rückgängig gemacht werden. Wir müssen vergessen.«

»Aber ich kann nicht vergessen!« Die Seelenqual in Thomas' Stimme ließ Jenkins zusammenfahren. Erschrocken sah er auf.

Thomas beugte sich mit funkelnden Augen vor. »Als ich in die Verbannung geschickt wurde, habe ich alles verloren, was mir lieb und teuer war. Alles. Meine Kameraden, meine Ehre, meinen Glauben und … meine Liebe.«

Das letzte Wort zischte er durch zusammengebissene Zähne. »Zwanzig Jahre lang ertrage ich das nun schon. Am Anfang habe ich versucht, mein Herz in Stein zu verwandeln und kein Gefühl zuzulassen.« Ein Versuch, der ihm jämmerlich missglückt war. »Dann musste ich mir eingestehen, dass es zwecklos war, und ich habe für verschiedene Herren in Europa gekämpft. Doch in der Zeit zwischen Dienst und Schlaf kehrten die Erinnerungen zurück. Allmählich wurde meine Bürde immer leichter. Doch plötzlich werde ich hierhergerufen, Jenkins. Du kannst dir nicht vorstellen, wie sehr mir der Anblick und die Gerüche dieser Insel das Herz schwer werden lassen. Auf den Straßen Birgus zu wandeln, erneut diese Auberge zu betreten, das hat mich bis ins Mark getroffen. Hier habe ich einst glückliche Zeiten verlebt. Doch das, was mir im Leben am wichtigsten war, ist nicht mehr. Maria ist tot.«

»Wer sagt das?«

»Sir Oliver.« Thomas lehnte sich zurück und rieb sich über die Stirn. »Mit diesem Gedanken habe ich mich auch in England beruhigt, so sehr, dass ich beinahe daran geglaubt hätte. Was blieb mir auch anderes übrig? Ich wusste ja nicht, was hier geschah. Den Ordensmitgliedern war es verboten, mit mir zu sprechen, und erneut Fuß auf die Insel zu setzen hätte meinen sicheren Tod bedeutet. Ich musste mich damit abfinden, dass Maria aus meinem Leben verschwunden war – wenn auch nicht aus meinem Herzen. Und jetzt kehre ich zurück und erfahre von ihrem Tod. Es ist, als müsste ich ganz von Neuem lernen, ohne sie zu leben. Vergib mir.« Thomas sah zur Decke auf und holte tief Luft. Eigentlich hatte er nicht beabsichtigt, seinen Gefühlen derart offen Ausdruck zu verleihen. Er hatte nur einige Fragen stellen wollen. Nun war es zu spät, und die kalte, harte Fassade, die er der Welt vorhielt, war geschmolzen wie Schnee im Frühjahr.

»Mein armer Herr«, sagte Jenkins. »Ich wusste nicht, dass Maria tot ist. Nur dass sie Birgu nach Eurer Verbannung verlassen hat.«

Thomas spürte, wie sein Herz einen Satz machte. »Wohin? Wo ist sie hin?«

»Das weiß ich nicht, Herr. Sie ließ sich nicht mehr blicken, bis das Kind zur Welt kam. Danach hörte ich mehrere Monate nichts von ihr. Im folgenden Winter lud Sir Oliver La Valette hier in die Auberge ein. Als ich ihnen Wein brachte, hörte ich, wie sie darüber redeten. Sir Oliver sagte, dass das Kind – ein Junge – kränklich gewesen und kurz nach der Geburt gestorben sei.«

»Ich hatte einen Sohn …« Thomas spürte einen schmerzhaften Stich in der Brust. Ein Sohn. Maria hatte sein Kind unter dem Herzen getragen. Zu der Trauer über diesen Verlust gesellte sich Wut darüber, dass er erst jetzt davon erfuhr. Es dauerte eine geraume Zeit, bis er sich wieder so weit in der Gewalt hatte, um weitersprechen zu können. »Und Maria? Was wurde aus ihr?«

»Genaueres ist mir unbekannt. Es ging das Gerücht um, dass sie Malta verließ, um Nonne in einem Kloster in Neapel zu werden. Ich habe sie nie wiedergesehen. Wenn sie gestorben ist, dann in Neapel. Aber das weiß Sir Oliver besser als ich«, fuhr er in vorsichtigem Ton fort. »Fragt ihn.«

»Das würde ich ja gerne, aber er weigert sich, mit mir darüber zu sprechen. Er hasst mich.«

»Überrascht Euch das? Jeder wusste, dass auch sein Herz für diese Dame schlug. Sie hat Euch ihm vorgezogen.« Jenkins schüttelte traurig den Kopf. »So etwas kann ein Mann nur schwer verwinden, ohne verbittert und rachsüchtig zu werden. Dergleichen habe ich in meinem langen Leben oft mitbekommen. Die Eifersucht kann sehr grausam sein.«

»Trotzdem ist Maria nun schon seit Langem aus unseren Leben verschwunden. So lange, dass die Zeit Olivers Wunden doch geheilt haben müsste.«

Jenkins sah den Ritter misstrauisch an. »Auch Eure Wunden sind nicht verheilt.«

»Das ist wahr«, gestand Thomas.

»Und Eure Ankunft hat alte Wunden wieder aufgerissen. Jedenfalls bei Sir Oliver.«

Thomas nickte verstehend. Große Müdigkeit überkam ihn. Er hatte dieses Leben mit seiner schweren Bürde, dem Leid und den Erinnerungen satt. Er wollte vergessen, von vorne anfangen oder einfach alles beenden. Thomas schloss die Augen und vergrub das Gesicht in den Händen.

»Lass mich allein, alter Freund. Ich muss mich ausruhen.«

»Ja, Herr. Natürlich.« Jenkins erhob sich steif vom Stuhl und machte Anstalten, die Becher und den Krug aufzuheben. Dann jedoch ließ er alles stehen und ging zur Tür. Er warf noch einen letzten Blick auf den gramgeplagten Ritter und schloss die Tür hinter sich.

MALTA 1565

St.-Pauls-Bucht

Grand Harbour (Hafen)

Türkisches Feldlager

Bucht von Marsaxlokk

Naxxar

Mdina

N

KAPITEL 18

Am nächsten Morgen kurz nach der Dämmerung wurden Thomas und Richard von einem Diener La Valettes mit dem Befehl geweckt, sich im Hauptquartier des Großmeisters einzufinden. Sir Martin schnarchte noch, als sie eilig die Auberge verließen, durch die noch stillen Straßen gingen und über die Zugbrücke das Fort St. Angelo betraten. Don Garcia war ebenfalls zugegen und wartete ungeduldig darauf, die Verteidigungsanlagen inspizieren zu können. Während La Valette der Experte auf dem Gebiet des Kampfes zur See war, hatte Don Garcia beträchtliche Erfahrung, was Feldschlachten und Belagerungen anging.

Zuerst nahmen sie die Befestigungsanlagen in Augenschein, die die Zufahrt zu der Landzunge bewachten, auf der sich Birgu befand. Don Garcia bestand darauf, jeden einzelnen Turm zu erklimmen. Danach stiegen sie in die Tiefen des Forts hinab, wo der Spanier seine Zufriedenheit über den Zustand der Lagerräume und Zisternen zum Ausdruck brachte.

»Ein solides Gemäuer. Wenn die Türken Birgu einnehmen, können sich die verbliebenen Ritter hierher zurückziehen und abwarten, bis Verstärkung eintrifft.«

»Oder bis sie – *wir* – von den feindlichen Kanonen in Stücke geschossen werden«, entgegnete der Großmeister.

Don Garcia überging diese Bemerkung und verlangte, die Verteidigungsanlagen Birgus zu sehen. Mit diesen war er weitaus weniger glücklich. Aneinandergekettete Galeerensklaven waren dabei, die Höhe und Breite der Mauern und Bastionen zu verstärken, die die Verbindung zwischen Halbinsel und Festland schützten. Weitere Sklaven trugen unter den wachsamen Augen der Soldaten den felsigen Boden vor der Mauer ab, um so den flachen Wehrgraben zu vertiefen.

Etwas weiter südlich lagen die Mauer und der Graben, die die Landzunge von Senglea schützten. Dahinter stand das Fort St. Michael, das über den kahlen Landfortsatz wachte, der von der Bucht aus, wo die Galeonen, Fischerboote und die sieben Galeonen des Ordens vor Anker lagen, ins Meer hineinragte. Wieder unterzog Don Garcia das Fort einer genauen Inspektion. Schließlich fasste er seine Beobachtungen auf dem Turm zusammen, der den besten Ausblick bot.

»Der Schwachpunkt ist der Küstenstreifen gegenüber dieser Hügelkette.« Er deutete über ein Flüsschen hinweg, das bei den Einheimischen unter dem Namen »French Creek« bekannt war. Dahinter schloss sich ein flaches, schmales Ufer an, bevor etwa eine Viertelmeile vom Fort entfernt steile Felswände aufragten. »Dort können die Türken ihre schwersten Geschütze aufstellen, um den äußeren Verteidigungsring unter Beschuss zu nehmen. Das werden wir wohl kaum verhindern können.«

Thomas räusperte sich. »Es besteht noch eine weit größere Gefahr, Herr.«

Don Garcia wandte sich stirnrunzelnd zu ihm um.

»Nämlich?«, wollte er wissen.

Thomas deutete auf das Ufer der Senglea-Landzunge gegenüber der Hügel, auf dem mehrere aus Stein errichtete Redouten verteilt waren. »Dort werden sie ungehindert landen können. Und wenn die Türken die Landzunge besetzen, können sie von dort mit ihren Kanonen die Rückseite von St. Michael beschießen und die Schiffe zerstören, die im Dockyard Creek vor Anker liegen. Selbst Birgu würde sich in ihrer Reichweite befinden.«

»Ihr habt recht.« Don Garcia strich sich über den Bart. »Das wäre eine Katastrophe.«

»Diese Gefahr ist bereits gebannt«, warf La Valette ein. »Ich habe Befehl gegeben, in zehn Schritt Abstand zum Ufer eine Palisade aus Baumstämmen in den Meeresgrund zu treiben. Jeder Stamm ist mit einem Eisenring versehen, durch den eine Kette geführt werden kann. Alle Schiffe, die dort anlanden wollen, werden von der Kette aufgehalten. Da müsste die Besatzung schon an Land schwimmen.«

»Sehr gut. Ausgezeichnet«, sagte Don Garcia. »Trotzdem muss das Ufer verteidigt werden. Selbst wenn die Ketten eine Landung verhindern, darf der Feind den Strand nicht verlassen, sondern muss dort von Euren Feuerwaffen vernichtet werden. Dazu müsst Ihr eine Brustwehr errichten.«

Der Großmeister bedeutete seinem Schreiber, eine entsprechende Notiz zu machen.

Don Garcia ließ langsam den Blick über den Grand Harbour und die umgebende Landschaft schweifen. »Das größte Problem ist, dass keines der Forts an dem jeweils höchsten Punkt der Umgebung liegt. Die Bollwerke mögen zwar Euren Galeeren als brauchbare Basis dienen, Großmeister, stellen aber in einer Belagerungssituation einen ernsthaften Nachteil dar. Der Feind verfügt über viele Kanonen. Euer größter Vorteil besteht darin, dass die Türken gezwungen sein werden, an schmaler Front zu kämpfen. Egal, welches Fort sie attackieren.«

»Was mir bei den wenigen Männern, die mir zur Verfügung stehen, nur recht sein kann.«

Don Garcia schürzte nachdenklich die Lippen. »Die Frage ist, wo sie zuerst angreifen. Wenn ich der türkische Kommandant wäre, würde ich dort beginnen.« Er hob die Hand und deutete auf St. Elmo. »Es ist das kleinste Fort und von den übrigen Verteidigungsanlagen abgeschnitten, daher sollte es auch am einfachsten zu nehmen sein. Wenn St. Elmo fällt, wird der Feind die Zugänge zu beiden Häfen unter seine Kontrolle bringen, und seine Schiffe können gefahrlos im Hafen vor Anker gehen. Außerdem wird er in der Lage sein, von dort aus über den Grand Harbour hinweg beide Landzungen zu beschießen. Und nicht zu vergessen – es würde einen schweren Schlag für die Moral Eurer Männer bedeuten, dem Gegner aber neue Zuversicht einflößen.« Don Garcia dachte über seine Worte nach und nickte. »Ja, dort wird zweifellos der erste Angriff erfolgen. Es ist von höchster Wichtigkeit, dass St. Elmo so lange aushält wie möglich. Sehen wir uns das Fort doch mal an ...«

Es war Frühlingsanfang und die Luft noch recht kühl, doch Thomas, Richard und die übrigen Männer waren schweißgebadet, als sie die Treppe des Kavaliers erklommen. Der hohe Turm ragte auf der nordöstlichen, dem Meer zugewandten Seite des Forts St. Elmo auf. Sobald Thomas oben ankam, musste er einen Augenblick lang Atem holen. Der Großmeister lehnte sich keuchend an die Brustwehr. Auch Don Garcias Gesicht war vor Anstrengung gerötet. Für eine Weile herrschte Schweigen auf dem Turm. Hinter der Brustwehr fiel der Kavalier zur felsigen Spitze der Landzunge hin ab. Es war windstill, und die graue, unbewegte Wasseroberfläche zog sich wie eine Stahlplatte bis zum Horizont.

Richard sah sich berechnend unter den Offizieren um. »Hier sind zu viele alte Männer, Herr«, flüsterte er.

Der Ritter warf ihm einen finsteren Blick zu, wagte jedoch keine Entgegnung – aus Furcht, sein keuchender Atem könnte dem Knappen recht geben.

»Seht sie Euch an«, fuhr Richard fort. »Der Großmeister ist ein Relikt aus einem vergangenen Krieg, genau wie die anderen hochrangigen Ritter. Wie soll Malta mit einem Haufen Graubärtiger und Einheimischer gehalten werden? Selbst wenn es gelingen sollte, Söldner aufzutreiben, die dumm genug sind, sich auf ein derartiges Himmelfahrtskommando einzulassen. Es ist hoffnungslos.«

Thomas befeuchtete seine trockenen Lippen und holte tief Luft. »Du darfst den Wert der … Erfahrung nicht unterschätzen. Diese Männer – auch ich – haben schon gegen die Türken gekämpft, als du noch nicht einmal geboren warst. Die Zeit wird kommen, in der sich der Wert der Erfahrung deutlich zeigen wird. Wenn der Feind denselben Fehler wie du begeht und die Kampfkraft der Ordensritter unterschätzt«, sagte Thomas mit grimmigem Lächeln, »wird er sich ebenso wie du auf eine Überraschung gefasst machen müssen. Denk an meine Worte.«

Er drehte sich um und marschierte entschlossen über die Plattform, um sich zu den anderen Männern um Don Garcia und La Valette zu gesellen. Der Spanier blickte mit verächtlichem Zungenschnalzen auf das Fort hinab. Vom Turm aus hatte man eine gute Sicht auf den Innenhof von St. Elmo, wo gerade eine maltesische Miliztruppe unter dem Befehl eines spanischen Hauptmanns exerzierte. Seine gebrüllten Befehle wurden von einem dunkelhäutigen Einheimischen übersetzt, wodurch sie deutlich an Lautstärke und Eindringlichkeit verloren.

»Wer hat das Fort hier erbaut?«, fragte Don Garcia.

»Mein Vorgänger«, antwortete La Valette.

»Und wer hat ihn beraten, so er denn überhaupt einen Ratgeber hatte?«

»Ein italienischer Belagerungsingenieur sollte die Arbeiten überwachen, doch er starb kurz nach seiner Ankunft auf Malta.«

»Das ist bedauerlich, denn er hätte Euren Vorgänger sicher davon abhalten können, derart viele Fehler zu begehen.«

»Ach?«

»Zuerst einmal liegt das Fort an der falschen Stelle. Es sollte sich dort oben befinden.« Don Garcia deutete auf den Hügelkamm, der über die Landzunge zwischen den Häfen verlief. »Von dort oben könnte es sich gegen Angriffe aus allen Richtungen verteidigen. Stattdessen wird der Feind die höhere Position besetzen und das Fort unter Beschuss nehmen. Außerdem bietet die Brustwehr kaum Schutz. Sobald ein Mann seinen Kopf über die Brüstung streckt, wird er sich deutlich gegen den Himmel abzeichnen und ein leichtes Ziel für die Arkebusiere abgeben. Auf den Mauern ist zu wenig Platz, um mehr als eine Handvoll Kanonen aufzustellen. Ihr werdet auf die Türme ausweichen müssen. Und es gibt noch ein Problem. Seht dort.« Don Garcia deutete auf die nächste Ecke des sternförmigen Forts. »Wenn die Türken um das Fort herumgelangen, können sie diese Mauer ganz einfach erstürmen. Sie ist viel zu niedrig. Ihr müsst ein Ravelin erbauen.«

La Valette nickte. Richard beugte sich zu Thomas vor. »Ein Ravelin?«, flüsterte er.

»Eine Befestigungsanlage, die vor einem Schwachpunkt in der eigentlichen Wehrmauer errichtet wird«, erklärte Thomas geduldig. »Üblicherweise in der Form eines spitzen Dreiecks.«

Don Garcia hing eine Weile schweigend seinen Gedanken nach. »Jeden Tag, an dem die Fahne des Ordens noch über St. Elmo weht, müsst ihr dazu nutzen, die Verteidigungsanlagen von Birgu und Senglea auszubauen. Wenn ihr bis zum Eintreffen der Verstärkung oder dem Wintereinbruch im Oktober durchhaltet, besteht die Möglichkeit, dass Malta in unserer Hand verbleibt.«

»Ich werde dafür Sorge tragen, dass Malta aushält«, sagte La Valette entschlossen. »Der Johanniterorden wurde erst aus dem Heiligen Land und dann von Rhodos vertrieben. Wir werden Malta halten, komme, was wolle. Eine Niederlage würde die Vernichtung des Ordens bedeuten, also ist jeder von uns bis zum Äußersten entschlossen.«

Don Garcia sah den alten Ritter an. »Ein ehrenvoller Tod, ja? Seid Ihr darauf aus?«

»Ich hatte noch nie Angst davor, mein Leben im Dienste Christi zu lassen. Auch jetzt nicht.«

»So ehrenhaft Eure Hingabe an Eure Sache auch sein mag, würde ich Euch doch dringend empfehlen, nicht an vorderster Front zu stehen, wenn die Türken Malta angreifen.«

La Valette runzelte die Stirn. »Das hatte ich auch nicht vor.«

»Ihr dürft es auch nicht. Ich weiß, Ihr seid ein stolzer Mann. Aber bedenkt die Moral der Truppen unter Eurem Befehl. Ihr seid ihr Anführer. Sie werden zu Euch aufsehen, also müsst Ihr entschlossen und stark bleiben. Wenn Ihr verwundet oder getötet werdet, werden die Männer den Mut verlieren. Mein langes Soldatenleben hat mich gelehrt, dass der Kampfeswille eine wankelmütige Angelegenheit ist. Ihr wisst, wie viel von der erfolgreichen Verteidigung dieser Insel abhängt, und ich ersuche Euch, das Gemeinwohl vor Euren Stolz zu stellen. Der Orden schwebt bereits in tödlicher Gefahr.«

»Dann solltet Ihr Euch vielleicht dazu durchringen, mir die Soldaten zu schicken, die ich von Seiner Majestät erbeten habe. Fünftausend Mann würden einen äußerst wertvollen Beitrag zur Sicherung Maltas leisten.«

»Ich habe keine fünftausend Mann, die ich entbehren könnte. Auf ganz Sizilien sind kaum mehr stationiert. Sobald mehr Männer in Spanien rekrutiert wurden und sich meiner Armee angeschlossen haben, werde ich Euch Verstärkung schicken. Wie ich bereits gestern Abend gesagt habe – ich werde Entsatz senden, sobald dies möglich ist. Bis dahin müsst Ihr Euch in Geduld üben.«

»Geduld?«, wiederholte La Valette bitter. »Seit Monaten schicke ich Euch und dem König detaillierte Berichte darüber, was unsere Spione auf den Schiffswerften und in den Arsenalen des Feindes in Erfahrung bringen konnten, und Ihr habt nichts anderes getan, als Schiffe zu bauen und in Euren Schlössern in Spanien zu sitzen und die Ankunft des Feindes abzuwarten. Wenn ich es Euch sage – Süleyman wird angreifen, und hier, an diesem Ort, wird sich das Schicksal des Ordens und der gesamten Christenheit entscheiden.«

»Da mögt Ihr recht haben, aber ich habe meine Befehle und meine eigene Verantwortung zu tragen. Ich werde den König um Erlaubnis bitten, tausend meiner besten Soldaten aus Sizilien abzuziehen und alles tun, was mir möglich ist, um Euch so schnell wie möglich Verstärkung zu schicken.«

La Valette sah dem spanischen Kommandanten direkt in die Augen. »Habe ich Euer Wort?«

Don Garcias Miene verfinsterte sich bei diesem Angriff auf seine Ehre, doch er schluckte seinen Zorn hinunter. »Noch besser – ich werde meinen Sohn als Beweis meines guten Willens hier zurücklassen«, sagte er tonlos.

»Euren Sohn?«

Don Garcia sah sich um, dann ließ er Fadrique vortreten. Er legte die Hand auf die Schulter seines Sprösslings. »Bist du damit einverstanden?«

Der junge Spanier musste wohl oder übel gute Miene zum bösen Spiel machen. Doch seinem Gesichtsausdruck nach zu urteilen war er alles andere als begeistert davon, sich dem Ansturm des Feindes entgegenstellen zu müssen.

Er räusperte sich. »Es ist mir eine Ehre, an der Seite des Johanniterordens zu kämpfen, Herr.«

»Na bitte.« Don Garcia wandte sich wieder dem Großmeister zu. »Da seht Ihr, wie wichtig es mir ist, dass diese Festung gegen die Türken aushält. Ich setze mein eigen Fleisch und Blut auf dieser Insel demselben Risiko aus, das auch Ihr und Eure Männer auf Euch nehmt.«

La Valette nickte. Thomas glaubte, die Hochachtung in der Miene des alten Mannes zu erkennen. »Also gut. Ich bin mir sicher, dass Euer Sohn den Ruhm Eurer Familie mehren wird. Ich fühle mich geehrt, ihn an meiner Seite zu wissen.«

»Schön.« Don Garcia betrachtete seinen Sohn und tätschelte ihm die Wange, bevor er die Hand wieder sinken ließ. »Großmeister, es gibt zwei weitere Angelegenheiten, die ich mit Euch besprechen will, bevor ich wieder abreise. Zum einen braucht ihr einen Zirkel von Ratgebern, die Euch bei der Planung der Verteidigung unterstützen. Ich weiß, dass der Orden über einen Souveränen Rat unter Eurem Befehl verfügt. Doch dieser ist zu groß, zu bürokratisch und untereinander zerstritten. Ihr müsstet die Zahl Eurer Berater so klein wie möglich halten, und es darf niemals zu Unstimmigkeiten kommen. Wenn Euch etwas zustößt, muss eines der Ratsmitglieder sofort in der Lage sein, Euch zu ersetzen. Deshalb müsst Ihr Euch Männer erwählen, denen die Soldaten so bereitwillig folgen werden wie Euch selbst.«

Der Großmeister spitzte die Lippen. »So sei es. Und die zweite Angelegenheit?«

Don Garcia drehte sich um und deutete auf die im Hafen unterhalb der Mauern von St. Angelo liegenden Galeeren des Ordens. »Eure Schiffe sind an dieser Stelle sehr verwundbar. Sie werden Euch nichts nützen, wenn die Türken Malta belagern. Es wäre besser, wenn Ihr sie meinem Befehl übergebt. Die Flotte der Türken ist mächtig, und ich kann jede Galeere gut gebrauchen.«

»Meine Galeeren bleiben, wo sie sind«, sagte La Valette entschieden.

»Weshalb?«

»Weil wir sie selbst benötigen.«

»Wozu denn? Was nützen sie Euch, wenn Malta belagert wird?«

»Sie müssen die Versorgungsschiffe schützen, die uns mit Proviant, Waffen und neuen Truppen versorgen, und diejenigen von der Insel bringen, die vor den Türken die Flucht ergreifen wollen. Wenn Ihr mir die Galeeren nehmt, sind die Frachtschiffe ohne Schutz.«

»Ich könnte Euch Galeeren zur Verfügung stellen. Sie werden die Schiffsrouten bewachen, solange Ihr es für nötig erachtet.«

»Und wozu brauche ich Eure Patrouillen, wenn ich meine eigenen Kriegsschiffe entsenden kann?«

Don Garcia kniff die Augen zusammen. »Bei Euren Überlegungen spielt nicht zufällig die Tatsache eine Rolle, dass die beiden besten Galeeren Euer Eigentum sind?« Er senkte die Stimme. »Wir alle müssen zum Wohl der Allgemeinheit Opfer bringen. Wir dürfen die Selbstsucht nicht die Oberhand über die Vernunft gewinnen lassen, Großmeister.«

»Ich spreche mit der Stimme der Vernunft«, protestierte La Valette. »Ohne die Galeeren ist der Orden machtlos. Aber wenn Ihr mich für befangen haltet, dann holen wir eine unabhängige Meinung ein.« Der Großmeister drehte sich um. »Wie steht Ihr dazu, Sir Thomas?«

»Wozu fragt Ihr ihn?«, warf Don Garcia ein. »Er ist ein Mitglied Eures Ordens und daher wohl kaum unparteiisch.«

»Er hat dem Orden seit über zwanzig Jahren nicht gedient und ist zudem kein Untertan des Königs von Spanien. Sein Blick ist der eines unabhängigen Beobachters. Nun, Sir Thomas?«

Thomas' Verstand suchte fieberhaft nach einer passenden Antwort. Don Garcias Anliegen war angesichts der drohenden Gefahr nicht unbegründet, doch Thomas wusste auch, welch großen Wert der Orden auf seine Schiffe legte. Wenn er den Spanier unterstützte, riskierte er, den Großmeister und die meisten anderen Ritter zu verärgern, was nur zu Verbitterung und Streit führen würde. Außerdem war dies eine gute Gelegenheit, La Valettes Gunst zu gewinnen. Und ohne diese bestand kaum Hoffnung, Richards Mission zu erfüllen oder mehr über Marias Schicksal zu erfahren.

»Ohne die Galeeren können die Ritter den Krieg nicht zum Feinde tragen. Die Kämpfer des Ordens würden auf dieser Insel festsitzen. Sobald die Belagerung vorbei ist, werden sie den Kampf gegen die Türken und die mit ihnen verbündeten Korsaren wieder aufnehmen. Dazu brauchen sie ihre Galeeren. Don Garcia, wenn Ihr sie ihnen nehmt, welche Garantien könnt Ihr dem Großmeister geben, dass er sie auch zurückerhält? Außerdem – was machen sieben Galeeren bei einer derartigen Übermacht für einen Unterschied? Herr, Ihr habt den Befehl, Eure Schiffe und Männer nicht leichtfertig aufs Spiel zu setzen. Deshalb ist es unerheblich, ob die Galeeren Eure Flotte verstärken oder hierbleiben.«

Don Garcia funkelte den Engländer böse an. »Das also ist der Dank dafür, dass ich im Vertrauen zu Euch gesprochen habe?«

»Ich wusste nicht, dass Eure Worte vertraulich waren.«

Der Spanier sah wieder den Großmeister an. »So viel zu einer unabhängigen Meinung. Also schön, behaltet Eure verdammten Galeeren. Aber versprecht mir eines: Wenn sie Gefahr laufen, in die Hände des Feindes zu gelangen, dann zerstört sie.«

»Das verspreche ich Euch. Ich werde sie mit eigenen Händen bis zum Kiel abbrennen, bevor ich sie den Türken oder, schlimmer noch, den teuflischen Korsaren überlasse.«

»Dann wäre das ja geklärt, obwohl ich immer noch glaube, dass Ihr damit unserer Sache einen Bärendienst erwiesen habt. Was die Verteidigungsanlagen angeht: Ihr kennt meine Ansichten, und ich hoffe, dass Ihr entsprechend handelt, solange noch Zeit ist. Ich muss nach Sizilien zurück. Auf Wiedersehen und viel Glück. Kommt, meine Herren.« Don Garcia bedeutete seinen Offizieren, ihm zu folgen.

Die Spanier verschwanden im Treppenhaus des Turms. Als der letzte außer Sichtweite war, ging La Valette mit einem warmen Lächeln auf Thomas zu.

»Ich wusste doch, dass ich auf Euch zählen kann. Nur ein Ritter kann begreifen, was die Galeeren dem Orden bedeuten.«

Thomas senkte den Kopf. »Ich bin Euer Diener, Herr, und meine Loyalität gehört dem Orden. Trotzdem hoffe ich, nichts Törichtes gesagt zu haben. Letzten Endes könnte Don Garcia recht behalten und diese Galeeren sind das Zünglein an der Waage im Kampf gegen den Feind.«

»Das werden wir nie erfahren, denn die Entscheidung ist gefallen, Thomas. Macht Euch darüber keine weiteren Gedanken.« Er klopfte ihm auf die Schulter und ging auf die Treppe zu.

Thomas blieb noch einen Augenblick lang stehen. »Gute Arbeit, Sir Thomas«, flüsterte Richard ihm zu. »Ihr habt La Valettes Vertrauen gewonnen. Das wird uns noch sehr nützlich sein.«

»Wenn du meinst.« Thomas stützte die Ellbogen auf die Brüstung und starrte über den Grand Harbour hinweg nach Birgu hinüber. Den ganzen Morgen lang hatte er es vermieden, über die kurze Begegnung mit Sir Oliver am Abend zuvor nachzudenken. Sein geplagter Geist hatte keinen Schlaf gefunden, und nun hatte er keine

Lust, sich über die geheimen Pläne und Machenschaften, die ihn auf diese Insel geführt hatten, den Kopf zu zerbrechen. Er hatte eine dringendere und weitaus persönlichere Angelegenheit zu regeln. Erst dann würde er sich mit anderen Dingen beschäftigen können.

Nachdem die beiden Ritter zu Abend gegessen hatten, machten Jenkins und Richard sich daran, Thomas' Rüstung zu säubern. Sie brachten sie zusammen mit einer Kiste, in der sich Lappen und Töpfe mit Politur und Wachs befanden, in den Saal. Dann setzten sie sich auf Hocker vor das Feuer und gingen ans Werk. Jenkins unterwies den Knappen geduldig darin, wie er die Politur auf die Vorderseite der Rüstung aufzutragen und sie mit einem sauberen Tuch darauf zu verteilen hatte, bis nur noch ein dünner Film das Metall bedeckte, der schließlich mit einem weiteren Tuch zum Glänzen gebracht wurde. Richard arbeitete schweigend, dann räusperte er sich. »Jenkins, erinnerst du dich an einen Ritter namens Sir Peter de Launcey?«

»Natürlich, junger Herr«, antwortete Jenkins und tupfte etwas Politur auf den Lappen in seinen Händen, bevor er sie auf den Helmkamm rieb. »Seit sich König Heinrich mit dem Papst überworfen hat, haben sich nur sehr wenige Ritter aus England dem Orden angeschlossen. Ich erinnere mich gut an Sir Peter, obwohl er nicht lange bei uns war. Er trat dem Orden zwei Jahre vor dem Tod des Königs bei. Ein stiller und äußerst frommer Mann, frömmer als viele andere. Er nahm die Eide, die er abgelegt hatte, sehr ernst. Als ich von seinem Tod hörte, war ich tief betrübt. Er war gerade aus England zurückgekehrt. Eine Familienangelegenheit hatte ihn dorthin geführt, wenn ich mich recht erinnere.« Jenkins schüttelte traurig den Kopf. »Er war so weit gereist, nur um im Hafen zu ertrinken. Ein tragischer Unfall.«

»Ja. Ganz besonders für mich«, sagte Richard. »Sir Peter war mein Cousin.«

Jenkins hielt inne und sah auf. »Wirklich, junger Herr? Das tut mir sehr leid.«

»Oh, wir standen uns nicht nahe. Aber er gehörte zur Familie.« Richard legte den Brustpanzer ab und griff nach der Halsberge. »Vor unserer Abreise aus London habe ich seinen Bruder getroffen.«

»Bruder? Ich wusste nicht, dass er einen Bruder hatte.«

»Nun, einen Halbbruder, um genau zu sein. Er war noch ein Kind, als Sir Peter England verließ. Gut möglich, dass er ihn nie erwähnt hat. Wie dem auch sei, als ich ihm von meinem Reiseziel berichtete, bat er mich, etwas für ihn zu erledigen.«

Jenkins widmete sich wieder seiner Arbeit. »Ja?«

»Sir Peters persönlicher Besitz wurde seiner Familie noch nicht zurückgegeben. Sie hat Sir Oliver Stokely schriftlich darum gebeten, aber nie Antwort erhalten.«

»Das überrascht mich nicht. Er ist ein sehr beschäftigter Mann.«

»Trotzdem wäre es kein großer Aufwand gewesen, eine kurze Antwort zu schreiben und Sir Peters Eigentum zurückzuschicken.«

»Nun, viel hat er nicht hinterlassen.« Jenkins zog Schleim den Rachen hoch, spuckte auf den Helm und rieb ihn blank. »Einige Kleidungsstücke, eine Bibel, Schreibsachen und andere persönliche Dinge. Kaum genug, um eine kleine Truhe damit zu füllen. Seine Rüstung wurde dem Arsenal des Ordens hinzugefügt.«

»Ich verstehe ... könntest du mir die Truhe zeigen? Vielleicht ist noch Zeit, sie vor der Ankunft der Türken zurückzuschicken. Seine Familie würde sich sehr darüber freuen. Die Nachricht von seinem Tod hat sie über die Maßen betrübt.«

Jenkins ließ den Helm sinken und dehnte die krummen Finger. »Die Truhe ist nicht mehr hier.«

»Nicht?«

Jenkins schüttelte den Kopf. »Sie stand eine Zeit lang im Keller. Dann schlug eine Zisterne im Nachbargebäude leck, und wir mussten alles ausräumen. Soweit ich weiß, wurde alles von Wert nach St. Angelo gebracht. Seither habe ich die Truhe nicht mehr gesehen. Sie wurde zusammen mit anderen Kisten und Kassetten auf einen Karren geladen. Ich erinnere mich noch genau an die Truhe. Ein schönes, lackiertes Stück. Wie dem auch sei, ich vermute, dass sie immer noch da oben ist.«

»Sehr gut.« Richard lächelte. »Lackiert, sagst du? Und schwarz?«

»So schwarz wie die Nacht. Mit Messingbeschlägen. Sir Peters Wappen war in den Deckel eingelassen.«

»Sein Wappen? Wie sieht es aus?«

Jenkins sah zu den kleinen Holzschilden an den Deckenbalken auf. »Dort. Da ist es. Der Eberkopf auf rotem Grund unter einem goldenen Sparren. Seht Ihr es?«

Richard legte den Kopf in den Nacken und sah hinauf.

Dann nickte er. »Nun, die Truhe sollte ja leicht zu finden sein.«

Jenkins kicherte. »So einfach ist das nicht, Meister Richard. Man wird sie in das Archiv in den Gewölben unter dem Fort gebracht haben, wo auch der Schatz des Ordens aufbewahrt wird. Da kann man nicht mir nichts, dir nichts hineinspazieren. Ihr benötigt die schriftliche Erlaubnis des Großmeisters persönlich, um das Archiv zu betreten. Dort unten liegt ein Vermögen an Gold, Silber, Edelsteinen und Seide. Die Beute vieler Überfälle auf feindliche Schiffe und Häfen.«

»Kein Wunder, dass man da nicht so leicht herankommt«, meinte Richard lachend. »Bestimmt ist alles schwer bewacht, damit niemand in Versuchung gerät, nicht wahr?«

»Natürlich.«

»Ein Jammer. Ich hätte die Truhe sehr gerne Sir Peters Familie zurückgegeben.«

Jenkins zeigte mit dem Kinn auf die Beinröhren und Handschuhe. »Nur noch diese da, dann sind wir fertig und können den Herren das Abendessen bereiten.«

Richard seufzte, griff nach einem Handschuh und trug Politur auf. Er warf dem Diener einen Seitenblick zu, der konzentriert die sich überlappenden Panzerplatten des Handschuhs bearbeitete. Nun, da Richard wusste, wonach er suchte und wo es zu finden war, gestattete er sich ein zufriedenes Lächeln, das jedoch sogleich wieder erlosch, als er an die Schwierigkeiten dachte, in das schwer bewachte Archiv im Herzen des Ordenshauptquartiers zu gelangen.

KAPITEL 19

Nachdem Don Garcia mit seinen Galeeren abgereist war, nahm das Tempo, mit denen die Arbeiten an den Verteidigungsanlagen der Insel durchgeführt wurden, deutlich zu. Der Großmeister folgte dem Rat des Spaniers und ließ ein Ravelin konstruieren, das die schwächste Ecke des Forts St. Elmo schützte. Der blanke Fels der Halbinsel bot ein stabiles Fundament, doch mehr als die für die Außenfassade benötigten Steine würde man in der kurzen Zeit vor der Ankunft der Türken nicht schneiden können. Dahinter konnten die Verteidiger lediglich Schutt und Erde aufschütten. Von außen jedoch würde das neue Befestigungselement solide wirken – bis zu dem Augenblick, in dem es die eisernen Kanonenkugeln in Schutt und Asche legten.

Unterdessen wurden in St. Elmo Vorräte angelegt. Die kleine Zisterne unter dem Fort wurde bis zum Rand gefüllt. Man brachte Schießpulver und Munition für die wenigen Kanonen auf den Geschützplattformen in die Lagerräume. Schwere Kisten mit Arkebusenkugeln wurden auf der Brüstung verteilt und mit Erde gefüllte Jutesäcke für den Fall eines Mauerdurchbruchs im Innenhof gestapelt.

Täglich trafen Schiffe ein, die Korn, Wein, Käse und Pökelfleisch geladen hatten, dazu Werkzeuge und Baumaterialien für die Verteidigungsanlagen und die später nötigen Reparaturen. Mehrere dieser Schiffe waren von Kapitän Romegas und seinen Galeeren auf offener See aufgehalten und konfisziert worden. Die Bedürfnisse des Ordens standen über dem Gesetz – den Eigentümern und Besatzungen wurde Entschädigung versprochen, doch die hing natürlich davon ab, ob Malta dem türkischen Angriff standhalten würde.

In den ersten Frühlingstagen erreichten auch mehrere Kompanien der vom Großmeister rekrutierten spanischen und italienischen Söldner die Insel und wurden in Birgu und Mdina einquartiert. Es waren hartgesottene Berufssoldaten, angelockt von großzügigem Sold aus den Schatztruhen des Ordens und der Aussicht auf Beutegut: Wie jeder wusste, waren die Janitscharen – die Eliteeinheit des Sultans – in feinste Stoffe gekleidet und ein erkleckliches Lösegeld in Gold und Silber wert. Doch auch ein toter Janitschar stellte eine reiche Beute für die Söldner dar. Des Weiteren trafen mehrere Abenteurer ein, die entweder aus Glaubensgründen oder auf der Suche nach Ruhm und Ehre für den Orden kämpfen wollten. Unter den Neuankömmlingen befanden sich überdies mehrere Ritter, die dem Aufruf gefolgt und nach Malta zurückgekehrt waren, um an der Seite ihrer Brüder zu kämpfen.

Den ganzen April hindurch arbeiteten die Verteidiger hart daran, die Mauern und Bollwerke, die die Landzungen von Senglea und Birgu sicherten, weiter auszubauen. Vor den Wällen lockerten maltesische Arbeiter und Sklaven mit Spitzhacken den felsigen Boden, um einen Verteidigungsgraben von ausreichender Tiefe auszuheben.

Die Zeit war so knapp und diese Aufgabe so wichtig, dass niemandem die schwere Arbeit erspart blieb. Selbst der Großmeister erschien trotz seines fortgeschrittenen Alters jeden Morgen in einem einfachen Gewand und einem dunklen, um den Kopf gebundenen Tuch, um zwei Stunden lang zu arbeiten. Er hieb mit einer Hacke auf den Felsen ein oder reihte sich unter die vielen Arbeiter, die körbeweise Schutt hinter die Mauern Birgus trugen. Von den Rittern und Soldaten wurde dasselbe erwartet, und die dem Orden eher feindselig gesinnten Einheimischen registrierten erst mit Überraschung und dann mit Respekt, dass die Söhne von Europas edelsten Familien an ihrer Seite arbeiten. Nach wenigen Tagen brachen sie in Jubel aus, wenn La Valette des Morgens erschien und nach einer Spitzhacke oder einem Korb griff.

Alle Gebäude in der Nähe der Mauer, die dem Feind als Deckung dienen mochten, wurden abgerissen. Die Balken und Steine wurden nach Birgu geschafft, um als Vorrat für spätere Reparaturen zu dienen. Diejenigen, die durch den Verlust ihres Hauses obdachlos geworden waren, fanden Quartier in der Stadt. Platz war genug – die Einwohner, die es sich leisten konnten, suchten vorübergehend ihr Heil im Exil in Sizilien, Italien und Spanien, wo sie bang auf Nachricht über das weitere Schicksal Maltas warteten.

Als sich der April dem Ende neigte, hatte sich überall herumgesprochen, dass die türkische Flotte bereits in westlicher Richtung in See gestochen war. Die Bauern und Dorfbewohner der Insel wurden angewiesen, ihre Häuser zu verlassen und in Mdina – einer befestigten

Hügelsiedlung, die früher die Hauptstadt der Insel gewesen war – oder Birgu Schutz zu suchen. Man achtete darauf, dem Feind keine Feldfrüchte, Vieh, Korn oder Obst zu hinterlassen. Außerdem traf man Vorbereitungen zur Vergiftung der Brunnen und Zisternen mit verwesenden Tierleibern oder Gülle. Die Türken würden nur eine Wüstenei vorfinden und gezwungen sein, ihren Proviant entweder per Schiff kommen zu lassen oder vor den Augen der christlichen Verteidiger zu verhungern.

Anfangs wurden Thomas, Richard und Sir Martin dazu abgestellt, die maltesischen Milizionäre in den grundlegendsten Kampfkünsten zu unterweisen. Von jeher war es das Bestreben des Ordens gewesen, die Einheimischen nach Möglichkeit von allen Waffen fernzuhalten. Zu groß war die Angst vor einem Aufstand gegen den Ritterorden, der der Insel aufgedrängt worden war – mit dem Ergebnis, dass die meisten völlig unbedarft im Gebrauch von Schwert, Pike oder gar Arkebuse waren und nur wenige jemals eine Rüstung getragen hatten. Diejenigen Malteser, die sich als Soldaten des Ordens verdingt hatten, halfen bei der Ausbildung, indem sie die Befehle in ihre Landessprache übersetzten, die für ungeübte Ohren mehr wie Arabisch denn wie eine europäische Sprache klang. Auch die Inselbewohner mit ihrer dunklen Haut erinnerten eher an Mauren oder Türken als an Christen. Trotzdem waren sie fanatische Anhänger der katholischen Kirche und hegten seit Langem einen tiefen Hass auf den Feind, der sie seit über hundert Jahren heimsuchte. Sie waren wissbegierig und führten ihre Waffen schon bald wie erfahrene Soldaten. Thomas hatte darauf bestanden, sie auch an den Arkebusen auszubilden, obwohl das Schießpulver so knapp war, dass jedem Mann zu Übungszwecken nur drei Schuss zugestanden wurden. Immerhin lernten sie, die Waffen zu laden.

Sobald diese behelfsmäßige Ausbildung abgeschlossen war, wurden die englischen Ritter und ihre Knappen Oberst Mas zugeteilt, einem von La Valette rekrutierten Söldnerführer. Ihre Aufgabe bestand darin, den Ravelin zu errichten. Sie standen mit dem Morgengrauen auf und eilten nach einem hastigen Frühstück zum Kai, wo sie mit den anderen Soldaten und Zivilisten auf die Boote warteten, die die Arbeiter über die Bucht hinweg zum Landesteg unter dem Fort brachten. Vor der Mauer wurden ihnen Spitzhacken ausgehändigt, dann halfen sie den bereits dort arbeitenden Sklaven dabei, einen Graben in den Fels vor dem Ravelin zu hauen.

Die Sonne erreichte sie erst zur Mittagszeit, sodass sie den Morgen über im Schatten arbeiten konnten. Doch dann machten die Hitze, das entnervende Klappern der Hacken, der aufsteigende Staub und die schmerzenden Glieder die Arbeit mehr als unangenehm. Die Sonne war so grell, dass die Männer die Augen zusammenkneifen mussten. Sie verbrannte jeden Flecken ungeschützter Haut der Arbeiter, die in ihren schweren, schweißdurchtränkten Waffenröcken die Spitzhacken schwangen. Zur Mittagszeit kletterten sie aus dem Graben und ließen sich im Schatten der Sonnensegel nieder. Dort nahmen sie ihr Essen von den Jungen entgegen, die mit Krügen voll wässrigem Wein, Brotkörben und dem harten einheimischen Ziegenkäse aus dem Fort kamen. Davon durften jedoch nur die Soldaten und Malteser essen – die Sklaven saßen weiter in der Sonne und bekamen warmen Haferbrei aus großen Kesseln ausgehändigt. Jedem Mann stand nur eine Kelle davon zu, der in einen abgenutzten Lederbecher geschöpft und dann einem paar schmutziger Sklavenhände gereicht wurde. Paarweise aneinandergekettet, setzten sie sich und verzehrten die dürftige Portion, die gerade so reichte, um sie am Leben und bei Kräften zu halten. Sie waren barfüßig und in mit ihrem eigenen Schmutz bedeckte Lumpen gekleidet. Verfilzte Haarsträhnen umrahmten bärtige, ausgemergelte Gesichter.

Am ersten Tag hatte Richard die Sklaven mitleidig beobachtet. Als sie sich zum Essen niedergelassen hatten, kaute er selbst gerade langsam auf einem Stück Brot.

»Diese Sklaven sehen aus wie Tiere, nicht wie Menschen«, hatte er zu Thomas gesagt.

Sir Martin kicherte mit dem Mund voll Pökelfleisch. »Sie sind noch schlimmer als Tiere, junger Dick«, sagte er, nachdem er hinuntergeschluckt hatte.

Er sprach so laut, dass ihn die Sklaven in der Nähe hören konnten. Einer von ihnen, der hellhäutiger als die anderen war, sah bei der Beleidigung auf und starrte den Ritter unter seiner schmutzigen staubgrauen Haarmähne wütend an, schwieg jedoch.

»Es sind trotzdem menschliche Wesen«, sagte Richard.

Sir Martin zuckte mit den Schultern. »Wie dem auch sei, sie sind unsere Feinde und die Feinde unseres Glaubens. Sie würden uns ohne Erbarmen abschlachten, wenn sie die Gelegenheit dazu hätten. Außerdem bist du nur ein Knappe und hast nicht in diesem Ton mit mir zu sprechen, Dick.«

»Ich bin Sir Thomas' Knappe.«

»Das mag schon sein, trotzdem wirst du mich mit ›Sir‹ anreden.« Sir Martin wandte sich Thomas zu. »Ihr müsst Euren Knappen besser erziehen. Mir scheint, ihm fehlt der nötige Respekt.«

Richard sah Thomas an. Der Ritter seufzte.

»Er hat recht, Richard. Verhalte dich standesgemäß, sonst hat meine Geduld ein Ende. Verstanden?«

Der Knappe nickte zögernd.

»Andererseits muss ein Ritter stets Milde walten lassen, auch seinen Feinden gegenüber.« Thomas stand steif auf, ging zu den Sklaven hinüber und baute sich vor ihnen auf. »Du verstehst unsere Sprache, nicht wahr?«

Der Muslim, der bei Sir Martins Beleidigung wütend geworden war, sah müde auf und nickte.

Thomas hielt ihm sein Stück Brot hin. »Hier. Für dich.«

Der Sklave starrte das Brot an und biss sich auf die spröden Lippen. Dann streckte er vorsichtig die Hand aus und nahm das Brot aus Thomas' Fingern. Sofort stopfte er es sich in den Mund, wobei er Thomas weiter ängstlich ansah, als wollte ihm der Ritter den Kanten ohne Vorwarnung wieder entreißen. Ein dürrer, dunkelhäutiger Maure war an den Sklaven gekettet. Als er seinen Kameraden essen sah, gab er einen mitleiderregenden Jammerlaut von sich. Der andere Mann hielt inne, brach das restliche Brot in zwei Hälften und reichte ihm ein Stück. Der Maure überlegte ebenfalls kurz, dann brach auch er das Brot und gab die Hälfte an den nächsten weiter. Diese uneigennützige Tat überraschte Thomas. Er hatte oft miterlebt, wie selbstsüchtig Sklaven im Kampf ums Überleben sein konnten. Mitleid war eine Schwäche, die den Tod bedeuten konnte.

»Ich habe dir das Brot gegeben und nicht ihm. Warum hast du es geteilt?«

Der Sklave sah auf. »Weil ich es so wollte … Herr. Das ist eine der wenigen Freiheiten, die mir noch geblieben sind.«

Sein Akzent kam Thomas bekannt vor. Er wollte mehr über diesen Mann wissen, der wie ein gebürtiger Engländer sprach und trotzdem ein muslimischer Sklave war.

»Wo kommst du her?«

»Tripolis, Herr. Ich war der Leibwächter eines Händlers, bis sein Schiff von einer Eurer Galeeren gekapert wurde.«

»Und wie kommt es, dass ein Sklave aus Tripolis des Englischen mächtig ist?«

»Ich wurde in Devon geboren, Herr. An der Küste.«

»Devon?« Thomas hob die Augenbrauen. »Und wie zum Teufel kommst du hierher?«

Der Sklave senkte den Blick. »Ich war neun Jahre alt, als ein Korsarenschiff unser Dorf plünderte, Herr. Sie töteten meinen Vater und die anderen Männer und verkauften die Frauen und Kinder auf dem Sklavenmarkt in Algier. Meine Mutter sah ich nie wieder. Der Korsarenkapitän behielt mich, zog mich auf, lehrte mich zu kämpfen und veräußerte mich dann an den Händler.«

»Und er hat dich zum Islam bekehrt?«

Der Sklave nickte. »Das ist mein Glaube.«

Sir Martin spuckte verächtlich aus. »Ein Verräter an deinen eigenen Leuten, das bist du.«

Der Sklave zuckte zusammen, als wollte er sich unter der groben Beschimpfung wegducken.

Thomas ging vor ihm in die Hocke. »Wie heißt du?«

»Abdul, Herr.«

»Nein, wie lautet dein richtiger Name? Dein Christenname?«

»Mein Name ist Abdul«, sagte der Sklave mit fester Stimme. »Abdul-Ghafur. Ich bin kein Christ. Ich bin Muslim.«

Thomas sah ihm in die Augen. Einen Moment lang starrte der Mann herausfordernd und stolz zurück, dann verließ ihn der Mut, und er sank wieder in sich zusammen.

»Ist denn nichts mehr von deinem früheren Leben übrig? Immerhin sprichst du noch deine Muttersprache.«

Der Sklave zuckte mit den knochigen Schultern. »Ich habe noch Erinnerungen daran, aber damals war ich ein anderer Mensch. Einer, der noch nichts von der ewigen Wahrheit der Lehren Mohammeds gehört hatte, Friede sei mit ihm.«

»Und das ist die Belohnung für deinen Glauben.« Thomas deutete auf die anderen jämmerlichen Gestalten in der Nähe. »Du bist ein Sklave. Wenn du dich vom Islam lossagst, könntest du ein freier Mann sein und in deine Heimat zurückkehren. Nach Devon.«

»Das ist nicht meine Heimat. Ich bin nicht mehr der kleine Junge von damals, Ordensritter. Jetzt bin ich Abdul. Und schon bald werde ich der Herr und Ihr der Sklave sein. Dann womöglich werde ich Eure Mildtätigkeit vergelten, indem ich Euch einen Brotbrocken zuwerfe.«

Thomas lächelte milde. »Du glaubst also, dass der Sultan diese Insel einnehmen wird?«

»Wie könnte es anders sein? Er hat Gott auf seiner Seite. Der Glaube seiner Soldaten ist stärker als der Eure und derer, die mit Euch kämpfen. Der Ausgang der Schlacht steht bereits fest, nur ein Narr würde daran zweifeln. Man wird mich und die anderen muslimischen Sklaven befreien, die überlebenden Christen in Ketten legen und auf den Sklavenmärkten des Sultans verkaufen. Der Anführer Eures Ordens wird hingerichtet werden. Man wird seinen Kopf auf einen Speer spießen und so hoch aufhängen, dass ihn ganz Konstantinopel sehen und Ehrfurcht vor Gottes Größe haben wird.« Die Augen des Sklaven blitzten fanatisch, und seine Stimme hatte einen harten, grausamen Ton angenommen. Dann wurde seine Miene etwas sanfter. »Rettet Euch, solange Ihr noch könnt«, sagte er ernst. »Verlasst diesen Ort, Herr. Warum sollte ein Engländer so fern von seiner Heimat kämpfen und sterben? Flieht, bevor sich die eiserne Faust des Sultans um diesen Felsen schließt und ihn zu Staub zermalmt.«

»Dieselbe Frage könntest du dir auch stellen. Pass auf ...« Thomas hob einen pflaumengroßen Stein auf und hielt ihn dem Sklaven vor die Nase. Dann legte er die andere Hand über den Stein, drückte die Hände mit aller Kraft zusammen und verzog das Gesicht, als sich die scharfen Kanten in seine Handflächen bohrten. Er behielt diese Position eine Zeit lang bei, dann lockerte er keuchend seinen Griff und nahm die Hände auseinander. Der Stein lag unverändert auf Thomas' geröteter Hand. »Siehst du? Der Stein ist unversehrt. Wenn dein Sultan mit seiner Flotte über Malta herfällt, wird er nicht erfolgreicher sein als ich. Denk an meine Worte.«

Thomas stand auf und kehrte zu seinen Kameraden zurück. Sir Martin lachte dröhnend und klatschte in die Hände. »Oh, diesem Großmaul habt Ihr's gezeigt, Sir Thomas. Gut gemacht!« Er hob einen Kieselstein auf und warf ihn auf den Sklaven. Der zuckte zusammen, als er gegen seine Schulter prallte. »Du wirst den Tag noch bereuen, an dem du England verraten hast! *Mal si le das la fe falsa del Islam*, wie man in Spanien sagt.«

Der Sklave, der sich Abdul-Ghafur nannte, starrte hasserfüllt zurück und murmelte etwas, bevor er wieder auf seine Füße starrte. Sir Martin grinste zufrieden, stopfte sich Brot und Käse in den Mund und spülte alles mit dem verwässerten Wein hinunter. Dann warf er Sir Thomas einen Seitenblick zu und räusperte sich.

»Eins will ich Euch schon seit Wochen fragen, Sir Thomas.«

»Ja?«

»Nun, also, es geht um die, äh, Umstände, die dazu geführt haben, dass ihr vor einiger Zeit den Orden verlassen musstet … mehrere Jahre vor meiner Ankunft, um genau zu sein.«

»Ach, wirklich?«, sagte Thomas gleichmütig. »Was kann ich Euch erzählen, das Ihr noch nicht wisst? Ich nehme doch an, dass Ihr die anderen Ritter über meine persönlichen Angelegenheiten bereits befragt habt.«

Sir Martin blies die Wangen auf und legte den Kopf schief. »Ja, mehrere Ritter sogar. Natürlich sind nicht mehr viele übrig, die schon zu Eurer Zeit hier waren.«

»Aber doch genug, damit Ihr das Wichtigste erfahren habt, nehme ich an.«

»Um die Wahrheit zu sagen: Sie waren ziemlich verschwiegen. Ich weiß nur, dass es um eine Frau ging, dass es einen Skandal gab und ihr Schande über den Orden gebracht habt.«

»Na bitte. Mehr gibt es darüber nicht zu sagen.« Thomas deutete auf das Meer. »Ich glaube, wir haben weitaus drängendere Probleme, Sir Martin. Die Türken können jeden Moment angreifen. Das sollte unsere einzige Sorge sein – und nicht, was vor vielen Jahren geschehen ist.«

Der andere Ritter öffnete den Mund zu einer Antwort, überlegte es sich aber wieder anders. Er atmete hörbar aus und stand auf. »Ich muss mal. Bis gleich.« Er drehte sich um und marschierte über den steinigen Boden auf die Latrine zu, die man hundert Schritte hinter dem Verteidigungsgraben des Ravelin ausgehoben hatte. Thomas schob sich den letzten Bissen des holzigen Käses in den Mund. Richard, der ihm gegenübersaß, klopfte sich die Krümel von seiner Kleidung und sah sich kurz um.

»Es ist an der Zeit, dass Ihr mir die ganze Geschichte erzählt«, flüsterte er.

»Weshalb?«

»Weil ich sie kennen muss. Wenn meine Mission hier Erfolg haben soll, muss ich über alles Bescheid wissen, was womöglich eine Gefahr darstellen oder uns zum Vorteil gereichen könnte.«

»Und natürlich wirst du alles, was ich dir erzähle, zu deinem Nutzen verwenden. Auch wenn es bedeutet, dass du mich damit in der Hand hast.«

»Selbstverständlich«, antwortete Richard seelenruhig. »Das gehört zu meinen Aufgaben.«

»Hast du niemals die Ehrenhaftigkeit dieser Aufgaben infrage gestellt? Vielleicht solltest du dir darüber einmal Gedanken machen.«

»Ich diene Sir Francis, der wiederum Sir Cecil dient, und beide dienen Königin und Vaterland. Meine Ehrenhaftigkeit ist über jeden Zweifel erhaben, und ich werde mich durch nichts und niemanden von meinem Auftrag abhalten lassen.«

»Ich bitte dich, Richard. Du bist nicht so abgebrüht, wie du zu sein vorgibst. Du wurdest gut ausgebildet, aber deine Mitmenschlichkeit hat man dir nicht ausgetrieben. Das habe ich im Kampf auf der Galeere deutlich gesehen. Und noch einmal gerade eben, als du das Schicksal dieses Sklaven bedauert hast.« Thomas beugte sich vor und tippte seinem Knappen auf die Brust. »Da schlägt ein Herz. Also tu nicht so, als hättest du keins. Sonst bist du kein Mensch mehr, sondern nur noch ein Werkzeug.«

Richard sah zur Latrine hinüber, wo Sir Martin gerade in die Hocke ging.

»Erzählt mir ganz genau, was passiert ist, bevor er zurückkommt«, verlangte er.

»Und wenn ich mich weigere?«

»Dann gefährdet Ihr meine Mission.«

»Und wenn mir das einerlei wäre?«

Richard grinste verschlagen. »Ist es nicht. Auch ich kann in den Herzen anderer Menschen lesen. Wenn wir versagen, werden viele andere dafür büßen müssen. Und diese Last wollt Ihr nicht auf Eurem Gewissen haben, Sir Thomas. Also erzählt mir, was ich wissen will.«

Nach einer angespannten Pause ließ Thomas den Kopf sinken und dachte nach. Seine Geschichte war kein Geheimnis, und mit etwas Hartnäckigkeit würde Richard sie so oder so herausbekommen. Thomas sortierte seine Erinnerungen. »Also gut. Vor etwa zwanzig Jahren diente ich auf einer der Ordensgaleonen. Wir lagen vor der Küste Kretas. Der Kapitän des Schiffes war La Valette, und schon damals war klar, dass er innerhalb des Ordens zu Höherem berufen war. Es galt als große Ehre, für seine Galeere auserwählt zu werden. Bis dahin war es eine ereignislose Reise gewesen, und wir hatten noch kein einziges türkisches Schiff gekapert. Dann liefen wir einen Hafen an der Südküste an und erfuhren, dass einen Tag zuvor eine Galeone abgelegt hatte. La Valette nahm die Verfolgung auf. Als wir sie in einer abgelegenen Bucht stellten, bemerkten wir, dass sie von zwei Korsarengaleeren begleitet wurde. Wie ihr wisst, lässt sich der Großmeister nicht von einer Übermacht abschrecken. Kurz vor Sonnenaufgang unternahmen wir einen Überraschungsangriff. Es gelang uns, eine Galeere zu versenken und die Galeone und die andere Galeere zu kapern. Ich sollte das Kommando über Letztere übernehmen und nach Malta zurückkehren. Als wir den Laderaum durchsuchten, stießen wir auf eine Gefangene.« Thomas hielt inne, als er den vertrauten Stich der Sehnsucht in der

Brust spürte. »Maria war die Tochter eines Edelmanns aus Neapel und dem Sohn einer sardischen Adelsfamilie versprochen. Ihr Schiff war von den Korsaren gekapert worden. Sie wollten Lösegeld für sie verlangen.«

Thomas sah Richard an. Er kam sich töricht vor, fuhr aber fort: »In meinem ganzen Leben hatte ich noch nie eine solche Frau gesehen. Sie war schlank, mit dunkler Haut und wunderschönen braunen Augen. Um ehrlich zu sein: Ich dachte bei ihrem Anblick nicht zuvorderst an die hohe Liebe. Ich war auch nur ein Mann aus Fleisch und Blut, trotz des Schwurs, den ich im Namen des Ordens abgelegt hatte – und den beileibe nicht jeder Ritter konsequent befolgte. Außerdem war ich nicht der einzige, der ihren Reizen erlag. Wie dem auch sei, von Anfang an fühlten wir uns zueinander hingezogen. Eine zynischere Natur würde über die Naivität des heißblütigen Jünglings von damals wohl nur lachen, aber lass mich dir von ganzem Herzen und im Licht meiner gesamten Lebenserfahrung versichern, dass sie die Einzige für mich war und ist. Ein derart mächtiges Gefühl hatte ich noch nie zuvor verspürt, und ihr Verlust war mir fast unerträglich. Ich sage dir, Richard, die Liebe ist eine Gratwanderung zwischen paradiesischer Leidenschaft und unaufhörlicher Qual. Das ist der Preis dafür ... und der Preis, den ich damals zu zahlen bereit war und heute bitter bereue.« Mit verkniffener Miene schüttelte Thomas den Kopf. »Nein. Das bedauere ich nicht. Ich bedaure, so schwach gewesen zu sein.«

Er schwieg und versuchte, die Wut und den Selbsthass zu zügeln, die ihn zu übermannen drohten.

»Erzählt weiter«, bat Richard kühl. »Alles.«

Thomas atmete hörbar ein. »In jenem Sommer liebten wir uns ebenso unvernünftig wie zügellos. Inzwischen hatte die Nachricht von ihrer Rettung ihre Familie erreicht. Wir kannten beide die Gefahr, in der wir uns befanden, kamen aber nicht gegen unsere Leidenschaft an. Wir trafen uns heimlich – jedenfalls dachten wir das, bis La Valette mir befahl, sie nicht mehr zu sehen. Natürlich gehorchte ich nicht, bis das Unvermeidliche geschah: Eines Nachts wurden wir zusammen ertappt. Nun, eigentlich wurden wir nicht ertappt. Jemand hatte Maria beschattet. Sir Oliver Stokely war ihr gefolgt. Sie war immer freundlich zu ihm gewesen, daher hielt er sich für meinen Rivalen im Kampf um ihre Liebe. Doch das lag eben in ihrer Natur. Sie war nett zu allen. Er hatte sich mehr versprochen, und wenn ich nicht gewesen wäre, hätte er sein Ziel auch sicherlich erreicht. Daher versammelte er mehrere Soldaten als Zeugen und überraschte uns. Sie ergriffen uns und führten uns dem damaligen Großmeister vor.«

»Und dann?«

Thomas rieb sich die Stirn. »Ich bin an allem schuld. Ich hätte meine Befehle befolgen sollen. Ich hätte daran denken müssen, welche Gefahr Maria als Konsequenz für unser Tun drohte. Selbst La Valette konnte mich nicht vor der Verbannung bewahren, und auch ich machte keine Anstalten, dagegen zu protestieren. Ich hatte keine Gnade verdient. Genauso wenig wie ihre Liebe. Ich hatte ihr Leben ruiniert. Ihre Familie enterbte sie, und ich habe sie nie wiedergesehen. Man setzte mich auf eine Galeone nach Spanien. Es war mir verboten, je wieder einen Fuß auf Malta zu setzen oder nach Maria zu suchen. La Valette schickte mir eine letzte persönliche Nachricht: Er würde mich hierher zurückrufen, wenn die Zeit reif wäre. Und darauf wartete ich. Jahr um Jahr. Im Ungewissen, ob Maria noch lebte, ob ich meine Kameraden je wiedersehen würde. Mit jedem Tag starb ein kleines Stück meiner Hoffnung. Bis der Ruf zu den Waffen erfolgte.« Thomas holte tief Luft, um den Druck auf seiner Brust zu lockern. »Dies ist meine letzte Hoffnung auf Wiedergutmachung. Was ich Maria angetan habe, lässt sich nicht ungeschehen machen, aber ich möchte mich des Lebens, das mir geschenkt wurde, würdig erweisen.«

Thomas sah auf. Sir Martin kehrte von der Latrine zurück. Bevor Thomas seinem Knappen noch mehr erzählen konnte, zerriss der grelle Ton einer Trompete die Stille. Oberst Mas erschien auf der Brüstung des Forts. »Die Mittagspause ist vorbei! Zurück an die Arbeit mit euch!«

Die Sklavenaufseher hoben ihre aus getrockneten Bullenpenissen gefertigten Peitschen und trieben die Sklaven in den Graben zurück. Die Arbeiter regten die müden Glieder, einige schlangen noch hastig den Rest ihrer Mahlzeit hinunter. Thomas legte seine Hand fest auf Richards Arm.

»Was hier auch geschieht, du darfst deine Ehre nicht verlieren, so wie ich sie verloren habe. Was dir deine Herren und Gebieter auch aufgetragen haben – tu nur, was du für richtig hältst.«

»Und woher weiß ich das?«

»Hör auf dein Herz. Nicht auf deinen Ehrgeiz.«

Richard schüttelte fast mitleidig den Kopf, schüttelte Thomas' Hand ab und griff nach seiner Spitzhacke. »Ich tue nur meine Pflicht, dafür braucht es weder Herz noch Ehrgeiz. Mehr sollte einen Mann nicht interessieren. Wenn Ihr ähnlich gedacht hättet, wäre Euch dieses Leben voller Qual womöglich erspart geblieben, Sir Thomas.«

»Bei meiner Seele!«, keuchte Sir Martin, als er sich den beiden näherte. »Die Pause sollte doch lang genug sein, um zu essen und seine Notdurft zu verrichten, nicht wahr?«

Er bemerkte die sauertöpfische Miene des Knappen und Sir Thomas' sorgenvollen Blick.

»Was ist los?«

»Nichts«, entgegnete Thomas und zwang sich, seine Gefühle im Zaum zu halten. »Gar nichts. Gehen wir wieder an die Arbeit. Die Türken stehen vor den Toren, und es gibt noch viel zu tun.«

Er hob seine Hacke auf und folgte Richard. Sir Martin sah ihnen hinterher und schnalzte mit der Zunge.

»Was ficht die denn an? Wir haben weiß Gott schon genug Probleme – auch ohne dass wir uns untereinander streiten.«

KAPITEL 20

Als sie an diesem Abend zur Auberge zurückkehrten, wartete eine Überraschung auf sie. Sir Oliver Stokely saß am Kopfende des langen Tisches und ließ sich von Jenkins bedienen. Sobald die drei Männer mit schmutzbedeckten Gesichtern und staubiger Kleidung von der langen Arbeit im Wehrgraben eingetreten waren, sah er missmutig von seinem Teller mit Lammkoteletts auf. Nach einer unangenehmen Pause durchbrach Sir Martin die Stille mit einem fröhlichen Lachen.

»Sir Oliver, Ihr wart ja seit Monaten nicht mehr hier! Ich dachte schon, Ihr hättet mich für immer verlassen.«

»Ich fürchte, wir werden unsere Gesellschaft in nächster Zeit noch etwas länger ertragen müssen. Wenn die Türken kommen, muss ich mein Anwesen bei Mdina aufgeben.« Sir Oliver deutete mit der Gabel durch den Saal. »Während der Belagerung werde ich in Birgu wohnen. Obwohl es die Annehmlichkeiten schmerzlich vermissen lässt, an die ich mich gewöhnt habe.«

»Mir gefällt es hier ganz gut«, sagte Sir Martin, während er die Kordeln seines Waffenrocks öffnete, ihn über den Kopf zog und Jenkins zuwarf, der ihn geschickt auffing.

»Ja, Herr.« Jenkins neigte den Kopf, dann nahm er auch die schmutzigen Kleider der anderen entgegen und zog sich in die Küche zurück.

»Dass ich nicht glücklich über die Vorstellung bin, mit einem Ritter unter einem Dach zu schlafen, der Schande über den Orden gebracht hat, muss ich wohl nicht eigens erwähnen«, fuhr Sir Oliver fort. »Aber dagegen lässt sich wohl nichts machen.«

Thomas zuckte mit den Schultern. »Wir können die Vergangenheit nicht ungeschehen machen, so sehr wir uns das beide auch wünschen.« Er setzte sich in die Mitte des Tisches auf die Bank. »Doch was immer uns zu Feinden gemacht hat, Oliver, im Angesicht der Gefahr, die uns droht, sollten wir es vergessen.«

»Es fällt mir nicht leicht, die Schande zu vergessen, die wie ein Geier über dir kreist«, erwiderte der andere Ritter kühl. »Wir beide wissen, dass jeder, der sich in deine Nähe begibt, dem Unglück anheimfällt. Vielleicht wäre es besser, du würdest diese Insel für immer verlassen, Sir Thomas. Und zwar jetzt, solange du noch die Gelegenheit dazu hast. Verschwinde und hör auf, uns zu belästigen.«

»Ich soll die Insel verlassen?« Thomas hob in gespieltem Erstaunen die Augenbrauen. »Ich bin der Aufforderung des Großmeisters gefolgt. Ich bin wieder ein Mitglied des Ordens, und es ist mein gutes Recht, hier zu sein. Du sprichst von vergangenen Sünden. Aber die sind nichts im Vergleich zu der, seine Brüder in dieser schweren Stunde im Stich zu lassen.«

Sir Olivers Lippen verzogen sich zu einem höhnischen Lächeln. »Ich glaube, dass wir auch ohne deine Hilfe zurechtkommen. Ein Ritter und sein Knappe werden wohl kaum den Ausgang dieser Schlacht entscheiden und auch

sicher nicht weiter vermisst werden, sollten sie beschlie-
ßen, nach England zurückzukehren.«

»Wir werden diese Insel nicht verlassen«, fuhr Richard
dazwischen. »Weder ich noch der edle Ritter, dem ich
diene.«

»Schweig, du Grünschnabel!« Sir Oliver riss vor Zorn
die Augen auf. »Dein Knappe ist anmaßend, Sir Thomas.
Er scheint seinen Stand und seine Verpflichtungen ebenso schlecht zu kennen wie du.«

»Er ist vorlaut und töricht«, sagte Thomas. »Doch
obwohl es ihm an dem nötigen Respekt seinem Herrn
gegenüber mangelt, schätze ich seinen Mut und seine
Kampfkünste. Ich glaube, dass er sich in dem bevorstehenden Krieg einen Namen machen wird, und ich will
ihm die Ehre, daran teilzunehmen, nicht versagen. Genauso wenig wie mir oder dir oder den anderen wenigen, die sich dem Feind entgegenstellen. Doch wie dem
auch sei – er hat gesprochen, wo er hätte schweigen sollen, und dafür entschuldige ich mich. Genau wie er es
tun wird.«

»Entschuldigen?« Richard sah ihn verblüfft an. »Ganz
sicher nicht.«

»Du wirst dich entschuldigen!«, fuhr Thomas ihn an.
»Sonst werde ich dich wegen Ungehorsam auspeitschen
lassen, genau wie jeden anderen Knappen auch. Entschuldige dich, auf der Stelle. Das werde ich nicht zweimal sagen.«

Sir Martin beobachtete den Zwist amüsiert. »Ein guter
Knappe braucht gelegentlich eine gehörige Abreibung,
finde ich.«

Richard zuckte über die Wut seines Herrn zusammen. Er starrte herausfordernd zurück, dann senkte er den Blick und wandte sich stumm an Sir Oliver. Als sein Schweigen andauerte, tippte der Ritter mit den Fingern auf den Tisch. »Hast du mir etwas zu sagen, junger Mann?«

Der Knappe ließ leicht die Schultern sinken. »Wenn Ihr erlaubt, Sir, möchte ich mich für mein unverschämtes Verhalten entschuldigen«, sagte er mit gepresster Stimme. »Es war ein Fehler, frei vor meinen Vorgesetzten zu sprechen. Dafür bitte ich demütigst um Vergebung.«

»Entschuldigung angenommen. Und jetzt setz dich ans andere Ende des Tisches und wage es nicht, uns noch einmal zu unterbrechen. Sonst werde ich dich tatsächlich auspeitschen lassen, wie es Sir Thomas vorgeschlagen hat.«

»Ja, Sir Oliver«, antwortete Richard mit so viel Demut, wie er aufbringen konnte. Er senkte den Kopf, ging zur Bank am anderen Ende des Tisches hinüber und setzte sich. Oliver wandte sich wieder Thomas zu. Er wollte gerade etwas sagen, als Jenkins mit drei Silbertellern in der einen und einer Platte mit kaltem Fleisch und Brot in der anderen aus der Küche kam. Er stellte die Teller vor die beiden Ritter und den Knappen und häufte Fleischstücke und Brot darauf. Aus einem Wandschrank nahm er drei Kelche und einen Krug mit wässrigem Wein. Schließlich ging er wieder in die Küche, um dort auf weitere Anweisungen zu warten. Als seine Schritte verklungen waren, deutete Sir Oliver auf Sir Martin.

»Was würdet Ihr in dieser Situation tun?«

»Ich?« Sir Martin sah verwirrt drein. »In welcher Situation?«

»Ich nehme an, dass Ihr über Sir Thomas' Fehltritt einigermaßen im Bilde seid?«

Sir Martin warf Sir Thomas einen Blick zu, doch dessen Miene war unergründlich.

»Nun ja, ich habe ein paar Gerüchte gehört. Aber ich kenne viele Ritter, die Trost in den Armen einer Hure gesucht haben.«

»Die Tochter eines neapolitanischen Adeligen ist wohl kaum eine Hure«, entgegnete Sir Oliver feindselig. »Wie jedem Edelmann bekannt sein dürfte. Der Orden drückt des Öfteren ein Auge zu, wenn ein Ritter seinen Schwur bricht, um sich mit einer gewöhnlichen Metze zu vergnügen, doch die Ehre einer Frau von edler Herkunft zu besudeln ist eine ganz andere Sache und darf nicht ungestraft bleiben. Der Mann, der zu so etwas fähig ist, hat keinen Anstand und keinen Platz an der Seite der verdienten Mitglieder unseres heiligen Ordens. Wäre ich ein solcher Mann, ich würde die Scham nicht ertragen, die ich über mich gebracht habe. Ich würde Malta auf der Stelle verlassen und mich für den Rest meines erbärmlichen Lebens ins Exil begeben. Ich wiederhole meine Frage, Sir Martin: Was würdet Ihr in dieser Situation tun?«

Der Ritter zuckte müde mit den Schultern. »Das kann ich Euch unmöglich beantworten.«

»O doch«, beharrte Sir Oliver. »Deshalb frage ich Euch ja.«

»Ich … ich …«

»Lass ihn zufrieden«, unterbrach Thomas. »Als Ritter, dessen Ehrhaftigkeit hier nicht zur Debatte steht, ist er dir keine Antwort schuldig. Mir auch nicht. Und damit genug«, stellte Thomas mit Nachdruck fest.

»Das sehe ich anders«, zischte Sir Oliver wütend. »Ich werde nicht ruhen, bis jeder weiß, was für ein Schuft du noch immer bist. Bis du angemessen bestraft und von dieser Insel vertrieben wurdest.«

»Dann hast du dir eine unmögliche Aufgabe gestellt, denn ich werde diese Insel nicht verlassen. Erst wenn diese Schicksalsstunde des Ordens vorüber ist oder mir der Großmeister persönlich meine Abreise befiehlt.«

»Was er auch tun wird, wenn ich ihn zur Vernunft bringen kann.«

»La Valette ist vernünftig genug. Die Frage ist, was er in dir sieht – einen Mann, der seine Freunde verrät?«

Sir Olivers Wut war so groß, dass ihm die Stimme versagte. Schließlich lehnte er sich zurück und schob den Teller zur Seite.

»Also gut. Du willst bleiben. Ich wünschte mir von Herzen, dass es anders wäre. Ich werde dich genau im Auge behalten, Sir Thomas, und für eine Gelegenheit beten, bei der du den Großmeister enttäuscht.«

»Es wäre besser, du würdest für unsere Rettung vor dem Feind beten.«

»Wir werden gerettet, wenn es Gottes Wille ist.«

»Wozu dann überhaupt beten?«, fragte Thomas. »Außerdem – wenn ich La Valette enttäuschen sollte, dann geht das nur Gott etwas an und nicht dich.«

Einen Augenblick lang starrten sich die beiden Ritter feindselig an. Sir Martin kaute schweigend auf einem Stück Fleisch und behielt den Blick auf den Tisch gerichtet. Richard hatte sich vorgebeugt und das Kinn auf die gefalteten Hände gestützt. Er hörte aufmerksam zu, traute sich jedoch nicht, den Kopf zu heben und einem der Ritter in die Augen zu sehen.

»Eines Tages«, sagte Sir Oliver, »wirst du ernten, was du gesät hast.« Er holte tief Luft. »Nun, wenn ich dich schon nicht zum Gehen überreden kann, will ich zum eigentlichen Grund meines Besuchs in der Auberge kommen. Offenbar hat Don Garcia dem Großmeister einige Ratschläge bezüglich der Verteidigung von Malta erteilt …«

»Ganz recht.« Thomas hielt inne und sah Richard an. »Wir waren dabei.«

»Dann wirst du dich auch daran erinnern, dass er dem Großmeister empfohlen hat, einen Kriegsrat einzurichten, der lediglich aus einer Handvoll Männer besteht. Offenbar sollst du Teil dieser illustren Runde sein«, endete Sir Oliver mit kaum verhohlener Verachtung.

»Ich?« Thomas hob die Augenbrauen. Er hatte zwar fünf Jahre lang im Dienste des Ordens und viele weitere auf den Schlachtfeldern Europas gekämpft und dabei mehrere Belagerungen miterlebt – zwei davon als Verteidiger –, doch seine Berufung würde dennoch viele hochrangige Ritter vor den Kopf stoßen. Damit ging La Valette ein hohes Risiko ein. »Das überrascht mich.«

»Selbstverständlich habe ich mich dagegen ausgesprochen. Noch hat der Großmeister seine Entscheidung nicht öffentlich gemacht – für den Fall, dass du ablehnst.« Sir Oliver beugte sich vor und starrte Thomas durchdringend an. »Du musst diesen Posten nicht annehmen. Tatsächlich wäre es besser für uns alle, du würdest ihn ausschlagen. Diese Berufung wird nur Zwist innerhalb des Ordens schüren. Das ist deine Gelegenheit zur Wiedergutmachung, Sir Thomas. Du weißt, dass es kein gutes Ende nehmen würde.«

»Ich verstehe noch immer nicht recht. Wie kommt La Valette ausgerechnet auf mich?«

»Neben deiner beträchtlichen Kampferfahrung gibt es zwei Gründe, von denen er mir einen dargelegt hat. Der Großmeister glaubt, dass die höheren Ränge des Ordens mit ehrgeizigen und ruhmsüchtigen Männern besetzt sind, die von verschiedenen Fraktionen des Ordens unterstützt werden und die gegenwärtige Notlage für ihre eigenen Interessen ausnutzen wollen. Es darf nicht sein, dass diese Männer weiterhin ihre politischen Ziele verfolgen. Du dagegen hast hier nichts zu gewinnen. Du bist ein Außenseiter, deshalb wirst du einzig und allein in der Absicht handeln, die Türken zu besiegen. Außerdem wirst du an der Seite der jüngeren Ritter kämpfen und den Großmeister und den anderen Mitgliedern des Kriegsrats über die Moral der Truppe Bericht erstatten können. Soweit das Argument, das er für deine Wahl vorgebracht hat.«

»Klingt vernünftig«, sagte Thomas. »Und der andere Grund?«

»Ganz einfach. Du warst immer einer seiner Lieblingsritter. Sein Schützling. Als man dich aus dem Orden verstoßen hatte, war La Valette sehr betrübt. Ich glaube, dass er väterliche Gefühle für dich hegt. Und wie alle Väter war – und ist – er den größten Makeln seines Sohnes gegenüber blind. In den Jahren deiner Abwesenheit hat er oft in den höchsten Tönen von dir gesprochen«, sagte Sir Oliver verbittert. »Und nun, in jenem Augenblick, in dem vernünftige Entscheidungen wichtiger sind denn je, gibt er den sentimentalen Gefühlen eines alten Mannes gegenüber seinem verlorenen Sohn nach. Närrische Selbstsucht bestimmt sein Handeln.«

»Und doch hat er dir einen guten Grund für seine Entscheidung geliefert. Ich glaube, du misst seinem Alter zu viel Bedeutung bei.«

»Vielleicht. Das wird sich zeigen. Die kommende Prüfung wird uns allen das Äußerste abverlangen. Glaubst du, dass ein so betagter Mann wie er diese Bürde lange schultern kann? Was, wenn er unter der Last der Verantwortung zusammenbricht? Dann brauchen wir womöglich einen neuen Anführer.«

»Dich etwa?«

»Warum nicht? Sollte die Wahl auf mich fallen, dann wirst du deine Privilegien verlieren und nicht besser behandelt werden als ein gewöhnlicher Soldat. Es gibt viele Ritter, die auf Vergeltung sinnen, weil dich der Großmeister ihnen so willkürlich vorgezogen hat.« Er lächelte gekünstelt. »Also, was soll ich ihm sagen? Nimmst du sein Angebot an oder lehnst du ab?«

»Ich nehme es an.« Für Thomas stand die Entscheidung fest. Er war entschlossen, seinem alten Mentor so gut wie möglich zu dienen und das Vertrauen, das La Valette in ihn setzte, nicht zu enttäuschen. Außerdem würde diese neue Position auch bei der Suche nach dem

Dokument, weswegen Walsingham sie hierhergeschickt hatte, dienlich sein.

»Das hatte ich befürchtet«, sagte Stokely. »Wie immer stellst du persönliche Belange über Ehre, Pflicht und das Wohl anderer. Dann soll es so sein. Ich habe mein Bestes versucht, dich davon abzubringen, daher habe ich mir nichts vorzuwerfen. Ich werde den Großmeister von deiner Entscheidung unterrichten. Somit wäre ich hier fertig.« Stokely stand auf und nickte Sir Martin kurz zu. »Lasst Euch nicht mit diesem Mann ein«, sagte er. »Das haben schon viele bereut.«

Er nahm sein Cape von der Rückenlehne seines Stuhls und ging zur Tür. Dann trat er auf die Straße, und einen Augenblick später war das dumpfe Klappern zu hören, mit dem der Türriegel einrastete.

Sir Martin atmete erleichtert auf. »Ich dachte schon, der geht nie mehr. Der Kerl hat mir den Appetit verdorben. Ich habe mich in seiner Gegenwart noch nie recht wohl gefühlt. Gott sei Dank übernachtet er nur selten in der Auberge.« Er sah Thomas an. »Er kann Euch wohl nicht besonders gut leiden, wie?«

»Anscheinend nicht.« Thomas nahm eine dicke Scheibe Wurst vom Teller, steckte sie in den Mund und kaute nachdenklich. La Valettes Angebot machte ihm Angst. Es war eine große Verantwortung, und er wollte das Vertrauen des Großmeisters keinesfalls enttäuschen – von einer Ausnahme abgesehen. Thomas bemerkte, dass Richard ihn triumphierend anstarrte. Zweifellos überlegte er bereits, wie er diese Situation zu seinem Vorteil nutzen konnte.

Sir Martin beendete hastig und lautstark sein Mahl, wischte sich den Mund mit dem Handrücken ab, streckte sich und seufzte zufrieden. Dann leerte er seinen Becher und schmatzte behaglich.

»Ah, es geht doch nichts über eine ordentliche Mahlzeit nach einem harten Arbeitstag. Und nun zu Bett!« Er erhob sich mühselig und rieb sich den Rücken. »Ich wünsche wohl zu ruhen.«

Thomas nickte ihm zu. Richard stand auf und neigte hochachtungsvoll den Kopf. Sobald Martins Zellentür ins Schloss gefallen war, wandte er sich Thomas zu.

»Ich dachte schon, wir würden uns niemals Zutritt zu St. Angelo verschaffen können, ohne Verdacht zu erregen. Jetzt könnt Ihr Euch frei im Reich des Großmeisters bewegen. Bringt mich in das Archiv. Ich weiß, wie De Launceys Truhe aussieht, und das, was wir suchen, befindet sich gewiss darin. Wenn wir uns sputen, können wir dieser Todesfalle entkommen, bevor die Türken eintreffen.«

»Entkommen?«, fragte Thomas verblüfft. »Ich habe nicht die Absicht, die Insel zu verlassen. Nicht jetzt. Ich werde hier gebraucht. Jeder Mann wird gebraucht.«

Richard starrte ihn an. »Seid Ihr wahnsinnig? Der Feind wird kein Erbarmen kennen. Er wird die Forts in Grund und Boden schießen und alle Überlebenden töten.«

»Das ist die eine Möglichkeit.« Ein Lächeln huschte über Thomas' Gesicht. »Die andere ist, dass wir durchhalten, bis entweder die Türken aufgeben oder wir von Don Garcia und seinem auf Sizilien versammelten Heer gerettet werden.«

»Da könnt Ihr Euch genauso gut den Mond vom Himmel wünschen.« Richard lachte freudlos. »Don Garcias Armee existiert nur auf dem Papier. Sein König verbietet ihm, die wenigen Männer, über die er verfügt, aufs Spiel zu setzen. Ich verwette mein Leben darauf, dass weniger als die Hälfte der Soldaten und Schiffe, die ihm die anderen Mächte Europas versprochen haben, auch tatsächlich eintrifft. Die Türken werden nicht seinetwegen umkehren. Glaubt Ihr im Ernst, dass Süleymans Generäle und Befehlshaber zögern, wenn er tatsächlich befohlen hat, Malta einzunehmen? Sie würden niemals seinen Zorn auf sich ziehen wollen.«

Richard wartete die Reaktion auf seine Worte ab, doch Thomas schwieg beharrlich. Der junge Mann zischte wütend, bevor er fortfuhr: »Sir Thomas, ich kenne Euch nun lange genug. Ich weiß, dass ihr ein guter Mann seid. Wenn wir unsere Mission erfüllen und nach England zurückkehren, wird Walsingham sicherlich Verwendung für Euch haben. Werft Euer Leben nicht für eine leere Geste weg.«

Thomas rutschte auf seinem Stuhl herum. »Erstens: Es war niemals *unsere* Mission, nur deine. Ich bin nur der Vorwand, um dich in den Orden einzuschleusen. Und zweitens ist das keine leere Geste, Richard. Was für ein Dokument das auch immer sein mag – es gibt Zeiten, in denen man seinen Mann stehen muss. Als ich aus dem Orden verbannt wurde, hatte ich nicht nur die Frau verloren, die ich liebte, sondern auch meinen Platz in der Welt. Jetzt ist sie tot, und alles, was mir bleibt, ist die Gelegenheit zur Wiedergutmachung.«

»Ich dachte, Ihr hättet genug vom endlosen Krieg des Ordens.«

»Hatte ich auch, doch die Lage hat sich geändert. Das Überleben des Ordens und der Inselbewohner, die zu ihm halten, ist in Gefahr. Wenn der Orden ausgelöscht wird und Malta fällt, stellt das eine Bedrohung für jedes christliche Königreich in Europa dar, das weißt du so gut wie ich. Selbst England könnte unter die Knute des Sultans fallen. Die kommende Schlacht entscheidet das Schicksal zweier Zivilisationen. Ein einziger Mann kann über ihren Ausgang entscheiden.«

»Ein Mann?« Richard schüttelte den Kopf. »Ihr habt zu viel von dem Quell getrunken, aus dem sich auch der Fanatismus des Ordens speist, Sir Thomas. Das oder … nun, vielleicht gibt es auch eine einfachere Erklärung. Das Angebot des Großmeisters, Euch in den Kriegsrat aufzunehmen, hat Euren Verstand getrübt, nicht wahr? Seine Bitte schmeichelt Euch, und Ihr wollt ihn nicht im Stich lassen. Habe ich recht?«

»Zum Teil. Aber das spielt keine Rolle.« Thomas legte die Hand aufs Herz. »Ich werde an der Seite meiner Ordensbrüder kämpfen, so viel steht fest. Aber ich kann dir keinen Grund dafür nennen. Nur eine Gewissheit in meinem Herzen, die über jeden Zweifel erhaben ist. Ich werde bleiben und kämpfen. Und sterben, wenn das mein Schicksal sein sollte.«

»Dann enttäuscht Ihr mich schwer. Ich hatte Euch für einen weiseren und vernünftigeren Mann gehalten.«

»Nun, deine Enttäuschung kümmert mich nicht. Trotzdem werde ich alles tun, um dir bei der Erfüllung deiner Aufgabe zu helfen. Und deiner Flucht, wenn es noch nicht zu spät ist und du nicht an meiner Seite kämpfen willst.«

Richard dachte einen Augenblick nach. »Es wäre mir eine Ehre, an Eurer Seite zu kämpfen«, sagte er schließlich resigniert. »Glaubt mir. Aber ich werde mich nicht ohne guten Grund dem sicheren Tod überantworten. Also müsst Ihr wohl oder übel allein Euer glorreiches Ende finden. Oder zumindest in Gegenwart Eurer ach so geliebten Ordensbrüder.« Er schob die Bank zurück und stand auf. »Mehr gibt es dazu nicht zu sagen. Unsere nächsten Schritte können wir morgen planen. Gute Nacht, Herr.«

Sie nickten sich kurz zu. Richard ging in seine Zelle und ließ Thomas allein im Saal zurück. Dieser starrte auf die kleinen hölzernen Schilde mit den Wappen der englischen Ritter, die ihr Leben dem Orden geweiht hatten, und die ausgebleichten Banner daneben. Tief in seinem Inneren wusste er ganz sicher, dass seine Entscheidung, zu bleiben und mit seinen Kameraden zu kämpfen, die einzig richtige war.

KAPITEL 21

18. Mai

Sobald er die Berichte über die einzelnen Garnisonen und den Ausstoß der Schießpulvermühlen gehört hatte, stand der Großmeister auf und ging zum Fenster hinüber. Apollo und Achilles, seine Lieblingsjagdhunde, sprangen unter dem Tisch hervor und folgten ihrem Herren. Er streichelte ihre samtweichen Ohren, während er aus dem Fenster von St. Angelo über die dicken Mauern und das glänzende blaue Wasser des Hafens bis zur Halbinsel hinüberblickte, wo das Fort St. Elmo im Schatten der Sciberras-Hügelkette lag. Es war ein wolkenloser Morgen. Der Himmel war tiefblau, und die tief stehende Sonne färbte das Mauerwerk des Forts leuchtend gelb. Eine schwache Brise ließ die Flagge des Ordens über St. Elmo flattern, sodass sich das weiße Kreuz auf rotem Grund sanft im Wind blähte. Das leise Klirren der Spitzhacken, die die Arbeiter auf der anderen Seite des Hafens schwangen, hallte über dem Wasser. Trotz der Kriegsvorbereitungen war es ein friedlicher Anblick. Das schöne Wetter war ein Vorbote des kommenden Sommers und seiner brütenden Hitze.

Thomas saß auf einem Stuhl und beobachtete La Valette. Die harte Arbeit der vergangenen Monate schien den Großmeister nicht erschöpft, sondern mit frischer Energie und Tatendrang erfüllt zu haben. Weder seine Haltung noch seine Bewegungen, nur seine weißen Locken ließen auf sein Alter schließen. Sein Gesicht war zwar mit Falten durchzogen, schien jedoch einem zehn oder gar fünfzehn Jahre jüngeren Mann zu gehören. Die grauen Augen unter den buschigen Brauen funkelten. Thomas sah sich unter den anderen Mitgliedern des Kriegsrats um. Romegas und Sir Oliver Stokely wirkten müde und angespannt. Nur Oberst Mas schien gelassen, doch das konnte auch täuschen; der Oberst war Soldat durch und durch und zeigte nur selten Gefühle – abgesehen von seinen Wutausbrüchen beim kleinsten Anzeichen von Faulheit oder Unfähigkeit der Männer unter seinem Befehl.

Seufzend drehte La Valette sich zu den Männern um, die er zu seinen engsten Ratgebern erkoren hatte. Sein Blick wanderte von einem zum anderen.

»Es dauert noch einen Monat, bis die Befestigungen von Birgu und St. Michael vollendet sind. Das ist unannehmbar.«

Colonel Mas legte den Kopf leicht schief. »Sie wären schon lange beendet, wenn Ihr sofort nach meiner Ankunft den Befehl dazu gegeben hättet, Herr. Wie ich Euch geraten habe.«

»Besten Dank, Oberst, das habe ich nicht vergessen. Nun, leider können wir die Zeit nicht zurückdrehen. Die Leute müssen eben härter arbeiten. Verlängert jede Schicht um eine Stunde. Das gilt für alle, auch für mich. Und zwar ab heute Nachmittag.«

»Ja, Herr. Mein Schreiber wird gleich nach dieser Besprechung eine entsprechende Anweisung aufsetzen.«

»Was ist mit der Hafenkette?«

Romegas verschränkte die Finger. »Sie ist bereits zwischen Senglea und Birgu gespannt. Die Eisenringe wurden an den dicksten Holzpfählen befestigt, die wir auftreiben konnten. Die Pfähle wurden in den Hafenboden getrieben und mit weiteren Ketten an den Felsen am Ufer befestigt. In der Mitte der Palisade kann die Kette abgesenkt werden, um im Notfall eine Galeere passieren zu lassen. Sonst käme wohl nur ein Ruderboot an der Kette vorbei. Die feindlichen Galeeren werden den Dockyard Creek nicht erreichen, Herr.«

»Sehr gut. Wenigstens eine Verteidigungslinie, auf die wir zählen können.« La Valette wandte sich wieder Oberst Mas zu. »Wenn wir davon ausgehen, dass der Feind St. Elmo zuerst angreift, haben wir noch genug Zeit, die Verteidigungsanlagen von Birgu und St. Michael fertigzustellen. Solange das nicht geschehen ist, müssen wir den Gegner so lange wie möglich bei St. Elmo binden. Wie lange wird das Fort durchhalten?«

Mas dachte einen Augenblick nach. »Von Anbeginn der Belagerung? Die Türken werden etwa zehn Tage brauchen, um die Annäherungsgräben auszuheben, und zwei, um die Geschütze in Stellung zu bringen. Danach hängt alles davon ab, wie schnell ihre Kanonen eine Bresche für einen Angriff der Fußtruppen schlagen können. Angesichts der ungünstigen Lage des Forts und der Schwäche des Ravelins würde ich schätzen, dass die Türken St. Elmo in drei Wochen erobert haben.«

Der Großmeister seufzte enttäuscht. »Das reicht nicht. Wenn der Feind unsere Arbeiter stören kann, wird es länger als einen Monat dauern, bis die Verteidigung auf dieser Seite vollendet ist. St. Elmo muss länger als drei Wochen durchhalten, koste es, was es wolle.«

Da blies Mas die Wangen auf. »Wir werden das Fort bis zum Rand mit Soldaten vollstopfen. Wir müssten in der Lage sein, Verstärkung hinüberzutransportieren und die Verwundeten im Schutze der Dunkelheit hierherzubringen. Dazu Schießpulver und Proviant für den Fall, dass St. Elmo länger als die dreißig Tage hält, für die die dort gelagerten Vorräte ausreichen«, sagte der Oberst. »Natürlich wird jeder Mann, der St. Elmo verteidigt, auf dieser Seite des Hafens fehlen, wenn der Feind einen Großangriff auf Birgu und Senglea versuchen sollte. Ab einem gewissen Zeitpunkt spielt es keine Rolle mehr, ob wir Verstärkungen zum Fort schicken oder nicht.«

»Und was geschieht dann?«, fragte Sir Oliver.

»Dann müssen wir entscheiden, ob wir die verbliebenen Truppen abziehen, ihnen erlauben zu kapitulieren oder ihnen befehlen, bis zum letzten Mann zu kämpfen.«

»Ich verstehe.«

Alle grübelten schweigend über den verzweifelten Abwehrkampf nach, der ihnen bevorstand. »Da es von entscheidender Bedeutung ist, St. Elmo so lange wie möglich zu halten«, sagte Mas schließlich, »würde ich vorschlagen, das Fort unter den Befehl eines unserer erfahrensten Offiziere zu stellen.«

La Valette kehrte zu seinem Stuhl zurück, nahm Platz, knippte mit den Fingern und deutete auf den Boden.

Sofort legten sich die Hunde unter den Tisch. »Ich nehme an, dass Ihr Euch freiwillig für diese Position zur Verfügung stellen wollt?«

»Ja, Herr.«

»Obwohl Ihr Euch über den unausweichlichen Ausgang des Kampfes bewusst seid? Es wird eine verzweifelte und grausame Schlacht, Oberst.«

»Dafür bezahlt Ihr mich schließlich.« Mas lächelte, was äußerst selten vorkam. »Und das fürstlich, verglichen mit meinen bisherigen Dienstherren.«

»Für diesen Kampf musste ich die Besten rekrutieren«, sagte La Valette mit dankbarem Nicken. »Aber ich möchte Euch nicht gleich zu Beginn des Kampfes verlieren. Es wäre mir lieber, Ihr bleibt hier, wo Eure Erfahrung am dringendsten gebraucht wird. Wir können später entscheiden, wer das Kommando über das Fort übernehmen wird.«

»Wie Ihr wünscht, Herr.«

»Dabei kommt mir ein Gedanke, Herr«, warf Thomas ein und war sich sofort der geringschätzigen Blicke bewusst, die er dafür von Romegas und Stokely erntete. Er hatte sich schnell daran gewöhnt, dass sie nur Verachtung für das rangniedrigste Mitglied des Kriegsrats übrig hatten.

»Ja?«

»Wir gehen davon aus, dass der Feind St. Elmo zuerst angreifen wird. Was, wenn nicht? Wie lautet unser Plan, wenn er sich zuerst Birgu oder Senglea vornimmt?«

Romegas wandte sich ihm halb zu. »Diese Möglichkeit wurde von Don Garcia in Betracht gezogen und verworfen, als er die Verteidigungsanlagen inspiziert und dem Großmeister seine Ratschläge gegeben hat. Die Türken werden zuallererst einen Anlegeplatz im Hafen von Marsamxett sichern und dann Birgu und Senglea vollständig umzingeln. Wenn ich mich recht erinnere, haben alle dieser Betrachtung zugestimmt und ihre Pläne dahingehend ausgearbeitet.«

»In der Tat«, stimmte Thomas zu. »Trotzdem bleibt die Frage, was wir tun sollen, wenn die Türken zuerst die Festungen auf dieser Hafenseite angreifen, ungelöst.«

»Und weshalb sollten sie das tun?«, fragte Romegas bissig. »Rein taktisch gesehen ist St. Elmo die vernünftigste Wahl.«

»Großmeister, diese Bemerkung ist ein weiterer Beweis für Thomas' Unbedarftheit in militärischen Dingen«, warf Stokely ein. »Ich bitte Euch nochmals, seine Teilnahme an diesem Kriegsrat zu überdenken.«

»Dem stimme ich zu«, sagte Romegas.

»Genug!« La Valette schlug mit der Hand auf den Tisch. »Meine Entscheidung, was Sir Thomas betrifft, steht nicht zur Debatte. Ich will nichts mehr davon hören.«

»Wie dem auch sei, Sir Thomas hat recht«, sagte Oberst Mas. »Nur weil wir der Meinung sind, dass der Feind den größten Vorteil daraus zieht, in einer bestimmten Weise zu handeln, wird er das noch längst nicht tun. Wir müssen auf jeden erdenklichen Fall vorbereitet sein, Herr. Egal, wie unwahrscheinlich es auch sein mag, dass er eintritt.«

La Valette dachte einen Augenblick nach. »Also gut, Oberst. Dann erstellt mir bitte einen Plan, wie wir einer solchen Bedrohung am besten begegnen. Ihr könnt ihn bei der morgigen Besprechung vorlegen.«

»Ja, Herr.«

Der Großmeister richtete das Wort an Stokely. »Was mich zum letzten Tagesordnungspunkt bringt. Die Gefechtsvorbereitungen auf der übrigen Insel.«

Stokely neigte ergeben den Kopf und überflog den Notizzettel in seinem Schoß. »Die Garnison in Mdina meldet volle Einsatzbereitschaft. Der Großteil unserer Kavallerie wurde in die Ställe der dortigen Zitadelle verlegt. Das Futter reicht für sechs Monate. Die Zisternen sind bis zum Rand gefüllt, und der Proviant reicht ebenfalls für ein halbes Jahr. Pedro Mesquita, der Ritter, dem Ihr das Kommando über die Zitadelle übertragen habt, hat mit seinem Stab dort Stellung bezogen. Er hat den Befehl, den Türken mit seiner Reiterei bei jeder sich bietenden Gelegenheit das Leben schwer zu machen.« Stokely sah Thomas an. »Vorausgesetzt, dass der Feind nicht zuerst Mdina angreift.«

»Der Feind hat die Absicht, den Hafen zu erobern und den Orden zu vernichten«, entgegnete Thomas geduldig. »Mdina liegt im Herzen der Insel. Es ist für die gegnerischen Pläne ohne Bedeutung.«

»Sir Thomas hat recht«, warf La Valette ein. »Bitte, fahrt fort.«

Einen Augenblick lang machte Stokely ein finsteres Gesicht, dann konsultierte er erneut seine Notizen. »Ich konnte einen Teil der Stadtbevölkerung evakuieren, doch die Mehrheit der Bewohner weigert sich, ihre Häuser und Gehöfte zu verlassen. Selbst mehrere Mitglieder meines eigenen Haushalts sind fest entschlossen zu bleiben. Sie ließen sich durch nichts umstimmen.« Er warf Thomas einen kurzen Blick zu. »Diejenigen, die sich zum Bleiben entschieden haben, wurden angewiesen, die Ernte so früh wie möglich einzubringen und Korn und Vieh in die Stadt zu schaffen. Dasselbe gilt für die Bauern im Umkreis der Häfen. Bisher wurden noch keine Maßnahmen getroffen, die Brunnen zu vergiften.«

Während seiner Rede hatte sich die Miene des Großmeisters stetig verdüstert. Nun hob er eine Hand, um Stokely zum Schweigen zu bringen.

»Das ist inakzeptabel. Die Leute verwechseln meine Befehle wohl mit gutgemeinten Ratschlägen. Meinen Anweisungen ist Folge zu leisten. Das liegt in Eurer Verantwortung, Sir Oliver. Kümmert Euch darum, dass diese Bauerntölpel tun, was ich sage. Bis zum Ende der Woche soll auch der letzte sicher hinter den Stadtmauern untergebracht sein. Dann brennt ihre Höfe nieder und vergiftet die Brunnen. Nicht eine Handvoll Getreide oder eine lebende Kreatur soll den Türken zur Nahrung dienen, verstanden? Im Notfall müsst Ihr Gewalt anwenden. Die Inselbewohner müssen dieselbe Disziplin an den Tag legen wie meine Soldaten. Nur so können wir alle überleben. Sagt ihnen das. Widerspruch ist zwecklos. Wenn Ihr meine Befehle nicht durchsetzen könnt, muss ich mir einen Ritter suchen, der dazu fähig ist.«

Stokely nickte. So vor den anderen Rittern zurechtgewiesen zu werden hatte ihn tief erröten lassen. »Ich werde Eure Anordnungen auf der Stelle ausführen, Großmeister.«

La Valettes Züge wurden wieder etwas sanfter. »Sir Oliver«, sagte er mit versöhnlicher Stimme, »Ihr seid ein guter Verwalter. In all den Jahren, die ich dem Orden gedient habe, ist mir kein besserer untergekommen. Doch nun bekriegen wir nicht länger die Handelsrouten des Feindes – der Feind hat den Krieg zu uns getragen. Eure Fähigkeiten sind nun wichtiger denn je, doch die Männer unter Eurem Kommando brauchen eine starke Hand. Sie werden Euch um Rat bitten und zu Euch aufsehen, und Ihr müsst unerschütterliche Entschlossenheit zeigen. Jetzt gibt es keine Zivilisten mehr auf Malta. Jeder Mann, jede Frau und jedes Kind muss seinen Beitrag zur Verteidigung der Insel leisten. Habt Ihr verstanden?«

»Ja, Großmeister. Bitte verzeiht, Herr. Ich werde Euch nicht noch einmal enttäuschen.«

La Valette lächelte gütig und wollte gerade weitersprechen, als der dumpfe Knall einer Kanone in der Entfernung ertönte. Dann ein zweiter und ein dritter Schuss. Noch bevor der Lärm verklungen war, waren alle im Raum aufgesprungen und zum Fenster gestürzt.

»Woher kam das?«, wollte La Valette wissen und spähte angestrengt aufs Meer hinaus. Thomas neben ihm beobachtete ebenfalls das kurze Stück Horizont, das zwischen Gallows Point und der Spitze der Sciberras-Halbinsel sichtbar war. Noch war nichts zu erkennen, nur die gerade Linie, die den Himmel von der See trennte.

»Von hinter St. Elmo«, sagte Oberst Mas. »Es müssen die Signalkanonen eines Beobachtungspostens gewesen sein.«

Noch während er sprach, blitzte es auf St. Elmo auf, und Rauch und Flammen stiegen in die Morgenluft. Eine zweite Kanone wurde abgefeuert, und einen Augenblick später hallte der Schuss von den Mauern von St. Angelo wider. Als das dritte Geschütz donnerte, gab es keinen Zweifel mehr, was der Anlass für das Abfeuern der Signalkanonen war. La Valette holte tief Luft. »Der Feind ist hier ...«, sagte er, ohne den Blick vom Hafen abzuwenden.

DIE BEIDEN HAUPTHÄFEN MALTAS MIT DER
LAGE DER ORDENSBASTIONEN

Gallows Point

Höhen von
St. Margaret

Fort St. Elmo

Birgu

Fort
St. Michael

Hafen von
Marsamxett

Fort
St. Angelo

French
Creek

Grand
Harbour

Scibberras-Hügelkamm

Türkisches
Feldlager

LEGENDE:

Türkische
Geschütz-
batterien

N

KAPITEL 22

Bis die fünf Männer den Signalturm von St. Angelo erklommen hatten, drängte sich bereits eine Menschenmenge auf den Straßen von Birgu. Die Bewohner liefen zur Stadtmauer und jedem anderen höhergelegenen Punkt, von dem aus sie die Ankunft der türkischen Flotte mit eigenen Augen sehen konnten. Thomas erreichte die Plattform als Erster. Einer der jüngeren Ritter sowie ein älterer Soldat standen bereits dort und starrten konzentriert auf den östlichen Horizont. Schwacher Morgennebel lag noch auf dem Wasser und verbarg die Grenze zwischen Meer und Himmel.

»Seht ihr sie?«, fragte Thomas.

Die beiden Männer drehten sich um und nahmen Haltung an, sobald sie den Großmeister und die beiden anderen hochrangigen Offiziere sahen, die keuchend hinter Thomas die Treppe hinaufkamen.

»Nein, Herr«, antwortete der Ritter.

»Aus welcher Richtung kamen die Signalschüsse?«

»Von der Küste im Norden.«

Thomas hob die Hände, um seine Augen gegen die tief stehende Sonne zu schützen, und versuchte, im Nebel etwas zu erkennen. Doch noch war außer dem dumpfen Glitzern der Wellen und den Möwen, die unmittelbar über der Wasseroberfläche auf Fischjagd gingen, nichts zu sehen. La Valette und die anderen stellten sich neben ihn vor die hüfthohe Brüstung und starrten aufs Meer hinaus. Wieder hörten sie die Abfolge von Schüssen, mit denen der Warnruf von der Küste ins Landesinnere getragen wurde. Bis auf das Donnern der Kanonen war es seltsam still auf der Insel geworden. Der übliche Lärm aus den engen Gassen und das entfernte Klirren der Spitzhacken waren verstummt. Schweigend warteten die Ordensritter und die Einheimischen, bis sie den Feind zum ersten Mal zu Gesicht bekamen. Thomas kam es vor, als hätte die Welt den Atem angehalten und wartete auf den Moment, der das Schicksal aller Anwesenden für immer verändern würde.

»Wenn da irgendein Narr falschen Alarm gegeben hat, werde ich ihn auspeitschen lassen«, zischte Sir Oliver.

»Dort!« Der alte Soldat streckte den Arm aus und deutete nach Nordost. Sofort wirbelten die Köpfe der übrigen Männer herum. Aufmerksam suchten sie den Nebel nach den feindlichen Schiffen ab.

»Wo?«, knurrte La Valette. »Ich kann nichts erkennen.«

»Jetzt sehe ich es«, sagte Thomas. »Direkt hinter Gallows Point. Ein Segel.«

»Womöglich ist es nur ein einzelnes Schiff«, murmelte Stokely. »Oder eine Korsarenflottille auf Beutezug.«

»Das werden wir bald herausfinden.« Romegas sah den alten Soldaten voller Hochachtung an. »Du hast scharfe Augen für einen Mann deines Alters. Wie heißt du?«

»Balbi, Herr.« Der Mann neigte den Kopf. »Francesco Balbi.«

»Ein Italiener, ja?« Romegas musterte ihn genauer. »Einer der Söldner des Oberst?«

Mas sah zu Balbi hinüber. »Ach ja, hast du nicht behauptet, nicht nur Glücksritter, sondern auch Poet zu sein?«

»Ganz recht, Herr.«

»Ein Poet?« Romegas kicherte. »Nun, Balbi, ich wette, in den kommenden Tagen wirst du genug erleben, um ein ganzes Epos schreiben zu können. Du wirst uns unsterblich machen, was?«

»Ruhe!«, blaffte der Großmeister. »Ich kann eure verdammten Schiffe nicht sehen. Wo sind sie?«

Der ängstliche Unterton in La Valettes Stimme überraschte Thomas. Deshalb hob er langsam die Hand und deutete direkt auf das einzige sichtbare Schiff. »Dort, Herr«, sagte er besänftigend. »Und da ... oh.«

Als hätte man einen dünnen Seidenvorhang beiseite gezogen, erschien nun ein Segel nach dem anderen, bis das Meer vor dem nebligen Horizont vollends mit Schiffen erfüllt war.

»Herr im Himmel«, murmelte Sir Oliver.

Die anderen schwiegen, genauso wie die Ritter, Soldaten und Zivilisten, die sich auf den Mauern von St. Angelo und jedem Hügel in Birgu drängten. Thomas erkannte die Köpfe und Schultern der Männer, die auf den Mauern des Forts auf der gegenüberliegenden Hafenseite standen. Mehrere waren auf die Brüstung geklettert, um besser sehen zu können.

Endlich durchbrach La Valette die Stille auf dem Turm. Er ließ die Hand sinken, mit der er seine Augen geschützt hatte, und drehte sich ruckartig zu seinen Beratern um. »Das ist die Invasionsflotte, kein Zweifel. Wir dürfen keine Zeit verlieren. Schon vor Einbruch der Dunkelheit könnten die ersten Truppen an Land gegangen sein. Bis dahin muss sich jeder Zivilist hinter den Mauern in Sicherheit befinden. Sir Oliver, Ihr sorgt dafür, dass dies in Birgu und Senglea geschieht.« Er wandte sich Romegas zu. »Ihr werdet nach Mdina reiten und Mesquita von der Lage in Kenntnis setzen. Er soll das Landesinnere räumen. Oberst Mas, nehmt Euch einen Trupp Reiter und vergiftet so viele Brunnen wie möglich. Brennt jeden Bauernhof und jedes Haus auf Eurem Weg nieder. Alles, was dem Feind nützen könnte. Aber seht zu, dass Ihr vor der Abenddämmerung zurück seid.«

»Was ist mit den Gutshöfen?«, fragte Sir Oliver. »Die werden wir doch sicherlich nicht zerstören.«

»Die als allererste. Oder willst du in ein Heim zurückkehren, das von einem türkischen Offizier und seinen Kameraden geplündert wurde?« Ohne eine Antwort abzuwarten, richtete La Valette das Wort an Thomas. »Ihr werdet mit einem Boot nach St. Elmo übersetzen und Euch vergewissern, dass die Garnison kampfbereit ist. Außerdem werden sich viele Einheimische ins Fort geflüchtet haben. Ich habe ihnen zwar befohlen, in Mdina, Senglea oder Birgu Schutz zu suchen, aber in ihrer Panik werden einige die nächstgelegene Zuflucht aufgesucht haben. Auf St. Elmo ist kein Platz für sie. Wir werden sie über den Hafen bringen müssen, bevor die Türken dies vereiteln können. Kümmert Euch darum.«

»Ja, Herr.« Thomas nickte.

La Valette sah noch ein letztes Mal zum Horizont. Mit zusammengekniffenen Augen versuchte er, die gewaltige Flotte auszumachen, die sich der Küste näherte. Inzwischen waren Hunderte von Schiffen sichtbar: Galeeren, Galeonen und viele kleinere Frachtschiffe – der eindeutige Beweis dafür, dass der Sultan fest entschlossen war, die Insel einzunehmen und den Johanniterorden, der die islamische Welt seit drei Jahrhunderten plagte, auszulöschen. Der Großmeister holte tief Luft.

»Ihr habt Eure Befehle. Möge Gott uns allen gnädig sein. Und jetzt macht Euch ans Werk.«

Als Thomas und Richard St. Elmo erreichten, starrte die dortige Garnison immer noch untätig auf die sich nähernde Flotte. Der kleine Innenhof war mit Körben voller Äpfel und Orangen, Mehlsäcken, Käserädern und Pulverfässern vollgestellt. Letztere waren erst vor Kurzem aus den Pulvermühlen von Senglea eingetroffen. Thomas runzelte die Stirn, als er das Durcheinander erblickte. Er hielt einen kleinen Trupp spanischer Soldaten an, der gerade den Hof durchquerte.

»Ihr da! Warum stehen diese Vorräte hier herum? Bringt sie sofort in die Lagerräume! Wo ist euer Kommandant?«

Einer der Hauptmänner des Trupps deutete auf den Burgfried. »Dort oben, Herr. Bei Don Miguel auf dem Turm.«

»Na gut.« Thomas zeigte auf die Pulverfässer. »Bringt diese da zuerst weg, bevor uns noch irgendein übereifriger Trottel damit in die Luft jagt.«

Während der Hauptmann seine Befehle bellte, durchquerte Thomas den Innenhof und betrat den Burgfried. In einem großen Saal standen mehrere lange Tische, auf denen sich noch die Überreste einer hastig unterbrochenen Mahlzeit befanden. Alle Mann waren aufgesprungen, sobald die Signalkanonen ertönt waren. Nur ein kleiner Dienerjunge stopfte sich Brötchen in die Tasche. Als er den Ritter und seinen Knappen sah, blickte er schuldbewusst auf.

»Wo ist die Treppe zum Turm?«, fragte Thomas.

Der Junge sah ihn ängstlich an und schüttelte den Kopf. Erst als Richard die Frage auf Maltesisch wiederholte, deutete der Kleine auf eine Tür an der Seite des Saals. Sie eilten an ihm vorbei durch den Steinbogen. Am Ende eines kurzen Flurs führte eine Treppe mit mehreren Absätzen nach oben. Über hundert Männer waren auf der Brüstung versammelt und starrten aufs Meer. Mehrere trugen rote Wappenröcke mit dem weißen Kreuz der Ordensritter. Thomas konnte sich nicht damit aufhalten, den Kommandanten zu suchen. Er formte eine Hand trichterförmig um den Mund. »Don Juan de La Cerda!«, rief er. »Don Juan!«

Gesichter drehten sich nach ihm um, manche von Furcht gezeichnet. Ein Ritter trat von der Brüstung zurück und ging auf Thomas zu.

»Ich bin Don Juan de La Cerda.«

Der ältere Ritter war von hagerer Gestalt und trug einen Kranz aus ergrautem Haar um den sonst kahlen Schädel. Misstrauisch beäugte er Thomas. »Wer seid Ihr? Ich kenne Euch nicht.«

»Sir Thomas Barrett.«

Bei diesem Namen weiteten sich die Augen des Kommandanten erstaunt. »Der englische Ritter.«

»Einer von ihnen.«

»Derjenige, über den sich seit seiner Ankunft alle das Maul zerreißen.«

Thomas ignorierte diese Bemerkung. »Ich bin auf Befehl des Großmeisters hier. Ich soll das Kommando übernehmen und sicherstellen, dass das Fort gefechtsbereit ist.«

La Cerda sah ihn überrascht an. »Meine Garnison ist gefechtsbereit«, entgegnete er herablassend. »Wir brauchen Eure Hilfe nicht.«

»Gefechtsbereit?« Thomas schüttelte den Kopf. »Im Innenhof herrscht Chaos, und schon bald wird eine Schar von Einheimischen auf der Suche nach Schutz durch Euer Tor stürmen – während Ihr und Eure Männer hier die Aussicht genießt.« Er sprach laut, damit ihn alle hören konnten und keinem die Verachtung in seiner Stimme entging. »Gefechtsbereit? Wenn Ihr das gefechtsbereit nennt, dann ist die Schlacht schon so gut wie verloren. Der Großmeister verlangt Disziplin von Euch und Euren Männern, Don Juan. Die Hälfte der Soldaten soll den Innenhof freiräumen. Vor Landung der Türken muss alles in den Lagerräumen verstaut sein. Die andere Hälfte der Garnison soll sich in Trupps aufteilen, das Fort verlassen und alle Zivilisten von hier bis nach Mdina aufsammeln. Wenn die Leute zu alt oder zu gebrechlich sind, um zu laufen, werden Eure Männer sie tragen. Des Weiteren müssen sie alles brauchbare Werkzeug und alle

Lebensmittel mitbringen, die sie auftreiben können. Der Rest muss zerstört werden. Den Türken darf nichts in die Hände fallen. Habt Ihr mich verstanden?«

La Cerda zögerte. »Und wer gibt Euch die Befugnis zu diesen Befehlen?«

»Wie gesagt, der Großmeister schickt mich.«

»Das behauptet Ihr.«

»Wir haben keine Zeit zu verlieren.« Thomas trat einen Schritt vor. »Wenn Ihr noch länger zögert, wird Euch der Großmeister Eures Postens entheben und Euch für Euren Müßiggang bestrafen, das versichere ich Euch. Ich empfehle Euch dringend, meinen Befehlen auf der Stelle Folge zu leisten. Das ist meine letzte Warnung.«

Don Juan starrte ihn kurz an, dann senkte er den Blick. Er wirbelte herum und brüllte die notwendigen Anweisungen. Jeder Hauptmann scheuchte seine Männer die Treppen zu beiden Seiten der Plattform hinunter. Bis auf die beiden Ritter und den Knappen blieb nur eine kleine Wachmannschaft zurück.

»Ihr habt kein Recht, vor meinen Männern in diesem Ton mit mir zu sprechen«, polterte La Cerda wütend.

»Und Ihr habt kein Recht, diese Männer anzuführen, wenn Ihr Eure Pflichten nicht erfüllt. Nun, während meine Anweisungen befolgt werden, dürft Ihr mich bei einem Rundgang durchs Fort begleiten. Sorgt dafür, dass mein Knappe Papier und Tinte erhält, um sich Notizen zu machen. Richard?«

»Herr?«

»Du wirst meine Bemerkungen und Ratschläge für jede Gefechtsstellung innerhalb dieses Forts notieren.«

»Ja, Herr.«

»Führt uns in Euer Quartier, Don Juan. Sobald mein Knappe das Nötige erhalten hat, können wir anfangen.«

La Cerda gab seinen letzten Widerstand auf, nickte und ging zur nächsten Treppe voran. Thomas eilte ihm hinterher. Er war zu wütend, um Genugtuung darüber zu empfinden, den Kommandanten in seine Schranken verwiesen zu haben. Bevor er die Treppe betrat, hielt er inne und warf noch einen Blick auf die türkische Flotte. Inzwischen stand die Sonne hoch am Himmel und tauchte die Insel in ihren warmen Schein. Der Nebel auf See hatte sich vollends aufgelöst, und die Invasionsflotte war in ihrer ganzen Macht zu sehen. Der Horizont schien zur Gänze mit Segeln und Schiffskörpern ausgefüllt. Die Flotte war nur noch fünf Meilen von der Küste entfernt und näherte sich ihr in einer gewaltigen, halbmondförmigen Formation. Wie passend, dachte Thomas, und seine Lippen verzogen sich zu einem kurzen Lächeln. Dann lief er die Treppe hinunter.

Die Garnison verbrachte den restlichen Tag damit, den Innenhof zu räumen, und der kleinlaute La Cerda folgte Thomas bei seinem Inspektionsgang. Thomas ließ Notizen über die Anzahl der Wachen auf jeder Verteidigungsposition, die Aufstellung der Kanonen und das Gelände machen, das in Reichweite des jeweiligen Geschützes lag. Er verlegte die von La Cerda errichteten Munitionsdepots und sorgte für reibungslose Nachschubwege. Außerdem wollte er das Lazarett sehen und erkundigte sich nach den Maßnahmen, mit denen die Verwundeten nach

Birgu transportiert werden sollten, solange der Hafen noch offen war.

Gegen Mittag trafen die ersten Zivilisten im Fort ein. Thomas und Richard standen auf dem Tor und beobachteten den scheinbar endlosen Strom verängstigter Menschen auf dem staubigen Pfad, der sich unter dem Felsenkamm über die Halbinsel zog. In der Entfernung stiegen dünne Rauchsäulen von lodernden Feuern auf, wo Gebäude und Nahrungsvorräte von den Truppen aus dem Fort in Brand gesetzt wurden.

Die Menschen wurden im Innenhof versammelt. Weinende Kinder klammerten sich an ihre Eltern. Man hatte ihnen von klein auf Geschichten über die grausamen Korsarenüberfälle erzählt, wie Familien gefangen genommen, als Sklaven verkauft und für immer voneinander getrennt wurden. Nur die Jüngsten, die sich der Gefahr noch nicht bewusst waren, lachten fröhlich über die aufregende Unterbrechung des eintönigen Alltags. Die Älteren wurden von ihren Verwandten gestützt, manche sogar von ihnen getragen. Viele hatten ihr Vieh mitgebracht: Ziegen, Maultiere und große Binsenkäfige mit Hühnern. Nur die kleineren Tiere durften in das Fort gebracht werden, für das Großvieh gab es weder Platz noch Futter. Deshalb nahm man es bereits am Tor ihren Besitzern und führte es um die Ecke, wo es eilends geschlachtet, das Fleisch in Fässern eingepökelt und den Vorräten des Forts hinzugefügt wurde. Die Kadaver der Hunde und Maultiere wurden ins Meer geworfen.

Am frühen Nachmittag erregte eine kleine Gruppe Thomas' Aufmerksamkeit, die sich zu Fuß dem Fort näherte. Sie trug teure Kleidung, und Thomas vermutete, dass es sich um den Hausstand eines der Gutshöfe der Insel handelte. Ein dicker Mann mit einem Stab in der Hand ging voran. Ihm folgten mehrere Frauen mit Kopftüchern, angeführt von einer hochgewachsenen Dame in grünem Mantel.

Richard kicherte. »Nun, wenn es darum geht, vor dem Feind zu fliehen, sind alle gleich. Eine solche Gefahr scheint jeden Standesunterschied vergessen zu machen.«

»Oh, sei unbesorgt. So schlecht wird es den Hochwohlgeborenen auch hier nicht gehen«, entgegnete Thomas.

Die beiden starrten die Gruppe noch einen Augenblick an. Thomas' Blick wanderte unwillkürlich zu der größeren Frau, die sich etwas abseits von den anderen hielt und mit einer gewissen Selbstsicherheit einherschritt. Als sie sich dem Tor näherte, formte sich eine vage Erinnerung in seinem Geist. Einen Augenblick lang bekam er sie nicht zu fassen und verspürte nur ein unbestimmtes, flaues Gefühl in der Magengegend. So sehr er seine Augen auch anstrengte – sie war noch zu weit weg. Trotzdem stellte sich so etwas wie ein Wiedererkennen bei ihm ein, und es lief ihm kalt den Rücken hinunter. Sein Herz raste. Seine Finger umklammerten die Brüstung, und er reckte den Kopf, um besser sehen zu können.

Richard wandte sich ihm besorgt zu. »Was ist, Sir Thomas?«

Thomas wollte antworten, doch ihm blieb der Mund offen stehen. Dann hob die Frau ihr von dunklen,

schlichten Locken umrahmtes Gesicht. Thomas erzitter-
te, als gleichzeitig Ungläubigkeit und Hoffnung in ihm
aufstiegen.

»Sie ist es … Grundgütiger, sie ist es … Maria.«

KAPITEL 23

Maria?«, fragte Richard verblüfft. »Unmöglich. Sie ist tot, hat Stokely gesagt. Das kann nicht sein.«

»Sie ist es«, entgegnete Thomas schlicht. »Bei meinem Leben, sie ist es.«

»Wo?«

Thomas hob die Hand und deutete auf sie. »Die Frau in Grün.«

Durch ihre prächtige Kleidung hob sie sich deutlich von den verängstigten Einheimischen ab, sodass Richard sie leicht ausmachen konnte; sie war noch etwa fünfzig Schritte entfernt. »Ihr irrt Euch ganz gewiss.«

Thomas antwortete zuerst nicht – zu sehr plagte ihn die Angst, dass Richard recht hatte. Er wandte den Blick nicht von ihr ab, und mit jedem Schritt, den sie auf das Tor zu machte, wuchs seine Gewissheit. Doch es gab nur eine Möglichkeit, es herauszufinden. Ohne weiter nachzudenken, wandte sich Thomas von der Brüstung ab und eilte auf die Treppe zu, die vom Tor führte.

»Sir Thomas!«, rief ihm Richard nach. »Wartet.«

Thomas schenkte seinem Knappen keine Beachtung, sondern lief noch schneller. Seine Schritte hallten von den Steinmauern der Treppe wider. Dann packte eine Hand seine Schulter. Richard.

Thomas schüttelte ihn ab und rannte weiter.

»Was habt Ihr vor?«, rief Richard, machte aber keine Anstalten, ihm zu folgen.

Diese Frage hätte ihm Thomas unmöglich beantworten können. Er wollte nur noch Gewissheit – erneut nagten Zweifel an ihm, und er fürchtete den Kummer, den ein Irrtum seinem Herzen zufügen würde. Er verschwand im schattigen Durchgang am Fuße der Treppe, in dem sich bereits die Menschen drängten. Die Frau und ihr Gefolge konnten das Tor unmöglich bereits erreicht haben, überlegte Thomas. Er trat zur Seite und wartete mit rasendem Herzen. Sein Kopf war so leicht, dass ihm fast schwindelte.

Dann trat der Mann mit dem Stab aus dem Schatten des Torbogens. Einen Augenblick später erschien die Frau, und Thomas sah die kunstfertigen Seidenmuster, die auf ihren Mantel gestickt waren. Ihre von feinen grauen Strähnen durchzogenen Locken hingen ihr über die Schulter. Sie blieb fünf Schritte vor ihm stehen und sah sich im Fort um. Ihre dunklen, durchdringenden Augen schweiften über Thomas und die Soldaten hinter ihm, die die letzten Vorräte aus dem Innenhof schafften. Endlich blickte sie mitleidig auf die verängstigten Bürger, die auf dem Kopfsteinpflaster kauerten und vor Verzweiflung weinten. Die Diener, die ihr gefolgt waren, schlossen zu ihr auf. Als weitere Menschen sich hinter ihnen drängten, trat sie in den Innenhof.

Das Bild von Maria, das Thomas über zwanzig Jahre im Herzen getragen hatte, war nicht das dieser Frau, und doch gab es so viele Ähnlichkeiten, dass seine lodernde Sehnsucht weiter genährt wurde. Er spürte den Drang, ihren Namen zu rufen, brachte es aber nicht über sich. Zu groß war die Gefahr, dass er sich damit dieser schönen Illusion beraubte. Die Frau ging noch einige Schritte, jeden langsamer als den letzten, bis sie schließlich trotz der Menschen um sie herum stehen blieb. Es war, als wäre die Welt um sie beide herum verschwunden. Thomas war blind für alles andere und taub für die Schreie der Soldaten und das Schluchzen der einheimischen Zivilisten. Langsam drehte sie sich um. Dann, als brächte sie nicht den Mut auf, ihn anzusehen, wanderte ihr Blick über die Steinfliesen zwischen ihnen, über seinen Körper und schließlich zu seinem Gesicht. Ihre Lippen öffneten sich leicht, als sie Thomas anstarrte.

Nun gab es keinen Zweifel mehr. Thomas ging langsam auf sie zu und blieb auf Armeslänge vor ihr stehen. Er wusste nicht, was er sagen sollte. Wie konnte man einen zwanzig Jahre währenden Kampf zwischen tiefer Sehnsucht und dem Bedürfnis, sich mit der Vergangenheit abzufinden, in Worte fassen?

»Thomas …«, sagte sie leise.

Er lächelte halbherzig, dann nickte er. »Ja.« Nun brachte er ein echtes Lächeln zustande. »Ja … Maria.«

Sie starrte ihn schockiert und verwirrt an. »Wie kann das sein? Wie ist das möglich?«

Er wollte sie umarmen, hielt es nur für angemessen, doch es war so lange her, dass sie sich zum letzten Mal berührt hatten, dass er vergessen hatte, wie er es anstellen sollte. Außerdem wollte er keinen Fehler machen und dadurch alles verderben. Doch irgendetwas musste er sagen.

»La Valette hat mich zurückgerufen. Ich bin aus England angereist. Ich hatte gehofft – gebetet –, dich wiederzusehen.«

Mit einem Mal trat Furcht in ihre Augen, als hätte sie unversehens bemerkt, dass sie am Rand eines Abgrunds stand. Einen Augenblick lang befürchtete Thomas, sie würde vor ihm zurückweichen und davonlaufen, doch dann änderte sich ihre Miene, und sie lächelte scheu.

»Und dieser Augenblick ist jetzt gekommen.« Sie streckte die Hände aus.

Thomas betrachtete ihre Finger. Sie waren noch so schlank wie in seiner Erinnerung, doch mit kleinen Falten überzogen. Der wächserne Glanz ihrer Hände zeugte von ihrem Alter. Ungeachtet alldessen trat er auf sie zu, nahm ihre Hände in die seinen und spürte, wie er bei der Berührung mit ihrer kühlen, sanften Haut erbebte.

»Man hat mir gesagt, du seist tot«, entfuhr es ihm.

»Tot?« Sie lachte. »Im Gegenteil. Fürs Erste zumindest. Und du? Ich habe mich oft gefragt, was wohl aus dir geworden ist. Bist du auf dein Anwesen zurückgekehrt, von dem du so oft gesprochen hast? Hast du dir eine Frau gesucht und Kinder gezeugt?«, fragte sie mit gezwungener Fröhlichkeit.

»Ich habe weder Frau noch Familie. Aber das Anwesen.«

Die steife Unterhaltung wirkte wie ein Damm, der eine Flut aus Fragen, Erklärungen und anderen Dingen zurückhielt, die gesagt werden mussten.

»Ich habe oft an dich gedacht«, sagte Thomas. »Jeden Tag.«

Sie lächelte, doch dann erlosch das Lächeln, und sie löste den sanften Griff um seine Finger, ließ die Arme sinken und schüttelte den Kopf. »Ich habe versucht, dich zu vergessen. Ich wollte …«

»Sir Thomas!«

Der Ruf riss ihn aus dem Strudel von Emotionen, in dem er zu versinken drohte. Er drehte sich um. La Cerda eilte durch den Hof auf sie zu. Ein Diener in einem dunklen Waffenrock mit dem weißen Stern des Ordens auf der Brust folgte ihm auf dem Fuße. Thomas war zwischen dem Bedürfnis, bei Maria zu bleiben, und seiner Pflicht als Soldat hin und her gerissen. Er sah sie flehentlich an.

»Geh nicht weg. Warte hier, nur einen Augenblick. Ich bitte dich.«

Maria nickte. Thomas wandte sich La Cerda zu. »Was ist?«

»Eine Nachricht aus Birgu.« La Cerda deutete auf den Diener. »Sprich.«

»Ja, Herr.« Der Diener holte tief Luft und stellte sich aufrecht hin, um seine Botschaft vorzubringen. »Der Großmeister entbietet seine Grüße und befiehlt Euch, sofort nach St. Angelo zurückzukehren.«

»Sofort?« Thomas runzelte die Stirn und warf dann Maria einen sorgenvollen Blick zu. »Aber ich bin hier noch nicht fertig. Es gibt viel zu tun.«

»Herr, der Großmeister verlangt nach Eurer Anwesenheit«, beharrte der Diener.

La Cerda konnte sich ein Schmunzeln nicht verkneifen. »Ihr habt Eure Befehle, Engländer. Ich glaube, es wird Zeit, dass ich wieder das Kommando über mein Fort übernehme. Habt Dank für Euren Rat. Und jetzt macht Euch besser auf den Weg.«

Thomas knirschte mit den Zähnen. Dann nickte er. »Einen Augenblick noch.«

Er drehte sich um und ging auf Maria zu. »Du hast es gehört, ich muss los. Aber ich will dich so bald wie möglich wiedersehen. Wir müssen reden.«

»Reden?«

»Natürlich. Ich will dir so vieles sagen und noch mehr hören. Wirst du mich anhören?«

»Sehr gerne.«

Thomas sah sich im Hof um, bis er die kleine Kapelle bemerkte. »Such dort Schutz. Ich werde zu dir zurückkehren, sobald ich kann. Das schwöre ich.«

Er nahm ihre Hand und drückte sie fest, spürte das Zittern ihres Körpers und die Hitze in seiner eigenen Brust.

»Sir Thomas, bitte«, sagte der Diener. »Wir müssen aufbrechen.«

Er ließ ihre Hand los. »Ich komme wieder«, sagte er so leise, dass nur sie es hören konnte.

Sie nickte und bedeutete ihrem Gefolge, sie zur Kapelle zu begleiten. Thomas sah ihr hinterher. Einen Moment später erschien Richard im Turmeingang. Er stellte sich etwas abseits und beobachtete Maria mit berechnender Miene.

Während das Boot den Hafen durchquerte, musste Thomas sich dazu zwingen, sich nicht umzudrehen und in der vagen Hoffnung, Maria könnte auf der Brüstung stehen und nach ihm Ausschau halten, zurückzublicken. Er schwieg, doch in seinem Inneren tobte ein Sturm aus Erinnerungen und wilden Hoffnungen. Dass er in seinem Alter, mit seinen Erfahrungen und seiner abgeklärten Weltsicht noch derart leicht von den heftigen Gefühlen und trügerischen Hoffnungen der Jugend überrumpelt werden konnte, entsetzte ihn. Offenbar stimmte der alte Spruch: Ein Mann wird nur älter, aber nicht weiser.

Auch Richard neben ihm war ungewohnt wortkarg. Offenbar war er noch dabei, diese unverhoffte Wendung des Schicksals zu verdauen. Erst als das Boot sich den hoch aufragenden Mauern von St. Angelo näherte, wagte er zu sprechen. Unwillkürlich wappnete Thomas sich gegen die unvermeidlichen, bohrenden Fragen seine Vergangenheit und seine Herzensangelegenheiten betreffend.

»Warum hat Sir Oliver gelogen?«

Thomas zuckte mit den Achseln. »Aus Rache womöglich. Er wusste, dass mich die Nachricht von ihrem Tod zutiefst betrüben würde.«

Richard dachte einen Augenblick darüber nach. »Die Frage ist: Ändert ihr Auftauchen etwas an der Aufgabe, die wir hier zu erfüllen haben?«

»Wieso sollte es?«

»Dies verkompliziert Eure Situation, und ich brauche Eure Hilfe, um in das Archiv zu gelangen. Eine solche Ablenkung ist mir höchst unwillkommen.«

»Ich werde meinen Teil der Aufgabe erfüllen«, antwortete Thomas.

»Versprecht mir nur, dass Ihr Euer Leben nicht leichtfertig aufs Spiel setzt, bis ich habe, weshalb ich hier bin.«

»Das hängt vom Großmeister ab.« Thomas deutete auf die offene See hinaus. Die weißen Segel und dunklen Schiffe der Türken waren nur noch wenige Meilen von der Küste entfernt. Die Flotte hatte einen Kurs nach Süden eingeschlagen und segelte gemächlich und weit außerhalb der Reichweite der Kanonen am Hafen vorbei. »Und von ihnen.«

Richard kaute nachdenklich auf seinem Daumennagel. Nachdem das Boot die Felsen von St. Angelo umrundet hatte, steuerte der Ruderer eine kleine Anlegestelle am Fuße des Forts an.

»Und was ist mit Lady Maria?«

Thomas schüttelte den Kopf. »Das weiß ich nicht. Es fällt mir schwer genug zu begreifen, dass sie noch am Leben und auf dieser Insel ist. Ich muss mit ihr sprechen und herausfinden, ob ihr Herz noch für mich schlägt. Wir haben uns viele Jahre nicht gesehen, und unsere Trennung war keine glückliche. Wer weiß, vielleicht ist ihre Zuneigung zu mir schon lange erkaltet. Die Wahrheit werde ich erst erfahren, wenn ich sie wiedersehe.«

»Und wenn diese Wahrheit darin besteht, dass sie Euch noch immer ... liebt?«

Thomas runzelte die Stirn. »Ich weiß es wirklich nicht. Wenn mir die Möglichkeit gegeben wird, vergangene Fehler wiedergutzumachen und mein Gewissen zu erleichtern, dann werde ich sie mit beiden Händen ergreifen.«

»Und wenn ihre Zuneigung nicht länger Euch gilt?«

Thomas sah ihn verschmitzt an. »Befürchtest du, dass ich dann den Lebenswillen verliere? Vergiss nicht, ich vegetiere schon seit vielen Jahren einfach so vor mich hin. Und jetzt habe ich etwas, wofür es sich zu leben lohnt: den Orden und Maria. Ich bete, dass ich beide retten und weiterleben kann, um die Früchte meiner Bemühungen auch zu genießen. Beruhigt dich das, Richard?«

»Fürs Erste.« Richard starrte ebenfalls aufs Meer hinaus. »Jammerschade, dass ich meine Mission nicht erfüllen konnte, bevor die Falle zugeschnappt ist.«

Der Ruderer ließ ein Paddel treiben und holte das andere kräftig ein. Im letzten Moment drehte sich das Boot in die richtige Richtung und stieß sanft gegen die geteerten Taue der Anlegestelle. Der Diener, der Thomas abholen sollte, stand schon mit einem Seil bereit und befestigte es sicher an einem Pfosten, bevor er dem Ritter und seinem Knappen an Land half. Thomas strich sich den Mantel glatt und bedeutete Richard, ihm die enge Treppe hinauf zum Fort zu folgen.

Der Großmeister befand sich mit einigen anderen Rittern in seinem Arbeitszimmer. Sie standen vor dem Fenster und beobachteten, wie die türkische Flotte über die ruhige See glitt. Die Nachhut befand sich noch immer mehrere Meilen nördlich und würde den Hafen erst in einigen Stunden passieren. Thomas befahl Richard, bei den anderen Knappen und Dienern zu warten.

»Es sind mindestens dreihundert Schiffe«, hörte Thomas einen der Ritter sagen, als er näher trat.

»Mehr noch«, entgegnete ein größerer Mann. Thomas erkannte ihn als Marschall de Robles, den höchsten Offizier des Ordens und einer von La Valettes damaligen Rivalen um den Stuhl des Großmeisters. Thomas hatte auch Stokely erwartet, doch der war nirgendwo zu entdecken. Sobald La Valette Thomas' ansichtig wurde, nickte er fast unmerklich und richtete das Wort an die Versammelten.

»Der Feind nimmt Kurs auf den Süden der Insel. Offensichtlich wird er in Marsaxlokk oder einer der anderen kleineren Buchten in der Umgebung vor Anker gehen. Wir werden nicht verhindern können, dass er das Ufer besetzt, aber wir können die Landung zumindest verzögern. Deshalb habe ich Marschall de Robles befohlen, mit tausend Mann der feindlichen Flotte die Küste entlang zu folgen.« Er wandte sich direkt an den Marschall. »Ihr dürft die feindlichen Landeversuche vereiteln, doch lasst Euch nicht auf ein größeres Gefecht ein. Schlagt schnell zu, tötet so viele Ihr könnt und zieht Euch zurück, bevor Nachschub eintrifft. Verstanden?«

»Ja, Herr. Doch die Männer sind kampfeslustig«, fügte de Robles hinzu. »Sie können es kaum erwarten, sich mit dem Feind zu messen.«

»Dann ist es Eure Aufgabe, sie im Zaum zu halten. Sie werden noch bald genug Gelegenheit haben, ihren Mut unter Beweis zu stellen.«

»Ja, Herr. Ich werde sie mit harter Hand führen.«

»Ich bitte Euch darum.« La Valette deutete auf einen gut aussehenden Ritter mit schulterlangem blondem

Haar. Er schien nicht älter als dreißig und trug einen sorgfältig gestutzten Schnauzbart. Als der Großmeister auf ihn zeigte, lächelte er breit.

»Chevalier La Rivière. Ihr werdet einen kleineren, unabhängigen Reitertrupp befehligen. Eure Aufgabe ist es, den Feind zu überfallen und zu demoralisieren, sobald er das Ufer besetzt und der Marschall sich zurückgezogen hat. Auch Ihr dürft keine unnötigen Risiken eingehen, doch ich will, dass unsere Gegner glauben, hinter jedem Stein und jeder Mauer dieser Insel würden Heerscharen von Männern lauern und nur darauf warten, ihnen die Kehle durchzuschneiden. Dieser Krieg ist nicht nur eine gewöhnliche Belagerung, sondern auch eine Prüfung des Willens. List und Tücke werden eine ebenso wichtige Rolle spielen wie Mut und kämpferisches Können.« Er hielt inne und sah sich unter seinen Offizieren um. »Wir stehen vor einer Schlacht auf Leben und Tod. Da wir in der Unterzahl sind, ist unsere einzige Hoffnung auf den Sieg unsere Entschlossenheit, die größer sein muss als der Wille der Türken zur Eroberung. Täuscht Euch nicht – dieser Kampf wird bitterer, grausamer und brutaler als jeder andere in der Geschichte.«

Er ließ seine Worte auf die Männer wirken, dann wandte er sich erneut La Rivière zu. »Neben der Demoralisierung der feindlichen Späher habt Ihr noch eine weitere Aufgabe: Wir brauchen Gefangene, die wir verhören können. Ergreift ein paar feindliche Soldaten und bringt sie zur Befragung hierher. Wir benötigen so schnell wie möglich Kenntnis über die Truppenstärke und die Pläne des Feindes.«

»Es ist mir ein Vergnügen, Herr.« La Rivière grinste erneut.

»Das kann ich mir vorstellen. Thomas Barrett wird Euer stellvertretender Kommandant sein. In der Vergangenheit hat er ein großes Talent für derlei Aufgaben bewiesen. Ich glaube, dass er sich bei dieser Gelegenheit an seine alten Tugenden erinnern wird. Hört auf seinen Rat, La Rivière. Es gibt nur wenige Ritter, die fester im Sattel sitzen als Ihr, und Eure Männer würden Euch selbst in die Hölle folgen, wenn Ihr den Befehl dazu gebt. Allerdings ist Euer Temperament gelegentlich nur schwer zu zügeln. Sir Thomas wird dafür sorgen, dass Ihr einen kühlen Kopf behaltet. Habt Ihr mich verstanden?«

Thomas und La Rivière nickten.

»Noch Fragen?«

»Ja, Herr«, meldete sich Sir Thomas. »Wann reiten wir los?«

»Ha!« La Valette lachte dröhnend. »Ihr könnt es wohl kaum erwarten, Euch mit den Türken zu messen? Marschall de Robles und seine Männer werden noch in dieser Stunde Birgu verlassen. Ihr und La Rivière werdet drei Stunden vor Sonnenaufgang aufbrechen, damit Ihr den Feind im Schutze der Dunkelheit überfallen könnt.« Er starrte sie der Reihe nach an. Niemand meldete sich zu Wort. »Viel Glück, meine Herren. Möge Gott mit Euch sein.«

Marschall de Robles führte seine Männer aus dem Arbeitszimmer. La Rivière und Thomas folgten ihm. Thomas stellte dem französischen Ritter seinen Knappen vor, dann erklärte er Richard ihre Aufgabe.

»Du kehrst zur Auberge zurück und bereitest unsere Rüstungen und Waffen vor. Werdet Ihr uns Pferde zur Verfügung stellen?«, fragte Thomas La Rivière.

»Selbstverständlich. Es wäre doch sehr unziemlich für einen Ritter, zu Fuß in die Schlacht zu ziehen. Ich werde Pferde für euch beide bereitstellen lassen.«

»Ich danke Euch.« Thomas neigte den Kopf. »Dann gibt es hier für mich nichts weiter zu tun. Ich werde um Mitternacht wieder in der Auberge sein«, teilte er Thomas mit, »damit wir uns dem Trupp am Haupttor von Birgu anschließen können.«

»Ja, Herr. Und wo kann ich Euch bis dahin finden?«

»Ich muss noch etwas erledigen.«

»Oh?« La Rivière hob eine Augenbraue. »Was könnte das so Wichtiges sein? Oder sollte ich besser fragen: *Wer* könnte das so Wichtiges sein?«

Thomas starrte ihn verblüfft an. War er wirklich so leicht zu durchschauen? »Das ist eine Privatangelegenheit«, sagte er mit ernster Miene. »Und jeder Ritter mit Ehrgefühl sollte es auch dabei belassen.«

Der Ruderer hatte sich gerade zu einem Nickerchen in seinem Boot ausgestreckt, als Thomas zum Kai zurückkehrte und ihm befahl, ihn über den Hafen zu bringen. Es war später Nachmittag, und die Sonne näherte sich allmählich dem Horizont. Nur wenige andere Schiffe waren auf dem Wasser. Einige transportierten Vorräte nach St. Elmo, andere kehrten von dort zurück – beladen mit Flüchtlingen, die Schutz hinter den Mauern von Birgu suchten. Thomas freute sich auf ein Wiedersehen mit Maria, darauf, noch ein paar Stunden mit ihr verbringen zu können, bevor er nach Birgu zurückkehrte und letzte Vorbereitungen für La Rivières Überraschungsangriff traf. Der Schock, sie lebend anzutreffen, hatte ihn in Verlegenheit gebracht, sodass ihm die Worte gefehlt hatten. Nun war er zuversichtlich, dass sie ungezwungener miteinander sprechen konnten. Er wollte erfahren, was in der Zwischenzeit aus Maria geworden war. Und er musste wissen, ob sie immer noch so starke Gefühle für ihn hegte wie damals.

Sobald das Boot das schmale Kiesufer unter dem Fort erreichte, sprang Thomas ins seichte Wasser. Er watete an Land und lief den gewundenen Pfad hinauf, der an der Klippe entlang zur Festung führte. Der Innenhof lag bereits im Schatten. Hunderte Malteser drängten sich dort, und weitere strömten durch das Haupttor hinein. Furcht zeichnete sich auf den Gesichtern der Versammelten ab. Einige weinten, andere beteten auf Knien inbrünstig darum, vor dem Zorn der Türken errettet zu werden. Thomas zwängte sich durch die Menge zur Kapelle. Die Tür stand offen, und dahinter war der Schein vieler Kerzen zu erkennen. Auf den Bänken saßen in die Andacht vertiefte Menschen. Thomas suchte die Reihen nach Maria ab, konnte ihren grünen Mantel jedoch nirgendwo entdecken. Langsam ging er durch den Mittelgang und hielt dabei nach beiden Seiten Ausschau. Nichts. Mit wachsendem Unbehagen näherte er sich einem Priester, der gerade aus dem Beichtstuhl trat.

»Pater, ich suche nach einer Frau. Sie müsste eigentlich hier sein. Ich habe ihr gesagt, sie solle hier auf mich warten.«

»Eine Frau?«

Thomas nickte. »Sie trug einen grünen Mantel und traf kurz nach der Mittagsstunde mit ihrer Dienerschaft hier ein. Habt Ihr sie gesehen?«

»O ja. Sie hat sogar die Beichte abgelegt.«

»Und wo ist sie jetzt?«

»Sie ist gegangen.«

»Was?« Thomas schlug das Herz bis zum Hals. »Wohin?«

»Das weiß ich nicht. Sie hat es mir nicht gesagt. Sie wirkte sehr verstört, aber das ist angesichts der Umstände ja auch kein Wunder. Sie hat ihren Dienern befohlen, das Gepäck aufzunehmen, und dann haben sie die Kapelle verlassen. Seither habe ich sie nicht wiedergesehen.«

»Hat sie Euch eine Nachricht für mich hinterlassen?«

Der Priester sah ihn an. »Und Ihr seid?«

»Sir Thomas Barrett. Ein ... Freund der Dame.«

»Verstehe. Nein, ich habe keine Nachricht für Euch.«

»Nichts?«

»Nichts. Tut mir leid.«

»Und Ihr wisst wirklich nicht, wohin sie gegangen ist? Vielleicht ist sie noch im Fort?«

»Das bezweifle ich. Sie ging mit ihrem Gefolge zum Haupttor. Ich vermute, dass sie zum Landesteg wollte, um dort nach Birgu überzusetzen. Ich würde Euch raten, dort nach ihr zu suchen. Wenn Ihr keine weiteren Fragen habt, kümmere ich mich weiter um die Flüchtlinge. Ihr entschuldigt?«

Thomas trat zur Seite und ließ den Priester vorbeigehen. Ihm war übel. Warum hatte Maria nicht auf ihn gewartet? Weshalb war sie so hastig aufgebrochen? Er konnte sich keinen Grund denken – außer dem, dass sie ihn nicht sehen wollte. Doch diese Vorstellung war zu grausam, und Thomas hielt sich lieber an der Hoffnung fest, dass sie aus irgendeinem anderen Anlass gezwungen gewesen war, das Fort zu verlassen. Nun, dann musste er eben nach ihr suchen. Er würde keine Ruhe geben, bis er aus ihrem eigenen Mund hörte, welche Gefühle sie noch für ihn hegte. Eines war gewiss: Eine belagerte Festung war eine kleine Welt. Es war nur eine Frage der Zeit, bis sie sich wiedersahen.

KAPITEL 24

Das ist weit genug.« La Rivière hob eine Hand, um den kleinen Trupp anzuhalten. Es war noch dunkel, sodass die Reihen der Ritter und Fußsoldaten hinter ihnen kaum zu erkennen waren. Sie hielten gebührenden Abstand zueinander, damit sie nicht ineinander hineinliefen. Der Ritter hinter den beiden Kommandanten holte tief Luft, um den Befehl weiterzugeben. »Männer! Anhalten!«

Thomas wirbelte im Sattel herum. »Ruhe, Ihr Narr!«, zischte er wütend.

»Verzeiht, Herr.«

Thomas wendete sein Pferd. Peter von Harsteiner war ein großer, stämmiger Deutscher mit kurz geschnittenem schwarzem Haar, der sich freiwillig für den Hinterhalt gemeldet hatte. Es war nicht zu übersehen, dass er La Rivière fast abgöttisch bewunderte. Genau das war der Grund, weshalb Thomas lieber auf ihn verzichtet hätte. Ihm wären bewährte Soldaten mit Späherfahrung lieber gewesen, doch La Rivière hatte seine Männer bereits ausgewählt und die Bedenken des Engländers mit einem Lachen beiseitegewischt. Thomas ritt nahe an den Deutschen heran. »Hört mir gut zu, von Harsteiner«, sagte er leise. »Die türkischen Spähtrupps sind bereits gelandet. Wollt Ihr uns verraten?«

Der Deutsche schüttelte entsetzt den Kopf. »Nein, Herr.«

»Das war eine rhetorische Frage«, seufzte Thomas müde. »Bewahrt die Ruhe und haltet den Mund. Reitet vorsichtig und langsam und redet nur, wenn es sich nicht vermeiden lässt. Ich weiß, dass Ihr aufgeregt seid, aber für einen Hinterhalt sind sorgfältige Vorbereitung und Selbstdisziplin unerlässlich. Habt Ihr das verstanden? Und das war keine rhetorische Frage.«

Im Zwielicht erkannte Thomas das amüsierte Grinsen des Deutschen. »Verstanden.«

»Guter Mann.« Er zog an den Zügeln und führte das Pferd wieder an die Seite La Rivières zurück. »Ungestüm, aber lernfähig«, sagte er mit gesenkter Stimme. »Am besten, Ihr positioniert ihn dort, wo er keinen Schaden anrichten kann.«

»Ach, macht Euch um ihn keine Sorgen«, entgegnete der französische Ritter abwiegelnd und betrachtete die Umgebung. Der Trupp war auf einem schmalen Pfad vorgerückt, der von den für die Insel typischen hüfthohen Steinmauern begrenzt war. Die Äcker zu beiden Seiten waren mit großen Felsbrocken und Gestrüpp übersät. Vor ihnen stand ein gedrungener Bauernhof. Der Gestank eines Schweinestalls stieg in die Nachtluft. Dahinter führte der Pfad einen flachen Hügel hinauf, von dem aus man die Buchten an der Südküste einsehen konnte.

»Wir werden uns zu beiden Seiten des Pfades aufstellen«, entschied La Rivière. »Und sobald die Türken in die Falle spaziert sind, greifen wir sie von beiden Flanken aus an. Nach dem Feuer der Arkebusiere lasse ich sie von unserer Reiterei niedertrampeln. Es wird schnell vorbei sein.«

»Wenn wir uns zu beiden Seiten aufstellen, riskieren wir dann nicht, dass die Arkebusiere versehentlich die eigenen Männer treffen?«, fragte Thomas geduldig.

»Glaubt Ihr wirklich?«

»So etwas soll schon vorgekommen sein.«

»Hmm. Dann beziehen wir lieber links vom Pfad Position. Die Arkebusiere in der Mitte, flankiert von der Reiterei. Wenn ich das Zeichen gebe, sollen die Männer das Feuer eröffnen. Dann umzingeln wir den Feind und zerquetschen ihn wie in einem Schraubstock. Einverstanden?«

Thomas nickte.

Während die Arkebusiere über die Mauer kletterten und so Position bezogen, dass sie den Pfad genau im Blick hatten, stiegen die acht Ritter und Knappen ab und führten ihre Pferde außer Sichtweite. Sobald La Rivière und Thomas mit der Aufstellung des Trupps zufrieden waren, übergaben sie ihre Pferde Richards Obhut und folgten vorsichtig dem Pfad von der Stelle des Hinterhalts aus eine halbe Meile den Hügel hinauf. Als sie am Bauernhof vorbeikamen, sahen sie mehrere Schweinekadaver, die man eilig verbrannt hatte, damit sie der Feind nicht in die Hände bekam. Der beißende Gestank von verkohltem Fleisch erfüllte die Luft. Zu ihrer Linken hörten sie gelegentlich weit entfernte Arkebusenschüsse und Trommelschläge: Marschall de Robles und seine Männer griffen die Vorhut der Türken an, die in der Bucht von Marsaxlokk gelandet war. In der unmittelbaren Umgebung dagegen war es so still, dass Thomas ihre Schritte auf dem trockenen, staubigen Straßenboden hörte. Als sie die Spitze des Hügels erreichten, wurden sie langsamer, verließen den Pfad und näherten sich einem fünfzig Yards entfernten Steinhaufen, in dessen Schutz sie den Feind beobachten wollten. Sobald sie den größten Felsbrocken umrundet hatten, erblickten sie die kleinen Buchten der südlichen Küste. La Rivière hielt den Atem an und stieß einen leisen Fluch aus.

Obwohl sich die Dämmerung nur als dünner Silberstreif am östlichen Horizont zeigte, sorgten die dünne Sichel des Mondes und die Sterne für genug Licht, sodass sie die über hundert Schiffe erkennen konnten, die in der kleinen Bucht direkt vor ihnen vor Anker lagen. Die gedrungenen Gebäude des winzigen Fischerdorfes am Ende des Pfades waren lediglich als dunkle Flecken zu erkennen. Nur mit Mühe gelang es Thomas, die Bewegungen am Ufer vor dem Dorf auszumachen.

»Dort. Sie sind bereits westlich von Marsaxlokk gelandet.«

Wortlos kauerten sie sich hin und beobachteten weiter den Feind. Als die Dämmerung weiter über den Horizont schlich, wurde das ganze Ausmaß der feindlichen Invasionsstreitkräfte nach und nach sichtbar. Die Schiffe in der Bucht standen so dicht gedrängt zusammen, dass sie zu einem Durcheinander verschmolzen, aus dem ihre Masten wie die kahlen Bäume eines winterlichen Waldes ragten. Zwischen den Schiffen und dem Ufer herrschte ein stetiger Verkehr aus Booten, die Soldaten und ihre

Ausrüstung an Land brachten. Mehrere Galeeren waren gestrandet. Vorsichtig stiegen die Männer von den Landungsstegen in die Brandung und wateten ans Ufer. Es war lange her, dass Thomas jene muslimischen Krieger zu Gesicht bekommen hatte, die er in seiner Jugend bekämpft hatte. Der Anblick weckte Erinnerungen an lange vergangene Schlachten in ihm.

Schon hatte sich ein Trupp von Männern mit kegelförmigen Helmen, runden, mit Spitzen versehenen Schilden und leichten, wallenden Kaftanen von der Hauptstreitmacht gelöst und marschierte wachsam ins Landesinnere. Dahinter formierten sich weitere Soldaten zu ihren Einheiten. Für die Invasion waren Krieger aus allen Winkeln des türkischen Reiches zusammengerufen worden: Panzerritter, deren Gesichter von Kettenschleiern geschützt wurden; Bogenschützen, die dazu ausgebildet waren, vom Pferderücken zu schießen, diesen Feldzug jedoch als Fußtruppen ausfechten würden; in Tierpelze gehüllte Männer mit wildem Haar aus den Bergen Kurdistans. Dann verließ die eindrucksvollste Truppe die Galeeren und betrat das Ufer – große, hellhäutige Soldaten mit hohen weißen Hüten, von denen lange Straußenfedern aufragten. Jeder Mann war mit einer der langläufigen Arkebusen bewaffnet, die die Türken bevorzugten. Sie waren zwar unhandlicher als ihre europäischen Gegenstücke, stellten jedoch in den Händen eines Mannes, der jahrelang daran ausgebildet worden war, eine weitaus präzisere und tödlichere Waffe dar. Daneben trug jeder Soldat einen Säbel und einen Schild über dem Tornister auf seinen Schultern. Sobald sie das Ufer betreten hatten, stellten sich die Soldaten ihren Kompanien gemäß auf und warteten auf die Befehle ihrer Offiziere.

»Janitscharen«, flüsterte Thomas.

»Ganz eindeutig«, sagte La Rivière. »Habt Ihr bereits gegen sie gekämpft?«

»Ja, aber nur ein einziges Mal.« Thomas erinnerte sich noch genau daran. »La Valette griff einen feindlichen Außenposten auf Rhodos an. Erst als wir das Torhaus erklommen und die Wächter überraschten, bemerkten wir, dass eine Janitscharenkompanie dort stationiert war. Sobald das Tor geöffnet war, stürmten wir den Posten – La Valette voran. Und erst da begriffen wir, mit wem wir es zu tun hatten.« Er schüttelte den Kopf. »Sie kämpften wie besessen, obwohl nur die wenigsten Zeit hatten, ihre Rüstung anzulegen. Wir metzelten sie nieder, doch sie gaben nicht auf. Die Unbewaffneten griffen uns mit den Fäusten, ja sogar mit den Zähnen an. Ein derartiger Fanatismus war mir bis dahin nicht begegnet, und ich hoffte, ihm auch nie wieder zu begegnen.« Er drehte sich zu dem Franzosen um. »Wie es aussieht, haben sich unsere Chancen gerade dramatisch verschlechtert.«

La Rivière grinste. »Ich bin eine Spielernatur. Mein Motto lautet: je schlechter die Chancen, desto höher der Gewinn.«

Thomas seufzte. »Ich vermute, dass Ihr Euer Vermögen nicht am Spieltisch erworben habt.«

»Ich verliere nur so viel, wie ich mir leisten kann.«

»Das könnte sich bald ändern.« Thomas richtete seine Aufmerksamkeit wieder auf die anlandenden feindlichen Truppen. Die erste Janitscharenkompanie bewegte sich auf den Pfad zu, auf dem sie den Hinterhalt vorbereitet hatten. Eine halbe Meile vor ihnen arbeitete sich der türkische Spähtrupp über das unebene Terrain auf die Hügelkuppe vor. »Sie kommen.«

»Dann hoffe ich, dass de Robles vernünftig genug ist, sich nach Birgu zurückzuziehen, bevor sie ihm in die Flanke fallen.«

»Er weiß schon, was er tut«, entgegnete Thomas.

Sie schwiegen eine Weile, dann drehte sich der Franzose zu ihm um. »Natürlich, Ihr habt ja an seiner Seite gekämpft, bevor ...«

»Bevor ich gezwungen wurde, den Orden zu verlassen. Ja, ich kenne ihn seit Langem. Ein hervorragender Soldat. Er wird keine unnötigen Risiken eingehen.«

»Im Gegensatz zu Euch.«

Thomas drehte sich abrupt zu ihm um. »Gibt es etwas, worüber Ihr mit mir sprechen wollt? Falls ja, dann lasst es uns hinter uns bringen, bevor wir uns dem Feind stellen.«

La Rivière kicherte. »Ah, habe ich da etwa einen wunden Punkt getroffen? Aber macht Euch um mich keine Sorgen, Sir Thomas. Ich lege keinen so großen Wert auf Euren Ehrenkodex wie die anderen Ordensritter. Ich habe mich dem Orden angeschlossen, um zu kämpfen. Das ist meine Berufung. Soweit es mich angeht, bestand Euer einziger Fehler bei dieser Affäre mit der italienischen Adeligen darin, Euch erwischen zu lassen.«

»Wirklich?«, antwortete Thomas kühl. »Ich dachte, mein Fehler war es, sich nicht an die Werte gehalten zu haben, die ein Ritter hochhalten sollte.«

»Diese Werte wurden in den letzten Jahren etwas …
aufgeweicht. Ein Jammer, dass Euer, äh, Fehltritt nicht
zehn Jahre später geschehen ist. Ich bezweifle, dass man
Euch dann aus dem Orden verstoßen hätte.«

»Glaubt Ihr?«

»Ich weiß es. Ich glaube, dass Ihr den Fortgang Eurer
unglücklichen Geschichte selbst noch nicht kennt.«

Thomas fragte sich, was der Franzose damit meinen
konnte, doch dessen spöttischer Ton hielt ihn davon ab,
den Köder zu schlucken. Außerdem war keine Zeit für
Unterhaltungen – der Feind rückte näher, und sie mussten zu ihren Männern zurück.

»Kommt, wir müssen weg von hier.«

Geduckt schlichen sie von der Hügelkuppe und zurück zu den im Hinterhalt liegenden Soldaten. Ein blas-
ser Lichtstreifen bedeckte den Horizont. Wenn der Feind
ihre Position erreichte, würde die Sonne hoch genug stehen, um ihn zu blenden, sodass er die Gefahr nicht bemerken würde. Zufrieden stellte Thomas fest, dass die Männer weder zu sehen noch zu hören waren. Erst im letzten
Moment erschien von Harsteiners dunkler Haarschopf
hinter der Mauer eines Stalls neben dem Bauernhof.

»Sind sie im Anmarsch?«, fragte der Deutsche aufgeregt.

»In der Tat.« La Rivière grinste. »Es sind genug für
uns alle.«

Kurz zeichnete sich Besorgnis auf Thomas' Gesicht ab.
Die Unbekümmertheit, die der Franzose an den Tag legte, konnte den Hinterhalt gefährden. Er war zu begierig
auf den Kampf, dabei erforderte die Aufgabe, die La Va-

lette ihnen übertragen hatte, Geduld, Unauffälligkeit und die Bereitschaft, sofort den Rückzug anzutreten, wenn sich das Blatt wendete. Ihr Auftrag lautete, Gefangene zu nehmen und nicht selbst zu welchen zu werden.

Sobald sie ihre Pferde zurückgeholt hatten, gesellten sich Thomas und La Rivière zu den Knappen auf der linken Seite der Gefechtslinie. Von Harsteiner befehligte die Ritter auf der rechten Flanke hinter den Fußtruppen. Die Männer warteten wachsam und angespannt auf das erste Anzeichen des Feindes. Thomas warf Richard einen kurzen Blick zu, der sich in wenigen Yards Entfernung hinter einem Felsen versteckt hielt. Seine Hand ruhte auf dem Knauf seines Schwertes.

Sie mussten nicht lange warten. Eine einsame Gestalt erschien auf der Hügelkuppe und ging dann vorsichtig den Pfad entlang, wobei sie zu beiden Seiten Ausschau hielt. Der Mann trug einen kegelförmigen Spitzhelm und einen Speer. Als er den Bauernhof erreichte, blieb er stehen und sah sich argwöhnisch um. Kurzzeitig meinte Thomas, der Blick des Spähers wäre genau auf ihn gerichtet. Der Ritter verharrte völlig bewegungslos und wartete darauf, dass der Türke Alarm schlug, doch dieser drehte sich wieder um. Thomas entfuhr ein leises, erleichtertes Seufzen. Der Schlachtenlärm in der Entfernung wurde lauter und übertönte das sanfte Wiehern der Pferde und das Scharren ihrer Hufe. Plötzlich verließ der türkische Späher den Pfad und betrat das Bauernhaus. Man hörte, wie Möbel herumgerückt wurden, und wenig später trat der Mann mit mehreren Hockern ins Freie. In geringer Entfernung zum Gebäude zerschmetterte der

Späher einen Hocker an einem Felsen und fing an, ein Feuer zu machen.

Thomas blickte über die Schulter zum goldenen Schimmer am Horizont. Er robbte auf den französischen Ritter zu. »Wenn er dort bleibt, wird er uns bei Sonnenaufgang unweigerlich entdecken«, flüsterte er. »Wir müssen ihn loswerden.«

»Wir könnten ihn gefangen nehmen«, schlug Richard vor, »und nach Birgu zurückkehren.«

»Wir brauchen einen Offizier«, widersprach La Rivière. »Außerdem wollen wir dem Feind eine Lektion erteilen. Aber zunächst kümmern wir uns um den da.«

»Ich gehe«, sagte Richard leise.

Thomas schüttelte den Kopf. »Nein. Du bleibst hier. Ich mache das.«

La Rivière sah sie verblüfft an. Dann deutete er auf das verlassene Bauernhaus. »Also gut. Tut, was Ihr nicht lassen könnt, Engländer.«

Thomas zog seinen Dolch und schlich vorsichtig durch das dornige Gestrüpp, in dem sich die Ritter auf der linken Flanke verbargen. Der Späher war immer noch damit beschäftigt, die Holzstücke zu einem groben Kegel aufzuschichten. Dann riss er ein paar Lumpen, die er aus dem Bauernhaus geholt hatte, in Fetzen und stopfte sie in die Lücken zwischen den Scheiten. Dabei sah er sich immer wieder um, spähte ins Landesinnere oder zurück auf den Hügel, auf dem jeden Moment seine Kameraden auftauchen mussten. Thomas erreichte einen kleinen Schuppen und schlich langsam an seiner Wand entlang, bis er um die Ecke lugen konnte.

Als das Feuer brannte, stand der Türke auf, streckte sich, überquerte den Hof und lehnte sich mit dem Rücken zu Thomas gegen die niedrige Steinmauer vor dem Pfad. Thomas wartete einen Augenblick ab. Der Späher blieb weiter reglos an der Mauer stehen, sah sich nach beiden Seiten um und heftete den Blick schließlich auf den Kirchturm von Mdina, der sich dunkel vor der Morgenröte abzeichnete. Thomas hielt den Dolch mit der Klinge nach unten, duckte sich noch tiefer und schlich auf den Türken zu, wobei er jeden Schritt sorgfältig setzte, damit kein Kies unter seinen Stiefelsohlen knirschte. Das Arkebusenfeuer wurde immer spärlicher und verstummte dann fast ganz. De Robles' Männer zogen sich offenbar in Richtung Birgu zurück. Gerade als Thomas nur noch zehn Schritte von dem Späher entfernt war, bemerkte er eine Bewegung im Augenwinkel. Er drehte den Kopf und sah eine Standarte hinter der Hügelkuppe aufragen. Einen Wimpernschlag später bemerkte sie der Türke ebenfalls und wandte sich danach um. Dabei erblickte er Thomas und riss überrascht die Augen auf.

KAPITEL 25

Zum Nachdenken blieb keine Zeit. Thomas sprang los, zog den Dolch etwas zurück und spannte die Armmuskeln an, um den tödlichen Hieb auszuführen. Der Späher wirbelte herum. Seine Verblüffung währte nur kurz, dann riss er den linken Arm hoch, um sein Gesicht zu schützen, und griff gleichzeitig mit der Rechten nach dem Elfenbeingriff seines Dolchs. Die dünne, gekrümmte Klinge glitt aus der Scheide. Und schon fiel Thomas über ihn her.

Es war kein raffinierter Angriff, aber Thomas hatte auch kein ehrenvolles Kreuzen der Klingen im Sinn, sondern beabsichtigte lediglich, den Türken von den Beinen zu reißen. Der Späher war von schmächtiger Statur, und der Zusammenstoß schleuderte ihn gegen die niedrige Steinmauer. Thomas stieß mit aller Kraft zu, und sein Dolch bohrte sich durch Stoff und Fleisch, sodass der Späher vor Schmerz aufstöhnte. Dann glitt die Klinge von den Rippen ab. Obwohl die Wunde stark blutete, machte sie den Türken nicht kampfunfähig. Mit einem wütenden Knurren holte der Späher aus. Der Dolch prallte von Thomas' Schulterstück ab, sodass die Klingenspitze in sein Haar fuhr und an seiner Kopfhaut entlangschrammte. Trotz des brennenden Schmerzes stieß Thomas erneut zu. Diesmal gelang es ihm, den Dolch tief in den weichen, ungeschützten Bauch seines Gegners zu treiben. Dieser grunzte tief und rammte Thomas seine Faust ins Gesicht. Dem Ritter verschwamm alles vor Augen, und er taumelte außer Reichweite des türkischen Dolches. Dabei stieß sein Absatz gegen einen Stein. Er geriet ins Stolpern und fiel so heftig auf den Rücken, dass es ihm die Luft aus der Lunge drückte.

Thomas keuchte und verfluchte sich, weil es ihm nicht gelungen war, den Späher unauffällig zu töten. Nun war er seinem Feind schutzlos ausgeliefert. Jeden Augenblick würde er den tödlichen Stich des Dolches spüren. Sobald er wieder klar sehen konnte, stützte er sich auf die Ellenbogen und zog die Beine an. Der Späher war zehn Schritte von ihm entfernt und versuchte verzweifelt, auf allen vieren zu seinen Kameraden zu kriechen. Dann wandte er sich um, und sobald er Thomas erblickte, rappelte er sich auf die Beine. Eine Hand hielt er auf den Bauch gepresst, mit der anderen – die immer noch den Dolch umklammerte – stützte er sich auf der Mauer ab. Er taumelte auf den Pfad zu, wollte schreien, doch dafür waren seine Schmerzen zu groß.

Thomas, der immer noch außer Atem war, setzte ihm nach. Er schwankte über den Hof, und ihm war, als drücke ein zentnerschweres Gewicht auf seine Brust. Ihm wurde schwindlig, und er schüttelte den Kopf, um die Übelkeit zu vertreiben. Trotz seiner Verletzung gelang es dem Späher, seinen Vorsprung auszubauen; es sah ganz danach aus, als würde ihm die Flucht gelingen. Dies schien auch dem Türken aufzufallen, auf dessen Lippen ein Grinsen erschien, bevor sie sich erneut vor Schmerz verzerrten. Mit einem gemurmelten Fluch taumelte er weiter.

»Nein ...«, flüsterte Thomas in verzweifelter Wut. Er ballte die Hand zur Faust und zwang sich, dem Späher zu folgen, musste jedoch nach wenigen Schritten schwer atmend stehen bleiben. Plötzlich bemerkte er, wie jemand an ihm vorbeirannte. Ein Arm holte aus, schoss nach vorne, und ein dumpfer Schlag ertönte aus Richtung des Türken, der soeben den Pfad erreicht hatte. Mit einem Stöhnen ging der Späher in die Knie. Seine linke Hand fuhr zu dem dunklen Messergriff, der knapp unterhalb des Schulterblatts in seinem Rücken steckte.

Richard erschien vor Thomas. »Seid Ihr verletzt?«

Thomas schüttelte den Kopf. »Nur außer Atem ...«

Erleichtert schlenderte Richard auf den Späher zu, stellte einen Fuß auf dessen Rücken und zog sein Messer heraus. Mit einer fließenden Bewegung packte er den Helm des Türken, riss seinen Kopf nach hinten und schnitt ihm die Kehle durch. Sein Körper zuckte, seine Stiefel trommelten auf den staubigen Pfad. Noch bevor sein Todeskampf vorüber war, hatte Richard sein Messer am Gewand des Spähers abgewischt und zurück in die Scheide gesteckt. Er packte einen der in Sandalen steckenden Füße des Türken und zerrte ihn hinter sich her zum Bauernhof.

»Helft mir«, zischte er Thomas zu.

Thomas, der sich immer noch nicht vollständig erholt hatte, steckte den Dolch zurück und nahm das andere Bein. Gemeinsam schleiften sie den Leichnam zur kleinen Scheune.

»Was ist passiert?«

Thomas sah auf. La Rivière kauerte vor der Scheunenecke.

»Seid unbesorgt, Herr«, antwortete Richard. »Wir haben den Späher unschädlich gemacht.«

»Das sehe ich auch. Was habt ihr mit ihm vor?«

»Wir werden den Leichnam in der Scheune verstecken und dann wieder Position einnehmen.«

»Wartet.« La Rivière richtete sich auf und beobachtete den Pfad. Er deutete auf eine Lücke in der Mauer, wo sich gegenüber der Stelle, an der die Männer im Hinterhalt lagen, mehrere Steine gelöst hatten. »Bringt ihn dort hinüber und lehnt ihn gegen die Mauer auf der anderen Seite.«

»Was?« Richard runzelte die Stirn. »Da werden sie ihn doch sofort bemerken.«

»Ganz genau!« La Rivière lächelte. »Tu einfach, was ich dir sage. Ich bin gleich bei euch.«

Richard sah zu Thomas auf. Dieser nickte, und sie zerrten die Leiche auf den Pfad und setzten sie vor die Mauer. La Rivière ging zu den verkohlten Schweinekadavern hinüber und zog den Dolch. Er machte sich kurz an den toten Tieren zu schaffen und kehrte zu den anderen zurück.

»Da. Das setzt dem Ganzen die Krone auf.« Der französische Ritter beugte sich vor, zwang die Kiefer des Leichnams mit einer Hand auseinander und stopfte mit der anderen etwas in seinen Mund. Dann richtete er sich auf und nickte zufrieden. »Na bitte.«

Thomas sah auf den Späher hinunter. Eine Schweineschnauze ragte aus dem geöffneten Mund des toten Türken. Er begriff sofort, was La Rivière vorhatte.

»Warum habt Ihr das getan?«, fragte Richard in angewidertem Ton.

La Rivière kicherte. »Erklärt Ihr es ihm, Sir Thomas.«

»Für Muslime ist das Schwein ein unreines Tier. Sie würden niemals sein Fleisch essen. Wenn seine Kameraden das hier sehen, werden sie außer sich sein. Sie werden alle Wachsamkeit verlieren, bis sie diese Gotteslästerlichkeit beseitigt haben.«

»So ist es.« La Rivière sah zum Hügel hinüber. Die anderen folgten seinem Blick. In den ersten Strahlen der aufgehenden Sonne konnte Thomas deutlich den heranrückenden Trupp erkennen.

»Sie blicken direkt ins Licht«, sagte Richard. »Mit etwas Glück haben sie noch nichts Verdächtiges bemerkt.«

»Dann sollten wir verschwinden«, befahl La Rivière. »Bleibt unten.«

Er führte sie über den Pfad und den schmalen Acker zu den Felsbrocken, hinter denen sich seine Männer versteckt hielten. Sie nahmen ihre Helme von den Sattelknöpfen, setzten sie auf, zurrten die Kinnriemen fest und stellten sich neben die Pferde. Sobald La Rivière das Signal gab, würden sie aufsteigen und angreifen. Thomas hatte sich inzwischen einigermaßen erholt. Er biss sich auf die Lippen und machte sich bittere Selbstvorwürfe, weil er nicht allein mit dem feindlichen Späher fertiggeworden war. Ohne Richards Hilfe wäre dieser entkommen und hätte seine Kameraden vor dem drohenden Hinterhalt gewarnt. Es kränkte Thomas in seiner Ehre, dass er sich von seinem Knappen hatte retten lassen müssen. Seine Tage als herausragender Krieger waren vorbei. Dies war womöglich seine letzte Gelegenheit, etwas Ehrenvolles zu vollbringen, bevor er nur noch dazu taugte, kleinen Jungen vor dem Kaminfeuer Geschichten über längst vergangene Heldentaten zu erzählen.

Er kniff die Augen zusammen und verscheuchte die Scham aus seinen Gedanken. Ein Soldat durfte sich vor einem Gefecht durch nichts ablenken lassen – eine Lektion, die ihm der Schwertmeister seines Vaters schon von Anfang an eingebläut hatte. Doch das mochte vielleicht für einen Soldaten gelten, überlegte Thomas. Ein Ritter hatte nach anderen Regeln und Normen zu leben. Und dazu zählte eben in erster Linie die Ritterlichkeit. In dem endlosen Kampf zwischen dem Orden und dem Islam durften solche moralischen Überlegungen jedoch keine Rolle spielen. Hier zählte nur, den Feind bei jeder sich bietenden Gelegenheit unbarmherzig zu vernichten.

Die plötzliche Erkenntnis, dass dies der wahre Beweggrund für Männer wie ihn oder La Rivière gewesen war, sich dem Orden anzuschließen, traf Thomas bis ins Mark. Die Kriege zwischen den christlichen Reichen, die Kleinstaaterei, die erbitterte Rivalität zwischen Königen und Prinzen waren nur ein schwacher Abklatsch dessen, wofür es sich wirklich lohnte zu kämpfen … und zu sterben. Nur der Orden bot einen verlässlichen moralischen Kompass, indem er eine klare Grenze zwischen zwei unterschiedlichen Welten zog. Seine Aufgabe war über jeden Zweifel erhaben – solange man an Gott glaubte, dachte Thomas bitter. Er hatte lange mit seinem Glauben gerungen, hatte miterlebt, wie er ihm entglitten war, als er vom Jungen zum Mann reifte. Trotz seiner vielen Gebete hatte er nie eine Antwort erhalten, von einer Vision des Göttlichen oder einem Wunder ganz zu schweigen. Nur ein Gefühl der Leere, das immer stärker wurde und ihn vor eine schwierige Frage stellte: War dieses Leben alles, musste ein Mann seinen Frieden mit seiner Endlichkeit machen, war er nur aus Staub und würde wieder zu Staub werden? Oder entschloss er sich zu Taten, die der Menschheit in Erinnerung bleiben würden? So viel hatte er verstanden: Er war hier, um seinem Leben einen Sinn zu geben. Er kämpfte nicht zum Ruhme Gottes, sondern für die Welt, in der die Gläubigen lebten – und die Nichtgläubigen, die wie er selbst schweigend ihre Bürde trugen. Für sie war er bereit zu streiten und zu sterben. Er stählte sich innerlich und richtete seine Aufmerksamkeit auf den nahenden Feind.

Die Türken marschierten den Pfad mit einer fröhlichen Dreistigkeit herab, redeten und lachten laut. Sie besaßen das unerschütterliche Selbstvertrauen zu Beginn eines Feldzugs und schienen nicht im Mindesten daran zu zweifeln, wie dieser ausgehen würde. Sie waren in der Überzahl, verfügten über die stärksten Kanonen und die besten Belagerungsingenieure der Welt und dienten dem von Allah gesalbten Sultan Süleyman dem Prächtigen. Thomas konnte ihre Zuversicht gut nachvollziehen – genauso wie die kluge Entscheidung des Großmeisters, dieser Zuversicht von dem ersten Augenblick an, da sie Fuß auf maltesischen Boden setzten, einen Dämpfer zu versetzen.

Der Feind kam näher. Thomas schätzte, dass es nicht mehr als hundert mit Schwertern, Schilden und einigen wenigen Piken bewaffnete Soldaten waren. Sie trugen keine Rüstung, und abgesehen von ihren Schilden stellten die polierten Kupferhelme mit dem Kettengeflecht über Hals und Schultern ihren einzigen Schutz dar. Dafür waren sie in weite Kleidung gehüllt, die sie nicht behinderte und selbst in der Sommersonne angenehm zu tragen war. Ihr Anführer ritt auf einem Schimmel, dessen Zügel und Sattel mit Silber beschlagen waren. Der wallende Kaftan des Offiziers war aus dunkler, mit weißen Sternen und Halbmonden bestickter Seide. Er hatte einen schwarzen Turban auf dem Kopf, und sein spärlicher Bart und seine arrogante, aufrechte Haltung verrieten sein jugendliches Alter. Der Offizier wirkte weder besonders wachsam noch hatte er daran gedacht, eine Vorhut vorauszuschicken – weitere Beweise für seine Unerfahrenheit.

Thomas sah La Rivière an. Der französische Ritter beobachtete konzentriert und ohne eine Spur seiner vorherigen Unbekümmertheit die feindliche Kompanie. Er spürte Thomas' Blick und wandte sich kurz zu ihm um, bevor er seine Aufmerksamkeit wieder auf die Türken richtete, deren fröhliches Geplauder die Morgenluft erfüllte und das Zwitschern der Vögel im Buschwerk um den Bauernhof herum übertönte. Als die Türken sich den gedrungenen Gebäuden näherten, bemerkte der Offizier die Leiche des Spähers, die vor der Steinmauer saß. Er riss an den Zügeln, hob die Hand und brüllte einen Befehl. Der Trupp kam zum Stillstand. Die Männer verstummten und reckten den Kopf, um den Grund der

Verzögerung besser sehen zu können. Auf einen weiteren Befehl des Offiziers hin ließen die ersten vier Männer der Formation ihre Tornister fallen, marschierten wachsam an ihrem Offizier vorbei und auf den Leichnam zu.

La Rivière legte die Hand auf den Sattelknopf und stellte den linken Fuß in den Steigbügel, ohne den Feind dabei aus den Augen zu lassen.

Einen Augenblick später ertönte ein Schreckensschrei, dann ein wütender Ausruf. Weitere Schreie folgten. Der junge Offizier gab seinem Pferd die Sporen. Als er den Leichnam erreicht hatte, stieg er aus dem Sattel, riss die abgetrennte Schweineschnauze aus dem Mund des Spähers und warf sie über die Mauer. Obwohl sie keinen entsprechenden Befehl erhalten hatten, kamen seine Soldaten neugierig näher.

La Rivière machte Anstalten, auf sein Pferd zu steigen. »Wartet«, flüsterte Thomas eindringlich. »Lasst sie noch dichter herankommen.«

Der Franzose hielt inne, hin- und hergerissen zwischen seinem Verlangen, den Feind anzugreifen und der Vernunft, die ihm gebot, auf Thomas' Rat zu hören. Schließlich nickte er. Sobald sich unter den Türken verbreitete, was mit dem Späher geschehen war, erklangen weitere empörte Rufe. Alle drängten sich dicht um den Offizier und den Leichnam. Thomas spürte die Anspannung der Männer, die neben ihm hinter Felsen und Büschen lauerten.

»Wartet noch ein wenig ab«, murmelte er. Die feindliche Formation löste sich zusehends auf.

»Feuer!«, rief eine Stimme zur Linken.

Thomas wirbelte herum. Er öffnete den Mund, um einen Gegenbefehl zu geben, begriff jedoch sofort, dass es sinnlos war.

Schießpulver zischte in den Zündpfannen, dann spien die Arkebusen unter ohrenbetäubendem Krachen Feuer und Rauch. Die Türken hatten sich erschreckt in Richtung des gebrüllten Befehls umgedreht. Nun suchten diejenigen am Anfang der Kolonne Schutz in der dicht gedrängten Masse, wurden jedoch von den schweren Bleikugeln niedergestreckt.

»Angriff!«, schrie La Rivière.

Thomas, Richard und die Knappen sprangen in den Sattel, zogen die Schwerter und gaben ihren Pferden die Sporen. Thomas beobachtete, wie von Harsteiner zu seiner Linken die flache Seite des Schwertes gegen die Flanke seines Pferdes schlug. Der Deutsche stieß ein unverständliches Gebrüll aus, und Thomas begriff, dass er den Feuerbefehl gegeben hatte. Die Fußsoldaten zwischen den beiden Reitertrupps ließen die Arkebusen fallen, griffen zu ihren Nahkampfwaffen und stürmten auf die immer noch vor Schreck wie gelähmten Türken zu. Sobald die Reitergruppen den Pfad erreicht hatten, wendeten sie die Pferde und preschten los. Thomas umklammerte die Zügel fest mit der linken Hand, beugte sich vor, senkte die Schwertspitze, holte aus und trieb die Klinge in das Durcheinander aus flatternden Kaftanen und entsetzten Gesichtern. Die auf dem Pfad eingekesselten türkischen Soldaten gerieten beim Anblick der eisengepanzerten Ritter in Panik und versuchten zu fliehen. Einige kletterten über die Steinmauer, andere rannten direkt in die Menge hinein und sorgten für zusätzliche Verwirrung. Nur wenige stellten sich mit erhobenem Schild und Schwert zum Kampf.

Ein Soldat wurde von Thomas' Pferd fast umgerannt. Thomas rammte die Klinge durch die Schulter des Türken, riss die Waffe brutal aus dem Körper, schlug nach dem in einen Turban gehüllten Kopf und spürte einen dumpfen Aufschlag, bevor der Mann bewusstlos zu Boden ging. Klirrende Klingen, das Wiehern der Pferde und das Geschrei kämpfender, tötender und sterbender Männer hallten in Thomas' Ohren wider. Er sah Richard, der sein Pferd mit zusammengebissenen Zähnen in einen Pulk Türken jagte und dabei mit seinem Schwert nach allen Seiten hieb. Blut spritzte durch die Luft und landete auf der Flanke seines Pferdes und dem polierten Stahl seines Brustpanzers.

Plötzlich bemerkte Thomas das Aufblitzen von Stahl zu seiner Rechten. Er konnte sich gerade rechtzeitig umdrehen, den Arm heben und einen schweren Säbel abwehren, der in diagonalem Bogen auf seine Schulter zugeschossen kam. Das gellende Klirren von Stahl auf Stahl dröhnte in seinen Ohren, und der wuchtige Aufprall fuhr ihm vom Arm bis in die Schulter. Thomas stieß den Säbel zur Seite und starrte einem großen, kräftigen Krieger in einem Kettenhemd direkt in die dunklen Augen, die unter dem Nasenschutz eines reich verzierten Spitzhelms funkelten. Mit einem wütenden Knurren riss der Türke den Säbel zurück und holte ein weiteres Mal aus, um Thomas aus dem Sattel zu heben. Dieser stemmte die Füße in die Steigbügel, richtete sein Schwert auf die Kehle des Türken und stieß mit aller Kraft zu. Die Klinge drang unter dem Bart und über dem Kettenhemd des Mannes in weiche Haut, Knorpel und Adern, bohrte sich durch die Rückenmuskeln und trat auf der anderen Seite wieder aus. Die Augen des Türken weiteten sich vor Schock und Schmerz, und seine Miene verzerrte sich qualvoll, als Thomas sein Schwert befreite. Blut spritzte aus der Wunde. Der Türke ließ das Schwert fallen und versuchte verzweifelt, mit den Händen den stetigen Strom aufzuhalten. Dann wurde er beiseite gestoßen, als seine Kameraden vor den Rittern zurückwichen, die eine blutige Schneise in die Menge schlugen.

Obwohl die Türken in der Überzahl waren, hatte die ebenso plötzliche wie heftige Attacke ihre Zuversicht rasch schwinden lassen. Sie gerieten in Panik und ergriffen die Flucht, sprangen über die Steinmauern zu beiden Seiten oder versuchten, sich an den Reitern vorbeizudrängen. Schon lag ein Dutzend oder mehr ihrer Kameraden auf dem Boden und blutete in den Staub, während nur einer von La Rivières Männern eine Verwundung davongetragen hatte. Eine Pike hatte sich in seine Hüfte gebohrt. Er war durch die Lücke in der Mauer gehumpelt, und nun presste er eine Hand fest auf den blutdurchtränkten Waffenrock. Nur der türkische Offizier und eine Handvoll seiner Männer boten den Angreifern noch die Stirn. Thomas deutete mit dem Schwert auf ihn.

»Ergreift ihn! Ergreift ihn, und der Kampf ist gewonnen.«

Richard sah sich zu ihm um und nickte, dann gab er seinem Pferd die Sporen und holte mit dem Schwert aus.

Mehrere Fußsoldaten scharten sich um den Offizier, bereit, ihn mit ihrem Leben zu beschützen. Richards Pferd preschte mitten in sie hinein. Zwei Männer verloren das Gleichgewicht und fielen zu Boden, einem dritten trennte Richard die Schwerthand ab und trieb die Klinge dann tief in seinen Hals, um ihm den Garaus zu machen. Thomas spornte ebenfalls sein Ross an, ritt an seinem Knappen vorbei und stellte sich dem feindlichen Offizier.

»Ergib dich!«, rief Thomas. »Ergib dich oder stirb!«

Thomas wusste nicht, ob der Offizier die französische Sprache beherrschte, doch er schien ihn verstanden zu haben, da er verächtlich ausspuckte, seinem Pferd die Sporen in die Seite trieb und direkt auf Thomas zu ritt. Das türkische Pferd war kleiner als Thomas' Streitross, das kaum wankte, als die beiden Tiere mit der Brust aneinanderstießen. Die Klinge des feindlichen Offiziers sauste auf Thomas zu, prallte jedoch von seinem Schulterstück ab. Sofort erwiderte Thomas den Angriff, doch der Offizier parierte den Hieb, noch bevor die Pferde aneinander vorbeigelaufen waren. Beide Männer rissen an den Zügeln und wendeten ihre Rösser, um das Duell fortzusetzen. Der Türke stürmte als Erster los und zielte auf Thomas' Kopf. Dieser hatte keine Zeit, um den Hieb zu parieren, und ließ sich zur Seite fallen. Mit einem leisen Zischen durchschnitt die Klinge die Luft. Nur mit Mühe konnte Thomas sich wieder in eine aufrechte Position bringen.

Da sah er Richard, der sich dem Türken von der anderen Seite näherte. »Lass ihn! Er gehört mir!«, rief er.

Richard zögerte, dann zügelte er sein Pferd so abrupt, dass das Tier den Kopf zurückwarf. Thomas hatte gerade noch Zeit, das Schwert zu heben, da näherte sich die gegnerische Klinge erneut seinem Helm. Der Säbel prallte nahe dem Heft gegen sein Schwert, und instinktiv drehte Thomas das Handgelenk, um die feindliche Waffe einzuklemmen. Mit einem heftigen Ruck riss er den Säbel aus der Hand des Offiziers und schleuderte ihn zu Boden. Dann trieb er sein Pferd erneut an und richtete die Spitze seines Schwertes auf die Kehle des Türken.

»Ergib dich!«

Die Augen des Offiziers funkelten trotzig, sodass Thomas schon damit rechnete, den Mann wohl oder übel umbringen zu müssen. Doch dann ließ der Türke die Schultern sinken und senkte zum Zeichen seiner Niederlage den Kopf.

»Richard, kümmere dich um ihn. Wir müssen ihn verhören, doch wenn er zu fliehen versucht, wirst du ihn ohne zu zögern töten.«

Der Knappe nickte und befahl einem von La Rivières Soldaten, dem Offizier die Hände auf den Rücken zu binden, solange er ihn mit seinem Schwert in Schach hielt. Thomas saß aufrecht im Sattel und sah sich auf dem Schlachtfeld um. Über zwanzig feindliche Soldaten waren außer Gefecht; die Verwundeten schrien verzweifelt um ihr Leben, bevor sie von den italienischen Söldnern ins Jenseits, in die Hölle oder sonst wohin geschickt wurden. Die wenigen Überlebenden des zerschlagenen Trupps, die auf die umgebenden Äcker geflohen waren, wurden von La Rivière und den anderen Rittern und

Knappen verfolgt. Sie stürzten sich mit Freudengeheul auf ihre Beute.

»Diese Narren haben völlig den Verstand verloren«, murmelte Thomas wütend, während er sein Schwert in die Scheide zurücksteckte.

Einen Augenblick später hörte er den schrillen Klang eines Horns und sah eine etwa dreißigköpfige Reitertruppe aus östlicher Richtung auf den Pfad zu reiten. Als sie den Lärm wahrnahmen, kehrten mehrere der Ritter und Knappen um. Die Aufmerksameren unter ihnen begriffen sofort, dass sie Gefahr liefen, vom Rückweg nach Birgu abgeschnitten zu werden, und galoppierten zum Pfad zurück. La Rivière und zwei Knappen jedoch waren weit von ihren Kameraden entfernt und reagierten zu langsam. Thomas begriff sofort, dass sie in Todesgefahr schwebten, doch zuerst musste er die übrigen Männer in Sicherheit bringen. Er holte tief Luft und führte die Hand zum Mund.

»Rückzug nach Birgu! Sofort!«

Die Söldner und Reiter verließen umgehend das Schlachtfeld. Thomas wandte sich Richard zu, der immer noch den gefesselten Offizier bewachte.

»Bring ihn von hier weg.«

»Und was ist mit Euch?«

»Ich bin direkt hinter dir. Los!«

Richard nickte zögerlich, steckte sein Schwert weg, nahm die Zügel des türkischen Pferds und führte es in Richtung Birgu. Bald stießen auch die anderen Berittenen zu ihm. Thomas blieb auf dem Schlachtfeld zurück und beobachtete besorgt, wie La Rivière und seine Knappen – ohne jede Hoffnung auf ein Entkommen – sich der türkischen Kavallerie stellten. Die Sonne stand nun über dem Horizont, und ihre Strahlen tauchten die blankpolierten Rüstungen und die Waffen der Türken, die über den Hügel stürmten und die drei Männer einkreisten, in ein leuchtendes Rot. Thomas erhaschte einen letzten Blick auf den französischen Ritter, bevor das Scharmützel beendet war und sich der Staub legte.

Mit einem unguten Gefühl im Magen wendete Thomas sein Pferd und ritt den anderen hinterher.

KAPITEL 26

Fünfunddreißigtausend Mann, sagt Ihr?« La Valette strich sich nachdenklich über den Bart, während er Oberst Mas' Bericht des Verhörs verarbeitete. Der Großmeister und seine Offiziere standen auf der Bastion, die den Rittern von Kastilien und der Auvergne zugeteilt war – eine der Schlüsselstellen zur Verteidigung von Birgu. Thomas war in den frühen Morgenstunden dorthin gerufen worden. Im Laufe der Nacht hatten die Türken in einem weiten Bogen um Birgu und Senglea herum Stellung bezogen. Ihre Truppenbewegungen waren durch die flackernden Fackeln und die durch die Dunkelheit hallenden Befehle deutlich zu erkennen gewesen. In der Dämmerung wurde sichtbar, dass sich die feindlichen Formationen gerade außerhalb der Reichweite der Kanonen auf den Mauern und Bastionen positioniert hatten.

Im aufziehenden Licht waren die Türken mit den klagenden Schreien der Imame auf die Knie gesunken, und ihre Gebete waren bis zu den Wachen auf den Mauern und den Bastionen vorgedrungen, die die beiden Halbinseln bewachten. Die gewaltige Streitmacht vor ihren Toren hatte die Verteidiger verstummen lassen. Ungläubig und mit einer düsteren Vorahnung blickten sie auf die bunte Kleidung und die blitzenden Waffen der in Reih und Glied stehenden, über die Landschaft verteilten Feindesschar. Auf den Anhöhen hinter den Formationen konnte Thomas die türkischen Pioniere erkennen, die den Boden für die Geschützbatterien ebneten. Jede Kanone war allein durch Muskelkraft vom Strand bis hierher geschleppt worden. Schon bald würden sie feuerbereit sein, obwohl es ganz den Anschein hatte, als wäre der Feind zu voreilig und stolz, um auf die Unterstützung der Geschütze zu warten.

»Ja, Herr.« Mas nickte ernst. »Und eine zweite Streitmacht von zehntausend Mann unter Draguts Befehl wird noch erwartet.«

Bei der Erwähnung des berüchtigten Korsarenkapitäns traten die anderen Mitglieder des Kriegsrats unbehaglich von einem Fuß auf den anderen. Draguts Schiffe hatten Angst und Schrecken über viele Häfen und Schiffe im Mittelmeer gebracht. Er hatte Zehntausende ihrer Heimat entrissen und in die Sklaverei verkauft. Nur die erfahrensten Korsaren unterstanden seinem Kommando, und sie waren bereit, so unbarmherzig zu kämpfen wie der fanatischste Muslim – nur dass es ihnen nicht um den Glauben, sondern um die Beute ging.

»Das macht insgesamt fünfundvierzigtausend Mann«, fuhr Mas fort. »Dazu etwa hundert Kanonen unterschiedlichen Kalibers, tausend Ingenieure und massenhaft Belagerungsgerät. In ihrer Flotte befinden sich über zweitausend Kriegsschiffe. Der Feind ist nicht nur uns hoffnungslos überlegen, sondern auch jeder Streitmacht, die Don Garcia auf Sizilien versammeln kann.«

»Über wie viele Männer verfügen wir nach der letzten Zählung?«, fragte La Valette.

Mas blickte auf seine Notizen. »Weniger als siebenhundert Ritter, eintausendzweihundert spanische und italienische Söldner sowie fünfhundert Galeerensoldaten, etwa zweihundert griechische und sizilianische Freiwillige und neunzig Knappen. Bei der Rekrutierung der Miliz war uns das Glück gewogen. Den letzten Berichten zufolge haben über fünftausend Einheimische zu den Waffen gegriffen. Viel mehr, als wir angenommen haben, Herr. Ich weiß, dass Ihr Bedenken hegt, was die Milizionäre anbelangt, doch meiner Einschätzung nach sind sie wild entschlossen, ihre Heimat und ihre Familien zu verteidigen. Ich glaube, dass sie noch für eine Überraschung gut sind.«

»Wir werden sehen«, meinte der Großmeister skeptisch.

»Zudem haben wir noch die Galeerensklaven«, beendete Mas seine Ausführungen. »Sie werden zwar nicht für uns kämpfen, doch sie können die Schäden an den Mauern von Birgu und Senglea ausbessern und die Verteidigungsanlagen verstärken.«

Nach einer kurzen Gesprächspause ergriff Thomas das Wort. »Dann steht es ja nur sieben zu eins. Da tun mir die Türken richtig leid.«

Alle bis auf La Valette lächelten.

»Es gibt auch gute Neuigkeiten«, fügte Mas hinzu. »Der gefangene Offizier hat berichtet, dass Süleyman das Kommando über seine Truppen zwischen Mustafa Pascha und Piale Pascha aufgeteilt hat. Ersterer hat Befehl über die Landstreitkräfte, während der Letztere die Schiffe befehligt. Anscheinend sind sie sich jetzt schon uneins über das weitere Vorgehen. Und wenn Dragut eintrifft, wird es erst recht zu Meinungsverschiedenheiten kommen.«

»Das sind in der Tat gute Neuigkeiten«, pflichtete ihm der Großmeister bei. »Allerdings glaube ich, dass man Dragut bei dem Ruf, den er genießt, sofort das Oberkommando über die Belagerung übertragen wird, womit sich die Gefahr für uns beträchtlich erhöht. Er ist der härteste Gegner, dem sich der Orden je stellen musste. Ein hervorragender Anführer, der es versteht, die Soldaten unter seinem Befehl zu wahren Heldentaten zu inspirieren.«

»Ihr bewundert ihn?«, fragte Mas.

»Selbstverständlich.« La Valette lächelte knapp. »Seine Qualitäten als Krieger stehen außer Frage, selbst wenn er nur wenig besser ist als ein Pirat und dem falschen Glauben anhängt. Hätte er als Christ das Licht der Welt erblickt, wäre ich stolz, an seiner Seite kämpfen zu dürfen.« Seine Miene verhärtete sich. »Doch er ist nun mal mein Feind, und ich werde alles daransetzen, ihn erbarmungslos zu vernichten. Bis zu seiner Ankunft wollen wir dafür beten, dass die Entscheidung des Sultans, das Kommando aufzuteilen, zum Fehlschlag seines Vorhabens beiträgt. Hat der Gefangene noch mehr Wissenswertes während des Verhörs preisgegeben?«

»Leider nicht.«

»Ein Jammer. Nun, zumindest haben wir nun eine etwas genauere Vorstellung von den Mächten, gegen die wir kämpfen.« La Valette wandte sich an Thomas. »Den Offizier gefangen zu nehmen war gute Arbeit.«

»Danke, Herr. Allerdings war der Preis dafür einer unserer Ritter. Ich hoffe, dass La Rivière und seine Begleiter bis zum Tode gekämpft haben. Andernfalls weiß der Feind nun ebenso gut über unsere Stärken und Schwächen Bescheid wie wir über ihn.«

»Vorausgesetzt, dass La Rivière unter der Folter nachgibt«, warf Stokely ein. »Ich glaube, du unterschätzt ihn. Manche Ritter halten ihre Schwüre höher in Ehren als andere. Und La Rivière ist solch ein Ritter.«

Thomas bemühte sich, keine Reaktion auf den spitzen Kommentar zu zeigen. »Und ich glaube, dass du die feindlichen Folterknechte unterschätzt«, entgegnete er gelassen. »Die Türken sind in der Kunst, Qualen zu bereiten, ebenso beschlagen wie in der Kunst der Belagerung. Jeder Mann lässt sich durch die Folter in die Knie zwingen. Es geht nur darum, seinen Schwachpunkt zu finden und ihn dann zu zerbrechen. Früher oder später wird La Rivière reden. Wir können nur hoffen, dass er nicht zu viel verrät, wenn er tatsächlich lebend gefangen genommen wurde.«

Daraufhin starrten die Offiziere schweigend auf die dicht gedrängten Reihen der Türken, die soeben ihr Gebet beendeten und sich wieder aufrichteten. Sofort hoben der rhythmische Ton der Trommeln und Zimbeln und das schrille Kreischen der Hörner aufs Neue an. Die Soldaten reckten ihre Waffen drohend in Richtung Mauer. Das unregelmäßige Aufblitzen der Klingen, wenn sich die Sonne in ihnen spiegelte, erinnerte Thomas an das Funkeln des Meeres. Als wäre der Feind eine gewaltige Flutwelle, die auf einen felsigen Strand zugerollt kam.

»Sie werden unverzüglich zum Angriff übergehen«, verkündete Thomas und blickte an der Mauer entlang. Die Bastionen der Ritter von Kastilien und der Auvergne waren die einzigen Befestigungen, die rechtzeitig fertiggestellt worden waren. Den anderen Bollwerken mangelte es immer noch an Brustwehren, die dem feindlichen Kanonenbeschuss standhalten konnten. Dasselbe galt für die Mauerabschnitte zwischen den Bastionen.

»Seht dort.« Mas deutete auf die türkischen Linien. Mehrere prächtig gekleidete Offiziere mit türkisfarbenen Turbanen ritten vor den Schlachtreihen entlang. Hinter ihnen marschierte eine Janitscharenkompanie. Die Straußenfedern auf ihren hohen Hüten schwankten wie in einer leichten Brise. Der erste Janitschar führte einen Mann mit sich, dessen Arme fest auf den Rücken gebunden waren. Er schien sich kaum auf den Beinen halten zu können. Thomas konnte gerade so erkennen, dass er barfuß war und nur die zerfetzten Überreste eines roten Wappenrocks mit einem weißen Kreuz darauf trug – unverkennbar das Zeichen des Ordens. Sein blondes Haar hing ihm bis über die Schultern. Es gab keinen Zweifel, um wen es sich dabei handelte.

»Das ist La Rivière«, flüsterte Stokely. »Anscheinend hattest du recht«, murrte er mit einem Blick auf Thomas.

Unter den Augen der Ritter schritt die Kolonne an den Soldaten vorbei, die parallel zur Mauer Aufstellung genommen hatten. Immer wieder blieben die türkischen Offiziere stehen, deuteten auf Birgu und stellten ihrem Gefangenen Fragen. Mas schüttelte den Kopf. »Er hätte sich niemals erwischen lassen dürfen.«

»Vielleicht konnte er es nicht verhindern«, sagte Thomas. »Sie haben ihn überwältigt. Sie waren ebenso erpicht darauf, einen unserer Ritter in Gewahrsam zu nehmen wie wir einen ihrer Offiziere.«

»Trotzdem«, murmelte der Oberst. »Es war seine Pflicht, nicht in die Hände des Feindes zu fallen.«

Thomas zuckte mit den Schultern. »Da könnt Ihr wettern, so viel Ihr wollt. Es wird nichts daran ändern.«

»Bedauerlicherweise«, ätzte Stokely.

Mas wandte sich an La Valette. »Herr, wir sollten auf ihn feuern lassen. Wir müssen La Rivière zum Schweigen bringen, damit er den Türken nicht länger von Nutzen sein kann. Und gleichzeitig könnten wir damit ein paar ihrer Offiziere töten.«

La Valette betrachtete den Feind mit zusammengekniffenen Augen. Dann schüttelte er den Kopf. »Die Entfernung ist zu groß, und wir müssen Pulver sparen. Außerdem glaube ich, dass uns La Rivière noch einen letzten wertvollen Dienst erweisen kann.«

»Herr?«

»Beobachtet ihn einfach.«

Die feindlichen Offiziere setzten die Inspektion der Mauern fort. Schließlich blieben sie vor der Bastion der Ritter von Kastilien und der Auvergne stehen, und es folgte eine längere Unterredung zwischen den Türken und ihrem Gefangenen. Endlich begriff Thomas, worauf der Großmeister hinauswollte.

»La Rivière empfiehlt den Türken, unsere stärkste Verteidigungsstellung anzugreifen.«

La Valette nickte. »Das glaube ich auch.«

Thomas dachte darüber nach. »Wenn sie die Wahrheit herausfinden«, sagte er mit leiser Stimme, »werden sie blutige Rache an ihm üben.«

»Dann hoffen wir, dass ihre Rache und sein Leid von kurzer Dauer sein mögen.« Der Großmeister richtete das Wort an Mas. »Wenn La Rivière sie tatsächlich überlisten will, müssen wir die Täuschung glaubwürdig erscheinen lassen. Lasst fünf Arkebusierkompanien antreten, aus dem Haupttor treten und weit genug vorrücken, um den Feind in ein Scharmützel zu verwickeln. Sie sollen ihre Waffen abfeuern, einen Nahkampf aber um jeden Preis vermeiden. Wenn der Feind vorrückt, sollen sie sich sofort zurückziehen.«

Der Oberst zögerte. »Ist das vernünftig, Herr? Wir haben schon jetzt viel zu wenige Männer. Es wird Verluste geben.«

»Das ist leider unvermeidlich. Doch wir müssen den Feind glauben lassen, dass die übrigen Mauern stark verteidigt werden und die beiden Bastionen nur von wenigen Männern besetzt sind. Wenn sie den Angriff auf diesen Punkt konzentrieren, werden sie fürchterliche Verluste hinnehmen. Und mit etwas Glück werden sie zu dem Schluss kommen, dass alle unsere Verteidigungsanlagen ähnlich gut gesichert sind.« Er tätschelte das dicke Mauerwerk der Brüstung. »Geht und lasst die Männer antreten, Oberst. Ihr werdet sie anführen. Sie sollen einen ersten Vorgeschmack auf die Schlacht bekommen. Mal sehen, wie sie sich unter gegnerischem Feuer schlagen. Das wird ihnen Mut und Zuversicht einflößen, Ihr werdet sehen.«

»Wie Ihr befehlt, Herr.«

Oberst Mas eilte die Treppe hinunter. La Valette und die anderen beobachteten erneut den Feind. Die kleine Offiziersgruppe hatte sich von den Bastionen entfernt und bahnte sich einen Weg durch die Gefechtsreihen. Nach einer kurzen Pause setzten wieder die Trommeln, Zimbeln und Hörner ein. Der Lärm hallte von den Steinwänden Birgus und des Forts St. Michael wider. Als Antwort ertönten Trommelschläge von den Türmen, dann öffnete sich das Tor, und Oberst Mas führte eine erste Arkebusierskompanie heraus. Bei ihrem Erscheinen brachen die Verteidiger in Jubel aus. Die Fahnen des Ordens und die Flaggen der Söldner flatterten in der schwachen Brise, als die Fahnenträger sie wild hin und her wirbelten. Oberst Mas und sein kleiner Trupp überquerten die Zugbrücke, die über den Graben vor der Mauer führte. Die Arkebusiere bezogen zwischen den Überresten der Gebäude und Steinmauern Position, die in den letzten Wochen eilig abgerissen worden waren.

Thomas beobachtete, wie sie ihre Waffen luden und feuerbereit machten. Sie pusteten auf die glimmenden Lunten, damit sie nicht verlöschten, bevor der Feuerbefehl gegeben wurde.

Sobald die Türken die Arkebusiere sahen, trafen sie eilig Gegenmaßnahmen. Eine Reihe von Janitscharen löste sich aus der Hauptformation. Mit den langen Läufen an den Schultern marschierten sie selbstbewusst auf Birgu zu. Oberst Mas stand völlig ungeschützt auf einem Geröllhaufen, eine Hand in die Hüfte gestemmt, die andere auf dem Schwertgriff ruhend, und beobachtete gelassen, wie sie näher rückten. Unwillkürlich bewunderte Thomas die Tapferkeit des Söldnerkommandanten.

Mas ließ den Feind in aller Seelenruhe herankommen, bevor er den Feuerbefehl gab. Eine Welle aus Explosionen rollte die Arkebusierslinie entlang, die aus der Deckung heraus feuerte. Winzige Flammenzungen schlugen aus den Mündungen und wurden sofort von dicken, öligen Pulverdampfwolken verschluckt. Mehrere Janitscharen gingen von den schweren Bleikugeln getroffen zu Boden. Staub und Steinsplitter stoben auf, wo die Schüsse fehlgegangen waren. Sofort luden die Arkebusiere ihre Waffen nach. Die Janitscharen zögerten kurz, dann zog einer der Offiziere den Säbel und trieb sie weiter. Diesmal rückten die Männer geduckt vor, um kleinere Ziele zu bieten. Oberst Mas ließ seine Arkebusiere nach eigenem Ermessen feuern. Die geschicktesten Schützen hatten ihre Waffen zuerst geladen und schossen. Dann folgten ihre Kameraden, und die Detonationen verschwammen zu einem einzigen Lärm.

Über zwanzig Janitscharen lagen bereits auf dem Boden, wälzten sich hin und her oder versuchten, sich in Sicherheit zu robben. Sobald sich ihre Kameraden den Arkebusieren bis auf etwa hundert Yards genähert hatten, befahl ihnen ein Offizier, stehen zu bleiben und das Feuer zu erwidern. Es war das letzte Kommando, das ihm je über die Lippen kam. Einen Augenblick später durchschlug eine Kugel seinen Kopf, und sein weißer Turban zerplatzte in blutigen Fetzen. Sein Körper zuckte, dann fiel er auf den Rücken und streckte alle viere von sich. Ein Bein trat noch mehrere Male aus, dann lag er reglos da. Seine Männer befolgten dessen ungeachtet seinen Befehl. Sie stellten ihre langläufigen Waffen auf dünne Holzgabeln, zielten sorgfältig und drückten ab.

Obwohl ihre Arkebusen genauer und die Janitscharen besser ausgebildet waren, sodass sie schneller laden und feuern konnten als ihre Gegner, machte das offene Gelände die Türken zu leichten Zielen. Von der Bastion aus gesehen schien es Thomas, als würden für jeden von Mas' Männern, der fiel, drei Feinde niedergemäht. Der Oberst marschierte festen Schrittes die Reihen entlang, wobei er wie durch ein Wunder den feindlichen Kugeln entging, die sich ins Gestein in seiner Nähe bohrten oder den Staub und Kies vor seinen Füßen aufspritzen ließen.

Während des Feuergefechts war die türkische Gefechtslinie näher an die Bastionen von Kastilien und Auvergne herangerückt, und Thomas bemerkte, dass die Männer um ihn herum Vorbereitungen zur Verteidigung trafen. Dutzende geladener Arkebusen lehnten feuerbereit an der Brüstung. Maltesische Jungen, die im Laden der Waffen geschult waren, warteten auf ihren Einsatz. Aus dem Inneren der Bastion drang das Poltern der Kanonen, die vor die winzigen Schießscharten in den Kasematten geschoben wurden. Pikeniere standen in Bereitschaft, um jeden Versuch des Feindes abzuwehren, die Bastionen oder die Mauern, die sie miteinander verbanden, zu erklimmen.

Thomas sah sich um. Auch der Großmeister beobachtete den Aufmarsch des Feindes mit grimmiger Befriedigung.

Schrille Hornstöße gaben das Signal zum Angriff. Mit einem tiefen Brüllen aus vielen Kehlen stürmten die Türken über das offene Gelände auf die Bastion zu. Thomas konnte die typischen hohen Hüte der Janitscharen nirgendwo unter den angreifenden Truppen erkennen. Offenbar hatte sich der feindliche Befehlshaber entschlossen, seine Elitetruppen aufzusparen und den ersten Angriff durch die entbehrlicheren Sipahis und die religiösen Fanatiker in ihren weißen Kaftanen erfolgen zu lassen. Während sie voranpreschten, setzte sich das Feuergefecht vor dem Tor fort, als wäre es eine völlig andere Schlacht. Oberst Mas warf nur einen kurzen Blick auf die angreifende Horde, bevor er sich wieder seiner eigenen Front widmete.

La Valette nahm den heranrückenden Feind mit fast gleichgültiger Gelassenheit wahr. Auch die Offiziere an seiner Seite wirkten unerschütterlich. Vor wenigen Tagen hatte man Entfernungsmarken aufgestellt. Sobald die Türken die ersten erreichten, eröffneten die Kasemattgeschütze mit lautem Knall das Feuer. Thomas spürte, wie die Steine unter seinen Füßen erbebten. Seine Ohren dröhnten. Rauch stieg über der Brüstung auf und ließ die dort postierten Männer würgend husten. Als sich der Qualm verzog, sah Thomas, dass die Kartätschen, mit denen man die Kanonen geladen hatte, breite Breschen in die feindlichen Reihen gerissen und mit einem Schlag zehn und mehr Männer niedergemäht und ihre Körper in blutige Fetzen gerissen hatten.

Ohne auch nur einen Augenblick zu zögern, rückten die Türken weiter vor. Sie sprangen über die Leichen ih-

rer gefallenen Kameraden und erreichten die Eskarpemauer vor dem Wehrgraben. Dabei passierten sie die
zweite Linie von Entfernungsmarken, woraufhin zusätzlich zu den Kartätschengeschützen auch die Arkebusiere
das Feuer eröffneten. Feuer und Rauch wurde aus den
Verteidigungsanlagen gespien, und der türkische Angriff
geriet unter dem Geschosshagel ins Stocken. Und dennoch stürmten sie mit flatternden Kaftanen weiter vor
und schrien ihre Schlachtrufe.

»Gütiger Gott«, sagte Thomas ungläubig. »Sie kennen
keine Furcht.«

Die ersten Männer hatten die Eskarpemauer erklommen und rutschten oder krochen über den steilen Abhang
dahinter, der in den Wehrgraben führte. Die Geschütze in
den anderen Bastionen, die den Graben deckten, eröffneten das Feuer. Trotz des heftigen Beschusses versuchten
immer mehr Türken, die Eskarpemauer zu überwinden.
Thomas konnte nur eine Handvoll Belagerungsleitern erkennen und schüttelte den Kopf über einen derart töricht-
ten Angriff. Der Feuerwinkel war nun so spitz, dass sich
mehrere Verteidiger auf die Mauer stellten, um den Feind
besser ins Visier nehmen zu können.

»Diese Narren sollen von dort heruntersteigen, bevor
sie noch erschossen werden«, zischte La Valette.

Stokely lief an den Rand der Bastion, um den Befehl
weiterzugeben. Nur die Männer in seiner unmittelbaren
Umgebung schienen sich zu besinnen und gehorchten.
Die anderen feuerten in ihrem Kampfesrausch weiter
nach unten, gaben ihre leergeschossenen Waffen ab und
nahmen geladene in Empfang. Dann wirbelte einer von

ihnen herum, als er von einer Kugel getroffen wurde. Er schwankte auf der Mauer, verlor das Gleichgewicht und fiel in den Graben hinunter. Erst als einen zweiten Mann dasselbe Schicksal ereilte, kamen die anderen Soldaten zur Besinnung und gingen schnell hinter der Brüstung in Deckung. Nun wurden schwere Steine über die Mauer geschleudert. Auch die Jungen, die die Arkebusen geladen hatten, halfen mit.

Der Feind konnte nur eine einzige Leiter an der Mauer ansetzen. Während die Türken daran hinaufkletterten, wurde die Mündung einer Kanone auf einer der anderen Bastionen darauf ausgerichtet. Flammen und Rauch schossen daraus hervor, dann zersplitterte die Leiter in einem Schauer aus Holztrümmern und Fleischfetzen.

Dies war der Wendepunkt. Die Männer im Graben zögerten, dann drehte sich der erste um und nahm Reißaus; andere folgten ihm. Die Panik griff schnell um sich. Alle versuchten, dem Gemetzel im Graben so schnell wie möglich zu entkommen, und einen Augenblick später war der Angriff beendet. Die Türken strömten über das offene Gelände zurück in die Sicherheit ihrer früheren Positionen. Die Verteidiger stießen Schreie der Freude, des Triumphs und des Spottes aus, andere feuerten weiter, bis der Feind außer Reichweite war. Mit dem Abbruch des Hauptangriffs zogen sich auch die Janitscharen zurück, die mit Oberst Mas' Männern im Gefecht lagen. Sie hoben die Holzgabeln auf und traten hastig den Rückzug an. Mehrere Söldner warfen ihre Arkebusen zu Boden, zogen ihre Dolche und liefen den Janitscharen hinterher. Auf einen Befehl des Obersts hielten sie jedoch inne und kehrten widerstrebend in ihre Formation zurück. Die Arkebusiere schlossen die Reihen und marschierten über die Zugbrücke, durch das Haupttor und hinter die schützenden Mauern von Birgu.

Thomas starrte auf das von Hunderten von Toten und Verletzten übersäte Schlachtfeld. Auf den Mauern dagegen waren nur wenige Männer gefallen. Auch Mas hatte bei dem Feuergefecht mit den Janitscharen lediglich um die dreißig Männer eingebüßt.

»Sehr gut.« La Valette nickte. »Die erste Runde geht an uns. Mustafa Pascha wird es sich ab jetzt wohl zweimal überlegen, bevor er erneut einen so unüberlegten Angriff befiehlt.«

Er sah sich unter den jubelnden Männern auf der Brüstung um. Die Zivilisten auf den Straßen Birgus stimmten in das Triumphgeschrei ein, das sich bald bis zum anderen Ende der Mauer verbreitete. Kurze Zeit später waren auch freudige Rufe von St. Michael zu hören, dessen Besatzung den Kampf genau verfolgt hatte. Die Glocken der Kathedrale wurden geläutet und Fahnen über St. Elmo gehisst. Alle kosteten den ersten, kleinen Sieg über die Invasoren bis zur Neige aus.

»Lasst sie jubeln.« La Valette lächelte. »Seid nachsichtig mit ihnen. Uns stehen noch schwere Prüfungen bevor, also genießt diesen Augenblick. Während die Türken die Vorbereitungen zur Belagerung treffen, werden wir unsere Verteidigungsanlagen fertigstellen. Kommt, wir kehren nach St. Angelo zurück.« Er wollte sich gerade umdrehen, als er innehielt und den Arm ausstreckte. »Was geht da vor?«

Thomas bemerkte eine Gruppe von Janitscharen, die aus den erschöpften Reihen ihrer Kameraden traten. Sie führten einen Holzpflock bei sich, den sie in den Boden rammten. Dann folgten zwei weitere Männer, die La Rivière in ihrer Mitte mit sich zerrten. Sie banden seine Hände an einen Eisenring am Ende des Pflocks, dann rissen sie ihm den zerfetzten Wappenrock vom Leib, sodass er nackt vor ihnen stand. Thomas und die anderen konnten nur hilflos zusehen.

»Was haben sie mit ihm vor?«, fragte Stokely leise.

Die beiden Männer, die La Rivière an den Pflock gekettet hatten, zogen dünne Stecken aus ihren Gürteln und ließen sie ein paarmal prüfend durch die Luft zischen, bevor sie sich dem französischen Ritter näherten.

»»Sie werden ihn zu Tode prügeln«, sagte Thomas.

»Mit diesen Stecken?«, höhnte Stokely.

»Ja, mit diesen Stecken«, gab Thomas tonlos zurück. »Das habe ich auf dem Balkan bereits miterlebt. Es dauert mehrere Stunden, bis der Tod eintritt, und mit jedem Hieb vergrößern sich die Qualen.«

Die beiden Janitscharen stellten sich zu La Rivières Seiten auf und prügelten abwechselnd mit ihren dünnen Stecken auf ihn ein. Der Ritter ging unter den ersten Hieben in die Knie, dann beugte er sich über den Pfahl, krümmte den Rücken und bemühte sich, die Bestrafung still und stoisch zu erdulden. Die Türken setzten sich und genossen das Schauspiel, während es die Männer auf den Mauern von Birgu mit Verzweiflung und Entsetzen beobachteten. Nach etwa einer Stunde gaben La Rivières Beine nach, und er hing schlaff am Seil. Sein Kopf fiel

zurück, und sein Mund war in einem stummen Schmerzensschrei geöffnet.

»Herr, dürfen wir eine Kanone abfeuern, um seinem
Leid ein Ende zu machen?«, fragte Stokely La Valette.

La Valette schüttelte den Kopf. »Sie haben diese Stelle
mit Bedacht gewählt. Seht selbst – wir haben keine Kanone, die wir darauf ausrichten könnten. Wir können
nicht mehr tun, als unseren Männern diesen Anblick zu
ersparen. Bis auf die Wachmannschaften sollen alle abtreten und in ihre Quartiere zurückkehren. Sofort.«

Die Männer marschierten durch die engen Straßen
der Stadt davon. Aus ihren geflüsterten Unterhaltungen
wurde deutlich, dass ihre vorherige Freude angesichts La
Rivières Folter verflogen war. Im Laufe des Nachmittags wurde die Züchtigung unter den Augen der Wachmannschaften fortgesetzt. Thomas blieb zusammen mit
Stokely und Oberst Mas auf der Bastion der Kastilier;
der Großmeister und die anderen waren nach St. Angelo zurückgekehrt. Vor den Mauern schafften die Türken
ihre Toten zum Begräbnis fort, die Verwundeten wurden zur Behandlung ins Feldlager gebracht. Als sie versuchten, ihre Kameraden aus dem Graben zu holen,
ließ Thomas einen Warnschuss abfeuern, um sie daran
zu hindern. Schließlich sollten sie die Mauern und Bastionen nicht aus nächster Nähe sehen. Inzwischen hatte sich der Hauptteil der Truppe, die am morgendlichen
Angriff beteiligt war, der Kolonne aus Soldaten, Fuhrwerken und Geschützkarren angeschlossen, die in Richtung des Feldlagers westlich von Senglea unterwegs war.
Nur eine kleine Mannschaft blieb zurück, die sich eifrig

daranmachte, Annäherungsgräben vor Birgu und Senglea auszuheben.

Trotz der feindlichen Aktivitäten konnten die Verteidiger die Augen nicht von La Rivière abwenden. Die ersten beiden Janitscharen waren am frühen Nachmittag ersetzt worden. Ihre Ablösung prügelte in gleichmäßigem Rhythmus bis zur Dämmerung weiter. Dann untersuchte ein Offizier den Ritter. Er ging in die Hocke, hob La Rivières Kopf und betrachtete ihn einen Augenblick. Schließlich zog er einen Dolch und schnitt dem Franzosen die Kehle durch.

»Endlich.« Stokely schloss die Augen und ließ den Kopf sinken. »Friede seiner Seele.«

Mas zuckte mit den Achseln. »Er hätte sich nicht gefangen nehmen lassen dürfen. Diesen Fehler werden weder ich noch meine Soldaten machen. Das hier war eine wichtige Lektion, die die Entschlossenheit jedes Mannes, jeder Frau und jedes Kindes auf dieser Insel weiter steigern dürfte. Wie der Großmeister gesagt hat: Auf Malta gibt es keine Zivilisten mehr. Und jetzt haben sie eine weitere Wahrheit erfahren – uns bleibt nur der Sieg oder der Tod.« Mas streckte sich und kehrte dem Feind den Rücken zu. »Ich werde meinen Rundgang machen und dann dem Großmeister berichten, dass La Rivières Leiden zu Ende sind.«

»Jawohl«, sagte Stokely. »Wir sehen uns bei der Abendbesprechung.«

Der Oberst neigte den Kopf und ging die Treppe hinunter. Nun befanden sich außer Thomas und Stokely nur noch vier Soldaten auf der Bastion. Sie hielten respektvoll Abstand zu den beiden Rittern, die eine Weile lang schweigend den nackten Leichnam anstarrten, der immer noch an dem Pfosten hing. Dann räusperte sich Stokely leise.

»Ich habe gehört, dass du Maria getroffen hast.«

Thomas wandte sich zu Stokely um. »Du hast mit ihr gesprochen?«

Stokelys Lippen verzogen sich zu einem spöttischen Grinsen. »Aber ja. Du hast ihr eine große Überraschung bereitet, doch inzwischen hat sie sich davon erholt und ist wieder zur Vernunft gekommen. Sie will dich nie wiedersehen.«

Thomas spürte den kalten Stich der Furcht im Herzen, doch dann erinnerte er sich an ihre Miene, an ihre Bestürzung, ihn zu sehen, und an das untrügliche Anzeichen der alten Zuneigung in ihrem Blick. Er war sich sicher, dass Stokely log. »Ich muss gestehen, auch für mich war es eine Überraschung, sie wiederzusehen. Ganz besonders, nachdem du mir von ihrem Tod erzählt hast.«

»Ich sagte, dass sie für dich tot ist.«

»Und jetzt lebt sie für mich. Und ich für sie. Wo ist sie?«

Stokely starrte ihn an. »In Sicherheit.«

»In Sicherheit? Vor dem Feind oder vor mir?«

»Niemand von uns ist vor dem Feind sicher. Doch zumindest vor dir kann ich sie beschützen, Thomas. Dieses Leid will ich ihr ersparen.«

»Wo ist sie?«, fragte Thomas erneut, diesmal durch zusammengebissene Zähne. »Sag es mir.«

»Das kommt überhaupt nicht infrage. Du hast ihren Geist schon genug verwirrt. Glücklicherweise konnte ich sie zur Besinnung bringen. Maria hat eingesehen, wie töricht es wäre, dich wiederzusehen. Wie schon gesagt, Thomas: Für dich ist sie tot. Such nicht nach ihr.«

»Ich werde sie finden«, knurrte Thomas. Er musste sich schwer beherrschen, um Stokely nicht an die Gurgel zu gehen. »Das schwöre ich. Ich werde sie wiedersehen.«

Stokely sah ihn noch einen Moment an. »Gott möge deine Seele in das ewige Höllenfeuer verdammen, Thomas«, verkündete er dann mit einer Inbrunst, die Thomas noch nicht bei ihm erlebt hatte. »Dafür bete ich mit jeder Faser meines Leibes. Genau das hast du verdient.«

Thomas runzelte die Stirn. »Weshalb hegst du einen solchen Hass auf mich? Was habe ich dir angetan, dass du mir so ein Schicksal wünschst?«

»Ich dich hassen? Natürlich hasse ich dich. Sie hat dich geliebt. Immer nur dich.« Stokely fletschte die Zähne. »Dabei hätte ich derjenige sein sollen. Ich hatte Maria verdient, nicht du ... und du sollst sie niemals bekommen. Und jetzt geh mir aus dem Weg.«

Thomas erwiderte seinen kalten, bösartigen Blick, dann trat er langsam zur Seite. Stokely stürmte an ihm vorbei und die Treppe hinunter. Thomas lauschte den leiser werdenden Schritten hinterher, erschüttert von der Boshaftigkeit dieser Worte. Dann beobachtete er die feindlichen Kanonen, die in der Entfernung um den Hafen herum zur Spitze der Sciberras-Halbinsel geschafft wurden. Eines stand fest: Der Feind hatte den Plan, Birgu und Senglea im Handstreich zu nehmen, aufgegeben.

Er würde nun mit aller Macht gegen St. Elmo vorgehen – genau wie der Großmeister gehofft hatte. So hatten die Verteidiger Zeit, ihre wichtigsten Stellungen weiter auszubauen. Mit jedem Tag, den St. Elmo standhielt, stieg die Wahrscheinlichkeit, die Belagerung zu überleben. Thomas wandte den Kopf und blickte über den Hafen auf das Fort. Die untergehende Sonne tauchte seine Mauern in einen warmen Schein und warf tiefe Schatten in die spitzen Winkel der sternförmigen Festung. Die Brise hatte sich gelegt, und die Fahnen auf den Zinnen des Forts hingen schlaff herab. Ein friedlicher Anblick, dachte Thomas. Und viele friedliche Anblicke würden den achthundert Mann, die im Fort stationiert waren, nicht mehr vergönnt sein.

KAPITEL 27

An diesem Abend herrschte gedrückte Stimmung in der Auberge. Jenkins tischte ihnen einfachen Haferbrei auf, da es auf den Märkten von Birgu kein frisches Fleisch mehr zu kaufen gab. Um Futter zu sparen, hatte der Großmeister den Befehl gegeben, alles Vieh zu schlachten, das Fleisch zu pökeln und in den Lagerhäusern am Hafen zu verstauen. Von nun an würden nur einige wenige Pferde durchgefüttert werden. Wegen der großen Zahl der Flüchtlinge aus Birgu mussten neue Quartiere für die Soldaten gefunden werden, weshalb man ein Dutzend italienischer Soldaten in die englische Auberge beordert hatte. Diese saßen nun bei Thomas, Richard und Sir Martin am langen Tisch im Saal. Die Ankunft der Söldner bedeutete auch mehr Arbeit für Jenkins, sodass er die Italiener mit kaum verhohlener Verachtung und ausgesuchter Unhöflichkeit behandelte.

Die Männer aßen schweigend und nachdenklich. Außer einer gelegentlichen Bitte um Brot, Salz oder wässrigen Wein wurde kaum ein Wort gesprochen. Die Söldner hatten sich an dem Tischende neben der Tür versammelt, die Engländer saßen am anderen Ende neben dem Feuer.

»Wo ist Sir Oliver?«, fragte Richard. »Er hat doch gesagt, dass er in der Auberge wohnen würde, sobald die Türken gelandet wären.«

Sir Martin zuckte mit den Schultern. »Er ist reich genug, um sich ein eigenes Quartier zu mieten. Und er ist blasiert und hochmütig genug, um nicht mit seinen Ordensbrüdern unter einem Dach zu schlafen.«

Thomas rührte in seinem Haferbrei herum. »Wisst Ihr, wo er sich eingemietet hat?«

»Nein«, antwortete Sir Martin, und sie aßen weiter.

»Eine Schande, was mit La Rivière passiert ist«, bemerkte Sir Martin nach einer Weile. »Er war ein guter Soldat. Hat nie gezögert, gegen die Türken in den Kampf zu ziehen. Ein schwerer Verlust für uns.«

Thomas nickte.

»Aber er war auch leichtsinnig«, sagte Richard. »Seine Pflicht war es einzig und allein, Gefangene zu nehmen. Wenn er sich nicht hätte ablenken lassen, wäre er noch am Leben.«

Sir Martin ließ den Löffel sinken und funkelte den Knappen böse an. »Wieder einmal vergisst du, wen du vor dir hast, junger Mann. Mit solchen Bemerkungen besudelst du La Rivières Andenken. Wenn du dir deine eigenen Sporen verdient hast, darfst du über die Ritter des Ordens urteilen, aber nicht vorher. Er ist einen ehrbaren Tod gestorben.«

»Das bestreite ich nicht, Herr. Trotzdem war sein Ende vermeidbar.«

Thomas seufzte müde. »Zumindest hat er uns mit seinem Tod einen großen Dienst erwiesen.«

»Inwiefern?«, fragte Richard. »Wie Sir Martin gesagt hat: Wir brauchen gute Soldaten, und jetzt haben wir einen Ritter und zwei Knappen verloren.«

Thomas schob die Schüssel zur Seite und wandte sich Richard zu.

»La Rivière war geistesgegenwärtig genug, die Türken dazu zu bringen, unsere stärksten Verteidigungsanlagen anzugreifen. An anderen Stellen stellt der Graben ein weitaus geringeres Hindernis dar oder kann nicht von den Kanonen bestrichen werden. Hätten die Türken zu beiden Seiten des Haupttores angegriffen, wäre es gut möglich gewesen, dass sie die Mauern erklommen hätten. Wenn sie dort Fuß gefasst hätten und in Birgu eingefallen wären, wären wir so gut wie verloren gewesen. Doch nun wurde der Feind blutig von einem Bollwerk zurückgeschlagen, das er für eines unserer schwächsten hält. Nach dieser Erfahrung suchen sich die Türken ein leichter einzunehmendes Ziel. Deshalb marschieren sie nach St. Elmo.«

Der Jüngere senkte den Blick und starrte auf seine Hände. »Ich ergriff das Wort, ohne über den Sinn seiner Handlungen nachzudenken, Herr.«

»Das ist die Unbesonnenheit der Jugend«, sagte Sir Martin. »Die Weisheit kommt mit dem Alter. Gesetzt den Fall, wir überleben.«

Richard warf Thomas einen Blick zu. »Verzeiht, Herr.«

»Vor mir musst du dich nicht rechtfertigen«, sagte Thomas. »Aber du hast den Namen eines Toten entehrt. Es ist durchaus möglich, dass La Rivières Mut und Geistesgegenwart den Verlauf der Belagerung geändert hat. Denk darüber nach, Richard, bevor du in Zukunft vorschnell über andere Männer urteilst.« Er stand auf. »Ich gehe zu Bett und wünsche Euch eine gute Nacht.« Er wandte sich dem anderen Tischende zu und neigte den Kopf. »Und euch, werte Gäste.«

Die Italiener sahen zu ihm auf, errieten die Bedeutung seiner Worte und erwiderten den Gruß. Dann aßen sie weiter und setzten ihre gedämpfte Unterhaltung fort.

Thomas ging in seine Zelle und schloss die Tür hinter sich. Er setzte sich auf das Bett, zog Stiefel und Hose aus, legte sich hin und starrte an die Decke. Der Mond warf einen dünnen Lichtstrahl durch das schmale Fenster über seinem Kopf und beschwor einen gespenstischen Lichtbogen an der gegenüberliegenden Wand. Thomas verschränkte die Arme hinter dem Kopf und gähnte. Er hatte seit zwei Tagen nicht geschlafen, und die Anstrengungen der vergangenen Nacht und die Ereignisse des Tages forderten ihren Tribut. Er war seit Jahren nicht so müde gewesen. Er schloss die Augen und atmete gleichmäßig, fand jedoch keinen Schlaf. Schritte hallten vor seiner Tür, dann murmelte Sir Martin etwas Abfälliges über die Italiener, bevor eine Tür krachend ins Schloss fiel.

Thomas' ermatteter Geist kehrte zu dem kurzen Gespräch mit Stokely auf der Bastion zurück. Was spielte er für eine Rolle in diesem Stück? Hatte er wirklich seinen Zorn darüber, von Maria abgewiesen worden zu sein, über zwanzig Jahre gepflegt? Vielleicht genügten der Eifersucht – genau wie der Liebe – nur schattenhafte, lange zurückliegende Erinnerungen, um sie am Leben zu halten. Hatte ihm Stokely aus Eifersucht verschwiegen, wo Maria sich aufhielt? Oder war es tatsächlich auf ihr Betreiben hin geschehen, wie er behauptete? Er würde Maria wiedersehen. Bald.

Jemand klopfte behutsam an die Tür. Einen Augenblick lang überlegte Thomas, nicht zu antworten und sich schlafend zu stellen. Andererseits sehnte er sich nach einer Abwechslung von seinen Grübeleien. Mit einem leisen Fluch setzte er sich auf.

»Herein!«

Der Riegel öffnete sich, die Tür schwang auf, und dahinter kam Richard mit einer Kerze in der Hand zum Vorschein. Ohne die Anwesenheit der Engländer wagten es die Italiener, sich lauter zu unterhalten, und die Gesprächsfetzen drangen bis in die Zelle.

»Sir Thomas, ich muss mit Euch reden«, verkündete Richard.

Jenkins ging hinter ihm vorbei in die Küche, um den Weinkrug aufzufüllen.

Richard schloss die Tür und durchquerte den Raum. Er stellte die Kerze neben das Bett und setzte sich auf den Stuhl.

»Wenn es um die Angelegenheit von vorhin geht«, begann Thomas, »so wollte ich dich nur dazu ermutigen, nicht unbedacht zu sprechen. Du neigst dazu, dich ungebührlich für einen Knappen zu verhalten. Selbst für einen älteren Knappen.«

Richard schüttelte den Kopf. »Darum geht es nicht. Es ist weitaus wichtiger.« Er sah zur Tür, als hätte er Angst, belauscht zu werden. Dann beugte er sich zu Thomas vor und senkte die Stimme. »Während Ihr, La Valette und die anderen, heute auf der Bastion wart, habe ich mich in St. Angelo umgesehen.«

»Wonach hast du gesucht?«

»Nach Sir Philips Truhe natürlich. Ich sagte den Wachen, dass Ihr Eure Handschuhe im Arbeitszimmer des Großmeisters vergessen und mich geschickt hättet, um sie zu holen.«

»Sehr wagemutig von dir. Haben dich die Wachen passieren lassen?«

»Allerdings. Dieser Tage öffnet Euer Name Tür und Tor. In Gegenwart von La Valettes Leibdiener tat ich so, als würde ich nach den Handschuhen suchen. Dann sagte ich, dass Ihr Euch wohl geirrt hättet, und ging. Ich konnte ungesehen die Treppe weiter hinunter bis zu den Lagerräumen gelangen. Und dort bin ich auf die erste Schwierigkeit gestoßen, die es zu überwinden gilt.«

»Nämlich?«

»Die Jagdhunde des Großmeisters. Ihre Zwinger befinden sich in einer Nische des Korridors, der zu den Lagerräumen führt. Der Eingang zum Archiv liegt auf der gegenüberliegenden Seite. Davor ist ein mit vier Männern besetzter Wachraum. Diese stellen ein weiteres Hindernis dar, doch so weit kam ich gar nicht: Sobald ich den Korridor betrat, fingen die Hunde an zu bellen und schreckten die Wachen auf.«

»Und dann?«

»Dann behauptete ich, dass ich mich verirrt hätte. Zwei Soldaten führten mich aus der Festung und schickten mich meines Weges.«

»Hoffen wir, dass sie diesen Vorfall nicht melden. Wenn jemand aus La Valettes Stab Verdacht schöpft, wird es noch schwieriger, an die Truhe zu gelangen.«

»Schwieriger? Es ist jetzt schon so gut wie unmöglich. Seid Ihr sicher, dass es keinen anderen Weg in das Archiv gibt? Einen anderen Eingang womöglich, ein Abflussrohr, das dorthin oder in seine Nähe führt?«

»Davon weiß ich nichts.«

Richard runzelte die Stirn. Thomas beobachtete ihn eine Weile, dann kratzte er sich das Kinn.

»Ist die ganze Unternehmung momentan nicht etwas sinnlos?«

»Weshalb?«

»Der Feind hat uns umzingelt. Solange die Belagerung andauert, ist eine Flucht von Malta unmöglich. Und wenn die Türken den Sieg davontragen, spielt es keine Rolle, ob ihr an das Dokument gelangt oder nicht.«

»Es spielt eine große Rolle«, sagte Richard entschlossen. »Sollte das Dokument in die Hände des Feindes fallen, wäre er sich über seine Bedeutung sofort im Klaren. Damit hätte er einen gewaltigen Vorteil in allen zukünftigen Verhandlungen mit England.«

Thomas grinste verschmitzt. »Welcher Feind? Die Türken, die Katholiken oder der Orden?«

»Alle, wie es aussieht.«

»Ein Jammer. Ich war fast geneigt zu glauben, dass du inzwischen so etwas wie ein Zusammengehörigkeitsgefühl zu La Valette und seinen Männern gefunden hättest.«

»Nun, eines teilen wir sehr wohl: Wir alle wollen dieser Falle entkommen. Bis dieses Ziel erreicht ist, werde ich alles in meiner Macht Stehende tun, um unseren gemeinsamen Gegner zu bekämpfen. Doch in diesem Fall ist der Feind meines Feindes nicht mein Freund, Sir Thomas. Wenn man herausfindet, dass wir nach dem Dokument suchen, wird La Valette keine Gnade walten lassen, sobald er von dem wahren Zweck unseres Aufenthaltes auf dieser Insel erfährt. Der Großmeister kann sehr grausam sein, und so sehr er Eure Fähigkeiten und Erfahrung auch schätzen mag, diese Täuschung wird er Euch nicht vergeben.«

»Nein. Das wird er nicht«, pflichtete ihm Thomas bei. »Gegenwärtig ist Vergebung sowieso Mangelware, seid dessen versichert!«

Richard sah ihn argwöhnisch an. »Was soll das bedeuten?«

»Nichts, das dich etwas angehen würde.«

»Natürlich geht es mich etwas an. Ich brauche Eure Hilfe, um meine Aufgabe zu erfüllen. Ihr dürft Euch nicht ablenken lassen. Geht es um diese Frau, Maria?«

Thomas schwieg einen Augenblick. »Das weißt du ganz genau.«

»Dann seid besser vorsichtig. Sie darf unsere Pläne nicht durchkreuzen.«

Thomas spürte, wie eine eiskalte Hand nach seinem Herzen griff. »Soll das eine Drohung sein?«

»Nein, ich wollte Euch nur an Eure Pflicht Eurem Vaterland und Eurer Königin gegenüber erinnern.«

Thomas beugte sich vor, bis sein Gesicht nur wenige Fingerbreit von dem seines Knappen entfernt war. »Hör mir gut zu, Richard. Wenn du Maria auch nur ein Haar krümmst oder sie in Gefahr bringst, werde ich dich töten.«

Richard starrte ihn an. »Ihr würdet mich töten, um sie zu retten? Wirklich?«

Sie sahen sich kurz in die Augen, dann ließ Thomas sich entmutigt zurücksinken. Obwohl in seinem Herzen echte Leidenschaft loderte, kam sie ihm klein, erbärmlich und selbstbezogen angesichts der eisernen Entschlossenheit vor, mit der Richard seine Pflicht erfüllte. Seine Drohung wirkte plötzlich leer und lächerlich.

»Was würdest du in meiner Lage tun?«, fragte er.

»Das weiß ich nicht.«

»Dann bemitleide ich dich.«

»Spart Euch Euer Mitleid«, zischte Richard. »Eure Beziehung zu dieser Frau ist nur eine Illusion, die Euch schwächt. Was wollt Ihr erreichen, sagt es mir. Wie lauten Eure Pläne? Was könnt Ihr ihr anbieten?«

»Eine Möglichkeit, das Unrecht, das uns beiden angetan wurde, wiedergutzumachen. Wenn wir das hier überleben, können wir zusammenfinden, so wie es schon vor langer Zeit hätte geschehen sollen. Mein Plan lautet, um ihre Hand anzuhalten und sie mit nach England zu nehmen, wo wir in Frieden alt werden können.«

Richard schüttelte den Kopf. »Alter schützt vor Torheit nicht. Es ist doch wohl offensichtlich, dass Ihr dieser Frau ein unmögliches Maß an Liebe und Vergebung unterstellt. Auch Ihr müsst das erkennen.«

»Ich erkenne nur, was in meinem Herzen ist.«

»Und das macht Euch blind für alles andere. Wenn ich könnte, würde ich Walsinghams Auftrag auf eigene Faust erledigen. Nichts wäre mir lieber. Aber das geht nicht. Ihr müsst mir helfen.«

»Ach ja?« Thomas lehnte sich gegen die Steinmauer. »Wenn ich dir bei deiner Aufgabe helfe, erwarte ich eine Gegenleistung.«

Richard kniff die Augen zusammen. »Und was genau verlangt Ihr von mir?«

»Fürs Erste will ich wissen, wo Maria ist. Die Flüchtlinge aus St. Elmo wurden hierhergebracht. Sie muss also irgendwo in Birgu sein.«

»Zweifellos. Es ist allgemein bekannt, dass sich viele Eurer Ritterkameraden Mätressen halten. Manche haben sogar heimlich geheiratet und leben wie Mann und Frau in ihren Häusern und Anwesen auf der Insel. Heuchler!« Richard lachte höhnisch. »Wie alle, die die katholische Kirche als Vorbilder der Rechtschaffenheit preist. Sie alle sind Heuchler.« Er hob eine geballte Faust. Seine Stimme bebte vor Verbitterung. »Bei Gott, wenn es in meiner Macht stünde, würde ich sie alle vom Angesicht der Erde fegen …«

»Sie?« Thomas hob eine Augenbraue. »Sprichst du jetzt als Christ oder als Muslim? Im Augenblick kann ich nämlich keinen Unterschied erkennen.«

Richard ließ die Faust sinken und öffnete die Hand. »Bitte verzeiht«, murmelte er. »Ich bin sehr müde. Ich vergaß mich.«

Beide Männer schwiegen. Thomas starrte seinen Gefährten mit unverhüllter Neugier an. »Was hat man dir angetan, dass du diese Menschen so sehr hasst?«

»Nichts … vergesst es. Mein Temperament ist mit mir durchgegangen. Mehr nicht.«

»Da ist noch viel mehr. Für einen Augenblick hast du

385

mir dein Herz geöffnet, und ich hätte nicht vermutet, eine so tiefe Dunkelheit und einen so großen Zorn darin zu sehen. Richard, was treibt dich um? Was peinigt deine Seele so sehr?«

»Sagen wir, dass ich keinen Grund habe, diejenigen zu lieben, die der katholischen Kirche dienen. Das soll für den Augenblick genügen«, entgegnete Richard kühl. »Ich bin katholischer Herkunft, doch meine Eltern ließen mich im Stich, als ich noch klein war. Ich hatte eine harte Kindheit und erlebte wenig Freundlichkeit, bis mich Sir William in seine Dienste nahm und ich Walsinghams Agent wurde. Cecil hat mich gelehrt, dass der Katholizismus eine widerwärtige Pervertierung des Christentums ist. Ich habe mein Leben seiner völligen Vernichtung in England und andernorts gewidmet.« Er atmete schwer, und es dauerte geraume Zeit, bis sich seine Wut so weit gelegt hatte, dass er ruhig weitersprechen konnte.

»Wenn Ihr mir helft, Sir Thomas, dann helfe ich Euch. Wir werden diesen Brief und Eure Maria finden und beides von dieser Insel und nach England schaffen, wenn das Euer Wunsch ist.«

»So ist es, und ich hoffe inständig, dass es auch der ihre ist.«

Richard nickte. »Dann haben wir also eine Abmachung. Sie gilt so viel, als wäre sie mit unserem Blut unterzeichnet.« Er hielt Thomas die Hand hin, und dieser schlug ein. »Ich hoffe nur, dass es Eure Maria auch wert ist«, fügte Richard mit einem leichten Lächeln hinzu.

KAPITEL 28

Den ganzen folgenden Tag lang hallte das Poltern der eisernen Räder, auf denen die Kanonen des Feindes rollten, durch den Hafen. Von den Mauern von St. Angelo aus beobachteten die Verteidiger, wie ameisenkleine Gestalten an langen Tauen die Geschütze über einen schmalen Feldweg schleppten, der vor dem Hügelkamm die Sciberras-Halbinsel entlangführte. Die türkischen Ingenieure hatten bereits den Weg verbreitert und eine halbe Meile von St. Elmo entfernt eine große Fläche des felsigen Bodens eingeebnet. Darauf wurde die erste Geschützbatterie aufgestellt, die St. Elmo bombardieren sollte. Eine Kanone nach der anderen wurde in Position gehievt, und eine lange Reihe von Trägern schleppte Kugeln und Schießpulver zur Batterie. Sobald die Vorbereitungen abgeschlossen waren, eröffneten die Geschütze das Feuer.

Der erste Kanonenschlag durchbrach die Ruhe des Frühlingsnachmittags. Eine Rauchwolke stieg von der Stellung auf. Die Zuschauer in der Festung auf der gegenüberliegenden Hafenseite drehten sich nach St. Elmo um. Einen Augenblick später spritzten Steinbrocken und Staub aus dem Boden direkt vor dem Fort auf. Dann traf die Kugel die Steinfassade des Vorwerks. La Valettes Hunde, die zu seinen Füßen lagen, spitzten beim Donnern der Kanonen die Ohren und richteten sich knurrend auf. Der Großmeister streichelte ihre samtweichen Köpfe, um sie wieder zu beruhigen.

»Ein Glückstreffer«, bemerkte Stokely. »Und gleich beim ersten Versuch.«

Oberst Mas schüttelte den Kopf. »Viel Glück werden sie nicht brauchen. Der Boden ist so hart, dass jede Kugel, die das Fort nicht erreicht, davon abprallt und mit fast derselben Wucht wie ein direkter Treffer in der Mauer einschlägt.«

Thomas nickte. Er hatte mehrere Belagerungen im feuchten Klima der Niederlande erlebt. Dort hatten sich die Kanonenkugeln in einer Fontäne aus Schlamm und Erde in den Boden gebohrt, und nur ein direkter Treffer hatte etwas ausrichten können. Hier auf Malta dagegen herrschten ideale Bedingungen für die türkischen Kanoniere.

Das nächste Geschütz wurde abgefeuert. Die Hunde stellten die Nackenhaare auf und bellten wie wahnsinnig. Mit jedem weiteren Schuss fielen andere Hunde in Birgu ein. La Valette versuchte seine Tiere zu beruhigen, doch schließlich befahl er einem Diener mit einem ärgerlichen Seufzen, sie in den Zwinger im Korridor zu sperren, der zum Archiv führte. Richard trat beiseite, um sie vorbeizulassen, und warf ihnen dabei einen feindseligen Blick zu.

Die zwölf Kanonen der Batterie wurden nacheinander abgeschossen, um ein Sperrfeuer zu errichten. Bald wurde deutlich, dass es die Türken in erster Linie auf den Ravelin und die beiden ihm am nächsten gelegenen

Eckpunkte des sternenförmigen Forts abgesehen hatten. Während die Kanonen donnerten, verlagerten sich die Ingenieure ein Stück hinter die Hügelkuppe hinauf, wo sie eine zweite Batterie errichteten. Weiter unten markierte eine Reihe von grünen Wimpeln, die auf dünnen Stangen flatterten, den Beginn eines Annäherungsgrabens, der mit Spitzhacken, schweren Meißeln und Hämmern in den Felsen getrieben wurde.

Die wenigen Kanonen des Forts zielten auf die Ingenieure, die am Ende der Gräben behelfsmäßige Barrikaden zum Schutz der Männer errichteten, die am nächsten Abschnitt arbeiteten. Gleichzeitig ging eine Kompanie Janitscharen hinter den Felsbrocken und Steinen in der Nähe der Verteidigungsanlagen in Deckung. Sie richteten ihre langläufigen Arkebusen auf die Mauern des Forts und schossen auf jeden Verteidiger, der dumm genug war, sich zu weit über die Brüstung zu lehnen.

Täglich zur Morgen- und Abenddämmerung traten der Großmeister und seine Berater zusammen, um die Fortschritte des Feindes zu besprechen. Die Geschwindigkeit, mit der sich die türkischen Gräben im Zickzack auf das Fort zubewegten, gab Anlass zur Besorgnis. Außerdem offenbarte sich nun, wie brüchig der Stein war, aus dem die Festung bestand. In Windeseile bröckelten die Fassaden, und die dem Beschuss der Batterien ausgesetzten Mauerabschnitte lösten sich zusehends in ihre Bestandteile auf. Auch in der Nacht feuerten die Kanonen in regelmäßigem Rhythmus weiter und wurden von dem ebenso regelmäßigen Gebell der Hunde Birgus begleitet.

Die nächsten Tage wurden dazu genutzt, die Verteidigung von Senglea und Birgu zu verbessern. Wie zuvor halfen La Valette und die anderen hochrangigen Ritter den Soldaten und Einheimischen dabei, die Mauern zu stärken und eine zweite Verteidigungslinie zu errichten. Für diese hatte man ganze Häuserreihen abgerissen, damit genug Baumaterial zur Verfügung stand. Vor der Hauptmauer waren paarweise zusammengekettete Galeerensklaven und Gefangene damit beschäftigt, die Wehrgräben zu verbreitern und zu vertiefen. Zweihundert Schritte vor ihnen sorgten Arkebusiere dafür, dass sie von feindlichen Scharfschützen nicht in ihrer Arbeit gestört wurden. Erst bei Sonnenuntergang kehrten die Sklaven in ihre Zellen zurück, während sich die übrigen Männer zu ihren Quartieren und Häusern aufmachten.

Thomas und Richard blieb wenig Zeit, um ihre jeweiligen Anliegen zu verfolgen. Meist waren sie am Abend so erschöpft, dass sie bei der Rückkehr in die Auberge gerade noch zu Abend essen konnten. Während Richard aufs Bett fiel und schlief, machte Thomas sich auf, um an der Abendbesprechung des von La Valette einberufenen Kriegsrats in St. Angelo teilzunehmen. Gegenwärtig gab es kaum mehr zu bereden als den Ausbau der Verteidigungsanlagen und die fortschreitende Zerstörung von St. Elmo. Stokely gab Rechenschaft über die Menge der eingelagerten Vorräte. Außerhalb der Besprechungen kam es zu keinem weiteren Wortwechsel zwischen ihm und Thomas. Stokely beeilte sich jedes Mal, das Treffen als Erster zu verlassen, während der Großmeister noch mit Thomas und Oberst Mas über die militärische Situation diskutierte. Dabei sahen sie aus dem Fenster auf das belagerte St. Elmo hinüber.

Die dunkle Festung an der Spitze der Sciberras-Halbinsel wurde von den Herdfeuern und Kohlebecken in ihrem Innenhof schwach beleuchtet. Auf den geraden, hoch aufragenden Mauern waren keine Wachen zu erkennen. Die Verteidiger hatten empfindliche Verluste durch die türkischen Scharfschützen hinnehmen müssen, bevor sie dazu übergegangen waren, nur flüchtige Blicke über die Brüstung zu werfen und sich während des Wachdienstes flach auf eine geschützte Stelle zu legen. Dennoch blitzte gelegentlich Mündungsfeuer auf, wenn ein Scharfschütze eine Bewegung auf der Mauer bemerkte. Unterdessen hoben die türkischen Ingenieure im flackernden Fackellicht hinter ihren Barrikaden weitere Annäherungsgräben aus. Auch die Geschützbatterien auf dem Hügelkamm feuerten die ganze Nacht hindurch. Jedes Mal erleuchtete ein Lichtblitz kurzzeitig die Finsternis und tauchte die Männer, die mit Schutt gefüllte Binsenkörbe an den Stellungen vorbeitrugen, in einen grellen roten Schein, bevor die Szenerie wieder in Dunkelheit gehüllt wurde – bis zum nächsten Schuss.

Unwillkürlich musste Thomas die Effizienz bewundern, mit der die Türken die Belagerung vorantrieben. In den Jahren, die er im Orden verbracht hatte, hatte er sie größtenteils auf See bekämpft und ihr überragendes militärisches Können nur aus den Erzählungen der älteren Ritter und Soldaten gekannt, die Süleymans Armee in Rhodos begegnet waren. Ihre technischen Fähigkeiten überstiegen die der Armeen, die Thomas auf dem europäischen Festland gesehen hatte, bei Weitem. Die Ritter hatten den zahlreichen Vorteilen der Türken nur ihre stabilere Rüstung, ihre lange Kampferfahrung und ihre absolute Hingabe entgegenzusetzen.

Ende Mai rief La Valette seine Berater zur Mittagsstunde zusammen. Es gab schlechte Nachrichten zu verkünden. Der Kriegsrat saß um einen Tisch in seinem Arbeitszimmer. Eine kleine Schriftrolle lag neben einem ausgehöhlten und mit Wachs versiegelten Kuhhorn. La Valettes Hunde lagen wie üblich zu seinen Füßen. Durch zahlreiche Jagdpartien waren sie an Feuerwaffen gewöhnt und bellten nicht bei jedem Kanonenschuss wie die anderen Hunde in Birgu. Doch auch das sollte sich bald ändern.

»Eine Botschaft von Don Garcia hat uns über Mdina erreicht. Ein Ziegenhirte ist damit durch den Hafen geschwommen. Der Vizekönig teilt mir mit, dass die Verstärkung, die er aus Genua erwartet, mit Verspätung eintrifft«, sagte La Valette niedergeschlagen. »Don Garcia schreibt, dass wir vor Ende Juli kaum mit Entsatz rechnen können. Bis dahin sollen wir aushalten.«

»Juli?« Oberst Mas seufzte enttäuscht auf. »Noch zwei Monate? Ich bezweifle, dass St. Elmo noch länger als zwei Wochen durchhält, und dann werden sich die Türken Birgu zuwenden.« Er hielt inne, um eine schnelle Kopfrechnung auszuführen. »Beim gegenwärtigen Zustand unserer Verteidigung müssen wir damit rechnen, dass St. Michael und Birgu einen Monat nach dem Verlust von St. Elmo fallen werden. Das letzte Gefecht wird hier, in diesem Fort, stattfinden. Mit Glück können wir

St. Angelo halten, bis Don Garcia und seine Truppen Malta erreichen.«

»Mit sehr viel Glück«, entgegnete La Valette. Er hob eine Hand, um die Aufmerksamkeit eines Dieners zu erregen, der schweigend neben der Tür wartete. »Kapitän Medrano soll hereinkommen.«

Einen Augenblick später betrat ein groß gewachsener Offizier mit sorgfältig gestutztem Bart das Arbeitszimmer und ging auf den Tisch zu. Seine Brustplatte wies mehrere stumpfe Stellen auf, wo sie gegen Mauerwerk gekratzt war. Thomas bemerkte, dass sein Wams mit Schweiß und Schmutz bedeckt war. Die matten Augen des Kapitäns lagen tief in den Höhlen, als wäre er über die Maßen erschöpft. Sein Haar war grau vor Staub.

»Einen Stuhl für den Kapitän«, befahl La Valette. Eilig befolgte der Diener seinen Befehl, und Medrano setzte sich steif. Er faltete die Hände im Schoß, während der Großmeister ihn vorstellte.

»Ich glaube, dass bisher niemand aus dieser Runde den Kapitän kennengelernt hat. Er kam wenige Tage vor den Türken hier an und wurde sofort der Garnison von St. Elmo zugeteilt. Kapitän Medrano ist einer von La Cerdas höchstrangigen Offizieren und wurde uns geschickt, um über den Zustand des Forts zu berichten. Kapitän?« La Valette erteilte ihm das Wort.

»Ja, Herr.« Medrano nickte und fing an, mit den klaren, unverblümten Worten eines Soldaten Bericht zu erstatten.

»Der Kommandant des Forts bittet mich, Euch darüber in Kenntnis zu setzen, dass die Lage auf St. Elmo äußerst kritisch ist. Der Ravelin steht kurz vor dem Zusammenbruch, ebenso die südwestliche Ecke des Forts. Auch die südöstliche Ecke kann nicht viel länger standhalten. Die feindlichen Gräben reichen bis auf fünfzig Schritte an den äußeren Wehrgraben heran. Wir erwarten den ersten Angriff in den nächsten zwei Tagen. Der Fortschritt des Feindes ist unmöglich aufzuhalten. Sobald sich einer unserer Männer auf der Brüstung zeigt, wird er von den Janitscharen niedergeschossen. Allein am gestrigen Tag haben wir zwanzig Männer an die Scharfschützen verloren. Wir sind gezwungen, hinter der Brüstung am Boden entlangzurobben und behelfsmäßige Deckung aus den Steinen der eingestürzten Mauern zu errichten, was aufgrund des unaufhörlichen Bombardements eine sehr gefährliche Aufgabe darstellt. Die Moral der Männer ist auf einem Tiefpunkt. Sie bekommen kaum Schlaf und müssen sich im Falle eines Überraschungsangriffs stets gefechtsbereit halten. Mein Kommandant schätzt, dass das Fort noch acht, allerhöchstens zehn Tage aushalten kann.«

»Zehn Tage? Das ist zu wenig, Kapitän«, entgegnete La Valette. »Ihr und Eure Kameraden müsst uns mehr Zeit verschaffen. Wir haben heute die Nachricht bekommen, dass erst in zwei Monaten Verstärkung eintreffen wird. Jeder weitere Tag, den ihr ausharrt, erhöht die Wahrscheinlichkeit, dass unser Heiliger Orden diese Prüfung überstehen wird. La Cerda darf den Kampf nicht aufgeben.«

»Wie lauten La Cerdas Forderungen?«, fragte Thomas.

»Herr?«

»Ich glaube kaum, dass er Euer Leben aufs Spiel gesetzt hat, indem er Euch bei helllichtem Tag den Hafen durchqueren ließ, nur damit Ihr über den Zustand des Forts berichten könnt. Was hat er noch gesagt? Was will er von uns?«

Medrano senkte den Blick. »La Cerda bittet um Erlaubnis, das Fort aufgeben zu dürfen. Er sagt, dass die Verwundeten nach Einbruch der Dämmerung in Boote verladen werden könnten, die Ihr ihm über den Hafen schickt. Danach werden wir die Besatzung nach und nach abziehen. Alle Waffen und Vorräte, die nicht weggeschafft werden können, werfen wir in die Zisternen. Wir werden die Brunnen vergiften. Die letzten, die das Fort verlassen, werden die Lunten im Pulverlager zünden. So wird dem Feind nichts Brauchbares in die Hände fallen.«

»Verstehe.« La Valette nickte. »Und wann plant La Cerda das Fort aufzugeben?«

»Heute Nacht, Herr – wenn Ihr den Befehl dazu gebt.«

»Das kommt überhaupt nicht infrage! Das Fort wird nicht aufgegeben. Sagt La Cerda das, wenn Ihr dorthin zurückkehrt. Er verfügt noch immer über sechshundert Männer unter Waffen. Es ist unvorstellbar, dass er seinen Posten so kurz nach Beginn der Belagerung bereits aufgeben will. Was für eine beschämende Forderung. Beschämend! Habt Ihr mich verstanden?«

»Ja, Herr.« Medrano senkte den Kopf. »Ich bin ganz Eurer Meinung«, fügte er nach kurzem Zögern hinzu.

La Valette starrte ihn eine Weile lang an. »Danke, Kapitän«, sagte er in milderem Ton. »Genau diese Entschlossenheit brauchen wir jetzt dringender denn je. Sagt mir – was können wir Eurer Meinung nach tun, damit St. Elmo so lange wie möglich aushält?«

Medrano überlegte einen Moment. »Verstärkung, Herr. Das würde die Nerven der Garnison beruhigen und den Männern zeigen, dass Ihr sie nicht vergessen habt. Schickt Ihnen auch Geld und Wein. Nichts hört ein Soldat lieber als das Klimpern von Münzen in seiner Tasche. Wir haben einen leeren Lagerraum, in dem man Spieltische aufstellen und Wein verkaufen könnte. Damit würde man die Männer von ihrer ernsten Lage ablenken.«

»Sehr gut, ich werde mich darum kümmern.«

Oberst Mas beugte sich vor. »Wir könnten noch weitere Maßnahmen ergreifen, damit das Fort so lange wie möglich durchhält. Ich denke da an bestimmte Waffen, die wir für die Verteidigung von Birgu aufgespart haben. Vielleicht wäre es klüger, den Feind jetzt damit zu überraschen, Herr.«

»Ihr meint die Feuerreifen und Naphthasiphons?«

»Ja, Herr. Wenn wir die Brandwaffen dazurechnen, die La Cerda zur Verfügung stehen, glaube ich, dass der Feind für St. Elmo einen hohen Preis bezahlen wird. Und dass das Fort länger durchhalten kann, als La Cerda glaubt.«

Der Großmeister faltete die Hände ließ sich den Vorschlag durch den Kopf gehen. Schließlich nickte er. »Also gut. Seht zu, dass das Fort alles Nötige erhält. Dazu werden wir einhundertfünfzig Söldner über den Hafen schicken. Und eines noch: La Cerda scheint mir eindeutig nicht in der Lage, seinen Posten weiter zu bekleiden. Wir müssen ihn durch jemanden ersetzen, der der Aufgabe, die vor uns liegt, auch gewachsen ist. In der Zwischenzeit ernenne ich Euch, Kapitän Medrano, zum Kommandanten des Forts. Ich werde die entsprechenden Befehle sofort ausstellen lassen, damit Ihr sie gleich mitnehmen könnt.« Er machte eine kurze Pause. »Juan de La Cerda hat dem Orden in der Vergangenheit treu gedient. Er ist ein guter Ritter. Ich bin zuversichtlich, dass er ohne die Last der Verantwortung tapfer kämpfen wird. Um ihn nicht noch zusätzlich zu beschämen, soll er Teil der Garnison bleiben. Findet einen weniger beschwerlichen Posten für ihn, Kapitän.«

»Ja, Herr.«

»Das wäre alles, Kapitän. Wartet draußen, während mein Schreiber die Befehle fertigstellt. Dann kehrt unverzüglich nach St. Elmo zurück, bevor La Cerda den Kampfeswillen seiner Männer noch weiter untergräbt.«

Medrano stand auf und verließ den Raum. La Valette diktierte seinem Schreiber eilig die besprochenen Maßnahmen, dann unterzeichnete er das Dokument. Der Schreiber hastete davon, um es dem wartenden Kapitän zu überreichen.

La Valette seufzte. »Wir brauchen den richtigen Mann für St. Elmo. Einen, der ohne zu zögern in den sicheren Tod gehen wird. Der entschlossen ist, es dem Feind so schwer wie möglich zu machen. Keinen Hitzkopf, sondern einen Mann von kühlem Verstand. Und keinen weiteren La Rivière, obwohl ihm die Soldaten trotz ihres unweigerlichen Untergangs mit demselben Pflichtgefühl folgen müssen.«

»Solche Männer sind rar gesät, Herr«, sagte Mas. »Ich würde mich nicht zu ihren Reihen zählen, Herr, doch wenn Ihr es wünscht, werde ich das Kommando übernehmen.«

»Das habe ich von Euch erwartet, Oberst. Aber fürs Erste ist dem Orden am besten gedient, wenn Ihr auf dieser Seite des Hafens kämpft. Sobald St. Elmo fällt – was unweigerlich geschehen wird –, brauchen wir unsere besten Männer, um die Stellung hier zu halten.«

»Was ist mit Sir Thomas?«, fragte Stokely. »Er verfügt über die nötige militärische Erfahrung und über stählerne Nerven. Das hat er bewiesen, indem er den türkischen Offizier gefangen genommen und La Rivières Männer heil nach Birgu zurückgebracht hat.«

La Valette sah Thomas fragend an. »Nun? Meldet Ihr Euch freiwillig?«

Thomas warf Stokely einen wütenden Blick zu. Seine Antwort stand bereits fest, doch es dauerte einen Augenblick, bis er die Konsequenzen begriffen hatte: Er würde Maria nie wiedersehen, sich nie mit ihr versöhnen, niemals auf mehr hoffen dürfen. Womöglich war damit auch Richards Mission zum Scheitern verurteilt, selbst wenn seinem Knappen das Schicksal erspart blieb, ihn nach St. Elmo zu begleiten. Wenn das, was er über das Dokument erfahren hatte, der Wahrheit entsprach, würde sein Versagen fürchterliche Folgen für England haben. Es gab viele gute Gründe, La Valettes Bitte abzulehnen, und nur einen, ihr stattzugeben. Doch dieser eine Grund war es, der ihn zum Ritter machte.

»Es wäre mir eine Ehre, Herr.«

La Valette sah ihn einen Moment lang an und lächelte. »Ihr habt die Prüfung bestanden, Sir Thomas. Dennoch muss ich Euer Angebot trotz der stichhaltigen Argumente, die Sir Oliver vorgebracht hat, ablehnen. Ich hege keinen Zweifel an Eurer Fähigkeit, das Fort zu kommandieren, doch fürs Erste brauche ich Euch hier. Diese Aufgabe muss ein anderer übernehmen. Ich werde darüber nachdenken. Kapitän Medrano wird in den nächsten Tagen einen brauchbaren Stellvertreter abgeben. Er ist ein guter Mann, aber nicht der unbeirrbare Märtyrer, den wir brauchen. Nun, in Birgu wartet noch viel Arbeit auf uns, deshalb erkläre ich die Besprechung hiermit für beendet.«

»Herr, da wäre noch eine Sache«, meldete sich Stokely. »Wie vorhin bereits erwähnt.«

Der Großmeister verzog das Gesicht, dann nickte er. »Natürlich. Danke für die Erinnerung, Sir Oliver.«

La Valette schnippte mit den Fingern. Sofort sprangen Apollo und Achilles auf und leckten mit wedelnden Schwänzen an seinen Händen. La Valette streichelte ihre Schnauzen mit gütigem Lächeln, dann holte er tief Luft.

»Die Hunde bellen bei jedem Kanonenschlag. Das zermürbt die Einwohner von Birgu und Senglea. Sir Oliver hat vorgeschlagen, sie zum Schweigen zu bringen.«

Oberst Mas runzelte die Stirn. »Zum Schweigen bringen?«

»Sie stören nicht nur den Schlaf unserer Männer, sie benötigen auch Vorräte«, sagte Stokely. »Es wird nicht leicht für die Betroffenen, aber früher oder später hätten wir sie sowieso loswerden müssen. Also lieber früher. So können wir Nahrungsmittel sparen, die wir später gut gebrauchen können.«

»Ein schweres Opfer, in der Tat«, sagte La Valette sanft und streichelte seine Hunde.

»Eure Hunde sind selbstverständlich davon ausgenommen«, fügte Stokely hastig hinzu. »Oder zumindest diese beiden, Eure Lieblinge. Wir werden sie schon irgendwie durchfüttern.«

»Schon möglich.« La Valette ließ die krummen Finger über die Ohren eines Hundes wandern.

Thomas beobachtete den Großmeister genau. Dies war eine Gelegenheit, der Truhe mit dem Dokument, das ganz England in Gefahr bringen konnte, ein Stück näher zu kommen. Er räusperte sich und schüttelte den Kopf. »Herr, es macht einen großen Unterschied, ob diese beiden Hunde verschont werden oder nicht. Momentan stehen die Ritter und die Stadtbewohner fest zusammen. Wir sehen uns denselben Gefahren gegenüber, leiden dieselbe Not. Unser Zusammenhalt ist unsere Stärke, und wir sollten ihn nicht aufs Spiel setzen, indem wir den Eindruck vermitteln, dass für den Großmeister andere Gesetze gelten als für das einfache Volk. Wenn wir die Hunde zum Schweigen bringen, dann alle. Selbst diese beiden hier, auch wenn sie Euch sehr am Herzen liegen.«

»Ja, das tun sie ...«, flüsterte La Valette.

Die Tiere spürten, dass sie gelobt wurden. Sie wedelten mit dem Schwanz und blickten ihren Herrn mit treuen Augen an. La Valette riss sich von ihnen los und faltete die Hände unter dem Kinn.

»Nimm sie mit«, befahl er seinem Diener. »Bring sie zusammen mit den anderen in den Zwinger und kümmere dich um sie. Sofort.«

Der Diener packte die Hunde am Halsband und führte sie von ihrem Herrn fort. Als sie die Tür erreichten, wandte Apollo seinen großen Kopf und warf La Valette einen letzten Blick zu, bevor er sich bereitwillig aus dem Raum geleiten ließ. Nachdem die Tür sich geschlossen hatte, kehrte Stille ein. Schließlich hustete Thomas höflich.

»Verzeiht mir, Herr. Es schien mir das Beste. Ich wünschte, es hätte sich vermeiden lassen.«

»Ja, nun, ein notwendiges Übel«, entgegnete La Valette in nüchternem Ton. »Es sind schließlich nur Hunde. Ein kleines Opfer im Vergleich zu denen, die wir noch bringen müssen. Die Sitzung ist beendet. Bitte geht.«

Die Berater standen auf und verließen den Raum. Thomas war der letzte. Er hielt an der Tür inne und beobachtete den alten Mann, der auf die Stelle am Boden starrte, auf der gerade noch seine Hunde gelegen hatten. Den Tod der Tiere zu befürworten war Thomas nicht leichtgefallen. Andererseits hatten sie den Eingang zum Archiv bewacht und hätten sowieso auf die eine oder andere Weise aus dem Weg geräumt werden müssen.

»Es sind nur Hunde«, murmelte Thomas, als er leise die Tür hinter sich schloss.

KAPITEL 29

Im Morgengrauen des zweiten Juni bemerkten die Aussichtsposten auf den Türmen von St. Angelo Segel, die sich der Insel näherten. La Valette hielt die Morgenbesprechung auf der Plattform der Festung ab. Der Kriegsrat beobachtete, wie dreizehn Galeeren die Mündung des Hafens ansteuerten, sich dann nach Nordwest wandten und vor der Küste die Anker warfen. Das Flaggschiff war mit einem prächtigen smaragdgrünen, mit Sternen und Halbmonden bestickten Sonnensegel geschmückt. Die Türken, die an der Küste warteten, stießen wieder und wieder denselben Schrei aus:

»Turgut! Turgut!«

Richard, der bei den anderen Knappen stand, sah Thomas fragend an. »Turgut?«

»Ihr Name für den Korsaren, den wir als Dragut kennen.«

»Ein unglückseliger Tag«, sagte La Valette. »Von allen Männern unter Süleymans Befehl fürchte ich ihn am meisten. Er ist eine lebende Legende unter seinen Männern und eine Geißel der Christenheit. Seine Soldaten verehren ihn, und sein Geschick auf dem Schlachtfeld sucht seinesgleichen. Und dazu bringt er dreizehn mit seinen Korsaren beladene Galeeren mit.«

»Das wird für Unruhe unter unseren Leuten sorgen«,

sagte Stokely. »Schon bald werden jeder Mann, jede Frau und jedes Kind in Birgu wissen, dass sich Dragut dem türkischen Heer angeschlossen hat. Wir müssen etwas unternehmen, damit die Menschen wieder Hoffnung schöpfen, Herr.«

La Valette nickte ernst. »Und wir müssen jetzt stärker als zuvor auf den Herrn unseren Gott vertrauen und um Gnade und Erlösung beten.«

Dragut wurde in seiner goldenen Barge an Land gerudert. Als er ans Ufer trat, wurden die Rufe der Feinde noch lauter. Sein Triumphzug durch den nördlichen Hafen war von St. Angelo aus nicht zu erkennen, da er von den Mauern von St. Elmo und der Sciberras-Halbinsel verdeckt wurde. Doch der überschwängliche Empfang, den man ihm bereitete, war selbst noch auf den Mauern von St. Angelo zu hören. Nur die Kanonen, die St. Elmo ununterbrochen bombardierten, übertönten den Jubel. Die einst so stolzen Mauern waren durch schwere Kanonenkugeln stark beschädigt, und Schutt füllte den Wehrgraben, hinter dem die Türken lauerten. Nur der Kavalier am anderen Ende des Forts schien unversehrt. Der ständige Kanonenkugeleinschlag wirbelte braune Staubwolken auf, die wie ein Leichentuch über dem Fort hingen, wenn sich die Brise in den heißesten Stunden des Tages legte. Die Wimpel, die die feindlichen Annäherungsgräben markierten, waren nun kaum mehr als zehn Schritt von den Mauern entfernt. Offenbar sollte La Cerda doch recht behalten, dachte Thomas.

Der Großmeister hatte den Befehl erteilt, den Verteidigern jede nur mögliche Unterstützung zukommen zu lassen. Jede Nacht glitten Boote mit Vorräten durch den Hafen und kehrten mit Verwundeten zurück. Bisher hatten die Türken – ob aus Unachtsamkeit oder simplem Hochmut – keinen Versuch unternommen, den Schiffsverkehr zu unterbinden. Obwohl die Verteidiger unter ständigem Beschuss lagen, waren sie allzeit bereit, sich dem Angriff entgegenzuwerfen, der unweigerlich erfolgen würde, sobald die erste Lücke in der Mauer klaffte.

La Valette hatte Kapitän Miranda, einen altgedienten spanischen Soldaten, zum neuen Kommandanten des Forts ernannt. Als dieser sich dem Kriegsrat vorgestellt hatte, war Thomas von den Plänen, die er zur Verteidigung der Festung ausgearbeitet hatte, sehr beeindruckt. Oberst Mas hatte ihn als einen entschlossenen Anführer mit kühlem Kopf empfohlen, der offen aussprach, was ihm auf dem Herzen lag und – was noch wichtiger war – der es verstand, Begeisterung und Kampfesmut in den Männern unter seinem Befehl zu entfachen.

Die Verteidiger kauerten hinter den Überresten der Brüstung und warteten auf den Angriff des Feindes. Sie waren in Dreiergruppen aus jeweils einem Pikenier und zwei Arkebusenschützen eingeteilt. In regelmäßigen Abständen hatte man Tontöpfe mit Brandsätzen auf der Brüstung verteilt. Im Kavalier stand sogar eine Handvoll der berüchtigten Naphthasiphons bereit – furchterregende Waffen, die flüssiges Feuer auf jeden spien, der in ihre Reichweite gelangte. Um das Arsenal der Verteidiger zu komplettieren, wurden Feuerreifen über den Hafen gebracht und auf den Mauern deponiert.

Letztere waren eine von La Valette erdachte Waffe, deren Wirkung er seinen Beratern erst einen Tag zuvor demonstriert hatte. Eiserne Fassreifen wurden mit Leinen umwickelt, das man in Fett und Teer getränkt und dann in kochendes Wasser getaucht hatte. Thomas und die anderen hatten zugesehen, wie zwei Soldaten einen Reifen mit Eisenzangen auf Armeslänge vor sich gehalten hatten, während ein dritter ihn anzündete. Dann wurde der hell flackernde Ring über die Mauern von St. Angelo geworfen. Er rollte in den schmalen Kanal zwischen der Festung und Birgu. Thomas konnte sich gut vorstellen, dass eine solche Waffe die Türken, die die zerfallenden Mauern von St. Elmo erklommen, zu Tode ängstigen würde.

Während Dragut das Feldlager am Fuße der Sciberras-Halbinsel erreichte, ließ La Valette seine Berater abtreten und schickte nach dem Erzbischof von Malta.

»Eine Bußprozession?« Sir Martin kratzte sich das stoppelige Kinn, sobald Jenkins die kurze Nachricht überbracht hatte, die er nur einen Augenblick zuvor von einem Ordensdiener erhalten hatte. Die Engländer und Italiener hatten sich gerade zum Abendessen niedergelassen, nachdem sie den Nachmittag über an der inneren Stadtmauer gearbeitet hatten. »Heute Abend?«

»Ganz recht, Herr. Zur achten Stunde. Sie führt von den Stufen der Kathedrale durch die Stadt bis zum Marktplatz, wo die Predigt gehalten wird. Jeder in Birgu soll daran teilnehmen. Alle Zivilisten und jeder Soldat, der keinen Dienst hat.« Jenkins' Augen funkelten vor Aufregung. »Robert von Eboli wird sprechen.«

Richard und Thomas tauschten einen Blick aus.

»Sollte ich von diesem Robert von Eboli schon einmal gehört haben?«, fragte Thomas.

»Aber ja, Herr! Er ist nur ein einfacher Mönch, doch er spricht mit solcher Leidenschaft und Inbrunst, als würde ihm der Herr höchstselbst die Zunge führen. Ich habe bereits zwei Predigten von ihm in der Kathedrale gehört. Es war nicht einer unter den Zuhörern, der nicht die göttliche Wahrheit erfahren hätte. Glaubt mir, Herr.« Jenkins hob den Weinkrug, dann sah er finster zu den Italienern hinüber. »Die Herren scheinen durstig zu sein. Wenn das so weitergeht, wird von unseren Weinvorräten bald nichts mehr übrig sein.«

»Von uns auch nicht«, sagte Sir Martin. »*Carpe calix et non postulo credo*, heißt es nicht so? Wie auch immer, füll einfach den Krug auf.«

»Hoffen wir, dass die Prozession und die Predigt die Moral heben«, sagte Thomas. »Don Garcia wird in den nächsten Monaten keinen Entsatz schicken, Dragut ist auf der Insel angekommen und St. Elmo kann jeden Tag fallen. Kein Wunder, dass La Valette Gott um Hilfe anfleht. Gebete sind womöglich das Einzige, was uns noch retten kann.«

»Gebete und ein scharfes Schwert.« Kichernd wischte Sir Martin den letzten Rest Eintopf mit einem Stück Brot auf. »Wer hätte gedacht, dass Hundefleisch so zart sein kann? Jenkins hat es fantastisch zubereitet.« Er steckte sich das Brot in den Mund und kaute. Dann schob er die Schüssel von sich, lehnte sich zurück und streckte sich aus. »Euer Knappe scheint mir heute Abend etwas miesepetrig zu sein.«

Thomas beobachtete Richard, der auf den Tisch starrte und mechanisch den Eintopf in sich hineinlöffelte. Beim Klang seines Namens sah Richard auf. »Ich bin müde, Herr.«

»Wie wir alle, junger Mann.« Sir Martin schwang die Beine über die Bank und drehte sich um. »Deshalb werde ich mich vor der Prozession etwas ausruhen. Sagt Jenkins, dass er mich eine halbe vor der siebten Stunde wecken soll.«

»Ja, Herr.«

Sir Martin stand auf und stapfte müde in seine Zelle. Richard wartete, bis er außer Hörweite war.

»Das ist unsere Chance, ins Archiv von St. Angelo zu gelangen«, sagte er aufgeregt. »Die Hunde machen uns keinen Ärger mehr, und es werden nur wenige Wachen auf ihrem Posten sein. Eine günstigere Gelegenheit werden wir so schnell nicht finden.«

Thomas war skeptisch. »Wir müssen über die Zugbrücke und durch den Innenhof zur Treppe, dann an den Wachposten vor dem Archiv vorbei. Wie sollen wir das unbemerkt schaffen? Außerdem wird unsere Anwesenheit bei der Prozession verlangt.«

»Bei der Prozession schon. Aber wir können uns leicht davonschleichen, sobald die Predigt anfängt. Die Straßen werden wie leergefegt sein, und es gibt Mittel und Wege, mit den Wachen fertigzuwerden. Wir dürfen diese Gelegenheit nicht verstreichen lassen. Wir müssen in dieses Archiv gelangen, deshalb sind wir doch überhaupt hier.«

»Ja, du wirst nicht müde, mich daran zu erinnern«,

entgegnete Thomas trocken. »Also gut. Wir werden es heute Abend versuchen.«

Die Hauptstraßen Birgus wurden vom hellen Schein der Fackeln und Kerzen erleuchtet, die die Teilnehmer der Prozession mit sich trugen. Der Erzbischof ging feierlich vor seiner Gemeinde her und hielt mit beiden Händen ein goldenes Kruzifix über seinem Kopf. Ihm folgten der Großmeister und die höhergestellten Ritter des Ordens, baren Hauptes und in einfache schwarze Gewänder ohne Gürtel oder anderen Zierrat gekleidet. Statt der Stiefel trugen sie Sandalen. Sie hatten ihre Hände gefaltet und die Köpfe gesenkt, während sie die Bußgebete rezitierten, die sie vor vielen Jahren bei ihrem Beitritt zum Orden gelernt hatten. Hinter ihnen schritten die anderen Ritter, Soldaten und Zivilisten einher. Ein stetiger Menschenstrom, vereint im Gebet um die Vergebung der Sünden, um göttliche Gnade und Errettung aus der Hand des Feindes. Thomas und Richard hatten sich am Ende der Rittergruppe eingereiht und schritten in ebenso demütiger Haltung durch Birgu. Das Krachen und Donnern der Kanonen in der Entfernung setzte sich fort, und immer wieder zuckte ein roter Schein durch den Nachthimmel über der Sciberras-Halbinsel. Die Menschen in Birgu beteten – die auf St. Elmo lebten unter ständigem Beschuss und in der Furcht vor einem Angriff der Türken.

Es war eine warme Nacht, und Thomas und Richard schwitzten unter den Kapuzenmänteln, die sie übergeworfen hatten, damit niemand sie erkannte. Dies war die beste Gelegenheit, um an das Dokument zu kommen, da stimmte Thomas seinem Gefährten zu. Dennoch hatte er bei Richards Plan auch schwere Bedenken: Ihre Unternehmung war für seinen Geschmack viel zu schlecht durchdacht und hing zu sehr vom Glück ab. Außerdem würden sie danach in ständiger Angst vor ihrer Enttarnung leben müssen. Bis zu ihrer Rückkehr nach England jedenfalls – oder wenn sie wie die anderen Menschen hinter den Stadtmauern dem Feuer und den Klingen der Türken zum Opfer fielen.

Sobald er die kleine Stadt umrundet hatte, führte der Erzbischof seine Gemeinde in das Zentrum Birgus. Während die Menge aus der Straße auf den hellerleuchteten Platz vor der Kathedrale trat, zupfte Richard Thomas am Ärmel und drängte ihn in den Eingang einer Bäckerei an der Ecke des Marktplatzes. Sie blieben im Schatten des Bogengangs stehen und warteten, bis auch die Nachzügler an ihnen vorbei waren. Nun befanden sich Tausende von Menschen auf dem Platz. Der Erzbischof schritt die Treppe zur Kathedrale hinauf und stimmte ein Gebet an. La Valette und seine Männer stellten sich neben ihm auf, während sich die reichsten und angesehensten Bürger der Stadt auf den Stufen darunter postierten.

»Gehen wir«, sagte Richard.

»Warte, bis auch der Letzte an uns vorbei ist. Wir wollen kein Aufsehen erregen, wenn wir in die falsche Richtung laufen.«

Richard nickte und trat wieder in den Schatten des Eingangs zurück. Thomas blickte die Straße hinunter, auf der sich immer noch mehrere Hundert Menschen befanden. Obwohl die Leute bereits dicht gedrängt auf dem Platz standen, strömten immer weitere hinzu. Kinder und Jugendliche stiegen auf die Sockel der Statuen oder kletterten die Säulen der prächtigen Gebäude vor der Kathedrale hinauf. Der Erzbischof trat beiseite und machte einem großen, dünnen Mönch Platz, dessen kantiges Gesicht von einem weißen Bart und einer Tonsur umrahmt wurde. Er sah sich entschlossen um, dann hob er eine Hand, um die letzten geflüsterten Unterhaltungen und Gebete zum Verstummen zu bringen.

»Brüder! Hört mich an!« Er sprach auf Französisch, wie es seit der Ankunft des Ordens auf Malta Brauch war. Seine hohe Stimme hallte laut und klar über den Platz. »Geliebte Brüder, heute hier zu sein ist ein Segen für uns. Viele unter uns würden sagen, dass wir verflucht sind, bedrängt von einem Feind, dessen falscher Glaube und grausame Natur die Werkzeuge des Bösen sind. Das sind sie allerdings, und wir tun recht daran, ihn zu fürchten. Statt mit Glaube und Wahrhaftigkeit sind ihre Herzen erfüllt mit Grausamkeit, Wolllust, Habsucht und blindem Gehorsam gegenüber ihrem Tyrannen Süleyman und ihrem falschen Propheten.« Robert von Eboli machte eine kurze Pause, um seine Worte wirken zu lassen. »Dies ist das Wesen unserer Feinde, und deshalb sind sie es nicht wert, den Sieg davonzutragen. Deshalb werden sie nicht triumphieren. Gott ist barmherzig mit den guten und frommen Menschen, mit denen, die ihre Sünden kennen und offenherzig vor dem gütigen Angesicht unseres Herrn bereuen. Auf all ihren Wegen werden die Liebe und der Schutz Gottes mit ihnen sein. Wir, die wir an den Herrn glauben, sind in der Tat gesegnet. Dieser Ort wurde auserwählt als Schauplatz der größten Schlacht zwischen dem Licht der Christenheit und der Finsternis des Islam. Uns ist die schwerste Prüfung dieses Zeitalters auferlegt worden, und nur völlige Hingabe an unsere Sache kann uns den Sieg bringen. In späteren Zeiten wird die christliche Welt zu uns aufsehen, und jeder von euch wird in seinem Herzen einen unermesslichen Schatz tragen: das Wissen darum, dass ihr hier wart, dass ihr an der Seite des Großmeisters in der Schlacht aller Schlachten gekämpft habt. Die Könige und Königinnen Europas werden sich verfluchen, weil sie heute nicht an eurer Stelle sein konnten.« Der Mönch hob die Arme. »Wer von euch würde sich dazu herablassen, mit solch einem König oder solch einer Königin den Platz zu tauschen? WER VON EUCH?«

Seine Worte hallten über den Platz. Thomas bemerkte, dass sich keine Hand regte – zu groß war die Ehrfurcht vor der Sprachgewalt des Mönchs und die Angst, Schande über sich zu bringen. Thomas beobachtete die Menschen auf den Stufen unter dem Prediger, als ihm plötzlich eine Gestalt ins Auge fiel, die eine Fackel hielt. Eine Frau. Obwohl sie einen dunklen Schleier über dem Haar trug, war ihr Gesicht deutlich zu sehen. Thomas spürte, wie sein Herz einen Satz machte, und er trat einen Schritt vor.

»Was ist?«, fragte Richard. »Was habt Ihr?«

»Dort ist Maria.« Thomas deutete auf sie.

Sie stand neben einem Mann in einem Rittermantel, der den Kopf gesenkt hatte, sodass man sein Gesicht nicht erkennen konnte. Seine Nähe zu Maria machte allerdings deutlich, dass die beiden miteinander vertraut waren.

»Ich muss mit ihr sprechen.«

»Nein!« Richard packte seinen Arm und hielt ihn fest. »Jetzt nicht. Wir haben einen Auftrag zu erledigen.«

Thomas konnte den Blick nicht von Maria lösen. Das Herz schlug ihm bis zum Hals.

»Nicht heute Nacht«, zischte Richard. »Das könnte unsere einzige Gelegenheit sein, die Aufgabe zu erfüllen, weshalb wir hier sind.«

»Ich bin wegen *ihr* hier.«

»Und sie ist morgen immer noch da. Unsere Gelegenheit, an das Dokument zu gelangen, nicht. Bleibt stark, Herr. Wenn Ihr mich jetzt im Stich lasst, wird es Tausende Opfer in England geben.«

Thomas war zwischen seinem Gewissen und seiner Liebe hin und her gerissen. »Ich weiß nicht, was in deinem Dokument steht. Aber ich weiß, dass ich mit Maria sprechen muss.«

»Das werdet Ihr. Ich schwöre, dass ich Euch nach Kräften dabei helfen werde«, sagte Richard aufrichtig. »Aber jetzt sollten wir uns schnell auf den Weg machen.«

Thomas starrte noch immer auf den Platz. Der Mann hob den Kopf, und im Licht der Fackel war sein Gesicht deutlich zu erkennen: Sir Oliver Stokely. Er neigte den Kopf, um Maria etwas zuzuflüstern, und sie lächelte ergeben bei seiner Bemerkung.

Die Eifersucht bohrte sich so schmerzhaft wie eine Klinge in Thomas' Brust. Kurzzeitig war er verwirrt, dann brach ein Strudel aus Gedanken und Spekulationen über seinen erregten Verstand herein. Nun ergaben die Ereignisse und Gespräche der letzten Zeit einen Sinn – und die Hoffnungen, die er bis eben noch gehegt hatte, machten Zorn und dem bitteren Gefühl Platz, verraten worden zu sein.

»Kommt, Sir Thomas. Bevor die Gelegenheit verstreicht.«

Er ließ sich von Richard aus dem Bogengang und durch die dunkle, verlassene Straße führen. Einen Augenblick später gerieten Maria, Stokely, der Mönch und seine gebannte Zuhörerschaft außer Sicht. Ihre Schritte hallten leise von den Gebäuden wider, und Robert von Ebolis kräftige Stimme schien sie zu verfolgen:

»Ihr alle, bittet um Vergebung oder schmort im ewigen Höllenfeuer …«

KAPITEL 30

Sie liefen durch dunkle Straßen, in denen nur noch Katzen umherschlichen – um bellende Hunde mussten sie sich keine Gedanken mehr machen. Wenn die Belagerung anhielt und die Nahrungsmittel noch strenger rationiert würden, würden auch die Katzen an der Reihe sein, dachte Thomas. Als sie sich dem Kanal näherten, der Birgu vom Fort trennte, wurde der Weg steiler. Dies war das ärmste Viertel der Stadt, in dem Fischer in zweistöckigen Bruchbuden hausten – einem Wohnquartier mit einem Raum darunter, in dem die Netze aufbewahrt und der Fisch für den Winter eingesalzen wurde. Vor ihnen öffnete sich die enge Gasse zu dem mit Kies bedeckten Exerzierplatz der Garnison. Dahinter befand sich die Zugbrücke zum Fort, die nur von einem einzigen, mit einer Pike bewaffneten Soldaten bewacht wurde. Vor Müdigkeit hatte er den Kopf sinken lassen, sodass ihm seine Kappe tief ins Gesicht ragte. Auf den Türmen, die zu drei Seiten in den Hafen hineinragten, waren weitere Wachposten zu erkennen.

»Wir müssen uns bereit machen«, sagte Richard leise. Sie kauerten sich hinter das letzte Fischerhäuschen, schlüpften aus ihren Stiefeln und zogen sich die Kapuzen über den Kopf. Richard holte einen Leinenbeutel unter dem Mantel hervor und nahm zwei ausgebleichte Seilstücke heraus, die sie sich nach Art der Mönche um den Leib schnürten. Dann fischte Richard den ledernen Totschläger heraus, den er vor seiner Abreise aus England vorsichtig ganz unten in seinem Gepäck verstaut hatte. Er ließ die Schlaufe daran um sein Handgelenk gleiten und holte versuchsweise aus, um ein Gespür für das Gewicht der Waffe zu bekommen. Schließlich sah er Thomas an. »Bereit?«

»So bereit, wie man für eine solche Arbeit nur sein kann.«

Richards Grinsen blitzte in der Dunkelheit. »Für eine solche Arbeit wurde ich ausgebildet. Vertraut mir und folgt meinen Anweisungen, dann wird Euch nichts geschehen.«

Sie richteten sich auf. Thomas folgte Richard über den Paradeplatz. Dieser Rollentausch schmeckte dem Ritter nicht besonders, doch er hatte keine andere Wahl, als Richard zu vertrauen, der nun nicht mehr länger sein Knappe, sondern wieder ein Agent in Walsinghams Diensten war, versiert in den Künsten der Tarnung und Täuschung. Hier schienen die Kanonen noch lauter zu donnern als in der Stadt, und die Flammen, die von den Geschützbatterien über St. Elmo aufstiegen, erleuchteten bei jedem Schuss den Hügelkamm. Thomas betrat die Zugbrücke, wobei er sich der gähnenden schwarzen Leere zu beiden Seiten sehr bewusst war – er warf einen Blick nach unten und erkannte das Deck der türkischen Galeone, die im Jahr zuvor gekapert worden war und so eine große Rolle bei der Entscheidung des Sultans gespielt hatte, den Orden ein für alle Mal auszuradieren.

Die beiden Männer hatten fast das Ende der Zugbrücke erreicht, als der Wachposten, der an der Wand neben dem Tor lehnte, den Kopf hob.

»Wer da?«, fragte er, senkte die Spitze seiner Pike und umklammerte den Schaft mit beiden Händen.

»Bruder Gubert und Bruder Henri aus der Kathedrale«, antwortete Thomas so gelassen, wie es ihm möglich war.

»Was wollt Ihr hier? Solltet Ihr nicht der Predigt beiwohnen?«

»Wir kommen von dort«, fuhr Thomas fort, während sie sich dem Mann weiter näherten. »Der Großmeister schickt uns. Er will Robert von Eboli später empfangen. Wir sollen seinen Leibdiener anweisen, eine Mahlzeit zuzubereiten.«

»Der Leibdiener lauscht ebenfalls der Predigt«, sagte der Wachposten. »Ich habe selbst gesehen, wie er dorthin ging.«

»Bist du sicher, mein Sohn?« Thomas trat näher. Plötzlich schossen seine Arme vor, und seine Finger packten die Handgelenke der verblüfften Wache. Einen Augenblick später schlich Richard sich hinter den Mann und ließ den Totschläger in hohem Bogen auf seinen Hinterkopf krachen. Ein dumpfer Schlag ertönte, noch bevor der Wachposten Gelegenheit hatte, einen Schrei auszustoßen. Er erschlaffte, und Thomas fing ihn auf und legte ihn direkt hinter dem Tor auf den Boden. Dort würde ihn so schnell niemand finden.

»Nein, nicht hier.« Richard packte den Wachposten unter den Armen und zerrte ihn zur Zugbrücke.

»Was hast du vor?«, flüsterte Thomas.

»Er könnte uns wiedererkennen.«

»Warte.« Thomas trat zwischen Richard und die Brücke. »Es ist dunkel, und wir tragen Kapuzen.«

»Er hat Eure Stimme gehört.«

»Dieses Risiko gehe ich ein. Lass ihn«, sagte Thomas mit fester Stimme.

Richard schwieg einen Moment lang. »Und wenn er zu sich kommt? Oder wenn ihn jemand entdeckt?«

Thomas wusste, dass Richards Vorsicht von einem kühlen und berechnenden Standpunkt aus durchaus gerechtfertigt war, doch er würde den Tod dieses Mannes nicht zulassen. »Lass ihn. Gehen wir weiter.«

»Das ist töricht«, knurrte Richard. »Ihr setzt unser Leben aufs Spiel.«

»Nicht, wenn wir uns beeilen. Und jetzt komm mit.«

»Verdammt!« Richard ließ den Wachposten fallen, und bevor Thomas eingreifen konnte, verpasste er ihm einen weiteren Schlag auf den Kopf. »Nur zur Sicherheit.«

Ohne Thomas' Reaktion abzuwarten, drehte Richard sich um und schlich durch das Torhaus. Thomas holte tief Luft, schluckte seine Wut hinunter und folgte ihm. Am anderen Ende des Torhauses schloss sich ein enger, von Mordlöchern gesäumter Gang an. Nachdem sie unter den eisernen Spitzen eines Fallgatters hindurchgeschlüpft waren, machte der Gang einen Knick, und hinter einem weiteren Fallgatter standen sie im kleinen Innenhof der Festung.

Alles war ruhig; der Donner der feindlichen Kanonen auf der anderen Hafenseite wurde durch die dicken

Mauern gedämpft, die um sie herum bis zum Sternenhimmel aufragten. Sie hielten inne und warteten mit klopfendem Herzen, ob ihre von der Aufregung geschärften Sinne eine Bewegung registrierten. Als sie sich unbeobachtet glaubten, schlichen die beiden Männer an der Wand des Innenhofs zum Eingang entlang, der zu den Lagerräumen und dem Archiv tief unter den Felsen von St. Angelo führte. Sie blieben am Ende der Treppe stehen und blickten die Stufen hinab. Der Wachraum wurde durch mehrere Kerzen erhellt. Von unten war nichts zu hören. Vorsichtig stiegen sie die Treppe hinunter, bis sie auf dem Fliesenboden standen. Dann sahen sie sich um. Die modrige Luft war merklich kühler, und Thomas spürte kalten Schweiß auf der Stirn. Im Wachraum standen zwei große Tische mit Bänken davor. Auf den Tischen lagen einige Holzteller und mehrere mit islamischen Versen dekorierte Kupferbecher – Teil der Beute, die der Orden in den Jahrzehnten nach seiner Ankunft auf Malta gemacht hatte. Drei weitere Gänge führten aus dem Wachraum wieder hinaus.

»Wohin?«, flüsterte Thomas.

Thomas fiel ein, dass er vor zwanzig Jahren zum letzten Mal an dieser Stelle gestanden hatte. Damals hatte er die Soldaten beaufsichtigt, die eine Truhe mit Silbermünzen aus La Valettes Galeere in die Schatzkammer des Archivs getragen hatten. Allerdings konnte er sich nur an einen Gang erinnern.

Richard deutete auf die Öffnung zu ihrer Linken. »Folgt mir.«

Sie durchquerten den Raum und betraten den Gang, in dessen Mitte eine flackernde Kerze schwaches Licht spendete. Zu beiden Seiten befanden sich in regelmäßigen Abständen Türen in den Wänden. Richard ging voran, und Thomas lief es vor Aufregung eiskalt den Rücken hinunter. Wenn man sie hier ertappte, würden sie sich nicht herausreden können. Sie erreichten eine Kreuzung, von der zu beiden Seiten weitere Gänge abzweigten. Thomas nahm einen leichten Geruch nach Hund wahr.

»Es ist nicht mehr weit«, sagte Richard. »Wenn wir nach rechts gehen, kommen wir nach etwa zwanzig Yards zum Wachraum vor dem Archiv.«

»Und dann?«

»Dann werden wir mit der Wache dort auf dieselbe Weise verfahren wie mit der am Tor.«

»Vorausgesetzt, es ist nur ein Wachposten.«

»Genau.«

»Ein ganz vortrefflicher Plan.« Thomas schüttelte den Kopf. »Und wenn sie zu viert sind wie damals, als du zum letzten Mal hier warst?«

»Dann müssen wir eben mit allen vieren fertigwerden.«

Sie huschten um die Ecke und näherten sich geduckt dem Ende des Gangs, in dem der Großmeister seine Hunde gehalten hatte. Die Türen der Zwinger standen offen, und im Licht einer weiteren Kerze sah Thomas die Holzstifte, an denen noch die Halsbänder und Leinen der Hunde hingen, die auf Befehl La Valettes getötet worden waren. Vor ihnen fiel helles Licht durch einen Spalt in einer Bogentür. Thomas und Richard schlichen vorsichtig näher. Nichts war zu hören. Richard nahm den Knüppel in die rechte Hand und zog mit der anderen seinen Dolch. Thomas griff in die Seitentasche, holte seinen eigenen Totschläger heraus und ließ die Hand durch die Schlaufe gleiten.

Sie waren noch etwa zehn Schritt von der Tür entfernt, als sie ein leises Klimpern und Klacken von der anderen Seite hörten. Ein knapper Triumphschrei wurde mit einem barschen Fluch beantwortet. Thomas und Richard blieben wie erstarrt stehen. Richard bedeutete Thomas mit einem Handzeichen abzuwarten. Dann schlich er sich zur Tür und spähte vorsichtig in den Raum dahinter. Einen Augenblick später zog er sich wieder zurück.

»Zwei Männer. Sie würfeln. Keine zwei Schritt von der Tür entfernt«, flüsterte er Thomas ins Ohr. »Wir müssen sie überwältigen. Bereit?«

»Ja. Aber wir töten sie nur, wenn es sich nicht vermeiden lässt, verstanden?«

Richard runzelte die Stirn und öffnete den Mund, um zu protestieren. Dann überlegte er es sich anders und zuckte mit den Schultern. »Also gut. Auf drei.«

Die beiden Männer bezogen vor der Tür Position. Richard warf Thomas noch einen Blick zu. Thomas nickte bestätigend. Als die Würfel erneut klapperten, zählte er leise. »Eins … zwei … drei.«

Richard sprang vor, stieß die Tür auf und stürmte in den kleinen Raum. Thomas folgte ihm auf dem Fuße. Die beiden Wachen waren über den Tisch gebeugt. Sie hoben die Köpfe und starrten die Eindringlinge verblüfft an.

Richard machte einen Satz auf den nächsten Mann zu. Der Totschläger zischte durch die Luft. Der Wachposten versuchte, den Schlag mit dem Arm abzuwehren, doch es war zu spät. Der beschwerte Lederbeutel knallte gegen seinen Schädel. Der Mann rutschte vom Stuhl und auf den Boden. Thomas lief an ihm vorbei zum anderen Ende des Tisches und hieb mit seinem Totschläger auf den Kopf des anderen Wachpostens ein. Dieser konnte rechtzeitig aufspringen, sodass der Knüppel gegen die Tischkante prallte. Der Hieb ließ die Becher darauf einen Satz machen, sodass sich Wein über die Würfel und Münzen ergoss. Der Wachposten zog einen Dolch aus einer kleinen Scheide an seinem Gürtel und ging damit auf seinen Angreifer los. Thomas warf sich zur Seite und entging nur knapp der tödlichen Klinge. Der Wachposten hieb wie wild auf Thomas ein und drängte ihn zurück. Sobald dieser die Wand in seinem Rücken spürte, sprang er vor, packte die Dolchhand des Mannes und ließ seine rechte Faust, die immer noch den Totschläger umklammert hielt, heftig gegen seinen Kiefer krachen, sodass der Kopf des Mannes zurückschnellte. Thomas schlug erneut mit aller Kraft zu. Mit einem tiefen Grunzen geriet der Wachposten ins Taumeln, stolperte über einen Hocker und ging zu Boden. Dort blieb er blinzelnd liegen, noch immer den Dolch umklammert. Schließlich schwanden ihm die Sinne. Richard trat um den Bewusstlosen herum und eilte zum Eingang des Archivs, einer Tür aus dicken, mit Eisennieten beschlagenen Holzbohlen, in der sich ein kleines vergittertes Sichtfenster befand.

»Der Schlüssel«, flüsterte Thomas.

Richard schüttelte den Kopf. »Ich bezweifle, dass man ihn den Wachen anvertraut hat.« Er griff in den Leinenbeutel und zog mehrere kleinere Metallwerkzeuge an einem Messingring heraus. Bei Thomas' neugieriger Miene konnte er sich ein Schmunzeln nicht verkneifen. »Mein Handwerkszeug.«

Er trat zur Seite, damit das Kerzenlicht ungehindert auf das Schloss fallen konnte. Dann wählte er zwei der Werkzeuge aus, schob sie ins Schlüsselloch und ertastete vorsichtig den Schließmechanismus. Thomas beobachtete ihn so fasziniert, als würde er gerade der Darbietung eines Zauberkunststücks beiwohnen. Dann wanderte sein Blick zu dem in Konzentration versunkenen Gesicht des jungen Mannes.

Wiederholt klickte es leise im Schloss, dann zog Richard die Metallwerkzeuge heraus und hob den Riegel an. Die Tür schwang auf wohlgeölten Angeln auf. Ein kühler Luftstrom drang aus der Finsternis dahinter.

»Holt die Kerzen«, befahl Richard.

Thomas nahm sie aus den Wandhalterungen und gab eine an Richard weiter.

Sobald sie durch die Tür traten, spürte Thomas die Ausmaße des Raums, noch bevor das Licht seine gewaltigen Dimensionen enthüllte. Das Deckengewölbe ragte über ihnen auf. Dicke Pfeiler trugen das Gewicht der darüber liegenden Festung. Trotz der niedrigen Decke war der Raum lang und breit und wurde in seiner Mitte durch eine Reihe bauchiger Säulen in zwei Kammern getrennt. Lange Holzregale erstreckten sich weit über das Kerzenlicht hinaus in die Dunkelheit. In den Regalen lagen Körbe voller Schriftrollen, Bücher, Kladden und Truhen. Viele davon waren mit Wachs versiegelt, um ihren

Inhalt vor der Feuchtigkeit zu schützen. Thomas fühlte einen leichten Luftzug, und es roch auch weniger muffig, als er erwartet hatte. Offenbar verfügte das Archiv über eine Frischluftzufuhr, damit sich kein Schimmel ansetzen konnte.

»Hier sind Hunderte von Truhen … Tausende«, sagte Richard. »Wir müssen sie schnell durchsuchen, bevor die Predigt vorbei ist und die Garnison ins Fort zurückkehrt.«

»Du übernimmst diese Hälfte«, bestimmte Thomas. »Ich die andere.«

Sie trennten sich und quetschten sich in die Regalreihen. Hin und wieder mussten sie sich bücken, um die unteren Bretter in Augenschein nehmen zu können. Thomas besah sich all jene der vielen Truhen, die schwarz lackiert, aus dunklem Holz oder mit Messingbeschlägen versehen waren, und hielt nach einem Wappen auf dem Deckel Ausschau. Die Zeit lief ihnen davon. Je nach Leidenschaft und Ausdauer konnte die Predigt des Robert von Eboli zwei oder mehr Stunden dauern. Doch angesichts der Müdigkeit der Verteidiger konnte sie auch schon viel früher ein Ende nehmen.

Am Ende der ersten Regalreihe befand sich ein großer Käfig, dessen dicke Eisenstäbe im Boden eingelassen waren und bis zur Decke reichten. An seiner Tür waren zwei Schlösser mit schweren Riegeln angebracht. In dem Käfig waren Dutzende kleinerer Truhen aufgestapelt. Vor der Wand schimmerten dicke Seidenballen im schwachen Schein von Thomas' Kerze. Auf einem Brett an der Seite hing eine ganze Sammlung von Säbeln mit edelsteinbesetzten Parierstangen und Griffen aus Gold und Silber. Der Schatz des Ordens, zusammengetragen aus den Schiffen, Küstenstädten und Gutshöfen der islamischen Welt. Ein Vermögen, das es leicht mit den Schatzkammern der europäischen Monarchen aufnehmen konnte, bezahlt mit dem Blut Hunderter Ritter und Zehntausender Soldaten und unschuldiger Menschen. All das im Namen des Glaubens. Thomas wurde schwindlig, als er diese Reichtümer betrachtete und sich vorstellte, dass sie für unsagbares Leid standen, das sich durch die Jahrhunderte erstreckte – bis hin zu diesem gegenwärtigen Augenblick und in die Wochen und Monate danach bis zum Ende der Belagerung. Und selbst dann noch würde dieser Konflikt von Generation zu Generation bis zum Ende aller Zeiten weitergetragen werden – oder bis sich die Menschheit von der Geißel der Religion befreite.

Wenn es ein göttliches Wesen auf dieser Welt gab, dann würde es gewiss mit Entsetzen und Verachtung auf die Taten herabsehen, die in seinem Namen begangen wurden, dachte Thomas. Doch er hatte die Anwesenheit dieses göttlichen Wesens nie gespürt – nicht einmal einen Hauch davon; er kannte nur die kalte und unbarmherzige Welt, die sich Menschen, Tieren und Religionen gegenüber gleichgültig zeigte. Gefährliche Gedanken, wie er wusste. Mehr als gefährlich sogar – tödlich. Weshalb er sie auch für sich behielt und betete wie die Gläubigen, als könnte er dadurch seine wahren Gefühle nicht nur vor ihnen, sondern auch vor sich selbst verbergen.

Irgendetwas fiel klappernd auf den Boden. Thomas zuckte zusammen und drehte sich zu dem Geräusch hin um. Ein Lichtschein zwischen den Regalen zeigte ihm, wo Richard sich befand.

»Richard?«, rief er, so laut er es wagen konnte.

»Ich glaube, ich habe sie gefunden. Ja ... ja! Hier ist sie.«

Thomas eilte um die Regale herum. Sein Gefährte war über eine Truhe gebeugt, die er aus dem untersten Brett vor sich gezogen hatte. Als Thomas näher kam, erkannte er das Wappen des unglückseligen Sir Peter de Launcey im Schein der Kerze, die Richard in das Regal gestellt hatte. Das Wappen war kunstfertig in das Holz geschnitzt und dann bemalt worden. Wo Richards Finger den Staub von Jahrzehnten weggewischt hatten, der sich auf dem Deckel angesammelt hatte, war der glänzende Lack zu erkennen. Robuste Messingbeschläge verstärkten die Truhe, die mit einem kleinen, kompliziert aussehenden Schloss versehen war. Erneut zückte Richard sein Werkzeug.

»Bringt die Kerze näher zum Schloss. Und haltet die Flamme ruhig. Ich fürchte, das hier wird schwer zu knacken sein.« Richard wählte einen feinen Dietrich und schob ihn behutsam in das Schlüsselloch. Sein Gesicht war vor Konzentration wie versteinert, während er das Werkzeug in den Fingern hin und her drehte. »Ich kann die Stifte nicht ertasten ... das ist wirklich eines der schwierigsten Schlösser, die mir je untergekommen sind ... Verdammt.«

Er zog den Dietrich heraus und versuchte es mit dem feinsten Werkzeug des Bundes. Mit geschlossenen Augen tastete er nach dem Schließmechanismus. Thomas beobachtete ihn einen Augenblick, dann drehte er sich nach dem Eingang um.

»Wie lange wird das dauern?«

Richard hielt inne und öffnete die Augen. »So lange es eben dauert. Und jetzt stört mich bitte nicht weiter.«

»Na schön. Aber beeil dich.«

Richard konzentrierte sich wieder auf das Schloss, versuchte, sich den Mechanismus im Geiste vorzustellen. Schließlich zog er den Dietrich aus dem Schlüsselloch und wischte sich den Schweiß von der Stirn.

»Unmöglich. Der Mann, der dieses Schloss gebaut hat, war weit fähiger als ich. Genial sogar …«

»Das mag sein, doch kommt Genie sinngemäß nicht gegen Stahl an, wie schon Archimedes wusste.« Thomas zog den Dolch und ging neben Richard in die Hocke. Er steckte die Spitze in den winzigen Spalt zwischen Deckel und Truhe.

»Was macht Ihr da?«, fragte Richard.

»Das hier.« Thomas ballte die linke Hand zur Faust und schlug so fest er konnte auf den Dolchgriff. Mit einem lauten metallischen Klacken sprang der Deckel der Truhe auf.

»Na bitte.«

Richard sah ihn wütend an. »Das habt Ihr ja ganz wunderbar gemacht! Nun kann jeder sehen, dass das Schloss aufgebrochen wurde.«

»Wer soll das denn bemerken? Dem Staub nach zu urteilen hat sich seit Jahren niemand für die Truhe interessiert. Jetzt holen wir uns, weshalb wir hier sind, stellen die Truhe zurück und verschwinden.«

Richard schluckte seinen Zorn hinunter und nahm den Deckel ab. Im Licht der Kerzen war ein kleiner Lederbeutel zu sehen, der bis zum Rand mit Münzen gefüllt war. Durch die kleine Öffnung des Beutels konnte man einen warmen Goldschimmer erkennen. Daneben lagen ein goldenes Kruzifix an einer Kette mit einem Rubin in der Mitte, eine Bibel, mehrere Briefe und ein Lederrohr, das Richard sofort aufhob und untersuchte. Der Deckel am Ende des Rohres war mit Wachs verschlossen, in das man ein Siegel gedrückt hatte. »Das ist es«, flüsterte er.

Thomas inspizierte das Siegel. »Das ist das königliche Siegel. Das Große Siegel Englands.«

Ohne zu antworten, steckte Richard das Lederrohr vorsichtig in seinen Leinenbeutel. »Gehen wir.«

Er schloss die Truhe und stellte sie in das Regal zurück. Dann schob er sie zurecht, bis sie wieder an ihrem ursprünglichen Platz im Staub stand. Schließlich richtete er sich auf und nahm die Kerze. »Kommt mit.«

Sobald Richard die Tür wieder verriegelt hatte, eilten sie aus dem Archiv und an den beiden Männern vorbei, die neben dem Tisch lagen. Einer der Wachposten stöhnte kurz auf, verstummte jedoch wieder. Seine Angreifer stellten die Kerzen ab und verließen den Raum, gingen durch den Korridor in die größere Wachstube und über die Treppe in den Innenhof. Sie hielten kurz inne und lauschten, dann eilten sie durch das Haupttor, wo der Wachposten immer noch im Schatten lag und kurze, schnelle Atemzüge tat. In ihrer Hast ließen sie alle Vorsicht fallen, sodass ihre Schritte dumpf über die Zugbrücke hallten.

»Wer ist da?«, rief eine Stimme von der Mauer herab. »Michel? Bist du das?«

Richard blieb stehen, doch Thomas schob ihn voran. »Zu spät. Lauf weiter.«

Sie überquerten die Brücke und marschierten strammen Schrittes über den Exerzierplatz.

»Michel?«, rief die Stimme noch einmal. Dann: »Ihr da! Halt!«

Sie gingen immer schneller. Schließlich rannten sie los, bis sie die Fischerhütte erreichten, hinter der sie ihre Stiefel zurückgelassen hatten. Aus Richtung der Kathedrale ertönte Gesang. Ganz in der Nähe waren mit einem Mal Schritte und Gemurmel zu vernehmen. Thomas zog Richard zur Wand zurück und warf sich ein Fischernetz über den Körper. Mehrere Schatten erschienen in der engen Gasse.

»Mir egal, was er sagt«, maulte eine Stimme. »Wir kriegen keine Hilfe. Wir sind auf uns allein gestellt. Bis zum bitteren Ende.«

»Jules, wie kannst du nur immer so schwarzsehen«, meinte ein anderer. »Selbst nach dieser feurigen Predigt?«

»Was denn, glaubst du wirklich, dass der Herrgott höchstpersönlich mit einer Schar Engel vom Himmel herabsteigt, um die Jünger des falschen Propheten zu strafen und uns von Süleyman und seinen Horden zu erretten?«

»Warum nicht? Wenn wir fleißig beten und unsere Pflichten als Christenmenschen erfüllen?«, entgegnete ein dritter aufgebracht. »Wenn wir rechtschaffen sind.«

»Na, dann viel Glück«, murrte der erste Mann. »Ich

vertraue lieber auf eine scharfe Pike und trockenes Schießpulver.«

Die Gruppe ging an den Engländern vorbei und überquerte den Exerzierplatz in Richtung Zugbrücke. An ihrem Ende würden sie unweigerlich auf ihren bewusstlosen Kameraden stoßen. Thomas schlüpfte unter dem Netz hervor und zog seine Stiefel an. Richard tat es ihm gleich, dann schlichen sie sich auf die Straße und entfernten sich vom Fort. Sie waren kaum zwanzig Schritte gegangen, als jemand einen Alarmruf ausstieß, der jedoch sofort von einem weiteren Kanonenschuss übertönt wurde. Sie liefen schneller, bis sie an einer weiteren Gruppe von Männern vorbeikamen. Diesen nickten sie grüßend zu, dann hatten sie die Hauptstraße erreicht, die zur Kathedrale führte. Das Lied war beendet, und die Straßen füllten sich mit Einheimischen und Soldaten auf dem Rückweg in ihre Quartiere und Häuser. Da sie gegen den Strom gingen, hielten sie sich am Straßenrand und versuchten, so wenig Aufmerksamkeit wie möglich zu erwecken. Dabei erhaschten sie mehrere Gesprächsfetzen. Die meisten lobten Robert von Ebolis Predigt oder äußerten sich zuversichtlich über die große Armee, die Don Garcia in Sizilien versammelte, um die Truppen des türkischen Sultans aus Malta zu vertreiben.

Sie hatten fast die richtige Seitenstraße erreicht, als Thomas ein paar Schritte vor ihnen Stokely erkannte, der sich gerade in einer hitzigen Diskussion mit Romegas befand. Einen Schritt hinter ihm gingen Maria und eine Dienerin. Thomas blieb einen Augenblick stehen, dann verließ er hastig die breite Straße und stellte sich an die Ecke.

»Was ist?«, fragte Richard.

»Ich muss mir in einer bestimmten Sache Klarheit verschaffen. Geh du zur Auberge vor. Ich komme später nach.«

»Wie?« Richard sah sich um, konnte jedoch keine unmittelbare Gefahr erkennen.

»Geh einfach!«, befahl Thomas streng und schob ihn auf die Straße.

Richard taumelte ein paar Schritte, dann drehte er sich um und sah Thomas besorgt an. Schließlich betastete er seinen Leinenbeutel, um sich zu vergewissern, dass die Schriftrolle noch darin steckte, und machte sich auf den Weg.

Thomas blieb reglos stehen und beobachtete die Gestalten am Ende der Straße. Er hörte Stokelys Stimme, und einen Moment später gingen er und Romegas an ihm vorbei, gefolgt von der großen, schlanken Gestalt Marias, die die Augen unverwandt auf den Boden vor sich gerichtet hatte. Thomas musste den Drang unterdrücken, aus dem Schatten zu treten, ihren Namen zu rufen und sie anzuflehen, ihm zu folgen. Andererseits fürchtete er, sie könnte sich ihm verweigern oder, schlimmer noch, sie oder ihre Dienerin könnten um Hilfe rufen und so Stokely alarmieren. Deshalb hielt er sich bedeckt, tauchte in die Menschenmenge ein und folgte ihnen, wobei er den Kopf gesenkt hielt, damit sein Gesicht unter der Kapuze nicht zu erkennen war, sollte sie sich aus irgendeinem Grund umdrehen. Stokely und Romegas gingen etwa hundert Schritte weiter, dann blieb Romegas stehen, verabschiedete sich und setzte sich in Richtung Fort in Bewegung. Stokely nahm Marias Arm und bog in eine Seitengasse. Thomas blieb an der Kreuzung stehen und riskierte einen schnellen Blick um die Ecke. Stokely näherte sich dem Tor zu einem kleinen Innenhof, hinter dem ein bescheidenes Haus in der Dunkelheit aufragte. Dort hielt er inne und sah sich um, ob man ihnen gefolgt war. Als er niemanden bemerkte, rüttelte er am Tor, das einen Augenblick später für ihn geöffnet wurde. Er führte die beiden Frauen hinein, und das Tor schloss sich hinter ihnen.

Thomas wartete noch etwas ab, bevor er die Seitengasse betrat und langsam am Tor vorbeischlenderte. Die Mauern waren etwa drei Meter hoch und so glatt, dass sie nur schwer zu erklimmen waren. Das stabil wirkende Tor war mit Eichenbohlen verstärkt. Er ging weiter, dann kehrte er um und wartete. Es dauerte nicht lange, bis weitere Personen erschienen, die auf dem Weg in die Nachbarhäuser waren. Thomas näherte sich einem rundlichen Mann, der wie die meisten Zuhörer der Predigt in einen dunklen Mantel gekleidet war.

»Verzeiht, mein Herr«, sprach ihn Thomas auf Französisch an. »Ich habe eine Botschaft für einen englischen Ritter, der hier irgendwo in dieser Straße wohnen muss. Leider weiß ich nicht, welches Haus es ist.«

»Sir Oliver Stokely?« Der Nachbar hob eine Augenbraue. »Ja, der wohnt hier. In diesem Haus, gleich neben meinem.«

»Vielen Dank, Herr. Nun, die Botschaft ist nicht für ihn, sondern für eine Dame. Maria heißt sie, wenn ich mich recht erinnere.«

»Ja.« Der Mann nickte. »Das ist seine Frau.«

»Seine Frau …«

Der Mann tippte sich an die Nase. »Was diese Ritter angeblich glauben und was sie tatsächlich tun, sind zwei Paar Schuhe, oder?« Thomas schwieg, und der Mann runzelte die Stirn. »Kann ich sonst noch etwas für Euch tun?«

»Nein.« Thomas zwang sich zu einem Lächeln. »Vielen Dank und gute Nacht. Ich werde die Nachricht ein andermal überbringen.«

Er drehte sich um und ging davon, wobei ihm das Herz zentnerschwer war.

KAPITEL 31

Diebe, genau hier im Herzen unserer Festung.« La Valette schüttelte fassungslos den Kopf. »Das ist frevelhaft. Wer auch immer gestern Nacht ins Fort gekommen ist und versucht hat, in das Archiv einzubrechen, hat Gott sei Dank nicht mit einem so guten Schloss gerechnet. Sonst hätten sie wohl alles davongetragen, was nicht niet- und nagelfest ist. Eine Ungeheuerlichkeit.« Er sah sich unter seinen Beratern am Tisch um. »Und noch dazu wurden dabei zwei unserer Männer verletzt.«

Schließlich brach Oberst Mas das angespannte Schweigen. »Glücklicherweise haben sie überlebt, und glücklicherweise hat das Schloss gehalten.«

»Mit Glück hat das nichts zu tun. Das Schloss wurde von einem der besten Schmiede von Paris gefertigt, genau wie die Schlösser der Schatzkammer. Monsieur Berthon hat mir versichert, dass sie unüberwindlich seien.«

Thomas nickte genau wie die anderen betroffen, doch trotz seines gefassten Äußeren schlug ihm das Herz bis zum Hals, und er spürte klammen Schweiß auf den Handflächen.

Stokely warf ihm einen neugierigen Blick zu.

»Diese Diebe müssen gefasst werden, damit wir ein Exempel an ihnen statuieren können«, fuhr der Großmeister fort. »Sie dürfen kein Erbarmen erwarten, egal von welchem Stand oder Rang sie auch sein mögen. Von jetzt an wird Diebstahl schwer bestraft. Wir sitzen alle in einem Boot – diejenigen, die dem Orden dienen und die gewöhnlichen Bürger Maltas. Oberst, lasst überall verkünden, dass eine Belohnung von einhundert Goldstücken auf denjenigen wartet, der diese Diebe ergreift oder Hinweise geben kann, die zu ihrer Verhaftung führen.«

»Ja, Herr.« Oberst Mas nickte.

»Gut. Zudem sollen die Wachen vor dem Archiv und am Haupttor verdoppelt werden. So etwas darf nicht noch einmal vorkommen.« La Valette schlug mit der flachen Hand auf den Tisch. Als er die anderen Männer anblickte, verrauchte sein Zorn etwas. »Aber genug davon. Sir Oliver, wie steht es mit den Wasservorräten? Offenbar verbrauchen wir mehr Wasser als erwartet.«

»In der Tat, Herr. Und es gibt noch weitere Probleme. In eine der Zisternen unter St. Michael ist Meerwasser eingedrungen. Anscheinend ist irgendwo ein Spalt, durch das es hineinfließen kann. Dadurch haben wir etwa ein Achtel unseres Wasservorrats verloren. Ich schlage vor, sofort mit der Rationierung des Wassers zu beginnen. Mir ist bewusst, dass es dadurch in der Bevölkerung zu …«

»Pssst!« Oberst Mas hob die Hand, um Stokely zum Schweigen zu bringen.

»Oberst, ich darf doch bitten!«

»Ruhe. Hört doch!« Oberst Mas deutete auf das Fenster. »Hier stimmt etwas nicht.«

Sie waren inzwischen so sehr an den ständigen Kanonendonner gewöhnt, dass sie ihn schon gar nicht mehr wahrnahmen. Doch nun war er verstummt.

Thomas wusste sofort, was das Schweigen der feindlichen Geschütze zu bedeuten hatte. »Sie greifen St. Elmo an.«

Stühle scharrten über den Boden. Alle liefen zum Fenster und blickten über das ruhige Wasser des Hafens zur Spitze der Sciberras-Halbinsel hinüber. Trommeln und Hörner erklangen aus den feindlichen Gräben. Thomas erkannte die winzigen Gestalten der Janitscharen, die unter einem grünen, von einem weißen Pferdehaarbusch gekrönten Banner vorwärtsstürmten. Sie sprangen aus den Gräben und liefen über den unebenen Boden auf das Fort zu. Die Verteidiger erschienen auf der Brüstung, und schon stiegen die ersten Rauchwolken aus den Arkebusen in die Morgenluft auf. Als die türkischen Scharfschützen ihrerseits die gegnerischen Ziele auf den ramponierten Mauern von St. Angelo ins Visier nahmen, waren die immer zahlreicher werdenden Schüsse bis nach St. Angelo zu hören.

»Dort.« Oberst Mas hob den Arm und deutete auf den Rand des Ravelin, der gerade noch hinter dem Fort sichtbar war. »Ist das ein feindliches Banner? Ich kann es kaum erkennen.«

Thomas blickte angestrengt in die flirrende Luft. Auch er sah das Banner, konnte auf diese Entfernung aber nicht ausmachen, zu welcher Partei es gehörte. Dann – wie um ihre Frage zu beantworten – blähte es sich in der leichten Brise, sodass seine Farbe eindeutig zu erkennen war.

»Es ist der Feind«, sagte Stokely. »Er hat den Ravelin eingenommen.«

La Valette schüttelte den Kopf. »Ausgeschlossen! Der Angriff hat doch soeben erst begonnen. Völlig unmöglich ...«

Genau wie der Großmeister wollte auch Thomas seinen Augen nicht trauen. Die Türken hätten zuerst den Graben überwinden und die Mauern des Ravelins erklimmen müssen, bevor sie die Verteidiger überhaupt zu Gesicht bekamen. Und doch wehte ein feindliches Banner auf dem Ravelin, und Feuerzungen sowie dünne Rauchwolken deuteten klar darauf hin, dass der Feind das Fort von dort aus unter Beschuss nahm.

Mas ballte vor Enttäuschung die Hände zu Fäusten. »Was zum Teufel geht da vor? Was treibt Miranda da?«

»Schickt ein Boot«, befahl La Valette. »Man soll mir umgehend Bericht erstatten.«

»Ja, Herr«, sagte Mas und eilte aus dem Arbeitszimmer. Die anderen beobachteten mit wachsender Verzweiflung, wie der Feind aus den Annäherungsgraben strömte und Belagerungsleitern an den löchrigen Mauern des Forts anlegte. Sonnenlicht spiegelte sich in den Rüstungen und Waffen der Männer auf den Brüstungen, bis Flammen und Rauch die Sicht verdeckten. Dann waren nur die aufsteigenden Flammen der Brandsätze und die wirbelnde Glut der Feuerreifen durch den dicken Qualm zu erkennen.

Darunter glitt ein Boot über die sanften, tiefblauen Wellen des Hafens. Die maltesischen Ruderer legten sich nach Kräften in die Riemen. Das Boot hatte die Hälfe des ruhigen Hafenbeckens durchquert, als mehrere Janitscharen-Scharfschützen darauf aufmerksam wurden. Sie richteten ihre langläufigen Waffen darauf, und kleine Wasserfontänen spritzten neben und hinter dem Boot auf. Die Zuschauer auf St. Angelo feuerten ihre Kameraden an, doch die feindlichen Schüsse schlugen immer dichter ein, je näher sich das Boot der anderen Küste näherte. Schließlich durchbohrte eine Kugel den Bug. Holzsplitter wirbelten auf. Ein Ruderer umklammerte seinen Arm und ließ den Riemen fallen, sodass sich das Boot drehte, bis der Mann an der Pinne den Kurs korrigierte und dem Verwundeten befahl, sein Ruder wieder aufzunehmen. Wie durch ein Wunder glitt das kleine Boot außer Reichweite der Scharfschützen und näherte sich einem kleinen Landesteg am Fuße einer niedrigen Klippe. Die Ruderer brachen erschöpft zusammen, während der Offizier, den Mas abgestellt hatte, an Land sprang und die in den Felsen geschlagenen Stufen zum Hintereingang des Forts neben dem Kavalier hinaufrannte.

Die Gefahr war gebannt. Thomas blies vor Erleichterung die Wangen auf. La Valette befahl seinen Beratern, ihm zu folgen. Er führte sie aus dem Arbeitszimmer und auf den Turm hinauf, wo sie einen besseren Ausblick auf St. Elmo hatten. Die Sonne stieg immer höher, und eine von Norden wehende Brise vertrieb die dichte Rauchwolke, die über dem Fort hing. Nun war der erbarmungslose Kampf um den Ravelin deutlich zu erkennen. Leichen und die Trümmer zerstörter Belagerungsleitern türmten sich vor seinen Mauern auf. Weitere

Gefallene hingen über den Brüstungen, blutrote Schlieren liefen die grob behauenen Steine herab. Über dem Schlachtfeld wehte noch das Banner des Ordens, und die schimmernden Gestalten der Ritter, die ihre Männer in den Kampf führten, waren deutlich zu erkennen – auch für die feindlichen Scharfschützen, die aus ihren Gräben auf sie feuerten, selbst wenn sie dabei Gefahr liefen, die eigenen Leute zu treffen.

Stokely wischte sich den Schweiß von der Stirn und schüttelte verwundert den Kopf. »Wie viele Verluste wollen die Türken denn noch hinnehmen?«

»Lasst sie nur angreifen«, entgegnete La Valette mit kühler Stimme. »Je mehr Männer sie bei der Erstürmung von St. Elmo verlieren, desto weniger können später Senglea und Birgu belagern. Außerdem wird es ihrer Moral einen empfindlichen Schlag versetzen.«

Berechnende und unbarmherzige Worte, dachte Thomas. Und doch sprach der Großmeister die Wahrheit. Solange St. Elmo aushielt, würden die Türken ihre Männer gegen das Fort werfen und dabei schreckliche Verluste hinnehmen. Zwischen den Angriffen verbrauchten sie wertvolle, aus Konstantinopel herbeigeschaffte Munition und Schießpulver. Und was das Wichtigste war: Sie vergeudeten kostbare Zeit. Wenn erst einmal die herbstlichen Regenstürme einsetzten, würde kaum noch ein Schiff mit Vorräten oder Verstärkung die Türken erreichen.

Endlich schlugen die Glocken von St. Birgu die Mittagsstunde, und der feindliche Angriff ließ nach. Die Türken zogen sich von den Mauern in ihre Gräben zurück. Der Boden vor dem Fort war mit Leichen übersät.

Der Ravelin jedoch blieb weiter in ihrer Hand. Offenbar waren die türkischen Ingenieure bereits dabei, ihn zu verstärken und auszubauen. Sobald sich der letzte Feind zurückgezogen hatte, eröffneten die Geschütze auf dem Hügel erneut das Feuer. Wieder kauerten sich die Verteidiger auf den Mauern in ihrer Deckung zusammen.

La Valette kehrte dem grausamen Spektakel den Rücken zu. Thomas bemerkte, wie müde er aussah. Und doch funkelte unerschütterliche Entschlossenheit in seinen Augen, als er Thomas' Blick erwiderte. »Dem Herr sei Dank. Wir haben einen weiteren Tag gewonnen.«

Thomas und Richard nahmen ein schnelles Mittagsmahl aus Brot und Käse ein, das sie mit dem derben, nach Essig schmeckenden maltesischen Wein hinunterspülten. Richard hörte sich schweigend Thomas' Bericht über die Morgenbesprechung an.

»Zumindest hast du, wonach du gesucht hast«, schloss Thomas. »Ich hoffe, dass das Dokument es wert war, unser Leben dafür aufs Spiel zu setzen.«

»Solche Risiken gehören zu meinem Beruf«, entgegnete Richard. »Deshalb werdet Ihr ihn nie so ausüben können wie ich.«

Thomas schüttelte traurig den Kopf. »Und deshalb wirst du nie ein Ritter sein wie ich, Richard. Solche heimtückischen Überfälle sind nicht ehrenhaft.«

»Wirklich? Ihr Ritter tötet für eure Sache, und ich für mein Vaterland. Würdet Ihr mir freundlicherweise erklären, weshalb eines ehrenhafter sein soll als das andere?« Er sah Thomas fragend an, dann lächelte er. »Dachte ich mir.«

Thomas sah ihn mit der Niedergeschlagenheit eines Mannes an, der weiß, dass er im Recht ist, aber zu müde, um es auch zu verteidigen. Aus irgendeinem Grund fühlte er sich verpflichtet, Richard in moralischen Fragen anzuleiten, als wäre dieser sein richtiger Knappe oder gar ein verlorener Sohn. »Ich nehme an, dass du es gut versteckt hast«, sagte Thomas schließlich mit einem Seufzen.

»So gut es mir unter den Umständen möglich war.«

»Schön. Dann ist dein Auftrag hier mehr oder weniger beendet. Du musst nur noch die Belagerung überleben«, fügte er mit einem ironischen Lächeln hinzu. »Wie wäre es, wenn wir von jetzt an La Valette und dem Orden gemeinsam dienen? Bis die Belagerung vorüber ist, unterstehe ich allein dem Großmeister, und du wirst als mein Knappe deine Verpflichtungen Walsingham und seinen Anordnungen gegenüber zurückstellen. Einverstanden?«

Richard dachte einen Augenblick lang darüber nach. »Bis die Belagerung vorüber ist.«

Der junge Mann biss ein Stück Käse ab und kaute nachdenklich, während er über den Hafen nach St. Elmo blickte.

Die Nacht senkte sich bereits über die Insel, als der von Oberst Mas ausgesandte Offizier mit seinem Bericht aus St. Elmo zurückkehrte. Er betrat das Arbeitszimmer und stellte sich vor den Tisch. Um seinen Kopf war ein blutiger Verband gewickelt, und es dauerte eine gewisse Zeit, bis Thomas in ihm Don Garcias Sohn Fadrique erkannte. Dann nickte er ihm grüßend zu.

»Wollt Ihr Euch setzen?«, fragte La Valette.

»Nein, Herr.« Fadrique richtete sich stolz zu voller Größe auf. »Ich bleibe stehen.«

»Wie Ihr wünscht. Bitte, erzählt. Was geschah auf dem Ravelin?«

»Das weiß auch Kapitän Miranda nicht genau, Herr. Offenbar wurde ein Wachposten auf dem Ravelin von einem Scharfschützen erschossen. Die diensthabenden Soldaten pflegen sich an ungeschützten Positionen flach hinzulegen, um dem Feind kein Ziel zu bieten. An diesem Morgen dachten die Kameraden des Mannes offenbar, er wäre noch am Leben und würde Wache halten. So konnten die Türken eine Leiter anlegen. Bis die Garnison wusste, wie ihr geschah, hatte ein Janitscharentrupp den Ravelin eingenommen.«

»Eine verdammte Fahrlässigkeit«, sagte Oberst Mas bitter. »Hat Miranda versucht, ihn zurückzuerobern?«

»Ja, Herr. Zweimal. Beim zweiten Mal war auch ich am Angriff beteiligt. Die Türken hatten den Ravelin bereits befestigt und stark bemannt. Jeder, der dort eindringen wollte, wurde niedergeschossen. Wir verloren drei Ritter und viele Soldaten, bevor wir den Ravelin überhaupt nur erreichten. Dann ging es in den Nahkampf. Kapitän Miranda und drei weiteren Männern gelang es, in den Ravelin einzudringen, doch sie wurden zurückgeschlagen und gezwungen, sich ins Fort zurückzuziehen.«

»Also ist der Ravelin verloren?«, fragte La Valette.

»Ja, Herr. Die Türken haben dort bereits Stellung bezogen, und ich wüsste nicht, wie wir ihn noch zurückerobern sollten. Sie hatten bereits angefangen, den Grund dort einzuebnen, als ich das Fort verließ. Schon bald werden ihre Kanonen von dort aus über die Mauer hinweg direkt nach St. Elmo schießen können.« Fadrique machte eine kurze Pause. »Kapitän Miranda sagt, dass das Fort höchstens noch ein paar Tage gehalten werden kann. Es ist bereits eine Abordnung von Rittern mit der offiziellen Bitte an ihn herangetreten, das Fort evakuieren zu dürfen.«

»Evakuieren?« La Valette runzelte die Stirn. »Das kommt gar nicht infrage. Kapitän Miranda und seine Männer wissen, welche Bedeutung diese Position hat. Sie müssen so lange wie möglich aushalten, koste es, was es wolle. Habt Ihr verstanden?« Er deutete mit dem Finger auf Fadrique.

Der Spanier seufzte. »Herr, ich überbringe nur eine Botschaft.«

Der Großmeister lenkte ein. »Natürlich, bitte verzeiht, junger Herr. Das war gute Arbeit. Lasst Euch von meinem Arzt versorgen.«

»Das ist nur ein Kratzer, Herr.«

»Dann sollte die Behandlung ja nicht lange dauern«, entgegnete La Valette knapp und zeigte auf die Tür. Fadrique neigte den Kopf und entfernte sich. Sobald sich die Tür hinter ihm geschlossen hatte, beugte sich Oberst Mas vor und stützte die Ellenbogen auf den Tisch.

»Wie lauten Eure Pläne, Herr?«

La Valette dachte darüber nach. »Miranda muss aushalten. Wir werden heute Nacht weitere Munition und Truppen nach St. Elmo schicken.«

»Das wird nicht mehr lange gut gehen, Herr. Am Nachmittag habe ich türkische Ingenieure dabei beobachtet, wie sie den Boden für weitere Geschützbatterien auf Gallows Point und der gegenüberliegenden Landzunge abgesteckt haben. Wenn sie dort Kanonen postieren, kontrollieren sie den Hafen zwischen hier und St. Elmo. Dann können keine Boote mehr übersetzen, und die Garnison ist abgeschnitten. Wie dem auch sei: Nachschub für Miranda ist nur ein Teil des Problems. Der springende Punkt ist die Moral der Garnison. Wenn seine Männer bereits förmlich um einen Rückzug gebeten haben, wird es bis zu einer offenen Meuterei nicht mehr lange dauern.« Mas sah sich in der Runde um. »Meine Herren, ich habe in genug Armeen gedient und genug Kriege erlebt, um zu wissen, dass eine Meuterei wie eine Seuche ist. Sie vernichtet eine Armee so sicher wie eine Niederlage im Feld. Wir dürfen den Männern auf St. Elmo den Rückzug nicht erlauben.«

»Weshalb nicht?«, fragte Stokely. »Es wäre doch besser, sie verstärken unsere Truppen, bevor der Feind sie gefangen nimmt.«

»Nein. Wenn der Großmeister ihnen erlaubt, das Fort zu verlassen, ist das ein schlechtes Beispiel für diejenigen, denen bereits jetzt die Entschlossenheit fehlt, die Belagerung von Birgu und Senglea durchzustehen. Da ist es besser, wenn sie auf St. Elmo bleiben und uns so viel Zeit verschaffen wie möglich. Eine traurige Wahrheit, ich weiß, aber wir haben keine andere Wahl. Sie müssen auf ihrem Posten bleiben.«

La Valette nickte nachdenklich. »Trotzdem, das Risiko einer Meuterei besteht. Und das wäre noch schlimmer, als St. Elmo aufzugeben.«

»Wenn man sie davon überzeugen könnte, aus freien Stücken auf St. Elmo zu bleiben«, warf Thomas ein, »dann würden sie den übrigen Verteidigern der Insel als leuchtendes Vorbild dienen.«

»Und wie genau wollt Ihr das anstellen?«, fragte Oberst Mas. »Offenbar steht ihre Entscheidung bereits fest, und jeder weitere Kanonenschuss, der auf das Fort abgefeuert wird, bekräftigt diesen Entschluss nur noch.«

»Diese Männer sind Ritter des Johanniterordens, des letzten großen Militärordens, der sich geschworen hat, den Islam zu bekämpfen und das Heilige Land zurückzuerobern. In der gesamten Christenheit gibt es keine höhere Ehre, als diesem Orden zu dienen. Was also könnte den Stolz derjenigen, die St. Elmo verteidigen, stärker treffen als die Andeutung von Unehrenhaftigkeit und Schande?«

La Valette starrte ihn an. »Was schlagt Ihr vor, Thomas?«

»Ich schlage vor, dass Ihr Euch auf ihr Ehrgefühl beruft und an die lange Tradition erinnert, in der diese Männer stehen. Erinnert sie an den Eid, den sie geschworen haben: die Feinde des Christentums bis zum letzten Blutstropfen zu bekämpfen. Das wäre ein Teil der Strategie. Der andere besteht darin, hier in Birgu Freiwillige zu den Waffen zu rufen. Sie sollen all jene ersetzen, die nicht länger gewillt sind, St. Elmo zu verteidigen. Ich bin mir sicher, dass diejenigen hier, die die wahre Lage des Forts nicht kennen, sich bereitwillig melden werden. Sollte Mirandas Garnison weiter auf einem Rückzug bestehen, so gebt Euer Einverständnis und teilt ihnen mit, dass für jeden Mann, der St. Elmo verlassen will, drei oder vier aus Birgu mehr als bereit sind, seinen Platz einzunehmen. Sobald ihnen das zu Ohren kommt, werden sie Schande und Schmach mehr fürchten als den Tod. Darauf verwette ich mein Leben.«

»Dazu könnte es durchaus kommen.« La Valette grinste, dann wandte er sich Oberst Mas zu. »Was meint Ihr?«

»Ich meine, dass die Engländer nicht umsonst als listenreich und durchtrieben gelten.« Er dachte einen Augenblick nach. »Dies scheint mir die beste Vorgehensweise, Herr, trotz meiner Worte von vorhin. Üblicherweise würde ich auf Disziplin bestehen und sie mit aller Härte durchsetzen. Doch unsere Lage ist verzweifelt, und manchmal braucht es mehr als nur einen Befehl, um einen Soldaten zum Kampf zu bewegen.«

»Also gut. Wir werden an ihre Ehre appellieren. In der Zwischenzeit lasse ich überall verkünden, dass Freiwillige für die Garnison von St. Elmo gesucht werden. Ich hoffe, dass du recht hast und sich viele tapfere Männer für diese Aufgabe zur Verfügung stellen, Thomas.«

Thomas war sich bewusst, dass ihn der versammelte Kriegsrat anstarrte. Er musste einen kurzen Anflug von Angst niederkämpfen, dann räusperte er sich. »Herr, ich bitte Euch um die Erlaubnis, mich als erster Freiwilliger zu melden«, sagte er so gefasst er konnte.

KAPITEL 32

Tags darauf hatten sich nicht nur genug Männer für den kleinen Trupp eingefunden, der nach St. Elmo geschickt werden sollte, viele weitere mussten sogar abgewiesen werden. Robert von Eboli bestand darauf, die Männer zu begleiten, um ihnen geistlichen Beistand zu spenden. Der Großmeister beendete die Abendbesprechung und bat Oberst Mas und Thomas danach um eine Unterredung. »Steht Eure Entscheidung wirklich fest?«, fragte La Valette. »Ich möchte nur ungern zwei meiner besten Berater verlieren.«

Oberst Mas nickte. »Wie Sir Thomas schon sagte – das ist unsere einzige Chance. Es ist überlebenswichtig, den Männern zu zeigen, dass wir alle dieselben Risiken eingehen und dasselbe Schicksal teilen. Euch natürlich ausgenommen, Herr. Ihr seid unersetzlich. Die Soldaten auf St. Elmo stehen kurz vor der Meuterei und kümmern sich nicht mehr um Disziplin oder einen gewöhnlichen Befehl. Außer ihrer Ehre ist ihnen nichts geblieben. Wenn Sir Thomas und ich mit fünfzig Freiwilligen dort eintreffen und ihnen verkünden, dass über tausend Männer ohne zu zögern ihre Stelle einnehmen würden, werden sie bis zum Ende kämpfen, da bin ich mir sicher.«

»Wann werdet Ihr aufbrechen?«

»In der kommenden Nacht, Herr. Heute will ich mich ausschlafen, um am Morgen meine Männer auszusuchen und meine Angelegenheiten zu ordnen. Ich habe noch einige Briefe zu schreiben.«

Der Großmeister strich sich in Gedanken versunken über den Bart. »Und Ihr?«, fragte er Thomas. »Noch ist es nicht zu spät, wenn Ihr Eure Meinung ändern möchtet.«

»Ich werde den Oberst begleiten, Herr.«

»Warum?«

Thomas antwortete nicht sofort. Er hatte diese Entscheidung aus vielen Gründen getroffen – nein, eigentlich hatten all diese Gründe nur eine einzige Ursache: Maria war die Frau eines anderen Mannes. Sie musste bereits viele Jahre mit Sir Oliver Stokely verheiratet sein. Sie war für Thomas verloren, sofern er nicht jeden Funken Anstand, den er noch besaß, über Bord werfen wollte. Doch so oder so war es hoffnungslos. Sie würde sich niemals für ihn entscheiden. Hinzu kam sein Mangel an Glauben. Am Ende eines langen, schmerzlichen Wegs war er zu der Erkenntnis gelangt, dass es nichts gab außer dem irdischen Leben. Zu erfahren, dass Maria noch lebte und seine Gefühle womöglich erwiderte, hatte diese Leere urplötzlich gefüllt und seinem Leben eine neue Richtung gegeben. Doch nun hatte sein Dasein keinen Sinn mehr, und er hoffte, dass wenigstens sein Tod einem hehren Ziel diente.

Thomas erwiderte La Valettes fragenden Blick. »Weil ich es so will.«

»Und was, wenn ich Euch befehlen würde, hierzubleiben? Schon Oberst Mas stellt ein großes Opfer dar. Soll ich Euch auch noch verlieren? Ich bin auf den Rat vertrauenswürdiger Männer angewiesen.«

»Im Augenblick seid Ihr eher auf Männer angewiesen, die als Vorbild dienen können, Herr«, erwiderte Thomas. »Es gibt noch viele gute Ritter im Orden, die Euch mit ihrem Rat zur Seite stehen können. Sie mögen in der Vergangenheit Rivalen gewesen sein, doch nun zählt die Vergangenheit nichts mehr. Jeder Mann ist zu der Einsicht gelangt, dass wir alle an einem Strang ziehen. Andere werden unsere Plätze einnehmen.«

La Valette lächelte traurig. »Wahr gesprochen … ich wünschte nur, es hätte nicht dieses Opfers bedurft, um Euren Kameraden diese Einsicht zu vermitteln. Es ist eine Schande, dass nur die Gefahr der unmittelbaren Auslöschung uns dazu bringt, gemeinsam für eine Sache zu streiten.«

»Und selbst das nicht immer.« Oberst Mas hob eine Augenbraue. »Verzeiht, Herr. Ich war zu lange Soldat. Das lässt einen Mann verbittern.«

La Valette starrte ihn an und grinste. Dann brach er in Gelächter aus. Thomas stimmte mit ein, und selbst das narbenübersäte Gesicht des kampferprobten Mas verzog sich zu einem Lächeln. Für wenige Augenblicke wurde die schreckliche Last der letzten Monate von ihren Schultern genommen, und sie teilten einen unbeschwerten Moment lang ein Gefühl, das an einem anderen Ort zu einer anderen Zeit wohl als Freundschaft gegolten hätte.

Schließlich holte sie der Donner einer weiteren türkischen Kanone in die Wirklichkeit zurück. La Valette stand auf, ging um den Tisch herum und umarmte Oberst Mas.

»Ich danke Euch, Oberst. Ihr seid ein guter Soldat. Ein guter Mann. Es tut mir leid, dass ich Euch für unsere Sache angeworben habe. Ihr hättet ein besseres Ende verdient.«

»Kein Grund zur Entschuldigung. Ich bin Söldner, Herr. Ich suche den Kampf, und um die Wahrheit zu sagen: Mein Ende ist schon längst überfällig. Außerdem wird nicht jedem von uns ein solch würdevoller Tod zuteil. Die meisten Söldner sterben an der Syphilis oder einer anderen Krankheit. Da ziehe ich das hier vor.« Er kniff die Augen zusammen. »Sorgt nur dafür, dass ich unserer Vereinbarung gemäß entlohnt werde. Ich habe Frau und Kinder in Barcelona.«

»Ich werde mich darum kümmern. Ihr habt mein Wort.«

»Danke, Herr.« Mas salutierte ein letztes Mal, dann drehte er sich um und verließ den Raum, in dem Thomas nun allein mit dem Großmeister stand. In dem darauffolgenden unangenehmen Schweigen musterte der alte Mann den englischen Ritter genau, und ein schmerzlicher Ausdruck der Zuneigung schlich sich in seinen Blick.

»Ich empfand es als einen großen Verlust, so viele Jahre auf Eure Dienste verzichten zu müssen, Thomas. Schon vom ersten Tag an, als Ihr auf meiner Galeere gedient habt, erkannte ich, was in Euch steckt. Ich hatte Großes mit Euch vor. Ich habe mein Leben dem Orden gewidmet und mir eine Frau und eine Familie versagt.«

Er senkte den Blick. »Als Ihr weg wart, kam es mir vor, als hätte ich einen Sohn verloren …«, fuhr er mit brüchiger Stimme fort. »Und bei Eurer Rückkehr empfand ich seit langer Zeit wieder Freude in meinem Herzen. Und jetzt?« Er sah erneut zu Thomas auf. »Ihr könnt Eure Meinung immer noch ändern. Als ich sagte, dass ich Männer wie Euch an meiner Seite brauche, war das durchaus aufrichtig gemeint.«

»Herr, mein Weg liegt deutlich vor mir, und ich werde ihm folgen. Aber es freut mich, dass ich Euch etwas bedeutet habe.« Er nahm die Hand, die La Valette ihm hinstreckte, und drückte sie fest, wobei er das Zittern in den Fingern des alten Mannes spürte. »Lebt wohl, Herr. Genau wie der Oberst habe auch ich noch Angelegenheiten, um die ich mich kümmern muss.«

Er starrte auf den bronzenen Türklopfer. Seit geraumer Zeit stand Thomas hier im Morgenlicht vor dem Tor. Eine Patrouille war vorbeigekommen, und die Soldaten hatten ihn neugierig beäugt, es aber nicht gewagt, einen Ordensritter zur Rede zu stellen. Thomas holte tief Luft. Sein Entschluss stand fest, jedoch nicht die Worte, die er sagen wollte. Und er fürchtete die Reaktion, die sie heraufbeschwören würden. Er hatte das Anwesen in der Stunde vor der Dämmerung erreicht und sich in einer engen Seitengasse zwischen den gegenüberliegenden Gebäuden versteckt. Stokely hatte das Haus mit Sonnenaufgang verlassen und war in einen Mantel gehüllt nach St. Angelo davonmarschiert. Sobald er außer Sichtweite war, hatte Thomas sich aus den Schatten gelöst und war zu dem in die Kalksteinmauer eingelassenen Holztor hinübergegangen.

Er packte den Klopfer und schlug ihn zweimal gegen das Tor.

Eine Weile später hörte er das Aufschwingen einer Tür, einen gemurmelten Fluch, Schritte auf Pflastersteinen und einen Riegel, der zurückgeschoben wurde. Das Tor öffnete sich einen Spalt, und ein Gesicht kam dahinter zum Vorschein. Thomas erkannte die Dienerin, die Maria nach St. Elmo begleitet hatte.

»Mein Herr ist nicht zu Hause.«

»Ich weiß. Ich möchte mit Maria sprechen.«

Die Frau schien überrascht. Dann schüttelte sie den Kopf. »Meine Herrin empfängt keinen Besuch.«

»Mich schon. Sag ihr, dass Sir Thomas Barrett hier ist. Er bittet lediglich um einen Augenblick ihrer Zeit, mehr nicht.«

Die Dienerin hob die Augenbrauen, dann schloss sie die Tür. Der Riegel rastete wieder ein, und sie kehrte ins Haus zurück. Thomas versuchte, sein wild klopfendes Herz zu beruhigen. Seine Handflächen waren schweißnass. Als plötzlich der Riegel zurückgeschoben wurde, fuhr er zusammen; er hatte keine Schritte gehört.

Das Tor öffnete sich, und vor ihm stand Maria. Sie hatte das Haar zurückgebunden und trug ein indigoblaues Kleid, das fast bis zum Boden reichte. Ihre bloßen Füße lugten unter dem Saum hervor. Sie starrte ihn einen Moment lang ausdruckslos an, und er befürchtete schon, sie würde ihn wieder wegschicken. Doch dann öffnete sie die Tür noch weiter und trat beiseite.

»Bitte.«

Thomas trat über die Schwelle, und Maria schloss das Tor hinter ihm. Er sah sich um – der Innenhof war nicht besonders groß, doch mit Topfpflanzen und Hängekörben vollgestellt, in denen Blumen in jeder erdenklichen Form und Farbe darauf warteten, im hellen Tageslicht erstrahlen zu können. Auf einer Seite stand eine lange, niedrige Bank im Schatten eines mit Bougainvillea bewachsenen Spaliers. Dann wandte er sich wieder Maria zu und bemerkte, dass ein leichtes Lächeln um ihre Mundwinkel spielte. »Lucia, lass uns allein«, befahl sie der Dienerin. »Sir Olivers Stiefel müssen geputzt werden. Kümmere dich darum.«

Die Dienerin senkte den Kopf und trippelte die schmale Treppe hinauf, die ins Haus führte. Maria deutete auf die Bank. Sie setzten sich an die gegenüberliegenden Ecken, sodass ein Berg edler Seidenkissen sie trennte.

»Warum hast du in der Kapelle von St. Elmo nicht auf mich gewartet?«, fragte Thomas vorsichtig.

Sie sah ihn einen Augenblick lang an. »Ich hatte Zeit, um nachzudenken«, sagte sie zögerlich. »Und da bekam ich Angst.«

»Angst? Vor mir?«

Sie schüttelte den Kopf. »Natürlich nicht.«

»Vor wem dann? Vor Sir Oliver?«

»Nein.« Sie riss ihren Blick von ihm los und starrte auf ihre im Schoß gefalteten Hände. »Ich hatte Angst vor dem, was ich tun würde. Dass ich etwas unternehmen könnte, was ich später bereuen würde.«

»Was meinst du, Maria?«

Sie sah wieder auf. »Du bist kein Narr, Thomas. Du weißt genau, was ich meine. Und ich weiß, dass deine Gefühle für mich auch nach all den Jahren nicht erkaltet sind. Das sehe ich in deinen Augen, in deinem Gesicht.«

Thomas nickte. »Und du? Was ist mit dir?«

»Weshalb sollte ich noch etwas für dich empfinden, nach allem, was du mir angetan hast?« Mit einem Mal hatte ihre Stimme einen kühlen und harten Ton angenommen. »Bevor ich dich kennenlernte, war es mir bestimmt, in eine der edelsten Familien Sardiniens einzuheiraten. Ich hätte in einem Palast gewohnt, und man hätte mir jeden Wunsch von meinen Augen abgelesen. Doch dann hast du mein Herz gestohlen. Mein Ruf war ruiniert, und meine Familie hat mich verstoßen. Ich habe nicht nur sie verloren, sondern auch dich und mein Kind. Wenn Oliver mich nicht gerettet hätte, wäre ich wohl eine Nonne oder Schlimmeres geworden. Ich bin diesem Mann sehr viel schuldig. Genau wie du.«

»Wie das?«

»Nun, dafür, dass ich heute vor dir sitze und dass die Last, die auf deiner Seele liegt, nicht noch schwerer wiegt.«

Ihre Worte trafen ihn bis ins Mark, und er starrte auf seine Hände herab. Die Stille des warmen maltesischen Morgens senkte sich auf sie herab. »Ich würde alles dafür geben, wenn ich die Zeit zurückdrehen und die beklagenswerte Ungerechtigkeit ungeschehen machen könnte, die ich dir zugefügt habe«, sagte Thomas, als das Schweigen unerträglich wurde.

»Aber die Zeit lässt sich nicht zurückdrehen. Was geschehen ist, ist geschehen.«

Er sah abrupt auf. »Wie kann ich es dann wiedergutmachen?«

»Dafür ist es zu spät, Thomas«, sagte sie traurig. »Uns bleibt nur, mit den Folgen unserer Taten zu leben.«

Er schluckte. »Ich verstehe. Dann werde ich dich nicht weiter belästigen.«

Er wollte aufstehen, doch Maria legte schnell eine Hand auf seinen Arm. »Gibst du so schnell auf? Was ist aus dem furchtlosen Ritter von damals geworden?«

»Weshalb sollte ich bleiben?«, fragte Thomas bitter. »In deinem Herzen ist kein Platz für mich.«

»Nicht?« Sie beugte sich vor und küsste ihn sanft auf die Lippen. Als sie sich von ihm löste, lächelte sie. »Wie kannst du dir da so sicher sein?«

Er spürte, wie eine warme Woge aus Erleichterung und Freude in ihm aufstieg, und öffnete lächelnd die Lippen, während er näher an sie heranrückte. Marias Augen weiteten sich vor Schreck, und sie hob eine Hand, um ihn aufzuhalten.

»Nein. Bleib, wo du bist.«

»Aber ...«

»Bleib, sage ich. Das ist mein Ernst, Thomas. Um der Liebe willen, die du für mich empfindest, und um der Liebe willen, die ich noch immer für dich im Herzen trage, bitte ich dich, Abstand zu halten. Ich flehe dich an.«

Er ließ sich verwirrt und ängstlich auf die Bank zurückfallen. »Maria, du bist mein Ein und Alles. Es ist eine Ewigkeit her, dass ich dich zum letzten Mal in den Armen hielt. Ich bitte dich.«

Sie lächelte traurig. »Wie du sagst – es ist eine Ewigkeit

her. Wir beide haben inzwischen verschiedene Leben gelebt. Du in England und auf vielen Schlachtfeldern Europas, wie man hört. Zweifellos ein aufregendes Leben.«

»Ein armseliges Leben ohne dich.«

»Aber dennoch ein Leben. Und ich habe meines gelebt. Sobald ich begriffen hatte, dass ich dich nie wiedersehen würde.« Sie hielt inne, und ihr Lächeln erlosch. »Es dauerte zwei Jahre, bis ich wieder fähig war zu leben. Während dieser Zeit kümmerte Oliver sich um mich. In seiner harten Ritterbrust schlägt ein weiches Herz, Thomas. Er ist ein guter Mann. Ich wusste, dass er mich liebte, und auch ich war ihm zugetan … mehr als nur zugetan. Also heirateten wir. Heimlich, natürlich. Der Orden drückt bei vielem ein Auge zu, doch er lässt nicht alles durchgehen, wie wir beide ja sehr wohl wissen. Seither bin ich seine Frau. Ich habe sogar gelernt, wieder Freude zu empfinden.« Sie sah Thomas durchdringend an. »Und jetzt bist du erneut in mein Leben getreten, und es war wie … ein Sturm in meinem Herzen. Ich will ehrlich sein – mein erster Gedanke war, mich dir in die Arme zu werfen und dich zu küssen. Und genau das hätte ich getan, wenn ich in der Kapelle auf dich gewartet hätte. Doch dann dachte ich nach und begriff, wie sehr ich Oliver damit verletzen würde. Und dass wir beide niemals so glücklich sein würden wie damals.«

»Weshalb nicht?«, fragte Thomas mit gepresster Stimme. Jedes ihrer Worte hing wie ein Mühlstein um seinen Hals.

»Ein türkischer Säbel schwebt über uns, mein Liebster. Die Zeit, die mir noch bleibt, will ich nicht damit zubringen, anderen Kummer und Schmerz zuzufügen. Das könnte ich nicht ertragen. Und du auch nicht, wenn du ehrlich mit dir bist.« Sie sah ihn flehend an. »Du weißt, dass ich recht habe.«

Er schüttelte den Kopf. »Es muss nicht so weit kommen.«

Bereits als er diese Lüge aussprach, versengte sie sein Herz. Noch heute Nacht würde er mit den anderen todgeweihten Männern nach St. Elmo fahren und nie zurückkehren. Ihm blieben nur wenige Stunden, um seinen Frieden mit Maria zu machen. Er durfte keine falschen Hoffnungen auf eine gemeinsame Zukunft in ihr wecken. Sie sah ihn abwartend an, und er nickte langsam.

»Danke, Thomas.« Sie rutschte näher und griff nach seiner Hand. Bei ihrer Berührung erbebte er am ganzen Körper. »Und jetzt lass uns reden – ohne Verbitterung, ohne Reue. Du musst vieles erfahren.«

»Ich weiß. Oliver hat mir vom Schicksal unseres Kindes erzählt.«

Sie sah ihn verwundert an. »Seinem Schicksal?«

»Dass es kurz nach der Geburt gestorben ist.«

Maria runzelte die Stirn, und ihre Augen funkelten zornig. »Das hat er dir erzählt?«

»Ja.«

»Er hat gesagt, dass unser Sohn tot sei?«

»Ja.«

»Aber er lebt. Er lebt.« Sie schien verwirrt. »Ich durfte ihn nicht behalten und aufziehen. In seinen ersten Lebensjahren konnten wir ihn noch geheim halten. Oliver erzählte dem Orden, dass mein Sohn ein paar Tage nach seiner Geburt verstorben sei. Wir gaben ihn als das Kind einer Dienerin aus. Dann wurden wir verraten. Sie wollten ihn mir wegnehmen.«

»Wer?«

»Die Ritter. Der Orden wollte den Jungen an einen Ort schaffen, an dem ich ihn niemals finden würde. Wo er keine Schande über sie bringen konnte. Ich flehte Oliver an, etwas dagegen zu tun. Ich flehte ihn an, und er versprach, eine Lösung zu finden.«

»Was für eine Lösung?«

»Er schickte den Jungen nach England, wo er von einem Cousin Olivers aufgezogen wurde. Damals habe ich ihn zum letzten Mal gesehen. Von Zeit zu Zeit erfuhr ich Neuigkeiten über ihn. Angeblich war er zu einem stattlichen jungen Mann herangewachsen. Warte …«

Maria sprang auf und eilte ins Haus. Einen Augenblick später kehrte sie zurück, setzte sich wieder und hielt ihm die Handfläche hin. Ein kleines Medaillon an einer silbernen Kette lag darauf. Mit einem warmen Lächeln öffnete sie das Medaillon und betrachtete das winzige Porträt darin. Immer noch lächelnd zeigte sie es Thomas.

»Das wurde mir geschickt, als er sechzehn war. Das ist dein Sohn. Unser Ricardo.«

Mit einer düsteren Vorahnung nahm Thomas das Medaillon entgegen und starrte auf das vertraute Antlitz. Der Dargestellte war jünger und die wilden dunklen Locken, die er von seiner Mutter geerbt hatte, waren inzwischen gezähmt und ordentlich geschnitten. Der Junge mochte zu einem Mann herangewachsen sein, doch die dunklen Augen und Gesichtszüge waren unverkennbar.

KAPITEL 33

Herr im Himmel …«, stieß Thomas hervor. Dann sah er zu Maria auf, und ihre Miene wandelte sich von enttäuschter Liebe hin zu Besorgnis.

»Was ist denn, Thomas? Sag es mir.«

»Hast du das irgendjemandem gezeigt? Kennt Oliver dieses Bild?«

Maria sah ihn verdutzt an. »Wieso?«

»Ich muss es wissen. Hast du Oliver dieses Medaillon gezeigt?«

»Nein.«

»Ist es möglich, dass er von seiner Existenz weiß?«

Sie schüttelte den Kopf. »Ich glaube nicht. Ich habe es vor ihm versteckt. Er ist ein guter Mann und war immer freundlich zu mir. Warum sollte ich ihm Schmerz bereiten, indem ich ihn an die Vergangenheit und meine Zuneigung zu dir erinnere?«

Angsterfüllt schloss er das Medaillon und legte es auf ihre Handfläche zurück. »Versteck es gut und lass es niemanden sehen. Ich muss gehen. Jetzt sofort. Ich werde später am Tag zu dir zurückkehren, das schwöre ich.«

Sie wirkte bestürzt. »Was ist denn? Was ist los? Sag es mir, Thomas!«

»Nein. Noch nicht. Vertrau mir.« Er wandte sich zum Gehen, dann drehte er sich noch einmal um, führte ihre

Hand an seine Lippen, schloss die Augen und sog ihren Duft tief in seine Lunge, bis er schließlich ausatmen musste. Dann ließ er sie los und marschierte eilig auf das Tor zu. Er riss es auf und trat auf die Straße hinaus. Als sich das Tor hinter ihm schloss, erhaschte er einen letzten Blick auf Maria, die sich mit besorgter Miene von der Bank erhob.

Er ging schnellen Schrittes die Straße hinunter und schlug an der Kreuzung den Weg zur Auberge ein. Sein Verstand versuchte fieberhaft, die gerade gemachte Entdeckung zu verarbeiten, und so übersah er die Gestalt, die am Ende der Straße reglos im Eingang einer Bäckerei stand, als wäre sie nur ein weiterer Kunde. Der Mann starrte Thomas hinterher, dann ging er langsam zu Marias Haus hinüber.

»Ich weiß, wer du bist«, sagte Thomas kühl, nachdem er die Zellentür hinter sich geschlossen hatte.

Richard sah von dem kleinen Schreibtisch auf, an dem er soeben etwas geschrieben hatte. Schweiß glänzte auf seinem nackten Oberkörper. Er legte die Feder beiseite und warf beiläufig einen mit Tintenflecken übersäten Lappen auf die wenigen in kleinen, ordentlichen Buchstaben geschriebenen Zeilen.

»Was meint Ihr?«, fragte er ruhig.

Thomas schloss die Augen und sah das Porträt im Medaillon und dann Marias Antlitz vor sich. Er hatte mehr erfahren, als er ertragen konnte, und er wusste nicht recht, was er davon halten oder dem jungen Mann vor sich sagen sollte. Walsinghams Agent, sein Knappe, sein Sohn. Selbst jetzt, wo doch jeder Zweifel ausgeräumt war, konnte er diese Tatsache nur schwer akzeptieren, nur schwer glauben, dass es Wirklichkeit war.

»Richard … Ricardo. Ich habe dein Bild in dem Medaillon gesehen, das man deiner Mutter geschickt hat.«

Richard runzelte die Stirn. »Was? Meine Mutter? Seid Ihr von Sinnen?«

»Ich kenne die Wahrheit. Schluss mit den Spielchen. Du schwebst in großer Gefahr.«

Richard hob eine Augenbraue. »Ist es die Möglichkeit? In einer von muslimischen Fanatikern umzingelten Stadt?«

Thomas spürte, wie Wut in ihm aufstieg. »Genug. Ich weiß, dass du mein Sohn bist.«

Richards Augen weiteten sich erstaunt, dann bemühte er sich um eine ausdruckslose Miene. »Und wie kommt Ihr darauf?«

»Ich habe dein Porträt in dem Medaillon gesehen. Gerade eben, als ich mit deiner Mutter sprach.«

Richard lächelte höhnisch. »Das muss eine ziemlich einseitige Unterhaltung gewesen sein. Meine Mutter ist vor vielen Jahren gestorben, als ich noch ein Kind war.« Seine Miene verhärtete sich. »Aber Euch kenne ich gut genug, Vater. Der Mann, der sich mit seiner Dienerin vergnügte und sie dann einfach verstieß, sobald sie ein Kind unter dem Herzen trug. Und niemals zugab, einen Sohn zu haben. Aus Angst, Schande über sich zu bringen.«

Nun war Thomas verblüfft. »Was?«

Richard kniff die Augen zusammen. »Wer hat Euch dieses Medaillon gezeigt?«

»Maria selbstverständlich. Deine Mutter.«

Richard holte hörbar Luft. »Nein. Das ist unmöglich. Meine Mutter war eine Dienerin. Ich erinnere mich an sie. Man hat mir gesagt, dass sie gestorben ist, nachdem man mich nach England geschickt hat. Die Familie Stokely hat mich aus Barmherzigkeit aufgenommen.« Bei der Erinnerung daran biss er die Zähne zusammen. »Es war wohl unvermeidlich, dass Ihr meine wahre Identität herausfandet, bevor ich sie Euch selbst enthüllen konnte. Sobald meine Aufgabe erfüllt und das Dokument in meinem Besitz gewesen wäre, hätte ich Euch alles erzählt. Und dann hätte ich entschieden, ob ich Euch töte oder nicht.«

»Mich töten?« Thomas spürte, wie sich eine eiskalte Faust um sein Herz legte. »Warum?«

»Warum?« Richard stieß ein freudloses Lachen aus. »Warum nicht? Ihr habt meine Mutter im Stich gelassen und sie gezwungen, auch mich im Stich zu lassen. Dank Euch wurde ich von Fremden aufgezogen. Sie behandelten mich, als sollte ich mich schämen, überhaupt am Leben zu sein. Ohne die Güte von Sir Olivers Familie hätte ich nie in Cambridge studieren oder Sir William Cecils Wohlwollen erringen können.« Richard unterbrach sich. »Er war mir ein besserer Vater als Ihr.«

»Ich wusste von nichts, das schwöre ich bei Gott«, entgegnete Thomas. »Sonst hätte ich Himmel und Hölle in Bewegung gesetzt, um dich zu finden und aufzuziehen.«

»Natürlich. Und wie jeder andere Edelmann hättet Ihr Euch sicherlich rührend um Euren Bastardsohn gekümmert.«

»Nein. So ist es nicht. Du warst – *bist* – mein Sohn.«

461

»Ich bin das Ergebnis Eurer kurzen Affäre mit meiner Mutter. Keiner von Euch beiden hat mich je gewollt.«

»Das stimmt nicht.« Thomas trat bestürzt einen Schritt vor. »Ich wusste nichts von dir, und deine Mutter wurde gezwungen, dich wegzugeben. Sie ist noch am Leben.«

Richard schnaubte verächtlich. »Spart Euch Eure Lügen, ich kenne die Wahrheit. Walsingham hat Nachforschungen über meine Vergangenheit angestellt und mir schon vor Jahren alles erzählt. Schließlich wählte er mich für diese Aufgabe und versprach mir, dass ich nach ihrer Beendigung mit Euch verfahren könne, wie ich wollte.«

Thomas verzog das Gesicht. »Du willst Rache?«

»Natürlich. Nur die Aussicht auf Vergeltung hat mich all die Jahre am Leben erhalten. Das ist die Belohnung, die mir Walsingham neben einer erklecklichen Summe in Aussicht gestellt hat.«

Die kaltblütige Berechnung in Richards Stimme erschreckte Thomas. Doch dann dachte er über Walsingham und seine heimtückischen Ränke nach, und plötzlich dämmerte es ihm. »Mein Gott! Er hat das alles seit Jahren geplant.«

Richard runzelte die Stirn. »Ich kann Euch nicht folgen.«

»Walsingham. Er hat dich nur für diese Aufgabe ausgebildet und mich die ganze Zeit über genau überwacht. Wahrscheinlich haben ihm seine Vorgänger von uns erzählt. Seitdem hat er auf die Gelegenheit gewartet, uns beide ins Spiel zu bringen.« Thomas schüttelte den Kopf

über die Raffinesse, mit der die englischen Meister-
spione diese Intrige vorbereitet hatten. Diese Erkenntnis ließ ihn schwindeln, und er konnte sie nur mit Mühe
fürs Erste zurückstellen. »Er hat dich angelogen. Maria
ist deine Mutter. Er hat es dir verschwiegen, um deinen
Hass auf mich zu schüren. Ist es tatsächlich deine Absicht, mich umzubringen?«

Sein Sohn starrte ihn wortlos an. »War es ...«, sagte er
schließlich.

»Und jetzt?«

Richard holte tief Luft und wischte sich mit einem
Tuch den Schweiß von der Stirn. Dann ließ er die Schultern hängen. »Ich fürchte, ich habe zu viel Zeit in Eurer
Gesellschaft verbracht. Welche Verfehlungen ihr Euch
als Vater auch habt zuschulden kommen lassen, ich habe
Euch erst als Mann von Mut, Ehrgefühl und Barmherzigkeit anderen gegenüber kennengelernt. Walsingham hat
mich davor gewarnt – wenn man genug Zeit mit seinem
Feind verbringt, verliert man die Entschlossenheit, ihn
zu töten. Er hat es vorausgesehen, doch ich war töricht
genug, ihm zu schwören, dass mir so etwas nicht passieren würde. Dass ich meinen Drang nach Vergeltung
nicht zügeln würde. Er hatte recht. Ich wollte Euch nicht
länger töten. Aber ich wollte Euch immer noch verletzen, Euch bestrafen. Das war mein neues Ziel. Euch alles
zu erzählen, ob wir die Belagerung nun überlebten oder
nicht. Ich hätte Euch vorgeworfen, dass Ihr mein Leben
vernichtet habt, und Euch verflucht.«

»Und verflucht bin ich auch«, entgegnete Thomas. Die
Trauer drohte ihn zu überwältigen, sodass ihm beinahe

die Stimme versagte. »Nun habe ich meinen Sohn schon zum zweiten Mal verloren. Einmal, als mir gesagt wurde, dass er kurz nach der Geburt gestorben sei. Und jetzt, wenn ich an die Jahre denke, in der ich nichts von meiner Vaterschaft wusste.«

»Ihr seid nicht mein Vater und werdet es niemals sein.« Richard schloss die Augen. »Aber wenn Ihr die Wahrheit sprecht und meine Mutter noch am Leben ist … Mein Gott, sie lebt.«

»Du musst mit ihr sprechen«, sagte Thomas sanft.

»Und was soll ich ihr sagen? Wo soll ich anfangen?«

Thomas schüttelte den Kopf. »Das weiß ich auch nicht. Aber vielleicht findest du die richtigen Worte, wenn ihr euch von Angesicht zu Angesicht gegenübersteht.«

»Ich brauche Zeit zum Nachdenken … Selbst wenn meine Mutter lebt, ändert das nichts zwischen uns. Ich werde Euch nie als meinen Vater anerkennen, obwohl ich Euch als Mann bewundere. Mehr dürft Ihr von mir nicht erwarten.«

Thomas ließ die Sache vorerst auf sich beruhen. Noch gab es Hoffnung, dass sein Sohn seine Meinung änderte, dass sie sich versöhnten. Dann machte er sich bittere Selbstvorwürfe. Die Zeit war längst abgelaufen, für sie und für Maria. In wenigen Stunden würde er nach St. Elmo aufbrechen, und er hatte noch viele Vorbereitungen zu treffen.

Er setzte sich müde auf Richards Bett und starrte seinen Sohn an. Wieso hatte er diese Gesichtszüge, die er von Maria geerbt hatte, nicht erkannt? Zu gern hätte er den Arm ausgestreckt und die Wange seines Sohns berührt, doch er beherrschte sich – aus Angst vor der unweigerlichen Zurückweisung und davor, wie ein närrischer, verzweifelter alter Mann zu wirken.

»Richard, ich habe mich freiwillig zur Garnison auf St. Elmo gemeldet. Ich und Oberst Mas werden heute Nacht aufbrechen.«

Sein Sohn sah ihn an, dann wandte er den Blick ab. »Ihr geht in den sicheren Tod«, sagte er leise.

»Das ist anzunehmen. Es sei denn, Don Garcia und seine Armee treffen rechtzeitig ein.«

»Das ist höchst unwahrscheinlich.«

»Ja.«

Es folgte ein kurzes, quälendes Schweigen. Richard schluckte nervös. »Ich komme mit Euch.«

Thomas schüttelte entschlossen den Kopf. »Nein. Du bleibst. Hier hast du zumindest eine geringe Überlebenschance. Außerdem bist du verpflichtet, Walsingham das Dokument zu überbringen.«

Richard nickte. »Natürlich, aber ich kann es so einrichten, dass es nach England geschickt wird, wenn ich sterben sollte, bevor die Türken aus Malta vertrieben werden. Und wenn die Insel doch fällt, habe ich es so gut versteckt, dass es der Feind niemals finden wird. Weiß meine … meine Mutter, dass ich hier bin?«

»Nein. Aber sie wird es aufgrund meiner Reaktion auf das Medaillon vermuten«, gab Thomas zu bedenken.

»Wenn sie es weiß, besteht die Möglichkeit, dass es auch andere erfahren. Sollte man herausfinden, dass ich ein Spion bin, ist mein Leben verwirkt.«

Thomas dachte einen Augenblick lang nach. »Maria

würde niemals dein Leben aufs Spiel setzen. Sie hat das Medaillon niemandem gezeigt. Nicht einmal Oliver.«

»Sir Oliver Stokely?«

Thomas lächelte traurig. »Ihr Ehemann, wie sich herausstellte.«

»Aber er ist ein Mitglied des Ordens. Es ist ihm verboten zu heiraten.«

»Uns Rittern ist vieles verboten. Aber wo kein Kläger, da kein Richter.«

Richard sah ihn neugierig an. »Es muss Euch schwer getroffen haben, das zu erfahren.«

»Genau wie die Nachricht, dass ich einen Sohn habe. Einen Sohn, auf den ich stolz sein kann.«

Richard sah schnell beiseite. »Wenn Sir Oliver die Wahrheit herausfindet, wird man mich verhaften, foltern und hinrichten. Selbst wenn ihm der Mut dazu fehlt, mich anzuklagen, wird La Valette darauf bestehen. Ich will lieber auf St. Elmo mit einem Schwert in der Hand sterben als auf der Streckbank oder unter dem Galgen. Ich komme mit Euch.«

»Nein.« Dieses Mal streckte Thomas die Hand tatsächlich aus und ergriff die seines Sohnes. »Das wäre dein Todesurteil. Ich werde dich nicht zu einem solchen Schicksal verdammen.«

»Ihr verdammt mich nicht dazu. Ich gehe aus freien Stücken.«

»Und ich sage, dass du hierbleibst.« Die Worte waren unbedacht und im Befehlston gesprochen, was Thomas sofort bedauerte. Er senkte die Stimme. »Richard … mein Sohn«, fuhr er etwas sanfter fort, »Ich bitte dich, bleib hier. Ich habe mir dieses Schicksal selbst auferlegt und kann es ertragen, wenn ich weiß, dass du und Maria dafür die Gelegenheit habt, die Belagerung zu überleben. Wenn du mit mir kommst, hätte ich nur Angst um dich. Wenn dir vor meinen Augen etwas zustößt, würde ich tausend Tode auf St. Elmo sterben und nicht nur einen.« Er drückte Richards Hand. »Bleib hier.«

Richard hing eine Weile seinen Gedanken nach, dann nickte er widerstrebend. Thomas lehnte sich mit einem erleichterten Seufzen zurück. »Ich danke dir.« Er zog seine Hand zurück und rieb sich die Stirn. »Eines möchte ich noch wissen, bevor ich aufbreche. Was steht in dem Dokument?«

Richard sah ihn argwöhnisch an. »Warum fragt Ihr?«

»Wenn ich schon sterben muss, dann frei von allen Zweifeln. Bevor ich London verließ, beteuerte Walsingham, dass das Dokument viele Leben in England retten würde. Womöglich war auch das gelogen. Ich möchte wissen, ob ich unter Vorspiegelung falscher Tatsachen hierhergeschickt wurde oder eine gute Tat vollbracht habe, bevor ich diese Welt verlasse. Sag mir, mein Sohn, was ist so wichtig, dass die mächtigsten Männer in England jahrelange Intrigen schmiedeten, nur um uns an diesen Ort hier zu bringen?«

Richard dachte über dieses Ansinnen nach, dann nickte er. »Ich kenne den Inhalt des Dokuments – vorausgesetzt, dass Walsingham mir die Wahrheit gesagt hat.« Er lächelte. »Ich setze inzwischen nicht mehr so viel Vertrauen in sein Wort wie früher. Am besten, Ihr lest das Dokument selbst. Seid so freundlich und steht kurz auf.«

Thomas tat wie geheißen. Richard hob die Pritsche auf und rückte sie von der Wand. Der Putz daran war von Generationen ungestümer Knappen in Mitleidenschaft gezogen worden, sodass er an vielen Stellen abgeplatzt war und die Ziegel darunter zum Vorschein kamen. Richard kniete vor einem Loch, das er in den Gips geschlagen hatte, und zog den Dolch. Er steckte die Spitze in eine Lücke in der Mauer und schob vorsichtig einen Ziegelstein heraus, bis er ihn mit den Händen hervorziehen konnte. Er legte den Stein auf den Boden und griff mit der Hand in die dunkle Öffnung.

Plötzlich hielt er erstaunt inne, schob die Finger so weit er konnte in das Loch und stieß dann einen leisen Fluch aus.

»Was ist?«, fragte Thomas.

»Es ist nicht mehr da.« Richard sah sich voller Entsetzen um. »Es ist weg.«

KAPITEL 34

Zehn Tage später – 22. Juni, Fort St. Elmo

Die feindlichen Kanonen schwiegen, und einen Augenblick lang herrschte Stille über dem aufgewühlten Boden am Ende der Sciberras-Halbinsel. Staubwolken senkten sich über das Fort und die herumliegenden Leichen, sodass sie wie Steinstatuen anmuteten. Viele der Toten lagen schon seit Tagen dort, aufgedunsen und von der Verwesung entstellt. Ein ekelhaft süßlicher Gestank erfüllte die Luft. Es war Mitte Juni, und die Hitze sorgte dafür, dass sich Scharen von Insekten auf die Wunden und offen liegenden Eingeweide der Toten und Sterbenden stürzten.

Für die Verteidiger brachte jeder Tag neue Qualen. Die Sonne brannte unbarmherzig auf sie hernieder, wenn sie mit ihren dicken Waffenröcken unter der Brüstung kauerten. Die Rüstungen wurden so heiß, dass man sie nicht mehr anfassen konnte, und stellten nun ebenso einen Schutz wie einen Quell neuer Unannehmlichkeiten dar. Schweiß strömte in Bahnen über die Wangen der Soldaten und tropfte ihnen von der Stirn, während sie auf den Feind warteten. Die Älteren und Schwächeren unter ihnen brachen unter der Hitze zusammen, lösten keuchend die Verschlüsse ihrer Brustplatten, um sich Linderung zu verschaffen. Manche starben röchelnd, als ihr Herz versagte, und ihre geschwollenen Zungen ragten zwischen den spröden Lippen hervor.

Mit einem Mal gerieten die Türken in den Annäherungsgräben in Bewegung. Ein grünes Banner wurde in die Luft gereckt, Trommeln und Zimbeln ertönten, gefolgt von kehligen Schreien. Köpfe lugten aus den Gräben, und einen Augenblick später stürmte der erste Feind daraus hervor.

»Sie kommen!«, rief Kapitän Miranda vom Burgfried aus. »Alarm schlagen!«, befahl er dem Trommler neben ihm.

Das durchdringende Rattern der Trommel hallte von den brüchigen Mauern des Forts wider. Die Männer, die in seinem Inneren Schutz vor der Hitze gesucht hatten, rannten zu ihren Stellungen auf der Mauer, um die dort wartenden Wachposten zu unterstützen. Sofort eröffneten die beiden Kanonen und die Scharfschützen auf dem von den Türken eroberten Ravelin das Feuer. Mehrere Männer fielen den Schüssen zum Opfer, sobald sie das Ende der Treppe erreicht hatten.

Thomas kauerte hinter einer Barrikade. Man hatte sie auf den Schutthaufen errichtet, die die letzten Überreste der Nordwestecke des Forts darstellten. Richard war bei ihm. Nachdem er entdeckt hatte, dass das Dokument verschwunden war, hatte ihn keine Macht der Welt dazu bewegen können, in Birgu zu bleiben. Man hatte sie eine Stunde vor Sonnenaufgang auf ihre Posten beordert. Die Wachen hatten die Imame zum ersten Gebet des Tages rufen hören – ein sicheres Zeichen dafür, dass ein Angriff bevorstand. Die spanischen Soldaten neben Thomas kauerten hinter der Brüstung oder liefen geduckt zu ihren Positionen. Auf der Barrikade standen große Wasserfässer, in die ein Verteidiger – sollte er von einem Brandsatz des Feindes getroffen werden – bis über den Kopf eintauchen konnte, um sich zu löschen. Daneben lagen mehrere geladene und feuerbereite Arkebusen sowie die Brandwaffen der Garnison: kleine, mit klebrigem Naphtha gefüllte Tonkrüge, aus denen Lunten ragten. Diese steckte man in Brand, bevor man die Töpfe auf den Feind schleuderte. Zu beiden Seiten der Barrikade, wo die Brüstung noch intakt war, bereiteten die Männer die Feuerreifen vor und zündeten kleine Kohlebecken an, um die Waffen bei Bedarf schnell in Brand stecken zu können. Thomas und Richard kauerten im Zentrum der Barrikade neben der zweiköpfigen Mannschaft des Naphthasiphons. Einer bediente die Pumpe, während der andere einen Lederschlauch mit einem Fass mit dem höllischen Gemisch verband. Sobald die Flüssigkeit mit dem glimmenden Docht an der Öffnung des Schlauchs in Berührung kam, brannte sie lichterloh.

»Seid bloß vorsichtig«, sagte Richard. »Oder wollt Ihr, dass wir in Flammen aufgehen?«

»Ich weiß schon, was ich tue, Herr«, sagte der Spanier mit einem grimmigen Lächeln. »Steht mir einfach nicht im Weg, ja?«

Die Schreie der Angreifer wurden lauter, als sie den Rand des inzwischen mit Schutt gefüllten Wehrgrabens erreichten und sich an seine Überquerung machten.

»Unten bleiben!«, rief Thomas und scheuchte eine

Handvoll seiner Männer zurück, die nervös über die Barrikade spähten. Die türkischen Scharfschützen hielten das Feuer bis zum letzten Augenblick aufrecht. Wie um Thomas' Warnung zu bekräftigen, prallte eine Kugel von einem Stein ab und schlug klirrend gegen den Morion eines Soldaten zu Thomas' Linken. Der Mann taumelte benommen zurück.

»Bleibt unten, bis ich den Befehl zum Angriff gebe«, brüllte Thomas und sah sich schnell zu beiden Seiten um. Seine Männer beobachteten ihn furchtsam, während sie mit Piken oder Arkebusen in den Händen auf sein Kommando warteten. Nun war das Knirschen von losen Steinen deutlich zwischen den fanatischen Kriegsrufen der Feinde zu hören. Einen weiteren Augenblick widerstand Thomas der Versuchung, über die Barrikade zu blicken, dann holte er tief Luft, klappte das Visier seines Helms herunter und richtete sich auf. Kurzzeitig sah er nur den Rand des Schutthaufens vor sich, dann erschienen ein spitzer Helm, ein Turban und schließlich eine Vielzahl von Gesichtern vor ihm. Die Türken erstürmten die eingestürzte Mauer und verdeckten so ihren Scharfschützen die Schusslinie.

»Jetzt!« Thomas stieß seine Pike in die Luft. Mit lautem Gebrüll erhoben sich seine Männer entlang der etwa fünfundfünfzig Fuß langen Barrikade. Mit lautem Knall wurden die ersten Arkebusen abgefeuert. Auf diese Entfernung war es unmöglich, den in dichten Reihen anrückenden Feind zu verfehlen. Thomas sah, wie eine Gestalt in weißem Kaftan zurück in die Reihen ihrer Kameraden fiel, wobei ihr Rundschild und Säbel entglitten.

Links und rechts von ihm ertönten weitere Schüsse, und mehrere Türken, die gerade das schwierige Terrain vor der Barrikade erklommen, blieben tot liegen.

»Brandsätze bereit machen!«, rief Thomas, und die dafür abgestellten Männer entzündeten die Lunten. »Weg damit!«

Mit einem Grunzen warfen die Männer die Tonkrüge über die Barrikade. Zischend zogen die Lunten eine dünne Rauchspur hinter sich durch die Morgenluft, als sie über die Köpfe der ersten Angreifer hinwegflogen, um direkt in der Masse des Feindes zu landen. Die Krüge zerplatzten mit einem grellen Blitz auf dem Boden, und jeder, der sich in der Nähe befand, ging in Flammen auf. Die wallenden Kaftane fingen Feuer, und die Männer schrien vor Schreck und dann vor Schmerz, während sie ihre Waffen fallen ließen und verzweifelt versuchten, die Flammen mit den Händen auszuklopfen. Ihre Kameraden sprangen zur Seite, damit sie nicht ebenfalls in Brand gesteckt wurden. Thomas beobachtete, wie zu seiner Rechten der erste Feuerreifen angezündet wurde. Die Männer hoben den Reifen mit Eisenzangen über die Brüstung und ließen ihn auf der anderen Seite hinunterfallen. Das Brüllen der Flammen erfüllte die Luft, dann drangen die ersten verzweifelten Schreie aus dem Graben.

Nun setzte der Feind seine Brandwaffen ein. Tonkrüge flogen über die Mauer und landeten in kurzer Entfernung hinter der Brüstung. Thomas wirbelte herum, als er ein lautes Krachen hörte. Flammen leckten von den Steinplatten auf dem Wehrgang. Er streckte den Arm aus und deutete auf einen mit Naphthakrügen gefüllten Weidenkorb, der direkt daneben stand. »Weg damit! Schnell!«

Die Männer, die dem Korb am nächsten standen, feuerten gerade ihre Arkebusen ab und konnten ihn nicht hören. Richard erkannte die Gefahr, ließ seine Pike fallen und rannte auf den Korb zu. Er sprang über die Flammen und packte den Griff in genau jenem Augenblick, indem auch die brennende Flüssigkeit den Korb erreichte. Schon leckten kleine Flammen an seiner Seite. Thomas trat von der Barrikade zurück. Ihm wurde angst und bange, als Richard mit zusammengebissenen Zähnen den Korb aus der Gefahrenzone zerrte und die Flammen auf dem Weidengeflecht ausschlug. Thomas atmete erleichtert auf und wandte sich erneut dem Feind zu.

Die Türken wussten, dass sie dem Feuer und den Kugeln des Feindes nur entgehen konnten, wenn sie ihn so schnell wie möglich in den Nahkampf verwickelten. Sie stürmten auf die Barrikade zu, doch noch stand eine letzte tödliche Waffe zwischen ihnen und den Christen. Thomas winkte den Mann mit dem Naphthasiphon nach vorne. Dieser nickte, richtete das lange Eisenventil auf den Feind und fing an zu pumpen. Ein dünner, heller Flammenstrahl regnete in hohem Bogen auf die Angreifer herab und versengte Köpfe, Gliedmaßen und ganze Körper. Die Verteidiger brachen in Jubelschreie aus, als sie sahen, wie ihre Widersacher vor ihren Augen verbrannten. Dennoch stürmten weitere Türken über ihre gefallenen Kameraden hinweg auf die Barrikade zu.

Thomas hielt die Pike bereit. Richard eilte an seine Seite und hob seine Waffe über den Kopf. Dann hatte der Feind die Barrikade erreicht. Thomas richtete seine Aufmerksamkeit auf einen Offizier in einem funkelnden Schuppenpanzer, der seine Speerträger anfeuerte. Thomas hob die Pike, zielte auf die Brust des Mannes und stieß zu, konnte die sorgfältig gearbeitete Rüstung jedoch nicht durchdringen. Nichtsdestoweniger trieb der Stoß dem Offizier die Luft aus der Lunge, sodass er keuchend zurücktaumelte. Seine Männer strömten an ihm vorbei, und Stahl traf klirrend auf Stahl.

Obwohl der Feind bei Weitem in der Überzahl war, trugen die Verteidiger stärkere Rüstungen und hatten den Höhenvorteil auf ihrer Seite. Die Spanier waren mit schweren Piken bewaffnet, mit denen sie ihre Gegner auf Distanz halten konnten. Säbel blitzten, als die Türken auf die Pikenschäfte und alle ungeschützten Hände oder Arme einhackten. Ein Mann mit einem Löwenfell auf Kopf und Schultern brach durch die Menge vor Thomas und packte dessen Pike kurz vor der Eisenspitze. Instinktiv verstärkte Thomas seinen Griff und wollte die Pike zurückreißen, als ein zweiter Gegner sie ebenfalls umklammerte. Thomas bemerkte einen Sipahi, der die Barrikade erklomm und die Klinge über Richard erhob, während dieser gerade mit einem weiß gewandeten Fanatiker rang.

Als er der Gefahr für seinen Sohn gewahr wurde, ließ Thomas die Pike los, und die beiden Männer am anderen Ende taumelten zurück. Thomas hob einen Streitkolben auf, der an der Innenseite der Brüstung lehnte, und ließ ihn in kurzem, kräftigem Bogen gegen das Schienbein des Sipahi krachen, bevor dieser zuschlagen konnte. Der eiserne Kopf zerschmetterte Fleisch und Knochen, und der Mann fiel auf die Seite. Thomas holte erneut mit der blutbeschmierten Waffe aus, und der Schädel des Türken zerbarst in einem Schauer aus Blut, Knochen und Hirn. Richard, der die drohende Gefahr überhaupt nicht bemerkt hatte, stieß erneut mit der Pike zu und zwang seinen Feind, zur Seite auszuweichen, um sein Gesicht zu schützen.

Ein wuchtiger Schlag gegen seine linke Schulter ließ Thomas herumfahren. Er schlug die Klinge seines Gegners mit dem Streitkolben beiseite, und kurzzeitig befand sich kein Feind mehr in unmittelbarer Nähe, sodass er sich nach seinen Kameraden umsehen konnte. Drei Mann lagen tot hinter der Barrikade. Ein Soldat hatte seine Hand verloren und presste den blutigen Stumpf an seine Brust, während er zur Treppe taumelte. Dann wurde sein Kopf zur Seite geschleudert, als ihn die Kugel eines Scharfschützen aus dem Ravelin traf. Nur wenige Schritte vor dem schützenden Treppenhaus ging er zu Boden.

Thomas nahm eine Bewegung aus dem Augenwinkel wahr und hatte gerade noch Zeit, einer gekrümmten Klinge auszuweichen, die mit einem lauten Klirren gegen sein Schulterstück prallte. Er wirbelte herum und schlug mit dem Streitkolben auf den Säbel ein, der an einem Felsen zersprang, woraufhin seinem Träger ein lauter Fluch entwich. Der Türke schleuderte den Griff seiner Waffe nach Thomas, doch er prallte harmlos von seinem Brustpanzer ab. Dann verstummte der Schrei des Mannes abrupt, als Richard ihm seine Pike in die Flanke trieb. Mit einem Grunzen riss sich der Mann los und verschwand in dem Durcheinander aus Turbanen, Spitzhelmen und Kaftanen.

Ein Pfeil zischte an Thomas' Kopf vorbei. Mehrere Bogenschützen hatten Position auf den Geröllhaufen bezogen und schossen über die Köpfe ihrer Kameraden hinweg. Durch ihre höhere Position stellten die Verteidiger leichte Ziele dar.

»Passt auf die Pfeile auf!«, brüllte Thomas über den Schlachtenlärm hinweg. Doch die Warnung kam zu spät für den Soldaten, der den Naphthasiphon bediente. Ein Pfeil traf ihn in der Schulter, sodass seine Hand verkrampfte und er den Metallgriff des Schlauchs sinken ließ. Sofort stieß der nächste Türke einen wilden Jubelschrei aus.

»Richard!«, rief Thomas. »An den Siphon!«

Richard nickte, ließ die Pike fallen, rannte zu dem verletzten Soldaten hinüber und nahm ihm den Schlauch ab. Eine weitere Angriffswelle brandete gegen die Barrikade – der Feind ahnte, dass er kurz davor war, die Verteidiger zu überrennen. Richard wuchtete die Pumpe auf die Barrikade und legte den Schlauch auf einem flachen Stein ab, der genau für diesen Zweck dort hingelegt worden war. Er drückte die Griffe zusammen, um die Flüssigkeit in den Schlauch zu pumpen und auf den Feind zu spritzen. Die Wachskerze im Ventil setzte das Gemisch in Brand, sodass es in einem feurigen Bogen direkt auf die anstürmende Menge in der Mitte der Barrikade fiel und die Angreifer in lebende Fackeln verwandelte. Kreischend und wild um sich schlagend fanden sie den Tod, während Richard mit grimmiger Miene weiterpumpte, den Schlauch hin und her schwenkte und Feuer auf den panischen Feind regnen ließ. Die hinteren Reihen hielten in ihrem Ansturm inne, als sie die grässliche Szenerie vor sich erblickten. Dann zogen sie sich allmählich zurück, um zwischen den Schuttmassen im Wehrgraben in Deckung zu gehen.

Die Angst verbreitete sich wie ein Lauffeuer, und schon bald suchten alle das Weite – bis auf einen Offizier, der den Verteidigern seinen Trotz entgegenbrüllte und seinen fliehenden Männern Schmähworte hinterherrief. Dann kletterte er auf die Barrikade, sodass er deutlich zu sehen war, und schwang seinen schweren Säbel, um seine Gegner auf Distanz zu halten. Ein Spanier griff nach einer Arkebuse, ging in die Hocke, zielte und schoss dem Offizier in aller Seelenruhe in den Hals. Die Kugel trat in einer Blutfontäne durch den Turban wieder aus dem Schädel, und der Mann stand einen Augenblick lang so still wie eine Statue da, bevor er auf die verkohlten und blutigen Körper seiner Kameraden vor der Barrikade fiel.

Mit Erleichterung bemerkte Thomas, dass sie den Angriff abgewehrt hatten.

»Zurückziehen!«, rief er den Männern zu beiden Seiten zu. »Du auch, Richard.« Dieser stand noch immer ungeschützt hinter dem Siphon.

Richard ließ den Schlauch sinken, ging hinter der Barrikade in Deckung und drückte die winzige Flamme am Ventil mit den Fingerspitzen aus. So war die Waffe gesichert, und der Docht konnte im Falle eines erneuten Angriffs sofort wieder mit einer Arkebusenlunte entzündet werden.

Thomas bildete mit den Händen einen Trichter um den Mund und rief: »Hauptmänner, behaltet den Feind im Auge!«

Er marschierte auf der linken Seite der Barrikade entlang, zählte die Verluste und spendete den spanischen Soldaten Worte des Lobes und der Ermunterung. Ihre schmutzigen Gesichter verzogen sich zu einem Grinsen, da sie einen weiteren Angriff überstanden hatten. Doch nicht alle hatten so viel Glück gehabt: Von den vierzig Männern, die an diesem Morgen Stellung bezogen hatten, waren vier gefallen und fünf verwundet. Drei der Letzteren waren noch kampffähig, weigerten sich jedoch, ihren Posten zu verlassen. Die anderen krochen auf die Treppe zu und machten sich dann auf den Weg ins Lazarett.

Thomas kehrte zu seinem Platz in der Mitte der Barrikade zurück und ließ sich mit einem erschöpften Seufzen neben Richard nieder.

»Wasser?« Richard hielt ihm die Feldflasche hin. Mit einem dankbaren Nicken nahm Thomas sie entgegen, zog den Korken heraus, legte den Kopf in den Nacken und nahm einen Schluck. Er spülte seinen trockenen Mund aus, dann ließ er die Flasche sinken, gab sie zurück und sah zum wolkenlosen Himmel auf. In wenigen Stunden würden die Mauern vor Hitze glühen und die Männer in der Sonne schmoren. Er musste dafür sorgen, dass ihnen genug Wasser zur Verfügung stand. Nachdem der Frontalangriff misslungen war, würde der Feind auf seine Scharfschützen vertrauen, bis es den türkischen Offizieren gelungen war, die Truppen zu einer weiteren Attacke zu bewegen.

Es waren mehrere Tage vergangen, seit er, Richard und Oberst Mas die Garnison verstärkt hatten. Thomas war aufgefallen, dass der Feind zunehmend zögerte, sich nach einem Rückschlag zu einem weiteren Angriff zu formieren und sich lieber auf den Scharfschützenbeschuss, gelegentliche Scharmützel und seine Brandsätze beschränkte. Die Garnison hatte zu Anfang achthundert Mann gezählt. Bei Thomas' Ankunft war davon kaum die Hälfte übrig gewesen, und nun waren es nur noch dreihundert. Jede Nacht setzte eine Handvoll Männer aus Birgu über, doch den Verteidigern war bewusst, dass der Großmeister seine Kräfte für den Kampf schonte, der nach dem Fall von St. Elmo losbrechen würde. Nicht mehr lange, dachte Thomas.

Er sah seinen Sohn an. »Du hättest in Birgu bleiben sollen.«

Richard schüttelte den Kopf. »Sobald wir herausgefunden hatten, dass das Dokument verschwunden war, blieb mir keine andere Wahl. Irgendjemand weiß mehr über dich und mich, als uns lieb sein kann. Meine Mission ist gescheitert, und in Birgu wäre es auch nicht sicher gewesen. Zumindest stellt mir hier niemand nach.« Er kicherte trocken. »Und wenn uns die Türken nicht auslöschen und Don Garcia durch ein Wunder rechtzeitig zu unserer Rettung eintrifft, werde ich wohl La Valettes Folterknechten in die Hände fallen.«

»Ich glaube, das ist das geringste unserer Probleme«, erwiderte Thomas leise. »Die Türken haben eine Geschützbatterie aufgestellt, die den Hafen bestreichen kann. Wir dürfen wohl keine weitere Verstärkung aus St. Angelo erwarten.« Er sah zu den Soldaten hinter der Barrikade hinüber. Viele waren verwundet und trugen schmutzige Verbände. Aus den ausgezehrten Gesichtern war ihre Erschöpfung deutlich abzulesen. Sie hatten sich in ihr unvermeidliches Schicksal gefügt. Als er sich wieder seinem Sohn zuwandte, überkam Thomas eine große Traurigkeit.

»Ich hätte vor vielen Jahren mit Maria fliehen und sie trotz aller Gefahren nach England schaffen sollen. Dann wäre uns das hier erspart geblieben.«

Richard zuckte mit den Schultern. »Dafür ist es zu spät. Es lässt sich nicht mehr ändern. Du darfst dir dafür nicht die Schuld geben, Vater.«

Das Wort war seinem Mund entschlüpft, noch bevor er es bemerkt hatte. Die beiden Männer starrten sich an.

»Ich hatte gehofft, du würdest mich vor dem Ende noch einmal so nennen.« Thomas klopfte ihm voller Zuneigung auf den Arm. »Ich danke dir.«

»Ich bin dein Sohn«, sagte Richard lediglich.

Thomas lächelte. »Mein Sohn … das klingt gut. Ich bin stolz auf dich. Und deine Mutter wäre es auch.« Thomas starrte auf den Boden zwischen seinen Stiefeln. »Was sind wir doch für Narren. Uns ist nur so wenig Zeit auf dieser Welt gegeben, und was machen wir daraus? Welche Verschwendung … ich hätte uns allen ein besseres Leben ermöglichen müssen. Das tut mir leid.«

»Kein Grund zur Entschuldigung«, sagte Richard müde. »Außerdem – wenn wir hier als Märtyrer sterben, ist uns ein Platz im Paradies gewiss, oder nicht?«

Thomas schwieg eine Weile. »Glaubst du wirklich an den Himmel, Richard? An Gott, an unsere Religion, an die Bibel?«

Sein Sohn warf ihm einen besorgten Blick zu. »Solche Fragen zu stellen kann gefährlich sein, wenn sie den falschen Leuten zu Ohren kommen. Ich würde sie für mich behalten.«

»Ich glaube, dass wir uns darüber keine Gedanken mehr zu machen brauchen.«

Richard blies die Wangen auf und dachte nach. »Soll das heißen, dass du nicht an die katholische Kirche glaubst?«

»Nein. Weder an die katholische Kirche noch an eine andere. Ich bin schon vor vielen Jahren vom Glauben abgefallen.«

Richard schüttelte den Kopf. »Weshalb kämpfst du dann hier? Wieso bist du bereit, dein Leben für den Orden zu geben?«

»Ich bin hier, weil ich nichts mehr habe, wofür es sich zu leben lohnt. Maria ist für mich verloren, und dich kann ich nicht beschützen. Mir bleibt nur, die Tyrannei eines weiteren falschen Glaubens zu bekämpfen, der seine Hand nach der Welt ausstreckt. Süleyman bedroht alles, was mir lieb und teuer ist – das ist Grund genug, sich ihm entgegenzustellen. Sag mir, Richard, glaubst du an Gott?«

Richard schwieg.

»Du bist kein Narr«, fuhr Thomas fort. »Du musst dir doch schon einmal die Frage gestellt haben, warum keines deiner Gebete beantwortet wurde. Warum Gott so viel Böses zulässt.« Er hielt inne. »Kennst du das epiku-reische Paradox?«

Richard schüttelte den Kopf.

»Ich glaube, es geht ungefähr so:

Entweder will Gott die Übel beseitigen und kann es nicht:
Dann ist Gott schwach, was auf ihn nicht zutrifft,
Oder er kann es und will es nicht:
Dann ist Gott missgünstig, was ihm fremd ist,
Oder er will es nicht und kann es nicht:
Dann ist er schwach und missgünstig zugleich, also nicht Gott,
Oder er will es und kann es, was allein für Gott ziemt:
Woher kommen dann die Übel und warum nimmt er sie nicht hinweg?«

Er machte eine ausladende Geste. »Wenn wir jemals ein Zeichen Gottes gebraucht haben, auch nur die kleinste Ermutigung für diejenigen, die an ihn glauben, dann hier und jetzt. Und doch sehe ich nichts außer uns und den Feind.«

Richard runzelte die Stirn. »Je länger ich darüber nach-denke, desto weniger gefallen mir die Konsequenzen da-raus.«

Thomas nickte und ließ es damit auf sich beruhen. Doch eine Frage brannte ihm noch auf der Seele. »Was steht in diesem Dokument, das die Ursache für diesen ganzen Schlamassel ist?«

»Es ist wohl besser, wenn du das nicht erfährst.«

»Aber du wolltest es mir in Birgu doch zeigen.«

»Das war ein Fehler. Wenn man dich gefangen nimmt, besteht die Gefahr, dass du etwas über das Dokument preisgibst. Tut mir leid, mehr kann ich nicht sagen. Bedränge mich bitte nicht.«

Mit bitterer Enttäuschung begriff Thomas, dass Richard ihm nicht vertraute. Nach einer Weile ging er in die Hocke und spähte über die Barrikade. Auf dem mit Schutt und Leichen übersäten Boden vor ihm rührte sich nichts. Dann bemerkte er eine Bewegung und sah eine Feder hinter einem großen Mauerstück. Er duckte sich in genau demselben Augenblick, in dem der Scharfschütze feuerte. Die Kugel schlug in einen Stein neben Thomas' Kopf ein, prallte davon ab und sauste in den Innenhof.

Daraufhin warteten sie stundenlang, während beide Seiten gegenseitig jeden unter Feuer nahmen, der dumm genug war, seine Deckung zu verlassen.

KAPITEL 35

Oberst Mas erschien um die Mittagsstunde, um sich an jeder Stellung nach dem Verlauf des Gefechts und der Zahl der Gefallenen zu erkundigen, damit er später Miranda Bericht erstatten konnte. Obwohl er einen höheren Rang bekleidete, hatte Mas sich freiwillig dazu entschlossen, dem Kapitän die Befehlsgewalt zu überlassen. Die Garnison sah zu Miranda auf und wurde von seinem Mut und seiner Gelassenheit selbst in der Hitze der Schlacht inspiriert. Deshalb hatte der Oberst die kluge Entscheidung getroffen, dieses Vertrauensverhältnis nicht zu stören.

Er hörte sich Thomas' Schilderung des Angriffs an und notierte sich die Zahl der Gefallenen auf einem zerknitterten Stück Papier, das er anschließend wieder zusammenfaltete und in seinen Beutel steckte.

»Wie sieht es bei den anderen Stellungen aus?«, fragte Thomas.

»Nicht gut«, gestand Mas. »Während des Angriffs hat ein Stoßtrupp das Fort umrundet und den Kavalier eingenommen. Die übrige Festung ist bis auf den schmalen Pfad hinunter zur Anlegestelle umzingelt.«

»Wenn der Kavalier besetzt ist, ist auch dieser Weg nicht mehr sicher.«

»Er ist sicher. Wir haben das Gitter des Abwasserkanals entfernt und seine Öffnung getarnt. Das ist unsere letzte Möglichkeit, mit Birgu Kontakt zu halten.«

Richard lugte über die brüchigen Mauern des Forts zu dem freistehenden Kavalier hinüber, der zwischen der Festung und dem Meer aufragte. Ein grünes Banner flatterte über der Brüstung, und hin und wieder erschien der Kopf eines neugierig in das Fort hineinspähenden Türken. »Sie können direkt in den Innenhof sehen.«

Mas nickte. »Die Männer sollen vorsichtig sein, wenn sie Munition, Wasser oder Proviant holen. Miranda hat befohlen, dass von jetzt an alle auf ihren Posten bleiben. So ist es sicherer. Die Offiziere werden sich bei Sonnenuntergang in der Kapelle treffen. Aber seid vorsichtig.« Er nickte ihnen zum Abschied zu, dann duckte er sich und kroch zur nächsten Stellung.

Thomas und die anderen saßen in der Nachmittagssonne und kauten hin und wieder eher aus Langeweile denn aus Hunger auf einem trockenen Zwieback oder einem Stück Dörrfleisch herum. Die Sonne brannte auf sie hernieder; Schweiß tropfte von ihrer Stirn, während sie in ihrer schwerfälligen Rüstung schmorten. Gelegentlich klangen Schusswechsel oder Schreie von den anderen Stellungen herüber, woraufhin die Männer für den Fall eines weiteren Angriffs zu ihren Waffen griffen. Doch jedes Mal war das Scharmützel so schnell vorbei, wie es begonnen hatte.

Endlich stand die Sonne so tief am Horizont, dass der Schatten auf die Verteidiger fiel und die Hitze linderte, die sie stundenlang hatten ertragen müssen. Mit der Abenddämmerung erscholl ein Horn in den türkischen

486

Linien. Die Männer, die sich in den Geröllhaufen verbargen, rückten ab und kehrten in ihre Gräben zurück. Sobald der letzte von ihnen in Sicherheit war, setzten die Geschützstellungen auf dem Hügelkamm ihr Bombardement fort. Unwillkürlich zuckten die Männer auf der Barrikade zusammen und zogen die Köpfe noch tiefer ein.

Thomas berührte Richards Arm. »Ich werde Miranda Bericht erstatten. Du übernimmst das Kommando, bis ich dich wieder ablöse. Ich bin so schnell wie möglich zurück.«

»Ja, Herr«, antwortete Richard und musste dann über die formelle Anrede lächeln. »Ja, Vater.«

»Behalt den Kopf unten, verstanden?«

Richard nickte. Thomas blickte ihn noch einmal an – schließlich war es gut möglich, dass er ihn nie wiedersehen würde. Als er sich umdrehte, spürte er erneut Schuldgefühle und Zuneigung im Herzen.

Er kroch geduckt voran, bis ihm die Wand keine Deckung mehr vor den Schützen auf dem Kavalier oder dem Ravelin bot. Immer wieder waren die Köpfe der türkischen Wachen auf beiden Türmen zu erkennen. Dann bemerkte der Feind Bewegung auf einem anderen Teil der Mauer, und mehrere Schüsse erklangen.

Thomas nutzte die Ablenkung, um über die offene Fläche zur Treppe zu rennen, die in den Innenhof führte. Er hörte einen gedämpften Schrei aus Richtung des Ravelins, dann eine ganze Salve von Schüssen. Steinsplitter spritzten neben ihm auf, doch Thomas lief unverdrossen weiter, bis er die Treppe erreicht hatte. Er nahm vier oder fünf Stufen auf einmal und hätte in seiner Eile fast das Gleichgewicht verloren. Am Fuß der Treppe warf er sich hinter ein Mauerstück und schnappte nach Luft. Der Innenhof war mit Schutt übersät, und der Staub kratzte in seiner Kehle. Nun, da der Feind auch diesen Bereich unter Beschuss nehmen konnte, waren nur wenige Männer dort zu sehen.

Sobald er wieder zu Atem gekommen war, bahnte er sich einen Weg durch den Innenhof auf die Kapelle zu, die glücklicherweise nicht in der feindlichen Schusslinie lag. Mehrere Männer saßen vor dem Tor und würfelten lustlos. Sie sahen nicht auf, als er an ihnen vorbeiging und die Kapelle betrat. Es war ein ungewöhnlicher Bau für ein Gotteshaus, da er nicht frei stehend, sondern direkt mit dem Fort verbunden war. Die wenigen Fenster hoch oben an der Wand sorgten dafür, dass es ein recht düsterer Platz des Gebets für die Garnison war. Die Kapelle fasste vierhundert Menschen, doch an diesem Abend hatten sich nur wenige Männer darin versammelt. Sie saßen sich auf den Bänken vor dem Altar gegenüber. Als Thomas durch den Gang schritt, bemerkte er, dass die meisten Offiziere sowie Robert von Eboli sich bereits eingefunden hatten. Thomas löste den Kinnriemen und nahm den Helm ab.

Kapitän Miranda saß auf einem Stuhl. Er trug den linken Arm in einer Schlinge, und sein rechtes Bein war mithilfe eines abgesägten Pikenschafts geschient. Ein blutiger Verband war eng um sein Knie gewickelt. Sein Gesicht war wie das der anderen von der Sonne verbrannt, sodass sich die gerötete Haut davon ablöste.

Auch Oberst Mas hatte am Nachmittag eine Verletzung davongetragen. Unter dem Verband, der ein Auge und den halben Kopf bedeckte, war er kaum zu erkennen. Die meisten anderen Offiziere waren ebenfalls verwundet, und Thomas erinnerte der Anblick eher an ein Lazarett als an eine Offiziersbesprechung. Alle waren erschöpft und schmutzig, und die einst sorgfältig gestutzten Bärte waren verfilzt und mit Blut und den Überresten hastig eingenommener Mahlzeiten verklebt.

»Schön, dass Ihr noch bei uns seid, Sir Thomas.« Miranda zwang sich zu einem Lächeln. »Ihr seid einer der wenigen, die noch aus eigener Kraft stehen können.«

Thomas nickte und setzte sich auf eine der Bänke, wobei er versuchte, die Schmerzen in seinen Gliedern und das Kratzen der seit einer Woche nicht gewechselten Kleidung zu ignorieren. Schweigend warteten sie auf den letzten Offizier, Sobald auch dieser Platz genommen hatte, ergriff Miranda das Wort.

»Wir haben nicht einmal mehr hundert Mann, um die Mauern zu sichern, und viele davon sind bereits verwundet. Die Türken haben den Kavalier eingenommen und können den Truppen Feuerschutz geben, die den Graben mithilfe der Belagerungsbrücken überqueren. Männer, das Ende steht bevor. Unser Schießpulvervorrat geht zur Neige, und ich bezweifle, dass wir den morgigen Tag überleben.« Er hielt kurz inne. »Wir haben tapfer gegen eine gewaltige Übermacht gekämpft und dürfen stolz auf uns sein. Wir haben länger ausgehalten, als alle es für möglich gehalten haben. Hoffen wir nur, dass wir dem Großmeister genug Zeit verschafft haben, um Birgu und Senglea auf den Angriff vorzubereiten, der erfolgen wird, wenn wir schon im Jenseits sind. Ich habe den Befehl gegeben, alle Wandteppiche und wertvollen Gegenstände in der Kapelle zu vernichten oder zu verstecken. Sobald Robert von Eboli und die anderen Mönche diese Pflicht erfüllt haben, werden sie unsere Stellungen aufsuchen und denjenigen, die danach verlangen, die letzte Ölung erteilen. Oberst Mas wird dafür sorgen, dass die Wasserfässer noch einmal aufgefüllt werden, bevor wir die Zisternen mit den Leichen unserer Feinde vergiften. Die übrigen Männer sollen alles zerstören, was für die Türken von Wert sein könnte.« Er verstummte und sah sich unter seinen Offizieren um. »Auf dem Burgfried ist alles für ein Signalfeuer vorbereitet, das man auch noch auf der anderen Seite des Hafens sehen wird. Wenn das Fort fällt, wird es der letzte überlebende Offizier entzünden. Danach ist jeder auf sich allein gestellt. Hat noch jemand etwas dazu zu sagen?«

Einer der jüngeren Ritter meldete sich. »Herr, können wir das Fort denn nicht evakuieren? Wir könnten eine Nachhut aus Freiwilligen bilden und Boote aus Birgu kommen lassen.«

Miranda schüttelte den Kopf. »Dafür ist es zu spät. Sobald der Feind Wind davon bekommt, was wir vorhaben, wird er die Nachhut überrumpeln und alle abschlachten, noch bevor uns die Flucht gelingt. Außerdem haben wir für eine Evakuierung zu viele Verwundete. Wir müssen uns in unser Schicksal fügen und mit fliegenden Fahnen untergehen, wie es sich für die Ritter des Johanniterordens geziemt.«

»Was ist mit den Verwundeten?«, fragte Oberst Mas.
»Sie dürfen nicht in die Hand des Feindes fallen. Ich habe mit eigenen Augen gesehen, was die Türken ihren Gefangenen antun.«

Thomas beobachtete Mirandas Reaktion genau.

»Die Verwundeten werden hierhergebracht. Jeder Mann erhält einen Dolch, um im Liegen zu kämpfen. Oder zum anderweitigen Gebrauch«, fügte Miranda vorsichtig hinzu, denn Selbstmord war eine schwere Sünde. »Sobald die Türken die Mauer erstürmt haben, werden wir uns hierher zurückziehen. Das letzte Gefecht wird in dieser Kapelle stattfinden. Jedem steht es frei, sich zu ergeben, doch ich würde von unseren Gegnern kein Erbarmen erwarten. Sie mussten bereits einen hohen Blutzoll entrichten und sinnen auf Vergeltung.« Er machte eine kurze Pause. »Doch es gibt auch eine gute Nachricht zu verkünden. Wir konnten heute einen Gefangenen machen. Er sagte, dass Dragut bei der Inspektion der Belagerungskanonen einem unserer Scharfschützen zum Opfer fiel.«

Die Offiziere murmelten zustimmend, als sie diese Neuigkeit erfuhren.

»Das ist ein Zeichen.« Bruder Robert stand auf, hob den Arm und deutete mit dem Finger zur Decke. »Der Herr beobachtet uns. Er hat seine Hand erhoben und unseren Feind niedergestreckt.«

»Dragut wurde ganz offensichtlich von einer Kugel getötet«, sagte Thomas beschwichtigend. »Und nicht erschlagen wie eine Fliege.«

Mehrere der Offiziere schmunzelten; Robert dagegen

wirbelte zornig herum. »Wagt es nicht, Gott zu lästern, Engländer. Wir haben für unsere Errettung gebetet, und der Herr hat beschlossen, unsere Gebete zu erhören.«

»Ich freue mich ja auch darüber«, entgegnete Thomas. Einen Augenblick später schlug eine türkische Kanonenkugel in das Kapellendach ein. Gipsbrocken und Staub rieselten auf die Bänke neben dem Eingang. Die Offiziere zuckten zusammen. »Offenbar haben wir nicht genug gebetet«, sagte Thomas nach einer Weile.

Robert richtete den Finger auf Thomas. »Wie kannst du es wagen, den Herrn unseren Gott zu verspotten? Zweifelst du etwa an ihm?« Er kniff die Augen zusammen. »Das riecht nach Ketzerei. Kapitän Miranda, lasst diesen Mann verhaften, damit ich seinen Glauben prüfen kann.«

»Macht Euch nicht lächerlich«, knurrte Miranda. »Gegenwärtig würde ich mein Gewicht in Gold für eine Kompanie Ketzer an unserer Seite geben.« Seufzend rieb er sich die Stirn. »Offenbar hat die Erschöpfung Sir Thomas' Geist verwirrt. Gebt nichts auf seine Bemerkungen. Bruder Robert, wenn Ihr schon um göttlichen Beistand betet, dann könnt Ihr auch ein Gebet für ihn sprechen.«

Einen Moment lang starrte der Mönch den Kommandanten trotzig und wütend an, dann entspannte sich seine Miene. Er senkte den Kopf und setzte sich wieder. »Wir sind alle erschöpft, Herr. Ich werde Sir Thomas vergeben.«

Thomas biss die Zähne zusammen. »Und ich nehme Eure Vergebung an«, entgegnete er mit ironischem Unterton.

Die Tür der Kapelle öffnete sich, und ein Hauptmann stürmte herein. »Boote, Herr!«, rief er. »Aus Birgu.«

Miranda sah sich verdutzt um. »Boote? Das ist Wahnsinn. Offenbar weiß La Valette noch nicht, dass der Feind mit seinen Geschützen den Hafen kontrolliert. Sir Thomas, steigt auf die Mauer und warnt sie, bevor es zu spät ist. Geht!«

Thomas packte seinen Helm und rannte auf den Hauptmann zu. »Los!«

Glücklicherweise waren sie im Zwielicht für die feindlichen Scharfschützen nur schwer auszumachen. Thomas und der Hauptmann liefen die Treppe zu der noch kaum beschädigten Mauer über dem Hafen hinauf. Sie stellten sich vor die Brüstung und blickten über das Hafenbecken hinweg nach St. Angelo hinüber. Thomas musste seine Augen anstrengen, dann erkannte er die sechs dunklen Punkte, die sich der Halbinsel näherten. Einen Augenblick später wurden auch die türkischen Kanoniere auf sie aufmerksam. Ein Donnern ertönte zu Thomas' Rechten, als ein Geschütz eine Kartätsche auf die Flottille abfeuerte. Eine kleine Wasserfontäne erhob sich aus den sanften Wellen vor den Booten.

Thomas hob die Hände an den Mund. »Zurück! Zurück!«, rief er, so laut er konnte, bis ihm die Lunge vor Anstrengung schmerzte.

Doch die Boote kehrten nicht um. Eine weitere Kanone verfehlte ihr Ziel. Ein dritter Schuss zerfetzte das vorderste Boot, und das Splittern der Planken und die Schreie der Verwundeten waren deutlich auf der Mauer zu hören.

»Großer Gott«, murmelte der Hauptmann. »Sie werden sie in Stücke schießen.«

»Kehrt um!«, rief Thomas erneut. »Um Himmels willen, kehrt um! Rettet euch!«

Die Boote hatten die Mitte des Hafens erreicht, wo sie noch näher an den türkischen Geschützen und vor dem dunkelgrauen Wasser leicht auszumachen waren. Weitere Kartätschen klatschten auf die Wasseroberfläche, dann zerfetzte ein Eisenhagel den Bug des nächsten Bootes. Als es versank, sprangen die Männer darin ins Wasser und schwammen nach St. Angelo zurück. Diejenigen, die Waffen oder Rüstungen trugen, versuchten verzweifelt, ihre Last loszuwerden, bevor sie in die Tiefe gezogen wurden. Dann waren Boot und Männer verschwunden. Thomas' Magen krampfte sich zusammen.

Der Hauptmann streckte den Arm aus. »Sie kehren um!«

Das letzte Boot wendete und ruderte nach Birgu zurück. Ein zweites Boot folgte ihm, doch die anderen beiden hielten unbeirrt Kurs.

»Rudert schneller, verdammt«, zischte der Hauptmann.

Thomas feuerte sie im Geiste an. Gleich würden sie hinter der Klippe und damit außer Reichweite der türkischen Geschütze sein. Ein weiteres Geschoss wirbelte das Wasser hinter dem letzten Boot auf. Dann waren sie vor den Kanonen in Sicherheit, doch nun lauerten feindliche Scharfschützen in den Felsen um das Fort herum. Thomas wandte sich dem Hauptmann zu.

»Such dir fünf Männer. Wir treffen uns vor dem Abwasserkanal in der Kapelle. Weißt du, wo das ist?«

»Ja, Herr.«

»Dann los.«

Sie trennten sich. Thomas ging zur Kapelle, während der Hauptmann die Wand entlang zur Ecke des Forts lief, von der aus man den Hafen überblicken konnte. Sobald Thomas die Kapelle betrat, drehten die anderen Offiziere sich zu ihm um.

»Nun?«, fragte Oberst Mas. »Haben sie es geschafft?«

»Nur zwei der Boote, Herr. Sie legen gerade an. Ich werde einen Trupp durch den Kanal führen, um sie sicher ins Fort zu geleiten.«

Mas nickte. »Ich werde bis zu Eurer Rückkehr eine Wache vor dem Kanaleingang postieren.«

Einen Augenblick später kehrte der Hauptmann mit mehreren maltesischen Milizionären zurück. Thomas führte sie durch die Kapelle. Der Eingang zum Kanal befand sich in einer Ecke hinter dem Altar. Thomas beugte sich vor, hob den gitterartigen Deckel auf und legte ihn beiseite. Der Gestank menschlicher Ausscheidungen stieg aus der Öffnung. Thomas ließ sich ungerührt in den engen Tunnel hinab. Ein schwacher Lichtschein zeigte das Ende des Kanals an, das durch eine in der Farbe des Felsens bemalte Leinwand getarnt war. Vorsichtig schob Thomas die Leinwand beiseite. In den Felsen unter der Mauer regte sich nichts. Der Kanal mündete direkt in eine schmale Rinne, die sich gleich neben der Anlegestelle ins Meer ergoss.

»Folgt mir«, flüsterte Thomas und trat in die kühle

Nachtluft. Der kleine Trupp schlich über den felsigen Boden, bis er den schmalen Pfad erreicht hatte. Thomas hörte das Plätschern von Ruderblättern und beschleunigte seinen Schritt. Als sie die Treppe zur Anlegestelle fast erreicht hatten, tauchte eine Gestalt zwischen den Felsen vor ihnen auf und grüßte freundlich in einer Thomas unbekannten Sprache. Dieser hob im Gegenzug die Hand und ging weiter, während der Mann noch redete. Erst im letzten Augenblick nahm seine Stimme einen alarmierten Tonfall an, dann verstummte sie abrupt, als Thomas ihm mit seiner Armschiene auf den Kopf schlug, bevor er um Hilfe rufen konnte. Ein Malteser schnitt dem feindlichen Soldaten flink die Kehle durch, dann eilten sie weiter die Treppe hinunter. An ihrem Ende angekommen, sah Thomas, dass die beiden Boote sicher gelandet waren. Mehrere Männer stiegen aus. Einer von ihnen blieb wie erstarrt stehen, als er Thomas und seinen kleinen Trupp erblickte.

»Wer da?«

»Ich bin aus St. Elmo«, erwiderte Thomas so laut es ihm möglich war. »Wir werden euch ins Fort geleiten. Wie viele seid ihr?«

»Sechzehn. Die letzten Freiwilligen aus Birgu.«

»Wer hat das Kommando?«

»Ich.« Ein großer Mann ging auf Thomas zu. Er musste sich nicht vorstellen. Thomas hatte ihn bereits an der Stimme erkannt und nickte ihm nun grüßend zu.

»Willkommen auf St. Elmo, Sir Oliver.«

KAPITEL 36

Sobald Stokely sich bei Kapitän Miranda zum Dienst gemeldet hatte, nahm Thomas ihn beiseite. »Wir müssen uns unterhalten«, sagte er ernst.

»Allerdings«, antwortete Stokely. »Am besten unter vier Augen.«

»Komm mit.«

Thomas führte ihn aus der Kapelle und durch den Innenhof in die Messe.

»Nicht gerade ein gemütlicher Ort«, meinte Stokely, nachdem er sich in dem großen Raum umgesehen hatte, der einst als Speisesaal der Garnison gedient hatte. Schon zu Anfang der Belagerung hatte Kapitän Miranda dort Spieltische und einen Tresen aufstellen lassen, wo die Soldaten die besten Weine erwerben konnten, die im Keller lagerten. Inzwischen hatten die Männer allerdings die Hoffnung aufgegeben, das Fort lebend zu verlassen, und sahen keinen Sinn mehr darin, ihre Kameraden um ihr Geld zu erleichtern. Der Saal war zu einem Lazarett umfunktioniert worden; blutige Verbände und mit Lumpen gefüllte Körbe bedeckten den Boden. Eine Handvoll Kerzen sorgte für gedämpfte Beleuchtung, und gelegentlich stöhnten und ächzten die Männer, die auf Bahren vor den Wänden lagen. Thomas entdeckte eine ungeöffnete Weinflasche hinter dem Tresen. Er setzte sich auf einen

Tisch in der Ecke, schenkte zwei Becher voll und schob Stokely einen davon zu.

Stokely zögerte kurz, dann nahm er den Becher und zwang sich zu einem Lächeln. »Worauf trinken wir?«

Thomas hob seinen Becher. »Auf Maria.«

»Ach ja … auf Maria.«

Sie tranken und beäugten sich dann argwöhnisch. Schließlich stellte Thomas sanft den Becher ab. »Warum bist du hier, Oliver?«

»Ich habe mich dem letzten Freiwilligentrupp angeschlossen.«

»Hat dir La Valette die Erlaubnis dazu gegeben?«

»Noch weiß er von nichts, aber er wird es bald erfahren. Na ja, er kann mich nicht mehr aufhalten, dafür ist es zu spät. Jetzt bin ich nun einmal hier. Ob das gut oder schlecht ist, wird sich zeigen.«

»Gut?« Thomas lachte bitter. »Was soll daran denn gut sein? Das hier ist ein Himmelfahrtskommando, Oliver. Außer dem Tod kannst du an diesem Ort nichts erwarten.«

»Das weiß ich.« Er nippte an seinem Wein. »Und den Tod suche ich – jetzt, wo ich die Wahrheit kenne und meinen Frieden damit gemacht habe.«

»Von welcher Wahrheit sprichst du?«

Stokely hielt den Becher in beiden Händen, als wollte er ihn erwürgen. »Vor deiner Abreise aus Birgu hast du herausgefunden, wo Maria wohnt, und ihr einen Besuch abgestattet.«

Thomas zögerte. Er wollte nicht, dass Maria aus ihrem Gespräch ein Schaden entstand. Doch andererseits – was machte es noch für einen Unterschied? Stokely war auf St. Elmo und damit genau wie er selbst dem Tode geweiht. »Ja, das ist richtig.«

Stokely nickte kaum merklich. »Ich weiß deine Ehrlichkeit zu schätzen. Tatsächlich habe ich dich dabei beobachtet, wie du das Haus verlassen hast.«

»Ich verstehe ...« Thomas spürte, wie Angst sein Herz ergriff. »Was hast du getan? Oliver, wenn du ihr auch nur ein Haar gekrümmt hast ...«

»Nachdem du unser Haus – unser Heim – verlassen hast, wurde ich von grauenhaften Vorstellungen geplagt. Obwohl Maria und ich seit vielen Jahren verheiratet sind, habe ich sie nie nach ihren Gefühlen für dich gefragt. Trotz der Trauer um dich und ihr Kind war sie stark genug, um weiterzuleben. Mit der Zeit hat sie ihr Los akzeptiert und beschlossen, ein neues Leben anzufangen.« Oliver seufzte. »Als sie eingewilligt hat, meine Frau zu werden, wusste ich genau, dass ich nur ein müder Abklatsch dessen bin, was sie sich eigentlich erwartet hatte. Aber das genügte mir. Außerdem waren wir glücklich zusammen, und sie schien mit ihrem Schicksal zufrieden.« Er hielt inne, und als er fortfuhr, war der beiläufige Plauderton wie weggewischt. »Das alles änderte sich in dem Augenblick, als sie dich wiedergesehen hat. Maria hatte mir nichts davon erzählt, aber ich wusste sofort Bescheid. Ich habe versucht, sie von dir fernzuhalten, doch sobald die feindliche Flotte eintraf, konnte ich sie nicht länger auf unserem Anwesen in der Nähe von Mdina verstecken. Ich musste Maria nach Birgu bringen, und es war nur eine Frage der Zeit, bis sie von deiner Rückkehr erfuhr. Als ich sie danach fragte, erzählte sie mir alles.« Er funkelte Thomas wütend an. »Du kannst dir meine Seelenqualen nicht vorstellen. Ich verbat ihr, dich wiederzusehen oder mit dir zu sprechen, aus Angst, sie an dich zu verlieren. Ich wäre vor ihr auf die Knie gesunken und hätte sie angefleht, mich nicht zu verlassen. Ich wollte ihr sagen, dass ich lieber sterben würde, als sie zu verlieren. Doch stattdessen tat ich etwas Törichtes, etwas so Ehrenrühriges, dass es mich heute noch beim Gedanken daran graut.« Stokely hob den Becher und leerte ihn in einem Zug. »Ich habe dich bedroht.«

»Mich? Inwiefern?«

»Ich sagte ihr, dass ich Informationen hätte, um dich jederzeit verhaften und wegen Spionage verurteilen lassen könnte. Dich und Richard … ihren Sohn.«

Die Angst kehrte zurück, nur noch kälter und bedrohlicher. Thomas beugte sich vor. »Welche Informationen?«, flüsterte er.

Stokely blickte Thomas verächtlich an. »Hast du ernsthaft geglaubt, ich wüsste nichts von dem Medaillon? Sobald ich Richard sah, wurde mir auf der Stelle klar, wer er ist. Mich hat nur überrascht, dass du offensichtlich keine Ahnung hattest. Natürlich vermutete ich, dass der Aufruf des Großmeisters nicht der einzige Grund für deine Rückkehr nach Malta war. Aber Richard? Das Letzte, was ich von meinem Cousin hörte, war, dass Richard Cambridge verlassen hatte und dass ihn ausgerechnet Sir Walsingham in London unter seine Fittiche genommen hätte. Es ist doch sonnenklar, warum er hier ist. Der junge Richard hat seine Seele an den Teufel verkauft und wurde zu einem Handlanger Walsinghams. Dass er das Dokument aus Sir Peter de Launceys Truhe gestohlen hat, war der endgültige Beweis dafür, dass er ein Spion ist.«

»Du wusstest, dass er ein Spion ist?«

Stokely nickte. »Ich hätte ihn sofort verhaften lassen, aber er ist nun mal Marias Sohn. Wenn sie herausgefunden hätte, dass ich meine Finger im Spiel habe, hätte sie mir das nie verziehen. Außerdem wollte ich wissen, was er im Schilde führte. Sobald ich erfuhr, dass man versucht hatte, in das Archiv einzubrechen, überprüfte ich die Truhe und bemerkte, dass das Schloss aufgebrochen und das Testament entwendet worden war.«

»Das Testament?« Thomas versuchte, sich seine Überraschung nicht anmerken zu lassen. Zumindest wusste er jetzt, welcher Natur dieses Dokument war. Wenn er es geschickt anstellte, konnte er Stokely womöglich weitere Informationen entlocken. »Also weißt du davon?«

»Ich weiß schon seit Jahren davon. Seit Sir Peter es nach Malta brachte. Er war sich bewusst, welche Gefahr das Testament darstellte, sollte es in die falschen Hände fallen. Da er befürchtete, dass ihm jemand aus England gefolgt war, vertraute er mir sein Geheimnis an – für den Fall, dass ihm etwas zustieß. Dann fiel er bedauerlicherweise einem unglücklichen Unfall zum Opfer. Ich sorgte dafür, dass das Testament in der Truhe verstaut und ins Archiv gebracht wurde. Dort war es sicher, und ich konnte es jederzeit holen, wenn ich es benötigen sollte. Als es dann gestohlen wurde, war mir sofort klar, wo ich es finden konnte. Als ihr beide auf Wachdienst wart, durchsuchte ich Richards Zelle. Offen gestanden war es kein besonders gutes Versteck, andererseits wusste ich ja, wonach ich Ausschau halten musste. Das Testament ist wieder in Sicherheit. Nur ich weiß, wo es sich befindet. Es bleibt in seinem Versteck. Vielleicht wird es ja eines Tages gefunden, aber ich glaube, es bleibt besser unentdeckt.« Stokely hielt inne. »Walsingham hat dir doch vor deiner Abreise von dem Testament erzählt, oder?«

Thomas zögerte. »Er hat es erwähnt.«

Stokely starrte Thomas an. »Du hast keine Ahnung, was darin steht, nicht wahr?«

»Walsingham hat nur gesagt, dass viele Leben auf dem Spiel stünden, wenn es der Falsche an sich bringt.«

Stokely lachte hämisch. »Mehr hat er dir nicht erzählt? Mein armer Thomas, ich befürchte, du warst nicht mehr als seine Marionette.« Er warf einen Blick über die Schulter. Ein Mann kam auf sie zu. Stokely lächelte. »Warum gesellst du dich nicht zu uns, Richard?«

Thomas wirbelte herum und sah, wie sich der junge Mann mit abweisender, distanzierter Miene näherte. Er stand einen Augenblick reglos da, dann nahm er sich einen Stuhl und setzte sich zwischen die beiden Ritter an das Kopfende des Tisches.

Stokely lächelte bemüht. »Wir sprachen gerade über das Testament. Offenbar hielten es deine Herren in England nicht für nötig, Thomas über seinen Inhalt in Kenntnis zu setzen. Das scheint mir ziemlich ungerecht, wo er doch bald sein Leben dafür geben wird. Warum erzählst du es ihm nicht, oder soll ich das übernehmen?«

Richard schwieg.

Stokely nickte. »Wie du willst.«

Er faltete die Hände und ordnete seine Gedanken.

»Wir waren noch junge Männer, und du, Richard, warst noch nicht einmal geboren, als König Heinrich die englischen Klöster auflöste und ihren nicht unbeträchtlichen Grundbesitz sowie ihr Gold und Silber entweder verkaufte oder verschenkte. Viele Edelleute machten so ein gewaltiges Vermögen. Eine weitere Folge daraus war, dass sich die Kluft zwischen den Katholiken und der wachsenden Schar von Protestanten weiter vergrößerte. Eine Kluft, die Hunderte von Menschenleben in England und Zehntausende in Europa forderte. Offenbar bereute Heinrich VIII. an seinem Lebensende den Schaden, den er angerichtet hatte, und wollte mit seinem Reich in den Schoß der katholischen Kirche zurückkehren. Angesichts seines großen Affronts der päpstlichen Autorität gegenüber beschloss der Vatikan, für die Absolution des Königs einen hohen Preis zu verlangen. Der Papst würde England nur vergeben, wenn Heinrich das ehemalige Eigentum der Klöster wieder der Kirche aushändigte.

Die Edelleute, die von Heinrichs Gunst profitiert hatten, hätten ihren Reichtum wieder verloren, und die daraus entstehende Revolte hätte England in einen Bürgerkrieg gestürzt. Heinrich lag im Sterben, und seine einzige Sorge galt seinem Seelenheil. Weltliche Belange interessierten ihn nicht mehr – seine Hofschranzen allerdings schon. Sie wären entsetzt gewesen, hätten sie seine wahren Absichten erfahren. Deshalb diktierte er heimlich seinen letzten Willen und Testament. Nur seine engsten

Berater wussten davon. Schließlich wurde das Testament Sir Peter de Launcey anvertraut. Er sollte es nach Rom bringen.

Er machte sich auch pflichtbewusst auf den Weg, doch sobald er abgereist war, schickten ihm die Berater des Königs – die durch die Rücknahme der Klosterauflösung empfindliche Verluste hätten hinnehmen müssen – Agenten hinterher, die ihm das Testament abnehmen sollten. Da Sir Peter wusste, dass die Reisewege nach Rom unter genauer Beobachtung standen, reiste er über Spanien nach Malta, wo er auf den Schutz des Ordens vertrauen konnte. Inzwischen waren ihm Zweifel an seiner Mission gekommen. Er verstand, was das Testament anrichten konnte, und war zwischen seiner Vaterlandsliebe und seinem Glauben hin- und hergerissen. Da zog er mich ins Vertrauen und fragte mich um Rat. Noch bevor ich zu einer Entscheidung gelangen konnte, ertrank er.« Stokely hielt kurz inne. »Ich hatte Heinrichs Testament in meinem Besitz und hätte es dem damaligen Großmeister übergeben können. Aber ich habe mich dagegen entschieden. Ich will nicht das Blut Zehntausender Engländer an meinen Händen kleben haben. Daher verstaute ich das Testament in Sir Peters Truhe und ließ sie ins Archiv bringen.«

»Warum hast du es nicht einfach vernichtet?«, fragte Thomas.

»So ein mächtiges Dokument vernichtet man nicht so leicht. Solange es sich in Sicherheit befand, konnte es den Thronerben keinen Schaden zufügen. Damit war ich zufrieden. Doch seitdem ist die Zahl der Protestanten in

England gewachsen, und mit jedem weiteren Jahr, in dem Elisabeth an der Macht ist, nimmt die Katholikenverfolgung größere Ausmaße an. Wenn nötig, so beschloss ich, würde ich das Testament dazu benutzen, um die Protestanten im Zaum zu halten.«

»Du wärst imstande, die Königin zu erpressen?«, fragte Thomas ungläubig.

Endlich mischte sich Richard ein: »Und Ihr glaubt, dass das Testament bei Euch sicher ist?«

»Sicherer, als wenn es in Walsinghams oder Cecils Hände fallen würde. Sie würden es dazu missbrauchen, ihre Macht bei Hofe zu stärken. Elisabeth könnte sich kaum jemandem widersetzen, der damit droht, den letzten Willen ihres Vaters öffentlich zu machen.«

»Nun, ich sähe das Testament lieber in den Händen meiner Gebieter als in denen eines Katholiken oder Muslim. Doch wie es aussieht, wird es genau dazu kommen«, entgegnete Richard bissig.

»Ich mag zwar katholisch sein, doch in erster Linie bin ich Engländer«, konterte Stokely.

Zum ersten Mal empfand Thomas Sympathie für Stokely. Doch dann erinnerte er sich daran, dass dieser Mann Maria zu seiner Frau gemacht und alle Hebel in Bewegung gesetzt hatte, um ein Wiedersehen zu verhindern.

»Eines musst du mir noch erklären«, sagte er. »Warum hast du Maria mit meiner Verhaftung gedroht? Sie hat mir gesagt, dass sie dich niemals verlassen könnte. Dass es zu spät wäre, um die Vergangenheit zu ändern. Dass sie jetzt deine Frau sei und dass es auch so bleiben werde.«

Stokely starrte ihn wie vom Donner gerührt an. »Das hat sie gesagt?«

»Ja.«

Stokely schloss die Augen. Sein Gesicht verzerrte sich zu einer schmerzvollen Grimasse. »Herr im Himmel, ich war zu voreilig. Ich war wütend. Nachdem ich dich das Haus verlassen sah, habe ich sie zur Rede gestellt. Ich wüsste, dass du bei ihr gewesen wärst, sagte ich. Und ich wüsste, dass sie mir untreu gewesen war.«

»Nein. Das stimmt nicht«, sagte Thomas. »Ich hätte alles darum gegeben, aber sie hat sich mir verweigert.«

»Sie hat sich dir verweigert?« Stokely schüttelte langsam den Kopf. »Was habe ich nur getan? Gütiger Gott, was habe ich getan? Ich habe sie angeschrien, sie der Untreue und der Unzucht beschuldigt. Sie stand nur da und ließ es über sich ergehen. Dann sagte sie, dass sie mich nicht lieben würde. Dass sie immer nur dich geliebt habe.« Stokely schluckte. »Ich verlor die Beherrschung. Ich habe sie geschlagen. Gott steh mir bei, zum ersten Mal in meinem Leben habe ich sie geschlagen.«

Thomas ballte die Hand zur Faust und kämpfte gegen die Wut an, die in ihm aufstieg.

»Sie fiel auf einen Stuhl zurück.« Stokely zitterte, als er sich das Geschehene wieder vor Augen führte. »Ihre Lippe war blutig, und ich sah die Angst in ihren Augen. Angst, und schlimmer noch, Verachtung und Mitleid. Ich wünschte, sie hätte zurückgeschlagen oder mich angeschrien. Doch sie blickte mich nur stumm an. Ich verließ das Haus und ging in die Kathedrale, um für die Vergebung meiner Sünden zu beten. Als ich zurückkehrte, waren sie und ihre Dienerin verschwunden. Sie hatte mir keine Nachricht hinterlassen, sie war einfach weg. In den nächsten zwei Tagen suchte ich ganz Birgu nach ihr ab. Dann begriff ich, dass sie niemals zu mir zurückkehren würde, auch wenn ich sie finden sollte.« Stokely lächelte traurig. »Sie ist alles, was mir jemals etwas bedeutet hatte. Und so entschloss ich mich, hierherzukommen, um an deiner Seite zu sterben. Nicht aus Zuneigung dir gegenüber, wohlgemerkt. Aus Hass. Du bist die Ursache meines Unglücks, Thomas. Wenn mir das Schicksal wohlgesonnen ist, werde ich deinen Tod miterleben.«

»Dann muss ich mir wohl den Rücken freihalten«, entgegnete Thomas. »Wie es aussieht, habe ich Feinde auf beiden Seiten.«

»Nein. Mich brauchst du nicht fürchten.«

»Ich fürchte dich nicht, Oliver. Ich bemitleide dich.«

»Und ich hasse dich. Ich habe dich immer gehasst. Doch wie so oft hat auch dieser Hass einen Makel, wie mir jetzt bewusst wird. Einst wollte ich dich verletzen, dich vernichten, als wäre das die Lösung des Problems gewesen. Aber da habe ich mich geirrt. Mein Hass ist unstillbar. Dir Leid zuzufügen würde ihn nicht schmälern.« Er lächelte. »Seltsam, aber mir ist, als hätte ich nun meinen Frieden gefunden. Ich habe keine Angst vor dem Tod, ich hatte nur Angst vor einem Leben ohne Maria. Nun geht es zu Ende. Hier auf St. Elmo. Das Ende für mich, für dich und für deinen Sohn. Arme Maria. Sie denkt immer noch, dass Richard sicher in England weilt. Um ihretwillen hoffe ich, dass sie die Wahrheit niemals erfährt.« Er leerte den Becher und stand auf. »Nun, mehr gibt es nicht zu sagen. Ich ziehe mich zurück, auch wenn ich keinen Schlaf finden werde. Für meine Qualen kann es nur noch eine Erlösung geben.«

Ohne eine Antwort abzuwarten, stand er auf und ging hinaus.

Richard wollte sich ebenfalls erheben, doch Thomas umklammerte fest sein Handgelenk.

»Lass ihn.«

»Du hast ihn doch gehört«, zischte Richard. »Er hat meine Mutter geschlagen.«

»Stokely hat genug gelitten. Und genau wie wir lebt er nun im Schatten des Todes. Was hätte es für einen Zweck, sein Ende zu beschleunigen?«

Richard schüttelte den Kopf. »Bist du so herzlos, dass du nicht auf Vergeltung sinnst?«

»Mein Herz quillt über, mein Sohn. Hast du ihn nicht gehört? Sie liebt mich und hat mich immer geliebt. Und du weißt, dass sie auch dich liebt. Ich wünschte, du könntest bei ihr sein, statt hier den Tod zu finden, doch es ist anders gekommen.« Er ließ Richards Arm los und ergriff stattdessen seine Hand. »Zumindest werden wir gemeinsam sterben.«

Richard starrte seinen Vater an und versuchte, seine Gefühle zu bändigen. Schließlich nickte er. »Ja, wir sterben gemeinsam.«

KAPITEL 37

23. Juni

In der Stunde vor Sonnenaufgang waren die Vorbereitungen des Feindes auf den nächsten Angriff deutlich zu hören. Die wenigen überlebenden Verteidiger hatten sich auf die Mauerreste des Forts verteilt – die meisten an der Bresche, die entstanden war, als ein Teil des Mauerwerks unter dem Beschuss der türkischen Kanonen eingebrochen war. Aus den Annäherungsgräben waren die leisen Gespräche der Soldaten zu hören, die sich für die Attacke versammelten. Aus dem Hafenbecken erklangen Ruderschläge und die gelegentlichen Schreie der Männer am Bug, die die Tiefe der Bucht ausloteten. Die schwarzen Körper der Galeeren waren selbst im Zwielicht deutlich sichtbar. Sie bezogen Position, um den vorbereitenden Kanonenbeschuss auf das Fort vom Wasser aus zu unterstützen.

Genau wie die anderen hatte Thomas auf seinem Posten kein Auge zugetan. Er hatte die lange Nacht über wach gelegen, den Kopf auf einen zusammengerollten Waffenrock gebettet, und in den Sternenhimmel gestarrt. Es war eine klare Nacht, und die ewigen Gestirne hatten hell geleuchtet. Ihre heitere Gleichgültigkeit hatte Thomas etwas Trost beschert. Die Sterne waren schon hier gewesen, bevor er seinen ersten Atemzug getan hatte, und würden auch in der folgenden Nacht noch am Himmel stehen, wenn er und die anderen bereits das Zeitliche gesegnet hatten. Ihre kühle Unnahbarkeit schien die lächerliche Mühsal der Menschheit zu verspotten. All die hehren Ziele, die heldenhaften Anstrengungen, der Fanatismus, der Männer dazu brachte, zu töten und selbst in den Tod zu gehen, schienen angesichts des Firmaments bedeutungslos. Er legte keinen Wert darauf, als Märtyrer zu sterben. Nun, da er sich Marias Liebe gewiss war, wollte er mehr als je zuvor leben. Er lächelte traurig, als er sich das Leben vorstellte, das er hätte haben können. Dann dachte er an den kommenden Tag und verspürte unwillkürlich Angst vor seinem Tod. Insgeheim hoffte er, dass sein Ende schnell kommen würde und dass er vor Richard starb, damit ihm dieser grässliche Anblick erspart blieb.

Er drehte sich um und musterte seinen Sohn, der in einiger Entfernung an der Brüstung lehnte. Sein Kopf war auf die Brust gesunken, und er atmete gleichmäßig. Trotz der Umstände hatte ihn die Erschöpfung übermannt, und ihm waren mehrere Stunden der Ruhe und des Vergessens vergönnt gewesen. Ein Anblick, der Thomas zu Tränen rührte. Seine Kehle schnürte sich vor Trauer zusammen, als er daran dachte, dass er verlieren würde, was ihm gerade erst geschenkt worden war – der größte Schatz, den ein Mann im Leben besitzen konnte: das Geschenk eines Kindes. Ihm waren nur wenige Tage geblieben, um seinen Sohn kennenzulernen. Mit einem lachenden und einem weinenden Auge hatte er dessen

Charakter mit all seinen Vorzügen und Makeln kennengelernt – Eigenschaften, die sich nun niemals weiter entfalten konnten.

Auf der Mauer jenseits der Bresche war Stokelys reglose Gestalt zu erkennen. Er kauerte mit den Knien in den Händen da und starrte auf das Fort. Thomas wollte sich die Verzweiflung dieser gepeinigten Seele gar nicht erst vorstellen und hoffte, dass auch er Frieden durch einen schnellen Tod fand.

Der Klang Tausender gemurmelter Gebete brandete gegen das Fort wie Wellen an einer entfernten Küste. Thomas beugte sich zu seinem Sohn hinunter und rüttelte sanft an seiner Schulter. Als keine Reaktion erfolgte, schüttelte er ihn etwas fester, bis Richard mit einem tiefen Atemzug verwirrt und erschreckt die Augen aufschlug. Er blinzelte und blickte dann seinen Vater an.

»Du hast mich einschlafen lassen«, sagte er in vorwurfsvollem Ton. »Bei Gott, ich habe meine letzten Stunden auf Erden verschlafen.«

»Das ist auch besser so.«

Richard dehnte seinen verspannten Nacken. »Ich habe geträumt, ich wäre in England. Als Kind, auf der Hasenjagd an einem klaren Herbstmorgen …«

»Hmm, Hase«, sagte Thomas schwärmerisch. »Darauf hätte ich jetzt Appetit.« Er hob eine Augenbraue. »Es ist der Vorabend des Johannistages. Schade, dass wir nicht an der Festtafel sitzen können.« Thomas hing lächelnd seinen Gedanken nach, dann verfinsterte sich seine Miene wieder. »Geh in die Kapelle und sage Mas und Miranda, dass ein Angriff bevorsteht.«

»Ja, Herr.«

»Und dann komm sofort zurück.« Thomas spürte Furcht in sich aufsteigen. »Beeil dich. Ich will dich an meiner Seite wissen, egal, was geschieht.«

Richard nickte. »Ja, Vater.«

Er ging in die Hocke, verließ den Schutz der Brüstung und hielt sich hinter den Schutthaufen und Leichenbergen, die man aufgeschichtet hatte, damit die Verteidiger nicht stolperten, wenn der Angriff begann. Am Ende der Mauer angekommen, sprang Richard über den Rand und verschwand im Treppenhaus dahinter. Thomas wandte seine Aufmerksamkeit wieder dem Feind zu. Dem Lärm nach zu urteilen, der von allen Seiten ertönte, war dessen Absicht mehr als eindeutig: Nach dem Ertönen des Signals würde er das Fort angreifen, die Überreste der Mauern mit Leitern erklimmen und gleichzeitig die Bresche stürmen. Dieses Mal würden sie sie wohl kaum zurückhalten können. Das Schießpulver reichte nur für einige wenige Salven, und auch die Brandwaffen gingen zur Neige. Das Naphtha war völlig aufgebraucht. Sobald die Verteidiger ihr Pulver verschossen hatten, würden sie zu ihren Nahkampfwaffen greifen und bis zum Ende fechten.

Die Soldaten auf der Mauer gerieten in Bewegung. Hier und dort war ein helles Glühen zu erkennen, wo die Arkebusiere ihre Lunten anzündeten. Andere setzten ihre Helme auf und zogen die Kinnriemen fest, überprüften die Verschlüsse ihrer Rüstungen und rückten sie zurecht. Einige ergriffen ihre Piken, andere Schwerter, Dolche, Äxte und Streitkolben. Thomas beobachtete, wie Stokely auf der anderen Seite der Bresche das schwere Zweihandschwert aufhob, das er sich aus der Waffenkammer des Forts geholt hatte – eine schwerfällige Waffe, die in den richtigen Händen jedoch überaus tödlich sein konnte.

Im Zwielicht vor Tagesanbruch herrschte vollkommene Ruhe, als wären die Soldaten auf den Mauern Teil eines düsteren Stilllebens. Am östlichen Horizont zeigte sich der erste graue Schimmer des anbrechenden Tages. Mit zunehmendem Licht konnte Thomas Details in der verwüsteten Landschaft vor den Mauern erkennen. Die feindlichen Wimpel, die den bisher eingenommenen Boden markierten, hingen schlaff in der windstillen Luft. Fallengelassene Waffen, verbogene und zersplitterte Schilde und Rüstungsteile lagen zwischen Leichen auf dem Geröll vor der Mauer verstreut. Einige der Toten, die man noch nicht zur Beerdigung fortgeschafft hatte, waren grässlich aufgedunsen. Bald würde die Sonne ein Übriges zur Verwesung tun. Gliedmaßen ragten auf groteske Weise in die Höhe. Hinzu kam der Gestank des seit einem Monat umkämpften Schlachtfelds, eine durchdringende Mischung aus Blut und verfaulendem Fleisch, beißendem Brandgeruch und dem sandigen Geschmack von Staub, die Thomas heute Morgen noch ekelerregender vorkam als sonst. Womöglich lag es daran, dass seine Sinne in diesen letzten Stunden aufs Äußerste geschärft waren.

Er blickte zur Treppe hinüber. Hoffentlich kehrte Richard zurück, bevor der Angriff begann. Thomas überlegte, ob er seine Stellung verlassen und nach ihm suchen sollte, doch dann schalt er sich selbst für diesen Gedanken. Was hätte er den Männern unter seinem Befehl für ein Vorbild abgegeben? Entschlossen starrte er wieder auf die feindlichen Linien.

Dann ertönte die erste türkische Trommel, gefolgt von zahllosen weiteren. Zimbeln und heulende Flöten stimmten ein, und sobald die ersten Sonnenstrahlen im Osten erschienen, hoben die Imame zur *Schahada* an, dem muslimischen Glaubensbekenntnis, dass es nur einen Gott gibt und Mohammed sein Prophet ist. Auf den Mauern waren geflüsterte Gespräche zu hören. Die Männer wappneten sich für den unmittelbar bevorstehenden Angriff.

Thomas hörte ein leises Rascheln hinter sich. Erleichtert sah er Richard aus dem Treppenhaus treten. Er trug einen Stuhl in jeder Hand. Einen Moment später erschienen vier weitere Männer: vier Soldaten, die Oberst Mas und Kapitän Miranda halb stützten und halb hinter sich herzerrten. Richard setzte die Stühle bei Thomas' Stellung neben der Bresche ab, dann half er den beiden Offizieren dabei, Platz zu nehmen.

»Mein Schwert«, befahl Mas und streckte die Hand aus.

Ein Soldat nahm die Scheide von seiner Schulter und gab sie weiter. Auch Miranda erhielt eine Waffe.

»Ich bin bereit. Auf Eure Positionen«, ordnete Mas an. »Möge Gott mit euch sein.«

Die Soldaten neigten den Kopf zum letzten Gruß und schlichen sich an der Mauer davon. Richard ging neben seinem Vater in die Hocke.

»Was haben sie vor?«, fragte Thomas und deutete auf die beiden Offiziere. »Was wollen sie hier?«

»Das war Oberst Mas' Einfall. Als ich ihnen deine Nachricht überbrachte, sagte er, er wollte lieber hier bei seinen Männern sterben als unten in der Kapelle. Miranda folgte seinem Beispiel.«

Thomas schüttelte den Kopf. Die beiden Männer saßen aufrecht da, die verwundeten und in schmutzige, blutige Verbände gehüllten Beine vor sich ausgestreckt. »Das ist Wahnsinn …«

Die Gebete aus den türkischen Gräben verstummten, dafür schwollen die Instrumente zu einem weiteren Crescendo an. Thomas nutzte die letzte Gelegenheit, um seinen Sohn lange und voller Zuneigung zu betrachten.

»Ich wünschte …«, begann er, doch er fand keine Worte, die diesem Augenblick hätten gerecht werden können.

Richard lächelte und drückte seine Hand. »Schon gut, Vater. Auch ich hätte mir vieles gewünscht, wenn uns die Zeit dafür geblieben wäre.«

Ein Schuss vom Hügelkamm war das Zeichen zum Angriff. Das tiefe Grollen rollte über den Hafen und wurde dann von den wilden Schreien der Türken übertönt, die aus ihren Gräben stürmten und den kurzen Weg bis zu dem in Trümmern liegenden Fort zurücklegten. Die Verteidiger feuerten ihre Arkebusen ab, ohne auf den Befehl zu warten. Die feindlichen Truppen überquerten das Schlachtfeld und erklommen den Schutthaufen vor der Bresche. Der erste Angreifer fiel durch einen Kopfschuss und wurde von seinen nachfolgenden Kameraden niedergetrampelt. Weitere Männer starben durch Kugeln in den Schädel oder die Brust – auf diese Entfernung stellten sie leichte Ziele dar.

Thomas hielt eine Hand trichterförmig um den Mund. »Brandsätze!«

Die Lunten zeichneten feine Rauchbögen in die Luft, dann zerplatzten die Tonkrüge, und wild züngelnde Flammen setzten die Feinde in Brand. Sie schrien vor Angst und Schmerz.

»Zeigt's ihnen, Männer!«, rief Oberst Mas und reckte das Schwert in die Luft. »Für den wahren Glauben!«

Miranda wiederholte den Ruf, dann verzog er die Lippen zu einem grimmigen Lächeln. »Tötet sie!«

Thomas hob das Schwert. Richard neben ihm war über die Pike gebeugt. Trotz des Arkebusenfeuers, der Brandsätze und der Steine, die von beiden Seiten der Bresche auf sie geworfen wurden, rückten die Türken vor. Die steile Anhöhe und das lockere Geröll verlangsamten ihren Aufstieg, und sie mussten weitere Verluste hinnehmen, bevor sie in Nahkampfweite gerieten.

Thomas trat mit gezücktem Schwert vor. Richard war neben ihm, die Pike zum Stoß bereit. Ein Sipahi, der mehrere Schritt vor seinen Kameraden lief, rannte mit einem Schlachtruf auf die Brüstung zu. Er hatte seinen Speer mit beiden Händen über dem Kopf erhoben und richtete ihn auf Richard. Der junge Mann wehrte den Stoß gekonnt ab, sodass Holz auf Holz krachte. Dann erwiderte er den Angriff mit aller Kraft. Die Stahlspitze seiner Pike drang durch den Kaftan des Sipahi und bohrte sich tief in seine Brust.

Weitere Soldaten strömten den Geröllhaufen herauf. Thomas schlug auf einen Turban ein. Die Schwertschneide vermochte den fest gewickelten Stoff nicht zu durchdringen, doch der Hieb brachte den Mann aus dem Gleichgewicht, sodass Thomas ihm mit einem weiteren Stoß der Klinge die Halsschlagader durchtrennen konnte. Sein Gegner ging zu Boden, und Thomas hielt nach dem nächsten Ausschau. Etwas prallte gegen seine Schulter, und er bemerkte eine Bewegung in den Augenwinkeln – ein Pfeilschaft. Weitere Pfeile lösten sich aus der Menge am Fuße des Geröllhaufens, dann bemerkte Thomas Blitze und Rauchwolken. Die feindlichen Arkebusiere nahmen ihre Ziele aufs Korn. Neben Stokely zerplatzte der Kopf eines maltesischen Milizionärs wie eine überreife Wassermelone. Blut spritzte auf das Gesicht des englischen Ritters. Richard stieß seine Pike in die Schulter eines in Tierfelle gehüllten Kerls mit wildem Haar. Dieser heulte vor Schmerz auf, dann riss er sich los und schlug mit einem Knüppel auf Richards Helm ein. Indem er seine Pike wie einen Kampfstab führte, gelang es Richard, den Angriff zu parieren. Anschließend stieß er das untere Ende des Pikenschafts zwischen die Beine seines Gegners, brachte ihn zu Fall und bohrte dem auf dem Rücken liegenden die Spitze in die Brust.

Thomas konnte deutlich Oberst Mas' Schreie hinter sich hören. »Für Gott! Für den heiligen Johannes! Kämpft! Kämpft!«

Stokely trat tapfer in die Bresche, damit er Platz hatte, um sein Schwert zu schwingen. Er hob es mit beiden Händen über den Kopf, bevor er damit nach einem Offizier schlug, der wie von Sinnen vorstürmte, um der erste Mann zu sein, der die Bresche nahm. Der Türke bemerkte das dumpfe Glänzen der Klinge im fahlen Morgenlicht und hob seinen Schild, um sie abzuwehren. Dem Gewicht des Schwertes, vereint mit der beträchtlichen Kraft, mit der es geführt wurde, konnte selbst der beste Schild nicht standhalten. Stokelys Waffe zerschmetterte ihn mit einem gellenden Klang, durchtrennte den Ellenbogen des Türken und fuhr durch Schuppenpanzer, Leder und Waffenrock in seine Flanke. Der Offizier taumelte beiseite und starrte keuchend und benommen auf das Blut, das aus seinem Armstumpf quoll. Dann fletschte er in einem trotzigen Lächeln die Zähne und ging mit seinem Säbel auf den Engländer los. Stokely parierte und schlug dann erneut zu – direkt auf den Hals des Türken. Mit einem feuchten Knirschen sprang der Kopf des Offiziers von seinen Schultern, bespritzte seine Kameraden mit Blut und landete dann auf dem Boden.

Ein verzweifeltes Aufstöhnen entfuhr den feindlichen Kehlen, und einen Augenblick lang geriet der Angriff ins Stocken. Die Türken hatten bereits über zwanzig Mann verloren, und immer weitere fielen dem Feuer der Verteidiger von beiden Seiten der Bresche zum Opfer. Allmählich zogen sie sich über Geröllhügel zurück und versuchten sich hinter den Schuttmassen in Sicherheit zu bringen.

»In Deckung!«, rief Thomas.

Seine Männer verließen die Bresche und duckten sich hinter die Überreste der Brüstung, sobald die ersten türkischen Kugeln vom Mauerwerk prallten. Ein maltesischer Freiwilliger war nicht schnell genug. Er schrie auf, als sich eine Kugel in seine Hüfte bohrte, ließ das Schwert fallen und ging zu Boden. Mühsam setzte er sich auf, um die Wunde zu inspizieren, als ihn ein zweiter Schuss ins Gesicht traf und zu Boden riss. Einen Moment lang stand Stokely allein in der Bresche und streckte den Türken herausfordernd das Schwert entgegen. Eine Kugel, die von seiner Brustplatte prallte, zwang ihn, einen Schritt zur Seite zu treten. Als ein weiteres Geschoss das dicke Schulterstück streifte, drehte er sich um, trat gelassen aus der Schusslinie und kauerte sich dann keuchend neben Thomas und Richard hinter die Brüstung.

Die Arkebusiere behielten die Bresche genau im Auge. Sie zielten sorgfältig und verbrauchten ihr letztes Schießpulver damit, auf jeden Türken zu schießen, der sich zeigte. Die gegnerischen Scharfschützen erwiderten das Feuer auf alle, die auch nur einen kurzen Blick über die Brüstung werfen wollten. Thomas sah sich entlang der Verteidigungslinie um. Sie hielt stand. Mas und Miranda riefen unablässig Spottrufe und Ermutigungen von ihrem Platz aus und stießen ihre glänzenden Klingen in die kühle Morgenluft.

»Dachte ich's mir doch«, sagte Stokely leise. Thomas folgte seinem Blick und sah Blut auf seinen Fingerspitzen und dem glänzenden Stahl seiner Armschiene.

»Bist du verwundet?«

Stokely nickte und deutete auf seine Brustplatte. Aus einem kleinen Loch in der Mitte sickerte Blut, das er mit der Hand verschmiert hatte. Er lächelte schwach, als er

Thomas' Blick erwiderte. »Ich habe einen dritten Schuss gespürt, aber ich dachte, die Rüstung hätte standgehalten. Da habe ich mich wohl geirrt.«

»Richard!« Thomas drehte sich zu seinem Sohn um. »Bring Sir Oliver in die Kapelle!«

Richard ließ die Pike sinken, doch Oliver hob die Hand. »Nein. Lass mich.«

»Aber Ihr seid verwundet, Herr.«

»In der Tat, und bald werde ich sterben. Aber lieber finde ich mein Ende in der Schlacht, als mit den anderen Verwundeten wie die Hunde erschlagen zu werden. Lass mich, sage ich. Noch bereitet mir die Wunde keine allzu großen Schmerzen.«

Thomas sah den dunklen Fleck auf dem Waffenrock unter der Rüstung. Die Wunde war tödlich. Selbst wenn St. Elmo wie durch ein Wunder standhalten sollte, würde Stokely am Blutverlust oder spätestens dann sterben, wenn sich ein Metallsplitter oder Stoffstück entzündete, das in seinen Körper eingedrungen war. Mit gleichmütiger Miene wischte Stokely sich die Finger am Saum seines Waffenrocks ab und umklammerte fest den Griff seines Schwerts.

»Ich werde als ein besserer Mann sterben, als ich im Leben war.«

»Es gibt keinen Grund zur Reue«, sagte Thomas sanft. »Du hast mehr als nur deine Pflicht getan ... ich wünschte, wir hätten die Gelegenheit gehabt, uns wieder als Freunde zu bezeichnen.«

»Freunde?« Stokely schüttelte lächelnd den Kopf. »Niemals.«

Die Schüsse auf der Mauer verstummten. Die Arkebusiere legten einer nach dem anderen ihre Waffe beiseite und griffen zu ihren Klingen. Kaum eine Stunde nach Sonnenaufgang schwiegen die Feuerwaffen auf St. Elmo, was auch der Feind nach kurzer Zeit bemerkte. Ein Ruf gellte aus den Annäherungsgräben, dann begann der Angriff von Neuem.

»Haltet die Bresche!«, rief Miranda. »Bleibt standhaft, Brüder!«

Thomas hörte, wie die Schritte auf Geröll und losem Mauerwerk lauter wurden. Er half Stokely wieder auf die Beine. Gemeinsam mit Richard und den anderen Überlebenden bezogen sie am Rande der Bresche Position und zückten die Waffen. Thomas sah die Köpfe und Schultern der ersten feindlichen Soldaten. Über ihnen funkelten Speerspitzen und gekrümmte Säbelklingen. Unter den Angreifern befanden sich auch mehrere Bogenschützen und Arkebusiere, die nun nicht mehr befürchten mussten, vom Feind ins Visier genommen zu werden. Thomas beobachtete, wie einer der Schützen seine Waffe auf die Gabel stellte, zielte und die Lunte an die Zündpfanne hielt. Die Waffe machte einen Satz, spuckte Feuer und Rauch, und Kapitän Miranda brach in seinem Stuhl zusammen. Er ließ den Schwertarm sinken, und die Klinge entglitt seinem Griff, während er auf ein taubeneigroßes Loch über seinem Herzen starrte. Sein Kiefer klappte herunter, als er sich bemühte zu sprechen. Schließlich warf er den Kopf zurück und stieß einen letzten Schrei aus. »Kämpft, Brüder!«

Weitere Schüsse streckten zwei Verteidiger nieder.

Richard hob die Pike. »Kommt und kämpft wie Männer, ihr Feiglinge!«

In diesem Moment bemerkte Thomas eine Bewegung und drehte sich instinktiv danach um. Ein Tonkrug kam durch die Luft auf ihn zugeflogen. Zum Ausweichen blieb keine Zeit. Der Krug zerbarst an seiner Brustplatte, und mit einem grellen Lichtblitz wurde er von Kopf bis Fuß in die flackernden roten und gelben Flammen des unerträglich heißen Feuers getaucht.

KAPITEL 38

Einen Wimpernschlag lang spürte Thomas nur glühende Hitze. Er taumelte aus der lodernden Pfütze, die an der Mauer klebte, ließ das Schwert fallen und versuchte, die Flammen auszuklopfen, bis er bemerkte, dass auch seine Hände brannten. Der Schmerz traf ihn wie ein Schlag – sengende, unbeschreibliche Qualen auf der rechten Gesichtshälfte und seinem linken Arm und Bein.

»Vater!«, rief Richard.

Thomas antwortete nicht. Seine Kehle schnürte sich zusammen, und doch bahnte sich ein klagender Schrei aus seiner Brust und drängte aus seinem verkrampften Kiefer. Er spürte, wie Hände nach den Flammen schlugen, dann packte jemand fest seinen Arm und zog ihn von der Brüstung. Gleich neben dem Treppenhaus zum Innenhof stand ein mit Meerwasser gefülltes Fass bereit. Noch bevor Thomas wusste, wie ihm geschah, landete er schwer darin. Sofort ließ der Schmerz auf seinem Gesicht nach, und er schmeckte beißendes Salz auf den Lippen. Als sein Kopf wieder auftauchte, kehrten auch die Schmerzen zurück. Er konnte auf dem rechten Auge nur verschwommen sehen, also kniff er es zu.

»Helft mir!«, rief Richard. »Wir müssen ihn in die Kapelle bringen.«

Bei diesen Worten schreckte Thomas trotz aller Benommenheit auf. »Nein! Ich bleibe und kämpfe!« Er stieg aus dem Fass und stellte sich tropfend daneben. Trotz der brennenden Schmerzen zwang er sich dazu, einen klaren Kopf zu behalten. »Mein Schwert! Gebt es mir!«

Richard starrte ihn entsetzt an, während Stokely ihm das Schwert in die Hand drückte. »Hier.«

Ohne zu zögern, trat Thomas auf die Männer zu, die sich mit den Türken einen erbitterten Kampf um die Bresche lieferten. Mehrere Angreifer waren bereits auf der Mauer, und zwei Janitscharen hatten es auf Oberst Mas abgesehen. Dieser schwang verzweifelt das Schwert, parierte ihre Angriffe und durchtrennte einem seiner Gegner den Hals. Dann wurde er von einer Kugel getroffen und fiel vom Stuhl. Sofort sprang der andere Janitschar vor, holte aus und schlug das einst stolze Antlitz des Söldners zu einem blutigen Brei. Thomas wollte ihm zu Hilfe eilen, doch mit einem Mal spürte er einen Schlag gegen seine linke Schulter, der ihn herumriss und in die Knie zwang. Wieder packten ihn Hände und zogen ihn zurück.

»Wir müssen ihn hier rausschaffen!«, rief Richard.

»Mach du das«, knurrte Stokely. »Ich beschütze euch.«

Betäubt und blind von dem grässlichen Schmerz spürte Thomas, wie sein Arm über eine Schulter gelegt wurde, dann stolperte er eine Treppe hinunter. Vor Qual und Verzweiflung drohten ihm die Sinne zu schwinden.

»Die Bresche ist verloren!«, rief jemand entmutigt. »Die Türken sind durchgebrochen!«

Richard umklammerte seinen Vater noch fester und warf einen Blick über die Schulter. Die Türken strömten durch die Bresche und auf die Mauern zu beiden Seiten, wobei sie die letzten Soldaten, die sich ihnen noch entgegenstellten, gnadenlos niederhauten. Immer größer wurde die Schar der Feinde, und nur wenige der Verteidiger konnten sich noch aus eigener Kraft zu den Lagerräumen bewegen, wo der letzte Kampf stattfinden würde. Manche versuchten, sich zu verstecken. Stokely humpelte hinter Richard her, bereit, jeden sich nähernden Feind mit seinem Schwert niederzustrecken.

Im Innenhof gesellten sie sich zu den anderen Männern, die in die Kapelle flüchten wollten. Die Glocken schlugen, ein dröhnender Laut, der selbst über den Triumphschreien des Feindes und den flehentlichen Gnaderufen der Verteidiger zu hören war. Doch ihre Gegner kannten kein Erbarmen. Die Türken hatten im vergangenen Monat zu große Verluste erlitten und dürsteten nun nach blutiger Vergeltung. Von Stokely beschützt taumelte Richard auf die Kapelle zu. Oben auf der Treppe ging ein spanischer Soldat in die Knie und faltete die Hände, als er von mehreren Türken umzingelt wurde. Ohne mit der Wimper zu zucken ließen sie die Klingen hinabsausen und hieben den Spanier in Stücke, dass das Blut spritzte.

»Komm, Vater«, flüsterte Richard. »Es ist nicht mehr weit.«

Eine Kugel schlug neben ihnen in die Kapellentür ein und riss Splitter aus dem dunklen Holz. Zwei Soldaten mit gezogenen Schwertern winkten sie verzweifelt zu sich.

»Hierher, schnell!«, rief ein Hauptmann in den Farben des Ordens. Richard beschleunigte seinen Schritt und zerrte seinen Vater über die Schwelle.

»Schließt die Tür!«, befahl Stokely, als er Richard in die Kapelle folgte. Die Kameraden, die es nicht rechtzeitig geschafft hatten, waren verloren. Eine Handvoll kämpfte noch am oberen Ende der Treppe. Die anderen wurden überrannt und niedergemetzelt. Die Tür der Kapelle fiel ins Schloss. Stokely half dem Hauptmann, sie mit einer Bank zu verrammeln. Dann drehte er sich zu Richard um und deutete auf das hintere Ende der Kapelle. »Bring ihn dorthin, hinter den Altar. Beeil dich!«

Richard nickte und schleppte seinen stöhnenden Vater durch den Mittelgang. Die Bänke waren zu beiden Seiten an die Wand geschoben worden, um Platz für die Verwundeten zu schaffen. Die verletzten Männer richteten sich auf und blickten angsterfüllt zur Tür, während die Jubelschreie des Feindes durch das Fort gellten. Richard zerrte Thomas die Stufen zur Apsis hinauf und umrundete den Altar, bevor er den Verwundeten vorsichtig auf die Steinfliesen neben der Öffnung zum Abwasserkanal legte.

»O Gott …«, stöhnte Thomas durch zusammengebissene Zähne. »Es tut so weh … so weh.«

Richard verzog das Gesicht, als er das rohe, mit Blasen übersäte Fleisch auf der rechten Gesichtshälfte seines Vaters sah. Schnell löste er die Verschlüsse und nahm ihm Helm und Rüstung ab, sodass er nur noch den Waffenrock, die dicke Kniehose und seine Stiefel trug. Als er ihm die Handschuhe auszog und dabei Hautfetzen mitriss, die mit dem Metall verschmolzen waren, stieß Thomas einen Schrei aus. Richard hob mit aller Kraft den schweren Eisendeckel über dem Abflusskanal hoch und legte die Öffnung darunter frei.

Etwas krachte gegen die Kapellentür. »Sie kommen!«, rief der Hauptmann alarmiert.

»Haltet sie noch einen Augenblick auf«, befahl Stokely und humpelte auf den Altar zu, wobei er eine Hand an seine Flanke presste und mit der anderen das Schwert hinter sich herschleifte.

Als er Thomas und Richard erreicht hatte, musste er Atem schöpfen.

»Eins noch, Richard ...« Stokely griff sich an den Hals und zog einen Schlüssel an einer Silberkette aus dem Ausschnitt. Er zerrte fest daran, sodass die Kette riss, und drückte Richard den Schlüssel in die Hand. »Hier. In meinem Schreibtisch ist ein ... doppelter Boden ... darin ist eine kleine Truhe. Das ist der Schlüssel dafür.«

»Heinrichs Testament?«

Stokely nickte. »Es wäre wohl das Beste für alle, wenn du es vernichtest ...«

Richard starrte den Schlüssel an, dann steckte er ihn schnell in sein Hemd.

Stokely deutete auf den am Boden liegenden, jammernden Thomas. »Rette ihn ... verschwindet von hier.«

Richard nickte, packte Thomas unter den Armen, schleppte ihn zum Abflussrohr und half ihm, sich an den Rand zu setzen, damit er sich von dort aus hinunterfallen lassen konnte.

Thomas sah zu Stokely auf. »Kommst du nicht mit?«

»Nein.« Stokely deutete auf das Blut, das unter seiner Brustplatte hervorsickerte. »Die Wunde ist tödlich. Ich bleibe hier bei den anderen.«

Richard schüttelte traurig den Kopf. »Gott sei mit Euch, Herr.«

»Geht!« Stokely scheuchte ihn mit einer Handbewegung davon.

Sobald Richard außer Sichtweite war, humpelte Stokely zum Deckel und schob ihn wieder an seinen Platz. Danach stützte er sich auf sein Schwert und schnappte nach Luft. Die Schläge, die gegen die Tür dröhnten, wurden immer lauter. Trotz der schweren Bank und den verzweifelten Bemühungen zweier Soldaten bog sich die Tür langsam nach innen. Die Glocke verstummte, und Stokely sah, wie Robert von Eboli den kleinen Glockenturm der Kapelle verließ. Der Mönch trug ein silbernes Kruzifix vor sich her. Er hob es hoch, trat in die Mitte der Kapelle, drehte sich zum Eingang um und kniete nieder. Den Türken gelang es nach und nach, die Tür aufzuzwingen. Durch den sich ständig vergrößernden Spalt fiel ein Lichtstrahl in das düstere Gotteshaus und genau auf das Kruzifix in den Händen des Mönchs. Die Reflexion bildete ein gewaltiges Kreuz aus Licht an der Wand über dem Eingang.

»Seht ihr?«, rief Robert. »Der Herr ist mit uns! Wir sind gerettet!«

Die Tür schwang krachend auf. Die beiden Hauptmänner sprangen zurück und zogen die Waffen, als die Türken in die Kapelle strömten. Mit einem lauten Schrei schwang ein Soldat sein Schwert und spaltete den Schädel eines kaftanbekleideten Kriegers. Bevor er die Klinge wieder befreien konnte, hatte der Feind ihn und seinen Kameraden, der sich ebenfalls nach Kräften wehrte, umzingelt und kurz darauf in Stücke gehackt. Weitere Türken drangen in die Kapelle vor. Stokely schüttelte den Kopf, um die Benommenheit zu vertreiben.

»Haltet ein, Ungläubige!«, brüllte Robert mit derselben vollen Stimme, mit dem er seine mitreißenden Predigten gehalten hatte. Er streckte den Türken das Kruzifix entgegen. »Der Herr unser Gott befiehlt euch, dieses Haus und diese Insel zu verlassen und niemals zurückzukehren.«

Ein Janitscharenoffizier ging auf den Mönch zu. »Wo ist dein Gott jetzt, Christ?«, fragte er höhnisch in französischer Sprache und sah sich suchend um, woraufhin seine Männer in Gelächter ausbrachen. Dann hob er das Schwert und schwang es mit aller Kraft in hohem Bogen. Robert konnte noch einen Schreckensschrei ausstoßen, dann fiel sein Kopf neben ihm auf den Boden. Schließlich gab auch sein Körper nach, und das Kruzifix landete klappernd neben dem Schädel. Der Offizier drehte sich zu seinen Männern um und brüllte einen Befehl. Unter Jubelschreien schwärmten sie in der Kapelle aus, fielen über die um Gnade flehenden Verwundeten am Boden her und metzelten sie nieder.

Sie näherten sich auch Stokely. Der nahm alle verbliebene Kraft zusammen, hob das Schwert und ließ es über seinem Kopf kreisen, um Schwung für den tödlichen Schlag zu holen. »Für Gott und den heiligen Johannes!« Die blutige Spitze zischte noch durch die Luft, als sich der erste Gegner zum Kampf stellte. Ein stämmiger Mann mit einem breiten Säbel und einem großen Rundschild ging zum Angriff über, als sich die Klinge des Zweihänders gerade hinter Stokely befand. Stokely hatte damit gerechnet und trat einen Schritt zurück. Das Schwert glitt unter dem Schildrand des Türken hindurch und drang bis auf den Knochen in sein Knie. Noch im Fallen schwang der Türke die eigene Klinge und traf Stokely am Helm.

Stokely sah Sterne, und bevor er wieder bei Sinnen war, fielen die anderen Türken über ihn her. Sie rissen ihm das Schwert aus den Händen und schlugen ihn zu Boden. Dolche bohrten sich an den ungeschützten Gelenken der Rüstung in sein Fleisch. Dann befahl der Offizier seinen Männern, innezuhalten.

»Das ist einer der verfluchten Ritter, ihr Narren! Warum ihn jetzt töten, wenn wir ihn doch wie ein Schwein schlachten können? Nehmt ihm die Rüstung ab und legt ihn auf den Altar!«

Der benommene Stokely spürte, wie man ihm die Panzerplatten von den Gliedmaßen zog und dann die Kleider vom Leib riss. Nackt wurde er vom Boden gehoben und auf den kalten Stein des Altars gelegt. In seinen Ohren gellten die Schreie der sterbenden Verwundeten. Er wollte sich wehren, doch starke Hände hielten ihn fest gepackt. Dann klärte sich seine Sicht, und er erkannte den Offizier, der vor ihm einen Dolch in die Höhe hielt.

»Das geschieht mit den Schweinen, die sich Süleyman und Allah widersetzen.«

Er hob den Dolch über Stokelys Brust. Mit letzter Kraft öffnete Stokely den Mund. »Gott schütze die wahre Religion!«

Dann bohrte sich der Dolch in seine Brust. Die Luft wurde ihm aus den Lungen gedrückt, und Stokelys Kopf rollte zur Seite, als die Klinge durch sein Brustbein schnitt und sein Herz freilegte. Dunkelheit umfing ihn, als die Finger des Türken sich um das noch schlagende Organ schlossen. Sir Olivers Lippen formten ihre letzten Worte: »Allmächtiger Gott, beschütze Maria ...«

KAPITEL 39

Im Tunnel hörte Richard Stokelys Todesschrei und sah sich um. Jeden Augenblick konnte ein neugieriger Türke den Eingang zum Abwasserkanal entdecken. Seine einzige Hoffnung war, dass der überwältigende Gestank nach Exkrementen den Feind davon abhalten würde, ihn zu betreten, bis er seinen Vater in den Schutz der Felsen gebracht hatte, von denen aus der Pfad zur Anlegestelle führte. Er griff unter Thomas' Schultern, packte den Waffenrock und zog. Der Stoff scheuerte gegen die verbrannte Haut seiner Arme, und Thomas stöhnte auf.

»Ruhig!«, zischte Richard. »Willst du uns umbringen?«

Thomas biss die Zähne zusammen und verkniff sich einen Schmerzensschrei. Der Schock setzte ein, und er begann zu zittern. Sein ersticktes Ächzen hallte leise durch den Tunnel. Richard beugte sich vor.

»Vater, um Himmels willen, sei still«, flüsterte er Thomas ins Ohr.

Er zerrte den hilflosen Thomas durch das Rinnsal, das durch den stinkenden Morast am Boden des Kanals verlief. Bis zur Leinwand, die den Ausgang verbarg, war es nicht mehr weit. Richard legte seinen Vater ab, schob die Leinwand behutsam zur Seite und spähte ins Tageslicht.

Von oben hörte er Jubelschreie und vereinzelte Schüsse durch das Fort hallen. Der Feind feierte seinen Sieg, doch auf dieser, dem Hafen und Birgu und Senglea zugewandten Seite des Forts war weit und breit niemand zu sehen. Richard schob die Leinwand vollends zur Seite und stieg aus dem Tunnel. Er sah sich um und erkannte mehrere Männer, die jedoch zu weit entfernt waren, als dass sie Richards Kleidung hätten erkennen können. Er richtete sich auf und winkte ihnen wie beiläufig zu. Einen Augenblick später grüßte einer der Türken zurück, bevor er seine Aufmerksamkeit wieder St. Elmo widmete.

Richard zog Thomas aus dem Kanal, stellte ihn auf die Beine und schlang sich dessen unversehrten Arm um die Schulter.

»Es ist nicht weit. Halte dich an mir fest.«

Sie arbeiteten sich über den felsigen Boden bis zum Pfad vor. Richard erwartete, jeden Augenblick von den Aussichtsposten auf den Mauern entdeckt zu werden. Doch der Alarm blieb aus, und sie taumelten unbehelligt weiter. Richard vermutete, dass die Türken damit beschäftigt waren, die letzten Verteidiger zur Strecke zu bringen und nach der Kriegsbeute zu suchen, die ihnen vor dem Feldzug versprochen worden war. Fast alles von Wert war am Vorabend des Angriffs in den Brunnen des Forts geworfen worden, als den Verteidigern klar geworden war, dass sie auf verlorenem Posten standen.

Richard führte Thomas zur Treppe, die zum Steg führte, als er Stiefelschritte hörte. Eine Gestalt trat vor sie. Richards Hand huschte zu seinem Schwertgriff. Dann stieß er einen erleichterten Seufzer aus, als er einen maltesischen Milizionär erkannte. Der Mann starrte die beiden Engländer verwirrt an, dann drehte er sich um.

»Warte!«, rief ihm Thomas auf Maltesisch hinterher. »Wir brauchen Hilfe.«

»Zu spät«, erwiderte der Mann. »Jeder ist sich selbst der nächste.«

»Hilf mir«, flehte Richard. »Um Himmels willen, hilf mir doch.«

Der Mann zögerte, dann trat er auf Thomas' andere Seite und hob seinen Arm, bevor Richard ihn aufhalten konnte. Sofort warf Thomas den Kopf zurück und schrie. Sie hatten gerade die Treppe erreicht, als sie eine Stimme von der Mauer hörten.

»Nicht umdrehen!«, flüsterte Richard. »Immer weitergehen.«

Die Stimme rief noch einmal nach ihnen, lauter diesmal. Nach einer kurzen Pause nahm sie einen warnenden Tonfall an. Sie gingen weiter. Thomas' Füße schleiften über die Stufen zwischen den Felsen. Dann hatten sie die Anlegestelle erreicht.

»O nein …«, murmelte Richard verzweifelt. Kein einziges Boot lag vor Anker. Nur der Bug eines versunkenen, von den feindlichen Kanonen in Stücke geschossenen Kahns trieb im Wasser. Weitere Rufe ertönten von oben, und Richard sah sich um. Noch wurden sie nicht verfolgt. Sie erreichten das Ende des Stegs, lehnten Thomas an einen Pfosten und zogen sich hastig aus, bis sie mit nichts mehr als den Beinkleidern dastanden. Dann entkleidete Richard auch seinen Vater. Als er das volle Ausmaß der Brandwunden sah, stockte ihm der Atem.

Die rechte Gesichtshälfte schimmerte bis zum Hals hinunter so rot wie das Fleisch eines frisch geschlachteten Tiers. Hautfetzen hatten sich gelöst und hingen in grauweißen Streifen von seinem Körper herab. Das Entfernen der Kleidung rief neue Qualen hervor. Thomas konnte sich einen Schrei nur mit größter Mühe verkneifen.

»Wir müssen schwimmen«, sagte Richard.

»Lass mich zurück«, bat Thomas mit schmerzverzerrtem Gesicht.

»Nein. Unmöglich.« Richard schüttelte den Kopf und zwang sich zu einem Lächeln. »Jetzt habe ich endlich einen Vater gefunden, da will ich ihn nicht gleich wieder verlieren.«

Dann packte er Thomas' rechten Arm und sprang ins Meer. Der maltesische Soldat folgte ihm. Kurzzeitig schlug das Wasser über Thomas' Kopf zusammen, dann durchstieß sein Gesicht die Oberfläche. Das kühle Nass linderte seine Schmerzen. Dennoch konnte er nur unter Höllenqualen schwimmen oder überhaupt den linken Arm bewegen.

»Ich werde es nicht schaffen, Richard. Bitte … bitte rette dich.«

»Leg dich auf den Rücken«, befahl Richard. »He, du! Nimm seinen anderen Arm. Und dann los!«

Thomas starrte in den Himmel, während seine Gefährten auf das etwa vierhundert Yards entfernte Ufer zuschwammen. Eine Zeit lang ließ Thomas sich mitschleppen, dann hob er den Kopf und sah die hafenseitige Mauer von St. Elmo vor sich. Winzige Gestalten, die auf der Brüstung mit ihren Schwertern und Speeren in der Luft herumfuchtelten, zeichneten sich vor dem morgendlichen Himmel ab. Einige dünne Rauchwolken stiegen in die Höhe, bevor sie sich auflösten. Er beobachtete, wie die Flagge des Ordens noch einmal in einer anmutigen Bewegung flatterte und dann schnell eingeholt wurde. Kurze Zeit später erhob sich die grüne Fahne des Islam unter erneuten Jubelschreien über dem Fort.

»Was ist mit Sir Oliver?«, keuchte Thomas. »Wo ist er?«

Richard musste den Kopf aus dem Wasser recken, um antworten zu können. »Tot. Er hat sich in der Kapelle zum letzten Gefecht gestellt.«

Die drei Männer waren etwa hundert Yards vom Steg entfernt, als ein kleiner, mit Arkebusen bewaffneter Trupp die Treppe herunterrannte. Sie liefen zum Ende des Stegs, wo zwei der Schützen die Waffen auf ihre Gabeln stellten und anlegten. Eine kleine Rauchwolke hüllte den ersten Mann ein, dann tauchte die Kugel etwa sechs Fuß von Thomas entfernt spritzend ins Wasser ein. Der zweite Schuss war sorgfältiger, aber zu weit gezielt, sodass er kurz vor den Schwimmern einschlug. Weitere Schüsse folgten – manche verfehlten sie um Längen, andere nur knapp.

»Seht!«, rief der maltesische Soldat plötzlich. »Die Türken kommen!«

Richard hob den Kopf, um über die sanften Wellen blicken zu können. Ein Boot hatte von einer der kleinen Geschützstellungen abgelegt, die das Ufer der Sciberras-Halbinsel säumten. An Bord befanden sich mehrere Männer mit Arkebusen. Dahinter wurde ein zweiter Kahn bemannt.

»Verflucht«, knurrte Richard. »Sie werden uns erreichen, bevor wir auf der anderen Seite sind.« Er wandte sich dem Malteser zu. »Schwimm um dein Leben!«

Sie taten kräftige Züge und schleppten dabei Thomas hinter sich her, dem immer wieder die Sinne schwanden. Als sie in der Mitte des Kanals angekommen waren, hörten sie ein Donnern aus Richtung St. Angelo. Richard sah auf. Eine Rauchwolke stieg von einem der Türme auf. Er drehte sich schnell um und bemerkte eine Wasserfontäne, die weniger als hundert Yards neben dem ihnen am nächsten türkischen Boot aufspritzte. Der Einschlag brachte das Gefährt zum Schaukeln. Die Ruderer hielten inne, sodass sich das Boot um seine Achse drehte und die Soldaten im Bug nur mit Mühe das Gleichgewicht halten konnten. Einer ließ seine Arkebuse fallen. Sie prallte von der Bootswand ab und landete platschend im Wasser. Ein Offizier zog sein Schwert und schrie der Besatzung Befehle zu. Schnell legten sich die Männer wieder in die Riemen. Das Boot richtete sich erneut auf die Schwimmer aus und setzte die Verfolgung fort.

Die Kanone des Forts wurde erneut abgefeuert. Diesmal schlug die Kugel knapp hinter dem Bootsheck ein und wirbelte das Wasser auf, sodass eine kleine Welle über den Heckbalken schwappte. Unverdrossen feuerte der Offizier die Ruderer an, und das Boot holte schnell auf. Als Richard sich wiederholt umdrehte, musste er mit Entsetzen feststellen, dass der Feind nur noch etwa dreißig Yards entfernt war. Ein Schütze im Bug ließ den Lauf der Waffe sinken und zielte, wobei er die Beine spreizte, um das Schaukeln des Boots auszugleichen. Er kniff das rechte Auge zu und hob die brennende Lunte an das Zündloch über dem Lauf.

In diesem Augenblick schien sich das Boot in die Luft zu erheben. Holzsplitter und Wasser spritzten in alle Richtungen. Unter lautem Geschrei stürzten die Türken in den Hafen. Die Soldaten strampelten um ihr Leben, während neben ihnen Trümmerteile niedergingen. Der Offizier versuchte verzweifelt, gegen das Gewicht seiner Rüstung anzukämpfen. Seine Hände durchbrachen noch einmal die Oberfläche, dann versank er mit seinen anderen Kameraden, denen ihre Rüstung ebenfalls zum Verhängnis wurde. Das zweite Boot jedoch kam schnell näher.

Richard bekam einen beißenden Krampf im rechten Bein, zwang sich jedoch, weiterzuschwimmen. Jeder Muskel in seinem Körper schmerzte und schien schwer wie Blei, und schon bald befürchtete er, dass er das noch etwa zweihundert Yards entfernte Ufer nicht erreichen würde. Er sah Männer auf den Mauern von St. Angelo, die sie anfeuerten. Die Kanone feuerte wieder, diesmal auf das zweite Boot.

»Richard …« Thomas prustete, als eine Welle über ihn hinwegschlug. »Mein Sohn … lass mich zurück.«

»Nein.«

»Ich habe so große Schmerzen … dass ich lieber tot wäre. Rette dich.«

»Nein, Vater. Ich lasse dich nicht zurück.«

»Ich bin bereits tot. Ich werde diese Verwundungen nicht überleben.«

Richard packte seinen Vater noch fester und trat verbissen mit den Beinen aus.

»Lass mich zurück.«

»Nein, das werde ich nicht tun. Und du wirst auch nicht sterben.« Richard spuckte einen Mundvoll Salzwasser aus. »Denk an Maria. Sie wartet in Birgu auf dich. Das sollte dir Zuversicht geben.«

»Maria …«, murmelte Thomas, der erneut das Bewusstsein zu verlieren drohte.

»Herr!« Der Malteser hob eine Hand aus dem Wasser. »Seht!«

Richard reckte den Hals, folgte mit dem Blick dem Finger des Mannes und sah, wie sich ein Boot aus Richtung St. Angelo näherte. Sonnenlicht blitzte auf Rüstungen und Waffen, während es durch die sanften, vom Morgenlicht beschienenen Wellen glitt. Dieser Anblick erfüllte Richard mit neuer Hoffnung, und er zwang sich zum Weiterschwimmen, obwohl seine Lunge und seine Muskeln wie Feuer brannten. Die Kanone donnerte wieder, und er sah sich um. Der Feind hatte die Verfolgung noch nicht aufgegeben. Offenbar war er fest entschlossen, nicht einen Mann aus St. Elmo entkommen zu lassen. Die Soldaten aus St. Angelo waren jedoch ebenso fest entschlossen, ihre Kameraden zu retten, und legten sich verzweifelt in die Riemen. Richard konnte unmöglich abschätzen, welche Partei diesen Wettlauf gewinnen würde. Seine Schwimmstöße wurden zusehends schwächer, und die Felsen am Fuß des Forts, seine hochaufragenden Mauern schienen noch unendlich weit entfernt.

Dann hörte er, wie eine Stimme ihm etwas zurief. Kurz darauf plätscherte es, eine Welle schwappte über ihn hinweg, und als Richard die Augen wieder öffnete, sah er die langen, gebogenen Planken des Bootes vor sich.

»Holt sie an Bord! Beeilung!«

Hände packten seine Arme und zogen ihn beherzt aus dem Wasser und über den Bootsrand. Er lag auf dem Rücken und starrte keuchend und mit rasendem Herzen in den blauen Himmel. Kurz hintereinander wurden zwei Arkebusen abgefeuert. Der Feind erwiderte das Feuer, und Kugeln schlugen in den Bug. Nach einem weiteren Schusswechsel erklang ein Chor aus Freudenschreien.

»Sie fliehen! Gut gezielt, Männer. Jetzt schnell zurück nach St. Angelo.«

Richard spürte, wie das Boot wendete. Ein Schatten fiel über ihn. Er holte tief Luft und stützte sich auf die Ellenbogen. Vor ihm stand Romegas, der ranghöchste Kapitän des Ordens.

Romegas nickte grimmig. »Du bist Sir Thomas' Knappe.«

»Ja, Herr.«

»Dein Herr ist in schlechter Verfassung.«

»Ich weiß.«

»Ist außer euch niemand von der Garnison übrig? Seid ihr die Einzigen, die fliehen konnten?«

»Ich habe sonst niemanden gesehen. Vielleicht hat sich noch jemand in den Felsen oder den Höhlen am Ufer versteckt. Ich weiß es nicht, Herr.«

»Verstehe.« Romegas reichte ihm einen Weinschlauch. »Da. Nimm.«

»Noch nicht.« Richard setzte sich unter Mühen auf. Thomas lag zitternd auf dem Rücken. Hinter ihm kauerte der Malteser, die Arme um die Knie geschlungen. Richard kroch zu seinem Vater hinüber und nahm seine Hand. Thomas' Augen öffneten sich. Er wandte mühsam den Kopf und sah seinen Sohn blinzelnd an.

»Sind wir in Sicherheit?«

Richard nickte. Er musste den Blick von den grässlichen Verbrennungen auf dem Körper seines Vaters abwenden.

»In Sicherheit?« Romegas schüttelte den Kopf, während er über den Hafen hinweg nach St. Elmo blickte. Die Fahne des Feindes wehte nun über dem zerstörten, zertrümmerten Fort. »Das Vorspiel ist vorbei. Jetzt wird sich der Feind mit aller Macht auf Birgu und Senglea stürzen. Wenn uns Don Garcia nicht bald zu Hilfe kommt, steht uns das Schlimmste erst noch bevor.«

KAPITEL 40

Viele Tage vergingen, bevor Thomas so weit Herr seiner Sinne war, dass er seine Umgebung wieder wahrnehmen konnte. Sonnenlicht drang durch seine Augenlider, und er hörte das unregelmäßige Donnern der Kanonen und den entfernten, krachenden Aufprall der Eisenkugeln. Sein Körper war so geschwächt, dass er kaum einen Finger rühren konnte. Jeder Versuch, den Kopf zu bewegen, wurde mit einem scharfen, stechenden Schmerz belohnt, der sich über sein Gesicht bis zum Hals zog. Daher lag er still und stumm da und atmete tief und gleichmäßig, während sein Verstand versuchte, die Situation zu begreifen. Er wusste sehr wohl, wo er sich befand, doch das Letzte, an das er sich erinnern konnte, war der Fall von St. Elmo. Der Feind war durch die Bresche gebrochen, Mas und Miranda hatten den Tod gefunden, dann war der Tonkrug auf ihm zerbrochen und hatte ihn mit Feuer übergossen. Was danach geschehen war, blieb ihm ein Rätsel.

Bruchstückhaft erinnerte er sich an die höllischen Schmerzen, die jede Faser seines Körpers zu verschlingen schienen, flüchtige Bilder der in der Kapelle liegenden Verwundeten, Stokely, der mit ausdrucksloser Miene auf sein Schwert gestützt war und Atem schöpfte. Dann der Gestank eines finsteren, engen Raumes, das kühle Salzwasser, das seine Verbrennungen linderte, und ein kurzer Moment benommener Stille, als er auf dem Wasser trieb, in einen freundlichen blauen Himmel starrte und Frieden mit dem Umstand machte, dass sein Ende gekommen war. Und schließlich die erneuten Qualen, als man ihn aus dem Wasser zog.

Danach war er ohnmächtig geworden, und sein Dasein hatte sich in einen langen, wahnhaften und fiebrigen Albtraum verwandelt. Sein Kopf war mit Verbänden umwickelt. Tagelang lag er in der sengenden Hitze und starrte auf den Deckenputz oder den Lichtstrahl, der durch ein Fenster hinter ihm fiel. Er hatte eine strenge, nüchterne Stimme gehört, die von seinem Zustand berichtete, dann die Richards und schließlich eine weibliche, die unverkennbar Maria gehörte. Doch ihre Worte hatten keinen Sinn für ihn ergeben. Wenn er allein war, stiegen schreckenerregende Bilder von Feuer, Blut, Klingen, Rauch und grässlichen Wunden in ihm auf. Sein Kopf dröhnte von einer Vielzahl eingebildeter Geräusche – Trommeln und Zimbeln, die wilden Schreie von auf Leben und Tod kämpfenden Männern, das Kreischen der Sterbenden …

Allmählich verblasste dieses Chaos, und Thomas spürte, wie sein Geist aus den dunklen Tiefen aufstieg. Er holte Luft und öffnete die Augen. Anfangs war seine Sicht verschwommen, und das Licht, das durch das Fenster drang, war so gleißend hell, dass er die Augen wieder schließen musste. Kurz darauf versuchte er es noch einmal, diesmal etwas vorsichtiger. Langsam erlangte sein linkes Auge die Sehkraft zurück, und er erkannte den fleckigen weißen Putz der Decke. Sein rechtes Auge jedoch ließ ihn nur formlose Flecken von Licht und Schatten erkennen. Er bewegte vorsichtig seine Gliedmaßen und zuckte zusammen, als ein Schmerz durch seinen linken Arm und die Flanke schoss. Thomas bemerkte, dass in den Betten um ihn herum noch andere Männer lagen. Manche schwiegen, andere stöhnten oder murmelten Unzusammenhängendes. Hin und wieder schritten Gestalten in Mönchsroben an ihnen vorbei. Endlich näherte sich eine von ihnen Thomas und beugte sich vor, um ihn zu untersuchen.

»Ihr seid wieder aufgewacht«, sagte der Mönch auf Französisch und lächelte, während er den Schweiß von Thomas' Stirn wischte. »Das Fieber scheint endlich zurückzugehen.«

»Endlich?« Thomas runzelte die Stirn und wollte fortfahren, doch seine Kehle war so rau, dass er nur ein leises Krächzen herausbrachte. »Wo …«

»Im Lazarett von St. Angelo. In Sicherheit. Lasst mich Euch helfen.«

Ein sanftes Plätschern war zu hören, dann legte der Mönch behutsam eine Hand unter Thomas' Kopf und hob ihn etwas an. Mit der anderen führte er einen Messingbecher an seine Lippen und half ihm beim Trinken. Thomas ließ das Wasser dankbar in seinem trockenen Mund kreisen, bevor er es hinunterschluckte. Er trank weiter, bis er schließlich nickte und den Kopf sinken ließ. Der Mönch bettete ihn auf das Kissen zurück und legte eine Hand auf seine Stirn.

»Ja, schon merklich kühler. Sehr gut.« Wieder lächelte er. »Als man Euch hierherbrachte, war ich der festen

Überzeugung, dass Ihr nicht überleben würdet. Ihr habt schwere Verbrennungen erlitten und eine Kugel hat Euer Bein getroffen. Offenbar wurdet ihr angeschossen, während man Euch aus dem Wasser zog. Ihr hattet schlimme Brandwunden davongetragen und viel Blut verloren, und ich rechnete nicht damit, dass Ihr die Nacht überstehen würdet. Ihr seid sehr zäh, Sir Thomas. Dennoch war es knapp. Viele Tage lang fürchtete ich, Ihr würdet dem Fieber zum Opfer fallen. Euer Überleben habt Ihr einzig und allein der unermüdlichen Hingabe der Frau zu verdanken, die Euch gepflegt hat.«

»Eine Frau?«

»Die Witwe des verstorbenen Sir Oliver Stokely, wenn ich mich nicht irre. Sie behauptet, eine gute Freundin von Euch zu sein.« Der Mönch versuchte vergebens, ein wissendes Lächeln zu unterdrücken, und Thomas verspürte einen leichten Ärger auf den Mönch.

»Wie ist Euer Name, Bruder?«, fragte Thomas heiser.

»Christopher.«

»Nun denn, Christopher. Lady Maria ist nicht nur eine gute Freundin, sondern auch eine Dame von tadellosem Ruf.«

»Selbstverständlich. Ich wollte Euch nicht beleidigen.«

»Wo ist sie?«

»Sie ruht sich aus. Seit Wochen ist sie kaum von Eurer Seite gewichen. Sie hat sich um Euch gekümmert. Gemeinsam mit Eurem Knappen, wann immer er außer Dienst war. Sie hat Euch gefüttert, gewaschen und gesäubert und die Verbände gewechselt. Die arme Frau ist völlig erschöpft. Sobald das Fieber nachließ, habe ich sie nach Hause geschickt. Das war heute Morgen. Sie wollte gegen Abend zurückkommen.«

Thomas nickte, dann sah er den Mönch an. »Wochen, sagt Ihr? Wie lange bin ich schon hier? Welcher Tag ist heute? Welcher Monat?«

»Der zweiundzwanzigste August, Herr.«

»August?« Thomas starrte ihn ungläubig an. »Dann ... dann bin ich seit fast acht Wochen hier.«

Der Mönch nickte. »Und vier Wochen davon hing Euer Leben trotz Eurer robusten englischen Konstitution an einem seidenen Faden. In den letzten beiden Wochen haben wir Euer Fieber bekämpft, und erst seit ein paar Tagen können wir mit Gewissheit sagen, dass Ihr über dem Berg seid. Ihr werdet Euch erholen, aber mit den Folgen Eurer Verletzungen leben müssen.«

»Was ist mit der Belagerung?«

Der Mönch schürzte die Lippen. »Die Türken bedrängen uns von allen Seiten. Des Nachts richten sie ihre Kanonen auf das Zentrum von Birgu und töten viele Frauen und Kinder. Bis jetzt ist es uns mit knapper Not gelungen, alle Bastionen und die Mauer zu halten. Der Großmeister hat über zwei Drittel seiner Männer verloren. Vorräte und Wasser werden knapp, und die Moral ist auf dem Tiefpunkt. Das Gerücht, dass Don Garcia Ende Juli mit seiner Armee hier eintreffen würde, hat sich nicht bewahrheitet. Mit jedem Tag schwächen die türkischen Geschütze unsere Mauern, und sobald sich eine Bresche auftut, greifen die Türken an. Noch konnten wir alle Attacken zurückschlagen.« Der Mönch schüttelte staunend den Kopf. »Gott allein weiß, woher sie den Mut nehmen, sich uns wieder und wieder entgegenzuwerfen. Sie haben alles versucht, sogar ihre kleineren Galeeren über die Sciberras-Halbinsel getragen, um eine Landung auf Senglea zu versuchen. Wir konnten sie noch am Ufer aufhalten und ihre Schiffe mit unseren Kanonen versenken. Diejenigen, die nicht unseren Klingen oder Kugeln zum Opfer fielen, ertranken zu Hunderten … immerhin haben die Türken ebenso unter der sinkenden Moral zu leiden wie wir. Die Gefangenen, die wir verhörten, berichteten, dass es Mustafa Pascha immer schwerer fällt, seine Männer zum Angriff zu bewegen. Seuchen und Hunger wüten in seinem Lager. Ich fürchte, dass es bald mehr Tote als Lebende auf diesem gottverlassenen Felsen gibt.« Er schloss die Augen und rieb sich müde über das Kinn. Dann seufzte er und zwang sich zu einem Lächeln. »Aber genug davon. Ihr müsst Euch ausruhen.«

»Nein. Was ist mit meinen Wunden? Wann werde ich wieder kämpfen können?«

»Kämpfen?« Der Mönch schien entsetzt.

Thomas lief es eiskalt den Rücken hinunter. Er versuchte, sich aufzusetzen, um seinen Körper betrachten zu können, doch dafür war er zu schwach. Mit einem enttäuschten Stöhnen fiel er auf das Bett zurück. Dann streckte er die linke Hand aus und ergriff den Arm des Mönchs. »Sagt mir die Wahrheit.«

Der Mönch holte tief Luft. »Ihr habt schwere Verbrennungen an Eurem linken Fuß, der Hüfte, dem linken Arm und der linken Hälfte Eures Gesichts und am Hals erlitten. Euer Auge war völlig versengt. Ich bezweifle, dass Ihr viel damit sehen könnt. Habe ich recht?«

Thomas nickte. »Nur Schatten.«

»Wie ich befürchtete.« Der Mönch deutete auf Thomas' linke Flanke. »Haut und Muskeln wurden stark beschädigt. Es wird noch viele Monate dauern, bis alles verheilt ist. Euer Arm und Euer Bein werden steif bleiben, sodass ihr beides nicht mehr so bewegen könnt wie früher. Und Ihr werdet Schmerzen leiden. Ich fürchte, Eure Tage auf dem Schlachtfeld sind vorüber, Sir Thomas. Obwohl der Großmeister kaum noch Männer zur Verfügung hat und seine Reihen mit Jungen, Greisen und allen anderen auffüllen muss, die eine Waffe halten können, bin ich überzeugt davon, dass dieser Krieg beendet sein wird, bevor Ihr noch eine wichtige Rolle darin spielen könnt.«

»Bringt mir einen Spiegel«, sagte Thomas leise.

»Später. Ihr müsst Euch ausruhen. Dann hole ich Euch Suppe und Brot.«

»Einen Spiegel. Sofort.«

Der Mönch zögerte kurz, dann nickte er. »Wie Ihr wollt, Sir Thomas. Einen Augenblick.«

Er stand auf und verließ den Raum. Thomas biss die Zähne zusammen und rutschte das Bett hinauf, bis seine Schultern auf dem Kissen lagen und sein Kopf an der Steinwand dahinter lehnte. Dann wartete er, bis die Schmerzen sich gelegt hatten. Der Mönch kehrte mit einem kleinen rechteckigen Spiegel aus poliertem Stahl zurück und reichte ihn Thomas.

»Bitte. Doch was Ihr seht, wird Euch nicht gefallen.«

Thomas hob den Spiegel und starrte das Bild darin an. Etwa von der Mitte seines Gesichts aus war die Haut gespannt und glänzte wie glatter, von roten und purpurnen

Adern durchzogener Marmor. Sein rechtes Auge war geschwollen und blutunterlaufen, die Pupille mit einem milchigen Schleier überzogen. Er drehte den Spiegel ein wenig. Auf der verbrannten Hälfte seines Schädels wuchsen nur noch einzelne Haarbüschel. Sein Ohr wirkte verkümmert. Wieder drehte er den Spiegel und schlug das Laken zur Seite, das ihn bedeckte. Mit Schrecken betrachtete er das geschundene Fleisch seiner linken Körperseite. Thomas schluckte, gab den Spiegel zurück und bedeckte sich wieder.

»Hat sie mich so gesehen?«, fragte er leise.

»In den ersten beiden Wochen habt Ihr einen weitaus schlimmeren Anblick geboten.« Der Mönch deutete auf seinen Kopf. »Die Narben werden bleiben, doch die geröteten Stellen verblassen allmählich. Euer Haar wird bis auf wenige kahle Stellen nachwachsen. Ihr werdet sehen, dass Ihr nun weitaus weniger Schwierigkeiten haben werdet, Euer Keuschheitsgelübde einzuhalten.« Er lächelte, um zu zeigen, dass er einen Scherz gemacht hatte – wenn auch einen recht derben.

Thomas drehte das Gesicht zur Wand. »Ich bin müde. Ich muss mich ausruhen.«

»Natürlich, Sir Thomas. Soll ich Lady Maria die Nachricht zukommen lassen, dass Ihr aufgewacht seid?«

»Nein«, entgegnete er hastig. »Sie soll sich ebenfalls erholen.«

»Also gut. Schlaft Euch aus, später bringe ich Euch etwas zu essen.«

Thomas hörte, wie der Mönch davonschlappte. Dann kniff er fest die Augen zusammen, die sich mit Tränen der Trauer füllten. Er kam sich nicht länger wie ein vollständiger Mann vor. Sein Spiegelbild hatte ihn angewidert, und er empfand Scham bei dem Gedanken, nie wieder kämpfen oder jagen oder einer anderen Tätigkeit nachgehen zu können, mit denen sich andere Männer die Zeit vertrieben. Schlimmer noch: Sollten die Türken obsiegen und Birgu einnehmen, würde er genau wie die anderen Verwundeten unfähig sein, sich zu wehren. Man würde sie in ihren Betten abschlachten wie die Schweine.

Endlich übermannte ihn der Schlaf. Als er mitnichten erquickt aufwachte, war es gegen Mittag – jedenfalls dem Stand der Sonne nach zu urteilen, deren Strahlen durch das Fenster fielen. Er sah Richard auf einem Hocker neben dem Bett sitzen. Der Kopf des jungen Mannes war gegen seine Brust gesackt, dunkle Bartstoppeln bedeckten sein Kinn. Sein schweißnasses, staubiges Haar klebte an der Stirn, und er hatte dunkle Augenringe vor Müdigkeit. Sein Wams war schmutzig und an mehreren Stellen zerrissen. Mehrere Schürfwunden überzogen seine Hände und sein Gesicht.

Thomas streckte die linke Hand aus, wobei er vor Schmerz zusammenfuhr. Sanft berührte er die Wange seines Sohnes. Richard zuckte leicht, als wollte er ein lästiges Insekt verscheuchen. Darüber musste Thomas unwillkürlich grinsen, während er die Hand wieder sinken ließ.

»Richard …«

Bei der Erwähnung seines Namens schlug der junge Mann die Augen auf und streckte sich müde. Dann erschien ein freundliches Lächeln auf seinen Lippen. »Endlich bist du wieder bei uns.«

»Hast du etwa daran gezweifelt?«

»Ich nicht.« Richard kicherte. »Aber dieser Mönch. Er hat steif und fest behauptet, dass wir nur unsere Zeit verschwenden würden und wollte dir schon die letzte Ölung geben. Ich sagte ihm, dass ich lange genug unter dir gedient hätte und wüsste, dass es schon mehr braucht, um dich ins Jenseits zu befördern.«

Thomas sah sich um. Er wollte sich vergewissern, dass niemand sie belauschte. »Weiß er, dass ich dein Vater bin?«

»Nein. Genauso wenig wie er weiß, dass du ein Mann ohne Glauben bist.«

Thomas nickte erleichtert. Beide Wahrheiten stellten eine Gefahr für sie dar, und wer konnte wissen, was er im Fieberwahn von sich gegeben hatte. Er deutete auf den Tisch neben Richard. »Bitte gib mir etwas Wasser.«

Diesmal gelang es ihm, ohne fremde Hilfe zu trinken. Nachdem er sich Rachen und Lippen befeuchtet hatte, fiel ihm das Sprechen leichter. »Der Mönch hat mir nur in groben Zügen berichtet, was in der Zwischenzeit geschehen ist. Wie geht es dem Großmeister?«

»Dem Großmeister?« Richard lächelte schmallippig. »La Valette ist hart wie Stahl. Er ist überall, ermutigt die Männer und verspricht ihnen, dass wir diese Prüfung überstehen werden. Offenbar ist er besessen davon, den Willen des Sultans zu brechen. Allerdings hat er auch dafür gesorgt, dass an eine Kapitulation nicht mehr zu denken ist.«

»Wie das?«

Richard kaute auf seiner Lippe. »Es geschah kurz nach der Eroberung von St. Elmo. Am nächsten Morgen kurz nach Sonnenaufgang sah ein Aussichtsposten auf St. Angelo etwas auf dem Wasser treiben. Es waren die Leichen von Robert von Eboli und vier Rittern. Man hatte sie an Kreuze geschlagen und geköpft. Als man sie aus dem Wasser zog, entdeckte man an die Kreuze genagelte Namensschilder – Mas, Miranda, Stokely und Monserrat sowie Robert von Eboli. Der Feind hatte ihnen nicht nur die Köpfe abgeschlagen, sondern auch die Herzen herausgerissen.«

»Grundgütiger«, murmelte Thomas. »Was geschah dann?«

Richard spitzte die Lippen. »La Valette zahlte es ihnen mit gleicher Münze heim. Er ließ alle türkischen Gefangenen aus den Verliesen holen und auf die Mauer stellen, wo sie der Feind deutlich sehen konnte. Dann befahl er, einem nach dem anderen die Kehle durchzuschneiden, ihre Köpfe in Kanonen zu laden und über den Hafen hinweg in die feindlichen Linien zu schießen ... einen Tag später schickte Mustafa Pascha einen Herold, der verkündete, dass es von jetzt an kein Pardon mehr geben würde. Er hat versprochen, jede lebende Seele zu töten, wenn Birgu und Senglea fallen.« Richard hielt inne. »Also heißt es jetzt Sieg oder Tod.«

»So war es von Anfang an. La Valette war auf Rhodos, als die Insel sich Süleyman ergab. Ich glaube, er hat sich geschworen, nie wieder eine solche Niederlage hinzunehmen.« Thomas verstummte und ergriff die Hand seines Sohnes. »Du hast mir das Leben gerettet. Ich stehe in deiner Schuld. Eine Schuld, die ich in dieser Verfassung wohl niemals zurückzahlen kann.«

»Vater, du hast mir das Leben geschenkt. Wie könnte ich das jemals zurückzahlen? Mach dir darüber keine Sorgen. Es war meine Pflicht als dein Knappe und dein Sohn.«

Thomas drückte sanft Richards Hand. »Ich wünschte, ich verdiente es, dein Vater zu sein ...«

Richard wandte sich ab und zog seine Hand zurück. »Ich wäre nicht allzu stolz auf mich. Schließlich habe ich eine Menge fragwürdiger Dinge getan. Vergiss nicht, ich unterstehe Walsinghams Befehl. Ich bin hier, um König Heinrichs Testament zu beschaffen, und das ist mir gelungen. Stokely hat mir gesagt, wo ich es finde. Wenn ich überlebe, muss ich es Walsingham übergeben.«

Thomas dachte darüber nach. Egal, in welche Hände es fiel, das Testament war eine gefährliche Waffe. Die Katholiken würden damit die Macht brechen, die Elisabeth auf viele der einflussreichsten Männer des Landes ausübte. Walsingham dagegen wäre nur zu begierig darauf, die Regentin damit zu erpressen, um die Verfolgung der Katholiken – die er als seine Erzfeinde betrachtete – weiter voranzutreiben.

Thomas sah seinem Sohn fest in die Augen. »Du könntest es nach England bringen. Oder du zerstörst es. Du weißt genau, was dieses Testament anrichten könnte. Die Entscheidung liegt bei dir. Ich vertraue darauf, dass du die richtige Wahl triffst.« Nach einer kurzen Pause fuhr Thomas fort: »Kein Mann ist rettungslos verloren, genau wie jeder Mann dem Bösen anheimfallen kann. Mein Sohn, das weiß ich besser als jeder andere. Denk darüber nach. Ich will nicht, dass du so wie ich mit einer Last auf den Schultern durchs Leben gehen musst. Lerne aus meinen Fehlern.«

Richard starrte ihn an, dann sah er zur Tür hinüber. »Ich muss los, um meine Männer für die Nachtpatrouille zusammenzurufen. Ich komme zurück, sobald ich kann. Auf Wiedersehen, Vater.«

Er stand auf und ging, blieb jedoch in der Tür stehen. Maria trat hinzu, nahm seine Arme und küsste ihn auf die Wange. Richard ließ es etwas verlegen geschehen, bevor er sanft ihren Arm berührte. Dann neigte er den Kopf, löste sich von ihr und marschierte den Flur hinunter. Maria sah ihm mit einem zärtlichen Blick hinterher, bevor sie sich Thomas zuwandte. Als sie bemerkte, dass er wach war, ließ ein Lächeln ihr Gesicht erstrahlen. Thomas dagegen hatte das, was ihm aus dem Spiegel entgegengestarrt hatte, nicht vergessen. Er drehte die entstellte Hälfte seines Gesichts von ihr weg, als sie sich näherte und setzte.

Sie schwiegen lange, bis Thomas nervös schluckte und sich räusperte. »Mein Beileid. Oliver war ein guter Mensch.«

»Ja ... Ja, das war er«, sagte sie mit tief empfundener Trauer. »Er war gut zu mir, bis zum Ende. Erst deine Anwesenheit hat ihn verändert. Aber das war wohl unvermeidlich. Ich konnte ihm nie geben, was er von mir verlangte. Was ich dir gab.« Sie streckte zögerlich den Arm aus und legte die Hand auf seine Wange. Ihre Haut war glatt und kühl. Thomas schloss die Augen und atmete ihren schwachen Duft ein.

»Ich hätte ihm eine bessere Frau sein müssen.« Maria sah zu der Tür hinüber, aus der Richard verschwunden war. »Und Oliver hätte mir erlauben sollen, meinem … unserem Sohn eine bessere Mutter zu sein. Richard kennt die Wahrheit, aber er kann mir meine Sünden nicht vergeben.«

Thomas lachte trocken, und sie sah ihn stirnrunzelnd an. »Was?«

»Was für ein Schlamassel wir doch angerichtet haben. Ich, du, Oliver, Richard. Wir können der Vergangenheit nicht entfliehen. Wir nicht und La Valette und Süleyman auch nicht. Wir sind die Gefangenen unserer Geschichte, Maria.«

»Nur, wenn wir es zulassen.« Sie beugte sich vor und küsste ihn auf die Stirn. »Noch können wir unser Schicksal ändern.«

Ein Kanonenschuss traf das Fort. Die Erschütterung war deutlich im Raum zu spüren. Putzbrocken fielen von den Wänden. Thomas konnte sich ein verschmitztes Lächeln nicht verkneifen. »Nicht, solange dieser Kampf andauert.«

»Wir und Richard können die Bande zwischen uns, die getrennt wurden, neu knüpfen. Die Wunden der Vergangenheit können verheilen. An mir soll es nicht liegen. Ich würde dich nur zu gerne wieder in die Arme schließen, Geliebter.«

»Selbst so, wie ich bin?«, entgegnete Thomas grob und drehte den Kopf, damit sie die purpurnen Narben auf seinem Gesicht und seinem Schädel sehen konnte. Er schlug das Laken zurück, damit seine linke Seite zum Vorschein kam. Maria verzog keine Miene.

»Glaubst du, ich hätte deine Narben noch nicht gesehen? Schließlich habe ich deine Verbände gewechselt und deine Wunden gesäubert. Ich habe mich um alles gekümmert und kenne deinen Körper besser, als deine Mutter ihn je gekannt hat. Ich habe bereits um deiner Qualen wegen gelitten und jede Nacht um dein Leben gebetet. Und Gott in seiner unendlichen Güte hat mich erhört.«

Marias Worte ließen Thomas' Herz erkalten. »Wenn es Gottes Wille ist, dass wir so viel erdulden müssen, was weiß Gott dann schon von Güte? Ich habe mit Gott nichts mehr zu schaffen, Maria. Alles, was noch für mich zählt, bist du, sind Richard und die Männer, an deren Seite ich kämpfe.« Er lächelte grimmig. »Kämpfte, sollte ich wohl besser sagen. Ich glaube, als Soldat tauge ich nicht mehr viel.«

Maria starrte ihn an. »Du hast deinen Glauben verloren?«

»Nur den an Gott. Der an meine Mitmenschen ist in letzter Zeit erstarkt. In den vergangenen Monaten habe ich das Beste und das Schlechteste erlebt, wozu Männer fähig sein können. Es ist eine Schande, dass es eines Streits über so etwas Bedeutungsloses wie den rechten Glauben bedarf, um die Tapferkeit und Unerschütterlichkeit der Menschen auf die Probe zu stellen.«

»Dann ist es Gottes Probe«, entgegnete Maria leidenschaftlich. »Seine Prüfung unserer Entschlossenheit. Er hat noch viel mit dir vor, Thomas.«

Er nahm ihre Hand und sah ihr in die Augen. »Maria, ich bin nur das, was du vor dir siehst, und nicht mehr. Ich will dir nicht zur Last fallen. Ich liebe dich und habe dich immer geliebt, aber ich bin nicht mehr der junge Ritter, den du einst gekannt hast. Doch für mich bist du immer noch dieselbe Maria, und ich wünsche mir nichts sehnlicher, als den Rest meines Lebens an deiner Seite zu verbringen. Doch weder mein Körper noch mein Geist noch meine Überzeugungen dürfen eine Bürde für dich darstellen. Das muss dir klar sein, bevor du dich entschließt, meine Frau zu werden. Wenn das dein Wunsch ist.«

»Das ist mein Wunsch, Geliebter.«

Thomas berührte ihre Lippen mit seinen Fingern. »Kein Wort mehr. Überlege gut, bevor du mir antwortest. Nun bin ich müde. Sehr müde. Geh, und wir sprechen uns wieder, wenn ich ausgeruht bin und du über alles nachgedacht hast.«

Sie wollte etwas erwidern, überlegte es sich jedoch anders. Mit zusammengepressten Lippen nickte sie, dann beugte sie sich vor, küsste die vernarbte Haut seiner Wange und stand auf. »Bis morgen.«

»Bis morgen.«

Sie lächelte und eilte aus dem Raum. Als sie durch die Tür ging, wischte sie sich über die Wange. Dann wurden die Schritte ihrer Sandalen allmählich leiser, und Thomas starrte mit schwerem Herzen an die Decke. Solange Maria nicht begriffen hatte, was aus ihm geworden war, würde er sie nicht heiraten. Sie zur Frau zu nehmen, obwohl es nicht ihren Wünschen entsprach, schien ihm das schlimmste Schicksal zu sein.

»Offenbar ist Euer Besuch wieder fort.«

Thomas öffnete die Augen. Christopher lächelte auf ihn herunter. Er trug ein kleines Holztablett mit einer

Schüssel, einem Löffel und einem winzigen Stück trockenes Brot.

»Euer Essen, wie versprochen. Könnt Ihr Euch aufsetzen oder soll ich Euch helfen?«

»Es geht schon.« Thomas biss die Zähne zusammen und rutschte wieder das Bett hinauf, bis sein Rücken gegen die Wand lehnte. Der Mönch stellte das Tablett auf den Hocker. Beim Geruch der Suppe lief Thomas das Wasser im Mund zusammen. Vorsichtig nahm er einige Löffel, während der Mönch aus dem Fenster sah.

»Im Norden ziehen Wolken auf. Bald wird es regnen, womöglich steht uns ein Sturm bevor. Ja, ganz bestimmt sogar. Das Ende des Sommers naht. Ich bete zu Gott, dass wir den Herbst noch erleben.«

KAPITEL 41

I n den nächsten beiden Tagen kam ihn Maria jeden Morgen besuchen. Am dritten fühlte Thomas sich kräftig genug, um die Mauern von St. Angelo zu erklimmen. Es war windstill, und die Flaggen und Banner beider Parteien hingen schlaff herab. Dunkle Wolken ballten sich über der Insel zusammen – ein Vorbote des plötzlichen Wetterumschwungs, der das Ende des Sommers einleitete. Die Türken hatten ihre Geschütze auf die Überreste der Verteidigungsanlagen von Birgu gerichtet, sodass man die Brüstungen des Forts noch ungefährdet betreten konnte. Maria hatte das Gespräch, das am ersten Tag nach Thomas' Genesung von seinem Fieber stattgefunden hatte, bisher mit keinem Wort erwähnt. Stattdessen führten sie angenehme Unterhaltungen, in denen sie sich allmählich einander annäherten und die nur ins Stocken gerieten, wenn sie auf die Zukunft zu sprechen kamen.

Als er zum letzten Mal von St. Angelo aus über den Hafen und die umgebende Landschaft geblickt hatte, waren die beiden Halbinseln, auf denen sich Senglea und Birgu befanden, vom Krieg noch mehr oder weniger unberührt gewesen. Nun bot sich Thomas ein Panorama aus Tod und Zerstörung von apokalyptischen Ausmaßen. Die Vorwerke von St. Michael und Birgu waren dem Erdboden gleichgemacht. Die eigentlichen Mauern waren kaum mehr als Schutthaufen zwischen den arg mitgenommenen Bastionen. Fast alle Gebäude in Birgu waren durch Kanonenschüsse beschädigt, und nicht wenige waren in sich zusammengefallen. Masten und Takelagen ragten aus dem Wasser vor dem östlichen Ufer der Halbinsel. La Valette hatte den Befehl gegeben, dort Schiffe zu versenken, um eine Landung der Türken zu verhindern. Obwohl seit dem missglückten Seeangriff der Türken auf Senglea ein Monat vergangen war, trieben noch immer Galeerentrümmer und Hunderte aufgedunsene und blasse Leichen im Kanal zwischen den beiden Halbinseln. Wenn der heiße Wind von der offenen See hereinwehte, war der Gestank in den Straßen Birgus kaum zu ertragen.

Inzwischen standen auf jeder Anhöhe türkische Geschützbatterien, belegten die Verteidiger mit ununterbrochenem Beschuss und ebneten die letzten Überreste der Verteidigungsanlagen ein. Gelegentlich erreichte eine Kanonenkugel die Stadt, was die Moral der Zivilisten weiter sinken ließ. Das Gebiet zwischen den Mauern und den türkischen Annäherungsgräben war gezeichnet von den Kanonenkugeln und Brandwaffen beider Seiten. Jeglicher Anstand war schon lange vergessen, und entgegen der üblichen Gepflogenheiten in einem Gefecht wurde auf jeden gefeuert, der es wagte, die Toten zur Bestattung zu bergen. So kam es, dass vor den Mauern Birgus Tausende von Gefallenen und zerschmetterte Leichenteile den Möwen zum Fraß dienten.

Thomas betrachtete die Szenerie mit stummem Entsetzen. Der erbitterte Kampf um St. Elmo kam ihm angesichts dieses Grauens wie ein kleines Scharmützel vor. Es war kaum zu glauben, dass die Feinde die zu Schutthaufen zusammengefallenen Verteidigungsanlagen nicht überwinden konnten. Danach würde nur noch ein hastig errichteter Schutzwall zwischen ihnen und den Straßen Birgus stehen.

Maria war seine Reaktion auf das Schlachtfeld nicht entgangen. »Ich kann mich schon gar nicht mehr daran erinnern, wie die Insel vor der Ankunft der Türken aussah. Es scheint mir eine Ewigkeit her. Manchmal kann ich kaum glauben, dass es ein Leben vor der Belagerung gab. Oder dass es überhaupt ein Leben geben kann, auf dem nicht ständig der Schatten des Krieges liegt.«

»Auch diese Erinnerung wird verblassen«, sagte Thomas. »In hundert Jahren wird all das bis auf ein paar Sätze in den Geschichtschroniken vergessen sein. Wir sind Meister darin, so etwas zu verdrängen – sonst gäbe es keine Kriege mehr auf der Welt.«

»Manches werden wir nicht vergessen«, sagte Maria leise. »Wir dürfen nicht vergessen, so sehr wir uns das auch wünschen.«

Thomas schwieg eine Zeit lang. »Das ist richtig«, sagte er schließlich.

»Warum verschließen wir uns dann den Konsequenzen?«, fragte sie in flehentlichem Ton. »Wenn wir etwas finden, von dem wir aus tiefstem Herzen wissen, dass es wahr und rein ist, dann sollten wir es doch bewahren. Genauso wie unsere Gottesfurcht.«

Thomas wandte sich von der Zerstörung jenseits der Mauern von St. Angelo ab und betrachtete sie mit seinem gesunden Auge. »Stehst du so fest zu unserer Liebe, wie du zu deinem Glauben stehst?«

»Natürlich.«

»Dann sag mir: Was ist der Grund für deinen Glauben? Welchen Beweis hast du dafür, dass es Gott gibt? Hat er sich dir jemals gezeigt? Sag die Wahrheit.«

»Nein.«

Thomas seufzte. »Und mir genau so wenig wie vielen anderen. Und trotzdem sollen wir glauben, und wenn wir es nicht tun, werden wir wegen Ketzerei hingerichtet.«

Maria nahm mit ängstlicher und schmerzerfüllter Miene seine Hand. »Thomas, warum erzählst du mir das? Willst du, dass ich an meinem Glauben zweifle?«

»Maria, du glaubst, dass diese Welt den Launen eines Gottes unterworfen ist, dem du nie begegnet bist. Ohne auch nur die Spur eines Beweises bist du überzeugt davon, dass ein göttlicher Plan hinter dem grausamen Tod guter Männer und vieler Unschuldiger steckt. Warum sollte deine Liebe für mich wirklicher sein als dieser Glaube?«

»Weil ich sie spüre, hier drin!« Sie legte eine Hand auf die Brust. »Sie ist so wirklich für mich wie mein Fleisch und das Blut, das durch meine Adern fließt.«

Thomas bemerkte die unerschütterliche Überzeugung in ihrem Blick. Einen Moment lang schien die Trümmerlandschaft um sie herum zu verschwinden, schien sich die Welt nur auf sie beide zu verengen.

»Was verlangst du noch von mir?«, fragte Maria. »Was soll ich dir noch sagen? Bezweifelst du meine Gefühle für dich?«

»Niemals«, entgegnete Thomas sofort. »Aber ich habe mich verändert. Ich bin ein gebrochener Mann, und ich will nicht, dass du auch nur einen Funken Mitleid für mich empfindest. Genauso wenig will ich, dass du meinem Antrag jetzt stattgibst und es später bereust.«

Marias Miene versteinerte. »Du hältst mich also für wankelmütig, Thomas? Eine grausame Anschuldigung für jemanden, der viele Jahre lang so liebevoll an dich gedacht hat.«

»Nicht so liebevoll, als dass du nicht einen anderen geheiratet hättest.« Ein bösartiger Seitenhieb, den Thomas sofort bedauerte.

»Was hätte ich denn tun sollen? Wäre es dir lieber gewesen, wenn ich in der Gosse verhungert wäre oder mich für den Rest meines Lebens in einem Kloster verschanzt hätte? Ich hatte nicht damit gerechnet, dass du jemals zu mir zurückkehren würdest. Was du ja auch nicht getan hast. Dein Meister hat nach dir gerufen, und du bist ihm gefolgt.«

Thomas wusste, dass sie ihm nicht ganz zu Unrecht bedingungslosen Gehorsam La Valette gegenüber unterstellte. Er dachte über ihren Vorwurf nach und spürte das Gewicht seiner Schuld auf den Schultern. Eine Windbö blies eine Haarsträhne in Marias Gesicht, und sie wischte sie ärgerlich zur Seite. Dann fielen die ersten Regentropfen. Thomas nahm ihre Hand und führte sie in den Schutz eines winzigen, überdachten Erkers mit einer schmalen Schießscharte, von dem aus man den Hafen überblicken konnte. Nun fing es so richtig zu regnen an. In dem Erker war kaum Platz für die kleine Steinbank, auf der sich die Wachposten ausruhen konnten. Thomas musste so eng an Maria rücken, dass sich ihre Arme berührten. Gemeinsam starrten sie in den Regen hinaus. Dann spürte er, wie sie zitterte, und wandte sich zu ihr um. Sie weinte. Schuldbewusst hob er die Hand und wischte ihr sanft eine Träne von der Wange.

»Weine nicht.«

Sie funkelte ihn mit bebenden Lippen an. »Warum denn nicht? Erst brichst du mir das Herz, und dann darf ich nicht darum trauern?«

Thomas schüttelte den Kopf. »Ich wollte doch nicht …«

Dann beugte er sich vor und küsste sie. Es war eine ungeschickte Annäherung, bei der sie unwillkürlich zurückzuckte. Dann jedoch umfing sie seine Schultern und erwiderte den Kuss. Sie schloss die Augen und schmiegte sich an ihn. Ein Blitz erhellte die Mauern von St. Angelo, und kurz darauf rollte ein Donner durch die dunkelgrauen Wolken, sodass sie beide erschreckt zum Himmel aufblickten. Sie lösten sich voneinander und sahen sich in die Augen. Schließlich lachte Thomas nervös.

»Was?« Sie blickte ihn argwöhnisch an. »Was ist so lustig?«

»Nichts weiter … ich bin nur ein Narr. Ein alter Narr.« Thomas beugte sich vor und küsste sie erneut. »Uns bleibt so wenig Zeit, und ich verschwende sie wie ein unreifer Junge.«

Über eine Stunde lang prasselte der Regen mit stetigem Plätschern auf die Pflastersteine, nur unterbrochen von Blitzen und so heftigem Donner, dass er selbst die Kanonen der Türken übertönte. Zum ersten Mal seit Monaten kühlte die Luft ab, und der Wind war so schneidend kalt, dass sie sich fröstelnd in den Armen lagen. Eng aneinandergeschmiegt saßen sie auf der harten Steinbank und sprachen leise über die Jahre seit ihrer Trennung und über ihre gemeinsame Zeit davor. Alle Distanz zwischen ihnen war verschwunden, und Thomas lehnte zufrieden die Wange an ihren Scheitel und atmete den Duft ihres Haares ein. Endlich ließ der Wind nach, und aus dem Regen wurde ein Nieseln, bevor die dunklen Wolken sich teilten und die Sonne wieder auf die verbliebenen Ziegel und Mauern der zerstörten Stadt schien. Maria hob den Kopf und sog die Luft ein.

»Was ist?«, fragte Thomas.

»Der Geruch des Krieges. Er ist weg.«

Thomas lächelte. Sie hatte recht: Der andauernde Gestank nach Rauch, Schießpulverdampf und verwesenden Leichen war verschwunden. Er füllte seine Lunge mit der sauberen Luft und ihm war, als hätte ein Hoffnungsschimmer die düsteren Wolken durchbrochen.

Ein Soldat tauchte aus dem Treppenhaus auf. Er sah sich in der für kurze Zeit sauber gewaschenen Welt um und lächelte, dann bemerkte er die beiden im Erker und eilte über die regennassen Steinfliesen auf sie zu.

Er blieb vor den beiden stehen und senkte den Kopf. »Sir Thomas Barrett?«

»Ja?«

»Der Großmeister hat mich nach Euch geschickt. Nun, da Ihr genesen seid, bittet er um Eure Anwesenheit und darum, Eure Pflichten wiederaufzunehmen.«

»Genesen?« Thomas hob eine Augenbraue.

»Das ist doch Irrsinn«, rief Maria. »Siehst du nicht, dass Sir Thomas schwer verletzt ist? Er braucht Ruhe, um sich zu erholen.«

Der Soldat sah sie an. »Jeder Mann ist verpflichtet, Birgu zu verteidigen, werte Dame. Das gilt auch für alle Verletzten, die noch laufen können. Von nun an gilt: Wer sich aus eigener Kraft auf den Beinen halten kann, ist nicht verwundet.«

Maria öffnete den Mund zum Protest, doch Thomas berührte sanft ihre Lippen. »Jetzt, wo es so vieles gibt, für das es sich zu kämpfen lohnt, will ich das mit Freuden tun.« Er wandte sich dem Soldaten zu. »Wo ist der Großmeister?«

»Auf seinem Kommandoposten, Herr.«

Thomas deutete auf den Verband auf seinem linken Arm. »Ich war längere Zeit außer Gefecht. Wo ist dieser Kommandoposten?«

»Der Großmeister und sein Stab befinden sich im Gildenhaus der Händler am Marktplatz, Herr. Ich will gerade dorthin zurückgehen und könnte Euch den Weg zeigen.«

»Danke.«

Thomas spürte, wie Maria seine Hand ergriff. Er drehte sich um und blickte in ihr entsetztes Gesicht. »Bleib hier, Thomas. Bleib bei mir. Bitte ... ich flehe dich an.«

Er drückte sanft ihre Hand, dann zog er lächelnd seinen Arm zurück. »Ich werde so bald wie möglich zu dir zurückkehren.«

Der Soldat hielt bereits auf das Treppenhaus zu. Thomas folgte ihm und zwang sich, sich nicht noch einmal umzuwenden.

Die beiden Männer verließen die zerrütteten Mauern von St. Angelo. Auf ihrem Weg durch Birgu sahen sie kaum ein unbeschädigtes Gebäude. Überall lagen Ziegelhaufen, Putz und Fliesen. Manche der türkischen Geschosse hatten nur ausgebrannte Ruinen hinterlassen. Hin und wieder hörte man das tiefe Heulen, mit dem eine Kanonenkugel über ihre Köpfe hinwegschoss, gefolgt von einem dröhnenden Aufprall. Man bemühte sich, zumindest die Mitte der Straßen frei von Schutt zu halten, um ein Durchkommen zu gewährleisten, doch inzwischen überstieg das Ausmaß der Schäden die Kräfte der Verteidiger. Mehrmals mussten Thomas und der Soldat über Ziegelhaufen und zersplitterte Holzbohlen klettern.

Überrascht bemerkte Thomas, wie viele Menschen sich trotz der Gefahr auf die Straße wagten und die Ruinen nach allem Brauchbaren durchsuchten. Nur beim Klang einer einschlagenden Kanonenkugel sahen sie auf und gingen dann in Deckung, bis die Gefahr vorüber war. Ausgezehrte Gesichter starrten sie wachsam an.

»Plünderer«, sagte der Soldat. »Sie suchen nach Essen und Wertsachen. Der Großmeister hat zwar ein Verbot dagegen erlassen, doch wir haben zu wenig Soldaten, um es auch durchzusetzen. Außerdem sind die Menschen kurz vor dem Verhungern und scheren sich nicht um irgendwelche Verbote.«

»Sie verhungern?«

Der Soldat nickte. »Die Rationen wurden vor drei Tagen noch einmal auf ein Viertel dessen gekürzt, was zu Beginn der Belagerung ausgegeben wurde. Wenn das noch länger so weitergeht, werden diese armen Teufel irgendwann einfach tot umfallen.«

»Und wie steht es um die Moral der Einwohner?«

»Die Malteser sind ein zäher Haufen«, räumte der Soldat ein. »Noch keiner von ihnen hat auch nur ein Wort über eine Kapitulation oder selbst Friedensverhandlungen verloren. Sie werden dem Alten bis zum bitteren Ende folgen. Er kämpft an ihrer Seite, setzt sich denselben Gefahren aus und weigert sich, mehr zu essen als alle anderen bekommen. Er ist ihr Held. Da wären wir, Herr.«

Der Soldat deutete auf die Überreste eines großen Gebäudes hinter einer von Schutt übersäten Freifläche. Schockiert begriff Thomas, dass er auf den einst so schmucken Marktplatz von Birgu blickte. Sie bahnten sich einen Weg zum Eingang des Händlergildenhauses. Einmal blieben sie stehen und duckten sich, als eine Kanonenkugel über sie hinwegheulte. Vergeblich warteten sie auf das Krachen des Einschlags.

»Zu weit«, sagte der Soldat erfreut.

Sie richteten sich wieder auf und eilten über den Platz. Ein Wachposten am Eingang des Gildenhauses erkannte den Soldaten und winkte sie durch. Hinter dem hohen Türbogen befand sich der Saal, in dem die Kaufleute und Schiffseigner der Insel ihren Geschäften nachgegangen waren. Einst hatten hoch in den Wänden sitzende Fenster die Porträts der bedeutendsten Gildenmitglieder an den weiß getünchten Wänden beleuchtet. Nun bedeckten

Staub und Schmutz die Steinfliesen. Wo die Decke eingestürzt war, lagen große Ziegelhaufen auf dem Boden. Der Soldat führte Thomas durch den Saal zu einer Treppe, die zu den Lagerräumen im Keller führte. Am Ende der Stufen erstreckte sich ein Korridor zu beiden Seiten. Kerzen flackerten in eisernen Wandhalterungen.

»Der Großmeister ist am Ende des Ganges.« Der Soldat deutete nach links.

Thomas bedankte sich. Der Soldat ging in die andere Richtung zu einigen Männern hinüber, die um einen Tisch saßen, tranken und würfelten. Bogengänge zweigten vom Korridor ab. Im Vorbeigehen spähte Thomas hinein und sah, dass in mehreren Räumen dahinter Verwundete versorgt wurden. In anderen wurden Waffen, Rüstungen, Pulverfässer und kleine Körbe mit Arkebusenmunition gelagert. Weiter den Flur hinunter war ein Loch in die Wand geschlagen. Ein Tunnel führte in den großen Kellerraum des Nachbargebäudes, in dem man mehrere Tische aufgestellt hatte. Zwei Männer saßen vor einem Tisch, auf dem eine Karte der Insel ausgebreitet war.

Im schwachen Schein der Kerzen konnte Thomas Romegas ausmachen, der sich in hitziger Diskussion mit einem dünnen Mann mit verfilztem weißem Bart befand. Es dauerte einen Augenblick, bis er den Greis als La Valette erkannte. Der Großmeister sah beim Klang seiner Schritte auf und lächelte müde, während er auf einen Hocker neben dem Tisch deutete.

Romegas nickte grüßend. »Freut mich, Euch wiederzusehen, Sir Thomas. Als ich von Euren Verletzungen hörte, befürchtete ich schon das Schlimmste. Ihr hattet großes Glück, aus St. Elmo entkommen zu können.«

Thomas spürte einen kritischen Unterton in Romegas' Stimme und deutete auf sein vernarbtes Gesicht. »Ihr habt eine sehr eigenwillige Auffassung von Glück.«

Romegas zuckte mit den Schultern. »Ihr und eine Handvoll weiterer Männer habt überlebt, alle anderen sind gestorben. Das würde ich durchaus Glück nennen, bis mir ein besseres Wort dafür einfällt.«

Thomas spürte, wie Wut in ihm aufstieg. »Und was für ein Wort könnte das sein? Was genau habe ich mir zuschulden kommen lassen?«

Der Großmeister räusperte sich. »Bitte, das reicht. Wir sind zu wenige, um unsere Kräfte mit kleinlichen Streitereien zu vergeuden. Deshalb habe ich Euch aus dem Lazarett kommen lassen, Thomas. Ich brauche jeden Mann, der noch die Kraft und den Mut besitzt, gegen die Türken zu kämpfen. Wir haben viele gute Krieger verloren, darunter auch meinen Neffen und Don Garcias Sohn Fadrique. Immerhin lebt Euer Knappe noch. Er hat sich als tüchtiger und außergewöhnlich tapferer Soldat erwiesen.« Ein Lächeln huschte über sein Antlitz. »Ihr beiden seid meine letzten Berater. Spart Euch Euren Zorn für den Feind auf.«

Thomas war entsetzt. »Nur wir drei sind noch übrig? Stokelys Schicksal ist mir bekannt, aber was ist mit Marschall de Roblas?«

Romegas fuhr sich über die gerunzelte Stirn. »Er erlag vor mehreren Tagen einem Kopfschuss. Aber das könnt Ihr natürlich nicht wissen, Sir Thomas. Viel ist geschehen, während Ihr Euch von Euren Verletzungen erholt habt. Birgu und Senglea wurden kurz nach dem Fall von St. Elmo angegriffen. Ihr habt die Schäden in der Stadt ja selbst gesehen. Die Mauer ist mehr oder weniger eine Ruine, zerstört vom feindlichen Beschuss und der Unterminierung durch die Stollen der türkischen Ingenieure. Nur die Bastionen halten den feindlichen Geschossen noch stand. Wir haben einen Schutzwall errichtet, doch dieser ist kaum zehn Schritt hoch und stellt nur ein schwaches Hindernis dar. Zudem stehen uns nur noch tausend Mann zur Verfügung, um die Türken zurückzuhalten. Viele Soldaten sind verwundet, alle sind erschöpft und hungrig. Das Schießpulver geht zur Neige, und wann der Entsatz eintrifft, den Don Garcia uns versprochen hat, steht in den Sternen.«

Thomas schürzte die Lippen. »Wenn es so schlecht um uns bestellt ist, dann scheint mir unsere Niederlage nur noch eine Frage der Zeit.«

»Nein. Don Garcia wird kommen«, sagte La Valette überzeugt. »Mein treuer Freund Romegas pflegt gerne den Teufel an die Wand zu malen und die guten Nachrichten zu verschweigen. Zugegeben, die Lage scheint aussichtslos, aber das ist nur die halbe Wahrheit. Wir haben erfahren, dass das feindliche Lager von Krankheiten heimgesucht wird. Die hohen Verluste seit Beginn der Belagerung haben den Kampfeswillen unseres Gegners gebrochen. Außerdem ist der Sommer vorüber, und der Regen setzt dem Feind stark zu. Wenn wir Mustafa Pascha nur noch eine kleine Weile aufhalten können, wird ihn der Herbsteinbruch dazu zwingen, die Insel zu räumen.« Er kniff listig die Augen zusammen. »Ich an seiner Stelle würde alle Kräfte für einen letzten Verzweiflungsangriff mobilisieren.«

»Weshalb?«, fragte Romegas.

»Weil sein Herr, der Sultan, kein Erbarmen kennen wird, wenn er nach Konstantinopel zurückkehren muss, ohne seine Befehle erfüllt zu haben. Mustafa Pascha wird alles tun, um seinen Kopf auf den Schultern zu behalten. Deshalb glaube ich, dass er uns schon bald mit aller Macht angreifen wird.« La Valette blickte seine beiden verbliebenen Berater an. »Und dann werden die Türken noch verzweifelter als sonst versuchen, uns auszulöschen. Wir müssen ihnen mindestens ebenso entschlossen entgegentreten, sonst werden sie jeden Mann, jede Frau und jedes Kind in Birgu einfach abschlachten.«

»Mir fällt da noch etwas anderes ein«, sagte Romegas leise. »Wir haben immer noch St. Angelo. Dieses Fort können wir verteidigen, auch wenn es uns nicht gelingt, Birgu zu halten. Herr, ich schlage vor, dass sich der Rest unserer kampffähigen Männer ins Fort zurückzieht. Dort können wir bestimmt noch einen Monat aushalten, bis Don Garcia mit seiner Armee eintrifft oder der Herbst naht.«

Thomas schüttelte den Kopf. »Und was ist mit den Zivilisten? Die können wir unmöglich alle im Fort zusammenpferchen. Wollt Ihr sie ernsthaft den Türken ausliefern?« Er dachte an Maria. »Herr, das können wir nicht tun«, sagte er zu La Valette.

»Ich glaube, uns bleibt gar nichts anderes übrig«, beharrte Romegas. »Andernfalls reichen die Vorräte nicht.

Die Menschen hungern bereits, und in ein paar Wochen werden unsere Männer nicht mehr die Kraft zum Kämpfen haben. Das Fort ist besser zu verteidigen als die Stadtmauern. Es wäre die vernünftigste Entscheidung, Herr. Und die einzige Möglichkeit, den Orden zu retten.«

»Nur um den Preis seines guten Rufes«, gab Thomas zurück. »Wenn wir die Menschen der Willkür der Türken überlassen, wird der Name dieses Ordens auf immer mit Schande behaftet sein. Der Feind kennt kein Erbarmen. Er wird ein Massaker veranstalten.«

Romegas lächelte kühl. »Wir befinden uns im Krieg, Sir Thomas. In einem Krieg, den ich und der Großmeister all die Jahre im Dienste unserer Sache ausgefochten haben. Das Fortbestehen des Ordens ist unser höchstes Ziel.«

»Und ich dachte, unser höchstes Ziel ist es, den Islam aufzuhalten«, entgegnete Thomas.

»Solange wir am Leben sind, werden wir immer ein Stachel im Fleische des Feindes sein«, fuhr Romegas fort. »Doch um zu überleben, muss man gelegentlich Opfer bringen. Zum Wohle eines höheren Zieles.«

Thomas bemerkte den angespannten Gesichtsausdruck des Großmeisters, während dieser über Romegas Vorschlag nachdachte. »Er hat recht«, sagte La Valette schließlich. »St. Angelo ist bei Weitem leichter zu halten als Birgu, womöglich so lange, bis die Belagerung vorüber ist ... und dennoch, auch Sir Thomas spricht die Wahrheit. Wir dürfen nicht vergessen, dass der Orden gegründet wurde, um die Rechtschaffenen und Unschuldigen zu beschützen.« Er grübelte noch einen Augenblick, dann seufzte er. »Ich glaube, meine Entscheidung steht fest. Ja, ich bin mir sicher.«

Romegas sah Thomas mit einem triumphierenden Lächeln an. Er war der Meinung, diesen Streit gewonnen zu haben. »Es ist nur zu unserem Besten, Herr.«

»Ihr missversteht mich«, sagte La Valette. »Wir können uns nicht in das Fort zurückziehen … weil ich den Befehl geben werde, die Zugbrücke zu sprengen.«

KAPITEL 42

Das Zwielicht der Dämmerung wurde kurzzeitig durch eine gewaltige Explosion erhellt. Thomas kniff angesichts des grellen Scheins das gesunde Auge zusammen. Auf Feuer und Rauch folgte ein ohrenbetäubendes Donnern, das in ganz Birgu zu hören war. Große Trümmer der Zugbrücke wirbelten fast gemächlich durch die Luft und fielen dann auf die Dächer der naheliegenden Gebäude oder landeten im Kanal, den man zwischen dem Fort und Birgu gegraben hatte.

Der Großmeister, seine Berater und die ranghohen Offiziere betrachteten schweigend das Spektakel.

»Nun gibt es keinen Rückzug mehr«, sagte La Valette. »Diese Botschaft dürfte jetzt nicht nur bei den Türken, sondern auch bei unseren Leuten angekommen sein. Mit Gottes Hilfe werden wir Birgu halten, und wenn wir versagen, dann werden wir in seinen Ruinen untergehen. Unsere letzte Prüfung steht bevor.« Er wandte sich um und nahm die vom Feind besetzten Anhöhen über der Stadt in Augenschein. »Heute Morgen haben wir einen türkischen Offizier gefangen genommen. Er verriet uns, dass sich unser Gegner auf einen letzten Angriff vorbereitet. Deshalb gab es in den vergangenen acht Tagen keine nennenswerten Feindaktivitäten, und das ist auch der Grund, weshalb Mustafa Pascha das Geschützfeuer auf die Überreste der Mauern konzentriert. Sie werden morgen bei Tagesanbruch attackieren.« Er wartete, bis seine Offiziere diese Neuigkeit verdaut hatten.

»Wenn der Angriff scheitert, bezweifle ich, dass es Mustafa Pascha gelingt, seine Männer zu weiteren Taten zu bewegen. Dann könnten wir diese Belagerung tatsächlich überleben. Ruht Euch aus und seid morgen eine Stunde vor Sonnenaufgang auf Eurem Posten.« Er sah sich mit ernster Miene unter seinen Männern um. »Ich bin zu müde, um große Reden zu schwingen. Deshalb müssen ein paar Worte genügen. Wir haben die Türken bis aufs Blut bekämpft, wie es der Tradition dieses Ordens entspricht. Es war mir eine Ehre, Euch und alljene, die im Namen der heiligen Religion gefallen sind, angeführt zu haben. Ihr alle seid Helden, und größeren Ruhm als durch Eure Taten kann niemand erringen. Wenn es unser Schicksal ist, am morgigen Tag zu sterben, dann soll es so sein. Wir enden als Märtyrer, die alle Christen dazu anspornen werden, gegen die Ungläubigen die Waffen zu erheben. Sie werden uns rächen. Und wenn wir überleben, dann wird unsere Geschichte auf Generationen hinaus die Herzen der Menschen berühren. Alle, die von unseren großen Taten hören, werden staunen und voller Überzeugung sagen können, dass *dies* in der langen Geschichte unseres Krieges unser größter Triumph war.« Er trat zu seinen Offizieren und gab einem nach dem anderen die Hand. »Möge Gott mit Euch sein. Wenn Ihr mich braucht, ich werde in der Kathedrale beten.« Damit drehte er sich um und humpelte nach Birgu zurück.

Thomas starrte ihm hinterher. Der Großmeister hatte sich verändert. Den anderen Männern war die Anstrengung der letzten Monate deutlich ins Gesicht geschrieben. La Valette jedoch schien der einzige unter den Verteidigern zu sein, der mit jedem Tag stärker und entschlossener wurde. Doch war auch er von der Last der Verantwortung gezeichnet, und zum ersten Mal hatte er so schwach und gebrechlich gewirkt, wie man es von einem Siebzigjährigen erwarten durfte.

»Unglaublich, dass er diese Mühen so lange auf sich nehmen konnte«, flüsterte Richard und verlieh damit Thomas' Gedanken Ausdruck. »Doch jetzt, so fürchte ich, hat er die Hoffnung verloren.«

»Nein. Er nicht. Niemals«, entgegnete Thomas. »Er mag vielleicht erschöpft sein, aber sein Herz ist so stark wie eh und je.«

»Ich will hoffen, dass du recht hast. Ohne La Valette hätten uns die Türken schon längst besiegt.«

»Dann seid Ihr also mit der Entscheidung des Großmeisters einverstanden?«

Thomas drehte sich um und sah Romegas vor sich, der mit dem Kinn auf die verstreuten Trümmer der Zugbrücke deutete. »Ihr hättet meinem Vorschlag zustimmen sollen, Sir Thomas. La Valette hat gerade genug Männer im Fort stationiert, um die Kanonen zu bemannen. Wenn Birgu morgen fällt, wird sich St. Angelo nicht länger als ein paar Tage halten können. Eine stärkere Garnison dagegen hätte Wochen, wenn nicht gar Monate ausgeharrt. Doch jetzt ist es zu spät«, sagte er bitter.

Thomas schüttelte den Kopf. »Ihr irrt Euch. Wenn wir

Birgu im Stich lassen, würde das nur den Kampfesmut des Feindes neu entfachen. Nun gibt es keinen Rückzug mehr für unsere Männer. Wenn sie morgen dem Feind gegenübertreten, dann mit eisernem Willen. Sie werden eher sterben, bevor sie den Türken auch nur eine Handbreit Boden überlassen.«

»Das wird sich zeigen.« Romegas kehrte ihnen den Rücken zu und ging über den Platz zum Fort hinüber. Dort starrte er gedankenverloren auf die zersplitterten Holzbohlen am Rande des Explosionstrichters.

Die Versammlung der Offiziere löste sich auf. Thomas gesellte sich zu Richard.

»Komm, gehen wir zu Stokelys Haus.« Thomas' Bein schmerzte, sodass sie nur langsam vorankamen. »Ich weiß nicht, ob ich deiner Mutter von dem bevorstehenden Angriff erzählen soll«, murmelte Thomas.

»Wieso nicht?«, fragte Richard überrascht. »Sie hat ein Recht, es zu erfahren. Ein Recht, ihren Frieden mit sich zu machen, falls wir morgen sterben sollten. Oder nicht?«

Thomas nickte. »Nun, ich befürchte, dass sie sich Sorgen um mich machen wird. Seit dem letzten Tag auf St. Elmo habe ich nicht mehr gekämpft.«

»Bist du denn kräftig genug, um eine Waffe zu führen?«

»La Valette ist jedenfalls dieser Meinung.«

»Und du?«

»Mein rechter Arm ist durch die mangelnde Bewegung geschwächt. Ich kann nur auf einem Auge sehen, und mein linker Arm und mein Bein sind steif, sodass ich die Muskeln nur unter Schmerzen bewegen kann.«

Er sah Richard an und zwang sich zu einem Lächeln. »Also geht es mir nicht schlechter als den meisten anderen Soldaten auf den Mauern. Du dagegen scheinst einen Schutzengel zu haben. Ich kann nicht einen Kratzer an dir entdecken.«

Richard zuckte mit den Schultern. »Auch meine Glückssträhne wird irgendwann ein Ende haben. Bald wird es auch mich erwischen.«

Thomas blieb stehen und ergriff seinen Arm. »Hast du Angst?«

Einen Augenblick lang schien Richard seine wahren Gefühle leugnen zu wollen, doch dann nickte er. »Selbstverständlich, Vater. Im Grunde meines Herzens bin ich kein tapferer Mann.«

»Da habe ich etwas anderes gehört. La Valette hat mir erzählt, dass du während meines Aufenthalts im Lazarett wie ein Veteran gekämpft hast. Du musst deinen Mut nicht mehr unter Beweis stellen.«

»Im Gegenteil. Ich kämpfe so tapfer, weil ich Angst habe. So viel Angst, dass ich es so schnell wie möglich hinter mich bringen will. Eine Kugel wäre eine Erlösung für mich. Bei jedem Angriff schlottere ich vor Furcht, und mir bricht der kalte Angstschweiß aus.« Er starrte Thomas an. »Wenn du dich jetzt für mich schämst, kann ich dir das nicht verdenken.«

»Schämen?« Thomas' Herz drohte zu zerreißen, weil er seinen Sohn nicht beschützen oder ihm diese Qualen ersparen konnte. »Ich könnte nicht stolzer auf dich sein, Richard. Du bist der mutigste Mann, der mir je begegnet ist.«

Richard schüttelte den Kopf. »Ich bin ein Feigling.«

»Ein Feigling ist jemand, der die Risiken kennt und sich zur Flucht entscheidet. Mut dagegen bedeutet, sich der Gefahr zu stellen. Das weiß ich sehr gut, Richard, denn mein ganzes Leben lang habe ich nichts anderes getan.«

Richard sah ihn skeptisch an. Thomas kicherte.

»Glaubst du, dass es mir anders erging als dir? Die Furcht ist die Kraft, die Männer wie uns antreibt. Wie sonst könnten wir sie bezwingen und dafür sorgen, dass sie nicht über unser Schicksal bestimmt? In dieser Hinsicht scheinen sich Vater und Sohn doch sehr zu ähneln.«

Richard nickte. Dann zitterten seine Lippen, und er wandte sich betreten ab und wischte sich über die Augen. Thomas wurde das Herz schwer, dachte er doch, sein Sohn würde sich schämen.

»Es gibt keinen Grund, dir Vorwürfe zu machen.«

Richard lachte nervös. »Ich mache mir keine Vorwürfe. Ich bin glücklich. Glücklich, einen Vater … *dich* als meinen Vater zu haben.«

Thomas' Besorgnis verwandelte sich im Handumdrehen in eine tief empfundene Freude. Er schloss seinen Sohn in die Arme und küsste ihn auf die Stirn. Dann knuffte er ihm leicht gegen die Brust, als hätte er ihm soeben einen Witz erzählt. »Heute Abend werden wir zusammen trinken. Halleluja! Es gibt keinen größeren Beweis der Tapferkeit, als eine Flasche des einheimischen Weins zu leeren.«

Richard grinste, und sie setzten ihren Marsch fort, wobei Thomas zufrieden seinen Arm um die Schulter seines Sohnes legte.

Als sie das Tor zu Stokelys Anwesen erreichten, trat Thomas vor, um den Riegel zu öffnen. Er drückte das Tor auf, dann sah er sich um. Richard war auf der Straße stehen geblieben.

»Was ist?«

»Nichts.« Richard lächelte. »Gar nichts. Ich werde heute Nacht in der Auberge schlafen.«

Thomas runzelte die Stirn. »Weshalb?«

»Wir hatten unseren Augenblick der Vertrautheit, Vater. Da ist es nur angemessen, wenn du diese Nacht allein mit meiner Mutter verbringst. Wir sehen uns morgen auf der Mauer. Gute Nacht.« Richard nickte mit liebevoller Miene, dann verschwand er in den allmählich dunkler werdenden Straßen. Thomas stand auf der Schwelle des kleinen Innenhofs und war versucht, ihm hinterherzurufen.

»Thomas?«, ertönte Marias Stimme aus dem Haus. »Bist du das?«

Er schloss das Tor hinter sich und sah sie in der Eingangstür stehen. Ihre Konturen zeichneten sich im fahlen Schein der Kerzen im Flur ab. Über ihr ragte die Mauer bis zu den skelettartigen Dachbalken auf. Sie allein waren stehen geblieben, als eine türkische Kanonenkugel das Dach zum Einsturz gebracht hatte. Die Ziegel waren auf den Boden darunter gefallen, und jetzt war nur noch ein Raum im ersten Stock bewohnbar. Thomas schob den Riegel vor das Tor, durchquerte den Innenhof, ging die Stufen hinauf, nahm sie in die Arme und küsste sie auf die Lippen.

»Wo ist Richard?«, fragte sie, als sie sich wieder voneinander lösten.

»Er bleibt heute Nacht in der Auberge.«

»Weshalb?«

»Er wollte, dass wir Zeit für uns alleine haben.«

»Warum?« Dünne Falten erschienen auf Marias Stirn. Thomas nahm ihre Hände und fuhr mit den Daumen über ihre weichen Handflächen.

Maria wirkte einen Augenblick lang enttäuscht, dann nickte sie. »Wie er meint. Nur schade, dass ich das Abendessen für meine Familie vorbereitet habe. Im Keller war noch etwas Pökelfleisch. Außerdem gibt es Käse zu unserer Brotration.«

»Ein Festmahl«, sagte Thomas fröhlich.

Maria lachte, zog ihn ins Haus und schloss die Tür hinter ihnen.

Später am Abend lagen sie nackt auf einem Diwan im einzigen noch verbliebenen Zimmer des ersten Stocks und starrten durch das Holzgeländer des Balkons in den Himmel hinauf. Dünne Wolkenfetzen hingen vor den Sternen. Im Norden lauerten düstere Schatten am Horizont, die sich immer weiter der Insel näherten. Trotz des fortgeschrittenen Sommers war die Nacht angenehm warm, und ihre Körper noch von der Leidenschaft erhitzt. Maria lag an seiner rechten Seite, hatte den Kopf auf seine Brust gebettet und fuhr mit den Fingern sanft über das Haar auf seinem Bauch.

»Ich möchte so gerne mit dir über die Zukunft reden«, flüsterte sie. »Aber das ist ein Luxus, den wir uns nicht leisten können. Jedenfalls nicht in nächster Zeit. Erst, wenn die Belagerung vorbei ist.«

Thomas lächelte traurig. »Wir sollten uns keine Gedanken um die Zukunft machen.«

Sie schwieg eine Zeit lang, dann stützte sie sich auf einen Ellenbogen. »Die Zukunft ist mein einziger Trost, Thomas. Die Gegenwart ist voller Gefahren, und die Vergangenheit besteht aus Dunkelheit und Verzweiflung. Beides bereitet mir Qualen. Uns bleibt nur dieser Augenblick.«

Thomas strich über ihre Wange und überlegte, wie viel er ihr anvertrauen konnte. Er hatte kein Recht, ihr die Wahrheit vorzuenthalten. »Liebste Maria, dies könnte unsere letzte gemeinsame Nacht sein. Die Türken werden morgen angreifen. La Valette glaubt, dass es ihr endgültiger Versuch sein wird, uns zu vernichten. Sie werden jedes Geschütz und jeden Mann in die Schlacht werfen, und wir werden uns ebenso verzweifelt wehren.«

»Wirst du auch kämpfen?«

»Ich muss. Um den Orden, Birgu und allen voran dich zu verteidigen.«

»Dann werde ich ebenfalls kämpfen.«

Thomas schüttelte den Kopf. »Unmöglich. Für Frauen ist kein Platz in der Schlacht.«

»Wirklich? Glaubst du, wir sitzen untätig herum, während die Türken euch überwältigen, um danach ihre Lust und ihren Blutdurst an uns zu stillen? Thomas, ich versichere dir, dass jede Frau und jedes Kind genau weiß, was auf dem Spiel steht. Wir werden alles in unserer Macht Stehende tun, um den Feind zurückzuschlagen.«

»Nein. Du bleibst hier in Sicherheit.«

»Sicherheit?« Sie lachte höhnisch. »Wenn die Stadt fällt, werden wir alle getötet werden oder als Sklaven enden. Ich will lieber an deiner Seite sterben, als hier vergewaltigt und abgeschlachtet zu werden. So soll mein Leben nicht enden. Ich will meinen Tod selbst wählen.« Sie legte ihre Fingerspitzen an seine Lippen. »Das ist mein letztes Wort. Du kannst mich nicht umstimmen.«

»Das würde ich niemals wagen«, entgegnete er in spöttischem Ton. »Aber genug davon. Halt mich fest …«

Sie legte ihren Kopf auf seine Brust zurück und schmiegte ihren Körper an den seinen. Thomas schloss die Augen und genoss das Gefühl von Wärme und Nähe. Die Wolkenbank schob sich immer weiter an die Insel heran und verdeckte die Sterne. Kurz nachdem die Glocken der Kathedrale Mitternacht schlugen, fielen die ersten Regentropfen auf die zerstörte Stadt. Schon bald wuchs sich der Schauer zu einem Wolkenbruch aus, begleitet von einem kalten Wind, der Tropfen durch die Lücken des Geländers blies. Sie erhoben sich von dem Diwan, gingen zu Bett und hielten sich unter der warmen Decke fest in den Armen.

Der Regen ließ auch vor Sonnenaufgang nicht nach, sondern schien sogar noch stärker zu werden; hinzu kamen Blitz und Donner. Als die Glocken die vereinbarte Stunde schlugen, zündete Thomas eine Kerze an, stand auf und zog sich an. Er war sich bewusst, dass Maria ebenfalls aufgewacht war und ihn beobachtete. Sobald er seinen Waffenrock zugeknöpft hatte, wandte er sich zu ihr um.

»Hilfst du mir in meine Rüstung?«

Sie griff nach ihrem Nachthemd und setzte sich auf. Dann folgte sie ihm hinunter in den Hausflur, wo seine Rüstung und seine Waffen auf einer Truhe neben der Tür lagen. Thomas hielt sich die Brustplatte vor den Leib, während sie sie mit den Riemen an der Rückenplatte befestigte. Dann half sie ihm in die Handschuhe und legte ihm die Armschienen an. Sie wollte nach seinen Beinröhren greifen, doch Thomas schüttelte den Kopf. »Mit meinen Verletzungen kann ich sie nicht tragen, es schmerzt zu sehr. Nur meinen Helm. Bitte.«

Vorsichtig setzte sie ihm die gefütterte Kappe auf, dann hob sie den Morion auf seinen Kopf und zurrte den Kinnriemen fest. »So.«

Thomas machte einige vorsichtige Bewegungen, wobei er sich bemühte, den Schmerz in seiner linken Flanke nicht zu zeigen. Schließlich nickte er zufrieden, griff nach seinem Schwert und gürtete es sich um die Schulter. Maria lief nach oben und kehrte wenig später in einem Waffenrock und einer Kniehose zurück, die offenbar für einen Jungen gemacht waren. Sie hatte das Haar zurückgebunden, schlüpfte in weiche Stiefel und schnürte sie zu. Schließlich wählte sie aus den Waffen auf der Truhe einen Dolch an einem Gürtel und schlang ihn sich um die Hüfte. »Bereit«, verkündete sie.

Im blassen Kerzenschein schimmerte ihre glatte Haut rosig, als sie lächelte. »Um eines muss ich dich noch bitten«, sagte Thomas. »Ich habe Richard einen Brief geschrieben. Er liegt auf der Truhe neben dem Bett. Wenn mir etwas zustößt, dann sorge bitte dafür, dass er ihn erhält.«

Maria nickte.

»Gut.« Thomas lächelte. »Gehen wir.«

Ein Karren, dessen Seitenwände durch dicke, mit Nieten beschlagene Holzbretter verstärkt worden waren, diente als Tor des hastig errichteten Schutzwalls. Der Wall selbst bestand aus dem Schutt eingestürzter Häuser und den Steinen der Wehrmauer. Er war kaum zehn Fuß hoch und beschrieb einen Bogen, dessen Enden mit zwei ramponierten, aber noch intakten Bastionen verbunden waren. Hinter dem Wall befand sich eine Brustwehr, auf der Frauen, Kinder und Greise postiert waren. Sie hatten zum Schutz gegen den Regen die Köpfe eingezogen und wurden von einer Handvoll Soldaten befehligt, deren Aufgabe es war, diese letzte Verteidigungslinie zu halten. Die Zivilisten waren mit leichten Piken, Schwertern, Äxten und mit Nägeln versehenen Knüppeln bewaffnet. Neben ihnen standen mit Steinen gefüllte Körbe, die sie auf die Türken werfen konnten, sollten diese die eigentliche Wehrmauer überwinden.

Maria trennte sich vor dem Karren von Thomas, griff einen Knüppel und stieg die schmalen Stufen zur Brustwehr hinauf. Als Thomas durch das behelfsmäßige Tor trat, bemerkte er mehrere Leitern, die an der Außenseite des Walls für den Fall lehnten, dass die Soldaten auf der Mauer zum Rückzug gezwungen wurden. Richard wartete bereits auf ihn. Gemeinsam erklommen sie den Teil der Mauer, auf dem der Großmeister unter dem durchnässten Banner des Ordens bereits Position bezogen hatte. La Valette stand an der Brüstung, die Hände auf die glänzenden Steine gestemmt, und starrte auf die türkischen Annäherungsgräben.

Richard sah zum Himmel auf und blinzelte sich die Tropfen aus den Augen. »Ein Feuergefecht wird es heute nicht geben. Bei diesem Regen wird das Pulver sofort nass. Wir müssten uns also auf einen Kampf Mann gegen Mann gefasst machen. Leider können wir auch den Türken, die die Mauer erstürmen wollen, nichts entgegensetzen.«

»Nicht so voreilig, junger Mann.« La Valette kehrte dem Feind den Rücken zu. »Für Kanonen und Arkebusen mag es vielleicht zu feucht sein, aber nicht für unsere Armbrüste.«

Thomas sah sich auf der Mauer um. Im ersten Licht des Morgens bemerkte er, dass die Männer, die sonst mit Arkebusen bewaffnet waren, Armbrüste in den Händen hielten und mit Bolzen gefüllte Köcher vor sich stehen hatten.

La Valette kicherte. »Daran habt Ihr mich erst vor Kurzem erinnert, Sir Thomas. Wir hatten sie zusammen mit anderen altmodischen Gerätschaften auf St. Angelo deponiert. Ich habe sie heute Nacht hierherschaffen lassen. Hoffen wir, dass sie auch zum Einsatz kommen.«

Der Großmeister wandte sich wieder um. Die Verteidiger warteten im Regen, dass sich das Licht der Dämmerung durch die dunklen Wolken am Himmel kämpfte. Sobald es etwas heller wurde, sah Thomas, dass der Boden vor der Mauer glitschig und aufgeweicht war. Hundert Yards weiter wehten die Wimpel, die die türkischen Annäherungsgräben markierten. Hin und wieder waren dort Bewegungen auszumachen – der Feind bereitete sich auf den Angriff vor. Gelegentlich wehten Gebetsfetzen durch das Rauschen des Regens. Blitzlicht tauchte das Schlachtfeld in einen kalten silbernen Schein.

Der genaue Zeitpunkt des Sonnenaufgangs war durch die starke Bewölkung nicht zu bestimmen. Endlich trat eine Gestalt direkt vor dem Banner des Großmeisters aus dem Graben. Sie näherte sich wenige Schritte, blieb stehen und hob einen juwelenbesetzten Säbel. Trotz der durchnässten Kleidung war es ganz offensichtlich eine Person von hohem Rang. Der Mann trug einen großen Turban und eine reich verzierte Brustplatte.

»Das ist Mustafa Pascha höchstselbst«, sagte Romegas, der mit zusammengekniffenen Augen durch den Regen spähte.

Der türkische Befehlshaber holte tief Luft und warf sich in die Brust. Dann brüllte er einen Befehl, der den Regen übertönte, woraufhin mit lautem Geschrei auf der ganzen Gefechtslinie Männer aus den Gräben stürmten. Ein Lichtblitz erhellte ein Tableau aus tausend grimmigen Gesichtern mit aufgerissenen Mündern. Halb rannten, halb schlitterten sie über den matschigen Boden, fest entschlossen, die Verteidiger vom Angesicht der Erde hinwegzufegen.

KAPITEL 43

Armbrüste bereit machen!«, befahl La Valette. Romegas hielt die Hand an den Mund und gab den Befehl weiter, wobei er sich nur mit Mühe über das Prasseln des Regens hinweg verständlich machen konnte. Das Kommando verbreitete sich entlang der Mauer, und die Armbrustschützen hoben ihre Waffen und zielten.

Thomas sah sich um. Es schien, als würde die Mauer mehr aus Breschen denn aus Steinen bestehen. Der Schutt der beschädigten Abschnitte war in den Wehrgraben gerutscht und bildete dem Feind höchst willkommene Rampen. Selbst die grob zusammengezimmerten Brustwehren in den Breschen würden nur begrenzt Deckung bieten, bevor der Feind sie niederriss. Er sah sich entlang der Innenwand nach Maria um, konnte sie aber zwischen den vielen regennassen Gestalten auf dem Schutzwall nicht ausmachen.

»Wenn die Türken in Reichweite der Armbrüste kommen, wartet eine nette Überraschung auf sie«, bemerkte Richard mit grimmiger Befriedigung.

Thomas nickte. Ohne den Regen hätten die Angreifer mit Kanonen und Arkebusen rechnen müssen. Doch an diesem Morgen würden sie sich ungehindert in die Schlacht werfen können – das dachten sie zumindest. Die schnellsten Gegner hatten ihre Kameraden bereits hinter sich gelassen, rannten vor der eigentlichen Menge her und stellten dadurch nicht zu verfehlende Ziele dar. La Valette hob die rechte Hand und wartete, bis sie nur noch etwa hundert Schritte entfernt waren. Dann ließ er den Arm sinken. »Jetzt.«

Noch während Romegas das Kommando weitergab, brüllten diejenigen, die den Großmeister beobachtet hatten, den Feuerbefehl. Mit einem dumpfen Klacken schnalzten die Sehnen vor, und die kurzen, schweren Bolzen schossen in einem flachen Bogen durch den strömenden Regen auf den Feind zu. Einen Augenblick später blieben Dutzende von Türken wie erstarrt stehen. Dann fielen manche vornüber und wälzten sich auf dem Boden, andere taumelten und versuchten, sich die mit Widerhaken versehenen Eisenspitzen aus dem Leib zu ziehen. Eine Handvoll gegnerischer Soldaten war auf der Stelle tot.

Sofort ließen die Verteidiger die Armbrüste sinken, stellten einen Fuß in den eisernen Steigbügel am Ende ihrer Waffen, spannten sie erneut und legten den nächsten Bolzen ein. Die stärksten Männer konnten zuerst schießen, und wieder fielen mehrere der Türken, die nun ihren Schritt beschleunigten, um die Mauer zu erreichen, bevor sie den altmodischen Waffen zum Opfer fielen.

Thomas hielt nach dem feindlichen Kommandanten Ausschau. Mustafa Paschas großer Turban war deutlich zwischen den durchnässten gegnerischen Soldaten zu erkennen. Der erfahrenste Feldherr des Sultans stapfte entschlossen voran und schwenkte dabei seinen Säbel über dem Kopf hin und her. Eine kleine Janitscharengruppe begleitete ihn, darunter auch sein persönlicher Standartenträger. Er schwenkte sie von einer Seite zur anderen, damit der tropfnasse Pferdehaarbusch an seinem Ende deutlich zu sehen war.

Der erste Türke erreichte den Graben vor der Bastion und machte sich daran, das regenfeuchte Mauerwerk zu erklimmen. Sein Kaftan klebte ihm wie eine zweite Haut am Körper. Ein Armbrustschütze auf der Mauer nahm ihn ins Visier und jagte ihm direkt unter dem Nacken einen Bolzen in den Rücken. Der Türke fiel mit dem Gesicht voran zu Boden. Seine Beine zuckten noch, als seine Kameraden an ihm vorbeidrängten. Ihre Rüstungen, ihre Haut und ihre Waffen glänzten vor Regenwasser. Dutzende fielen bei ihrem Weg über die Geröllhaufen den Armbrüsten zum Opfer. Dann hatten sie die Verteidiger in den Nahkampf verwickelt. Im letzten Augenblick warfen die Schützen ihre Armbrüste beiseite und griffen zu ihren Keulen, Schwertern und Piken. Rund um die Bastion erklang das mannigfache Krachen von Waffen auf Schilden, das Kratzen und Klirren von Klingen und das Schreien, Fluchen und Heulen der Verwundeten, stets untermalt von dem leisen Klingeln, mit dem die schweren Regentropfen auf Helmen und Plattenpanzern landeten.

»Vorsicht!«, rief Romegas. Einen Augenblick später wurde eine Leiter gegen die Brüstung geworfen. Thomas hob das Schwert und trat hinzu, als dunkle Hände die oberste Sprosse packten und ein Spitzhelm auftauchte. Thomas hieb mit der Klinge auf seinen Gegner ein. Sie drang durch den Kaftan auf der Schulter des Mannes, wurde jedoch von dem darunterliegenden Kettenhemd aufgehalten. Der Hieb ließ den Körper des Türken erbeben und lähmte seinen Arm, sodass er den Halt verlor. Grunzend hing er noch einen Augenblick da, dann verließ ihn die Kraft, und er stürzte hinab. Sofort nahm ein weiterer Soldat seinen Platz ein, kletterte hinauf und sah sich wachsam auf der Brüstung um.

»Richard«, rief Thomas. »Die Leiter! Nimm deine Pike. Schnell, mein Junge!«

Der Türke hob einen Schild, um seinen Kopf zu schützen, während er die Leiter hinaufstieg. Thomas' Schwert prallte davon ab, und er zog die Klinge zurück, um damit zuzustechen. Sein Gegner allerdings parierte mühelos, dann packte er die Brüstung, um sich auf die Plattform der Bastion zu schwingen. Blitzschnell ließ Richard die Pike sinken, klemmte die von der Spitze abstehenden Haken in die oberste Sprosse und drückte mit aller Kraft. Die Augen des Türken weiteten sich vor Entsetzen, als er sich allmählich von der Mauer entfernte. Dann nahm Richard noch einmal alle Kraft zusammen, und die Leiter fiel zusammen mit dreien sich darauf befindlichen Feinden in die Bresche zurück.

Hunderte kämpften auf der Mauer auf Leben und Tod. Thomas begriff, dass die schiere Überzahl der Angreifer die Verteidiger früher oder später unweigerlich zurückdrängen würde. Weitere Leitern wurden an die Bastion gelegt. Der Großmeister und seine Offiziere bemühten sich verzweifelt, ihre Stellung zu halten. Richard trieb seine Pike in das Gesicht eines Feindes, während Thomas sich umsah. La Valette hatte die Pike vor sich gerichtet und trat einem Janitscharen entgegen, der gerade den Fuß auf die Brüstung stellte. Der Großmeister stieß zu, doch der Janitschar konnte die Spitze im letzten Augenblick mit dem Säbel zur Seite schlagen. La Valette zog seine Waffe zurück und vollführte einen weiteren Angriff – so gelassen und ruhig, als befände er sich auf dem Exerzierplatz. Diesmal ließ er die Spitze im letzten Augenblick sinken, sodass die Klinge seines Feindes ins Leere schlug und sich die Pike tief in seinen Bauch bohrte. Der Türke verzerrte vor Schmerz das Gesicht, ließ den Säbel fallen und umklammerte den Pikenschaft, während La Valette ihn immer weiter hineintrieb. Der Janitschar fiel hintenüber von der Brüstung, wobei die Pikenspitze aus seiner Wunde glitt. Romegas stieß seinen Kommandanten zur Seite, packte die Leiter und riss sie zur Seite, woraufhin alle, die sich darauf befanden, das Gleichgewicht verloren. Schreiend fielen sie zusammen mit der Leiter in die Bresche.

Unterdessen wurden die Verteidiger an mehreren Stellen von den behelfsmäßigen Brustwehren zurückgedrängt. Sofort drückten die Türken gegen die Steine und brachten so die Hindernisse zu Fall. Dann sprangen sie über den Schutt, um weiter auf ihre Gegner einzudringen. Thomas bemerkte die nächste Leiter in seiner Nähe. Er hieb auf eine Hand ein, kaum dass sie sich auf der Brüstung zeigte. Die Klinge durchtrennte Fingerknöchel und die hölzerne Sprosse darunter. Mit einem Schmerzensschrei wurde die verletzte Hand zurückgezogen. Wieder gelang es Richard, die Leiter mit der Pike von der Mauer zu stoßen.

»Hierher!«, brüllte Romegas. Thomas wirbelte herum und sah den Ritter und zwei Hauptmänner im Kampf mit mehreren Türken, denen es gelungen war, auf der entgegengesetzten Seite der Bastion Fuß zu fassen. Thomas wandte sich zu Richard um.

»Geh und hilf Romegas. Ich kann die Stellung hier alleine halten.«

Kurz huschte ein besorgter Ausdruck über das regennasse Gesicht des jungen Mannes, dann nickte er und lief über die Bastion, um Romegas zu unterstützen. Holz prallte auf Stein, als eine weitere Leiter vor Thomas auftauchte. Der Türke darauf trug einen Spitzhelm, um dessen Rand ein Turban gewickelt war. Seine Augen funkelten über einem dichten Bart, aus dem das Wasser auf seine Brustplatte tropfte. Er befand sich bereits bis zur Hüfte über der Brüstung und hob den Schild, als Thomas ausholte. Die Klinge schlug den Schild beiseite und glitt dann davon ab. Mit einem lauten Klirren brach die Schwertspitze entzwei.

»Ha!«, rief der Türke, schwang ohne zu zögern das Bein über die Brüstung und zog den Säbel. Thomas' Schwert maß keine zwanzig Zoll mehr und endete in einer scharfen Spitze – zu wenig für einen gewöhnlichen Nahkampf. Er warf sich dem Türken entgegen, doch sein linker Fuß rutschte auf den feuchten Steinen aus, sodass er keine Kraft in seinen Hieb legen konnte, als er gegen den Gegner prallte. Nun wurden sie vor der Brüstung eng aneinandergedrückt. Die dünnen Lippen des Türken verzogen sich zu einem höhnischen Lächeln, als er sich zu befreien versuchte, um mit dem Säbel ausholen zu können. Thomas wollte seinen Gegner mit der Linken festhalten, bis ihm ein so heftiger Schmerz durch den Arm schoss, dass er die Kraft darin verlor. Er streckte den rechten Arm aus, winkelte die gebrochene Klinge an und schob sie unter den Rand des Schildes. Die Spitze kratzte gegen die Brustplatte seines Gegners. Thomas zog die Klinge zurück, zielte tiefer, stieß erneut zu und spürte, wie sie sich in den Unterleib des Türken bohrte.

Dieser stieß einen markerschütternden Schrei aus. Speicheltropfen landeten auf Thomas' Gesicht. Dann hieb der Türke wieder und wieder mit dem Säbelknauf auf Thomas' Helm ein, während der Ritter seine abgebrochene Klinge immer tiefer in die Eingeweide seines Feindes trieb. Erneut glitt sein linker Fuß aus, und er fiel hintenüber. Der Türke landete so schwer auf Thomas, dass diesem die Luft aus der Lunge gepresst wurde. Er wollte sich aufrappeln, als ihm Thomas das Schwert quer durch den Leib zog, sodass dieser das Gesicht vor Schmerz verzerrte. Trotzdem gelang es ihm mit größter Anstrengung, sich noch einmal aufzurichten und zur Seite wegzurollen. Die Klinge löste sich mit einem schmatzenden Geräusch aus der grässlichen Wunde. Blut bedeckte die Parierstange und Thomas' Handschuh bis zum Handgelenk. Dem Türken war bewusst, dass seine Wunde tödlich war. Auf Knien richtete er sich vor Thomas auf, stieß das abgebrochene Schwert mit dem Schild zur Seite, hob mit vor Zorn sprühenden Augen den Säbel und zielte mit der Spitze auf Thomas' Gesicht.

Einen Augenblick lang verstummte der Schlachtenlärm um Thomas herum; seine Welt war auf das dumpfe Glänzen des Säbels über ihm zusammengeschrumpft; jede Faser seines Körpers erstarrte in atemlosem Entsetzen.

Dann wurde der Türke nach hinten gerissen, als sich die Spitze einer Pike in seinen Hals bohrte. Er brach vor der Brüstung zusammen und würgte, als Blut aus seinem Mund spritzte. Eine Hand packte Thomas und half ihm wieder auf die Beine. Dann starrte La Valette ihn mit besorgter Miene an.

»Seid Ihr verwundet, Sir Thomas?«

Thomas zitterte stark, doch außer dem brennenden Schmerz in seinem linken Arm spürte er nichts. »Nein, Herr.«

»Dann sucht Euch eine neue Waffe.« La Valette umklammerte kampfbereit die Pike und sah sich auf der Bastion um. Allmählich gewannen die Türken die Oberhand auf den Mauerabschnitten und strömten unablässig durch die Breschen. Es war unmöglich für die Verteidiger, einer so großen Zahl von Angreifern die Stirn zu bieten.

»Wir können die Linie nicht halten«, sagte La Valette. »Wir müssen uns hinter den Schutzwall zurückziehen.« Er sah sich nach Romegas um. Der alte Ritter und Richard machten gerade einem Türken den Garaus, der auf den Turm geklettert war, und warfen seinen Leichnam auf diejenigen, die immer noch versuchten, die Leiter zu erklimmen. Mit einem kurzen Stoß seiner Pike entfernte Richard sie von der Mauer. Fürs Erste war die Bastion gerettet, doch der Preis dafür war hoch: zwei der Gefallenen, die zwischen den Wasserpfützen auf dem Boden lagen, trugen die Wappenröcke des Ordens. Ein weiterer Ritter lehnte an der Brüstung. Sein Gesicht war eine blutige Masse aus zermalmtem Fleisch und Knochen, sein Körper und seine Gliedmaßen zitterten wie Espenlaub.

»Romegas!«, rief La Valette. »Zu mir!«

Sobald der Ritter zu ihm gestoßen war, deutete La Valette auf die Männer, die verzweifelt versuchten, die Mauer zu halten. »Gib das Signal zum Rückzug, sobald ich mit dem Banner neben dem Tor Stellung bezogen habe. Du bleibst mit den anderen hier und hältst die Bastion.«

Romegas deutete auf einen Leichnam, neben dem das Banner lag. »Der Träger ist tot, Herr.«

La Valette nickte. »Dann gebührt Euch die Ehre«, teilte er Thomas mit. »Nehmt das Banner. Ihr und Euer Knappe folgt mir.«

Thomas rief Richard zu sich, hob das Banner mit der gesunden Hand auf und lehnte es gegen seine Schulter. Zu dritt eilten sie die Treppe hinab. Die beiden Männer, die den Eingang der Bastion bewachten, schoben auf La Valettes Befehl hin die Riegel zurück und öffneten die schwere Tür. Thomas und Richard folgten dem Großmeister über die freie Fläche hinter der Gefechtslinie. Neben dem Karren befand sich eine schmale Lücke, gerade breit genug für zwei Männer. Dahinter lag die letzte Verteidigungslinie Birgus. Keuchend vor Anstrengung erklomm La Valette die Brustwehr. Richard half Thomas hinauf, bevor er ihnen folgte.

La Valette hob die Hand in Richtung Bastion und winkte; Romegas erwiderte das Signal. Einen Augenblick später durchschnitt der gellende Ton einer Trompete den Schlachtenlärm und das Rauschen des Regens. Alle Männer hinter der vordersten Verteidigungslinie drehten sich um und folgten den Verwundeten, die sich hinter dem Schutzwall in Sicherheit zu bringen versuchten. Diejenigen, die noch kämpften, lösten sich allmählich aus dem Gefecht, bevor sie die Mauer über die Treppen verließen und über die Geröllhaufen zum Schutzwall rannten.

Sobald die Türken bemerkten, was geschah, brandete Jubel in ihren Reihen auf. Sie drängten vor, eilig darauf bedacht, die Verteidiger zu verfolgen, zu überwältigen und der schrecklichen Belagerung, die so vielen ihrer Kameraden das Leben gekostet hatte, endlich ein Ende zu setzen. Sie stürmten in die Bresche und hieben alle, die das Signal zum Rückzug überhört hatten oder sich im Kampfesrausch befanden, unbarmherzig nieder.

»Hier, nimm meinen Dolch.«

Thomas drehte sich zu Richard um, der ihm den Griff entgegenhielt. Er nickte ihm dankbar zu, nahm die Waffe, wechselte das Banner in die andere Hand, schlang das linke Bein um den Schaft und klemmte ihn dann unter seine linke Schulter.

Richard senkte die Pike über das grobe Mauerwerk des Schutzwalls und starrte mit finsterem Blick auf die gegnerischen Soldaten, die über die Schutthügel kletterten. Zu seiner Linken bemerkte Thomas etwa zwanzig Yards hinter dem Großmeister Maria, die einem Soldaten über die Mauer half. Weitere erklommen die Leitern, während sich andere durch die Lücke neben dem Karren zwängten. La Valette beobachtete gebannt, wie sich die letzten Verwundeten den Leitern näherten. Schon lief der erste Türke über das offene Feld auf sie zu. Das dumpfe Schnalzen einer Armbrust war zu hören, dann warf er die Arme in die Luft und fiel vornüber; der Bolzen hatte sein Knie zerschmettert. Auf die kurze Entfernung fanden viele weitere Geschosse ihr Ziel. Nun waren die Türken gewarnt, hoben ihre Schilde und näherten sich etwas vorsichtiger, was den Verteidigern mehr Zeit verschaffte, um die rettenden Leitern zu erreichen.

In diesem Moment erschien Mustafa Pascha zusammen mit seinem Standartenträger in einer der Breschen. Er richtete den Säbel auf den Wall und rief seinen Männern den Befehl zum Angriff zu. Die anderen Soldaten fielen in den Schrei ein und stürmten los. Vor jeder Leiter standen noch mehrere Verteidiger und warteten ungeduldig darauf, dass sie an die Reihe kamen, während sie zur Verteidigung die Piken, Schwerter und Keulen hoben.

»Die Leitern hochziehen!«, rief La Valette. »Schnell!«

Wer sich bereits auf den Sprossen befand, warf sich so schnell er konnte über die Brüstung. Diejenigen, die es nicht rechtzeitig geschafft hatten, stießen Verzweiflungsschreie aus, als ihre Kameraden die Leitern vor ihren Augen emporhoben. Einige hielten sich daran fest und mussten abgeschüttelt werden. Eine Leiter fiel um – ein willkommenes Geschenk für den Feind.

»Schließt das Tor!«, schrie La Valette den Männern zu, die neben dem Karren warteten. Sie stemmten ihre Schultern gegen die Holzbohlen, schoben das Gefährt vor die schmale Lücke und sicherten es mit Ketten. Dann stiegen sie auf die Ladefläche, nahmen ihre Armbrüste auf und feuerten in die herannahende Menge. Überall entlang des Schutzwalls nutzten die Schützen die letzte Gelegenheit für einen Schuss. Dutzende fielen von den tödlichen Bolzen durchbohrt in den feuchten Schlamm.

Inzwischen befanden sich genug Soldaten auf dem Schutzwall, sodass sich die Frauen und Kinder zurückziehen konnten. Sie packten Steine und schleuderten sie über die Mauer, wobei sie schrill ihren Hass herausschrien. Die meisten Wurfgeschosse prallten von Helmen und Schilden ab, doch einige fanden ihr Ziel. Sie trafen Gesichter und verletzten viele der Fanatiker, die sich Süleyman angeschlossen hatten, um die Feinde ihres Glaubens zu bekämpfen und als Märtyrer zu sterben. Dann hatten die Türken den Schutzwall erreicht und machten die letzten Verteidiger davor nieder, bevor sie mit ihren Speeren nach den Köpfen stießen, die über die Brustwehr spähten.

La Valette beugte sich vor und rammte seine Pike in die Schulter eines Mannes, riss sie wieder heraus und stach erneut zu. Richard schrie auf, als sich eine Speerspitze in seinem Ärmel verfing und dann in seinen Arm schnitt. Das Wams riss, als er sich befreite. Dann durchbohrte er seinerseits den Mann, der ihn verletzt hatte. Für kurze Zeit drängten sich die Türken am Fuße der Mauer und stellten eine leichte Beute für die Verteidiger über ihnen dar, die nur in die Masse aus Kaftanen und Rüstungen einzustechen brauchten. Männer mit Belagerungsleitern drängten sich vor und stellten sie gegen den Wall. Sofort kletterten ihre Kameraden hinauf.

Thomas hob den Dolch, als eine Leiter klappernd zwischen ihm und Richard gegen den Wall auf seiner Rechten prallte. Sie schwankte, als der erste Türke daran hinaufstieg. Thomas beugte sich vor und stach nach dessen Hand. Der Türke schien es gar nicht zu bemerken; er zog sich Sprosse für Sprosse hoch, und die rasenden Augen unter dem Helm starrten Thomas hasserfüllt an. Blut spritzte, als er seine Hand befreite und den Säbel zog. Die Klinge schoss auf Thomas' Hals zu. Dieser hatte gerade noch Zeit, sich mit all seinem Gewicht auf die Seite zu werfen. Nur knapp entging er dem Hieb, der ihm sicherlich den Kopf von den Schultern getrennt hätte. Der Türke fluchte und holte erneut aus. Doch bevor er zuschlagen konnte, traf ein Stein seinen Nasenrücken. Blut schoss aus seinen Nasenlöchern. Er blinzelte und schüttelte den Kopf – sofort schwang Richard den Schaft seiner Pike herum, stieß ihn von der Leiter und zurück in das Meer aus Schwertern, Speeren und Spitzhelmen.

Mustafa Pascha trieb seine Männer weiter an, reckte den Säbel und riss den Mund weit auf, um die Soldaten mit Schlachtrufen zu ermutigen. Er kam dem Schutzwall immer näher, wobei seine Leibwächter die Menge zur Seite drängten. Einen Augenblick lang konnte Thomas seine Position nur anhand der Pferdehaarstandarte ausmachen, die über den Helmen, Turbanen, Säbelklingen und Speeren aufragte.

»Herr!«, rief er La Valette zu und deutete auf Süleymans Standarte. »Seht dort!«

Der Blick des Großmeisters folgte Thomas' ausgestrecktem Arm. Der feindliche Kommandant kam direkt auf sie zu. »Er will mich persönlich töten.«

Thomas nickte. »Ihr müsst Euch in Sicherheit bringen, Herr.«

»Nein. Unser Schicksal wird sich jetzt entscheiden. Ich muss hier bleiben, wo meine Männer mich sehen können.«

La Valette wurde herumgeschleudert, als ein Speer von seiner Schulterplatte abprallte. Ein Türke war auf die Schultern seiner Kameraden gestiegen, um an den Großmeister zu gelangen. La Valette richtete ohne mit der Wimper zu zucken seine Pike auf den Mann und spießte ihn auf.

Die feindliche Standarte kam immer näher. Dann teilte sich das Meer der Gesichter vor Thomas, und ein Janitscharentrupp drängte sich hindurch, um Platz für den Kommandanten und seine Leibwächter zu schaffen – große, muskulöse und mit schweren Säbeln bewaffnete Krieger in gut gearbeiteten Rüstungen: die handverlesene Elite von Süleymans Armee. Zwei der Leibwächter nahmen ihrem Kameraden eine Leiter ab und stellten sie direkt vor Thomas und der Standarte des heiligen Johannes an die Mauer. Nun konnte er das wettergegerbte, vom Regen feuchte Gesicht Mustafa Paschas deutlich erkennen. Er brüllte Befehle und deutete auf den Ritter, und schon kletterte der erste Mann die Leiter hinauf. Thomas hieb mit dem Dolch nach ihm, doch der Janitschar wich ihm mühelos aus. Dann packte er Thomas' Handgelenk und zog sich an ihm die Leiter hinauf, bis er einen schlammverkrusteten Stiefel auf die Brüstung stellen konnte. Während er nach seinem Säbel griff, versuchte Thomas vergeblich, sich zu befreien: Der Türke, dessen Lippen sich zu einem grausamen Lächeln verzogen, war zu stark für ihn.

»Beschützt die Standarte!«, rief La Valette erschrocken.

Richard befand sich zwei Schritte neben Thomas und entfernte gerade eine Leiter von der Brüstung. Sobald sie umfiel, wirbelte er herum und stieß nach dem Janitscharen. Dieser erkannte die Gefahr und ließ Thomas' Handgelenk los. Er hob den Arm und schlug die Pikenspitze beiseite. Thomas nutzte die Gelegenheit und bohrte den Dolch wieder und wieder in den Arm des Mannes. Mit einem wütenden Schrei ließ der Janitschar die Schwerthand vorschnellen, schlug Thomas gegen die Brust und brachte ihn aus dem Gleichgewicht, sodass er einen Augenblick lang am Rande der Brustwehr taumelte. Dann ging er zu Boden, und die Standarte mit ihm.

Die Verteidiger in unmittelbarer Nähe stöhnten verzweifelt auf, während von der anderen Seite der Mauer Jubelschreie ertönten. Der Janitschar hob das andere Bein über die Brüstung und ging mit wirbelndem Säbel auf Richard los. Dieser parierte verzweifelt mit dem Pikenschaft. Ein weiterer Janitschar erklomm die Mauer und wandte sich La Valette zu. Wachsam beobachtete er dessen Pikenspitze, während er sich allmählich näherte. Zwei weitere Soldaten kamen hinzu, dann ein fünfter, der Süleymans Feldzeichen auf die Brüstung stellte und hin und her schwenkte. Thomas rappelte sich auf und packte die Ordensstandarte mit der gesunden Hand. Den Dolch ließ er liegen.

»Haltet stand!«, brüllte er nach allen Seiten. »Haltet stand!«

»Schlagt sie zurück!«, rief La Valette. »Für Gott und den heiligen Johannes! Tötet sie!«

Thomas sah, wie ein Junge, der kaum älter als zwölf sein mochte, die Mauer hinaufkletterte und sich gegen den Janitscharen warf, der Richard attackierte. Seine kleinen Hände zerkratzten das Gesicht des Türken, und er biss über dem Handschuh in das entblößte Fleisch. Der Türke funkelte den Jungen böse an, dann packte er ihn an den Haaren, riss ihn von sich los und zerschmetterte ihm den Schädel an der Brüstung. Schließlich warf er den beklagenswert dürren Körper neben Thomas auf den Boden. Ein schriller Klageschrei gellte durch die Luft, dann stieg eine dünne Frau über den Leichnam und warf einen Stein nach dem Janitscharen. Das scharfkantige Geschoss spaltete seine Augenbraue, sodass ihm Blut ins Gesicht lief und er gezwungen war, es abzuwischen. Diese Ablenkung kostete ihn das Leben, als Richard seine Pike in den Bauch des Janitscharen bohrte, einmal herumdrehte und wieder herauszog. Der Türke geriet ins Wanken, und die Frau sprang mit einem weiteren Stein in der Hand auf ihn zu. Während ihr die Tränen über die Wangen strömten, schlug sie immer wieder auf das Gesicht ihres Gegners ein, zertrümmerte Knochen und Fleisch. Ein geradezu tierischer Klagelaut stieg aus ihrer Kehle auf.

Weitere Frauen und Kinder griffen an, rissen und zerrten an den Janitscharen, zogen sie von der Mauer und erschlugen sie. Der feindliche Standartenträger beobachtete fassungslos, wie die Malteser seine Kameraden wie wilde Tiere abschlachteten. Dann warf Richard seine Pike beiseite, rannte auf den Mann zu und schlug ihm mit dem Panzerhandschuh ins Gesicht. Der Fingerschutz riss die Haut auf der Wange des Janitscharen in Fetzen. Wieder und wieder hieb er auf den Mann ein, dann packte er den Schaft der Standarte und versuchte verzweifelt, sie in seinen Besitz zu bekommen. Mit einem Mal entstand eine Gefechtspause, als die Kämpfer zu beiden Seiten innehielten und das Duell beobachteten.

Auch unter Richards Schlägen weigerte sich der Türke, die Standarte loszulassen. Erst versuchte er, Richard mit der Linken abzuwehren, dann ließ er sie plötzlich vorschnellen, sodass sich seine Finger um Richards Kehle schlossen. Thomas musste mitansehen, wie sich das Gesicht seines Sohnes vor Schmerz verzerrte. Richard sammelte seine Kräfte und schlug mit aller verbliebenen Wucht zu. Der Kopf des Mannes wurde zurückgeschleudert. Er stöhnte und geriet ins Taumeln, wobei er den Griff um Richards Hals löste. Dann stolperte er und prallte gegen die Brüstung. Richard riss ihm die Standarte aus der Hand, bevor er ihn ganz über die Mauer beförderte. Sobald Richard das Feldzeichen in die Höhe hielt, brachen die Verteidiger auf und hinter der Mauer in ausgelassenen Jubel aus. Richard schwang sie einen Augenblick lang hin und her, um die Türken zu verhöhnen, anschließend warf er die Standarte verächtlich in Richtung Birgu, wo sie im Schlamm liegen blieb.

Die Türken verstummten. Dann zog sich der erste zurück, und die Gefechtslinie löste sich auf, als andere seinem Beispiel folgten. Thomas stellte sich neben Richard, hob die Standarte des Ordens und stimmte in den Jubel der anderen Verteidiger ein. Mustafa Pascha unter ihnen bedrohte seine Männer mit dem Schwert und befahl ihnen, den Angriff fortzusetzen. Einige blieben stehen und drehten sich um. Ein Stein traf das Kinn des feindlichen Kommandanten. Er taumelte und ging in die Knie, während Blut aus der klaffenden Wunde floss. Die Umstehenden heulten vor Verzweiflung, und ihr Rückzug war nicht mehr aufzuhalten. Mustafa Paschas Leibwächter hoben ihren Herrn vom Boden auf und trugen ihn zur Bresche zurück. Um sie herum nahmen die Türken die Beine in die Hand.

»Hinterher!«, befahl La Valette. »Drängt sie zurück! Die Mauer darf nicht in ihre Hände fallen!«

Der Befehl wurde weitergegeben. Die Verteidiger sprangen über den Schutzwall und setzten den Türken nach. Ritter, Soldaten, Frauen und Kinder nahmen die Verfolgung auf und fielen wie ein Wolfsrudel über diejenigen her, die nicht schnell genug entkommen konnten. Dieser Anblick erfüllte Thomas mit Abscheu. Das war kein Krieg mehr, sondern ein barbarisches, blutiges Massaker. Frauen und Kinder gingen mit Messern, Äxten und Knüppeln auf ihre Opfer los. Blut spritzte, Fleischfetzen landeten auf dem Boden und wurden vom Regen hinfortgespült. Eine alte Frau hackte auf einen gefallenen Janitscharen ein, dann beugte sie sich vor, krallte ihre Hand in seinen Bart und hob den abgetrennten Kopf mit einem schrillen Triumphschrei in die Höhe.

»Richard!«, rief La Valette. »Nimm dir die feindliche Standarte. Die Trophäe ist dein. Dann folge mir.«

Die drei Männer warteten, bis die Ketten gelöst und der Karren zur Seite geschoben wurde. Sie stiegen von der Mauer und bahnten sich einen Weg an den Leichen vorbei zur Bastion hinüber. Romegas begrüßte den Großmeister mit einem breiten Lächeln, dann deutete er in Richtung der feindlichen Annäherungsgräben. Scharenweise ergriffen die Gegner die Flucht. Vor der Mauer und auf den Geröllhaufen standen die Soldaten und Einwohner Birgus im Regen, jubelten, winkten und riefen dem Feind Schmähungen hinterher.

»Gott sei Dank«, hörte Thomas den Großmeister flüstern. »Wir werden überleben.«

KAPITEL 44

11. September

Der Regen ließ nach. Mehrere Tage lang klarte es auf, und die Sonne beschien das Grauen des Schlachtfelds. Die Türken setzten ihr Bombardement fort. Einige halbherzige Angriffe konnten unter dem Feuer der Verteidiger, die sich in den Schutthaufen vor Birgu und Senglea versteckt hielten, schnell zurückgeschlagen werden. Der Großmeister verzichtete inzwischen auf Lagebesprechungen mit seinen Beratern – schließlich gab es nichts mehr zu besprechen. Die Vorräte gingen zur Neige, und sie waren so wenige, dass ein weiterer entschlossener Angriff unweigerlich zu einer vollständigen Niederlage führen würde. Wieder ging es nur darum, so lange wie möglich auszuhalten.

Jeden Morgen stand Thomas noch vor Sonnenaufgang auf, um seinen Platz auf der Bastion neben Richard und den anderen einzunehmen. Sie warteten und hielten die Augen nach den Anzeichen eines weiteren Angriffs offen. Irgendwann blieben diese völlig aus, und immer weniger Geschützbatterien nahmen die Stadt noch unter Beschuss. Thomas vermutete, dass dem Feind der Mut fehlte, die Belagerung fortzusetzen. Zum ersten Mal erlaubte er sich zu hoffen, dass er, Maria und Richard tatsächlich überleben würden. Sie würden nach England zurückkehren, beschloss er, und das Leben führen, das ihnen so lange versagt geblieben war. Ein verführerischer Tagtraum, dem er nur zu gerne nachhing. Nach allem, was wir durchgemacht haben, dachte Thomas mit einem zufriedenen Lächeln, haben wir uns das mehr als verdient.

Gott wollte er für ein gutes Ende nicht anrufen, obwohl er wusste, dass Marias eifrige Gebete nichts anderem galten. Er hatte sie beobachtet, wie sie vor dem kleinen Altar gekniet hatte, den sie im Keller ihres Hauses aufgestellt hatte. Mit dem Rosenkranz in der Hand hatte sie zu der Marienstatue aufgeblickt, während ihre Lippen fromme Sprüche gemurmelt hatten. Sie hielt nur inne, wenn eine türkische Kanonenkugel über sie hinwegheulte und in ein Gebäude in der Nähe einschlug. Thomas hatte bei diesem Anblick Enttäuschung verspürt, so wie er von allen enttäuscht war, die glaubten, dass diese Welt die Schöpfung eines liebenden, barmherzigen Gottes sei. Glücklicherweise versagte sie sich trotz ihrer Frömmigkeit nicht die Freuden ihrer Beziehung – ein weiterer fauler Kompromiss der Gläubigen, ein weiterer Beweis für Thomas, wie nichtig und leer alle Religion war.

Immerhin war die Schuld, ein ständiger Begleiter seiner Abkehr vom Glauben, von seinen Schultern genommen. Nun war er nicht mehr der Überzeugung, sich selbst und diejenigen an seiner Seite im Stich gelassen zu haben. Es war, als hätte man einen Mühlstein von seinem Hals genommen. Er fühlte sich frei, und nur die Endgültigkeit des Todes vermochte ihn noch zu schrecken.

Gleichzeitig erinnerte sie ihn jedoch daran, dass er jeden Augenblick in vollen Zügen auskosten musste. Im Jenseits warteten keine ewigen Freuden auf ihn – genauso wenig wie für viele andere Menschen, deren kurzes Leben nur aus einem ständigen Kampf gegen den Hunger und einen gewaltsamen Tod und dem Versprechen eines Paradieses bestand, in dem man für die diesseitigen Mühen entlohnt wurde. Ein probates Mittel, um die Menschen mit ihrer Knechtschaft zu versöhnen, dachte Thomas verbittert.

»Was ist?«

Thomas blinzelte und kehrte in das Hier und Jetzt zurück. Richard, der neben ihm auf der Brüstung saß, sah ihn neugierig an.

»Woran denkst du?«, fragte er.

»Ach, nicht so wichtig.« Thomas erhob sich mit steifen Gliedern und spähte vorsichtig über die Brüstung auf die nur etwa fünfzig Yards entfernten feindlichen Annäherungsgräben. Die türkischen Wimpel hingen schlaff in der ruhigen Morgenluft, und auch sonst war weit und breit keine Bewegung zu erkennen. Nicht einmal in den weiter entfernten Gräben, wo üblicherweise ständig mehrere Männer damit beschäftigt waren, Vorräte aus den Schiffen zu holen und in das feindliche Feldlager zu tragen. Richard stand ebenfalls auf und suchte die Fläche vor der Mauer nach Scharfschützen ab.

»Es ist sehr ruhig heute.«

»Kein Wunder«, murmelte Thomas. »Sie sind weg.«

»Weg?« Richard beäugte die feindlichen Gräben. »Das könnte eine Falle sein.«

Thomas spitzte die Lippen. »Sehen wir doch mal nach.«

Er setzte sich wieder und löste den Kinnriemen seines Helms. Dann nahm er eine geladene Arkebuse, die feuerbereit an der Mauer lehnte, stülpte den Helm über den Kolben und hob die Waffe langsam hoch, sodass der Helm über die Steinmauer ragte. Er schwenkte ihn hin und her, sodass ihn der Feind deutlich sehen konnte.

»Wenn sie noch da wären, würden sie sich die Gelegenheit wohl kaum entgehen lassen, auf einen Ritter zu schießen«, sagte Thomas.

Der Köder wurde nicht geschluckt. Einen Augenblick später ließ er die Arkebuse sinken und setzte sich den Helm wieder auf.

»Schick einen Mann zu La Valette. Sag ihm, dass an unserer Position keine Feindaktivitäten mehr auszumachen sind. Das werde ich ihm bei meiner Rückkehr persönlich bestätigen.«

Richard atmete hörbar ein. »Du willst da rausgehen?«

»Selbstverständlich. Wir müssen Gewissheit haben.«

»Und wenn es eine Falle ist? Wenn sie uns aus der Deckung locken wollen?«

Thomas tippte gegen seinen Helm. »Du hast es doch gesehen – kein einziger Schuss. Sie haben die Gräben aufgegeben, dessen bin ich mir sicher.«

»Aber weshalb?«

Thomas lächelte. »Ich will das Schicksal nicht herausfordern, deshalb werde ich meine Hoffnungen für mich behalten, bis ich es mit eigenen Augen gesehen habe.« Er klopfte seinem Sohn auf die Schulter. »Wir dürfen keine

Zeit verschwenden, Richard. Benachrichtige La Valette und halte dann nach mir Ausschau. Es könnte sein, dass ich es bei meiner Rückkehr etwas eiliger habe als bei meinem Aufbruch.«

Ohne eine Antwort abzuwarten, lief Thomas über die Brüstung zur nächsten Bresche, in der man hastig eine Brustwehr errichtet hatte. Thomas hob den Kopf und suchte die Umgebung nach einem Anzeichen des Feindes ab. Als er nichts bemerkte, holte er tief Luft, sprang über die Brustwehr, schlitterte den Geröllhaufen hinunter und legte sich keuchend im Graben auf den Boden. Er wartete und lauschte konzentriert auf Stimmen oder andere Geräusche. Neben sich sah er einen halb von Staub und Schutt begrabenen Leichnam. Auf seinem Turban befand sich ein von einem rostbraunen Fleck umrahmtes Loch, wo die Kugel in den Schädel eingedrungen war. Der Mann hatte den Kopf zurückgeworfen, und seine toten Augen starrten in den blauen Himmel. Fliegen summten träge um das fleckige Gesicht und krochen ungehindert über das verwesende Fleisch. Dem Gestank nach zu urteilen, lag die Leiche seit mindestens zehn Tagen hier. Eine von vielen, die die Türken zurückgelassen hatten. Sie hatten es nicht gewagt, sie einzusammeln, um sie ihren Riten gemäß zu bestatten.

Für den Augenblick schien Thomas in Sicherheit zu sein. Er kroch zum Rand des Grabens und spähte darüber hinweg. Der felsige Boden vor ihm war mit den rauen Furchen übersät, die die Kanonenkugeln darauf hinterlassen hatten, bevor sie gegen die Verteidigungsmauer geprallt waren. Zerbrochene Leitern, fallen gelassene Waffen und Rüstungsteile lagen überall zwischen den Toten verstreut, deren Bäuche sich in der sengenden Sonne widerlich aufblähten. In etwa zwanzig Yards Entfernung erkannte Thomas die Überreste eines Belagerungsturms. Er richtete sich vorsichtig auf und rannte geduckt über das offene Terrain darauf zu. Auch diesmal hörte er weder einen Alarmruf noch den Schuss eines Scharfschützen. Er ging hinter den dicken Holzbohlen in Deckung und verschnaufte, bevor er einen Blick zurück zur Bastion warf. Sonnenlicht blitzte auf Stahl, dann bemerkte er Richard, der ihn beobachtete.

»Kopf runter, du Narr«, zischte Thomas und wedelte energisch mit der Hand, doch Richards Kopf war nach wie vor deutlich zu erkennen. Aus Furcht um seinen Sohn verließ Thomas die Deckung und rannte auf den nächsten Wimpel zu, der einen weiteren Annäherungsgraben markierte. Sollte dort tatsächlich noch ein Scharfschütze auf der Lauer liegen, würde er sich wohl für ihn als bedeutend leichteres Ziel entscheiden. Thomas lief nicht geradeaus, sondern schlug Haken, während ihm das Herz vor Anstrengung und Angst bis zum Hals klopfte. Plötzlich fand er sich auf der Brüstung des Grabens wieder. Er warf sich hinein und landete auf allen vieren im schlammigen Wasser. Sofort drückte er sich flach gegen die steinerne Grabenmauer und sah sich schnell um.

Niemand zu sehen. Er war allein.

Sobald sein Atem sich wieder etwas beruhigt hatte, zog Thomas das Schwert und suchte nach einer Abzweigung, die zu einem der Versorgungsgräben führte. Außer unbrauchbaren Gerätschaften und alten Lumpen hatten die Türken nichts zurückgelassen. Er schlich sich vorsichtig um eine Ecke und folgte dem Graben bis zu einer Geschützbatterie, die vor drei Tagen das Feuer eingestellt hatte. Alles um ihn herum war ruhig. Er stieß auf die mit Erde und Steinen gefüllten Weidenkörbe, die die Schießscharten der Batterie bildeten, doch von den Mündungen der Kanonenrohre, die Birgu in den letzten Monaten so sehr zugesetzt hatten, war nichts mehr zu sehen.

Ein Stück weiter führte eine Rampe zur Geschützbatterie selbst hinauf. Aus dem befestigten Stützpunkt schlug ihm stechender Brandgeruch entgegen. Er sah die verkohlten Überreste von Lafetten, Fassdauben und Holzbrettern, auf denen die Kanonen gestanden hatten. Hinter der Batterie war ein hoher Erdhaufen aufgeschüttet. Auf seiner Spitze hatten mehrere Wildhunde die dünne Erdschicht aufgewühlt, mit der man hastig das Massengrab bedeckt hatte. Die halb verhungerten Tiere taten sich an den Leichenteilen gütlich, die sie zutage gefördert hatten.

Von der Anhöhe in der Mitte der Batterie aus sah Thomas Rauchwolken von den anderen Geschützstellungen auf der gegenüberliegenden Seite des Hafens aufsteigen, doch die Kanonen, die auf die Verteidigungsanlagen von Senglea und Birgu gerichtet waren, schwiegen. Bei der Erkenntnis, dass der Feind die Belagerung tatsächlich abgebrochen hatte, verspürte er erst eine zarte Hoffnung, die sich schnell in überschwängliche Freude verwandelte. Er blickte sich noch einmal um, dann steckte er das Schwert weg und eilte durch den Graben zu der eine Viertelmeile entfernten Bastion zurück. Zuerst hatte er direkt darauf zu laufen wollen, doch es bestand immer noch die Möglichkeit, dass der Feind Scharfschützen zurückgelassen hatte, die alle Verteidiger aufs Korn nehmen sollten, die sich zu weit aus dem Schutz ihrer Mauern wagten.

Als er in der Bastion ankam, wartete der Großmeister bereits auf ihn. Ein aufgeregtes Lächeln überzog sein müdes Gesicht. »Nun?«

»Sie sind weg, Herr.« Thomas ging zur Brüstung hinüber und stellte sich direkt in Sichtweite des Feindes, während er seine Route mit der Hand nachverfolgte. »Ich bin bis zu dieser Batterie dort gelangt. Niemand war zu sehen. Die Türken haben alles mitgenommen, was sie tragen konnten, und den Rest verbrannt. Ich bin zuversichtlich, dass sie diese Seite des Hafens aufgegeben haben, Herr.«

La Valette nickte. »Von St. Angelo aus wurde ebenfalls beobachtet, dass Geschütze von der Sciberras-Halbinsel abgezogen wurden.«

Ein dumpfes Grollen von der anderen Hafenseite her erinnerte sie daran, dass sich immer noch mehrere Kanonen in Position befanden. Thomas blickte zu St. Elmo und der sich dahinter erstreckenden Halbinsel hinüber und wartete die Feuerzungen und Rauchwolken der nächsten Schüsse ab. »Diese Batterien verfügen nur noch über ein Geschütz, Herr. Insgesamt nicht mehr als sechs Kanonen. Sie sollen uns ablenken und den Rückzug der feindlichen Armee zu den Schiffen decken.«

»Dann haben wir sie besiegt!«, rief Richard und schlug mit der behandschuhten Faust in die andere Handfläche. »Bei allen Heiligen, wir haben sie bezwungen.«

»Nein.« La Valette rieb sich nachdenklich das Kinn. »Mustafa Pascha wusste genau, dass wir am Ende sind. Er hätte nur darauf warten müssen, dass der Hunger oder die schwindende Moral uns zur Kapitulation zwingen. Es war nur eine Frage der Zeit, bis er seinem Sultan die Trophäe hätte überbringen können. Für seinen Rückzug kann es nur einen Grund geben: Don Garcia hat sich endlich in Bewegung gesetzt.«

Schweigend dachten sie über die Worte des Großmeisters nach.

»Was sollen wir jetzt tun, Herr?«, fragte Richard schließlich. »Einen Ausfall wagen, um den Türken nachzusetzen?«

La Valette runzelte die Stirn. »Mein Junge, ich fürchte, dass nur eine sehr erbärmliche Truppe Birgu verlassen würde. Ein Haufen Vogelscheuchen, von Kopf bis Fuß in Verbände gehüllt. Nein. Wenn Don Garcia tatsächlich auf dem Weg ist, dann warten wir hier auf ihn. Mit einer Ausnahme.«

Er wandte sich St. Elmo zu. »Wir holen uns unser Fort zurück. Ich will, dass die Flagge des Ordens so bald wie möglich wieder auf seinen Zinnen weht.« Er sah Thomas an. »Wir haben noch zehn Pferde, mehr nicht. Nimm sie. Du, dein Knappe und acht zuverlässige Männer werden nach St. Elmo reiten. Wenn ihr das Fort verlassen vorfindet, dann besetzt es und hisst die Flagge auf dem Kavalier. Zwei deiner Männer sollen auf den Hügelkamm klettern, den Feind beobachten und Ausschau nach Don Garcias Armee halten. In Mdina befinden sich noch frische Truppen. Ich schicke einen Boten. Die dortige Garnison soll sich bereithalten, um Don Garcia zu unterstützen.«

»Wie Ihr befehlt, Herr.« Thomas neigte den Kopf. »Wir reiten so bald wie möglich los.«

Das gewaltige Feldlager, das sich über die Marsa und ihre Umgebung erstreckt hatte, war völlig verlassen. Gelegentlich qualmten Aschehaufen, wo sich die Türken die Zeit genommen hatten, alles zu verbrennen, was dem Feind hätte von Nutzen sein können. Thomas und seine kleine Reiterschar erreichten das Lager kurz vor der Mittagsstunde. Die Sonne brannte vom Himmel, und die Luft war unerträglich drückend. Der stechende Qualm mischte sich mit dem Gestank der Latrinen. Richard hielt sich die Hand vor die Nase, während ihre dürren Pferde durch das Lager trabten.

Am anderen Ende des Lagers, kurz vor dem Pfad, der die Sciberras-Halbinsel entlang nach St. Elmo führte, entdeckten sie mehrere Zelte – die einzigen, auf die sie bisher gestoßen waren. Es stank nach verwesendem Fleisch. Thomas schluckte, als er sein Pferd zu dem zurückgeschlagenen Eingang des nächsten Zelts führte. Bis auf das Klappern der Pferdehufe und dem leisen Wiehern der Tiere war nur das durchdringende Summen von Fliegen zu hören. Thomas spähte ins Zelt. Reihen über Reihen von Männern lagen auf schmutzigem Bettzeug. Sie alle waren tot, den meisten hatte man die Kehle durchgeschnitten: Offenbar hatten die Türken entschieden, ihre Verwundeten nicht der Gnade der rachedurstigen Malteser auszuliefern.

»Allmächtiger …«, flüsterte Richard, als er sich über den Sattel beugte und der Gräuel in den Zelten gewahr wurde.

Thomas sah ihn mit erschöpfter Miene an. »Ich frage mich, wie du dieses Wort noch immer aussprechen kannst.« Dann wendete er sein Pferd und setzte es in den Trab, um den schrecklichen Anblick so schnell wie möglich hinter sich zu lassen und frische Luft atmen zu können.

Sie folgten dem Pfad. Der Hügelkamm erhob sich zu ihrer linken, rechts funkelte das Wasser des Hafens. Auch auf den Anhöhen war kein Lebenszeichen zu entdecken. Sie ritten an den vier Geschützbatterien vorbei, die Senglea und Birgu unter Beschuss genommen hatten. Die Lafetten zweier Kanonen waren beschädigt, und die Türken hatten die Geschütze zurückgelassen, nachdem sie ihre Läufe mit einer Sprengladung gespalten und dadurch unbrauchbar gemacht hatten.

Der Pfad führte um einen hohen Felsen herum, dann lagen die zerstörten Mauern des Forts vor ihnen. Thomas zügelte das Pferd und sah sich mit finsterer Miene um. Das Gelände vor der Festung war mit Annäherungsgräben durchzogen. Eine Rampe aus festgestampfter Erde, über die die Türken ihre Kanonen auf die Mauern geschoben hatten, um den Hafen beschießen zu können, führte zu einer Bresche. Auch hier war weit und breit keine Menschenseele zu sehen. Auf Thomas' Zeichen hin setzte sich die kleine Kolonne wieder in Bewegung. Als sie sich der Rampe näherten, tauchte eine Reihe von Holzpfählen vor ihnen auf. Auf jedem Pfahl steckte eine dunkle, verschrumpelte Kugel. Sein Magen verkrampfte sich vor Abscheu, als er begriff, was er da erblickte.

»Sind das … Köpfe?«, fragte Richard.

Thomas nickte, dann trieb er sein Pferd zur Eile an, damit die anderen seine Trauer nicht bemerkten. Nach zwei Monaten in der Sonne waren die vertrockneten Gesichtszüge kaum noch zu erkennen und die Lippen so verschrumpelt, dass die Zähne darunter zum Vorschein kam. Die Haut spannte sich dicht über den Knochen, Haarsträhnen hingen an den Schädeln und die Augen waren schon lange von Möwen herausgepickt worden. Thomas wurde übel. Das war alles, was von seinen Kameraden übrig geblieben war, die St. Elmo mit ihrem Leben verteidigt und länger gehalten hatten, als es irgendjemand für möglich gehalten hätte. Ihr Leid und ihr Tod hatten ihren Brüdern in Birgu und Senglea wertvolle Zeit erkauft. Bei diesem Anblick verspürte Thomas Schuldgefühle, weil er noch am Leben war. Er versuchte, diesen Gedanken zu verdrängen. Schließlich hatte auch er bis zum Ende gekämpft – auf St. Elmo zu bleiben hätte nur einen unnötigen Tod bedeutet. Schlimmer als nur unnötig – schließlich hatten Maria und ihr Sohn seinem Leben einen neuen Sinn verliehen. Doch das große Opfer, von dem diese Schädel hier Zeugnis ablegten, trieb ihm trotz aller Vernunft die Schamesröte ins Gesicht.

Er ritt an der letzten dieser grässlichen Trophäen vorbei ins Fort. Die Hufschläge hallten von den mit Einschusslöchern gespickten Wänden wider, die den Innenhof umgaben.

Thomas räusperte sich. »Wer hat die Fahne?«

»Ich, Herr«, antwortete ein Hauptmann.

»Dann steig ab und komm mit.« Thomas ließ die Zügel los und glitt vom Pferderücken. Dann sah er zu Richard auf. »Schick zwei Männer mit guten Augen auf den Hügelkamm. Ich will wissen, was Mustafa Pascha im Schilde führt. Seine Männer sind sicherlich noch nicht alle auf den Schiffen. Außerdem sollen sie nach Don Garcia Ausschau halten, verstanden?«

Richard nickte.

»Danach durchsuchst du das Fort. Womöglich haben sie ihre Verwundeten oder sogar Gefangene zurückgelassen. In diesem Fall können wir noch schneller herausfinden, was die Türken vorhaben.«

Thomas bedeutete dem Hauptmann, ihm zu folgen. Sie durchquerten den Innenhof in Richtung Burgfried, während Richard den übrigen Männern Befehle gab – fast geflüstert, was nur zu verständlich war. Beide waren Zeuge des erbitterten Kampfes um St. Elmo gewesen, und ihnen war, als würden die Geister derjenigen, die hier gestorben waren, schweigend auf sie herabsehen. Als Thomas das Ende der Treppe erreichte, sah er sofort, dass die türkische Fahne, die so höhnisch über den Hafen geweht hatte, nicht mehr am Flaggenmast hing.

»Hauptmann, du wirst sofort unsere Fahne hissen. Falls sich noch Türken auf dieser Insel herumtreiben, sollen sie wissen, dass St. Elmo wieder uns gehört.«

»Ja, Herr.« Der Hauptmann nahm eine ordentlich zusammengefaltete Fahne aus einem Beutel und ging auf den Mast zu. Im Nu hatte er die Flagge des Ordens am Hisstau befestigt und zog sie den Mast hinauf. Der rote

Stoff blähte sich leicht in der sanften Brise, die durch den Hafen wehte. Einen Augenblick später hörte Thomas leise Jubelschreie vom anderen Ufer. Die Garnison von St. Angelo winkte ihm freudig zu, und schon wurden mit Soldaten bemannte Boote zu Wasser gelassen. Sie führten Proviant für mehrere Tage mit sich, damit sie bis zum Ende der Belagerung auf St. Elmo aushalten konnten. Thomas blickte auf die Ecke des Forts, wo er und seine Männer das unaufhörliche Bombardement erduldet und sich jeden Tag aufs Neue dem Feuer und den Klingen des Feindes gestellt hatten. Als sein Blick zu der Stelle schweifte, an dem Oberst Mas und Kapitän Miranda auf ihren Stühlen ihr Ende gefunden hatten, verspürte er einen Stich im Herzen. Sie waren ihrem Schwur, St. Elmo bis zum Ende zu verteidigen, treu geblieben.

»Seht dort, Herr.« Der Hauptmann hatte die Hand über die Augen gelegt und starrte mit zusammengekniffenen Augen nach Norden. Eine Staubwolke hing in der flirrenden Luft über der trockenen Landschaft. Offenbar war eine große Heerschar in Richtung Mdina unterwegs.

»Wer ist das?«, fragte der Hauptmann. »Sind das unsere Leute?«

Thomas biss die Zähne zusammen. »Das sind die Türken. Sie greifen Mdina an.« Er versuchte, ihre Zahl anhand der Größe der Staubwolke einzuschätzen, die die Hauptstreitmacht umgab. »Anscheinend haben sie jeden kampffähigen Mann mobilisiert. Offenbar hat sich der Großmeister geirrt, was unsere Verstärkung betrifft.«

Der Hauptmann spuckte vom Turm herab. »Wenn Don Garcia noch nicht gelandet ist, werden die Türken

Mdina wohl oder übel einnehmen. Dort lagern genug Vorräte, damit sie nach Birgu zurückkehren und uns aushungern können.«

»Dann wollen wir hoffen, dass Mdina standhält«, sagte Thomas. Die Hoffnung, die in seinem Herzen aufgestiegen war, schwand. Er starrte aufs Meer hinaus. Ein Dunstschleier bedeckte den Horizont, trotzdem konnte er die Masten und Segel der türkischen Flotte ausmachen. Sie steuerte auf die Nordspitze der Insel zu. »Sie sind zur St.-Pauls-Bucht unterwegs. Den Grund dafür werden wir wohl bald erfahren. Bleib hier und halte weiter Ausschau. Sag mir Bescheid, wenn die feindliche Armee die Richtung ändert. Ich bin im Innenhof. Sollten die Türken sich dazu entschließen, St. Elmo zurückzuerobern, müssen wir rechtzeitig von hier verschwinden.«

Der Hauptmann nickte. Thomas ließ ihn auf dem Turm zurück und stieg in den Innenhof hinab. Als er in die Sonne trat, hob er die Hand über die Augen und sah sich um. Die beiden Männer, die die Pferde bewachten, hatten sich in den Schatten vor einer Wand zurückgezogen. Richard verließ die Kapelle, und Thomas winkte ihn zu sich.

»Nimm sie herunter.« Er deutete auf die aufgespießten Köpfe auf der Rampe. »Bring sie in die Kapelle. Wir können sie später ordentlich begraben.«

Richard machte keine Anstalten, den Befehl zu befolgen. Stattdessen drehte er sich zu seinem Vater um. »Wir sollten sie dort lassen. Damit alle die wahre Natur der Türken mit eigenen Augen sehen können.«

»Nein«, sagte Thomas entschieden. »Wir müssen sie abnehmen. Sie sind eine Beleidigung für die Menschlichkeit.«

Richard lachte bitter. »Dieser ganze Krieg ist eine Beleidigung für die Menschlichkeit, und die Köpfe müssen uns noch eine Weile daran erinnern. Sie sind die wahren Früchte des Krieges. Eine Lektion für alle, die sie sehen. Damit sie begreifen, was der Krieg aus uns gemacht hat.«

»Müssen wir unsere Männer denn noch über das schreckliche Opfer belehren, das hier dargebracht wurde?«, entgegnete Thomas sanft. »Diese Lektion haben sie bereits gelernt, mein Sohn. Ihre Herzen sind schwer davon. Was hätte es für einen Zweck, sie mit einer weiteren Grausamkeit zu konfrontieren? Es würde sie nur zusätzlich verbittern. Dann sinnen sie auf Rache, und aus Gewalt entsteht nur noch mehr Gewalt.«

»Nun gut, dann soll es so sein.«

Eine bleierne Verzweiflung legte sich auf Thomas, als er die rasende, brennende Wut im Antlitz seines Sohnes erblickte. »Richard, irgendwann einmal muss dieser Krieg ein Ende haben, bevor er mit uns ein Ende macht. Verstehst du das denn nicht?«

Richard senkte den Blick. »Das verstehe ich sehr wohl«, sagte er gepresst. »Aber gegen meine Gefühle komme ich nicht an. Nicht jetzt. Nicht nach allem, was hier geschehen ist.«

»Verschwende den Rest deines Lebens nicht mit Hass. Es gibt Wichtigeres. Ich habe viel zu lange gebraucht, um das zu begreifen. Ich will nicht, dass du meine Fehler wiederholst, Richard.« Er legte seinem Sohn eine Hand auf die Schulter. »Hilf mir, sie abzunehmen. Bitte.«

Richard presste die Lippen fest aufeinander, doch als er wieder aufsah, nickte er. Thomas befahl den anderen Männern, das Fort zu durchsuchen. Dann gingen sie zum ersten Pfahl auf der Rampe hinüber. Thomas blieb davor stehen und hob die Hand, um die Fliegen zu verscheuchen. Die Luft war mit ärgerlichem Summen erfüllt. Aus der Nähe erkannte er, um wessen Kopf es sich handelte.

»Kapitän Miranda ...«

Er dachte an den lebhaften Spanier, der seine Männer dazu gebracht hatte, gegen eine scheinbar unüberwindliche Übermacht zu kämpfen. Miranda, dessen Schwert und Rüstung in der Sonne geblitzt hatten, als er dem Feind seinen Trotz entgegenschrie. Schließlich verblasste das Bild wieder, und Thomas sah nichts außer dem verschrumpelten, dunklen Schädel vor sich. Er holte tief Luft und streckte beide Hände aus.

Schnelle Hufschläge ließen ihn herumfahren. Einer der Männer, die er auf den Hügelkamm geschickt hatte, ritt in vollem Galopp auf das Fort zu. Thomas ließ seine traurige Arbeit vorerst ruhen und eilte mit Richard an seiner Seite die Rampe hinunter. Der Reiter riss im letzten Augenblick die Zügel herum, sodass Schotter und Staub aufwirbelten, und deutete nach Norden.

»Der Entsatz ist da, Herr! Dort, bei Naxxar. Don Garcia macht sich zur Schlacht bereit.« Die Worte sprudelten nur so aus seinem Mund.

Bei dieser Neuigkeit schlug Thomas' Herz schneller. »Wie viele Männer sind es?«

Der Soldat dachte kurz nach. »Sieben, vielleicht achttausend.«

»Achttausend?« Thomas runzelte besorgt die Stirn. »Und wie viele hat der Feind?«

»Doppelt so viele, Herr.«

Noch immer waren die Türken in der Überzahl, dachte Thomas mit bangem Herzen. Andererseits waren Don Garcias Truppen im Gegensatz zu ihren müden, ausgehungerten Gegnern frisch und ausgeruht.

»Bald werden Boote aus St. Angelo hier eintreffen«, teilte er dem Soldaten mit. »Reite zum Ufer, lass dich auf die andere Seite übersetzen und berichte dem Großmeister, was du gesehen hast.«

Während das Pferd durch das Fort galoppierte, wandte Thomas sich wieder seinem Sohn zu.

»Und jetzt?«, fragte Richard.

»Jetzt?« Thomas lächelte leicht. »Jetzt bleibt uns nur noch eins zu tun, Richard. Das Schicksal Maltas und der Christenheit hängt vom Ausgang dieser Schlacht ab. Wenn Don Garcia gewinnt, sind die Türken besiegt. Wenn er verliert, werden sie die Belagerung in dem Wissen fortsetzen, dass sie uns gefahrlos aushungern können. Don Garcia ist auf jeden Mann angewiesen, der an seiner Seite kämpfen kann. In Naxxar wird sich alles entscheiden. Los!«

KAPITEL 45

Als Thomas und seine sechs Männer den Kommandoposten der Entsatztruppen erreichten, waren die Pferde völlig erschöpft. Sie waren um den nördlichen Hafen herumgeritten, um die türkische Armee zu umgehen und dann im vollen Galopp über die Insel gepRescht, um zu den Truppen stoßen zu können, die sich auf der Anhöhe vor dem kleinen Dörfchen Naxxar in Stellung brachten. Ihre Ankunft war nicht unbemerkt geblieben, und eine Pikenierskompanie marschierte ihnen entgegen. Als sie die unverwechselbaren roten Wappenröcke der Reiter erkannten, traten sie jedoch schnell wieder in ihre Reihe zurück.

Nur wenige spanische Soldaten jubelten ihnen zu, als Thomas und die anderen am Ende der Gefechtslinie vorbeiritten. Die meisten litten unter Hitze und Durst und schmorten unter ihren Rüstungen und Helmen vor sich hin. In weniger als einer Meile Entfernung formierten sich auch die Türken zur Schlacht. Thomas bemerkte, dass der Feind nur über zwei kleinere Kavallerieschwadrone – eine auf jeder Flanke – verfügte. Seine übrige Armee bestand größtenteils aus Infanteristen, Sipahis, Korsaren sowie den überlebenden Fanatikern und Janitscharen. Von den Trommeln und den gellenden Pfeifen, die die ersten Angriffe auf die Forts um den Hafen herum begleitet hatten, war nicht mehr viel zu hören. Auch die Schlachtrufe, mit denen sich die Türken vor gar nicht allzu langer Zeit Mut für den Kampf eingeflößt hatten, waren größtenteils verstummt. Die feindliche Linie erstreckte sich parallel zu der ihrer Gegner über das unebene Terrain.

Unmittelbar hinter der Mitte der spanischen Schlachtordnung erkannte Thomas den Kommandanten der Entsatztruppen samt seiner Offiziere. Ihre Rüstungen funkelten in der gleißenden Sonne. Grellrote Helmbüsche schimmerten wie Blutstropfen. Thomas ritt auf seinem erschöpften Tier zu den Offizieren hinüber. Alle wandten die Köpfe und starrten ihn an, als er das Pferd zügelte und den Kopf neigte.

»Ich komme aus Birgu. Der Großmeister schickt mich.«

»Er lebt noch?«, fragte einer der Offiziere.

Thomas nickte, dann sah er sich kurz um. »Wo ist Don Garcia? Ich soll mich bei ihm melden.«

»Don Garcia ist auf Sizilien«, sagte ein großer Offizier mit sauber gestutztem Bart. »Ich habe das Kommando. Don Alvaro de Sande, zu Euren Diensten.« Er nickte Thomas zum Gruß zu. »Dürfte ich wohl Euren Namen erfahren?«, fügte er etwas ungeduldig an.

»Sir Thomas Barrett. Ich hatte eigentlich damit gerechnet, hier auf Don Garcia zu treffen.«

»Der König hat Don Garcia befohlen, weder sich noch seine Flotte unnötigen Risiken auszusetzen. Die türkischen Schiffe würden seine Seemacht mit Leichtigkeit bezwingen. Daher sah sich Don Garcia gezwungen, sofort nach unserer Landung nach Palermo zurückzusegeln.« Don Alvaro machte keine Anstalten, seine Enttäuschung zu verbergen. »Ich habe Befehl, die Belagerung aufzuheben und die Türken von der Insel zu vertreiben.«

»Verstehe. Sind das alle Männer, die Euch zur Verfügung stehen?«

»Alle, die wir entbehren konnten, ja. Sie müssen genügen, um die türkischen Eindringlinge zu vernichten. Wie Ihr seht, Sir Thomas, legt mein König einen unbegründeten Optimismus an den Tag, wenn es darum geht, wie viel mit einem Minimum an Truppen erreicht werden kann. Aber sagt mir, wie ist das Befinden von La Valette und seinen Männern?«

»Es ist uns gelungen, Birgu, Senglea und Mdina zu halten, Herr. St. Elmo war verloren, aber wir haben es wieder zurückerobert.«

»Tatsächlich?« Don Alvaros Miene hellte sich auf. »Dann müssen Euch viele tausend Männer zur Verfügung stehen, die Ihr mit unseren Truppen vereinigen könnt. Ist der Großmeister bereits auf dem Weg hierher?«

»Leider Gottes nicht, Herr. Die Hälfte der Ritter ist gefallen, und viele der Soldaten sind verletzt. Nur noch sechshundert Milizionäre und Söldner sind kampffähig. Hinzu kommt die kleine Garnison aus Mdina, die jedoch nur wenige hundert Mann zählt.« Thomas wandte sich zur entfernten Stadt um und deutete auf den kleinen Trupp, der sich auf einem Hügel vor den Mauern Mdinas versammelt hatte. »Dort, Herr.«

Don Alvaro betrachtete die Garnison. »Ach, die hatte

ich für den Feind gehalten. Also sind wir hoffnungslos in der Unterzahl.«

Thomas zögerte einen Augenblick. »Wie lautet Euer Plan, Herr?«

Don Alvaro deutete auf den flachen Hügel, auf dem sich seine Armee in Stellung brachte. »Wir besitzen den Höhenvorteil. Unter normalen Umständen würde ich mich dort dem Feind stellen wollen. Aber die Türken sind schwach. Sie mussten in den letzten Monaten dieselben Entbehrungen ertragen wie Ihr.«

»Eure Männer sind ausgeruht, Herr. Greift jetzt an, solange sie sich noch formieren«, drängte Thomas.

Don Alvaro blinzelte sich den Schweiß aus den Augen. »Meine Männer mussten neun Tage auf dem Meer ausharren, bis sich die Gelegenheit ergab, ungehindert zu landen. Viele leiden noch unter der Seekrankheit. Andererseits wird sich uns keine bessere Gelegenheit bieten, die Türken zu schlagen ...«

»Wir dürfen keine Zeit verschwenden, Herr«, sagte Richard gereizt. Er streckte den Arm aus und deutete in Richtung St. Elmo. »Unsere Kameraden sind dort gestorben, während wir auf den versprochenen Entsatz warteten. Wir haben Eure Verspätung mit unserem Blut bezahlt. Jetzt seid Ihr hier, also tut auch Eure Pflicht. Greift die Türken an und treibt sie ins Meer!«

Don Alvaros Augen funkelten vor Zorn. »Wie kannst du es wagen, so mit mir zu sprechen, du unverschämter Bengel!«

»Vergebt meinem Knappen, Herr«, fuhr Thomas dazwischen. »Es war eine zermürbende Belagerung, die unsere Geduld über alle Maßen strapaziert hat. Aber er hat recht. Der Augenblick zum Angriff ist günstig. Je länger Ihr wartet, desto schwächer werden Eure Männer, und die Chancen auf einen Sieg schwinden. Schlagt jetzt zu, solange sie noch den Mut und die Kraft dazu haben.«

Don Alvaro schwieg einen Moment lang, dann nickte er ernst. »Also gut. Dann müssen wir wohl angreifen.«

Thomas spürte, wie sich seine Anspannung legte. Große Erleichterung überkam ihn. Trotzdem musste er handeln, bevor Don Alvaro es sich anders überlegte oder die Nerven verlor. Er ließ sein Pferd durch die Lücke zwischen zwei Pikenierskompanien traben. Dann stand er vor den Entsatztruppen. Er fühlte, wie das Blut heiß durch seine Adern rauschte, verspürte den dringenden Wunsch, über den Feind herzufallen. Er zog das Schwert und schwang es über dem Kopf, um die Aufmerksamkeit der Soldaten auf sich zu ziehen.

»Hört mich an! Hört mich an!«

Trotz der unerträglichen Hitze, die ihnen den Schweiß in Bächen aus dem Körper trieb, wandten sich die Männer ihm zu. Da sich die Gefechtslinie über die Anhöhe erstreckte, konnten fast alle Thomas gut sehen. Dieser hielt kurz inne, um seine Gedanken zu sortieren, dann ergriff er das Wort.

»Lange Monate habt ihr auf diesen Augenblick gewartet«, hub er an. »Manche sogar viele Jahre. Es ist wohl keiner unter euch, dessen Familie oder Freunde nicht unter den Plünderungen der Korsaren in Süleymans Diensten gelitten hat. Sie haben Eure Brüder abgeschlachtet oder in die Sklaverei verkauft. Ihr alle kennt die Namen, die Angst und Schrecken unter Euren Landsleuten verbreitet haben – Barbarossa, Dragut ...«

Sobald die Namen der Korsaren fielen, erhoben sich wütende Rufe und Flüche. Thomas ließ die Männer einen Moment gewähren, dann holte er Luft, um fortzufahren. Seine Brustplatte kam ihm so schwer vor, dass er kaum Atem holen konnte.

»Diese beiden Dämonen sind tot und begraben, und Süleymans Macht schwindet. Die große Armee, die er gegen Malta schickte, ging an ihrer eigenen Überheblichkeit, ihrem Hochmut und ihrer Gier zugrunde. Sie dachten, sie hätten leichtes Spiel mit meinen Ordensbrüdern und den Bewohnern dieser Insel. Sie dachten, sie könnten uns in wenigen Wochen auslöschen ... Wir haben sie vier Monate lang aufgehalten und die engsten Vertrauten des Sultans einen teuren Preis für ihre Hochmut bezahlen lassen! Doch auch wir mussten große Opfer bringen ... viele meiner Ordensbrüder sind tot, genau wie andere Euch gut bekannte Soldaten, unter ihnen auch Kapitän Miranda.«

Diejenigen Söldner, die in früheren Feldzügen unter Miranda gedient hatten, schrien überrascht und schockiert auf. Thomas wartete, bis wieder Ruhe eingekehrt war.

»Der edle Kapitän starb den Heldentod. Genau wie Oberst Mas.«

Weitere Zornesschreie hallten durch die Reihen.

»Helden, alle beide.« Thomas richtete seine Klinge auf den Hafen. »Sie starben Seite an Seite, als sie die Bresche in der Mauer von St. Elmo verteidigten. Nach ihrem Tod wurden ihre sterblichen Überreste von den Türken grausam verstümmelt. Vor knapp einer Stunde stand ich vor ihren auf Pfählen aufgespießten Köpfen, die unter der unbarmherzigen Sonne verrotteten!« Er schwang das Schwert in Richtung der feindlichen Linien. Wieder machten die Soldaten ihrer Wut Luft. Allmählich setzte sich die Entsatztruppe den Hügel hinunter in Bewegung.

»Vergesst St. Elmo nicht!«, brüllte Thomas. »Das soll unser Schlachtruf sein. Vergesst St. Elmo nicht!«

Richard und die anderen drängten sich auf ihren Pferden bis zu Thomas durch und stimmten in den Ruf ein, der sich wie ein Lauffeuer durch die Reihen verbreitete. Don Alvaro erteilte seinen Offizieren eilig Befehle, solange er noch die Kontrolle über sie hatte. Thomas packte die Zügel und wendete sein Pferd den Türken zu. »Die Zeit der Rache ist gekommen!«

»Macht keine Gefangenen!«, rief Richard wütend. »Macht keine Gefangenen!«

Die wenigen Berittenen trabten die Anhöhe hinunter und auf den Feind zu, und der Rest der Entsatzarmee folgte ihnen wie ein Mann. Die Soldaten senkten die Piken und zogen die Schwerter. Ihre farbigen Standarten wirbelten durch die flirrende Luft. Thomas sah sich um. Don Alvaro biss die Zähne zusammen, zückte sein Schwert und rückte mit seinen Offizieren ebenfalls vor.

Die spanischen Soldaten marschierten diszipliniert voran, wobei sie Thomas' Schlachtruf brüllten oder ihre Schutzheiligen anriefen. Die Garnison aus Mdina hatte sich ebenfalls in Bewegung gesetzt und fiel dem Feind in den Rücken, obwohl sie hoffnungslos in der Unterzahl war. Trotz der üblichen Aufregung und Furcht vor der Schlacht spürte Thomas auch eine tiefe innere Ruhe, als wäre dies der Augenblick, auf den er sein Leben lang gewartet hätte. Seine Zweifel über den Glauben und die Wahrhaftigkeit religiöser Ziele fielen von ihm ab – nun zählte nur noch, den Feind zu besiegen. Richard ritt an seiner Seite, sein Schwert steckte noch in der Scheide. Mit einer Hand hielt er die Zügel, mit der anderen befestigte er das Kehlstück seines Helms, sodass nur seine wild funkelnden Augen zu sehen waren. Wieder zog Thomas sein Schwert und trieb seine Kameraden an.

Die Türken gingen in Stellung und machten ihre Waffen bereit. Eine Reihe von Arkebusenschützen trat fünfzig Schritt vor und legte die Waffen auf die Eisengabeln ab. Dann zielten sie, warteten, bis der Feind in Reichweite war, und hielten die glimmenden Lunten an die Zündpfannen. Mit einem Flammenstoß und einer Rauchwolke wurden die Arkebusen abgefeuert. Die Distanz war noch recht groß, sodass nur eine Handvoll Männer den Kugeln zum Opfer fielen. Die Türken luden schnell und effizient nach und setzten den Beschuss fort – mit wachsendem Erfolg, je näher die Entsatztruppen kamen. Über zwanzig Tote und Verwundete lagen bereits auf dem trockenen Stoppelfeld hinter ihren Kameraden. Manche richteten sich mühevoll auf und feuerten ihre Mitstreiter an.

Die Entsatztruppe erreichte den Fuß der Anhöhe und war nur noch hundert Schritt vom Feind entfernt. Die türkischen Arkebusiere zogen die Eisengabeln aus dem Boden und liefen in die Gefechtslinie zurück. Aufgrund der sengenden Hitze rann den Spaniern der Schweiß in die Augen und blendete sie. An einen Sturmangriff war nicht zu denken, und so marschierten sie nur langsam, aber stetig vor. Die Pikeniere senkten ihre Waffen und prallten mit donnerndem Klappern und klirrenden Klingen auf die türkischen Linien. Auf beiden Seiten ertönten heisere Schreie, die sich zu einem fiebrigen Crescendo aufschwangen, als der Nahkampf begann.

Thomas holte mit dem Schwert aus und preschte in die Menge aus Turbanen, Spitzhelmen und blitzenden Säbelklingen. Er nahm sich einen Sipahi vor, trieb ihm das Schwert in die Schulter und zog es wieder heraus, bevor es ihm aus den Fingern gerissen wurde. Sofort wandte er sich dem nächsten Gegner zu, einem großen, dunkelhäutigen Mann, der die krummen Zähne fletschte. Dieser hob den Speer und richtete ihn auf Thomas' Brust. Die Spitze durchbohrte den Waffenrock und glitt an der Brustplatte darunter ab. Thomas schlug den Speerschaft beiseite und bohrte sein Schwert in den Hals des Türken. Dann gab er dem Pferd die Sporen und befreite die Klinge wieder.

In unmittelbarer Nähe drohte keine Gefahr, und Thomas nutzte die Gelegenheit, um sich umzusehen. Die Angreifer waren tief in die türkischen Linien eingedrungen. Die Pikeniere bildeten die Vorhut; methodisch stießen sie ihre Waffen in die schlecht gepanzerten Körper ihrer Feinde, zogen sie wieder heraus und stürzten sich auf den nächsten Gegner. Trotz des Staubes, den die Kämpfenden aufwirbelten, konnte Thomas die ersten fliehenden Türken erkennen. Er öffnete den Mund, um die Pikeniere anzufeuern, als sein Pferd vor Schmerz und Angst ein schrilles Wiehern von sich gab, aufstieg und mit den Hufen auf den Türken eintrampelte, der mit seinem Säbel die Kehle des Tieres durchtrennt hatte. Thomas warf sein ganzes Gewicht nach vorn und packte die Zügel noch fester, während das verwundete Pferd im Todeskampf um sich trat, sodass ihm die Kämpfer beider Parteien ausweichen mussten. Schließlich gaben die Beine des Rosses nach, und es ging heftig keuchend zu Boden. Schnell löste Thomas seine Stiefel aus den Steigbügeln und sprang herunter, um nicht unter dem massigen Leib begraben zu werden. Befreit von seiner Last warf sich das Pferd herum und trat aus.

Thomas entfernte sich und sah sich nach dem nächsten Gegner um. Diesmal hatte er es auf zwei Janitscharen abgesehen, die durch die Staubwolke huschten. Sie bemerkten ihn im selben Augenblick und griffen an. Die Straußenfedern auf ihren hohen weißen Hüten wackelten hin und her. Thomas hob das Schwert über den Kopf, um den ersten Hieb abzuwehren. Funken sprühten von den Klingen, und ein durchdringendes Klirren dröhnte in seinen Ohren. Durch den Zusammenstoß verdrehte sich sein Handgelenk. Ein Säbel schrammte an seiner Klinge entlang und kratzte über sein Schulterstück. Währenddessen umrundete der andere Janitschar mit erhobener Waffe seinen Kameraden. Thomas hatte nicht genug Zeit für eine Riposte. Instinktiv schlug er die Parierstange mit aller Kraft in das Gesicht seines Gegners und spürte, wie dessen Nase brach und das Fleisch der Wange aufgerissen wurde. Der Janitschar taumelte zurück, dann erstarrte er plötzlich, als sich die blutige Spitze einer Pike durch seinen Bauch bohrte. Der Mann ging in die Knie, und hinter ihm kam ein Spanier zum Vorschein. Mit triumphierender Miene stellte er den Stiefel auf den Rücken des Mannes und riss die Pike aus dem leblosen Körper.

Thomas blieb keine Zeit, um sich zu bedanken. Der zweite Janitschar stand schon auf den Fußballen, bereit zum Schlag. Einen Augenblick lang schien alles um die beiden Duellanten herum zu verschwinden. Dann war der Moment vorüber, und der Mann sprang vor. Sein Säbel zischte durch die Luft, und Thomas wich zur Seite aus. Gleichzeitig zielte er auf die Stelle, wo sich der Arm des Janitscharen nach seinem Hieb befinden würde. Der glänzende Stahl seiner Klinge durchtrennte mit einem sauberen Schnitt das Handgelenk des Türken. Hand und Säbel fielen mehrere Schritte entfernt auf den staubigen Boden. Mit animalischem Gebrüll warf sich der Janitschar auf Thomas und krallte die verbliebene Hand in sein Kehlstück. Thomas spürte, wie sich Fingernägel in sein Fleisch bohrten. Er kniff die Augen zusammen und versuchte, sich zu befreien. Sobald er die Hand von seinem Helm gelöst hatte, stieß er den Janitscharen von sich und durchbohrte ihn mit dem Schwert. Der Türke ging keuchend zu Boden, während Blut aus der Wunde über seinem Herzen und dem Armstumpf spritzte.

»Vater!« Richard kam durch den staubigen Schleier mit besorgter Miene auf ihn zu. »Du blutest.«

Thomas spürte das warme Rinnsal auf der Wange und schmeckte etwas Salziges.

»Keine Sorge«, keuchte er. »Alles in Ordnung.«

Mit erhobenem Schwert sah er sich um, konnte inmitten der Staubwolken jedoch keinen weiteren Feind mehr entdecken. Auch der Schlachtenlärm schien allmählich zu verebben. »Wo ist dein Pferd?«, fragte er Richard.

»Kopfschuss. Das Schwert habe ich beim Sturz verloren, daher …« Richard hielt eine Pike hoch. »Wohin?«

Thomas hatte im Eifer des Gefechts die Orientierung verloren. Nun verdeckte der Staub die umgebende Landschaft, doch die am westlichen Horizont stehende Sonne wies ihm zumindest grob die Himmelsrichtung. »Da lang. Bleib in meiner Nähe.«

Sie folgten dem Kampfeslärm, stiegen über Leichen hinweg und hielten nur inne, um verwundete Feinde, die noch eine Gefahr darstellen konnten, unschädlich zu machen. Endlich legte sich der Staub, und vor ihnen lag eine Ebene, die bis zur St.-Pauls-Bucht reichte. Sofort wurde ihnen klar, dass die Türken die Flucht ergriffen hatten. Sie liefen vor der Entsatztruppe davon, wobei viele ihre Waffen und Rüstungen von sich schleuderten, um schneller rennen zu können. Die christlichen Verfolger waren ihnen dicht auf den Fersen und machten jeden Mann unbarmherzig nieder, der zu langsam oder zu schwach war. Nun beteiligten sich auch die Reiter aus Mdina an der Hatz. Sie griffen von der Flanke aus an und ritten mit grausamer Freude ihre Feinde nieder, die sie monatelang in Angst und Schrecken versetzt hatten. Thomas beobachtete das Massaker. Es war, als hätte man ein Rudel wilder, ausgehungerter Bestien auf die hilflosen Türken losgelassen. Keine der beiden Armeen hielt auch nur annähernd die Schlachtordnung aufrecht.

Völlig disziplinlos stürmten die Männer über die karge Landschaft.

Gemeinsam mit Richard folgte Thomas den Flüchtenden über die sonnenverbrannten Felder, vorbei an den verkohlten Ruinen der von den Türken abgefackelten Bauernhäuser. Die Rüstung war schwer wie Blei, und jeder Schritt kostete Thomas große Anstrengung. Schweiß lief an ihm herab, sodass ihm das Leinenhemd am Leib klebte und unangenehm über die Haut scheuerte. Endlich, nach drei Meilen, erreichten sie eine Hügelkuppe, von der sie auf die Bucht hinabsehen konnten, in der einst der heilige Paulus angelandet war, um die Inselbewohner zu seinem Glauben zu bekehren. Doch an diesem Tag schien die Szenerie, die vor ihnen auftauchte, dem dunkelsten und blutigsten Albtraum zu entspringen.

Die türkischen Soldaten saßen am Ufer der Bucht in der Falle. Kleinere Grüppchen hatten sich zusammengefunden, um den Strand gegen die Angreifer zu verteidigen. Andernorts wateten die Flüchtenden ins Meer hinaus und auf die Galeerenflotte zu, die in der Bucht vor Anker lag. Kleine Boote ruderten verzweifelt zwischen den Schiffen und der Brandung hin und her, um so viele Männer wie möglich zu retten. Die Kämpfer der Entsatztruppe wüteten erbarmungslos unter denjenigen, die auf die Boote warteten, machten sie nieder und plünderten ihre Leichen, bevor sie das Gemetzel fortsetzten. Eine Menschenmenge drängte sich vor dem Bug eines Ruderboots und kämpfte darum, an Bord zu gelangen. Der kleine Kahn schaukelte gefährlich, und die Besatzung versuchte, die Soldaten abzuwehren. Dann geriet das Boot ins Schlingern und kenterte. Die Brandung färbte sich rot, und rosafarbene Gischt wurde in sanften Wellen auf den Kiesstrand gespült.

»Dort!« Richard deutete auf eine Gruppe von Janitscharen, die am Ufer kämpfte. Es waren ungefähr hundert Mann, die ihre Verfolger mit Speeren auf Distanz hielten, während ihre Kameraden ihre Arkebusen emsig luden und aus nächster Nähe auf den Feind abfeuerten. Inmitten dieser grob halbmondförmigen Formation stand ein Offizier in einem seidenen Kaftan mit einem juwelenbesetzten Turban auf dem Kopf.

»Das ist Mustafa Pascha«, stieß Thomas keuchend zwischen seinen spröden Lippen hervor. »Wenn wir ihn gefangen nehmen, ist die Demütigung des Sultans vollkommen.«

»Dann los.« Richard umklammerte die Pike und lief den Abhang hinunter. »Holen wir ihn uns.«

»Warte!«, krächzte Thomas und folgte ihm. »Warte auf mich.«

Die tief stehende Nachmittagssonne warf lange Schatten auf das Gemetzel und glitzerte auf den schmutzigen, blutbefleckten Rüstungen der christlichen Soldaten, die ihrem grausigen Handwerk nachgingen. Mehrere türkische Boote wurden vom Flaggschiff zu Wasser gelassen und näherten sich ihrem Kommandanten und seinen Leibwächtern. Sobald die Boote das flache Wasser erreichten, wateten Dutzende von Männern durch die blutige Strömung auf sie zu. Die Besatzungen hatten den klaren Befehl, nur Janitscharen an Bord zu lassen. Auf ihrem Weg zum Ufer hieben sie rücksichtslos mit ihren

Säbeln auf jeden Mann ein, der sich ihnen näherte. Die Verfolger waren auf Mustafas Standarte aufmerksam geworden, woraufhin ein erbitterter Kampf zwischen den spanischen Pikenieren und den Janitscharen entbrannt war.

»Wir müssen uns beeilen«, keuchte Richard. »Sonst entkommt er uns.«

Sie rafften sich zu einem langsamen Lauf auf. Ihre Schwertscheiden schlugen gegen ihre Körper. Nur noch wenige Türken leisteten am Ufer Widerstand. Viele ließen ihre Waffen sinken und fielen auf die Knie, um sich zu ergeben, nur um ohne Gnade niedergemacht zu werden. Weitere Boote fischten die wenigen Überlebenden aus dem Wasser. Thomas konnte hektische Aktivität an Bord der Galeeren ausmachen. Die Kanoniere luden ihre Geschütze, um sie in einem letzten Akt der Verzweiflung auf die Christen abzufeuern, bevor die geschlagene Armee des Sultans die Insel verließ.

Mustafa Pascha watete in Begleitung seines Standartenträgers und zweier Leibwächter auf die Boote zu. Sein übriges Gefolge kämpfte weiter, um ihm die Flucht zu ermöglichen.

»Hier lang!«, rief Thomas und näherte sich dem feindlichen Kommandanten von der Seite. Sie sprangen in das flache Wasser und wateten auf die persönliche Standarte des Sultans zu. Der Pferdehaarbusch wackelte hin und her, während der Träger auf das Boot zu taumelte. Mustafa hörte das Plätschern im Wasser neben sich, drehte sich um und sah die beiden Ritter auf sich zukommen. Er rief den beiden Leibwächtern einen Befehl zu, woraufhin diese ihre Säbel hoben und sich Thomas und Richard entgegenstellten. Richard, der seine Pike knapp über der Wasseroberfläche hielt, täuschte einen Angriff auf den nächsten Janitscharen an. Der Türke wich zur Seite aus, doch er hatte nicht damit gerechnet, wie sehr das Wasser seine Bewegungen verlangsamte. Die Pike bohrte sich in seine Seite. Richard stieß noch fester zu und zog die Waffe wieder heraus. Thomas holte zu ihm auf und watete an ihm vorbei, um es mit dem anderen Leibwächter aufzunehmen. Ohne Raffinesse, lediglich mit ungestümer Wucht und fester Entschlossenheit hieb er auf den Janitscharen ein. Wieder und wieder holte er aus und trieb seinen Gegner zurück. Dann verlor der Türke in den Fluten das Gleichgewicht und fiel spritzend ins Meer. Sofort war Thomas über ihm und drückte ihn nieder, während er mit dem Schwert auf ihn einstach, bis blutige Wolken im Wasser aufstiegen.

Thomas drehte sich um. Kaum zwanzig Schritt von ihm entfernt hatte Mustafa den Bug eines Bootes erreicht. Zwei Matrosen versuchten verzweifelt, ihn an Bord zu zerren. Auch Richard hatte bemerkt, dass dem feindlichen Kommandanten die Flucht beinahe geglückt war. Er warf die Pike zur Seite und griff mit einem Sprung durch das brodelnde Wasser nach den Schultern des Standartenträgers, der hinter seinem Herrn durch die Brandung stapfte. Richard packte den Mann grob und drehte ihn herum, dann vergrub er seine Faust im Gesicht des Türken. Der Mann hielt die Standarte mit der einen Hand, während er mit der anderen nach Richard schlug. Richard blinzelte benommen, dann knurrte er wütend und hieb dem Mann erneut mit aller Kraft ins Gesicht. Der Kopf des Türken wurde nach hinten geschleudert, und er ließ die Standarte fallen. Richard riss sie ihm mit einem Triumphschrei aus den Händen und hob sie hoch, damit alle sie sehen konnten.

Inzwischen war Mustafa Pascha im Boot. Er saß wie ein Häufchen Elend neben dem Bug, während die Besatzung die Ruder ins Wasser tauchte und sich vom Ufer entfernte. Ein Soldat hinter Mustafa richtete sich auf, stemmte die Beine auf den Bootsboden, hob eine leichte Arkebuse und zielte damit auf Richard.

»Nein!«, rief Thomas mit heiserer Stimme. Ohne nachzudenken stieß er Richard beiseite und stellte sich zwischen das Boot und seinen Sohn, als der Schuss ertönte. Ein Rauchring stieg auf, ein lautes Krachen erfüllte die heiße Luft, dann spürte Thomas einen Schlag wie von einem kräftigen Fausthieb im Magen, sodass es ihm den Atem verschlug. Mustafa Paschas Lippen verzogen sich zu einem kaltblütigen Grinsen, dann zog das Boot langsam davon.

Richard brach mit wutverzerrtem Gesicht aus dem Wasser. Er hielt noch immer die Standarte umklammert, als er Thomas bemerkte. »Was machst du denn? Warum hast du …« Er verstummte, als er das Loch in Thomas' Brustplatte bemerkte.

Mit wachsender Furcht begriff Thomas, dass ihn die Kugel getroffen hatte. Er sah an sich herab und gewahrte ebenfalls das Loch in der Krempe der Brustplatte unmittelbar über dem Gürtel. Blut rann daraus hervor und den polierten Stahl hinunter.

»O Gott, nein«, murmelte er. »Bitte nicht. Nicht jetzt.«

»Vater!« Richard warf die Standarte in Richtung Ufer und watete auf ihn zu. »Vater, du bist getroffen.«

Thomas schüttelte ungläubig den Kopf, obwohl er bereits wusste, dass die Wunde tödlich war. Der betäubende Schock legte sich allmählich, und ein grässlicher Schmerz breitete sich in seinen Eingeweiden aus. Er taumelte in die Arme seines Sohnes, bevor seine Beine nachgaben. Ein dunkler Schleier legte sich über seine Augen. Ihm wurde übel, und er spürte, wie ihm die Sinne schwanden.

Richard packte ihn unter den Armen und zerrte ihn zum Ufer. Thomas nahm die Stimme seines Sohnes kaum wahr, als dieser verzweifelt um Hilfe rief. »Hierher! Helft mir! Um Gottes willen, so helft mir doch!«

KAPITEL 46

Wir können nichts mehr für ihn tun«, sagte La Valette leise, während sie sich dem Eingang zum Lazarett näherten. Maria starrte stumm geradeaus. Die Strahlen der aufgehenden Sonne fielen auf die Mauern über ihnen. Seit die Kunde von der Niederlage der Türken die Stadt erreicht hatte, hatten die Glocken Birgus nicht aufgehört zu schlagen. Der Innenhof von St. Angelo war voller Verwundeter, die am Abend zuvor aus Naxxar eingetroffen waren.

»Allein dass er die Nacht überlebt hat, das grenzt schon an ein Wunder«, fuhr La Valette fort. »Als sein Knappe ihn hierherbrachte, hatte er bereits viel Blut verloren. Doch er hat nur danach verlangt, Euch zu sehen, und ich habe sofort nach Euch geschickt. Die Willenskraft, die ihn am Leben hält, ist unvorstellbar. Er hat mich um einen letzten Gefallen ersucht.« La Valette blieb auf der Schwelle zum Lazarett stehen und drehte sich zu Maria um. »Eine ungewöhnliche Bitte, und Ihr sollt sie hören, bevor Ihr ihn seht.«

»Wie lautet sie?«, fragte Maria.

»Er hat mich um zwei Dinge gebeten: Ihr sollt an Ort und Stelle heiraten, und ich soll mich darum kümmern, dass sein Knappe als sein leiblicher Sohn und Erbe anerkannt wird. Seit ihn der junge Mann vom Schlachtfeld geholt hat, ist er nicht von seiner Seite gewichen. Ich glaube, da steckt mehr dahinter als Treue und Pflichtbewusstsein.« La Valette schüttelte den Kopf. »Eine heikle Situation, aber der Orden ist Sir Thomas eine Menge schuldig, und ich will seine Wünsche nur zu gerne erfüllen. Die Frage ist: Wie steht es mit Euch?«

Maria presste die Lippen aufeinander und nickte.

»Nun gut«, sagte La Valette. »Alles ist vorbereitet. Ein Priester wartet, und ich und der Knappe werden als Trauzeugen fungieren. Aber es betrübt mich, dass Ihr so kurz nach Eurer Vermählung eine Witwe sein werdet.«

Maria schluckte, dann hob sie den Kopf. »Ich kann mir kein größeres Glück vorstellen, als Sir Thomas' Ehefrau zu werden. Und jetzt bringt mich zu ihm.«

Eine Stunde später war die Zeremonie vorüber. Thomas fiel mit einem zufriedenen Lächeln auf das Bett zurück. Seine Frau und sein Sohn saßen zu seinen Seiten und hielten seine Hände. Sein Haar klebte ihm am Schädel, und Schweiß glänzte auf seiner bleichen Haut und den Narben auf seinem Gesicht. Er fror und spürte, wie seine Kräfte schwanden. Nur die quälenden Schmerzen in seinem Bauch sorgten dafür, dass er einen klaren Kopf behielt. Er wusste, dass ihm nicht viel Zeit blieb. Tiefe Enttäuschung stieg in ihm auf, bis er sich daran erinnerte, dass er mit seinem Tod das Leben seines Sohnes erkauft hatte. »Ein gerechtes Schicksal«, flüsterte er.

Dann wandte er sich Richard zu und befeuchtete die Lippen mit der Zunge, um einigermaßen deutlich sprechen zu können, was ihm jedoch nur mit Mühe gelang. Seine Stimme war dünn und rau. »Versprich mir, dass du dich um deine Mutter kümmerst. Sie hat in ihrem Leben viel durchmachen müssen. Versprich mir, dass du auf sie aufpasst.«

»Ich schwöre es.«

Thomas lächelte. »Ich bin stolz auf dich. Jeder Mann könnte sich glücklich schätzen, dich seinen Sohn nennen zu dürfen.«

Richard schluckte schwer und legte seinem Vater behutsam eine Hand auf die Brust. »Ich weiß. Und das alles habe ich dir zu verdanken.«

»Nein. Ich hätte dir ein besserer Vater sein müssen. Ein besserer Mann.« Er drehte sich zu Maria um, und in seinen Augen standen Schmerz und Sehnsucht. »Ein besserer Ehemann.«

Sie kämpfte gegen die Tränen an, dann beugte sie sich vor, um seine Wange zu küssen. »Einen besseren Mann als dich gibt es nicht. Du bist mein Ein und Alles … die Liebe meines Lebens«, flüsterte sie ihm ins Ohr.

Thomas' Blick verschwamm, und er hatte kaum genug Kraft zum Atmen. Er verzog vor Schmerz das Gesicht. »Und du … die meine. Für immer … und ewig. Vergib mir.«

Dann schlossen sich seine Augen, und er atmete schwer, bis sein Leib mit einem Seufzen erschlaffte und reglos dalag. Er hatte seinen letzten Atemzug getan; nun umfing ihn jene endgültige Ruhe von Körper und Geist, aus der es keine Rückkehr mehr gab. Sein Sohn und seine Frau starrten ihn stumm an und vergossen Tränen um ihn. Noch stundenlang saßen sie so da und ließen ihrer Trauer freien Lauf.

Als die Sonne über der Insel unterging, erschien La Valette im Lazarett, um sein Beileid zu bekunden. Maria löste ihre Hand von Thomas' erkaltenden Fingern und stand steif auf. Sie blickte auf sein vernarbtes Gesicht und drückte ihm einen letzten Kuss auf die Stirn, bevor sie sich langsam, auf Richards Arm gestützt, entfernte. La Valette begleitete sie nach draußen.

»Seid versichert, dass Sir Thomas niemals in Vergessenheit geraten wird. Genau wie alle anderen, die diese Belagerung durchlebten.« La Valette atmete tief durch, als würde er die frische Luft genießen. »Wenn die Christenheit erfährt, dass die Türken aus Malta vertrieben wurden, wird sie sich ein Herz fassen und gemeinsam kämpfen. Süleyman und sein Reich wurden gedemütigt, doch er wird bald zurückkehren. Europa jedoch muss keine Angst mehr davor haben, unter dem Schatten des Halbmonds leben zu müssen. Und das nur um unserer Taten willen. Weil Männer wie Bruder Thomas hier ihr Ende fanden und andere – wie du, Richard – tapfer kämpften und überlebten.«

Er umarmte den jungen Mann, dann trat er einen Schritt zurück, um ihn neugierig zu betrachten. »Ihr seid mehr als würdig, Sir Thomas' Namen zu tragen. Es ist fast so, als wäre es Euer Geburtsrecht, sein Erbe anzutreten.«

La Valette verbeugte sich tief vor Maria. »Werte Dame, ich wünschte, es hätte ein glücklicheres Ende für Euch genommen. Aber es war Gottes Wille.«

Maria öffnete den Mund, um zu antworten, brachte jedoch kein Wort heraus. Sie nickte nur.

»Eines noch.« La Valette griff in sein Wams und zog ein gefaltetes Stück Papier heraus, das mit dem Siegel der Barretts versehen war, und hielt es Richard hin. »Sir Thomas gab es mir vor mehreren Tagen. Er bat mich, es Euch auszuhändigen, falls ihm etwas zustoßen sollte.« Er lächelte traurig. »Ich bezweifle, dass er wirklich mit dem Schlimmsten gerechnet hat, aber ... hier ist es.«

Richard nahm den Brief zögerlich entgegen und bedankte sich. La Valette beugte den Kopf und kehrte in sein Quartier zurück. Das Ende der Belagerung hatte eine nicht enden wollende Reihe von neuen Problemen aufgeworfen, die dringend gelöst werden wollten. Richard wartete, bis er außer Sichtweite war.

»Darf ich ...?«

»Natürlich. Ich warte auf der Mauer auf dich. Heute Abend weht eine angenehme Brise.« Sie ging langsam zur Treppe hinüber, die auf die Brüstung des Forts führte. Richard trat in den Lichtschein einer Fackel, die in einem eisernen Halter brannte, öffnete den Brief und fing an zu lesen.

Mein lieber Richard,
ich bin kein besonders gebildeter Mann und kann mich auch keiner großen Heldentaten rühmen. Des Weiteren befürchte ich, dass mir nicht mehr viel Zeit bleibt, meinen Mann zu stehen. Sollte ich sterben, dann ist dieser Brief mein Testament an dich. Wenn ich überlebe, dann hoffe

ich, dass diese einfachen Worte dennoch den von mir be-
absichtigten Zweck erfüllen.

*Du sollst wissen und auch deiner Mutter erzählen, dass
sie recht hatte, was die unbeugsame Wahrheit in unseren Herzen betrifft. Sag ihr, dass ich nichts mehr auf der
Welt liebte als sie, obwohl ich dich am höchsten schätzte. Liebe und Wertschätzung sind nicht dasselbe, aber sie
schließen sich auch nicht aus. Tatsächlich knüpfen sie erst
das Band zwischen zwei Liebenden und der Frucht ihrer
Liebe. Nur das zählt. Alles andere verblasst im Vergleich
dazu.*

*Mein Sohn, in nur wenigen Monaten habe ich dich so
liebgewonnen, als hätte ich dich schon mein ganzes Leben lang gekannt. Du hast meinen ganzen Stolz mehr
als verdient. Du bist tapfer, mitfühlend und weise, und
es wäre eine Schande, wenn du deine Gaben im Dienste einer Schlange wie Walsingham verschwendest. Du
kannst mehr aus deinem Leben machen, solltest du dich
nur dazu entschließen. Wenn die schweren Prüfungen,
die wir auf dieser kargen Insel durchstehen mussten,
eines bewirkt haben, dann hoffentlich, dass du das Dokument, nach dem du gesucht hast, in diesem Augenblick
in den Händen hältst.*

*Ich hatte ein erfülltes Leben. Obwohl ich vieles be-
reue, habe ich doch etwas über die Nichtigkeit der Überzeugungen und Glaubenssätze gelernt, nach denen sich
Männer – und Frauen – in ihrem Leben richten. Ich habe
versucht, ein guter Mensch zu sein, doch dies allein nach
menschlichen Maßstäben. Ich glaube nicht daran, dass es
einen Gott in diesem Universum gibt, weder einen christ-*

*lichen noch einen muslimischen. An dem Blutvergießen,
dessen wir beide Zeuge wurden, ist nichts Göttliches.*

*Von allen Dingen, die die Menschheit beschäftigen,
von allen Werken der Wissenschaft und des Glaubens, die
niedergeschrieben wurden, habe ich nur eins in meinem
Leben als die Wahrheit erfahren, und diese möchte ich an
dich weitergeben.*

*Sie lautet folgendermaßen: Ich habe geliebt und wurde
geliebt. Ich habe einen Sohn gezeugt. Das ist alles Göttliche, was ein Mann auf dieser Welt benötigt.*

Dein dich liebender Vater

Richard las den Brief noch einmal aufmerksam durch,
dann faltete er ihn wieder sorgfältig zusammen und verstaute ihn vor seinem Herzen in seinem Wams. Er ging
die Treppe hinauf, gesellte sich zu seiner Mutter und
blickte über den Hafen auf die Ruinen von St. Elmo.

Er spürte ihre Hand auf seiner Schulter. »Richard, ist
alles in Ordnung?«

Richard schluckte die tief empfundene Trauer über
den Mann, der sein Vater und Freund gewesen war, hinunter. »Ja«, sagte er mit einem gezwungenen Lächeln.

Dann beugte er sich vor, küsste sie auf die Wange und
ergriff ihre Hände. »Gehen wir nach Hause, Mutter.«

»Nach Hause?«

»Nach England.« Als er das Wort aussprach, verspürte er Heimweh. Doch er hatte noch eine letzte Pflicht zu
erfüllen. »Ich muss mich noch einmal mit einem Mann
in London treffen. Danach erwartet uns ein edles Anwe-

sen, ein Adelstitel und ein ehrwürdiger Familienname.«
Er öffnete die Hand. Als er den Siegelring darin betrachtete, schnürte es ihm die Kehle zusammen. »Ich werde
alles in meiner Macht Stehende tun, um mich als würdi-
ger Sohn von Sir Thomas Barrett, Ritter vom Orden des
heiligen Johannes, zu erweisen.«

Sie hielt seinem Blick nicht länger stand und wandte
sich ab. »Er wäre bestimmt stolz auf dich gewesen.«

»Das ist alles, was ich mir wünsche.« Richard schwieg
einen Augenblick, dann räusperte er sich. »Ich lasse dich
jetzt allein. Du musst doch sicherlich Vorbereitungen für
die Reise treffen.«

»Wo willst du hin?«, fragte Maria besorgt.

»Ich habe noch etwas zu erledigen. Etwas Wichtiges.
Ich komme zu dir, sobald ich fertig bin.«

»Versprich mir das.«

»Ich schwöre es, Mutter.«

Sie nickte nachdenklich. »Also gut. Aber bleib nicht
zu lange fort. Du bist alles, was ich noch habe ... mein
geliebter Sohn.«

Richard spürte, wie tiefe Zuneigung in seiner Brust
aufstieg. Er nahm ihre Hand und drückte sie sanft. »Ich
werde mich sputen.«

Er schloss die schwere Tür der Auberge hinter sich und
sperrte damit den Klang der Glocken aus, der über die
Dächer von Birgu und in den mit aufgeregten Menschen
erfüllten Straßen wiederhallte. Noch immer herrschte große Ungläubigkeit unter den Überlebenden darüber, dass sie die größte Prüfung ihres Lebens überstan-

den hatten. Im Saal war es finster und ruhig. Nur aus dem Fenster hoch in der Wand drang Licht. Richard sah sich um, dann ging er in den Flur, der zur Küche führte. Er nahm eine Kerze und zündete sie mit Jenkins' Zunderbüchse an. Mit der kleinen Flamme vor sich begab er sich in den Keller unter der Auberge, wo König Heinrichs Testament sicher verborgen lag. Er löste einen Ziegelstein aus einer kleinen, unauffälligen Nische, stellte ihn beiseite, griff in die kleine Öffnung und zog jenes vergilbte Pergament hervor, das er nach England bringen sollte. Inzwischen kam es ihm höchst verwunderlich vor, dass ihm dieses Papier einst so viel bedeutet hatte. Richard betrachtete es lange im flackernden Kerzenlicht. Dann hielt er die Ecke des Testaments über die Flamme und beobachtete, wie die gelben Zungen an seinem Rand entlangleckten. Das Feuer fraß sich durch das Papier und ließ nur schwarzgraue Asche zurück. Er hielt es so lange er konnte in den Fingern, dann wurde die Hitze zu stark, und er ließ es fallen. Das Testament fiel zu Boden, flammte noch einmal kurz auf und wurde dann endgültig vom Feuer verschlungen. Seufzend wandte Richard sich ab und kehrte in die Küche zurück.

Als er durch den Flur ging, hörte er Schritte aus dem Saal. Er schlich vorsichtig weiter, bis er Jenkins bemerkte, der gerade eine Leiter an die Wand stellte.

»Jenkins.«

Der alte Mann erschrak und wirbelte herum. Dann atmete er erleichtert auf und lächelte. Doch sofort war das Lächeln verschwunden, und er schüttelte traurig den Kopf. »Schön, Euch wiederzusehen, junger Herr

Richard … doch ich wünschte, Sir Thomas könnte bei Euch sein.«

»Du hast es gehört?«

Jenkins nickte. »Einer der Bediensteten aus St. Angelo hat es mir erzählt, als wir in der Kathedrale ein Dankgebet sprachen. Ich bin gleich nach dem Gottesdienst hierher zurückgekommen. Ich hatte noch etwas zu erledigen.«

»Genau wie ich.« Richard lächelte. »Was gibt es denn?«

Jenkins trat zum Tisch hinüber und hob ein kleines, in rote Wolle eingeschlagenes Bündel auf. Er wickelte es aus und förderte ein kleines Holzschild mit einem Wappen darauf zutage, das er Richard hinhielt. »Als ich den Befehl erhielt, es abzunehmen, habe ich es sicher verwahrt. Ich hatte gehofft, dass es eines Tages an seinen rechtmäßigen Platz zurückkehren würde, Herr. Lange musste ich darauf warten, aber ich glaube, jetzt ist der richtige Zeitpunkt gekommen. Würdet Ihr mir helfen, Herr? Ich bin nicht mehr so standfest wie früher.«

»Natürlich.« Richard streckte die Hand aus. »Lass mich das machen.«

Jenkins stand einen Augenblick reglos da, dann reichte er Richard das kleine Schild. »Danke, junger Herr. Seht ihr die kleine Öse auf der Rückseite?«

Richard drehte das Holzwappen herum.

»Damit könnt Ihr ihn am Nagel dort oben befestigen.« Jenkins deutete auf die Lücke auf dem Dachbalken neben der Leiter. »Wo es einst hing.«

»Sehr gerne.«

Richard kletterte die Leiter hoch und hielt das Wappen seines Vaters in der anderen. Sobald er den Balken erreicht hatte, streckte er die Hand aus und steckte die Öse vorsichtig auf den Haken in der Wand. Dann rückte er den Schild gerade. Zufrieden stieg er wieder hinunter und stellte sich neben Jenkins. Gemeinsam sahen sie zum Wappen auf. Die Farben waren in den langen Jahren kaum verblasst und leuchteten so kräftig wie am ersten Tag.

»Schön, dass alles wieder am rechten Platz ist«, sagte Jenkins.

Richard nickte.

Sie schwiegen noch eine Weile, dann streckte Richard dem Diener die Hand hin. »Ich wollte mich verabschieden, Jenkins. Ich kehre nach England zurück.«

»Wirklich, junger Herr?« Der alte Mann wirkte enttäuscht. »Ich hatte gehofft, Ihr würdet bleiben. Der letzte Ritter ist nicht mehr, und die Auberge könnte etwas frisches Blut gebrauchen.«

Bei dieser unglücklichen Wortwahl verhärtete sich Richards Miene, bevor sich sein Mund zu einem gezwungenen Lächeln verzog. »Eines Tages vielleicht. Aber nicht in den nächsten Jahren. Ich habe genug vom Krieg. Doch wenn der Orden jemals nach mir ruft, werde ich diesem Ruf folgen. Dann werden wir uns wiedersehen.«

Beide Männer lächelten – wohl wissend, dass Jenkins bis dahin längst in seinem Grab ruhen würde.

»Lebt wohl, Herr.« Jenkins neigte den Kopf und öffnete die Tür. Richard trat in das helle Sonnenlicht. Als sich der Riegel hinter ihm schloss, verspürte er eine Leichtigkeit, als wäre alle Last von seinen Schultern gefallen. Er holte tief Luft, warf noch einen letzten Blick auf die Auberge und machte sich dann auf den Weg zu seiner Mutter.

NACHBEMERKUNG
DES AUTORS

Nur wenige Belagerungen sind historisch so bedeutend wie die von 1565. Sie fand zu einer Zeit statt, als das Osmanische Reich sich auf seinem Zenit befand – Süleyman herrschte über die Supermacht seiner Epoche. Die Königreiche Europas wagten es nicht, sich ihm entgegenzustellen, und zitterten vor seinen unbesiegbaren Armeen. Für diejenigen Nationen, die ans Mittelmeer grenzten – oder an das Weiße Meer, wie die Türken es nannten – kam noch die Bedrohung durch die Seemacht des Sultans hinzu. Die Flotten seiner Verbündeten wurden von so legendären Korsaren wie Barbarossa und Turgut angeführt. Allein ihre Namen versetzten die Christen in Angst und Schrecken. Sie griffen in der Nacht an, plünderten Küstenstädte und Dörfer, töteten Tausende von Menschen und versklavten viele weitere.

Über Süleymans Strategie herrscht weitgehend Einigkeit. Er wollte seine christlichen Feinde zwischen seinen Landstreitkräften und seiner Flotte aufreiben. Seiner Überzeugung nach war es seine göttliche Bestimmung, ein lange gehegtes Ziel der islamischen Welt zu erreichen: Alle anderen Nationen Allahs Willen und der Herrschaft des Osmanischen Reiches zu unterwerfen. Das spanische Königreich verfolgte auf christlicher Seite ganz ähnliche Absichten, ging vergleichbar rücksichtslos vor und rechtfertigte seine Handlungen ebenfalls durch religiöse Gründe. Da scheint es nur passend, dass der Höhepunkt der großen Auseinandersetzung zwischen diesen beiden Mächten auf Malta stattfand, einer Insel im Zentrum eines seit Jahrhunderten erbittert umkämpften Meeres.

Zu dieser Zeit war der Johanniterorden kaum mehr als ein im Niedergang begriffener Außenposten am Rande der christlichen Welt. Die Kriege in Europa forderten das Leben der Ritter, die sich ihm sonst angeschlossen hätten. Er bestand aus Männern verschiedenster Nationalität, und ständig herrschten Spannungen in seinen Reihen; hinzu kam eine lange Reihe von Niederlagen gegen die islamischen Armeen. Die Ritter des sechzehnten Jahrhunderts waren fanatische Krieger – es scheint kaum vorstellbar, dass der Orden im zwölften Jahrhundert von einem einfachen Priester gegründet wurde, der den Pilgern, die ins gelobte Land reisten, Nahrung und Obdach geben wollte. Schon bald bot der Orden den Pilgern auch bewaffneten Schutz und entwickelte sich schließlich zu einer zahlenmäßig starken paramilitärischen Gruppierung, die nur zu gerne von der Defensive in die Offensive wechselte.

Dennoch erwiesen sich die Militärorden als zu schwach für die Herausforderungen, denen sie sich stellen mussten, und wurden im Jahre 1291 aus dem Heiligen Land vertrieben, wobei sie nur knapp der Vernichtung entgingen. Sie sammelten sich auf Zypern, dann fielen sie 1310 auf Rhodos ein. Fortan nutzten sie diese Insel als Stützpunkt für ihre Seeangriffe auf die Feinde des Christentums. Im Jahre 1523 schickte der gerade zum Sultan gekrönte Süleyman eine gewaltige Flotte, um den Orden in die Knie zu zwingen. Keine leichte Aufgabe, da die Ritter ihr Hauptquartier stark befestigt hatten: Ihre Verteidigungsanlagen sind noch heute auf Rhodos zu sehen. Süleyman war noch jung und besaß mehr Ehrgefühl, als gut für ihn war. Anstatt den Orden, der eine ständige Bedrohung für die Türken darstellte, zu zerschlagen, hatte er Mitleid mit ihm, verschonte die Ritter und erlaubte ihnen, die Insel lebend samt ihren Besitztümern zu verlassen. Ein Fehler, den er bitter bereuen sollte – sobald die Ritter eine neue Basis auf Malta errichtet hatten, setzten sie ihre Angriffe fort.

Zu der Zeit, als Mustafa Pascha und Piale Pascha die in diesem Buch beschriebene Belagerung der Insel begannen, war der Sultan älter, weiser und auch rücksichtsloser geworden. Dieses Mal würde er keine Gnade walten lassen. Allerdings war Rhodos nur eine Tagesreise von der türkischen Küste entfernt. Malta dagegen stellte eine weitaus größere logistische Herausforderung dar. Neben den bedeutend längeren Kommunikations- und Versorgungslinien musste auch die Landschaft der Insel selbst in Betracht gezogen werden. Malta war ein trockener Felsen, dessen karger Boden seine Bewohner mehr schlecht als recht ernährte. Deshalb mussten die Türken große Mengen an Proviant und Munition sowie Holz mitführen, um Belagerungsgerät bauen zu können. Wie sich herausstellte, unterschätzten sie den Bedarf ihrer Truppen, die mit Fortschreiten der Belagerung durch Hunger und Krankheiten dezimiert wurden. Ebenso hinderlich war die Entscheidung des Sultans, die Befehlsgewalt aufzuteilen. Im Gegenzug sorgte La Valettes unbestrittene Autorität und sein Mut für ein Zusammengehörigkeitsgefühl unter den Belagerten. Dennoch fehlte es keiner Seite an Entschlossenheit, und angesichts der drückenden Hitze und der vielen Entbehrungen, denen die Kämpfenden ausgesetzt waren, kommt man nicht umhin, die Tapferkeit und Zähigkeit beider Parteien zu bewundern.

Der Sieg des Ordens über den Sultan wurde in ganz Europa gefeiert – selbst im protestantischen England – und führte dazu, dass die Ritter mit Geld überschüttet wurden. Genug, um die Sciberras-Halbinsel einzuebnen und eine neue, befestigte Stadt darauf zu errichten, die nach La Valette benannt wurde. Das Vorbild des Ordens brachte die europäischen Mächte dazu, sich gegen den Sultan zu vereinigen. Sechs Jahre nach der Niederlage von Malta wurde die türkische Flotte in der Schlacht von Lepanto vernichtet. Diese Machtverschiebung führte jedoch auch zum allmählichen Niedergang des Ordens. Er herrschte über die Insel, bis sie 1798 von Napoleon und seinen Truppen auf seinem Weg nach Ägypten erobert wurde. Im Gegensatz zu ihren heldenhaften Vorgängern gaben die Ordensritter, die sich Napoleon stellten, ihren Widerstand nach gerade einmal neunzig Minuten auf. Der Orden wurde gezwungen, Malta zu verlassen, und verlegte seinen Hauptsitz nach Rom, wo er bis zum heutigen Tag zu finden ist.

Obwohl sich vieles verändert hat, kann man auch heute noch einen Eindruck davon gewinnen, welchen Herausforderungen den Türken bei der Belagerung des Hafens gegenüberstanden. Als ich zum ersten Mal nach Valetta kam, verblüffte mich die hervorgehobene Position des Forts von St. Elmo. Man kann gut nachvollziehen, weshalb es die Türken zum Ziel ihres ersten Angriffs machten. Obwohl die Stadt inzwischen völlig verbaut ist, hat sich der Grundriss des Hafens kaum verändert, sodass man eine klare Vorstellung davon bekommt, wie er im Jahre 1565 ausgesehen hat. Der Palast des Großmeisters beherbergt ein hervorragendes Museum mit einer großartigen Sammlung von Waffen und Rüstungen aus der Zeit der Belagerung. Wer mehr über die Belagerung von Malta und die größeren historischen Zusammenhänge erfahren möchte, dem sei als Anfangslektüre Tim Pickles *Malta 1565: Last Battle of the Crusades* empfohlen. Des Weiteren gibt es einen packenden Augenzeugenbericht von Francesco Balbi Di Correggio. Dieses halb als Tagebuch, halb als Kommentar verfasste Werk bietet eine detailgenaue Beschreibung der Schlacht aus der Sicht eines einfachen Soldaten. Ernle Bradfords *Der Schild Europas: Der Kampf der Malteserritter gegen die Türken 1565* ist eine gut lesbare Zusammenfassung der Belagerung. In jüngster Zeit hat Roger Crowley mit *Entscheidung im Mittelmeer: Europas Seekrieg gegen das Osmanische Reich 1521–1580* die Belagerung in einen umfassenderen historischen Kontext gestellt.

Was das Dokument angeht, um das sich die ganze Geschichte dreht: König Heinrich VIII. wurde mit dem Alter immer besorgter um sein Seelenheil. Sein Bruch mit der katholischen Kirche hatte England vom übrigen Europa isoliert, weshalb er in den letzten Jahren seiner Regentschaft Frieden mit den katholischen Mächten zu schließen versuchte. Der größte Zankapfel war die Forderung des Papstes nach Rückgabe der während der Reformation beschlagnahmten katholischen Besitztümer. Jeder Versuch, diese Schätze ihren neuen Besitzern wieder wegzunehmen, hätte die herrschende Klasse Englands in zwei Lager gespalten und unweigerlich zum Bürgerkrieg geführt. Deshalb versuchen Sir William Cecil und Sir Francis Walsingham in meinem Roman so verzweifelt, in den Besitz dieses Testaments zu kommen.

DANKSAGUNG

Mein Dank gilt wie immer zuerst Carolyn, die mich beim Schreiben unterstützt und das Ergebnis sorgfältig gelesen und kommentiert hat. Außerdem möchte ich Chris Impiglia dafür danken, dass er mir Einblick in seine Dissertation über die Befestigungsanlagen von Malta zur Zeit der Belagerung gewährt hat. Isabel Picornell stellte mir wichtige Hintergrundinformationen über die Epoche zur Verfügung und überprüfte zusammen mit Robin Carter die endgültige Manuskriptfassung. Vielen Dank euch allen.

HEYNE

Der Autor

Simon Scarrow in seinen eigenen Worten:

»Ich bin in Nigeria zur Welt gekommen und in verschiedenen Ländern aufgewachsen, bevor ich dann schließlich in England landete. Wie meine Brüder hatte auch ich schon immer den Wunsch, Schriftsteller zu werden. Meinen ersten Roman schrieb ich nach meinem Schulabschluss. Ich arbeitete zunächst im öffentlichen Dienst, entschloss mich dann aber für eine akademische Laufbahn. Ich konzentrierte mich auf die Forschung und wurde dann Dozent. Ein großartiger Job! Ich hatte nette Kollegen und großartige Studenten – es erfüllte mich wirklich sehr, anderen etwas beizubringen und selbst dabei zu lernen.

Nachdem ich meinen ersten Buchvertrag abschließen konnte, habe ich weiter als Lehrer gearbeitet, aber schließlich war ich gezwungen, mehr und mehr Zeit für meine Bücher aufzubringen. 2005 musste ich meine Arbeit als Lehrer aufgeben – sehr zu meinem Bedauern. Dafür aber konnte ich meinen Traum verwirklichen: Ich wurde professioneller Schriftsteller.

Ich schreibe regelmäßig neue Bände meiner Rom-Serie, aber auch andere historische Romane. Meine Leser dürfen also noch einiges erwarten!

Zurzeit lebe ich mit meiner Frau Carolyn und meinen zwei Söhnen in Norfolk.«

Besuchen Sie Simon Scarrow im Internet unter
www.scarrow.co.uk

Einzeltitel

Die Rom-Serie

Im Zeichen des Adlers

(Under the Eagle), Blanvalet

(Rom 1)

Kaiser Claudius gewährt seinem siebzehnjährigen Leibsklaven Cato die lang ersehnte Freiheit. Im Gegenzug muss sich der junge Mann zu zwanzig Jahren Dienst in der römischen Armee verpflichten. Kurz darauf befiehlt der Imperator das gefährlichste aller militärischen Abenteuer, an dem einst sogar Cäsar scheiterte: die Eroberung Britanniens. Auf diesem Feldzug muss Cato sich aber nicht nur im Kampf gegen blutrünstige Barbaren bewähren – der Kaiser befiehlt ihm zudem, eine tödliche Verschwörung unter den Offizieren zu zerschlagen ...

Im Auftrag des Adlers

(The Eagle's Conquest), Blanvalet

(Rom 2)

Die Invasion Britanniens hat begonnen! Centurio Macro und sein Vertrauter Cato führen die Zweite Legion gegen den schlimmsten Feind, mit dem es die römische Armee je zu tun hatte: Die keltischen Barbarenhorden sind wild, grausam und beinahe übermenschlich tapfer. Und als ob das noch nicht schlimm genug wäre, müssen sich Cato und Macro auch noch gegen einen skrupellosen Feind aus den eigenen Reihen wehren. Denn der verräterische Tribun Vitellius hat seinen beiden Widersachern blutige Rache geschworen ...

Der Zorn des Adlers
(When the Eagle Hunts), Blanvalet
(Rom 3)

Die Eroberung Britanniens gerät ins Stocken. Seit Monaten bringen verheerende Stürme über dem Kanal den dringend benötigten Nachschub zum Erliegen. Eisiger Frost lähmt die römische Invasionsarmee. Und dann die schreckliche Nachricht: General Plautius' Familie wurde von fanatischen Druiden verschleppt! Nur zwei Männer können jetzt noch ihr Leben retten: Centurio Macro und Optio Cato beginnen einen atemlosen Wettlauf mit der Zeit – denn bald schon werden die grausamen Götter der Druiden ein Blutopfer verlangen ...

Die Brüder des Adlers
(The Eagle and the Wolves), Blanvalet
(Rom 4)

Britannien, A.D. 44. Mit nadelstichartigen Attacken zerstören die britischen Barbaren immer mehr der wichtigsten römischen Versorgungswege. Und Zehntausenden von Legionären droht ein grausamer Hungertod! Allein Macro und Cato können die Nachschublinien jetzt noch vor dem Zusammenbruch retten – an der Spitze einer Schar von schlecht ausgebildeten keltischen Rekruten. Keine leichte Aufgabe, zumal die beiden Centurionen den einheimischen Kriegern zunächst zwei grundlegende Dinge beibringen müssen: eiserne Disziplin und unverbrüchliche Treue zu Rom – ihrem größten Feind …

Die Beute des Adlers
(The Eagle's Prey), Heyne
(Rom 5)

Britannien, A.D. 44: Die römischen Eroberer kämpfen im zweiten Jahr gegen die Stämme Britanniens. Die meisten Soldaten sind kriegsmüde. Bei der entscheidenden Schlacht gerät die Legion, unter der die Centurionen Macro und Cato dienen, in eine Falle. Der Kampf ist verloren, die Soldaten werden vom jähzornigen General Plautius verbannt. Wie Tiere gehetzt, müssen Macro und Cato jetzt um ihr Leben kämpfen - und um ihre Ehre.

Die Prophezeiung des Adlers
(The Eagle's Prophecy), Heyne
(Rom 6)

Rom, A.D. 45: Die Centurionen Macro und Cato erhalten einen gefährlichen Auftrag. Geheime Schriftrollen, die über die Zukunft Roms entscheiden, sind in die Hände von Piraten geraten. Mit der römischen Flotte begeben sie sich auf die Jagd. Die erste Begegnung mit den Piraten jedoch gerät zum Desaster. Macro und Cato werden für die Niederlage verantwortlich gemacht. Um ihre Ehre zu retten, müssen sie das Hauptquartier der Piraten ausfindig machen.

Die Jagd des Adlers
(The Eagle in the Sand), Heyne
(Rom 7)

Syrien, die östliche Grenze des Römischen Reichs, wird von Unruhen erschüttert. Die Centurionen Macro und Cato sollen die Schlagkraft der Kohorten wiederherstellen. Unterdessen sät der Stammesführer Bannus den Hass gegen Rom. Gelingt es Macro und Cato nicht, die römischen Truppen gegen den Feind zu stärken, wird Rom seine östlichen Provinzen verlieren - und sie ihr Leben ...

Centurio
(Centurion), Heyne
(Rom 8)

Im ersten Jahrhundert nach Christus steht nur das kleine Königreich Palmyra zwischen dem römischen Imperium und seinem Erzfeind, dem Reich der Parther. Als die Parther in Palmyra einfallen, um eine Invasion vorzubereiten, werden die beiden Veteranen Macro und Cato mit der Aufgabe betraut, die scheinbar unbesiegbare Übermacht aufzuhalten.

Gladiator

(Gladiator), Heyne
(Rom 9)

Die Krieger Macro und Cato sind auf dem Weg nach Rom, als ihr schwer beschädigtes Schiff vor Kreta anlegen muss. Dort tobt ein Aufstand – die Revolte unter der Führung des brutalen Gladiatoren Ajax droht die Mittelmeerinsel ins Chaos zu stürzen. Ajax steht dem römischen Reich mit unversöhnlichem Hass gegenüber, und auch gegen die beiden Centurionen hegt er tiefen Groll ...

Die Legion

(The Legion), Heyne
(Rom 10)

Der ehemalige Gladiator Ajax wurde aus Kreta vertrieben und macht nun Ägypten unsicher. Seine Überfälle auf Flottenstützpunkte und Handelsschiffe stellen eine Bedrohung für die Stabilität des römischen Imperiums dar, da sich seine Männer als Römer ausgeben und so den Hass der Bevölkerung auf die Besatzungsmacht schüren. Die beiden erprobten Kämpfer Cato und Macro werden von Ägyptens Statthalter damit beauftragt, sich der 22. Legion anzuschließen und Ajax zur Strecke zu bringen, bevor das Land endgültig verloren ist.

Die Garde
(Praetorian), Heyne
(Rom 11)

Rom im Jahre 50 n.Chr.: Intrigen sind an der Tagesordnung, und ein mysteriöser Geheimbund scheint alle Schaltzentralen der Macht unterwandert zu haben. Die Drahtzieher gehören offenbar zu den kampferprobten Prätorianern, der Leibgarde des Kaisers. Allein zwei mutigen Männern, die dem Imperium bis in den Tod treu ergeben sind, gelingt es, sich in die Prätorianergarde einzuschleusen: Präfekt Cato und Centurio Macro. Doch dann bringt sie ein alter Feind in Gefahr, und die beiden müssen erneut zu den Waffen greifen.

Die Blutkrähen
(The Blood Crows), Heyne
(Rom 12)
(Erhältlich ab Januar 2015)

Britannien, A.D. 57: Seit zehn Jahren kämpft das Römische Reich, um seine Herrschaft über Britannien aufrechtzuerhalten. In dieser Situation ist es fatal, dass der größenwahnsinnige römische

Kommandant Quertus einen grausamen Privatkrieg führt, der den Hass in Britannien weiter schürt. Mit seiner Kohorte der »Blutkrähen« richtet er tief im Feindesland wahre Massaker unter der Bevölkerung an. Nun liegt es an den beiden Kriegsveteranen Cato und Macro zu verhindern, dass das Land in einem Chaos versinkt ...

Arena

(Arena), Heyne

Optio Macro, der in der zweiten Legion dient, ist gerade für besondere Tapferkeit ausgezeichnet worden. Jetzt will er Rom hinter sich lassen und neue Abenteuer suchen. Doch das Schicksal meint es anders mit ihm: Macro erhält den kaiserlichen Auftrag, den jungen Gladiator Marcus Valerio Pavo für die Arena vorzubereiten, und gerät schon bald in tödliche Gefahr: Denn bei dem Gladiatorenkampf geht es um mehr als um Leben und Tod – Pavo war einst römischer Legat, und das bevorstehende Duell in der Arena zieht das Gefüge Roms in einen Mahlstrom von Intrigen und Gewalt ...